Das Buch

»Die Emotionen und Ängste, die bei einem Mordprozeß hochkommen, einzufangen«, war John Grishams Absicht bei der Niederschrift seines Romans – so der Autor in einem Interview. Und: »Ich schreibe über ein Gebiet, das ich kenne.« Im Blickpunkt des Romans steht der sensationelle Prozeß um einen Vater – einen Schwarzen –, der die brutalen Vergewaltiger seiner Tochter – zwei Weiße – hinrichtet. Aber der Leser erlebt diesen Mordprozeß nicht aus der Perspektive des Gerichtssaals. John Grisham führt ihn hinter die Kulissen und deckt die inneren und äußeren Verflechtungen auf, die den Prozeßverlauf in entscheidender Weise bestimmen. Da stehen sich die persönlichen Interessen von Richter, Staatsanwalt und Verteidiger entgegen. Die Machenschaften der Presse spielen eine Rolle, und nicht zuletzt der Rassenkonflikt. John Grisham durchleuchtet die skandalösen Methoden einer Rechtspraxis, die mit dem geschriebenen Recht nur wenig zu tun hat, mit schonungslosem Realismus.

Der Autor

John Grisham, geboren 1955, studierte an der University of Mississippi Jura. Von 1981 bis 1991 betrieb er eine eigene Anwaltskanzlei, wobei er sich auf das Gebiet der Strafverteidigung spezialisiert hatte, das auch den Anstoß für den vorliegenden Roman gab. Grisham wurde 1983 als Abgeordneter in das Parlament seines Heimatstaates gewählt. Heute widmet sich der Autor ganz dem Schreiben. Sein Roman *Die Firma* wurde in den USA zum erfolgreichsten Thrillerdebut seit vielen Jahren, und *A Time to Kill* (*Die Jury*) und *The Pelican Brief* eroberten ebenfalls die Spitzenplätze aller Bestsellerlisten. Grisham lebt mit seiner Familie in Oxford, Mississippi.

JOHN GRISHAM

DIE JURY

Roman

Aus dem Amerikanischen
von Andreas Brandhorst

WILHELM HEYNE VERLAG
MÜNCHEN

HEYNE ALLGEMEINE REIHE
Nr. 01/9656

Titel der Originalausgabe
A TIME TO KILL

Umwelthinweis:
Dieses Buch wurde auf
chlor- und säurefreiem Papier gedruckt.

Redaktion: Werner Heilmann

Printed in Germany 1996
Umschlagillustration: The Image Bank/P. E. Berglund, München
Umschlaggestaltung: Atelier Ingrid Schütz, München
Gesamtherstellung: Elsnerdruck, Berlin

ISBN 3-453-09651-7

Für Renée:

Eine ungewöhnlich schöne Frau.
Ein zuverlässiger Freund.
Ein mitfühlender Kritiker.
Eine hingebungsvolle Mutter.

Die ideale Ehefrau.

1

Billy Ray Cobb war der jüngere der beiden Rednecks*. Als Dreiundzwanzigjähriger hatte er bereits drei Jahre im Staatsgefängnis bei Parchman verbracht – Besitz von Rauschgift mit der Absicht, es zu verkaufen. Die sechsunddreißig Monate in der Strafanstalt stellten den hageren, zähen Billy Ray auf eine harte Probe, aber er überlebte, indem er ständig Stoff vorrätig hielt: Er tauschte ihn gegen andere Dinge ein und schenkte ihn gelegentlich den Schwarzen oder bestimmten Wärtern, um ihren Schutz zu genießen. Nach seiner Entlassung stieg er wieder ins Drogengeschäft ein und verdiente so gut, daß er jetzt, etwa ein Jahr später, zu den wohlhabenderen Rednecks in der Ford County zählte. Er war Geschäftsmann mit Angestellten, Terminen und so weiter; allerdings zahlte er keine Steuern. Der Ford-Händler drüben in Clanton kannte ihn seit langer Zeit als einzigen Kunden, der bar bezahlte. Sechzehntausend Dollar für einen Pickup-Kleinlieferwagen, Spezialanfertigung, Allradantrieb, kanariengelb, Luxusausstattung. Die verchromten Felgen und breiten Rennreifen entstammten einem Deal; die Konföderiertenfahne am Rückspiegel hatte Cobb während eines Ole-Miss-Footballspiels einem betrunkenen Studenten gestohlen. Der Pickup stellte seinen kostbarsten Besitz dar. Er saß nun auf der Ladeklappe, mit einem Joint zwischen den Lippen, trank ein Bier und beobachtete, wie sich sein Freund Willard das schwarze Mädchen vorknöpfte.

Willard war vier Jahre älter und ein Dutzend Jahre langsamer. Er galt im großen und ganzen als harmloser Kerl, der nie in ernste Schwierigkeiten geriet und nie längere

---

* Rednecks: eigentlich arme weiße Farmer im Süden der USA; diese Bezeichnung wird dort jedoch auch für extrem konservative und gewalttätige Leute verwendet. – Anmerkung des Übersetzers.

Zeit im Knast saß – nur dann und wann eine Nacht in der Ausnüchterungszelle, nichts Besonderes. Wenn man ihn nach seinem Beruf fragte, bezeichnete er sich als Holzarbeiter, doch der schmerzende Rücken hielt ihn vom Wald fern. Er verdankte den Bandscheibenschaden der Arbeit auf einer Bohrinsel irgendwo im Golf. Die Ölgesellschaft hatte ihm damals eine großzügige Abfindung gegeben, die jedoch in die Binsen ging, als sich seine Frau von ihm scheiden ließ. Derzeit arbeitete er für Cobb – Billy Ray zahlte zwar nicht viel, aber er hatte immer Dope. Zum erstenmal seit Jahren konnte sich Willard jederzeit Nachschub beschaffen. Und er brauchte eine Menge, seit er an den Rükkenschmerzen litt.

Das Mädchen war zehn und klein für sein Alter. Es lag auf den Ellenbogen aufgestützt, die Arme mit einem gelben Nylonstrick gefesselt. Die Beine waren auf groteske Weise gespreizt: der rechte Fuß an den Stamm einer kleinen Eiche gebunden, der linke an den schiefen Pfosten eines alten, vernachlässigten Zauns. Das Seil schnitt der Schwarzen in die Haut, und Blut tropfte aus den Wunden. Das eine verquollene Auge im blutigen Gesicht blieb geschlossen, und das andere konnte sie nur halb öffnen, um den zweiten Weißen auf der Ladeklappe des Wagens zu erkennen. Sie blickte nicht zu dem Mann über ihr. Er keuchte, schwitzte und fluchte. Er tat ihr weh.

Als er fertig war, schlug er sie und lachte, und der zweite Mann lachte ebenfalls. Dann grölten sie zusammen, rollten wie zwei Verrückte durchs Gras und lachten noch lauter. Das Mädchen drehte den Kopf zur Seite, schluchzte und versuchte, leise zu sein. Es fürchtete, erneut geschlagen zu werden, wenn es laut weinte. Die Männer hatten der Schwarzen gedroht, sie umzubringen, wenn sie nicht still wäre.

Schließlich verstummte das irre Gelächter. Die beiden Männer setzten sich auf die Ladeklappe, und Willard reinigte sich mit dem blutbesudelten, schweißfeuchten T-Shirt der Negerin. Cobb reichte ihm ein kaltes Bier aus dem Kühlfach und sprach über die Hitze. Sie beobachteten die Kleine, während sie zitterte und stumm Tränen vergoß. Nach einer Weile rührte sie sich nicht mehr. Cobbs Bier war erst halb leer, aber nicht mehr kalt. Er warf es nach dem Mädchen und traf den Bauch; weißer Schaum spritzte, und die Dose rollte über den Boden zu einigen anderen, die ebenfalls aus dem Kühlfach des Wagens stammten. Zwei Sechserpacks hatten sich neben der Schwarzen angesammelt. Willard fiel es schwer, das Ziel zu treffen, aber Cobb verfehlte es nie. Normalerweise verschwendeten sie kein Bier, doch je schwerer die Dosen waren, desto besser konnte man damit werfen. Außerdem gefiel es ihnen zu sehen, wie der Schaum nach allen Seiten spritzte.

Warmes Bier vermischte sich mit dem Blut, strömte über das angeschwollene Gesicht des Mädchens und bildete eine Lache unter seinem Kopf. Es lag nun völlig reglos.

Willard fragte Cobb, ob er die Kleine für tot hielte. Billy Ray öffnete eine weitere Dose und meinte, sie sei bestimmt noch am Leben. Ohrfeigen, Fausthiebe, Tritte und Vergewaltigung reichten nicht aus, um einen Nigger ins Jenseits zu schicken – nein, dazu brauchte man ein Messer, eine Pistole oder ein Seil. Zwar hatte Cobb noch keinen verdammten Nigger getötet, aber er kannte sie aus dem Gefängnis. Dort brachten sie sich dauernd gegenseitig um, und immer benutzten sie Waffen. Wer nur geschlagen und vergewaltigt wurde, starb nicht. Einige der Weißen, die so etwas über sich ergehen lassen mußten, kratzten früher oder später ab, aber die Schwarzen erholten sich davon. Weil sie härtere Schädel hatten. Willard hörte sich diese Erklärung an und nickte zufrieden.

Dann fragte er, was sie jetzt mit dem Mädchen anfangen sollten. Cobb nahm einen Zug von seinem Joint, trank aus seiner Dose und meinte, er sei noch nicht mit der Schwarzen fertig. Er wandte sich vom Wagen ab, torkelte über die Lichtung und näherte sich der Festgebundenen. Dicht vor ihr verharrte er, verfluchte sie mehrmals, goß ihr kaltes Bier ins Gesicht und lachte wie ein Wahnsinniger.

Sie sah, wie er an dem Baum auf der rechten Seite vorbeiwankte und ihr zwischen die Beine starrte. Als er die Hose sinken ließ, drehte sie den Kopf nach links und schloß die Augen. Neue Schmerzen standen ihr bevor.

Sie blickte durch die Bäume und bemerkte etwas, einen Mann, der durchs Gebüsch lief. Ihr Vater. Er schrie und rannte, um ihr zu helfen, um sie zu retten. Sie rief seinen Namen, doch plötzlich verschwand er. Irgendwann schlief sie ein.

Als sie erwachte, lag einer der beiden Männer unter der Ladeklappe des Wagens und der andere neben einem Baum. Sie schnarchten leise. Die Arme und Beine des Mädchens waren taub. Blut, Bier und Urin hatten den Boden unter ihr in eine schlammige, klebrige Masse verwandelt, die an dem zarten Körper des Kindes festhaftete und rissig wurde, wenn es sich bewegte. Die Schwarze dachte nur daran, zu fliehen und zu entkommen, aber selbst wenn sie ihre ganze Kraft sammelte: Sie konnte nur einige Zentimeter weit nach rechts rutschen. Die Füße waren so hoch festgebunden, daß ihr Gesäß kaum den Boden berührte. Außerdem hatte sie kein Gefühl mehr in Armen und Beinen.

Sie sah zum Wald und hielt nach ihrem Vater Ausschau, rief lautlos seinen Namen. Eine Zeitlang wartete sie, und schließlich schlief sie wieder ein.

Als sie zum zweiten Mal erwachte, wankten ihre Peiniger über die Lichtung. Der größere Mann kam mit einem Messer, griff nach dem linken Fuß und zerschnitt das Seil. Als er auch die Fessel am rechten Bein löste, rollte sie sich zusammen und kehrte ihm den Rücken zu.

Cobb griff nach einem langen Strick, warf ihn über einen Ast und knüpfte eine Schlinge, die er der Kleinen über den Kopf streifte. Er nahm das andere Ende und kehrte damit zum Pickup zurück. Willard hockte dort, rauchte einen Joint und grinste. Billy Ray straffte die Leine und zog daran; der wehrlose, nackte Körper glitt über den Boden und blieb direkt unter dem Ast liegen. Das Mädchen schnappte nach Luft und hustete. Cobb lockerte das Seil ein wenig und gönnte dem Opfer noch einige Minuten. Dann band er den Strick an der Stoßstange fest und öffnete eine Dose Bier.

Die Männer saßen auf der Ladeklappe, tranken, rauchten und starrten zu der Schwarzen hinüber. So hatten sie den größten Teil des Tages am See verbracht. Cobb kannte dort jemanden, der ein Boot besaß und ihnen einige Frauen vorstellte, die leicht zu haben sein sollten, jedoch nur die kalte Schulter zeigten. Billy Ray verteilte großzügig Stoff und Bier, aber die Miezen lehnten es ab, sich dafür zu bedanken. Enttäuscht verließen sie den See und fuhren einfach nur durch die Gegend – bis sie das Mädchen sahen. Mit einer Einkaufstüte wanderte es am Kiesweg entlang; Willard warf eine Bierdose und traf es am Hinterkopf.

»Willst du's erledigen?« fragte Willard. Seine Augen waren gerötet und trüb.

Cobb zögerte. »Nein, ich überlasse es dir. Du hattest die Idee.«

Willard schob sich den Joint zwischen die Lippen, inhalierte tief und spuckte. »Nein, das stimmt nicht. Du bist der Fachmann, wenn's um das Töten von Niggern geht. Diese Sache fällt in deinen Zuständigkeitsbereich.«

Billy Ray band das Seil von der Stoßstange los und straffte es. Der Strick schabte Borke vom Ulmenast, und einige Rindenstücke fielen auf das Mädchen hinab, das die Männer nun aufmerksam beobachtete. Es hustete.

Plötzlich hörte es etwas – einen Wagen mit defektem Auspuff. Die beiden Weißen drehten sich um, blickten zum fernen Highway und sprangen auf. Einer von ihnen schlug die Heckklappe zu, und der andere hastete über die Lichtung. Er stolperte und stürzte neben dem Mädchen ins Gras. Die Männer beschimpften sich gegenseitig, als sie die Schwarze packten, ihr die Schlinge abnahmen und sie auf die Ladefläche des Pickup warfen. Cobb schlug sie und befahl ihr, ganz still zu liegen und keinen Ton von sich zu geben. Er versprach ihr, sie nach Hause zu fahren, wenn sie gehorchte; andernfalls würde er sie umbringen. Einige Sekunden später stiegen die Männer ein. Der Motor brummte, Räder drehten durch. *Nach Hause,* dachte die Vergewaltigte und verlor das Bewußtsein.

Der Wagen mit dem defekten Auspuff stellte sich als ein

Firebird heraus. Cobb und sein Freund winkten, als sie ihm auf der schmalen Straße begegneten. Willard warf einen kurzen Blick in den Rückspiegel, um sich zu vergewissern, ob das Mädchen auf der Ladefläche ruhig liegenblieb. Kurz darauf bog Cobb auf den Highway ein und beschleunigte.

»Was nun?« fragte Willard nervös.

»Keine Ahnung«, erwiderte Cobb ebenso beunruhigt. »Wir müssen die Kleine irgendwie loswerden, bevor sie meine ganze Mühle versaut. Sieh nur, wie sie blutet.«

Willard überlegte eine Minute lang und trank. »Wir werfen sie von einer Brücke«, verkündete er stolz.

»Gute Idee. Verdammt gute Idee.« Cobb trat auf die Bremse. »Gib mir 'n Bier.« Sein Kumpel stieg aus und holte zwei Dosen von hinten.

»Ihr Blut klebt sogar auf dem Kühlfach«, sagte er, als sie die Fahrt fortsetzten.

Gwen Hailey ahnte Schreckliches. Normalerweise hätte sie einen der Jungen zum Laden geschickt, aber die mußten im Garten Unkraut jäten – eine väterliche Strafe. Tonya war schon einmal allein losgegangen, um in dem nur anderthalb Kilometer entfernten Geschäft einzukaufen, und sie hatte sich dabei als zuverlässig erwiesen. Doch nach zwei Stunden beauftragte Gwen die Jungen, nach ihrer Schwester Ausschau zu halten. Die Brüder vermuteten, daß sich Tonya bei den Pounders befand und dort mit den vielen Kindern spielte. Oder vielleicht hatte sie beschlossen, ihre beste Freundin Bessie Pierson zu besuchen.

Der Ladenbesitzer Mr. Bates meinte, das Mädchen sei vor einer Stunde bei ihm gewesen. Einer der drei Jungen, Jarvis, fand eine Einkaufstüte neben der Straße.

Gwen rief die Papierfabrik an und verständigte ihren Mann. Dann brach sie mit Carl Lee jr. auf und fuhr über die Kieswege in der Nähe des Geschäfts. Sie machten einen Abstecher zur alten Barackensiedlung unweit der Graham-Plantage, um bei einer Tante nachzufragen. Sie hielten am Broadway-Laden, fast zwei Kilometer von Bates' Lebensmittelgeschäft entfernt, und einige alte Schwarze sagten ihnen, sie hätten das Mädchen nicht gesehen. Gwen und ihr Sohn folgten auch dem Verlauf der vielen anderen Straßen, doch von Tonya fehlte jede Spur.

Cobb suchte vergeblich nach einer Brücke, auf der keine Nigger mit Angelruten saßen. An jeder Brücke, der er sich näherte, hockten vier oder fünf Neger mit großen Strohhüten, und am Ufer saßen weitere Schwarze auf Eimern. Sie bewegten sich nur, wenn sie Fliegen oder Moskitos verscheuchten.

Beginnende Panik prickelte in Billy Ray. Willard war eingeschlafen und keine Hilfe mehr; er mußte das Mädchen allein verschwinden lassen, um zu verhindern, daß es etwas ausplauderte. Sein Kumpel schnarchte und grunzte leise, während Cobb den Pickup über verschiedene Straßen steuerte, auf der Suche nach einer Brücke oder einem Steg, wo er die Kleine ins Wasser werfen konnte, ohne daß ihn Nigger mit Strohhüten beobachteten. Er blickte in den Rückspiegel und sah, daß sie aufzustehen versuchte. Sofort bremste Billy Ray, und das Mädchen prallte an die vorderen Seite der Ladefläche, dicht unter dem Fenster. Willard stieß ans Armaturenbrett, sank vor den Beifahrersitz und schlief weiter. Cobb verfluchte ihn ebenso wie die Schwarze.

Der Lake Chatulla stellte kaum mehr dar als ein großes, seichtes, von Menschen geschaffenes Schlammloch mit einem anderthalb Kilometer langen, grasbewachsenen Damm am einen Ende. Er erstreckte sich in der südwestlichen Ecke der Ford County, und einige Morgen reichten bis in die Van Buren County. Im Frühling konnte er sich rühmen, die größte Wasserfläche im Staat Mississippi zu sein, aber im Sommer regnete es nicht mehr, und dann führte die Hitze dazu, daß der See langsam austrocknete. Die bis dahin hübschen Ufer strebten einander dann entgegen und säumten ein tiefes, rotbraunes Becken, in das sich zahlreiche Rinnsale, Bäche und auch einige kleine Flüsse ergossen. Letztere sorgten dafür, daß im Lauf der Zeit Dutzende von Brücken entstanden.

Der gelbe Pickup raste nun über eine davon, und Cobb

hielt mit wachsender Verzweiflung nach einem geeigneten Ort Ausschau, um den unerwünschten Passagier loszuwerden. Er erinnerte sich an eine kleine Holzbrücke am Foggy Creek, doch als ihn nur noch hundert Meter davon trennten, sah er mehrere Nigger mit Strohhüten. Billy Ray bog ab, fuhr über einen noch schmaleren Weg und hielt schließlich an. Rasch stieg er aus, zerrte die Schwarze von der Ladefläche und warf sie in den Graben.

Carl Lee Hailey kam nicht sofort nach Hause. Gwen geriet leicht außer sich und hatte schon öfter in der Fabrik angerufen, weil sie fürchtete, die Kinder seien entführt worden. Er arbeitete bis zum Feierabend, stempelte seine Karte und fuhr diesmal in nur dreißig Minuten nach Hause, fünf Minuten schneller als sonst. Seine Gelassenheit wich aber jäher Besorgnis, als er vor dem Haus einen geparkten Streifenwagen sah. Verschiedene Autos, die meisten von Gwens Verwandten, standen an der langen Zufahrt. Eines davon erschien Hailey nicht vertraut: Angelruten ragten aus dem Seitenfenster, und am Rückfenster lagen sechs oder sieben Strohhüte.

Wo waren Tonya und die Jungen?

Als Carl Lee die vordere Tür öffnete, hörte er Gwens Schluchzen. Rechts im kleinen Wohnzimmer drängten sich mehrere Personen vor einer zierlichen Gestalt, die auf der Couch lag. Feuchte Handtücher bedeckten den Leib des Kindes. Einige Frauen weinten, verstummten jedoch und wichen beiseite, als Hailey näher kam. Nur Gwen blieb bei dem Mädchen, und strich ihm sanft übers Haar. Er kniete vor dem Sofa nieder, berührte die Schulter seiner Tochter, sprach leise und rang sich ein Lächeln ab. Beide Augen waren zugeschwollen, das Gesicht fast bis zur Unkenntlichkeit entstellt. Tränen rannen ihm über die Wangen, als er auf den kleinen, von Handtüchern umhüllten Körper starrte, der von Kopf bis Fuß blutig schien.

Carl Lee fragte Gwen, was geschehen wäre. Sie bebte am ganzen Leib und begann zu wimmern; ihr Bruder führte sie in die Küche. Hailey stand auf, wandte sich den anderen zu und wiederholte seine Frage.

Stille.

Er fragte zum dritten Mal. Der Deputy Willie Hastings, einer von Gwens Vettern, trat vor und erklärte, einige Angler am Foggy Creek hätten Tonya neben der Straße gefunden. Das Mädchen nannte den Namen seines Vaters, und daraufhin brachten sie es nach Hause.

Nach diesen knappen Schilderungen schwieg Hastings und senkte den Kopf.

Carl Lee musterte ihn und wartete. Die übrigen Anwesenden hielten unwillkürlich den Atem an und blickten ebenfalls zu Boden.

»Was ist passiert, Willie?« rief Carl Lee.

Hastings räusperte sich und sah aus dem Fenster, als er wiederholte, was Tonya ihrer Mutter von den beiden Weißen erzählt hatte, ihrem Wagen, vom Seil und den Bäumen, von ihren Schmerzen, als sie vergewaltigt wurde. Der Deputy unterbrach sich, als er die Sirene des Krankenwagens hörte.

Die Besucher gingen stumm und ernst nach draußen und warteten dort, als in Weiß gekleidete Männer mit einer Bahre aufs Haus zuliefen.

Die beiden Krankenpfleger verharrten, als sich die Tür erneut öffnete und Carl Lee auf die Veranda kam, mit Tonya auf den Armen. Er flüsterte ihr tröstende Worte zu, und Tränen tropften ihm vom Kinn. Langsam schritt er zum Krankenwagen und stieg hinten ein. Einer der Pfleger nahm am Steuer Platz, und der andere löste das Mädchen behutsam aus der Umarmung seines Vaters, nachdem er die Heckklappe geschlossen hatte.

2

Ozzie Walls war der einzige schwarze Sheriff in Mississippi. Vor ihm hatte es andere gegeben, aber derzeit brauchte er diesen besonderen Ruhm mit niemandem zu teilen. Ein Umstand, der ihn mit Stolz erfüllte: denn die Bevölkerung der

Ford County bestand zu vierundsiebzig Prozent aus Weißen, und alle anderen schwarzen Sheriffs hatten ihr Amt in überwiegend schwarzen Countys bekleidet. Seit der Rekonstruktion* war in einer weißen Mississipppi-County kein schwarzer Sheriff mehr gewählt worden.

Ozzie war in der Ford County aufgewachsen. Er zählte die meisten Schwarzen und auch einige Weiße zu seinen Verwandten. Nach der Desegregation** in den späten sechziger Jahren gehörte er zur ersten gemischten Abschlußklasse der High-School von Clanton. Er wollte in Ole Miss Football spielen, aber es befanden sich nur zwei Schwarze in jener Mannschaft. In Alcorn State, als Verteidiger bei den Rams, wurde er zu einem Star, bis ihn eine Knieverletzung nach Clanton zurückbrachte. Er vermißte den aktiven Sport sehr, genoß es jedoch, der Sheriff zu sein, erst recht dann, wenn er bei den Wahlen mehr Stimmen bekam als seine weißen Konkurrenten. Die weißen Jungen verehrten ihn als Helden und Footballstar, dessen Bilder sie aus den Zeitungen kannten. Ihre Eltern respektierten ihn und gaben ihm ihre Stimmen, weil er als guter Polizist nicht zwischen schwarzen und weißen Kriminellen unterschied. Die weißen Politiker unterstützten ihn, weil sich das Justizministerium aus der Ford County fernhielt, seit er die Pflichten des Sheriffs wahrnahm. Die Schwarzen mochten ihn, weil er Ozzie war, eben einer von ihnen.

Ozzie ließ das Abendessen ausfallen und wartete in seinem Gefängnisbüro darauf, daß Hastings von den Haileys zurückkehrte. Er ahnte, wer hinter dem Verbrechen steckte. Billy Ray Cobb war kein Unbekannter für den Sheriff. Ozzie wußte, daß er mit Drogen handelte – er konnte ihn nur nicht festnageln. Der Sheriff wußte auch, daß Cobb zu Heimtücke und Gewalt neigte.

Nacheinander trafen die Deputys ein, und Ozzie beauf-

---

* Rekonstruktion: Neuordnung der politischen Verhältnisse in den amerikanischen Südstaaten nach dem Sezessionskrieg. – Anmerkung des Übersetzers.

** Desegregation: Abschaffung der Rassentrennung. – Anmerkung des Übersetzers.

tragte sie, den Aufenthaltsort des Verdächtigen festzustellen, ihn jedoch nicht zu verhaften. Ozzie Walls hatte insgesamt zwölf Mitarbeiter: neun Weiße und drei schwarze. Sie schwärmten sofort aus, und suchten überall in der County nach einem gelben Pickup Marke Ford, mit einer Konföderiertenfahne im Rückfenster.

Hastings und der Sheriff fuhren zum County-Krankenhaus. Wie üblich saß Ozzie auf dem Beifahrersitz, bediente das Funkgerät und gab Anweisungen. Im Wartezimmer des ersten Stocks fanden sie die Hailey-Sippe. Tanten, Onkel, Enkel, Freunde und Fremde hatten sich in dem kleinen Raum eingefunden und standen auch im schmalen Flur. Flüsternde Stimmen waren zu hören; Tränen strömten. Tonya wurde gerade operiert.

Carl Lee saß auf einer billigen Kunststoffcouch, zusammen mit Gwen und den Jungen. Er starrte zu Boden und schenkte der Umgebung überhaupt keine Beachtung. Gwen lehnte den Kopf an seine Schulter und weinte leise. Die Söhne saßen steif und gerade, die Hände auf den Knien. Manchmal blickten sie zu ihrem Vater, als erhofften sie sich Trost von ihm.

Ozzie bahnte sich einen Weg durch die Menge, schüttelte Hände, klopfte einigen Leuten auf den Rücken und versprach leise, die Schuldigen zu finden. Vor Gwen und ihrem Mann hockte er sich nieder. »Wie geht es ihr?« fragte er. Carl Lee reagierte nicht. Seine Frau schluchzte lauter, und die Jungen schnieften, wischten sich Tränen aus den Augen. Der Sheriff nickte voller Anteilnahme und stand auf. Einer von Gwens Brüdern führte ihn und Hastings in den Korridor, fort von der Familie. Er reichte Ozzie die Hand und bedankte sich dafür, daß er gekommen war.

»Wie geht es Tonya?« erkundigte sich Walls nochmals.

»Nicht sehr gut. Die Operation dauert sicher noch eine Weile. Mehrere Knochenbrüche, eine starke Gehirnerschütterung ... Sie befindet sich in einem ziemlich schlechten Zustand. Druckstellen und Scheuermale am Hals deuten darauf hin, daß man versucht hat, sie zu erhängen.«

»Ist sie vergewaltigt worden?« fragte Ozzie, obwohl er die Antwort bereits kannte.

»Ja. Sie erzählte ihrer Mutter, daß die beiden Männer sie mehrmals mißbraucht und ihr starke Schmerzen zugefügt hätten. Die Ärzte haben es bestätigt.«

»Was ist mit Carl Lee und Gwen?«

»Sie sind völlig fertig. Stehen wahrscheinlich unter der Wirkung eines schweren Schocks. Carl Lee hat kein Wort gesagt, seit er im Wartezimmer sitzt.«

Ozzie versicherte ihm, daß sie die Verbrecher innerhalb kurzer Zeit finden und sofort hinter Schloß und Riegel bringen würden. Der Bruder schlug vor, die beiden irgendwo zu verstecken, zu ihrer eigenen Sicherheit.

Fünf Kilometer außerhalb von Clanton deutete Ozzie zu einem Kiesweg. »Dort«, sagte er. Hastings bog vom Highway ab und hielt vor einem schäbigen Wohnwagen. Inzwischen war es fast dunkel.

Der Sheriff holte einen Schlagstock hervor und hämmerte damit an die Tür. »Aufmachen, Bumpous!«

Der Wohnwagen erzitterte; Bumpous hastete zur Toilette und spülte einen frisch gedrehten Joint hinunter.

»Sie sollen aufmachen, Bumpous!« wiederholte Ozzie. »Ich weiß, daß Sie da drin sind. Wenn Sie nicht öffnen, trete ich die Tür ein.«

Ein Schloß klickte, und Ozzie trat vor, als die Tür aufschwang. »Seltsam, Bumpous – wenn ich Sie besuche, riecht's hier immer komisch, und jedesmal kommen Sie gerade von der Toilette. Ziehen Sie sich an. Ich habe einen Job für Sie.«

»W-was?«

»Ich erkläre es draußen. Hier drin stinkt's mir zu sehr. Ziehen Sie sich irgend etwas über. Und beeilen Sie sich.«

»Was ist, wenn ich mich weigere?«

»Wie Sie wollen. Morgen begegne ich Ihrem Bewährungshelfer.«

»Na schön. Ich bin gleich bei Ihnen.«

Ozzie lächelte und schritt zum Wagen. Bobby Bumpous war ein zuverlässiger Helfer. Seit man ihn vor zwei Jahren auf Bewährung entlassen hatte, gab er sich große Mühe, sauber zu bleiben. Nur dann und wann erlag er der Versuchung, mit einem leichten Drogendeal schnelle Dollars zu verdienen. Ozzie behielt ihn aufmerksam im Auge und wußte von jenen Transaktionen – und Bumpous wußte, daß der Sheriff darüber informiert war. Aus diesem Grund versäumte er es nie, ihm zu Diensten zu sein. Ozzie plante, Cobb früher oder später mit Bobbys Hilfe zu überführen, doch Billy Rays Rauschgifthandel spielte jetzt nur noch eine untergeordnete Rolle.

Nach einigen Minuten kam Bumpous nach draußen, stopfte sich das Hemd in die Hose und zog den Reißverschluß zu. »Wen suchen Sie?« fragte er.

»Billy Ray Cobb.«

»Kein Problem. Sie können ihn auch ohne mich finden.«

»Seien Sie still und hören Sie zu. Wir glauben, daß Billy Ray heute nachmittag an einer Vergewaltigung beteiligt war. Zwei Weiße fielen über ein schwarzes Mädchen her, und ich bin ziemlich sicher, einer von ihnen hieß Cobb.«

»Er ist kein Vergewaltiger-Typ, sondern im Drogengeschäft. Haben Sie das vergessen?«

»Klappe halten und zuhören. Finden Sie Cobb und sprechen Sie mit ihm. Vor fünf Minuten hat man seinen Wagen bei Hueys gesehen. Geben Sie ihm ein Bier aus. Laden Sie ihn zu einer Runde Billard ein oder was weiß ich. Stellen Sie fest, womit er sich heute die Zeit vertrieben hat. Mit wem war er zusammen? Wohin fuhr er? Sie wissen ja, wie gern er redet. In Ordnung?«

»Ja.«

»Rufen Sie die Zentrale an, wenn Sie Billy Ray gefunden haben. Dann bekomme ich eine entsprechende Mitteilung über Funk. Ich bleibe irgendwo in der Nähe. Alles klar?«

»Ja, Sheriff. Kein Problem.«

»Fragen?«

»Eine. Ich bin pleite. Wer bezahlt?«

Ozzie drückte Bumpous zwanzig Dollar in die Hand und setzte sich in den Streifenwagen. Hastings fuhr nach Hueys unten am See.

»Sind Sie sicher, daß Sie ihm vertrauen können?« fragte der Deputy.

»Wem?«

»Bumpous.«

»Oh, ja. Seit er auf Bewährung raus ist, hat er sich als sehr zuverlässig erwiesen. Ein guter Junge, der die meiste Zeit über versucht, eine reine Weste zu behalten. Er hilft dem hiesigen Sheriff und lehnt nie ab, wenn ich ihn um einen Gefallen bitte.«

»Warum?«

»Weil ich ihn vor einem halben Jahr mit zehn Unzen Gras erwischt habe. Er war seit etwa zwölf Monaten aus dem Knast, als ich bei seinem Bruder fünfzig Gramm Marihuana fand. Dreißig Jahre könnte er dafür bekommen, sagte ich zu ihm. Der Kerl weinte die ganze Nacht in seiner Zelle, und am nächsten Morgen packte er aus. Meinte, er hätte den Stoff vom Bruder bekommen. Ich ließ ihn laufen und stattete Bobby einen Besuch ab, klopfte an die Tür und hörte, wie er im Bad die Spülung betätigte. Er stand vor der Toilette, trug nur Unterwäsche und stocherte im verstopften Abfluß. Überall lag Dope herum. Ich weiß nicht, wieviel er runtergespült hat, aber ein großer Teil davon kam durch den Überlauf zurück. Der Typ hatte solche Angst, daß er sich in die Hose machte.«

»Im Ernst?«

»Ja. Bestrullte sich selber. Bot einen tollen Anblick, als er mit nasser Unterhose vor mir stand, in der einen Hand einen Gummisauger, in der anderen Stoff – während Toilettenwasser durchs Bad floß.«

»Und Sie?«

»Ich drohte damit, ihn für den Rest seines Lebens einzulochen.«

»Und er?«

»Begann zu weinen. Heulte wie ein kleines Kind. Faselte von seiner Mutter, dem Gefängnis und so weiter. Er versprach mir, nie wieder irgend etwas anzustellen.«

»Haben Sie ihn verhaftet?«

»Nein, ich brachte es einfach nicht fertig. Beschränkte mich darauf, ihm einen gehörigen Schrecken einzujagen. Und während er im Bad vor mir stand, gab ich dem Burschen eine zweite Bewährungsfrist. Seitdem kann man gut mit ihm arbeiten.«

Die beiden Polizisten fuhren an Hueys Kneipe vorbei und sahen Cobbs Ford auf dem Parkplatz neben einigen schwarzen Pickups und Geländewagen. Sie hielten vor einer Schwarzenkirche auf einem Hügel, von dem aus sie den »Schuppen« sehen konnten, wie ihn seine Stammgäste nannten. Ein zweiter Streifenwagen stand hinter einigen Bäumen jenseits des Highways. Kurze Zeit später erreichte Bumpous den Parkplatz und trat auf die Bremse; blockierende Räder schleuderten Kies beiseite und wirbelten Staub auf. Bobby setzte neben Cobbs Mühle zurück, stieg aus, sah sich wie beiläufig um und betrat das Lokal. Nach dreißig Minuten erfuhr Ozzie über Funk, daß der Informant den Verdächtigen bei Hueys gefunden hatte, einer Bierstube am Highway 305, in der Nähe des Sees. Zwei weitere Streifenwagen trafen ein und hielten sich zunächst von der Kneipe fern. Die Männer in ihnen warteten auf den Einsatzbefehl.

»Warum sind Sie so sicher, daß Cobb dahintersteckt?« fragte Hastings.

»Ich bin nicht sicher. Es ist nur eine Ahnung. Das Mädchen erwähnte einen Kleinlieferwagen mit glänzenden Felgen und breiten Reifen.«

»Diese Beschreibung paßt auf etwa zweitausend Fahrzeuge.«

»Darüber hinaus meinte Tonya, der Pickup sei gelb gewesen und habe neu ausgesehen. Im Rückfenster hing eine große Fahne.«

»Dann bleiben etwa zweihundert Wagen übrig.«

»Vielleicht auch weniger. Wie viele Leute sind so fies wie Billy Ray Cobb?«

»Und wenn er unschuldig ist?«

»Das bezweifle ich.«

»Gehen wir einmal davon aus.«

»Bald wissen wir Bescheid. Der Kerl hat ein großes Maul, erst recht dann, wenn er was getrunken hat.«

Zwei Stunden lang beobachteten sie, wie Hueys Gäste kamen und gingen. Lkw-Fahrer, Papierholzschneider, Arbeiter aus Fabriken oder von den Farmen parkten ihre Pickups und Jeeps auf dem Kies. Sie besuchten die Kneipe, um zu trinken, Billard zu spielen, der Band zuzuhören oder Frauen abzuschleppen. Einige verließen den Laden, verschwanden nebenan in Anns Salon und kehrten nach einigen Minuten zurück. Der Salon war dunkler, sowohl innen als auch außen; ihm fehlten die bunten Werbeleuchten, die schon von weitem auf Hueys hinwiesen. Er stand in dem Ruf, ein Drogentreffpunkt zu sein, doch der »Schuppen« hatte alles: Musik, Frauen, Stoff, Pokerautomaten, Würfel, Tanz und Schlägereien. Einmal taumelten mehrere Streithähne durch die Tür, setzten ihren Kampf auf dem Parkplatz fort und schlugen dort wild um sich – bis sie die Lust an der Sache verloren und wieder zu den Würfeltischen torkelten.

»Ich hoffe, Bumpous war nicht daran beteiligt«, murmelte der Sheriff.

Die meisten Gäste mieden die kleinen, schmutzigen Toiletten in der Kneipe und erleichterten sich statt dessen draußen, zwischen den Pickups. Insbesondere am Montag, wenn zehn Cent für ein Bier Rednecks aus vier Countys anlockten; dann wurde jeder Wagen auf dem Parkplatz mindestens dreimal bepinkelt. Etwa einmal pro Woche regte sich irgendein Autofahrer über das Geschehen vor Hueys auf, und dann mußte Ozzie jemanden verhaften. Ansonsten drückte er beide Augen zu.

Sowohl Hueys Bierstube als auch Anns Salon verstießen gegen zahlreiche Gesetze: Glücksspiel, Rauschgift, schwarz gebrannter Whisky, Minderjährige, Prostitution und so weiter. Kurz nach seiner ersten Wahl zum Sheriff hatte Ozzie beschlossen, alle Spelunken in der County zu schließen. Diese Maßnahme erwies sich aber als großer Fehler. Die Zahl der Verbrechen stieg rapide an. Das Gefängnis war überfüllt. Die Gerichte hatten mehr Arbeit als jemals zuvor. Hunderte von Rednecks fuhren in langen Kolonnen nach Clanton und parkten vor dem Gerichtsgebäude. Jeden Abend versammelten sie sich dort, tranken, randalierten, drehten ihre Radios auf volle Lautstärke und pöbelten die entsetzten Bürger an. An jedem Morgen ähnelte der Platz einer Müllhalde: Überall lagen Bierdosen und Flaschen. Ozzie schloß auch die illegalen Lokale. In nur einem Monat verdreifachte sich die Anzahl von Einbrüchen, Überfällen und Messerstechereien. Hinzu kamen zwei Mordfälle innerhalb von sieben Tagen.

Einige Gemeinderäte der belagerten Stadt trafen sich mit Ozzie und baten ihn, nicht ganz so streng zu sein. Er erinnerte sie höflich daran, daß sie während des Wahlkampfs darauf bestanden hatten, alle Spelunken zu schließen. Die Räte gestanden ihren Irrtum ein und flehten den Sheriff an, die entsprechenden Kneipen wieder zu öffnen. Sie versprachen, ihn auch bei der nächsten Wahl zu unterstützen. Walls gab nach, und schon bald normalisierten sich die Verhältnisse in der Ford County.

Ozzie freute sich nicht darüber, daß jene Etablissements in seinem Bezirk florierten, aber eines stand fest: Wenn sie geöffnet blieben, waren die gesetzestreuen Bürger weitaus sicherer.

Um zweiundzwanzig Uhr dreißig teilte ihm die Zentrale mit, der Informant sei am Telefon und wollte den Sheriff sprechen. Ozzie nannte seinen Aufenthaltsort. Eine Minute später kam Bumpous aus der Kneipe und wankte zu seinem Auto. Die Räder drehten durch, als er Gas ab und zur Kirche raste.

»Er ist betrunken«, brummte Hastings.

Bobby donnerte über den Kirchenparkplatz, und hielt mit quietschenden Reifen dicht neben dem Streifenwagen an. »Hallo, Sheriff!« rief er.

Ozzie ging zu dem Pickup. »Warum hat es so lange gedauert?«

»Sie meinten doch, ich könnte mir Zeit lassen.«

»Sie fanden den Verdächtigen vor zwei Stunden!«

»Ja, Sheriff. Aber haben Sie jemals versucht, zwanzig Dollar auszugeben, wenn eine Dose Bier nur fünfzig Cent kostet?«

»Sie sind betrunken.«

»Nein, nur gut drauf. Wie wär's, wenn sie mir noch einen Zwanziger geben?«

»Haben Sie etwas herausgefunden?«

»Über was?«

»Cobb!«

»Oh, er ist dort drin.«

»Das weiß ich! Und sonst?«

Das Lächeln wich von Bumpous' Lippen, als er zur Kneipe hinübersah. »Er macht sich darüber lustig, Sheriff. Hält alles für einen großen Witz. Er erzählte, es sei ihm gelungen, eine Nigger-Jungfrau zu finden. Jemand fragte ihn nach ihrem Alter, und Cobb antwortete: acht oder neun. Alle lachten.«

Hastings schloß die Augen und ließ den Kopf hängen. Ozzie knirschte mit den Zähnen und wandte den Blick ab. »Was hat er außerdem gesagt?«

»Der Typ ist bis zum Stehkragen voll. Morgen erinnert er sich wahrscheinlich an nichts mehr. Sprach von einer niedlichen kleinen Negerin.«

»Wer war bei ihm?«

»Pete Willard.«

»Ist er ebenfalls dort drin?«

»Ja. Und er amüsiert sich prächtig.«

»Wo sind sie?«

»Auf der linken Seite, bei den Flipperautomaten.«

Ozzie nickte. »In Ordnung, Bumpous. Gute Arbeit. Verschwinden Sie jetzt.«

Hastings rief die Zentrale an und nannte zwei Namen. Die Nachricht wurde an Deputy Looney weitergeleitet, der vor dem Haus des Countyrichters Percy Bullard wartete. Looney klingelte und reichte dem Richter zwei eidesstattliche Erklärungen und entsprechende Haftbefehle. Bullard kritzelte seine Unterschrift und gab sie dem Deputy zurück, der sich bedankte und losfuhr. Zwanzig Minuten später bekam Ozzie die unterschriebenen Haftbefehle von ihm.

Um genau dreiundzwanzig Uhr verstummte die Band mitten in einem Song. Die Würfel rollten nicht mehr; Tänzer blieben stehen; Billardkugeln verharrten. Jemand schaltete das Licht ein. Die Blicke aller Anwesenden richteten sich auf den Sheriff, als er und seine Leute langsam durch den Raum gingen und sich einem Tisch neben den Flipperautomaten näherten. Cobb, Willard und zwei andere Burschen saßen dort in einer Nische und schütteten Bier in sich hinein. Ozzie sah auf Billy Ray hinab und lächelte.

»Tut mir leid, Sir, aber hier sind keine Nigger zugelassen«, sagte Cobb. Die vier Männer lachten. Ozzie schmunzelte auch weiterhin.

Als das Gelächter verklungen war, fragte er: »Habt ihr hier viel Spaß, Billy Ray?«

»Und ob.«

»Dachte ich mir. Tja, ich störe euch nicht gern, aber Sie und Mr. Willard müssen mich begleiten.«

»Wohin?« brachte Willard hervor.

»Ein kleiner Ausflug.«

»Ich bleibe hier«, erwiderte Cobb. Die beiden anderen Männer standen auf, traten vom Tisch fort und mischten sich unters Publikum.

»Sie sind verhaftet«, sagte Ozzie.

»Haben Sie Haftbefehle?« erkundigte sich Billy Ray.

Hastings holte die Dokumente hervor, und Walls warf sie neben die Bierdosen. »Ja, hier sind sie. Bewegt euch.«

Willard starrte verzweifelt zu Cobb hinüber, der einen Schluck trank und knurrte: »Ich will nicht ins Gefängnis.«

Looney drückte Ozzie den längsten Schlagstock in die Hand, der jemals in Fort County benutzt worden war. Willard schien jetzt der Panik nahe zu sein. Walls holte mit dem Knüppel aus und schlug auf den Tisch; mehrere Dosen kippten, und Schaum spritzte. Willard erhob sich ruckartig und streckte die Arme Looney entgegen, der ihm Handschellen anlegte und ihn nach draußen führte.

Ozzie klopfte mit dem Schlagstock auf seine offene linke Hand und grinste. »Sie haben das Recht, die Aussage zu verweigern, Cobb. Was Sie sagen, kann vor Gericht gegen Sie verwendet werden. Sie haben das Recht auf einen Anwalt. Wenn Sie sich keinen leisten können, stellt Ihnen der Staat einen zur Verfügung. Irgendwelche Fragen?«

»Ja. Wie spät ist es?«

»Spät genug, um dich ins Gefängnis zu bringen, Freundchen.«

»Fahr zur Hölle, Nigger.«

Ozzie packte Billy Ray am Haar, zerrte ihn vom Stuhl und warf ihn mit dem Gesicht nach unten zu Boden. Er rammte ihm das Knie in den Rücken, schob den Schlagstock vor Cobbs Hals und übte noch mehr Druck mit dem Knie aus. Der Bursche quiekte, weil ihm der Knüppel fast den Kehlkopf zerquetschte.

Handschellen schnappten zu, und Walls packte erneut Billy Rays Haar, zog ihn über die Tanzfläche zur Tür, schleifte ihn durch den Kies des Parkplatzes und stieß Cobb neben Willard in den Fond des Streifenwagens.

Tonyas Vergewaltigung sprach sich rasch herum. Noch mehr Freunde und Verwandte besuchten das Krankenhaus, saßen im Wartezimmer und standen im Flur. Das Mädchen war inzwischen operiert worden, doch sein Zustand blieb kritisch. Ozzie sprach mit Gwens Bruder, berichtete von den beiden Verhafteten und fügte hinzu, er sei sicher, die beiden Schuldigen gefunden zu haben.

3

Jake Brigance kletterte über seine Frau hinweg, taumelte einige Schritte zum kleinen Bad und tastete dort nach dem schrillenden Wecker. Er fand ihn am üblichen Platz und sorgte mit einem energischen Tastendruck für Stille. Es war halb sechs am Mittwoch, dem 15. Mai.

Atemlos blieb er im Dunkeln stehen, lauschte dem rasenden Pochen seines Herzens und starrte auf die leuchtenden Zahlen der Digitaluhr, die er so sehr haßte. Ihr Schrillen hörte man sogar auf der Straße. An jedem Morgen um diese Zeit glaubte er sich einem Herzinfarkt nahe. Etwa zweimal im Jahr gelang es ihm, Carla aus dem Bett zu stoßen, und dann schaltete sie den Wecker aus, bevor sie wieder unter die Decke kroch. Aber meistens hatte sie kein Mitleid mit ihm. Sie hielt es für verrückt, so früh aufzustehen.

Die Uhr stand im Bad, so daß Jake nicht einfach die Hand nach ihr ausstrecken konnte. Und sobald er auf den Beinen war, erlaubte er es sich nicht, ins Bett zurückzukehren. So lautete eine seiner Regeln. Früher, als der Wecker nur leise neben dem Nachtschränkchen gezirpt hatte, brachte Carla das Ding einfach zum Schweigen, bevor Jake erwachte. Dann schlief er bis sieben oder acht, ruinierte sich dadurch den ganzen Tag und konnte nicht um sieben mit der Arbeit beginnen – eine weitere Regel. Seit die Uhr ins Bad verbannt worden war, erfüllte sie ihren Zweck.

Jake trat ans Becken und wusch sich das Gesicht mit kaltem Wasser. Kurz darauf betätigte er den Lichtschalter und starrte erschrocken in den Spiegel. Das normalerweise glatte braune Haar bildete ein wirres, zerzaustes Durcheinander, und während der Nacht schien der Haaransatz um mindestens fünf Zentimeter zurückgewichen zu sein. Oder seine Stirn war angeschwollen. Schlaf verklebte ihm die Augen, und der Rand des Lakens hatte einen rötlichen Striemen in der linken Gesichtshälfte hinterlassen. Er rieb ihn vorsichtig und fragte sich, ob er je verschwinden würde. Mit der rechten Hand strich er das Haar zurück und betrachtete es. Als Zweiunddreißigjähriger brauchte er sich nicht mit grauen Strähnen herumzuplagen. Nein, sein Problem bestand in einem tendenziellen Haarausfall, wie er ihn von seinem Vater her kannte – der braune Schopf lichtete sich allmählich. Carla versicherte ihm häufig, daß er noch immer dichtes Haar habe, aber vermutlich war das nicht mehr lange der Fall. Sie behauptete auch, er sei nach wie vor sehr attraktiv, und er glaubte ihr. Manchmal wies sie darauf hin, der zurückweichende Haaransatz verleihe ihm ein Flair der Reife, wie es ein junger Anwalt benötigte. Nun, das stimmte vielleicht.

Aber was war mit alten, kahlköpfigen Anwälten? Oder mit reifen Anwälten in mittleren Jahren, die eine Glatze hatten? Warum konnte das Haar nicht zurückkehren, wenn Falten im Gesicht und graue Koteletten ganz deutlich von Reife kündeten?

Jake dachte darüber nach, als er duschte. Anschließend rasierte er sich schnell und streifte die Kleidung über. Um Punkt sechs mußte er im Café sein – noch eine Regel. Er schaltete die Lampen im Schlafzimmer ein, zog Schubladen auf, drückte sie wieder zu, schloß laut die Tür des Kleiderschranks und gab sich alle Mühe, Carla zu wecken. Das übliche Morgenritual im Sommer, wenn sie nicht in der Schule arbeiten mußte. Jake hatte ihr oft erklärt, daß sie tagsüber den versäumten Schlaf mit einem Nickerchen nachholen könne, daß die frühe Phase des Morgens eigentlich gemeinsam verbracht werden solle. Doch sie seufzte nur, drehte sich zur anderen Seite und schlief weiter. Als er angezogen war, sprang er aufs Bett, kroch zu seiner Frau und küßte sie erst am Ohr, dann am Hals und im Gesicht, bis sie sich ihm zuwandte. Daraufhin riß er die Decke fort und lachte, als sie übertrieben schauderte und um Gnade flehte. Er bewunderte ihre gebräunten, schlanken, nahezu perfekten Beine. Das weite Nachthemd verhüllte nichts unterhalb der Gürtellinie, und hundert lüsterne Gedanken gingen ihm durch den Kopf.

Etwa einmal im Monat geriet das Ritual außer Kontrolle – wenn Carla nicht protestierte und die Decke selbst beiseite schob. Dann zog sich Jake wieder aus und brach mindestens drei seiner Regeln. Hanna verdankte ihre Existenz einem solchen Morgen.

Doch diesmal blieb er den eigenen Prinzipien treu. Er deckte seine Frau zu, küßte sie noch einmal und schaltete das Licht aus. Sie atmete ruhiger und gleichmäßiger und schlief wieder ein.

Im Flur öffnete er Hannas Tür und kniete sich neben ihr Bett. Sie war vier, ihr einziges Kind – und es würde keine Brüder oder Schwestern bekommen. Puppen und Plüschtiere umgaben das Mädchen. Jake hauchte seiner Tochter einen Kuß auf die Wange. Die Ähnlichkeit mit ihrer Mutter beschränkte sich nicht nur auf das Aussehen; Hanna und Carla teilten auch bestimmte Verhaltensaspekte und Eigenschaften. Beide hatten blaugraue Augen, die sofort Tränen vergießen konnten, wenn es notwendig wurde. Sie trugen das Haar auf die gleiche Weise, ließen es zusammen beim gleichen Friseur schneiden. Sie wählten sogar ähnliche Kleidung.

Jake liebte diese beiden Frauen; er gab der zweiten einen Abschiedskuß und ging in die Küche, um für Carla Kaffee zu kochen. Einige Minuten später ließ er Max nach draußen: Der Hund erleichterte sich sofort und bellte, als er die Katze der Nachbarin Mrs. Pickles sah.

Nur wenige Leute begannen den Tag so wie Jake Brigance. Mit langen Schritten ging er zum Ende der Zufahrt und holte die Zeitung. Der Morgen war klar und kühl, schien den nahen Sommer anzukündigen.

Jake blickte über die dämmrige Adams Street, drehte sich um und bewunderte sein Heim, eines der beiden Gebäude in Ford County, die Denkmalschutz genossen. Er war sehr stolz darauf, obwohl er hohe Hypotheken abzahlen mußte. Es handelte sich um ein viktorianisches Haus aus dem neunzehnten Jahrhundert, gebaut von einem Eisenbahner, der am ersten Weihnachtsfest nach seiner Fertigstellung darin gestorben war. Die Fassade wurde überwölbt von einem großen, zentralen Giebel und einem Walmdach, das sich über der langen Veranda erstreckte. Darunter befand sich ein kleiner Portikus mit Stirnbrettverschalung. Die fünf runden Stützsäulen waren weiß und schieferblau gestrichen; handgeschnitzte Blumenmuster schmückten sie und zeigten verschiedene Motive: Narzissen, Lilien und Sonnenblumen. Das Geländer zwischen ihnen wies eine komplexe Filigranstruktur auf. Oben führten drei Fenstertüren zu einem kleinen Balkon. Links davon ragte ein achteckiger Turm mit buntem Fensterglas über den Giebel hinweg und endete in einer eisernen Kreuzblume. Unter dem Turm und links von der Veranda diente ein breiter Vorbau als Garage, geschmückt mit Zedernschindeln, diversen Ornamenten, winzigen Giebeln und kleinen Spindeln.

Carla hatte mit einem Maler aus New Orleans gesprochen, und der Typ schlug sechs Grundfarben vor: größtenteils blaue, pfirsichfarbene und weiße Töne. Der Anstrich dauerte zwei Monate und kostete Jake fünftausend Dollar – nicht mitgerechnet die zahllosen Stunden, die Carla und er damit verbrachten, über Leitern zu klettern und Vorhangstangen abzukratzen. Einige Farben gefielen ihm nicht so sehr, aber er hatte es nie gewagt, die Wahl seiner Frau in Frage zu stellen.

Wie jedes viktorianische Gebäude war das Haus im wahrsten Sinne des Wortes einzigartig. Durch ein fast kindlich-verspieltes Erscheinungsbild wirkte es provokant und faszinierend. Carla wünschte es sich schon vor ihrer Heirat, und als der Eigentümer in Memphis gestorben war, kauften sie es für einen Apfel und ein Ei, weil sich sonst niemand dafür interessierte. Zwanzig Jahre lang hatte es leergestanden. Sie liehen sich viel Geld von zwei der drei Banken in Clanton und renovierten ihren Besitz im Verlauf von drei Jahren. Jetzt kamen manchmal Fremde, um das Haus zu fotografieren.

Von der dritten Bank im Ort stammte der Kredit für Jakes Wagen, den einzigen Saab in Ford County – und rot obendrein. Er wischte den Tau von der Windschutzscheibe und schloß auf. Max bellte noch immer und weckte damit die vielen Baumhäher in Mrs. Pickles Ahornbaum. Sie zwitscherten Jake einen Gruß zu, und er lächelte und pfiff, als er auf die Adams Street zurücksetzte. Nach zwei Blocks erreichte er die Jefferson, die an der Washington Street endete. Jake fragte sich oft, warum es in jeder kleinen Stadt im Süden nach Adams, Jefferson und Washington benannte Straßen gab, aber keine, die an Lincoln oder Grant erinnerten. Die Washington Street führte nach Osten und Westen an der nördlichen Seite des Clanton-Square vorbei.

Da Clanton das Verwaltungszentrum der County war, verfügte der Ort über einen großen Platz mit einem Gerichtsgebäude in der Mitte. General Clanton hatte die Stadt gut geplant und dabei einen langen, breiten Square vorgesehen. Große Eichen säumten den Rasen und bildeten wie mit dem Lineal gezogene Reihen. Das Countygericht war mehr als hundert Jahre alt und gebaut worden, nachdem die Yankees das erste Gebäude niedergebrannt hatten. Die Vorderfront wies demonstrativ nach Süden, ein architektonischer Spott, der Leuten aus dem Norden galt. Mit weißen Säulen und schwarzen Fensterläden strahlte es erhabene Würde aus. Die ursprünglich roten Ziegelsteine glänzten nun weiß; alle vier Jahre fügten die Pfadfinder während ihres traditionellen Sommerprojektes eine neue Schicht schimmernder Glasur hinzu. Mehrere öffentliche Schuldverschreibungen hatten den einen oder anderen Anbau beziehungsweise Renovierungen erlaubt. Der Rasen vor dem Gericht war tadellos gepflegt; eine Gruppe aus dem Gefängnis mähte ihn zweimal pro Woche.

In Clanton gab es drei Cafés – zwei für Weiße und eins für Schwarze –, alle drei befanden sich am Rand des Platzes. Für Weiße war es weder verboten noch ungewöhnlich, bei Claude zu essen, dem Schwarzentreff an der westlichen Seite. Und niemand hinderte Schwarze daran, den Teashop am südlichen oder *das* Café an der Washington Street zu besuchen. Aber sie verzichteten darauf, seit man ihnen in den siebziger Jahren gesagt hatte, sie seien dazu berechtigt. Am Freitag aß Jake Gegrilltes bei Claude, wie die meisten weißen Liberalen in Clanton. Doch um sechs Uhr morgens saß er immer im Café.

Er parkte den Saab vor seinem Büro an der Washington Street und ging zu Fuß zu dem kleinen Restaurant. Es war bereits seit einer Stunde offen, und jetzt herrschte dort rege Aktivität. Kellnerinnen eilten umher, servierten Kaffee und Frühstück und plauderten mit den Stammgästen: Farmern, Mechanikern und Deputys. Manager verirrten sich nur selten hierher; sie trafen sich später am Morgen im Teashop auf der anderen Seite des Platzes und sprachen dort über Innenpolitik, Tennis, Golf und die Börse. Im Café drehten sich die Gespräche um Kommunalpolitik, Football und Angeln. Jake gehörte zu den wenigen White Collars*, die man hier duldete. Die Arbeiter mochten und respektieren ihn. Viele von ihnen hatten bei Testamenten, Übertragungsurkunden, Scheidungen, Prozessen und dergleichen seine Dienste in Anspruch genommen. Manchmal zogen sie ihn mit derben

* White Collars: Kopf- bzw. Büroarbeiter. – Anmerkung des Übersetzers.

Anwaltswitzen auf, aber das ließ er über sich ergehen. Während des Frühstücks bat man ihn häufig, Entscheidungen des Obersten Gerichts und andere juristische Seltsamkeiten zu erklären, und er verteilte großzügig kostenlosen Rat. Jack verstand es, bei seinen Erläuterungen das Nebensächliche zu überspringen und sofort zum Kern der Sache zu kommen; das wußten seine Zuhörer zu schätzen. Sie waren nicht immer einer Meinung mit ihm, aber sie erhielten ehrliche Antworten. Gelegentlich kam es zu verbalen Auseinandersetzungen, doch nie fühlte sich jemand beleidigt.

Um sechs trat er ein und brauchte fünf Minuten, um die übrigen Anwesenden zu begrüßen, Hände zu schütteln und auf Rücken zu klopfen. Schließlich nahm er Platz und ließ sich von Dell Kaffee, Toast, Marmelade und Grütze bringen. Die Kellnerin strich ihm über die Hand, nannte ihn Schatz und Liebling und machte wie immer viel Aufhebens um ihn. Andere Gäste meckerte sie an, aber Jake begegnete sie mit besonderer Freundlichkeit.

Er frühstückte mit Tim Nunley, einem Mechaniker von der Chevrolet-Vertretung im Ort, sowie den Brüdern Bill und Bert West, die in der Schuhfabrik nördlich von Clanton arbeiteten. Die Grütze würzte er mit drei Tropfen Tabasco, rührte Butter hinein und strich hausgemachte Erdbeermarmelade auf den Toast. Nach diesen Vorbereitungen trank er einen Schluck Kaffee und begann zu essen. Eine Zeitlang unterhielten sie sich darüber, wann und wo man die besten Süßwasserbarsche fangen konnte.

Zwei Meter von Jakes Tisch entfernt, in einer Nische am Fenster, saßen drei Deputys. Der größere von ihnen, Marshall Prather, drehte sich um und fragte laut: »He, Jake, Sie haben Billy Ray Cobb doch vor einigen Jahren verteidigt, nicht wahr?«

Von einer Sekunde zur anderen war es still im Café, und alle Blicke richteten sich auf den Anwalt. Brigance schluckte Grütze hinunter. Die Frage überraschte ihn nicht sonderlich, wohl aber die von ihr verursachte Reaktion.

»Billy Ray Cobb ...«, wiederholte er und wählte seine Worte mit großer Sorgfalt. »Um was ging es dabei?«

»Um Rauschgift«, sagte Prather. »Vor vier Jahren wurde er dabei erwischt, mit Drogen zu handeln. Der Bursche saß seine Strafe in Parchman ab und kam im letzten Jahr raus.«

Jake entsann sich daran. »Nein, ich habe ihn nicht verteidigt. Ich glaube, er hatte einen Anwalt aus Memphis.«

Prather nickte zufrieden und wandte sich wieder seinen Pfannkuchen zu. Brigance wartete.

»Warum?« erkundigte er sich nach einer Weile. »Hat er wieder was angestellt?«

»Wir haben ihn gestern abend wegen Vergewaltigung verhaftet.«

»Vergewaltigung!«

»Ja. Ihn und Pete Willard.«

»Wer wurde vergewaltigt?«

»Erinnern Sie sich an den Hailey-Nigger, gegen den man vor einigen Jahren wegen Mord verhandelte? Es gelang Ihnen, einen Freispruch für ihn durchzusetzen.«

»Lester Hailey. Natürlich erinnere ich mich an ihn.«

»Kennen Sie seinen Bruder Carl Lee?«

»Ja. Sogar sehr gut. Mir sind alle Haileys bekannt. Ich habe sie fast alle vertreten.«

»Seine kleine Tochter war das Opfer.«

»Soll das ein Witz sein?«

»Nein.«

»Wie alt ist sie?«

»Zehn.«

Jake verlor den Appetit, als die übrigen Gäste ihre Gespräche fortsetzten. Er starrte in seinen Kaffee und hörte, wie die Männer um ihn herum übers Angeln redeten und die Vor- und Nachteile japanischer Autos diskutierten. Als die West-Brüder gingen, setzte er sich zu den Deputys.

»Wie geht es ihr?« fragte er.

»Wem?«

»Dem Hailey-Mädchen.«

»Ziemlich schlecht«, sagte Prather. »Sie liegt im Krankenhaus.«

»Was ist geschehen?«

»Die Einzelheiten müssen noch geklärt werden. Das Kind

konnte uns keine Auskunft geben. Seine Mutter schickte es zum Einkaufen. Die Familie wohnt an der Craft Road, hinter Bates' Lebensmittelladen.«

»Ja, ich weiß.«

»Irgendwie brachten die Kerle das Mädchen in Cobbs Pickup unter und fuhren in den Wald, um es dort zu vergewaltigen.«

»Beide?«

»Ja. Und zwar mehrmals. Aber damit noch nicht genug: Sie verprügelten es, schlugen es windelweich. Einige Verwandte erkannten die Kleine kaum wieder.«

Jake schüttelte den Kopf. »Eine üble Sache.«

»Allerdings. Ich habe nie etwas Schlimmeres gesehen. Die Typen versuchten, Tonya umzubringen. Ließen sie zurück und hofften wahrscheinlich, daß sie sterben würde.«

»Wer fand sie?«

»Einige Nigger, die am Foggy Creek angelten. Sahen, wie sie über die Straße taumelte, mit auf den Rücken gefesselten Händen. Sie blieb lange genug bei Bewußtsein, um den Namen ihres Vaters zu nennen. Die Schwarzen fuhren sie nach Hause.«

»Woher wissen Sie, daß Billy Ray Cobb dahintersteckt?«

»Tonya erwähnte einen gelben Pickup mit 'ner Konföderiertenfahne im Rückfenster. Dieser Hinweis genügte Ozzie. Die Fahndung lief bereits, als das Mädchen ins Krankenhaus kam.«

Prather achtete darauf, nicht zuviel zu sagen. Er mochte Jake, aber Brigance war ein Anwalt, der bei vielen Strafprozessen als Verteidiger auftrat.

»Wer ist Pete Willard?«

»Ein Freund von Cobb.«

»Und wo haben Sie die beiden Burschen gefunden?«

»Bei Hueys.«

»Kein Wunder.« Jake nippte an seinem Kaffee und dachte an Hanna.

»Schlimm, schlimm, schlimm«, murmelte Looney.

»Und Carl Lee? Wie geht's ihm?«

Prather wischte sich Sirup vom Oberlippenbart. »Ich kenne ihn nicht persönlich, aber ich habe nie etwas Schlechtes über ihn gehört. Die Haileys sind bei dem Mädchen im Krankenhaus, und Ozzie hat ihnen die ganze Nacht Gesellschaft geleistet. Er kennt sie natürlich gut, wie die meisten Schwarzen. Hastings ist irgendwie mit Tonya verwandt.«

»Wann findet die Vorverhandlung statt?«

»Bullard hat ihren Beginn für heute auf dreizehn Uhr festgesetzt. Stimmt's Looney?«

Der andere Deputy nickte.

»Kaution?«

»Darüber ist noch keine Entscheidung getroffen. Bullard will bis zur Anhörung warten. Wenn das Mädchen stirbt, lautet die Anklage auf Mord, nicht wahr?«

»Ja«, bestätigte Jake.

»In einem Mordfall gibt es keine Kaution, oder?« wandte sich Looney an Brigance.

»Möglich ist das schon, aber nicht üblich. Bullard beschließt bestimmt keine Kaution, wenn die Anklage auf Mord lautet. Und falls doch, so dürfte sie hoch genug sein, um eine Haftentlassung zu verhindern.«

»Wenn Tonya nicht stirbt – wie viele Jahre könnten die Burschen bekommen?« Diese Frage stammte von Nesbit, dem dritten Deputy am Tisch.

Einige andere Leute hörten zu, als Jake erklärte: »Für Vergewaltigung wäre eine lebenslängliche Freiheitsstrafe möglich. Ich nehme an, man wird ihnen auch Entführung und schwere Körperverletzung zur Last legen.«

»Das ist bereits geschehen.«

»Nun, dann drohen ihnen zwanzig Jahre für die Entführung und noch einmal zwanzig wegen der schweren Körperverletzung.«

»Ja, aber wieviel Zeit müssen sie im Knast absitzen?« fragte Looney.

Jake dachte nach. »Vielleicht könnten sie nach dreizehn Jahren damit rechnen, auf Bewährung entlassen zu werden. Sieben für die Vergewaltigung, drei für die Entführung und noch einmal drei für die schwere Körperverletzung. Vorausgesetzt natürlich, man verurteilt sie in allen Anklagepunkten zur Höchststrafe.«

»Und Cobb? Er hat ein Vorstrafenregister.«

»Aber er gilt nur dann als Gewohnheitsverbrecher, wenn er schon zweimal verurteilt wurde.«

»Dreizehn Jahre«, wiederholte Looney und schüttelte den Kopf.

Jake starrte aus dem Fenster. Der Platz erwachte allmählich zum Leben, als Lieferwagen mit Obst und Gemüse an den Bürgersteigen parkten. Alte Farmer in verblichenen Overalls rückten Körbe mit Tomaten, Gurken und Kürbissen auf Motorhauben und Ladeflächen zurecht. Wassermelonen aus Florida wurden neben staubige Reifen gelegt. Dann versammelten sich die Bauern am Vietnam-Denkmal, saßen auf Bänken, kauten Redman, schnitzten und plauderten miteinander. *Vermutlich redeten sie über die Vergewaltigung,* dachte Jake. Es war jetzt hell draußen, und das Büro wartete auf ihn. Die Deputys beendeten ihr Frühstück, und Jake verabschiedete sich von ihnen. Er umarmte Dell, bezahlte die Rechnung und überlegte einige Sekunden lang, ob er heimfahren und nach Hanna sehen sollte.

Um drei Minuten vor sieben schloß er die Bürotür auf und schaltete das Licht ein.

Es fiel Carl Lee schwer, auf der Couch im Wartezimmer zu schlafen. Tonya ging es noch immer sehr schlecht, aber sie schwebte nun nicht mehr in unmittelbarer Lebensgefahr. Gegen Mitternacht durften die Eltern zu ihr – nachdem der Arzt darauf hingewiesen hatte, daß sie keinen angenehmen Anblick bieten würde. Gwen küßte das verbundene Gesicht, und Carl Lee stand reglos am Fußende des Bettes. Stumm starrte er auf die zierliche Gestalt; Schläuche und Kabel verbanden seine Tochter mit mehreren Geräten. Gwen bekam später ein Beruhigungsmittel, und man fuhr sie zu ihrer Mutter in Clanton. Die Jungen kehrten mit Gwens Bruder nach Hause zurück.

Die Verwandten brachen auf, und um ein Uhr war der Vater allein im Wartezimmer. Um zwei Uhr brachte Ozzie Kaffee und Pfannkuchen; er erzählte Carl Lee alles, was er über Cobb und Willard wußte.

Jakes Büro befand sich in einem von mehreren zweistöckigen Gebäuden am nördlichen Rand des Platzes, nicht weit vom Café entfernt. Die Familie Wilbanks hatte das Haus um 1890 gebaut, als ihr noch ganz Ford County gehörte. Dort praktizierte dann immer ein Anwalt namens Wilbanks, bis 1979, dem Jahr des Lizenzentzugs. Nebenan arbeitete ein Versicherungsagent, den Jake einmal verklagt hatte, weil er sich weigerte, einen vom Chevrolet-Mechaniker Tim Nunley gemeldeten Schaden zu ersetzen. Der zweite Nachbar war die Bank, von der das Darlehen für den Saab stammte. Alle Gebäude am Platz ragten zwei Stockwerke hoch empor – bis auf zwei Banken. Jene neben Jakes Praxis hatte auch nur zwei Etagen und war ebenfalls von den Wilbanks gebaut worden, doch die an der südöstlichen Ecke des Platzes verfügte über drei Geschosse und die neueste an der südwestlichen Seite über vier.

Seit 1979 arbeitete Jake allein. Er gefiel sich in der Rolle des juristischen Einzelgängers, und außerdem kannte er keinen anderen Anwalt in Clanton, der kompetent genug gewesen wäre, um als Partner für ihn in Frage zu kommen. Es gab einige gute Rechtsanwälte in der Stadt, aber die meisten von ihnen gehörten zur Sullivan-Kanzlei, die ihre Büros in der Bank mit den vier Stockwerken hatte. Jake verabscheute sie. Alle seine Kollegen verachteten die Sullivan-Kanzlei; ihre eigenen Angestellten bildeten die einzige Ausnahme. Es waren insgesamt acht – acht aufgeblasene, eingebildete und arrogante Blödmänner. Sie rühmten sich ihres Harvard-Studiums und vertraten Großgrundbesitzer, Banken, Versicherungsgesellschaften, die Eisenbahn – und Leute mit viel Geld. Die übrigen vierzehn Anwälte in der County bekamen den Rest; ihr Rechtsbeistand galt lebenden, atmenden Menschen, die nur wenig bezahlen konnten. Gelegentlich bezeichnete man sie als »Straßenanwälte« – Juristen in den Schützengräben einer bitteren Realität, die Normalbürger in Schwierigkeiten brachte. Jake war stolz darauf, ein Straßenanwalt zu sein.

Seine Praxis bestand aus zehn Räumen, von denen er nur fünf benutzte. Das Erdgeschoß enthielt ein Empfangszimmer, einen Konferenzsaal, eine Küche und eine kleine Abstellkammer. Jake arbeitete in einem großen Raum des ersten Stocks, neben einem kleineren, dem sogenannten »Kriegszimmer« – dort fehlten Fenster und Telefone; dort lenkte ihn nichts ab. Oben standen drei Räume leer und unten zwei. In den vergangenen Jahren, vor dem Lizenzentzug hatten sie einen integralen Bestandteil der angesehenen Wilbanks-Kanzlei gebildet. Jakes Büro, *das* Büro, bot enorm viel Platz und war fast fünfzig Quadratmeter groß. Decke und Boden bestanden aus Hartholz, ein breiter Kamin zierte die eine Wand, und hinzu kamen drei Schreibtische: einer in der Mitte, ein kleinerer in der Ecke und ein Rollschreibtisch unter dem Porträt von William Faulkner. Die antiken Eichenmöbel waren fast hundert Jahre alt, ebenso wie die Bücher und Regale. Mehrere Fenster gewährten einen beeindrukkenden Blick auf den Platz und das Gerichtsgebäude, und dieses Panorama konnte man noch besser genießen, wenn man die Verandatür öffnete und auf den Balkon über dem Bürgersteig der Washington Street trat. Kein Zweifel: Jake hatte die beste Praxis in Clanton. Das räumten sogar seine Feinde von der Sullivan-Kanzlei ein.

Für all den Luxus zahlte Brigance vierhundert Dollar Miete im Monat. Das Geld bekam sein Hauswirt und früherer Chef Lucien Wilbanks, der 1979 aus der Anwaltschaft ausgeschlossen worden war.

Über Jahrzehnte hinweg hatten die Wilbanks in Ford County regiert. Sie waren stolz und reich, spielten eine führende Rolle in der Landwirtschaft, beim Bankwesen, in Politik und Recht. Alle männlichen Wilbanks entschieden sich für das Jurastudium an den Eliteuniversitäten der USA. Sie finanzierten Banken, Kirchen, Schulen und bekleideten öffentliche Ämter. Viele Jahre lang genoß die Kanzlei Wilbanks & Wilbanks den besten Ruf im Norden von Mississippi.

Lucien beendete diese Tradition. Er war der einzige männliche Wilbanks seiner Generation; es gab eine Schwester und mehrere Nichten, aber von ihnen erwartete man nur, standesgemäß zu heiraten. An Lucien stellte die Familie weitaus höhere Ansprüche, doch als er die dritte Klasse besuchte, deutete bereits einiges darauf hin, daß ein anderer Wilbanks aus ihm werden sollte. Er übernahm die Praxis 1965, als Vater und Onkel bei einem Flugzeugabsturz ums Leben kamen. Zwar war er schon vierzig, aber er hatte erst wenige Monate vor dem Unglück sein Fernstudium beendet. Irgendwie war es ihm gelungen, das Examen zu bestehen. Als er begann, die Kanzlei zu leiten, verlor sie ihre ersten Mandaten. Große Klienten wie Versicherungsgesellschaften, Banken und Farmer kündigten die Beratungsverträge und wandten sich an die neu gegründete Sullivan-Kanzlei. Sullivan hatte als Juniorpartner für die Wilbanks gearbeitet, doch Lucien setzte ihn vor die Tür – und Sullivan nahm die anderen Juniorpartner und viele Klienten mit. Anschließend feuerte Lucien auch die restlichen Mitarbeiter: Teilhaber, Sekretärinnen, Buchhalter und so weiter. Nur Ethel Twitty blieb, die Sekretärin seines Vaters.

Ethel und John Wilbanks hatten sich sehr nahe gestanden. Twittys jüngerer Sohn wies große Ähnlichkeit mit Lucien auf. Der arme Kerl verbrachte die meiste Zeit in verschiedenen Klapsmühlen, und Lucien nannte ihn scherzhaft seinen »zurückgebliebenen Bruder«. Nach dem Flugzeugabsturz erschien der Schwachsinnige in Clanton und erzählte überall, er sei der uneheliche Sohn von John Wilbanks. Ethel fühlte sich dadurch gedemütigt, aber sie schaffte es nicht, ihren Sprößling unter Kontrolle zu halten. Ganz Clanton sprach über den Skandal. Die Sullivan-Kanzlei strengte einen Prozeß an, vertrat den »zurückgebliebenen Bruder«, und verlangte einen Teil des Wilbanks-Erbes für ihn. Lucien war außer sich. Vor Gericht verteidigte er nicht nur Ehre und Stolz der Familie, sondern auch das Vermögen seines Vaters, das er und seine Schwester bekommen hatten. Während der Verhandlung fiel den Geschworenen die erstaunliche Ähnlichkeit zwischen Lucien und dem einige Jahre jüngeren Sohn Ethel Twittys auf, denn der zurückgebliebene Bruder saß so nahe neben Lucien, wie es die Umstände zuließen. Die Sullivan-Anwälte sorgten sogar dafür, daß er sein Verhalten nachahmte, im gleichen Tonfall sprach und sich ebenso kleidete. Ethel und ihr Mann stritten irgendeine Art von Verwandtschaft zwischen ihrem Sohn und den Wilbanks ab, aber die Geschworenen entschieden anders und sprachen ihm ein Drittel des Erbes zu. Lucien verfluchte die Jury und schlug den armen Jungen. Schließlich schleifte man ihn aus dem Gerichtssaal und brachte ihn ins Gefängnis. Beim Berufungsverfahren wurde das erste Urteil dann aufgehoben, doch Lucien fürchtete weitere Probleme, falls Ethel ihre ursprüngliche Aussage widerrufen sollte. Deshalb behielt sie ihren Job in der Wilbanks-Praxis.

Lucien führte die Kanzlei seiner Familie ganz bewußt in den Ruin, denn er hatte nie beabsichtigt, in die Fußstapfen seiner Vorfahren zu treten. Er lehnte es ab, sich mit Zivilrecht zu befassen und strebte eine Karriere als Strafverteidiger an. Er wünschte sich die häßlichen Fälle – Mord, Vergewaltigung, Kindesmißhandlung –, die niemand sonst wollte, und sehnte sich danach, für die Bürgerrechte zu kämpfen, ein radikaler Anwalt zu werden, der für die Unterprivilegierten eintrat und sich dadurch großen Ruhm erwarb. Darauf kam es ihm in erster Linie an: auf Ruhm.

Bald ließ er sich einen Bart wachsen und von seiner Frau scheiden. Der Kirchenaustritt folgte. Er verkaufte seinen Anteil am Country Club, beantragte Mitgliedschaften in sozialen Organisationen, gab den Sitz im Aufsichtsrat der Bank auf und wurde zur Geißel von Clanton. Die Schulen verklagte er wegen der Rassentrennung, den Gouverneur wegen der schlechten Haftbedingungen im Gefängnis. Er verklagte die Stadt, weil sie es versäumte, Straßen in schwarzen Wohngebieten zu asphaltieren. Weitere Klagen richteten sich gegen die Bank, weil dort schwarze Kassierer fehlten, gegen den Staat, weil er an der Todesstrafe festhielt, gegen einige Fabriken, die sich weigerten, Gewerkschaften anzuerkennen. Schließlich führte und gewann er viele Prozesse, nicht nur in Ford County, und machte sich einen Namen. Seine Popularität bei Schwarzen und armen Weißen wuchs. Er stieß dort auf einige lukrative Fälle, bei denen es um Körperverletzung und Totschlag ging, darüber hinaus setzte er mehrere interessante Vereinbarungen und Vergleiche durch. Die Kanzlei – Ethel und er – verdiente besser als jemals zuvor. Doch Lucien brauchte das Geld nicht; er war reich geboren und dachte nie darüber nach. Die Buchführung überließ er Ethel.

Die Rechtsprechung bestimmte sein Leben, und da er keine Familie hatte, dachte er nur noch an die Arbeit. Fünfzehn Stunden am Tag und sieben Tage in der Woche nahm er voller Hingabe seine Aufgaben als Anwalt wahr. Alles andere interessierte ihn nicht, abgesehen vom Alkohol. In den späten sechziger Jahren entdeckte er seine Vorliebe für Jack Daniel's. Einige Jahre später trank er regelmäßig, und als er Jake 1978 einstellte, hing er an der Flasche. Seine Arbeit litt nie darunter: Er lernte es, zu trinken und gleichzeitig zu praktizieren. Lucien hatte meist etwas intus, und in diesem Zustand war er besonders gefährlich – der Whisky verstärkte die boshaften und aggressiven Aspekte seines Wesens. Vor Gericht brachte er die anderen Anwälte in Verlegenheit, beleidigte den Richter, beschimpfte die Zeugen und entschuldigte sich dann bei den Geschworenen. Man fürchtete ihn, weil er in dem Ruf stand, zu allem fähig zu sein und kein Blatt vor den Mund zu nehmen. In seiner Nähe verhielten sich die Leute besonders vorsichtig. Lucien wußte das und genoß es. Er wurde immer exzentrischer. Je mehr er trank, desto verrückter führte er sich auf. Und je häufiger man über ihn sprach, desto mehr trank er.

Zwischen 1966 und 1978 stellte Lucien insgesamt elf Mitarbeiter ein und entließ sie wieder. Er beschäftigte Schwarze, Juden, Spanier und Frauen, aber niemand von ihnen war seinen Anforderungen gewachsen. Im Büro trat er wie ein Tyrann auf, fluchte dauernd und kritisierte die jungen Anwälte. Einige von ihnen kündigten schon im ersten Monat. Einer hielt zwei Jahre durch. Es war sehr schwer, Luciens Wahn zu ertragen. Er hatte genug Geld, um sich Exzentrizität zu leisten – seine Angestellten nicht.

1978 nahm er Jake, der gerade das Studium abgeschlossen hatte, in seine Dienste. Jake Brigance stammte aus Karaway, einem kleinen Ort mit zweitausendfünfhundert Einwohnern, etwa dreißig Kilometer westlich von Clanton. Er war redlich, konservativ und ein gläubiger Presbyterianer mit einer hübschen Frau, die Kinder wollte. Lucien stellte ihn ein, um herauszufinden, ob er ihn korrumpieren konnte. Jake akzeptierte den Job mit großen Vorbehalten, weil er keine besseren Angebote erhielt.

Ein Jahr später verlor Lucien die Lizenz – eine Tragödie für seine wenigen Freunde. Die Arbeiter der Schuhfabrik im Norden der Stadt hatten einen Streik beschlossen; Lucien hatte ihnen dabei geholfen, sich zu organisieren. Es kam zu Ausschreitungen, als der Direktor versuchte, die Streikenden durch Arbeitswillige zu ersetzen. Wilbanks fuhr sofort zur Fabrik, um eine Ansprache zu halten. Er war noch betrunkener als sonst. Mehrere Streikbrecher versuchten, die Absperrungen zu überwinden, und das Ergebnis bestand aus einer wilden Schlägerei. Lucien stürzte sich ebenfalls ins Gewühl und wurde verhaftet; man verurteilte ihn wegen Körperverletzung und ungebührlichen Benehmens. Er legte mehrmals Berufung ein und verlor.

Inzwischen war er der Anwaltschaft des Staats Mississippi ein Dorn im Auge. Es lagen viele Beschwerden über ihn vor. Privater Tadel, offizielle Verweise und Suspendierungen hatten nichts genützt. Das Disziplinarkomitee traf eine rasche Entscheidung und entzog Lucien die Lizenz, weil er die ethisch-moralischen Grundsätze der Advokatur wiederholt verletzt habe. Erneut legte Wilbanks mehrmals Berufung ein – und verlor wieder.

Jetzt war Lucien zutiefst bestürzt. Jake befand sich gerade im Büro seines Chefs – dem großen Arbeitszimmer im Obergeschoß –, als jemand aus Jackson anrief und mitteilte, das oberste Gericht habe die Maßnahme der Anwaltschaft bestätigt. Wilbanks legte auf und ging zur Verandatür am Balkon. Brigance rechnete mit einem Wutanfall, doch Lucien blieb stumm. Langsam wandte er sich um, durchquerte den Raum und ging die Treppe hinunter. Unten verharrte er und musterte die weinende Ethel, dann sah er Jake an. »Kümmern Sie sich um die Praxis«, sagte er. »Wir sprechen uns später.«

Brigance und die Sekretärin eilten zum Fenster und beobachteten, wie Lucien in seinem alten Porsche fortraste. Einige Monate lang ließ er nichts von sich hören. Jake arbeitete fleißig, während Ethel das Büro vor dem Chaos bewahrte. Er erledigte mehrere der aktuellen Fälle, und einige von ihnen überließ er anderen Anwälten. Der Rest wurde vor Gericht verhandelt.

Ein halbes Jahr später kehrte Jake nach einem langen Prozeßtag in die Praxis zurück und stellte überrascht fest, daß Wilbanks auf dem Perserteppich im großen Arbeitszimmer schlief. »Himmel, ist alles in Ordnung mit Ihnen?« stieß er hervor.

Lucien erhob sich und nahm im Ledersessel hinter dem Schreibtisch Platz. Er war nüchtern, gebräunt und entspannt.

»Hallo, Jake, wie geht's Ihnen?« fragte er freundlich.

»Gut. Ja, gut. Wo sind Sie gewesen?«

»Auf den Cayman-Inseln.«

»Und womit haben Sie sich die Zeit vertrieben?«

»Mit Rum, Dösen am Strand und einheimischen Mädchen.«

»Klingt nach einer Menge Spaß. Warum sind Sie zurückgekehrt?«

»Weil's langweilig wurde.«

Jake setzte sich ebenfalls. »Freut mich, Sie wiederzusehen, Lucien.«

»Mich auch, Jake. Wie läuft's hier?«

»Manchmal geht es bei uns recht hektisch zu. Aber ansonsten ist alles bestens.«

»Wie steht es um den Fall Medley?«

»Kein Problem mehr. Man hat achttausend Dollar gezahlt.«

»Ausgezeichnet. War er zufrieden?«

»Ich glaube schon.«

»Haben Sie Cruger vor Gericht vertreten?«

Jake senkte den Kopf. »Nein. Er hat Fredrix mit seiner Verteidigung beauftragt. Die Verhandlung findet nächsten Monat statt.«

»Ich hätte mit ihm reden sollen, bevor ich Sie allein ließ.«

»Er ist schuldig, nicht wahr?«

»Ja, natürlich. Es spielt überhaupt keine Rolle, wer ihn vertritt. Die meisten Angeklagten sind schuldig. Vergessen Sie das nie.« Lucien ging zur Verandatür und blickte nach draußen über den Platz. »Was ist mit Ihren Plänen für die Zukunft, Jake?«

»Ich würde gern bleiben. Und Sie? Was haben Sie vor?«

»Sie sind ein guter Anwalt, Jake. Ich möchte, daß Sie weiterhin in dieser Kanzlei arbeiten. Was mich betrifft ... Keine Ahnung. Ich dachte zunächst daran, mich irgendwo in der Karibik niederzulassen. Nun, es ist sehr angenehm, dort einen längeren Urlaub zu verbringen, aber irgendwann hat man die Nase voll. Vielleicht reise ich ein wenig und gebe Geld aus. Daran mangelt's mir nicht.«

Jake nickte. Lucien drehte sich um und holte zu einer umfassenden Geste aus. »Ich überlasse dies alles Ihnen, Jake. Halten Sie die Praxis in Gang. Ziehen Sie in dieses Büro um. Arbeiten Sie an dem Schreibtisch, den mein Großvater nach dem Bürgerkrieg aus Virginia mitbrachte. Kümmern Sie sich um die Akten, Fälle, Klienten, Bücher und den Rest.«

»Das ist sehr großzügig von Ihnen, Lucien.«

»Die meisten Klienten werden sich nach einem anderen Rechtsbeistand umsehen. Das richtet sich nicht gegen Sie – eines Tages sind Sie bestimmt ein angesehener Anwalt. Aber viele Mandanten wollten nur meine juristische Hilfe.«

Es lag Jake überhaupt nichts daran, viele von Luciens Mandanten zu behalten. »Und die Miete?«

»Zahlen Sie mir, was Sie sich leisten können. Zu Anfang haben Sie bestimmt erhebliche finanzielle Probleme, aber ich bin sicher, Sie kommen über die Runden. Ich brauche kein Geld – im Gegensatz zu Ihnen.«

»Sie sind sehr freundlich.«

»Oh, ich bin ein netter Kerl.« Die beiden Männer lachten.

Jake wurde wieder ernst. »Und Ethel?«

»Das liegt ganz bei Ihnen. Sie ist eine gute Sekretärin und kennt sich mit den Gesetzen besser aus als mancher Anwalt. Ich weiß, daß Sie nicht viel von ihr halten, aber sie wäre schwer zu ersetzen. Kündigen Sie ihr, wenn Sie wollen. Mir ist es gleich.«

Lucien schritt zur Tür. »Rufen Sie mich an, falls Sie meinen Rat brauchen. Ich bin immer für Sie da. Bringen Sie Ihre Sachen in dieses Büro. Mein Vater hat hier gearbeitet, und seiner vor ihm. Verstauen Sie meinen Kram in Kartons. Ich hole das Zeug später ab.«

Cobb und Willard erwachten mit starken Kopfschmerzen und roten, angeschwollenen Augen. Ozzie schrie sie an. Sie lagen in einer kleinen Zelle, die niemand sonst mit ihnen teilte. Auf der rechten Seite befand sich eine andere Zelle, in der Staatsgefangene auf ihren Transport nach Parchman warteten. Zehn Schwarze standen dort, starrten durchs Gitter und beobachteten die beiden Weißen, als sie sich die Augen rieben. In der Kammer weiter links hockten weitere Schwarze. »Aufwachen!« schrie Ozzie. »Und seid brav. Sonst bringe ich euch bei den anderen Jungs unter.«

Jakes ruhige Zeit dauerte von sieben bis um halb neun, wenn Ethel eintraf. Während dieser neunzig Minuten legte er großen Wert darauf, nicht gestört zu werden. Er schloß die Tür ab, ignorierte das Telefon und empfing niemanden. Mit großer Sorgfalt plante er den Tag. Um acht Uhr dreißig hatte er für Ethel genug Arbeit diktiert, um sie bis Mittag ruhig und beschäftigt zu halten. Um neun war er entweder im Gericht oder bei Klienten. Erst ab elf Uhr nahm er Anrufe entgegen und beantwortete alle am Morgen eingetroffenen Mitteilungen. Nie versäumte er einen Rückruf – eine weitere Regel. Jake arbeitete systematisch, ohne Zeit zu verschwenden. Eine Angewohnheit, die er nicht von Lucien übernommen hatte.

Um halb neun hörte er, wie Ethel das Empfangszimmer betrat. Sie kochte frischen Kaffee und öffnete die Post, wie an jedem Tag während der vergangenen einundvierzig Jahre. Als Vierundsechzigjährige sah Jakes Sekretärin wie fünfzig aus. Sie war mollig, ohne dick zu wirken, gut gepflegt, aber nicht attraktiv. Stumm las sie die an Jake Brigance gerichteten Briefe und aß dabei ein Würstchen und mehrere Kekse.

Nach einer Weile hörte Jake Stimmen – Ethel sprach mit einer anderen Frau. Er sah in seinem Kalender nach – keine Termine bis um zehn.

»Guten Morgen, Mr. Brigance«, tönte es aus der Wechselsprechanlage.

»Guten Morgen, Ethel.« Sie zog es vor, Mrs. Twitty genannt zu werden; Lucien und alle anderen sprachen sie so an. Aber Jake blieb beim Vornamen.

»Eine Dame möchte zu Ihnen.«

»Sie hat keinen Termin.«

»Nein, Sir.«

»Vereinbaren Sie einen für morgen nach zehn Uhr dreißig. Derzeit habe ich zu tun.«

»Ja, Sir. Aber die Besucherin meint, es sei sehr dringend.«

»Wie heißt sie?« fragte Jake scharf. Es ging immer um etwas Dringendes, wenn jemand unangemeldet kam – wie bei einem Abstecher ins Leichenschauhaus oder zur Wäscherei. Wahrscheinlich wollte sich die Frau nach Onkel Lukes Testament oder einer Gerichtsverhandlung erkundigen, die in drei Monaten begann.

»Mrs. Willard«, antwortete Ethel.

»Hat sie nur einen Nachnamen?«

»Earnestine Willard. Sie kennen sie nicht, aber ihr Sohn sitzt im Gefängnis.«

Jake nahm seine Verabredungen immer pünktlich wahr, doch unangekündigte Besuche standen auf einem ganz anderen Blatt. Entweder schickte Ethel die betreffenden Leute fort oder vereinbarte einen Termin. »Mr. Brigance ist sehr beschäftigt«, erklärte sie bei solchen Gelegenheiten, »aber übermorgen kann er vielleicht einige Minuten für Sie erübrigen.« Derartige Hinweise beeindruckten immer.

»Sagen Sie ihr, daß ich nicht interessiert bin.«

»Aber sie braucht einen Anwalt. Heute nachmittag kommt ihr Sohn vor Gericht.«

»Sie soll sich an Drew Jack Tyndale wenden, den Pflichtverteidiger. Er ist gut und hat sicher Zeit für sie.«

Ethel gab den Rat weiter. »Mrs. Willard möchte, daß Sie ihren Sohn vertreten. Sie hat gehört, daß Sie der beste Strafverteidiger in Ford County sind.« Die Sekretärin klang deutlich amüsiert.

»Da hat sie vollkommen recht. Aber ich bin trotzdem nicht interessiert.«

Ozzie legte Willard Handschellen an und führte ihn durch den Flur ins Büro des Countygefängnisses. Dort nahm er ihm die Handschellen wieder ab und deutete auf einen Holzstuhl in der Mitte des kleinen Zimmers. Der Sheriff trat hinter seinen Schreibtisch, nahm Platz und musterte den Gefangenen.

»Mr. Willard, das ist Lieutenant Griffin von der Mississippi Highway Patrol. Dort drüben sitzen der Untersuchungsbeamte Rady sowie die beiden Deputys Looney und Prather, die Sie gestern abend kennengelernt haben – obwohl Sie sich vermutlich nicht daran erinnern. Ich bin Sheriff Walls.«

Willard sah die Männer nacheinander an, und sein Gesicht offenbarte Furcht. Er saß in der Falle. Die Tür war verriegelt. Auf dem Schreibtisch standen zwei Kassettenrecorder.

»Wir sind hier, um Ihnen einige Fragen zu stellen. In Ordnung?«

»Ich weiß nicht ...«

»Bevor ich beginne, möchte ich Ihnen noch einmal Ihre Rechte erklären. Zunächst einmal: Sie haben das Recht, die Aussage zu verweigern. Verstanden?«

»Ja.«

»Können Sie lesen und schreiben?«

»Ja.«

»Gut. Dann lesen Sie das hier und unterschreiben Sie. Damit bestätigen Sie, auf Ihre Rechte hingewiesen worden zu sein.«

Willard kritzelte seine Unterschrift, und Ozzie betätigte eine rote Aufzeichnungstaste.

»Sie wissen, daß ich den Recorder eingeschaltet habe, nicht wahr?«

»Ja.«

»Und daß es Mittwoch, fünfzehnter Mai, acht Uhr dreiundvierzig morgens ist.«

»Wenn Sie das behaupten ...«

»Wie lautet Ihr voller Name?«

»James Louis Willard.«

»Spitzname?«

»Pete. Pete Willard.«

»Adresse?«

»Route 6, Box 14, Lake Village, Mississippi.«

»Welche Straße?«

»Bethel Road.«

»Mit wem leben Sie zusammen.?«

»Ich bin geschieden und wohne bei meiner Mutter, Earnestine Willard.«

»Kennen Sie Billy Ray Cobb?«

Willard zögerte und blickte zu Boden. Seine Stiefel lagen in der Zelle; Schmutz klebte an den weißen Socken, und die großen Zehen ragten durch Löcher. *Es kann sicher nicht schaden, diese Frage zu beantworten*, dachte er.

»Ja, ich kenne ihn.«

»Haben Sie ihm gestern Gesellschaft geleistet?«

»Mhm.«

»Wo waren sie?«

»Unten am See.«

»Wann brachen Sie auf?«

»Gegen drei.«

»Welchen Wagen fuhren Sie?«

»Ich saß nicht am Steuer.«

»Welches Fahrzeug benutzten Sie, um nach Clanton zurückzukehren?«

Neuerliches Zögern. Willard starrte auf seine Zehen. »Ich glaube, ich möchte nicht noch mehr sagen.«

Ozzie betätigte eine andere Taste, und daraufhin verklang das leise Summen des Recorders. Er holte tief Luft und sah Willard an. »Sind Sie jemals in Parchman gewesen?«

Der Gefangene schüttelte den Kopf.

»Wissen Sie, wie viele Nigger es dort gibt?«

Willard schüttelte erneut den Kopf.

»Etwa fünftausend. Wissen Sie, wie viele Weiße im Parchman-Knast sitzen?«

»Nein.«

»Etwa Tausend.«

Willard senkte den Kopf. Ozzie ließ ihn eine Minute lang nachdenken und zwinkerte dann Lieutenant Griffin zu.

»Haben Sie eine Ahnung, was diese Nigger mit einem Weißen anstellen, der ein schwarzes Mädchen vergewaltigt hat?«

Keine Antwort.

»Lieutenant Griffin, bitte schildern Sie Mr. Willard, wie Weiße in Parchman behandelt werden.«

Griffin trat näher, lehnte sich an Ozzies Schreibtisch und sah auf Willard hinab. »Vor fünf Jahren vergewaltigte ein Weißer in Helena County – drüben im Delta – eine Schwarze. Sie war zwölf. Man wartete auf ihn, als er in Parchman eingeliefert wurde. Die Häftlinge wußten Bescheid. In der ersten Nacht banden ihn dreißig Schwarze auf einem großen Faß fest und bestiegen ihn. Die Wärter sahen zu und lachten. Niemand hat Mitleid mit einem Vergewaltiger. Die Schwarzen nahmen sich ihn jede Nacht vor, drei Monate lang, und dann brachten sie ihn um. Die kastrierte Leiche steckte im Faß.«

Willard schauderte heftig, hob den Kopf und schnappte nach Luft.

»Wir haben es nicht auf Sie abgesehen, Pete«, sagte Ozzie. »Wir wollen Cobb. Ich bin hinter ihm her, seit er aus Parchman entlassen wurde. Und ich möchte ihn endlich aus dem Verkehr ziehen. Ich lege ein gutes Wort für Sie ein, wenn Sie mir helfen, Cobb hinter Schloß und Riegel zu bringen. Natürlich kann ich Ihnen nichts versprechen, aber der Bezirkstaatsanwalt ist ein guter Bekannter von mir. Ich rede mit ihm, falls Sie mir helfen, Cobb zu überführen.«

»Ich möchte einen Anwalt«, murmelte Willard.

Ozzie stöhnte leise. »Was erhoffen Sie sich davon, Pete? Glauben Sie, ein Anwalt könnte Ihnen die Nigger vom Leib halten? Himmel, ich bemühe mich, Ihnen zu helfen, und Sie spielen den Klugscheißer.«

»Hören Sie auf den Sheriff, mein Junge«, sagte Griffin. »Er versucht, Ihnen das Leben zu retten.«

»Es wäre möglich, daß Sie mit einigen Jahren in diesem Gefängnis hier davonkommen«, warf Rady ein.

»Hier ist es viel sicherer als in Parchman«, fügte Prather hinzu.

»Es liegt bei Ihnen, Pete«, meinte Ozzie. »Entweder sterben Sie in Parchman, oder Sie bleiben hier. Und wenn Sie sich gut betragen ... Vielleicht ziehe ich sogar in Erwägung, Sie zum Kalfakter zu machen.«

Willard ließ einmal mehr den Kopf hängen und rieb sich die Schläfen. »Na schön. Einverstanden.«

Ozzie drückte die rote Taste.

»Wo haben Sie das Mädchen gefunden?«

»Auf irgendeiner Straße.«

»Auf welcher Straße?

»Weiß nicht. Ich war betrunken.«

»Wohin brachten Sie es?«

»Ich erinnere mich nicht.«

»Nur Sie und Cobb?«

»Ja.«

»Wer vergewaltigte die Kleine?«

»Wir beide. Ray zuerst.«

»Wie oft?«

»Weiß nicht mehr. Wir haben Joints geraucht und Bier getrunken.«

»Das Mädchen wurde von Ihnen beiden vergewaltigt?«

»Ja.«

»Wo ließen Sie es zurück?«

»Keine Ahnung. Ich schwöre, daß ich mich nicht daran erinnere.«

Ozzie schaltete den Recorder aus. »Wir fertigen ein schriftliches Protokoll von Ihrer Aussage an, und anschließend unterschreiben Sie.«

Willard schüttelte noch einmal den Kopf. »Bitte sagen Sie Billy Ray nichts davon.«

»Keine Sorge«, beruhigte ihn der Sheriff.

4

Percy Bullard rutschte unruhig im Ledersessel hin und her. Er saß am alten, ramponierten Schreibtisch des Richterbüros und wußte: Vorn im Gerichtssaal hatte sich eine große Menschenmenge eingefunden – Neugierige, die mehr über das Verbrechen erfahren wollten. Im kleinen Nebenzimmer versammelten sich Anwälte vor dem Kaffeeautomaten und sprachen über die Vergewaltigung.

Bullards schwarzer Talar hing in einer Ecke neben dem Fenster, das Ausblick auf den nördlichen Teil der Washington Street gewährte. Seine Füße steckten in Turnschuhen, Größe 38, die kaum den Boden berührten. Er war klein und nervös und machte sich selbst dann Sorgen, wenn ganz gewöhnliche Verhandlungen bevorstanden. Nach dreizehn Jahren als Richter gelang es ihm noch immer nicht, sich zu entspannen. Glücklicherweise brauchte er keine wichtigen Prozesse zu leiten – die blieben dem Bezirksgericht vorbehalten. Bullards Verantwortung galt allein dem Countygericht; damit hatte er den Höhepunkt seiner Karriere erreicht.

Der alte Gerichtsdiener Mr. Pate klopfte an die Tür.

»Herein!« rief Bullard.

»Guten Tag, Richter.«

»Wie viele Schwarze sind dort draußen?« fragte Percy Bullard scharf.

»Der halbe Saal.«

»Das sind hundert Personen! So viele Zuschauer gibt's nicht einmal bei einem Mordprozeß. Was wollen die Leute?«

Mr. Pate schüttelte den Kopf.

»Glauben Sie etwa, die Angeklagten werden schon heute verurteilt?«

»Ich schätze, sie sind nur besorgt«, sagte der Gerichtsdiener sanft.

»Besorgt? Über was? Ich lasse die Kerle nicht frei. Es findet nur eine Vorverhandlung statt.« Bullard zwang sich zur Ruhe und sah aus dem Fenster. »Ist auch die Familie zugegen?«

»So hat es den Anschein. Ich kenne einige der Verwandten, aber nicht die Eltern.«

»Und das Sicherheitsproblem?«

»Der Sheriff hat alle Deputys und Reservisten in der Nähe des Gerichtssaals postiert. Die Besucher wurden an der Tür kontrolliert.«

»Irgend etwas gefunden?«

»Nein, Sir.«

»Wo sind die Burschen?«

»Beim Sheriff. Er bringt sie in einigen Minuten hierher.«

Der Richter nickte zufrieden, und Mr. Pate legte eine handschriftliche Notiz vor ihm auf den Schreibtisch.

»Was ist das?«

Der Gerichtsdiener holte tief Luft. »Einige Fernsehjournalisten aus Memphis bitten um Erlaubnis, die Verhandlung zu filmen.«

»*Was?*« Bullards Gesicht lief rot an, und er erbebte am ganzen Leib. »Kameras!« entfuhr es ihm. »In meinem Gerichtssaal!« Er zerriß den Zettel und warf die Fetzen in Richtung Papierkorb. »Wo sind die TV-Fritzen?«

»In der Rotunde.«

»Sie sollen das Gebäude verlassen.«

Mr. Pate ging.

Carl Lee Hailey saß in der hintersten Reihe. Auf den gepolsterten Bänken in der rechten Hälfte des Saals umgaben ihn Dutzende von Verwandten. Die Plätze auf der linken Seite blieben leer. Bewaffnete Polizisten schritten umher und behielten die Schwarzen wachsam im Auge. Ihre besondere Aufmerksamkeit galt Carl Lee, der die Ellenbogen auf die Knie stützte und zu Boden starrte.

Jake blickte aus dem Fenster und über den Platz, beobachtete die Rückseite des Gerichtsgebäudes, dessen Fassade nach Süden wies. Es war jetzt ein Uhr. Wie üblich verzichtete er aufs Mittagessen und sehnte sich nun nach frischer Luft – er hatte den ganzen Morgen im Büro verbracht. Zwar erwarteten ihn keine Termine im Gericht, und er verspürte auch nicht den Wunsch, Einzelheiten über die Vergewaltigung zu erfahren, aber er brachte der Vorverhandlung ein gewisses Interesse entgegen. Offenbar befanden sich viele Zuschauer im Saal; überall auf dem Platz standen geparkte Wagen. Vor dem Hintereingang des Gerichts, durch den Cobb und Willard hereingeführt wurden, bemerkte Jake mehrere Reporter und Fotografen.

Das Gefängnis war zwei Blocks vom Platz entfernt, unten am Highway. Ozzie fuhr, und die beiden Gefangenen saßen im Fond. Ein Streifenwagen führte die Kolonne an, ein anderer bildete den Abschluß. Sie bogen von der Washington Street ab und folgten dem Verlauf der Zufahrt, die unter der Veranda des Gerichts endete. Sechs Deputys eskortierten Cobb und Willard an den Reportern vorbei durch den rückwärtigen Zugang, die hintere Treppe hoch und ins kleine Zimmer neben dem Gerichtssaal.

Jake griff nach seinem Mantel, ignorierte Ethel und eilte über die Straße. Er nahm mehrere Stufen der Treppe auf einmal, hastete durch einen schmalen Flur außerhalb der Geschworenenkammer und betrat den Saal durch eine Seitentür, als Mr. Pate den Richter zu seinem Platz geleitete.

»Bitte erheben Sie sich!« rief der Gerichtsdiener. Alle standen auf. Bullard ging zum Richterstuhl.

»Setzen«, sagte er scharf. »Wo sind die Angeklagten? Wo? Bringt sie herein.«

Cobb und Willard – sie trugen noch immer Handschellen – wurden in den Saal geführt. Sie waren unrasiert, schmutzig und wirkten verwirrt. Willard sah zu den vielen Schwarzen hinüber, Cobb kehrte ihnen den Rücken zu. Looney löste die Handschellen und forderte die beiden Gefangenen auf, bei dem Pflichtverteidiger Drew Jack Tyndale Platz zu nehmen. Am langen Tisch daneben saß der Countyankläger Rocky Childers, kritzelte Notizen und gab sich wichtig.

Willard drehte sich halb um und warf erneut einen Blick zu den Schwarzen. Auf der ersten Sitzbank direkt hinter ihm warteten seine eigene Mutter und die Cobbs, von zwei Deputys geschützt. Die Präsenz der Polizisten verlieh Willard ein Gefühl der Sicherheit. Cobb schenkte dem Publikum überhaupt keine Beachtung.

In der hintersten Reihe, etwa vier Meter entfernt, hob Carl Lee den Kopf und starrte auf die Rücken der beiden Männer, die seine Tochter vergewaltigt hatten: zwei schäbige, bärtige, schmutzige Fremde. Er schlug die Hände vors Gesicht und beugte sich vor. Die Deputys hinter ihm an der Wand beobachteten ihn auch weiterhin.

»Hören Sie gut zu«, begann Bullard laut. »Dies ist kein Prozeß, sondern eine Vorverhandlung. Wir sind hier, um festzustellen, ob ein Verbrechen begangen wurde und somit Grund für ein Verfahren vor dem großen Geschworenengericht besteht. Wenn die Angeklagten einen entsprechenden Antrag stellen, braucht keine Voruntersuchung stattzufinden.«

Tyndale stand auf. »Nein, Euer Ehren. Wir möchten mit der Verhandlung fortfahren.«

»Na schön. Ich habe Kopien von eidesstattlichen Erklärungen, in denen der Sheriff den Angeklagten Entführung, schwere Körperverletzung und Vergewaltigung eines noch nicht zwölf Jahre alten Mädchens zur Last legt. Mr. Childers, Ihr erster Zeuge.«

»Euer Ehren, der Staat ruft Sheriff Ozzie Walls in den Zeugenstand.«

Jake saß auf der Geschworenenbank, zusammen mit einigen anderen Anwälten, die alle den Anschein zu erwecken versuchten, wichtige Dokumente zu lesen. Ozzie wurde vereidigt und setzte sich auf den Zeugenstuhl links von Bullard, knapp zwei Meter vom Platz der Geschworenen entfernt.

»Bitte nennen Sie Ihren Namen.«

»Ozzie Walls.«

»Sind Sie der Sheriff von Ford County?«

»Ja.«

»Ich weiß, wer er ist«, brummte Bullard und blätterte in der Akte.

»Sheriff, bekam Ihr Büro gestern nachmittag einen Anruf, der ein vermißtes Kind betraf?«

»Ja, gegen halb fünf.«

»Was unternahmen Sie daraufhin?«

»Ich schickte Deputy Will Hastings zu Gwen und Carl Lee Hailey, den Eltern des Mädchens.«

»Wo wohnt die Familie?«

»Unten an der Craft Road, hinter Bates' Lebensmittelladen.«

»Wem begegnete Ihr Mitarbeiter?«

»Der Mutter des Mädchens. Von ihr stammte der Anruf. Anschließend suchte Hastings nach dem Kind.«

»Fand er es?«

»Nein. Als er zum Haus zurückkehrte, war die Kleine bereits dort. Einige Angler hatten sie gefunden und heimgebracht.«

»In welchem Zustand befand sie sich?«

»Man hatte sie vergewaltigt und geschlagen.«

»War sie bei Bewußtsein?«

»Ja. Sie konnte sprechen, oder zumindest murmeln.«

»Was sagte sie?«

Tyndale sprang auf. »Einspruch, Euer Ehren. Ich weiß, daß Beweise vom Hörensagen bei einer Voruntersuchung zulässig sind, aber in diesem Fall kommen die Informationen nicht aus zweiter, sondern aus dritter Quelle.«

»Abgelehnt. Seien Sie still und setzen Sie sich. Fahren Sie fort, Mr. Childers.«

»Was sagte sie?«

»Ihrer Mutter gegenüber beschrieb sie die Schuldigen als zwei Weiße mit einem gelben Pickup, in dessen Rückfenster eine Konföderiertenfahne hing. Das ist alles. Viel mehr konnte sie gar nicht sagen. Ober- und Unterkiefer waren gebrochen, das Gesicht völlig verschwollen.«

»Was geschah dann?«

»Hastings rief einen Krankenwagen, und man brachte sie ins Hospital.«

»Wie geht es ihr?«

»Ziemlich schlecht. Die Ärzte sind noch nicht sicher, ob sie überlebt.«

»Und was geschah nach dem Transport ins Krankenhaus?«

»Aufgrund der Hinweise hatte ich jemanden in Verdacht.«

»Welche Maßnahmen ergriffen Sie?«

»Ich fuhr zu einem zuverlässigen Informanten und beauftragte ihn, sich in einer bestimmten Kneipe umzuhören.«

Childers nannte keine Einzelheiten, erst recht nicht bei einer von Bullard geleiteten Verhandlung. Das wußte Jake ebensogut wie Tyndale. Bullard überließ jeden Fall dem großen Geschworenengericht, und deshalb war die Voruntersuchung nur eine Formalität. Ganz gleich, um was es ging, wie Fakten und Umstände auch aussehen mochten – der Countyrichter traf immer die gleiche Entscheidung. Selbst wenn die Beweise nicht genügten: Bullard lehnte es ab, Angeklagte auf freien Fuß zu setzen. Er mußte wiedergewählt werden, im Gegensatz zu den Männern und Frauen, die zur Jury des großen Geschworenengerichts gehörten. Wähler ärgerten sich über die Haftentlassung von Verbrechern. Die meisten Strafverteidiger in der County verzichteten deshalb auf Bullards Voruntersuchungen, aber Jake sah darin eine gute Möglichkeit, die Strategie der Anklage kennenzulernen. Für gewöhnlich bestand auch Tyndale auf solchen Verhandlungen.

»In welcher Kneipe?«

»Hueys.«

»Was stellte der Informant dort fest?«

»Er hörte, wie die beiden Angeklagten Cobb und Willard mit der Vergewaltigung eines schwarzen Mädchens prahlten.«

Billy Ray und sein Kumpel wechselten einen Blick. Wie hieß der Informant? Sie erinnerten sich kaum an die Ereignisse bei Hueys.

»Und dann?«

»Wir verhafteten Cobb und Willard und durchsuchten einen auf den Namen Billy Ray Cobb zugelassenen Kleinlieferwagen.«

»Was fanden Sie darin?«

»Wir schleppten ihn ab und begannen heute morgen mit einer gründlichen Untersuchung. Dabei entdeckten wir viele Blutflecken.«

»Sonst noch etwas?«

»Ja. Ein blutiges T-Shirt.«

»Wem gehört es?«

»Tonya Hailey, dem vergewaltigten Mädchen. Der Vater Carl Lee Hailey hat es identifiziert.«

Carl Lee hörte seinen Namen und setzte sich auf. Ozzie musterte ihn mit einem durchdringenden Blick. Jake drehte den Kopf und sah zum erstenmal Tonyas Vater an.

»Um was für einen Wagen handelt es sich?«

»Ein neuer gelber Pickup Marke Ford. Verchromte Felgen und breite Reifen. Eine Konföderiertenfahne im Rückfenster.«

»Eigentümer?«

Ozzie streckte den Arm aus. »Billy Ray Cobb.«

»Paßt das Fahrzeug auf die Beschreibung des Mädchens?«

»Ja.«

Childers legte eine kurze Pause ein und zog seine Notizen zu Rate. »Nun, Sheriff, gibt es weitere Beweise für die Schuld der Angeklagten?«

»Heute morgen haben wir Pete Willard im Gefängnis vernommen. Er hat ein Geständnis abgelegt.«

»Du hast *was?*« platzte es aus Cobb heraus. Willard duckte sich unwillkürlich und zitterte.

»Ruhe im Saal!« rief Bullard und klopfte mit dem Hammer. Tyndale ermahnte seine beiden Mandanten.

»Wurde Mr. Willard auf seine Rechte hingewiesen?«

»Ja.«

»Hat er sie verstanden?«

»Ja.«

»Liegt Ihnen eine unterzeichnete Bestätigung dafür vor?«

»Ja.«

»Wer war bei Mr. Willards Aussage zugegen?«

»Zwei Deputys, der Untersuchungsbeamte Rady, Lieutenant Griffin von der Highway Patrol und ich.«

»Haben Sie das Protokoll des Geständnisses dabei?«

»Ja.«

»Bitte verlesen Sie es.«

Stille herrschte im Gerichtssaal, als Ozzie die wenigen Sätze vorlas. Carl Lee starrte zu den beiden Angeklagten, und Cobb richtete einen wütenden Blick auf Willard, der seine Stiefelspitzen betrachtete.

»Danke, Sheriff«, sagte Childers. »Hat Mr. Willard das Geständnis unterschrieben?«

»Ja, in der Gegenwart von drei Zeugen.«

»Keine weiteren Fragen, Euer Ehren.«

»Jetzt sind Sie dran, Mr. Tyndale!« rief Bullard.

»Keine Fragen, Euer Ehren.«

Gute Taktik, dachte Jake anerkennend. In strategischer Hinsicht war es für die Verteidigung besser, bei Voruntersuchungen Zeugen nicht ins Kreuzverhör zu nehmen. Man höre stumm zu, mache sich Notizen und sehe sich später die Protokolle der Aussagen an. Warum Zeit und Nervenkraft verschwenden? Das große Geschworenengericht übernahm den Fall ohnehin. Außerdem: Ein guter Strafverteidiger rief seine Mandanten bei einer Vorverhandlung nicht in den Zeugenstand – ihre Aussagen nützen nichts und konnten sich später beim Prozeß als zusätzliches Problem herausstellen. Jake kannte Tyndale und wußte daher, daß die Angeklagten schweigen würden.

»Ihr nächster Zeuge, Mr. Childers«, sagte der Richter.

»Wir haben keine mehr, Euer Ehren.«

»Gut. Setzen Sie sich. Mr. Tyndale, möchten Sie uns Entlastungszeugen präsentieren?«

»Nein, Euer Ehren.«

»Gut. Nach Ansicht des Gerichts existieren genügend Hinweise darauf, daß die Angeklagten mehrere Verbrechen begangen haben. Ich ordne an, daß Mr. Cobb und Mr. Willard in Haft bleiben, bis das große Geschworenengericht der Ford County über sie befindet. Es wird sich am Montag, dem 27. Mai, versammeln. Irgendwelche Fragen?«

Tyndale stand langsam auf. »Ja, Euer Ehren. Ich möchte eine Kaution beantrag …«

»Ausgeschlossen«, unterbrach Bullard den Verteidiger. »Ich lehne Ihren Antrag ab. Soweit ich weiß, befindet sich das Mädchen in einem kritischen Zustand. Wenn es stirbt, kommen weitere Anklagen zu den bereits genannten hinzu.«

»Nun, Euer Ehren, in dem Fall beantrage ich eine Kautionsverhandlung, die in einigen Tagen stattfinden sollte. In der Hoffnung, daß es dem Mädchen bis dahin besser geht.«

Bullard musterte Tyndale. *Gute Idee,* dachte er. »Einverstanden. Die Kautionsverhandlung findet am nächsten Montag, dem 20. Mai, in diesem Saal statt. Bis dahin bleiben die Angeklagten in der Obhut des Countysheriffs. Das Gericht vertagt sich hiermit.«

Bullard klopfte mit dem Hammer und verließ den Raum. Die Deputys legten Cobb und Willard Handschellen an und führten sie durchs Nebenzimmer, die rückwärtige Treppe hinunter, an den Reportern vorbei zu einem Streifenwagen.

Die Voruntersuchung hatte nur zwanzig Minuten gedauert – typisch für Bullard. In seinem Gerichtssaal beanspruchte die Gerechtigkeit nicht viel Zeit.

Jake sprach mit den anderen Anwälten und sah, wie das Publikum langsam durch die breite Holztür nach draußen ging. Carl Lee hatte es nicht eilig und bedeutete Brigance mit einem Wink, ihm zu folgen. Sie trafen sich in der Rotunde. Tonyas Vater entschuldigte sich bei einigen Verwandten und Freunden und versprach ihnen, so bald wie möglich zum Krankenhaus zu fahren. Zusammen mit Jake begab er sich dann ins Erdgeschoß.

»Es tut mir sehr leid, Carl Lee«, sagte Brigance.

»Ja, mir auch.«

»Wie geht's Tonya?«

»Sie wird nicht sterben.«

»Und Gwen?«

»Sie leidet sehr darunter.«

»Was ist mit Ihnen?«

Sie wanderten durch den Flur zum rückwärtigen Bereich des Gerichtsgebäudes. »Ich begreife es noch nicht ganz. Ich meine, vor vierundzwanzig Stunden war noch alles in Ordnung. Und jetzt? Meine Tochter liegt im Krankenhaus, und Schläuche führen aus ihrem Körper. Meine Frau ist außer sich, und die Jungs sind völlig verängstigt. Was mich betrifft ... Ich denke dauernd daran, die Mistkerle umzubringen.«

»Ich wünschte, ich könnte Ihnen irgendwie helfen, Carl Lee.«

»Beten Sie für Tonya. Beten Sie für uns.«

»Es muß sehr schlimm für Sie sein.«

»Sie haben doch auch ein kleines Mädchen, nicht wahr?«

»Ja.«

Carl Lee schwieg, und sie setzten den Weg stumm fort. Nach einer Weile wechselte Jake das Thema. »Wo ist Lester?«

»In Chicago.«

»Was macht er da?«

»Arbeitet in einem Stahlwerk. Guter Job. Er hat geheiratet.«

»Wollen Sie mich auf den Arm nehmen? Lester soll verheiratet sein?«

»Ja, mit einer Weißen.«

»Einer Weißen! Warum ausgerechnet eine Weiße?«

»Sie kennen Lester. Wollte immer hoch hinaus. Er ist jetzt hierher unterwegs. Wir erwarten ihn am späten Abend.«

»Wozu?«

Sie blieben an der Hintertür stehen. »Warum kommt Lester hierher?« wiederholte Jake.

»Familiäre Angelegenheiten.«

»Haben Sie was vor?«

»Nein. Er möchte nur seine Nichte besuchen.«

»Bewahren Sie einen kühlen Kopf.«

»Das ist leicht gesagt, Jake.«

»Ich weiß.«

»Was würden Sie planen?«

»Wie meinen Sie das?«

»Sie haben eine kleine Tochter. Angenommen, sie läge im Krankenhaus, zusammengeschlagen und vergewaltigt. Was würden Sie tun?«

Jake blickte durch das Sichtglas in der Tür und antwortete nicht. Tonyas Vater wartete.

»Stellen Sie nichts Dummes an, Carl Lee.«

»Beantworten Sie meine Frage. Was würden Sie tun?«

»Keine Ahnung. Himmel, ich weiß es nicht.«

»Angenommen, es hätte Ihr Mädchen erwischt, und die Schuldigen wären zwei Nigger, denen Sie es heimzahlen könnten. Was unternähmen Sie?«

»Ich würde sie töten.«

Carl Lee lächelte ernst und lachte dann. »Da bin ich sicher, Jake. Ja, ganz sicher. Und dann würden Sie einen guten Anwalt mit Ihrer Verteidigung beauftragen, der behaupten müßte, Sie wären verrückt. So wie bei Lester.«

»Wir haben nicht behauptet, Lester sei verrückt. Wir wiesen einfach nur darauf hin, daß Bowie den Tod verdiente.«

»Aber es gelang Ihnen, einen Freispruch zu erwirken, oder?«

»Ja.«

Carl Lee ging zur Treppe und schaute nach oben. »Nehmen sie diesen Weg zum Gerichtssaal?« fragte er, ohne Jake anzusehen.

»Wer?«

»Die beiden Burschen.«

»Ja. Meistens werden die Angeklagten über diese Treppe nach oben geführt. Es ist schneller und sicherer. Der Streifenwagen parkt direkt vor der Tür, und dann bringt man die Gefangenen zum Gerichtssaal.«

Carl Lee wandte sich der Hintertür zu und starrte durchs Fenster zur Veranda. »Wieviel Mordprozesse hatten Sie, Jake?«

»Drei. Lester und zwei andere.«

»Wie viele Ihre Mandaten waren schwarz?«

»Alle drei.«

»Wie viele Verfahren haben Sie gewonnen?«

»Alle drei.«

»Sie sind ziemlich gut, wenn's um Nigger-Schießereien geht, wie?«

»Ich glaube schon.«

»Wie wär's mit einem weiteren Prozeß dieser Art?«

»Davon rate ich Ihnen dringend ab, Carl Lee. Es ist die Sache nicht wert. Wenn man Sie zum Tod in der Gaskammer verurteilt... Was soll dann aus den Kindern werden? Wer kümmert sich um sie? Denken Sie an Ihre Familie.«

»Eben haben Sie mir gesagt, daß Sie die Mistkerle umbringen würden.«

Jake trat an Carl Lee heran. »Bei mir sähe der Fall ganz anders aus. Ich könnte damit rechnen, freigesprochen zu werden.«

»Wieso?«

»Ich bin Weißer, und dies ist eine weiße County. Mit ein wenig Glück bekäme ich eine Jury, die nur aus verständnisvollen Weißen besteht. Wir sind hier nicht in New York oder Kalifornien. Bei uns hat ein Mann das Recht, seine Familie zu verteidigen. Die Geschworenen wären kaum bereit, mich schuldig zu sprechen.«

»Und ich?«

»Wie ich schon sagte: Wir sind hier nicht in New York oder Kalifornien. Einige Weiße werden Sie bewundern, aber die meisten hätten keine Skrupel, Sie in die Gaskammer zu schicken. Unter solchen Umständen ist es viel schwieriger, einen Freispruch durchzusetzen.«

»Aber Sie könnten es, nicht wahr, Jake?«

»Seien Sie vernünftig, Carl Lee.«

»Mir bleibt nichts anderes übrig, Jake. Ich finde keine Ruhe, bis die verdammten Kerle tot sind. Ich bin es meiner Tochter schuldig, mir selbst und der Familie. Es muß geschehen.«

Sie öffneten die Tür, und gingen unter der Veranda hinweg und über die Zufahrt. An der Washington Street schüttelten sie sich die Hände. Jake versprach, einen Abstecher zum Krankenhaus zu machen, um dort nach Gwen und den Kindern zu sehen.

»Bevor Sie gehen ...«, sagte Carl Lee. »Besuchen Sie mich nach meiner Verhaftung im Gefängnis?«

Jake nickte, ohne nachzudenken. Tonyas Vater lächelte und stapfte zu seinem Lastwagen.

5

Lester Hailey hatte eine Frau schwedischer Abstammung aus Wisconsin geheiratet. Zwar behauptete sie noch immer, ihn zu lieben, aber er vermutete, daß der Reiz seiner Haut allmählich nachließ. Vor Mississippi hatte sie Angst, und daher weigerte sie sich, Lester zu begleiten – obgleich er ihr versicherte, daß überhaupt keine Gefahr drohte. Es kam häufig vor, daß sich Schwarze aus dem Süden im Norden niederließen und Weiße heiraten, doch dies war die einzige Mischehe in der großen Hailey-Familie. Es gab viele Haileys in Chicago, die meisten von ihnen Verwandte, und alle hatten schwarz geheiratet. Lesters blonde Frau beeindruckte die Sippe nicht. Er fuhr allein nach Clanton, in seinem neuen Cadillac.

Am späten Mittwochabend traf er im Krankenhaus ein und begegnete dort mehreren Vettern, die im Wartezimmer des ersten Stocks Zeitschriften lasen. Er umarmte Carl Lee. Zum letztenmal hatten sie sich während der Weihnachtsferien gesehen; anläßlich der Feiertage brachen Tausende von Schwarzen auf, verließen Chicago und kehrten nach Mississippi oder Alabama heim.

Sie gingen in den Flur, um umgestört miteinander reden zu können. »Wie geht es ihr?« fragte Lester.

»Besser. Viel besser. Vielleicht kann sie an diesem Wochenende nach Hause.«

Lester seufzte erleichtert. Vor mehr als elf Stunden hatte ihn ein Cousin mit der telefonischen Mitteilung erschreckt, Tonya sei dem Tode näher als dem Leben. Er ignorierte das RAUCHEN VERBOTEN-Schild, zündete sich eine Kool an und musterte seinen älteren Bruder. »Alles in Ordnung mit dir?«

Carl Lee nickte und sah durch den Korridor.

»Und Gwen?«

»Sie ist bei ihrer Mutter und noch verrückter als sonst. Bist du allein gekommen?«

»Ja«, erwiderte Lester. Es klang wie eine Entschuldigung.

»Gut.«

»Hör auf damit. Ich bin nicht den ganzen Weg hierhergefahren, um mir irgendwelchen Unsinn über meine Frau anzuhören.«

»Schon gut, schon gut. Hast du noch immer Luft im Bauch?«

Lester schmunzelte und lachte leise. Seit er die Schwedin geheiratet hatte, litt er unter Blähungen. Sie brachte Mahlzeiten auf den Tisch, deren Namen er nicht aussprechen konnte, und oft reagierte sein Magen ziemlich empfindlich darauf. Er sehnte sich nach Kohl, Erbsen, gegrilltem Schweinefleisch und Koteletts.

Im zweiten Stock fanden sie ein leeres Wartezimmer mit Klappstühlen und einem kleinen Tisch. Lester besorgte zwei Becher schwarzen Kaffee vom Automaten, gab Milchpulver hinein und rührte mit dem Finger um. Er hörte aufmerksam zu, als Carl Lee von der Vergewaltigung erzählte und Verhaftung und Verhandlung schilderte. Dann holte er Servietten und zeichnete darauf Grundrisse, die Gericht und Gefängnis zeigten. Vier Jahre waren seit seinem Mordprozeß vergangen, und deshalb fiel es ihm schwer, sich an alle Einzelheiten zu erinnern. Er hatte nur eine Woche im Gefängnis verbracht, bevor er gegen Kaution aus der Haft entlassen worden war, und nach seinem Freispruch war er nie dorthin zurückgekehrt. Er hielt es damals für besser, aus Clanton zu verschwinden – wegen der Verwandten des Opfers.

Sie schmiedeten Pläne und verwarfen sie wieder. Bis spät in die Nacht hinein sprachen sie miteinander.

Am Donnerstagnachmittag konnte Tonya die Intensivstation verlassen, und man brachte sie in einem normalen Patientenzimmer unter. Ihr Zustand galt nun als stabil. Die Ärzte entspannten sich, und die Familie kaufte Bonbons, Spielzeug und Blumen. Mit zwei gebrochenen Kieferknochen und dem Mund voller Drähte war Tonya gar nicht imstande, die Süßigkeiten zu essen; ihre Brüder verschlangen den größten Teil davon. Die ganze Zeit über blieben sie an ihrem Bett sitzen und hielten ihr die Hand, als wollten sie auf diese Weise Schutz und Trost gewähren. Ständig befanden sich Freunde und Fremde im Zimmer, klopften ihr sanft auf die Schulter und betonten, wie nett und lieb sie sei. Sie behandelten das Mädchen so, als stelle es etwas Besonderes dar; natürlich wußten alle, was es hinter sich hatte. Die Besucher kamen in Gruppen und wechselten einander ab, gingen vom Flur ins Zimmer und kehrten dann in den Korridor zurück. Die Krankenschwestern beobachteten sie wachsam.

Die Wunden schmerzten, und manchmal weinte Tonya. Einmal pro Stunde bahnten sich die Schwestern einen Weg durch die Menge und gaben der Patientin Sedative, die das Brennen und Stechen in ihrem Körper verbannten und ihr Ruhe schenkten.

An jenem Abend schwiegen die Leute im Zimmer, als das Fernsehen von der Vergewaltigung berichtete. Die Mattscheibe zeigte zwei Weiße, aber das Mädchen konnten sie kaum erkennen.

Das Countygericht öffnete um acht und schloß um siebzehn Uhr. Freitag bildete die einzige Ausnahme; dann wurden die Türen schon um sechzehn Uhr dreißig verriegelt. Um halb fünf am Freitagnachmittag versteckte sich Carl Lee in der Toilette des Erdgeschosses und hörte, wie sich Stille im Gebäude ausbreitete. Eine Stunde lang rührte er sich nicht von der Stelle und lauschte. Kein Hausmeister. Keine Schritte. Er ging durch den halbdunklen Flur zum Hintereingang und spähte durchs Fenster. Niemand zu sehen. Erneut horchte er, und schließlich war er davon überzeugt, allein im Gebäude zu sein. Er drehte sich um, und sein Blick schweifte durch den langen Korridor, und durch die Rotunde bis zum sechzig Meter entfernten Vordereingang.

Er prägte sich die innere Struktur des Gerichtsgebäudes ein. Die beiden Flügel der Hintertür schwangen nach innen und führten zu einem großen, rechteckigen Raum. Rechts eine Treppe, links eine weitere. Ein Flur schloß sich an das erste Zimmer an. Carl Lee versetzte sich in die Lage eines Angeklagten. Er legte die Hände auf den Rücken, blieb einige

Sekunden lang an der hinteren Tür stehen und wandte sich dann nach rechts. Nach neun Metern erreichte er die Treppe und ging zehn Stufen bis zu dem kleinen Absatz hoch. Anschließend neunzig Grad nach links – eine Bestätigung für Lesters Angaben. Noch einmal zehn Stufen bis zu dem Raum, in dem die Gefangenen auf das Verfahren warteten. Ein kleines Zimmer, sieben oder acht Quadratmeter groß, nur ein Fenster und zwei Türen. Carl Lee öffnete eine davon, betrat den Gerichtssaal und stand vor den langen Reihen gepolsterter Sitzbänke. Er wanderte zum Mittelgang und setzte sich auf die erste Bank. Weiter vorn bemerkte er ein Geländer: Es trennte das Publikum von dem Bereich, wo Richter, Geschworene, Zeugen, Anwälte, Angeklagte und Protokollführer ihre Plätze hatten.

Er schritt durch den Mittelgang zur rückwärtigen Tür, verharrte dort und sah sich aufmerksam um. Der Saal wirkte jetzt ganz anders als am Mittwoch. Nach einer Weile kehrte er ins kleine Nebenzimmer zurück und öffnete die zweite Tür. Durch sie gelangte er in den vorderen Teil des Saals, wo der Prozeß stattfand. Carl Lee ließ sich an dem langen Tisch nieder, hinter dem Lester, Cobb und Willard gesessen hatten. Rechts stand ein ähnlicher Tisch für die Staatsanwaltschaft, es folgten mehrere Holzstühle und das Geländer mit zwei Durchgängen an beiden Enden. Der Richter saß hoch und beeindruckend da und wandte den Rücken der Wand mit einem verblichenen Porträt von Jefferson Davis zu, der ernst und mit gerunzelter Stirn in den Saal blickte. Die Geschworenenbank befand sich weiter rechts, links vom Richter, unter den vergilbten Bildern einiger vergessener Konföderationshelden. Der Zeugenstand schloß sich direkt an den Richterstuhl an und ragte natürlich nicht ganz so in die Höhe. Links, der Geschworenenbank gegenüber, sah Carl Lee einen langen Schreibtisch, auf dem große rote Aktenordner lagen; sie enthielten Listen der anhängigen Rechtsfälle. Während des Verfahrens saßen dort Gerichtsschreiber und Anwälte. Jenseits der Wand befand sich das kleine Zimmer mit den beiden Türen.

Carl Lee stand so still, als trüge er Handschellen. Schließlich setzte er sich in Bewegung, ging langsam durch eine der Öffnungen im Geländer und betrat den kleinen Raum. Dann wandte er sich zur Treppe, zehn Stufen bis zum Absatz. Dort verharrte er. Von dieser Stelle aus konnte er die Hintertür des Gerichtsgebäudes und den größten Teil des Bereichs zwischen jenem Eingang und dem Flur sehen. Rechts neben dem unteren Ende der Treppe gab es eine andere Tür, sie gehörte zu einer Abstellkammer. Tonyas Vater schloß sie hinter sich und betrachtete Besen und Eimer. Dieser dunkle, staubige Raum wurde nur selten benutzt und reichte bis unter die Treppe. Carl Lee öffnete die Tür wieder und starrte über die Stufen hinweg.

Eine weitere Stunde lang durchstreifte er das Gebäude. Die zweite rückwärtige Treppe führte zu einem anderen kleinen Zimmer hinter der Geschworenenbank, und es wies ebenfalls zwei Türen auf: Durch eine erreichte man den Gerichtssaal, durch die andere den Beratungsraum der Jury. Die Treppe setzte sich bis zum zweiten Stock fort. Dort fand Carl Lee die Rechtsbibliothek der County und zwei Zeugenzimmer. Alles war genau so, wie es Lester beschrieben hatte.

Nach oben und unten, nach oben und unten – immer wieder beschritt er jenen Weg, den die beiden Vergewaltiger nehmen würden.

Dann setzte er sich in den Sessel des Richters und überschaute seine Domäne. Er saß auch auf dem bequemen Stuhl der Geschworenenbank, saß im Zeugenstand und blies ins Mikrofon. Draußen war es dunkel, als Carl Lee um sieben in der Toilette ein Fenster öffnete. Vorsichtig schlich er durchs Gebüsch und verschwand in der Finsternis.

»Wen willst du darauf hinweisen?« fragte Carla, als sie die große Pizza-Schachtel schloß und noch mehr Limonade einschenkte.

Jake wippte in der Hollywoodschaukel auf der Veranda und beobachtete Hanna beim Seilhüpfen auf dem Bürgersteig.

»Hast du mich gehört?« fügte Carla hinzu.

»Nein.«

»Mit wem willst du darüber sprechen?«

»Mit niemandem«, sagte Jake.

»Das halte ich für falsch.«

»Ich nicht.«

»Warum?«

Er wippte schneller, und Carla trank Limonade. »Zunächst einmal ...«, begann Jake langsam. »Ich bin nicht sicher, ob wirklich ein Verbrechen geplant wird. Carl Lee hat einige Dinge gesagt, die jedem Vater über die Lippen kommen würden. Das ist durchaus verständlich. Aber ich bezweifle, ob er tatsächlich beabsichtigt, ein Verbrechen zu begehen. Außerdem: Seine Bemerkungen mir gegenüber waren vertraulicher Natur. Er sprach so, als sei er mein Klient. Wahrscheinlich hält er mich für seinen Anwalt.«

»Aber selbst wenn du sein Anwalt bist: Wenn jemand vorhat, gegen das Gesetz zu verstoßen, so mußt du das melden, oder?«

»Ja. Wenn ich sicher bin. Aber das ist nicht der Fall.«

Carla blieb skeptisch. »Du solltest mit dem Sheriff reden.«

Jake gab keine Antwort. Er sah keinen Sinn darin, den eigenen Standpunkt genauer zu erläutern. Stumm verspeiste er das letzte Stück Pizza und versuchte, seine Frau zu ignorieren.

»Du möchtest, daß Carl Lee seine Absichten verwirklicht, habe ich recht?«

»Welche Absichten?«

»Er will die beiden Männer umbringen.«

»Nein.« Es klang nicht überzeugend. »Aber wenn er die Mistkerle ins Jenseits schickt ... Ich könnte ihm deshalb keine Vorwürfe machen, weil ich an seiner Stelle ebenso handeln würde.«

»Fang nicht wieder damit an.«

»Ich meine es ernst, und das weißt du. An seiner Stelle würde ich die beiden Burschen umnieten.«

»Du bist gar nicht fähig, jemanden zu töten.«

»Na schön. Wie auch immer. Ich will mich nicht mit dir streiten. Wir haben bereits ausführlich darüber gesprochen.«

Carla forderte Hanna auf, sich von der Straße fernzuhalten. Dann nahm sie neben Jake in der Hollywoodschaukel Platz und ließ die Eiswürfel in ihrem Glas klirren. »Wärst du bereit, ihn zu vertreten?«

»Ja.«

»Müßte er mit einer Verurteilung rechnen?«

»Würdest du ihn schuldig sprechen?«

»Ich weiß nicht.«

»Nun, denk an Hanna. Sieh dir das kleine, unschuldige Kind an, das dort herumhüpft. Du bist Mutter. Stell dir das Hailey-Mädchen vor, wie es gefesselt und blutverschmiert auf dem Boden liegt, nach seiner Mama ruft ...«

»Sei still, Jake!«

Er lächelte. »Stell dir vor, du gehörst zu den Geschworenen. Würdest du den Vater des Mädchens für schuldig befinden?«

Carla stellte ihr Glas auf den Fenstersims und entwickelte plötzlich großes Interesse an ihren Fingernägeln. Jake witterte einen Sieg.

»Du gehörst zu den Geschworenen«, wiederholte er. »Schuldig oder nicht schuldig?«

»Ich bin hier dauernd eine Geschworene. Oder ich werde ins Kreuzverhör genommen.«

»Verurteilung oder Freispruch?«

Carla warf ihrem Mann einen finsteren Blick zu. »Es fiele mir schwer, ihn schuldig zu sprechen.«

Jake lächelte und hielt das Plädoyer der Verteidigung damit für beendet.

»Aber wie will er die Vergewaltiger seiner Tochter umbringen, wenn sie im Gefängnis sind?«

»Kein Problem. Sie sitzen nicht immer im Knast. Ein Prozeß erwartet sie, und das bedeutet: Sie werden zwischen Gericht und Gefängnis hin und her gefahren. Erinnerst du dich an Oswald und Jack Ruby? Darüber hinaus: Vielleicht kommen sie gegen Kaution frei.«

»Wann?«

»Der Richter entscheidet am Montag. Wenn Cobb und Willard genug Geld aufbringen können, werden sie aus der Haft entlassen.«

»Und wenn nicht?«

»Dann bleiben sie bis zum Prozeß hinter Gittern.«

»Wann findet das Verfahren statt?«

»Vermutlich im späten Sommer.«

»Ich glaube nach wie vor, du solltest den Sheriff darauf hinweisen.«

Jake sprang aus der Hollywoodschaukel, um mit Hanna zu spielen.

6

K. T. Bruster, beziehungsweise Cat Bruster, wie man ihn nannte, war seines Wissens der einzige einäugige schwarze Millionär in Memphis. Er besaß einige Oben-ohne-Lokale in der Stadt, und sie alle achteten das Gesetz. Ihm gehörten auch einige Mietshäuser, und die Hausverwalter achteten alle das Gesetz. Im Süden von Memphis besaß er zwei Kirchen, die ebenfalls das Gesetz achteten. Natürlich unterhielt er gute Beziehungen zu Politikern, und bei vielen Schwarzen galt er als Wohltäter und Held.

Es war wichtig für Cat, beliebt zu sein, denn in mehr oder weniger regelmäßigen Abständen mußte er sich vor Gericht verantworten – um dann von schwarzen und weißen Geschworenen freigesprochen zu werden. Für die Staatsanwaltschaft schien es unmöglich zu sein, ihn zu verurteilen – obwohl er Leute umbrachte, Frauen, Kokain, Diebesgut, Kreditkarten, Lebensmittelmarken, unversteuerten Whisky, Waffen und leichte Artillerie verkaufte.

Er hatte nur ein Auge – das andere war auf irgendeinem Reisfeld in Vietnam zum Teufel gegangen. Er verlor es am gleichen Tag im Jahre 1971, an dem sein Kumpel Carl Lee Hailey am Bein getroffen wurde. Carl Lee trug ihn zwei Stunden lang, bevor sie Hilfe fanden. Nach dem Krieg ließ sich Cat in Memphis nieder, mit zwei Kilo Haschisch im Gepäck. Der Erlös genügte ihm, um eine kleine Bar an der South Main zu kaufen. Er verhungerte fast, bis er bei einer

Pokerpartie mit Zuhältern eine Hure gewann. Er versprach ihr, daß sie nicht mehr für Geld die Beine spreizen müsse, wenn sie nackt auf den Tischen tanzen würde. Praktisch über Nacht florierte sein Geschäft. Kurze Zeit später kaufte er eine zweite Bar und stellte weitere Tänzerinnen ein. Er hatte eine Marktlücke entdeckt und wurde innerhalb von zwei Jahren zu einem sehr reichen Mann.

Sein Büro befand sich über einem Klub unweit der South Main, zwischen Vance und Beale, dem schäbigsten Teil von Memphis. Das Reklameschild am Bürgersteig wies auf Bier und Busen hin, doch hinter den schwarzen Fenstern stand viel mehr zum Verkauf.

Carl Lee und Lester erreichten den Laden – Brown Sugar – am Samstagmittag. Sie setzten sich an die Theke, bestellten Budweiser und sahen sich die Brüste an.

»Ist Cat da?« wandte sich Carl Lee an den Barkeeper. Der Typ brummte, kehrte zur Spüle zurück und wusch Gläser. Carl Lees Blicke wanderten zwischen ihm und den Tänzerinnen hin und her.

»Noch ein Bier!« sagte Lester laut und starrte zu den Frauen.

»Ist Cat Bruster im Haus?« fragte Tonyas Vater fest, als der Barkeeper das Budweiser brachte.

»Wer will das wissen?«

»Ich.«

»Hm.«

»Cat und ich sind gute Freunde. Haben zusammen in Vietnam gekämpft.«

»Name?«

»Hailey. Carl Lee Hailey. Aus Mississippi.«

Der Bursche verschwand, und eine Minute später kam er zwischen zwei großen Spiegeln an der Theke wieder zum Vorschein. Er winkte den Haileys zu, und sie folgten ihm durch einen schmalen Flur, an den Toiletten vorbei, durch eine Tür und die Treppe hoch. Das Büro war dunkel und protzig. Goldfarbener Teppichboden, die Wände rot, die Decke grün. Dünne Eisenstangen waren hinter den getönten Fensterscheiben zu erkennen. Schwere, burgunderrote Vorhänge reichten bis zum Boden herab und hielten möglichst viel Sonnenschein fern. Ein kleiner Kronleuchter funkelte in der Mitte des Raums, dicht über den Köpfen der Besucher. Er spendete nur wenig Licht.

Zwei hünenhafte Leibwächter in Anzügen mit Westen schickten den Barkeeper fort. Sie forderten Lester und Carl Lee auf, Platz zu nehmen und blieben hinter ihnen stehen.

Die Brüder sahen sich staunend um. »Hübsch, nicht wahr?« murmelte Lester. B. B. King stöhnte leise aus einer verborgenen Stereoanlage.

Plötzlich trat Cat durch eine getarnte Tür hinter dem aus Marmor und Glas gefertigten Schreibtisch. Er stapfte auf Carl Lee zu. »Mann, was für eine Überraschung!« Er packte ihn an den Schultern. »Freut mich riesig, dich wiederzusehen.«

Carl Lee stand auf, und sie umarmten sich. »Wie geht's dir?« fragte Cat.

»Gut. Kann nicht klagen. Und dir?«

»Großartig! Ausgezeichnet! Wer ist das?« Er drehte sich zu Lester um und streckte ihm die Hand entgegen. Carl Lees Bruder ergriff sie und drückte fest zu.

»Mein Bruder Lester. Aus Chicago.«

»Nett, Sie kennenzulernen, Lester. Ihr Bruder und ich sind gute Freunde. Mächtig gute Freunde.«

»Er hat mir viel von Ihnen erzählt«, sagte Lester. Cat sah Carl Lee an und grinste dabei von einem Ohr bis zum anderen. »Du siehst prächtig aus. Was ist mit dem Bein?«

»Alles in Ordnung, Cat. Wird nur ein wenig steif, wenn's regnet.«

»Wir sind mächtig gute Freunde, nicht wahr?«

Carl Lee nickte und lächelte. Cat ließ ihn los. »Möchtet ihr was zu trinken?«

»Nein, danke«, erwiderte Tonyas Vater.

»Ich nehme ein Bier«, meinte Lester. Cat schnippte mit den Fingern, und einer der beiden Leibwächter verließ das Zimmer. Carl Lee sank wieder auf seinen Stuhl, und Bruster setzte sich auf die Schreibtischkante und ließ die Beine wie an einem Kai baumeln. Er grinste noch immer, und schließlich wurde Carl Lee die Freundlichkeit zuviel – er senkte verlegen den Kopf.

»Warum ziehst du nicht nach Memphis um und arbeitest hier für mich?« fragte Cat. Carl Lee hatte bereits damit gerechnet. Seit zehn Jahren bot ihm Bruster Jobs an.

»Nein, danke. Ich bin zufrieden.«

»Und mich freut's, daß du zufrieden bist. Was führt dich hierher?«

Carl Lee öffnete den Mund, zögerte, schlug die Beine übereinander und runzelte die Stirn. »Ich möchte dich um einen Gefallen bitten«, sagte er nach einigen Sekunden. »Um einen kleinen Gefallen.«

Cat breitete die Arme aus. »Kein Problem, Kumpel. Überhaupt kein Problem. Sag mir nur, was du auf dem Herzen hast.«

»Erinnerst du dich an die Spritzen, die wir in Vietnam benutzt haben? Ich brauche eine M-16*. So schnell wie möglich.«

Cat winkelte die Arme an, verschränkte sie und beobachtete seinen Freund aufmerksam. »Solche Dinger haben's echt in sich. Ich nehme an, du willst damit nicht auf Eichhörnchenjagd gehen, oder?«

»Nein.«

Cat musterte die beiden Brüder immer noch und verzichtete darauf, sich nach dem Grund zu erkundigen. Es handelte sich um eine ernste Angelegenheit – sonst wäre Carl Lee nicht hier.

»Eine Pistole tut's nicht?«

»Nein. Es muß schon das Richtige sein.«

»Kostet 'ne Menge Geld.«

»Wieviel?«

»Dir dürfte klar sein, daß solche Waffen absolut illegal sind.«

»Ich säße nicht vor dir, wenn ich derartige Knarren bei Sears kaufen könnte.«

---

* Amerikanisches automatisches Infanteriegewehr; meist mit 40-Schuß-Magazin für Dauer- und Einzelfeuer. – Anmerkung des Übersetzers.

Cat grinste erneut. »Wann brauchst du sie?«
»Heute.«
Der Leibwächter kehrte zurück und reichte Lester das Bier. Cat ging hinter den Schreibtisch zu seinem orangefarbenen Vinylsessel. »Tausend Dollar.«
»Einverstanden.«
Cat ließ sich seine Überraschung nicht anmerken. Wo wollte dieser arme Mississippi-Neger tausend Dollar auftreiben? Vielleicht leiht er sich das Geld von seinem Bruder.
»Tausend Mäuse für normale Kunden. Aber nicht für dich, Kumpel.«
»Wieviel?«
»Nichts, Carl Lee. Nicht einen Cent. Ich schulde dir viel mehr als nur Geld.«
»Ich bin bereit, für die Waffe zu bezahlen.«
»Kommt nicht in Frage. Du erhältst sie gratis.«
»Das ist verdammt großzügig von dir, Cat.«
»Ich würde dir fünfzig geben.«
»Ich brauche nur eine. Wann kannst du sie mir besorgen?«
»Laß mich nachprüfen.« Cat telefonierte mit jemandem und murmelte einige Sätze. Dann legte er wieder auf und meinte, es dauere ungefähr eine Stunde.
»Wir warten hier«, sagte Carl Lee.
Cat hob die Klappe vor dem linken Auge, und mit einem Taschentuch rieb er sich die leere Mulde darunter. »Ich habe eine bessere Idee.« Zu den Leibwächtern gewandt fuhr er fort: »Mein Wagen. Wir holen die Ware selbst ab.«
Carl Lee und Lester folgten ihm durch die getarnte Tür und einen Flur. »Ich wohne hier.« Er streckte einen Arm aus. »Dort drüben ist meine Bude. Meistens leisten mir dort einige nackte Frauen Gesellschaft.«
»Das würde ich gern sehen«, sagte Lester.
Carl Lee warf ihm einen tadelnden Blick zu.
Nach einigen Metern durch den Korridor deutete Cat auf eine glänzende schwarze Tür und blieb kurz davor stehen. »Hier bewahre ich mein Bargeld auf. Es wird rund um die Uhr bewacht.«
»Wieviel?« fragte Lester und nippte an der Bierdose.

Cat starrte ihn wortlos an und ging weiter. Carl Lee sah seinen Bruder erneut an, runzelte die Stirn und schüttelte mißbilligend den Kopf. Am Ende des Flurs führte eine schmale Treppe in den dritten Stock. Dort war es dunkler, und irgendwo fand Cat eine Taste. Mehrere Sekunden lang warteten sie schweigend, und dann schwang ein Teil der Wand vor ihnen auf. Dahinter kam ein hell erleuchteter Lift mit rotem Teppich und einem RAUCHEN-VERBOTEN-Schild zum Vorschein. Cat drückte einen anderen Knopf.

»Man muß erst nach oben, um sich vom Aufzug nach unten tragen zu lassen«, erläuterte er amüsiert. »Aus Sicherheitsgründen.« Die Brüder nickten anerkennend.

Die Tür des Lifts öffnete sich im Erdgeschoß. Ein Leibwächter stand neben einer langen weißen Limousine; Cat und seine Begleiter nahmen im Fond Platz. In der Garage standen auch einige Fleetwoods, weitere Limousinen, ein Rolls und verschiedene teure Wagen aus Europa. »Gehören alle mir«, verkündete Bruster stolz.

Der Chauffeur hupte, und eine schwere Tür glitt nach oben und gab den Weg in eine Einbahnstraße frei. »Haben Sie es nicht zu eilig«, wandte sich Cat an den Fahrer. Neben ihm auf dem Beifahrersitz saß der Leibwächter. »Ich möchte meinen Freunden die Stadt zeigen.«

Carl Lee hatte die gleiche Tour vor einigen Jahren hinter sich gebracht, bei seinem letzten Besuch: lange Reihen aus armseligen Baracken, die Cat als Mietshäuser bezeichnete; alte Lager mit roten Ziegelsteinmauern und schwarzen oder hinter Brettern verborgenen Fenstern, die keinen Hinweis darauf boten, was sich im Inneren jener Gebäude befand; eine hübsche Kirche und nach einigen Blocks noch eine. Auch die Prediger gehörten ihm, meinte Bruster. Hinzu kamen Dutzende von Eckkneipen, vor deren offenen Türen junge Schwarze auf Bänken saßen und Bier tranken. Voller Stolz zeigte Cat auf ein ausgebranntes Haus in der Nähe von Beale und erzählte von einem Konkurrenten, der versucht hatte, ebenfalls ins Oben-ohne-Geschäft einzusteigen. »Jetzt habe ich keine Rivalen mehr«, sagte er. Und dann die Klubs. Lokale mit Namen wie Engel, Cats Stube und Schwarzes Paradies. Lokale, in denen Männer gute Drinks, gutes Essen, gute Musik, nackte Frauen und vielleicht noch mehr erwarteten. Einen nicht unbeträchtlichen Teil seines Reichtums verdankte Cat den Klubs. Es waren insgesamt acht.

Lester und Carl Lee erhielten Gelegenheit, sich alle acht anzusehen. Außerdem auch einen großen Teil der Immobilien im Süden von Memphis. Am Ende einer namenlosen Straße unweit des Flusses bog der Chauffeur ab, fuhr durch eine schmale Gasse zwischen zwei roten Lagerhäusern, passierte ein Tor auf der rechten Seite und dann eine breite Tür neben einer Laderampe. Die Limousine rollte ins Gebäude und hielt an. Der Leibwächter stieg aus.

»Bleibt sitzen«, sagte Cat.

Der Kofferraum öffnete sich – und klappte wieder zu. Eine knappe Minute später fuhr der weiße Wagen wieder über die Straßen von Memphis.

»Wie wär's mit einem leckeren Mittagessen?« fragte Bruster. Bevor die Haileys antworten konnten, befahl er dem Fahrer: »Zum Schwarzen Paradies. Rufen Sie dort an und teilen Sie mit, daß ich zum Essen komme.«

»Dort gibt es die besten Hochrippchen in ganz Memphis«, wandte er sich an Lester und Carl Lee. »Meine Klubs sind wirklich gut. Nun, in den Sonntagszeitungen werden sie natürlich nicht erwähnt. Die Kritiker schreiben kein Wort über mich. Könnt ihr euch das vorstellen?«

»Klingt nach Diskriminierung«, sagte Lester.

»Ja. Das ist bestimmt der Grund. Aber darüber beschwere ich mich nur vor Gericht.«

»In der letzten Zeit habe ich nicht viel über dich gelesen, Cat«, meinte Carl Lee.

»Seit meinem letzten Prozeß sind drei Jahre vergangen. Steuerhinterziehung. Drei Wochen lang schnüffelte die Bundespolizei in meiner Buchhaltung herum und sammelte Beweise. Die Geschworenen berieten sich siebenundzwanzig Minuten lang, und ihr Urteil bestand aus den beiden herrlichsten Worten in der afro-englischen Sprache: Nicht schuldig.«

»Ich habe sie auch mal gehört«, kommentierte Lester.

Ein Pförtner stand unter der Markise des Klubs. Zwei andere Leibwächter eskortierten Bruster und seine Gäste zu einer privaten Nische abseits der Tanzfläche. Mehrere Kellner brachten Getränke und das Essen. Lester schüttete Scotch in sich hinein und war betrunken, als die Hochrippchen serviert wurden. Carl Lee begnügte sich mit Eistee; er und Cat sprachen über den Krieg.

Nach der Mahlzeit näherte sich ein Gorilla und flüsterte seinem Boß etwas ins Ohr. Cat lächelte und sah Carl Lee an. »Seid ihr in einem roten Eldorado mit Illinois-Kennzeichen unterwegs?«

»Ja. Aber wir haben den Wagen bei einem anderen Lokal zurückgelassen.«

»Er steht draußen. Und die Ware im Kofferraum.«

»Was?« brachte Lester hervor. »Wie ...«

Bruster lachte laut und klopfte ihm auf den Rücken. »Keine Fragen, Mann. Cat regelt alles. Für Cat ist nichts unmöglich.«

Am Samstagmorgen frühstückte Jake wie üblich im Café und arbeitete anschließend im Büro. Samstags genoß er die Ruhe in seiner Praxis: keine Anrufe, keine Ethel. Er schloß die Tür ab, ignorierte das Telefon und vermied es, Klienten zu empfangen. Meistens verbrachte er die Zeit damit, Akten auf den neuesten Stand zu bringen, die jüngsten Urteile des obersten Gerichts zu lesen und seine Strategie für den nächsten Prozeß zu planen. Die besten Ideen hatte er immer an einem ruhigen Samstagmorgen.

Um elf rief er das Gefängnis an. »Ist der Sheriff zu sprechen?« fragte er.

»Einen Augenblick«, antwortete ihm die Zentrale.

»Sheriff Walls«, klang es kurze Zeit später aus dem Hörer.

»Jake Brigance. Wie geht's Ihnen, Ozzie?«

»Gut. Und Ihnen?«

»Bestens. Sind Sie noch eine Weile da?«

»Etwa zwei Stunden. Was ist los?«

»Nichts weiter. Ich möchte nur mit Ihnen reden. Haben Sie in dreißig Minuten Zeit für mich?«

»Ja. Ich erwarte Sie hier.«

Jake und Ozzie Walls mochten und respektierten sich. Bei Kreuzverhören ging der Anwalt manchmal ziemlich grob mit dem Sheriff um, aber das gehörte zum Job – Ozzie nahm ihm so etwas nie übel. Lucien finanzierte Walls' Wahlkampf, und Jake nahm aktiv daran teil; aus diesem Grund hatte Ozzie nichts gegen einige sarkastische Bemerkungen und spöttische Fragen vor Gericht. Es gefiel ihm, Brigance bei einem Prozeß zu beobachten. Und er sprach ihn häufig auf *das Spiel* an. 1969 hatte der College-Student Jake als Verteidiger in der Football-Mannschaft von Karaway gespielt, und Ozzie war ein mit allen Wassern gewaschener Angreifer des Clanton-Teams gewesen. Die beiden unbesiegten Rivalen traten beim Endspiel in Clanton gegeneinander an; es ging dabei um die Regionalmeisterschaft. Über vier lange Spielviertel hinweg demütigte Ozzie die Karaway-Mannschaft mit schnellen Vorstößen, die niemand aufzuhalten vermochte. Kurz vor dem Ende des letzten Viertels, bei einem Spielstand von 44 zu 0, versuchte Jake, den späteren Sheriff abzublocken. Dabei brach er sich das Bein.

Jahrelang drohte Ozzie damit, ihm auch das andere zu brechen. Häufig behauptete er, daß Jake hinkte. Und er ließ fast keine Gelegenheit ungenutzt, sich nach dem Bein zu erkundigen.

»Um was geht's?« fragte Walls, als sie in seinem kleinen Büro Platz nahmen.

»Um Carl Lee. Ich mache mir Sorgen.«

»Weshalb?«

»Hören Sie, Ozzie – dieses Gespräch muß unbedingt vertraulich behandelt werden. Niemand darf etwas davon erfahren.«

»Das klingt sehr ernst.«

»Ich *meine* es ernst. Am Mittwoch nach der Voruntersuchung habe ich mich mit Carl Lee unterhalten. Er ist zornig, und das verstehe ich. An seiner Stelle wäre ich ebenfalls verdammt wütend. Er erwähnte seine Absicht, Cobb und Willard umzulegen. Es hörte sich nicht nach einem Scherz an. Ich dachte mir, Sie sollten Bescheid wissen.«

»Die beiden Kerle sind in Sicherheit, Jake. Carl Lee könnte gar nicht zu ihnen, selbst wenn er es wollte. Nun, wir haben einige anonyme Anrufe mit Drohungen verschiedener Art bekommen. Die Vergewaltigung geht den Schwarzen in der County ganz entschieden gegen den Strich. Aber den Angeklagten droht keine Gefahr. Sie sitzen allein in einer Zelle, und wir geben gut auf sie acht.«

»Freut mich. Carl Lee ist nicht mein Klient, aber ich habe praktisch alle Haileys vertreten, und wahrscheinlich glaubt er deshalb, ich sei sein Anwalt. Ich hielt es für meine Pflicht, Sie zu informieren.«

»Ich bin unbesorgt, Jake.«

»Gut. Ich möchte Sie etwas fragen. Ich habe eine Tochter, und Sie ebenfalls, nicht wahr?«

»Sogar zwei.«

»Was denkt Carl Lee? Als schwarzer Vater, meine ich.«

»Das gleiche, was Sie denken würden.«

»Und was sind das für Gedanken?«

Ozzie lehnte sich zurück und verschränkte die Arme. Nach einigen Sekunden sagte er: »Er denkt, ob Tonya okay ist, in physischer Hinsicht. Überlebt sie? Und wenn ja: Bleiben irgendwelche Schäden zurück? Kann sie jemals Kinder bekommen? Er überlegt auch, ob sich seine Tochter geistig und emotional erholen wird, welche Wirkung das Trauma auf den Rest ihres Lebens hat. Drittens: Er möchte die Mistkerle umbringen.«

»Würden Sie einen solchen Wunsch teilen?«

»Schwer zu sagen. Ich weiß nicht, wie ich mich in einer derartigen Situation verhielte. Ich glaube, meine Kinder brauchen mich zu Hause mehr als in Parchman. Was meinen Sie, Jake?«

»Ich bin der gleichen Ansicht. Ich meine, ich habe keine Ahnung, wie ich reagieren würde. Vielleicht verlöre ich den Verstand.« Brigance zögerte und starrte auf den Schreibtisch. »Möglicherweise wäre ich tatsächlich fähig, einen Mord zu planen. Es fiele mir sicher nicht leicht, des Nachts ruhig zu schlafen, solange der Schuldige lebt.«

»Wie sähe eine Jury den Fall?«

»Kommt darauf an, wer zur Jury gehört. Wenn die Verteidigung alle Geschworenen auswählen könnte, käme man frei. Wenn der Bezirksstaatsanwalt die richtigen Leute auf die Geschworenenbank setzt, endet man in der Gaskammer. Es hängt ganz von den jeweiligen Personen ab. Eines steht fest: Die Bürger in dieser County haben Vergewaltigungen, Überfälle und Morde satt. Das gilt zumindest für die Weißen.«

»Es gilt für alle.«

»Viele Leute hätten Verständnis für einen Vater, der das Recht selbst in die Hand nimmt. Unsere Justiz genießt nur geringes Vertrauen. Ich glaube, ich könnte zumindest dafür sorgen, daß die Geschworenen keine Einigung erzielen. Man braucht nur einen oder zwei davon zu überzeugen, daß der Vergewaltiger den Tod verdient hat.«

»So wie bei Monroe Bowie.«

»Ja. Wie bei Monroe Bowie. Er war ein armseliger Nigger, dem niemand nachweinte, und deshalb wurde Lester freigesprochen. Übrigens: Warum ist Lester von Chicago hierhergekommen?«

»Er steht seinem Bruder sehr nahe. Wir behalten ihn im Auge.«

Sie wechselten das Thema, und schließlich erkundigte sich Ozzie nach dem Bein. Sie schüttelten sich die Hände. Jake ging, fuhr direkt nach Hause, und dort wartete Carla mit der Einkaufsliste auf ihn. Sie hatte nichts dagegen, daß er am Samstagmorgen arbeitete – solange er mittags heimkehrte und sich dann an ihre Anweisungen hielt.

Am Sonntagnachmittag versammelten sich viele Leute im Krankenhaus und folgten dem kleinen Hailey-Mädchen. Carl Lee schob Tonyas Rollstuhl durch den Flur und auf den Parkplatz, wo er sie sanft anhob und neben Gwen auf den Beifahrersitz setzte. Ihre drei Brüder nahmen im Fond Platz. Als der Vater den Wagen auf die Straße steuerte, folgte ihm eine Prozession aus Freunden, Verwandten und Fremden. Die Kolonne bewegte sich langsam voran und verließ den Ort.

Tonya saß wie ein großes Mädchen zwischen ihren Eltern. Der Vater schwieg, und die Mutter weinte lautlos. Die Brüder blieben ebenfalls stumm.

Eine Menschenmenge wartete auch vor dem Haus und drängte zur Veranda, als sich die Wagen näherten und auf dem Rasen hielten. Stille herrschte, als Carl Lee seine Tochter über die Treppe trug und sie im Wohnzimmer aufs Sofa legte. Das Mädchen freute sich darüber, wieder zu Hause zu sein, aber die vielen Besucher ermüdeten es. Die Mutter streichelte sanft Tonyas Füße, als Vettern, Kusinen, Onkel, Tanten, Nachbarn und viele andere an sie herantraten, sie berührten oder leise schluchzten. Niemand sprach ein Wort. Ihr Vater ging nach draußen, um mit Onkel Lester und den Männern zu reden. Die drei Brüder zogen sich mit den Gästen in die Küche zurück, um sich den Bauch vollzustopfen.

7

Schon seit vielen Jahren trat Rocky Childers bei Prozessen in Ford County als Ankläger auf. Diese Arbeit brachte ihm fünfzehntausend Dollar im Jahr ein und beanspruchte einen großen Teil seiner Zeit. Darüber hinaus zerstörte sie alle seine Hoffnungen auf eine eigene Praxis. Mit zweiundvierzig Jahren saß er als Anwalt in einer beruflichen Sackgasse fest, die alle vier Jahre bei der Wahl bestätigt wurde. Zum Glück hatte seine Frau einen gut bezahlten Job, der es ihm erlaubte, neue Buicks zu fahren, die Mitgliedschaft im Country Club zu bezahlen und sich die notwendigen Allüren der gebildeten Weißen in Ford County anzueignen. Früher hatte er sich mit politischen Ambitionen getragen, doch die Wähler versperrten ihm diesen Karrierepfad. Er haßte es, dauernd Betrunkene, Ladendiebe und jugendliche Übeltäter anzuklagen und dabei von Richter Bullard beschimpft zu werden, den er verachtete. Nur selten bekam er aufregende Fälle, wenn Leute wie Cobb und Willard Unsinn anstellten. Dann kümmerte sich Rocky um die Voruntersuchung und entsprechende Verfahren, bis die Fälle ans große Geschworenengericht und schließlich ans Bezirksgericht weitergeleitet wurden – wo der Bezirksstaatsanwalt Mr. Rufus Buckley ins juristische Rampenlicht trat. Es war Buckleys Schuld gewesen, daß Childers seinerzeit mit seinen politischen Karriereabsichten gestrandet war.

Normalerweise stellten Kautionsverhandlungen nur eine Formalität dar, doch diesmal sah die Sache ein wenig anders aus. Seit Mittwoch hatte Rocky zahlreiche Anrufe von Schwarzen bekommen – angeblich alles eingetragene Wähler –, die sich gegen eine Haftentlassung der Angeklagten Cobb und Willard aussprachen. Sie wollten, daß die Burschen hinter Gittern blieben, genauso wie Schwarze, die mit dem Gesetz in Konflikt gerieten und denen man eine Kaution verweigerte. Childers versprach, sich alle Mühe zu geben, aber er erklärte auch, daß Countyrichter Percy Bullard darüber entscheiden müsse. Dabei ließ er nicht unerwähnt, daß Bullards Nummer ebenfalls im Telefonbuch stand. Er wohnte an der Bennington Street. Die Anrufer wiesen auf ihre Absicht hin, am Montag im Gericht zugegen zu sein, um Ankläger und Richter zu beobachten.

Um halb eins am Montag wurde Childers in Bullards Büro gerufen und dort wartete auch Sheriff Walls. Der nervöse Richter stapfte im Zimmer umher.

»Wie hoch soll die Kaution sein?« fuhr er Rocky an.

»Keine Ahnung. Ich habe noch nicht lange darüber nachgedacht.«

»Glauben Sie nicht, daß es langsam Zeit wird, darüber nachzudenken?« Bullard ging hinter seinem Schreibtisch auf und ab und schritt dann zum Fenster. Aber auch dort fand er keine Ruhe und drehte sich wieder um. Ozzie schwieg und versuchte, seine Erheiterung zu verbergen.

»Warum?« erwiderte Childers unschuldig. »Es ist Ihre Entscheidung. Sie sind der Richter.«

»Danke! Herzlichen Dank! Wieviel verlangen Sie?«

»Ich verlange immer mehr, als ich erwarte«, antwortete

Rocky kühl und freute sich insgeheim über Bullards Nervosität.

»Und wieviel erwarten Sie?«

»Keine Ahnung. Ich habe noch nicht darüber nachgedacht.«

Der Hals des Richters verfärbte sich, und er starrte Ozzie an. »Was meinen Sie, Sheriff?«

»Nun ...«, entgegnete Walls vorsichtig und zog das Wort in die Länge. »Die Kaution sollte ziemlich hoch sein. Es wäre besser, wenn die beiden Angeklagten im Gefängnis blieben, zu ihrer eigenen Sicherheit. Die Schwarzen sind ziemlich unruhig. Vielleicht stößt den Jungs was zu, wenn sie entlassen werden.«

»Wieviel Geld steht ihnen zur Verfügung?«

»Willard ist pleite. Cobbs finanzielle Situation kenne ich nicht. Drogendollars lassen sich nur schwer feststellen. Möglicherweise gelänge es ihm, zwanzig oder dreißig Riesen aufzubringen. Wie ich hörte, hat er einen bekannten Anwalt aus Memphis mit seiner Verteidigung beauftragt – der Typ müßte heute in Clanton eintreffen. Cobb ist also nicht völlig mittellos.«

»Verdammt, warum erfahre ich das erst jetzt? Wie heißt der Anwalt?«

»Bernard«, sagte Childers. »Peter K. Bernard. Er hat mich heute morgen angerufen.«

»Höre den Namen zum erstenmal«, brummte Bullard so hochmütig, als seien ihm alle Anwälte im Land bekannt.

Der Richter blickte aus dem Fenster, als sich Ozzie Walls und Rocky Childers zuzwinkerten. Sicher wurde eine hohe Kaution festgesetzt – sehr zur Freude der Bürgen, die entzückt zusahen, wie verzweifelte Familien ihr Geld zusammenkratzten und Hypotheken aufnahmen, um Prämien in Höhe von zehn Prozent für die Bürgschaften zu bezahlen. Bestimmt setzte Bullard eine hohe Summe fest. Typisch für ihn. Man ging kein politisches Risiko ein, wenn man hohe Kautionen beschloß und dafür sorgte, daß Verbrecher im Gefängnis blieben. Die Schwarzen wußten das sicher zu schätzen, und diesem Punkt kam große Bedeutung zu, obgleich die Bevölkerung der County zu vierundsiebzig Prozent aus Weißen bestand. Der Richter war den Schwarzen einen Gefallen schuldig.

»Sagen wir hunderttausend für Willard und zweihundert für Cobb. Das sollte sie zufriedenstellen.«

»Wen?« fragte Ozzie.

»Äh, die Bürger. Die Bürger dort draußen. Sind Sie einverstanden?«

»Ja«, bestätigte Childers. »Aber müßte die Entscheidung nicht im Gerichtssaal fallen?« fügte er lächelnd hinzu.

»Die Angeklagten bekommen eine faire Verhandlung, und anschließend setzen wir die Kaution auf hundert und zweihundert Riesen fest.«

»Sie möchten vermutlich, daß ich jeweils dreihunderttausend verlange – damit Sie den Eindruck erwecken, fair zu sein, nicht wahr?« erkundigte sich Rocky.

»Es ist mir völlig gleich, was Sie verlangen!« donnerte der Richter.

»Damit dürfte wohl alles geklärt sein«, sagte Ozzie und ging zur Tür. »Rufen Sie mich als Zeugen auf?« wandte er sich an Childers.

»Nein, wir brauchen Sie nicht. Angesichts einer so fairen Verhandlung ist es gar nicht nötig, daß die Staatsanwaltschaft jemanden in den Zeugenstand ruft.«

Sheriff und Ankläger verließen das Büro. Bullard kochte innerlich, schloß die Tür ab, holte ein Glas hervor, füllte es zur Hälfte mit Wodka und trank es wütend leer. Mr. Pate wartete im Flur. Fünf Minuten später stürmte der Richter in den überfüllten Gerichtssaal.

»Bitte erheben Sie sich!« rief Mr. Pate.

»Setzen!« heulte Bullard, bevor jemand aufstehen konnte. »Wo sind die Angeklagten? Wo?«

Cobb und Willard wurden aus dem Nebenzimmer herbeigeführt und nahmen am Tisch der Verteidigung Platz. Cobbs neuer Anwalt lächelte, als die Deputys seinem Klienten die Handschellen abnahmen. Willards Anwalt, der Pflichtverteidiger Tyndale, ignorierte ihn.

Die Schwarzen vom letzten Mittwoch waren zurückgekehrt und hatten Freunde mitgebracht. Aufmerksam beobachteten sie die Bewegungen der beiden weißen Vergewaltiger. Auch Lester, der sie zum erstenmal sah, tat das. Carl Lee fehlte im Saal.

Bullard zählte die Deputys – insgesamt neun. Das mußte ein Rekord sein. Dann zählte er die Schwarzen. Es waren mehr als hundert. Sie saßen dicht beisammen und starrten zu den Angeklagten, die am gleichen Tisch, zwischen ihren Anwälten hockten. Der Wodka fühlte sich gut an. Er trank einen Schluck – sein Plastikbecher schien Eiswasser zu enthalten – und rang sich ein schiefes Lächeln ab. Der Alkohol brannte ihm in der Kehle, und rote Flecken entstanden auf seinen Wangen. Er dachte daran, die Leute des Sheriffs nach draußen zu schicken, Cobb und Willard den Niggern zu überlassen. Es wäre bestimmt lustig gewesen. Und auch gerecht. Bullard stellte sich vor, wie die dicken Negerinnen umherhüpfen würden, während ihre Männer die beiden Vergewaltiger in Stücke schnitten. Anschließend würden sie sich wieder beruhigen und in aller Ruhe den Saal verlassen. Der Richter schmunzelte.

Er winkte Mr. Pate zu sich. »In der oberen Schublade meines Schreibtisches befindet sich eine Flasche mit Eiswasser«, flüsterte er. »Schenken Sie etwas davon in meinen Becher.«

Der Gerichtsdiener nickte und eilte fort.

»Dies ist eine Kautionsverhandlung«, verkündete Bullard laut. »Und ich möchte nicht, daß sie lange dauert. Sind die Angeklagten bereit?«

»Ja, Sir«, antwortete Tyndale.

»Ja, Euer Ehren«, sagte Mr. Bernard.

»Ist die Staatsanwaltschaft bereit?«

»Ja, Sir«, entgegnete Childers, ohne sich zu erheben.

»Gut. Rufen Sie Ihren ersten Zeugen auf.«

Rocky wandte sich an den Richter. »Euer Ehren, die Staatsanwalt wird keine Zeugen aufrufen. Sie wissen, was den Angeklagten zur Last gelegt wird; immerhin haben Sie am vergangenen Mittwoch die Voruntersuchung geleitet. Das Opfer ist inzwischen aus dem Krankenhaus entlassen worden, und daheim. Ich rechne also nicht mit einer Erweiterung der Anklageschrift. Am nächsten Montag wird das große Geschworenengericht aufgefordert, formelle Anklage wegen Vergewaltigung, Entführung und schwerer Körperverletzung zu erheben. Aufgrund der besonderen Abscheulichkeit dieses Verbrechen, des geringen Alters des Opfers sowie der Vorstrafen Mr. Cobbs verlangt die Staatsanwalt das Kautionsmaximum und keinen Cent weniger.«

Bullard verschluckte sich fast an seinem Eiswasser. Maximum? Es gab überhaupt keine maximale Kaution.

»Welche Summe beantragen Sie, Mr. Childers?«

»Jeweils eine halbe Million!« sagte Rocky stolz und setzte sich.

Eine halbe Million! *Was für eine Unverschämtheit,* dachte Bullard, trank zornig und warf dem Ankläger einen finsteren Blick zu. Eine halbe Million! Warum hielt sich der Kerl nicht an die Vereinbarung? Der Richter beauftragte Mr. Pate, ihm noch mehr Eiswasser zu holen.

»Die Verteidigung hat das Wort.«

Cobbs neuer Anwalt stand auf, räusperte sich demonstrativ und nahm die sehr akademisch wirkende Hornbrille ab. »Ich möchte mich dem Gericht vorstellen, Euer Ehren. Mein Name lautet Peter K. Bernard. Ich komme aus Memphis, und Mr. Cobb hat mich gebeten, ihn zu vertreten …«

»Haben Sie eine Lizenz, die es Ihnen erlaubt, in Mississippi zu praktizieren?« unterbrach ihn der Richter.

Bernard blinzelte überrascht. »Nun, äh, nicht unbedingt, Euer Ehren.«

»Ich verstehe. Meinen Sie mit ›nicht unbedingt‹ etwas anderes als *nein?*«

Einige Anwälte auf der Geschworenenbank lachten leise. Bullard wurde seinem Ruf gerecht: Er haßte Juristen aus Memphis und forderte von ihnen einen Nachweis dafür, daß sie mit Kollegen aus der Ford County zusammenarbeiteten, bevor er ihnen erlaubte, in seinem Gerichtssaal zu erscheinen. Vor vielen Jahren, als er selbst praktiziert hatte, war er von einem Richter in Memphis fortgeschickt worden, weil ihm eine Tennessee-Lizenz fehlte. Seit seiner ersten Wahl versäumte er keine Gelegenheit, sich dafür zu rächen.

»Euer Ehren, ich bin zwar nicht in Mississippi lizenziert, dafür aber in Tennessee.«

»Das will ich auch stark hoffen«, fauchte Bullard. Erneut erklang leises Lachen von der Geschworenenbank. »Sind Sie mit den hiesigen Regeln vertraut?«

»Äh, ja, Sir.«

»Besitzen Sie eine schriftliche Kopie dieser Regeln?«

»Ja, Sir.«

»Haben Sie alle Hinweise sorgfältig gelesen, bevor Sie meinen Gerichtssaal betraten?«

»Äh, ja, Sir. Die meisten.«

»Verstehen Sie die Bedeutung von Regel 14?«

Cobb musterte seinen neuen Anwalt argwöhnisch.

»Äh, ich erinnere mich nicht genau daran«, gestand Bernard.

»Das dachte ich mir. Regel 14 verlangt von nicht lizenzierten Rechtsanwälten, die aus anderen Staaten kommen, daß Sie mit Mississippi-Juristen zusammenarbeiten.«

»Ja, Sir.«

Aussehen und Gebaren deuteten darauf hin, daß Bernard ein guter, gebildeter Anwalt war – einen solchen Ruf genoß er zumindest in Memphis. Doch hier, in einem kleinen Provinzort, mußte er es ertragen, von der flinken Zunge eines Redneck-Richters gedemütigt zu werden.

»Ja, Sir – *was?*« fragte Bullard scharf.

»Ja, Sir, ich glaube, ich habe von dieser Regel gehört.«

»Wo ist dann Ihr hiesiger Partner?«

»Es gibt keinen. Aber ich hatte vor ...«

»Sie sind also von Memphis hierhergekommen, haben sorgfältig meine Regeln gelesen und beschlossen, ihnen keine Beachtung zu schenken. Stimmt das?«

Bernard senkte den Kopf und starrte auf den Tisch.

Tyndale erhob sich langsam. »Fürs Protokoll, Euer Ehren: Ich erkläre mich bereit, mit Mr. Bernard bei dieser Verhandlung und zu keinem anderen Zweck, zusammenzuarbeiten.«

Bullard lächelte. *Ein guter Schachzug, Tyndale,* dachte er. *Wirklich nicht übel.* Der Wodka wärmte ihn innerlich, und er entspannte sich. »Na schön. Rufen Sie Ihren ersten Zeugen auf.«

Bernard straffte sich. »Euer Ehren, ich möchte Mr. Cobbs Bruder, Mr. Fred Cobb, in den Zeugenstand rufen.«

»Ich hoffe, die Aussage dauert nicht zu lange«, brummte Bullard.

Cobbs Bruder wurde vereidigt und setzte sich auf den Zeugenstuhl. Bernard trat hinter dem Tisch der Verteidigung hervor und begann mit einer detaillierten Vernehmung. Er hatte sich gut vorbereitet und bewies, daß Billy Ray Cobb erwerbstätig war sowie Grund und Boden in Ford County besaß. Er betonte, sein Mandant sei hier aufgewachsen. Die meisten Freunde und Verwandten lebten in oder in der Nähe von Clanton – es gab also keinen Grund für ihn, die County zu verlassen. Bernard beschrieb den Angeklagten als einen Bürger, der fest in seiner Heimat verwurzelt war und viel zu verlieren hatte, wenn er floh, als einen Mann, von dem man erwarten konnte, daß er beim Prozeß erschien. Daher sei eine geringe Kaution angemessen.

Bullard trank, klopfte mit seinem Kugelschreiber und beobachtete die Reaktionen der Schwarzen.

Childers stellte keine Fragen. Bernard rief Cobbs Mutter Cora in den Zeugenstand, und sie wiederholte, was ihr Sohn Fred über Billy Ray gesagt hatte. Es gelang ihr sogar, einige Tränen zu vergießen, und der Richter schüttelte den Kopf.

Dann kam Tyndale an die Reihe und präsentierte dem Gericht ähnliche Schilderungen in Hinsicht auf Willard.

Eine halbe Million! Weniger werde dem schwarzen Publikum sicher nicht gefallen. Bullards Haß auf Childers wuchs. Er mochte die Schwarzen, weil sie ihn gewählt hatten. In der ganzen County bekam er einundfünzig Prozent der Stimmen, aber alle Nigger sprachen sich für ihn aus.

»Sonst noch etwas?« fragte er, als Tyndale fertig war.

Die drei Anwälte wechselten einen stummen Blick und sahen den Richter an. Bernard stand auf. »Euer Ehren, ich möchte die Aussagen hinsichtlich meines Klienten zusammenfassen und für eine niedrige Kaution plä ...«

»Das wäre reine Zeitverschwendung. Ich habe genug von

Ihnen gehört. Setzen Sie sich.« Bullard zögerte und verkündete dann hastig: »Hiermit wird die Kaution für Pete Willard auf hunderttausend und die für Billy Ray Cobb auf zweihunderttausend Dollar festgesetzt. Die Angeklagten bleiben in der Obhut des Sheriffs, bis sie in der Lage sind, den genannten Betrag zu hinterlegen. Die Verhandlung ist beendet.« Er schlug mit dem Hammer und zog sich in sein Büro zurück, wo er die erste Flasche Eiswasser leerte und eine zweite öffnete.

Lester nickte zufrieden. In seinem Fall, für die Ermordung von Monroe Bowie, hatte man fünfzigtausend verlangt. Nun, Bowie war ein Schwarzer gewesen, und wenn's um Nigger-Opfer ging, setzte man nie hohe Kautionen fest.

Die Zuschauer wandten sich dem Ausgang zu, aber Lester rührte sich nicht von der Stelle. Er beobachtete, wie man den beiden Angeklagten Handschellen anlegte und sie abführte. Als sie im Nebenzimmer verschwanden, hob er die Hände vors Gesicht und murmelte ein kurzes Gebet. Dann lauschte er.

Mindestens zehnmal am Tag ging Jake durch die Verandatür auf den Balkon und sah auf den Platz hinunter. Manchmal rauchte er eine billige Zigarre und blies den Rauch über die Washington Street. Selbst im Sommer ließ er die Fenster des großen Büros offen. Die Geräusche der kleinen Stadt leisteten ihm gute Gesellschaft, wenn er ruhig arbeitete. Manchmal erstaunte es ihn, wie laut es auf den Straßen in der Nähe des Gerichts zugehen konnte. Bei anderen Gelegenheiten schritt er zum Balkon, um festzustellen, warum es draußen so still war.

Kurz vor zwei Uhr am Montagnachmittag trat er durch die Verandatür und zündete sich eine Zigarre an. Eine seltsame Stille umhüllte das Zentrum von Clanton im Staat Mississippi.

Cobb ging als erster die Treppe hinunter mit auf den Rücken gefesselten Händen. Willard und Deputy Looney folgten ihm. Zehn Stufen, dann der Absatz, nach rechts und noch einmal zehn Stufen bis zum Erdgeschoß. Drei weitere Deputys warteten draußen bei den Streifenwagen, rauchten Zigaretten und beobachteten Reporter.

Als Cobb das Ende der Treppe erreichte – Willard befand sich drei Stufen hinter ihm und Looney fünf Stufen weiter oben –, schwang plötzlich die kleine Tür der schmutzigen Abstellkammer auf. Carl Lee Hailey sprang aus der Dunkelheit hervor, mit einer M-16 im Anschlag. Er eröffnete sofort das Feuer. Das laute Rattern der automatischen Waffe durchbrach die Stille und hallte im ganzen Gebäude wider. Die Vergewaltiger erstarrten und schrien, als sie getroffen wurden: Cobb zuerst, im Bauch und an der Brust, dann Willard, im Gesicht und am Hals. Verzweifelt versuchten sie, nach oben zu fliehen, doch die Handschellen schränkten ihre Bewegungsfreiheit ein. Hilflos stolperten sie übereinander, während Blut spritzte.

Eine Kugel bohrte sich Looney ins Bein, aber er schaffte es trotzdem, in den ersten Stock zu kriechen. Dort blieb er liegen und hörte, wie Cobb und Willard kreischten. Er vernahm auch das Lachen des irren Niggers. Querschläger prallten von den Wänden des Treppenhauses ab, und als Looney nach unten zum Absatz sah, fiel sein Blick auf Blut und Fleischfetzen.

Sieben- oder achtmal betätigte Carl Lee den Abzug der automatischen Waffe, und das Rattern der M-16 schien eine Ewigkeit lang durchs Gerichtsgebäude zu donnern. Dazwischen hörte man ganz deutlich das schrille Lachen des Schützen.

Schließlich nahm Tonyas Vater den Finger vom Abzug, warf seine Waffe auf die beiden Leichen und lief fort. In der Toilette blockierte er die Tür mit einem Stuhl, kletterte aus dem Fenster, schob sich durchs Gebüsch und gelangte zum Bürgersteig. In aller Seelenruhe ging er zu seinem Wagen und fuhr nach Hause.

Lester versteifte sich, als die Schießerei begann. Die Schüsse klangen laut durch den Gerichtssaal. Willards und Cobbs Mütter schrien. Die Deputys eilten ins Nebenzimmer, wagten sich jedoch nicht die Treppe hinab. Lester lauschte eine

Zeitlang, und als kein Revolver abgefeuert wurde, verließ er den Saal.

Unmittelbar nach dem ersten Schuß griff Bullard nach seinem Glas und duckte sich unter den Schreibtisch. Mr. Pate schloß die Tür ab.

Cobb – beziehungsweise das, was von ihm übrig war – blieb auf Willard liegen. Ihr Blut vermischte sich, bildete eine große Lache und tropfte auf die anderen Stufen. Die ganze Treppe färbte sich rot.

Jake lief über die Straße zum Hintereingang des Gerichts. Deputy Prather hockte mit gezogener Waffe vor der Tür und verfluchte einige neugierige Reporter, die nach vorn drängten. Andere Deputys knieten neben den Streifenwagen. Jake stürmte um das Gebäude herum zum vorderen Eingang. Weitere Polizisten bewachten dort die Tür und evakuierten Angestellte und Zuschauer aus dem Gerichtssaal. Dutzende von Männern und Frauen eilten nach draußen. Jake bahnte sich einen Weg durch die Menge und in der Rotunde fand er Ozzie, der mit lauter Stimme Anweisungen erteilte. Er winkte Brigance zu, und gemeinsam liefen sie durch den Flur zum rückwärtigen Bereich, wo sechs Deputys mit schußbereiten Revolvern standen und zur Treppe starrten. Übelkeit stieg in Jake hoch. Willard hatte es fast bis zum Absatz geschafft. Der vordere Teil des Schädels fehlte, und sein Gehirn quoll übers Gesicht. Cobb lag mit dem Bauch nach unten, die meisten Kugeln hatten ihn in den Rücken getroffen. Sein Kopf ruhte auf Willards Bauch, und die Füße berührten die vierte Stufe von unten. Noch immer strömte Blut aus den leblosen Körpern und floß über die sechs letzten Stufen der Treppe. Die rote Lache auf dem Boden dehnte sich in Richtung der Deputys aus, die langsam zurückwichen. Zwischen Cobbs Beinen auf der fünften Stufe lag eine M-16.

Niemand gab einen Ton von sich, alle blickten auf die noch immer blutenden Leichen. Beißender Pulvergeruch wehte durchs Treppenhaus und durch den Flur zur Rotunde, wo Uniformierte die Evakuierung des Gebäudes fortsetzten.

»Gehen Sie jetzt, Jake«, sagte Ozzie, ohne den Blick von Cobb und Willard abzuwenden.

»Warum?«

»Verschwinden Sie?«

»Warum?«

»Weil wir die Toten fotografieren und Beweismaterial sicherstellen müssen. Dabei ist Ihre Anwesenheit nicht erforderlich.«

»Na schön. Aber wenn Sie ihn verhören, will ich dabei sein, verstanden?«

Der Sheriff nickte.

Man fotografierte den Tatort, sammelte das Beweismaterial und brachte die Leichen fort. Zwei Stunden später verließ Ozzie die Stadt, gefolgt von fünf Streifenwagen. Hastings fuhr, und die Kolonne rollte am See vorbei, passierte Bates' Lebensmittelladen und erreichte die Craft Road. Auf der Hailey-Zufahrt standen nur Gwens Wagen, Carl Lees Pickup und der rote Cadillac aus Illinois.

Ozzie rechnete nicht mit Schwierigkeiten, als sie vor dem Haus parkten. Der Sheriff ging zur Veranda, während sich die Deputys hinter den Streifenwagen duckten. Nach einigen Schritten blieb er stehen. Die vordere Tür öffnete sich langsam, und Carl Lee kam nach draußen, mit Tonya in den Armen. Er starrte auf Ozzie hinab und blickte dann zu den anderen Uniformierten. Rechts von ihm stand Gwen, links seine drei Söhne. Der jüngste von ihnen weinte leise, aber die älteren wirkten stolz. Weiter hinten hob Lester den Kopf.

Die beiden Gruppen musterten sich gegenseitig und warteten darauf, daß irgend etwas geschah. Alle wollten vermeiden, was sich nun anbahnte. Die einzigen Geräusche waren das Schluchzen des Mädchens, der Mutter und des jüngsten Bruders.

Die Kinder versuchten noch immer, ihren Vater zu verstehen. Er hatte ihnen erklärt, warum es notwendig gewesen war, die beiden Weißen zu erschießen. Das sahen sie ein, aber sie begriffen nicht, warum ihr Daddy verhaftet und ins Gefängnis gebracht werden mußte.

Ozzie trat nach einem Erdbrocken und beobachtete erst die Familie und dann seine Leute.

»Sie sollten besser mit mir kommen«, sagte er schließlich.

Carl Lee nickte, setzte sich jedoch nicht in Bewegung. Gwen und der Junge weinten lauter, als Lester das Mädchen aus den Armen seines Vaters nahm. Carl Lee kniete sich vor den drei Jungen hin und flüsterte ihnen noch einmal zu, daß er nun fort müsse, jedoch bald zurückkehren würde. Er umarmte sie, und einige Sekunden lang klammerten sie sich an ihm fest. Dann drehte er sich um, küßte seine Frau und ging die Treppe hinunter.

»Wollen Sie mir Handschellen anlegen, Ozzie?«

»Nein, Carl Lee. Steigen Sie nur ein.«

8

Chief Deputy Moss Junior Tatum und Jake sprachen leise in Ozzies Büro, während sich Deputys, Reservisten, Kalfakter und andere Leute aus dem Gefängnis im großen Arbeitszimmer nebenan versammelten und dort ungeduldig auf die Ankunft des neuen Gefangenen warteten. Zwei Polizisten blickten durch die Jalousien zu den Reportern und Kameramännern auf dem Parkplatz zwischen Gefängnis und Highway. Die Fernsehwagen kamen von Memphis, Jackson und Tupelo, sie standen kreuz und quer. Das gefiel Moss nicht. Er ging nach draußen, schritt langsam über den Bürgersteig und befahl den Typen von der Presse, sich in einen bestimmten Bereich zurückzuziehen und die Übertragungswagen zur Seite zu fahren.

»Geben Sie eine Erklärung ab?« rief ein Journalist.

»Ja, wenn Sie Ihre Wagen wegfahren.«

»Können Sie uns Einzelheiten im Hinblick auf den Mord nennen?«

»Ja. Zwei Männer wurden erschossen.«

»Was ist mit weiteren Details?«

»Ich war nicht dabei.«

»Haben Sie einen Verdächtigen?«

»Ja.«

»Wie heißt er?«

»Das verrate ich Ihnen, wenn Sie Ihre Wagen wegfahren.«

Innerhalb weniger Minuten rollten die Fahrzeuge fort. Aufgeregte Reporter eilten mit Mikrofonen und Kameras herbei. Moss regelte den Verkehr, bis er zufrieden war, und wandte sich dann an sein Publikum. Gelassen kaute er auf einem Zahnstocher und schob beide Daumen in Gürtelschlaufen. Sein Bauch wölbte sich ein ganzes Stück darüber hinweg.

»Wer hat die beiden Kerle umgelegt?«

»Ist er verhaftet?«

»War die Familie des Mädchens daran beteiligt?«

»Sind beide Männer tot?«

Moss lächelte und schüttelte den Kopf. »Eins nach dem anderen. Ja, es gibt einen Verdächtigen. Er wurde inzwischen verhaftet und wird bald hier sein. Versperren Sie mit Ihren Wagen nicht die Zufahrt. Mehr kann ich Ihnen nicht sagen.« Er ignorierte die übrigen Fragen, kehrte ins Gefängnis zurück und betrat das Arbeitszimmer.

»Wie geht's Looney?« fragte er dort.

»Prather ist bei ihm im Krankenhaus. Er scheint soweit in Ordnung zu sein – nur eine Fleischwunde im Bein.«

»Und ein Herzanfall.« Moss grinste, und die anderen lachten.

»He, da kommen sie!« rief ein Kalfakter. Alle eilten zum Fenster, als mehrere Streifenwagen auf den Parkplatz fuhren. Ozzie steuerte den ersten, und neben ihm saß Carl Lee, ohne Handschellen. Hastings lehnte sich im Fond zurück und winkte in die Kameras, als die Kolonne an ihnen vorbeirollte. Sie hielt hinter dem Gefängnis. Der Sheriff und seine beiden Begleiter stiegen aus und schlenderten zum rückwärtigen Eingang. Carl Lee wurde der Obhut eines Wächters übergeben, und Ozzie ging durch den Flur zum Büro, in dem Brigance auf ihn wartete.

»Sie können bald zu ihm, Jake«, sagte er.

»Danke. Sind Sie sicher, daß er der Täter ist?«

»Ja.«

»Er hat noch kein Geständnis abgelegt, oder?«

»Nein, er schwieg die meiste Zeit über. Ich schätze, Lester hat ihn gut vorbereitet.«

Moss kam herein. »Die Pressefritzen wollen mit Ihnen reden, Ozzie. Ich habe ihnen versprochen, daß Sie gleich ihre Fragen beantworten.«

»Danke, Moss.« Walls seufzte.

»Gibt es Augenzeugen?« fragte Jake.

Mit einem roten Taschentuch wischte sich Ozzie Schweiß von der Stirn. »Looney kann ihn identifizieren. Kennen Sie Murphy, den kleinen behinderten Mann, der im Gerichtsgebäude fegt?«

»Ja. Er stottert.«

»Er hat alles gesehen. Saß auf der anderen Treppe, als es losging. Aß gerade sein Mittagessen. Er war so erschrocken, daß er eine Stunde lang kein Wort hervorbrachte.« Ozzie zögerte und musterte Jake. »Warum erzähle ich Ihnen das?«

»Macht es irgendeinen Unterschied? Früher oder später fände ich es ohnehin heraus. Wo ist mein Klient?«

»Unten im Flur. Er wird fotografiert, und man nimmt ihm die Fingerabdrücke ab. Die übliche Routine. Dauert ungefähr eine halbe Stunde.«

Ozzie verließ das Zimmer. Jake rief Carla an und bat sie, die Nachrichtensendungen aufzuzeichnen.

Draußen trat der Sheriff den Mikrofonen und Kameras gegenüber. »Ich habe eine kurze Erklärung für Sie. Ein Verdächtiger befindet sich in Untersuchungshaft. Er heißt Carl Lee Hailey und stammt aus Ford County. Wir legen ihm zweifachen Mord zur Last.«

»Ist er der Vater des vergewaltigten Mädchens?«

»Ja.«

»Woher wußten Sie, daß er die beiden Männer erschossen hat?«

»Wir sind nicht dumm.«

»Irgendwelche Augenzeugen?«

»Nicht daß ich wüßte.«

»Hat er die Tat gestanden?«
»Nein.«
»Wo haben Sie ihn gefunden?«
»Zu Hause.«
»Wurde ein Deputy angeschossen?«
»Ja.«
»Wie geht es ihm?«
»Gut. Er liegt im Krankenhaus, aber sein Zustand ist nicht besorgniserregend.«
»Wie lautet sein Name?«
»Looney. DeWayne Looney.«
»Wann findet die Voruntersuchung statt?«
»Ich bin nicht der Richter.«
»Irgendeine Ahnung?«
»Vielleicht morgen oder am Mittwoch. So, das genügt. Derzeit habe ich keine weiteren Informationen für Sie.«

Der Wärter nahm Carl Lees Brieftasche, Geld, Uhr, Schlüssel, Ring und Taschenmesser; er trug die Gegenstände in eine Liste ein, die der Gefangene mit Angabe des Datums unterschrieb. In einem kleinen Zimmer fotografierte man ihn, und anschließend hinterließ er seine Fingerabdrücke – Lester hatte ihm diesen Vorgang genau geschildert. Ozzie wartete vor der Tür und führte ihn durch den Flur in einen anderen Raum. Dort stand ein Gerät, das dazu diente, Betrunkene zu untersuchen und den Alkoholgehalt in ihrem Blut zu messen. Jake saß an dem kleinen Tisch daneben, und der Sheriff entschuldigte sich und ging hinaus.

Anwalt und Klient musterten sich gegenseitig. Beide lächelten anerkennend und blieben stumm. Zum letztenmal hatten sie am Mittwoch miteinander gesprochen, im Anschluß an die Voruntersuchung – einen Tag nach der Vergewaltigung.

Carl Lee wirkte entspannt. Es zeigte sich keine Sorge in seinem Gesicht. »Sie haben nicht geglaubt, daß ich die Mistkerle umbringe«, sagte er nach einer Weile.
»Nein. *Sind* Sie der Täter?«
»Das wissen Sie doch, oder?«

Jake schmunzelte, nickte und verschränkte die Arme. »Wie fühlen Sie sich?«

Carl Lee lehnte sich auf dem Klappstuhl zurück. »Besser. Ich bedauere die Sache und wünschte, sie wäre nicht geschehen. Aber ich wünsche mir auch, daß mit meiner Tochter alles in Ordnung ist. Ich hatte nichts gegen die beiden Burschen – bis sie Tonya vergewaltigten. Jetzt haben sie bekommen, was sie verdienen. Ihre Mütter und Väter tun mir leid – wenn sie überhaupt Väter haben, was ich bezweifle.«

»Fürchten Sie sich?«

»Wovor?«

»Zum Beispiel vor der Gaskammer.«

»Nein, Jake – deshalb bitte ich Sie ja um Hilfe. Ich habe keine Lust, in der Gaskammer zu enden. Es gelang Ihnen, einen Freispruch für Lester durchzusetzen. Jetzt bin ich dran. Sorgen Sie dafür, daß ich nach Hause zurückkehren kann.«

»So einfach ist das nicht, Carl Lee.«

»Warum nicht?«

»Sie haben den Mord kaltblütig geplant. Wenn Sie glauben, vor Gericht nur darauf hinweisen zu müssen, daß Cobb und Willard den Tod verdienten, um freigesprochen zu werden ... Das wäre ein großer Irrtum.«

»Lester wurde für nicht schuldig befunden.«

»Aber jeder Fall ist anders. Hier besteht der große Unterschied, darin, daß Sie zwei Weiße erschossen haben. Lester hat einen Nigger umgebracht.«

»Fürchten *Sie* sich, Jake?«

»Warum sollte ich mich fürchten? Die Gaskammer droht Ihnen.«

»Das klingt nicht sehr zuversichtlich.«

Du verdammter Narr, dachte Jake. Wie konnte er jetzt zuversichtlich sein? Die Leichen waren noch warm. Sicher, vor dem Mord hatte er die Situation optimistisch beurteilt, aber jetzt sah er sie aus einer anderen Perspektive. Seinem Klienten stand die Gaskammer für ein Verbrechen bevor, das er offen zugab.

»Von wem erhielten Sie die Waffe?«

»Von einem Freund in Memphis.«

»Na schön. Hat Ihnen Lester dabei geholfen?«

»Nein. Er wußte, was ich vorhatte, und er wollte mir dabei helfen, aber ich lehnte ab.«

»Wie hat Gwen reagiert?«

»Sie ist ziemlich außer sich. Mein Bruder bleibt bei ihr. Sie hat keine Ahnung.«

»Und die Kinder?«

»Sie wissen ja, wie Kinder sind. Sie wollen nicht, daß ihr Vater im Gefängnis sitzt. Bestimmt verkraften es die Jungs irgendwie. Lester kümmert sich um sie.«

»Kehrt er nicht nach Chicago zurück?«

»Nicht sofort. Wann wird mein Fall verhandelt, Jake?«

»Die Voruntersuchung findet morgen oder am Mittwoch statt. Das hängt von Bullard ab.«

»Ist er der Richter?«

»Bei der ersten Verhandlung, ja. Aber nicht beim Prozeß. Der fällt in den Zuständigkeitsbereich des Bezirksgerichts.«

»Wie heißt der dortige Richter?«

»Omar Noose, aus der Van Buren County. Er hat auch Lesters Verfahren geleitet.«

»Er ist okay, stimmt's?«

»Ja. Ein guter Richter.«

»Wann beginnt der Prozeß?«

»Im späten Sommer oder frühen Herbst. Buckley hat es sicher eilig.«

»Buckley?«

»Rufus Buckley, der Bezirkstaatsanwalt. Damals hat er Lester angeklagt. Erinnern Sie sich an ihn? Groß und laut ...«

»Ja, jetzt erinnere ich mich. Der große, böse Rufus Buckley. Hatte ihn ganz vergessen. Er ist ziemlich gemein, nicht wahr?«

»Er ist gut, verdammt gut. Platzt geradezu vor Ehrgeiz. Zweifellos freut er sich über diesen Fall. Wegen der Publicity.«

»Sie haben ihn geschlagen, oder?«

»Ja. Aber ich mußte auch einige Niederlagen hinnehmen.«

Jake öffnete seinen Aktenkoffer und holte einen Hefter

hervor, der einen Vertrag für Rechtsbeistand enthielt. Er las ihn vor, obwohl er den Text auswendig kannte. Sein Honorar basierte auf der Zahlungsfähigkeit des Klienten, und Schwarzen stand meistens nicht viel Geld zur Verfügung – es sei denn, sie hatten großzügige Verwandte mit einem guten Job in St. Louis oder Chicago. Das war nur selten der Fall. Lester hatte sich an seinen Bruder gewandt, der in einem kalifornischen Postamt arbeitete, jedoch nicht helfen konnte oder wollte. Einige Schwestern mit eigenen Problemen boten nur moralische Unterstützung an. Auch Gwen hatte viele anständige Verwandte, doch in finanzieller Hinsicht ging es ihnen nicht sehr gut. Nur Carl Lee besaß einige Morgen Land und belieh sie schließlich, damit Lester den Anwalt bezahlen konnte.

Brigance bekam damals fünftausend Dollar für den Mordprozeß: die Hälfte vor dem Verfahren und den Rest in Raten über drei Jahre hinweg.

Jake verabscheute es, über das Honorar zu reden. Dieser Teil seiner Arbeit bereitete ihm erhebliches Unbehagen. Viele Mandanten wollten vorher wissen, wieviel seine juristischen Dienste kosteten, und entsprechende Auskünfte führten zu unterschiedlichen Reaktionen. Einige waren schockiert. Andere schluckten und verließen das Büro. Manche versuchten zu feilschen. Die meisten bezahlten oder versprachen es zumindest.

Er starrte nun auf den Aktenhefter und überlegte, welche Summe er verlangen sollte. Er kannte einige Kollegen, die einen solchen Fall fast gratis übernommen, sich mit der Publicity begnügt hätten. Dann dachte er an den wenigen Grundbesitz Carl Lees, dessen Arbeit in der Papierfabrik, an die Familie. »Mein Honorar beträgt zehntausend Dollar«, sagte er schließlich.

»Lester haben Sie nur fünftausend in Rechnung gestellt«, erwiderte Carl Lee ungerührt.

Mit dieser Antwort hatte Jake gerechnet. »Bei Lester gab es nur einen Anklagepunkt, bei Ihnen gleich drei.«

»Wie oft kann man mich in die Gaskammer schicken?»

»Guter Hinweis. Wieviel können Sie bezahlen?«

»Tausend sofort«, sagte Carl Lee stolz. »Außerdem beleihe ich noch einmal mein Land. Sie bekommen den ganzen Kredit.«

Jake überlegte. »Ich habe eine bessere Idee. Wir vereinbaren ein festes Honorar. Sie geben mir jetzt tausend und unterschreiben einen Schuldschein für den Rest. Nehmen Sie eine Hypothek auf und zahlen Sie die in Raten.«

»Wieviel wollen Sie?« fragte Carl Lee.

»Zehntausend.«

»Fünf.«

»Sie können mehr bezahlen.«

»Und Sie sind imstande, mich für weniger als zehntausend zu verteidigen.«

»Na schön. Neun.«

»Wie wär's mit sechs?«

»Acht?«

»Sieben.«

»Einigen wir uns auf siebentausendfünfhundert?«

»Ja, ich glaube, soviel Geld kann ich aufbringen. Hängt davon ab, wieviel mir die Bank für mein Land leiht. Tausend sofort und einen Schuldschein über sechseinhalb?«

»Ja.«

»Abgemacht.«

Brigance füllte die leeren Stellen im Vertrag aus und bereitete einen Schuldschein vor. Carl Lee unterschrieb zweimal.

»Wieviel würden Sie von einem reichen Mann verlangen, Jake?«

»Fünfzigtausend.«

»Fünfzigtausend! Im Ernst?«

»Ja.«

»Mann, das ist viel Kohle. Haben Sie jemals ein so hohes Honorar bekommen?«

»Nein, aber ich kenne auch nur wenige Leute, die über soviel Geld verfügen und sich wegen Mord vor Gericht verantworten mußten.«

Carl Lee fragte nach der Kaution, dem großen Geschworenengericht, dem Prozeß. Welche Zeugen würden aussagen? Was für eine Jury erwartete ihn? Wann entließ man ihn aus der Untersuchungshaft? Könnte Jake dafür sorgen, daß die Verhandlung früher stattfindet? Wann bekomme ich Gelegenheit, meine Version der Ereignisse zu erzählen? Und so weiter, und so fort. Jake meinte, es gäbe noch genug Zeit für ihn, seinen Standpunkt zu erläutern. Er versprach, Gwen und Carl Lees Chef in der Papierfabrik anzurufen.

Er ging, und der Wächter brachte den neuen Häftling in seine Zelle zurück. Sie befand sich neben dem für Staatsgefangene vorbehaltenen Raum.

Ein Fernsehwagen blockierte den Saab, und Jake erkundigte sich nach dem Eigentümer. Die meisten Reporter hatten den Parkplatz inzwischen verlassen, aber einige warteten noch und erhofften sich wichtige Informationen. Es war fast dunkel.

»Sind Sie ein Mitarbeiter des Sheriffs?« fragte einer der Journalisten.

»Nein, ich bin Anwalt«, antwortete Jake wie beiläufig und gab sich desinteressiert.

»Mr. Haileys Anwalt?«

Brigance drehte sich um und sah den Reporter an. Die anderen kamen näher und hörten zu. »Ja.«

»Wären Sie bereit, einige Fragen zu beantworten?«

»Das kommt auf die Fragen an.«

»Bitte treten Sie hier vor die Kamera.«

Man streckte ihm einige Mikrofone entgegen, und Jake gab sich alle Mühe, einen leicht verärgerten Eindruck zu erwecken.

Ozzie und seine Deputys standen am Fenster und beobachteten Brigance. »Jake liebt Kameras«, sagte der Sheriff.

»Alle Anwälte fahren darauf ab«, fügte Moss hinzu.

»Wie heißen Sie, Sir?«

»Jake Brigance.«

»Sind Sie Mr. Haileys Anwalt?«

»Ja«, bestätigte Jake kühl.

»Mr. Hailey ist der Vater des Mädchens, das von den heute erschossenen Männern vergewaltigt wurde?«

»Ja.«

»Wer brachte die beiden Angeklagten um?«
»Keine Ahnung.«
»Mr. Hailey?«
»Ich habe gesagt – keine Ahnung.«
»Was legt man Ihrem Klienten zur Last?«
»Man wirft ihm vor, Billy Ray Cobb und Pete Willard ermordet zu haben. Eine formelle Anklage ist noch nicht erhoben.«
»Wird sich Mr. Hailey bei einem Prozeß verantworten müssen?«
»Kein Kommentar.«
»Warum kein Kommentar?«
»Haben Sie mit Mr. Hailey gesprochen?« fragte ein anderer Reporter.
»Ja, vor einigen Minuten.«
»Wie geht es ihm?«
»Was meinen Sie damit?«
»Nun, äh, wie geht es ihm?«
»Möchten Sie wissen, was er davon hält, im Gefängnis zu sitzen?« Jake lächelte dünn.
»Äh, ja.«
»Kein Kommentar.«
»Wann findet die Voruntersuchung statt?«
»Wahrscheinlich morgen oder am Mittwoch.«
»Wird sich Mr. Hailey schuldig bekennen?«
Jake lächelte erneut. »Natürlich nicht.«

Nach dem Abendbrot saßen sie in der Hollywoodschaukel, beobachteten den Rasensprenger und sprachen über den Fall. Der Doppelmord machte überall Schlagzeilen, und Carla zeichnete so viele Nachrichtensendungen wie möglich auf. Zwei Sender mit Redaktionen in Memphis berichteten live. Einige andere zeigten, wie Cobb und Willard ins Gericht geführt wurden; wenige Sekunden später trug man ihre Leichen unter weißen Laken nach draußen. Ein Sender schickte sogar das Rattern der automatischen Waffe durch den Äther, zusammen mit Bildern von erschrockenen Deputys, die hastig in Deckung gingen.

Jakes Interview war für die Abendnachrichten zu spät gewesen. Carla und er warteten bis um zehn, schalteten den Videorecorder ein und beobachteten seinen Auftritt: Er hielt die Aktentasche in der einen Hand und wirkte eindrucksvoll, selbstbewußt und auch ein wenig arrogant. Jake bewunderte sich im Fernsehen und genoß seine Show. Nach Lesters Freispruch war er ebenfalls auf der Mattscheibe erschienen, wenn auch nur für wenige Sekunden, und die Stammgäste im Café hatten ihn deshalb monatelang aufgezogen.

Er fühlte sich gut. Diese erste Publicity gefiel ihm, und er erwartete noch viel mehr. Er könnte sich keinen anderen Fall vorstellen, der ihn besser ins Rampenlicht rücken könnte, als der Prozeß gegen Carl Lee Hailey. Ein Schwarzer, der die beiden weißen Vergewaltiger seiner Tochter erschossen hatte ... Wenn er freigesprochen wurde, wenn ihn eine weiße Jury im ländlichen Mississippi für nicht schuldig befand ...

»Warum lächelst du so?« fragte Carla.

»Aus keinem besonderen Grund.«

»Eine glatte Lüge. Du denkst an das Verfahren, an die Kameras und Reporter und den Freispruch. Du stellst dir vor, wie du das Gerichtsgebäude zusammen mit Carl Lee verläßt und ihm den Arm um die Schultern legst, während dir Dutzende von Journalisten folgen. Leute, die dir auf den Rücken klopfen, dich zu deinem Triumph beglückwünschen. Ich weiß genau, was dir durch den Kopf geht.«

»Weshalb fragst du dann?«

»Um festzustellen, ob du's zugibst.«

»Na schön, ich gebe es zu. Dieser Fall könnte mich berühmt machen und uns langfristig eine Million Dollar einbringen.«

»Wenn du ihn gewinnst.«

»Ja.«

»Und wenn du ihn verlierst?«

»Ich gewinne.«

»Gehen wir einmal von der völlig abwegigen Annahme aus, daß du verlierst.«

»Denk positiv.«

Das Telefon klingelte. Jake sprach zehn Minuten lang mit dem Herausgeber, Redakteur und einzigem Reporter des *Clanton Chronicle*. Kurz darauf klingelte es erneut, und er beantwortete die Fragen eines Journalisten aus Memphis. Anschließend drückte er kurz die Gabel und rief erst Lester und Gwen an, dann den Vorarbeiter in der Papierfabrik.

Um Viertel nach elf läutete es noch einmal, und Jake hörte zum erstenmal, wie ihm eine anonyme Stimme mit dem Tod drohte. Man bezeichnete ihn als Niggerfreund und Hurensohn, der die Freilassung des Niggers nicht überleben würde.

9

Am Dienstagmorgen nach dem Doppelmord servierte Dell Perkins mehr Kaffee und Grütze als sonst. Alle Stammgäste und auch einige neue Kunden trafen früh ein, um die Zeitungen zu lesen und über das Verbrechen zu reden, das kaum hundert Meter vor der Tür des Cafés verübt worden war. Bei Claude und im Teashop ging es ebenfalls hektischer zu als an anderen Tagen. Jakes Foto prangte auf der Titelseite eines Tupelo-Blatts; die Zeitungen aus Memphis und Jackson brachten Bilder von Cobb und Willard, sowohl vor der Schießerei als auch nachher, als man ihre Leichen zu einem Krankenwagen trug. Aufnahmen von Carl Lee fehlten. Alle drei Zeitungen berichteten ausführlich über die letzten sechs Tage in Clanton.

Die meisten Bürger im Ort vermuteten, daß Carl Lee die Vergewaltiger seiner Tochter erschossen hatte, aber es kursierten auch Gerüchte über andere Schützen. An einem Tisch im Teashop erzählte man sich von mehreren Niggern, die bis an die Zähne bewaffnet ins Gerichtsgebäude gestürmt waren, um dort das Feuer auf Cobb und Willard zu eröffnen. Die Deputys im Teashop waren zwar nicht sehr redselig, aber sie hielten den Klatsch unter Kontrolle. Looney gehörte zu den Stammgästen, und man sprach besorgt über seinen Zustand: Die Beinverletzung schien schlimmer zu sein als zunächst angenommen. Er lag noch immer im Krankenhaus und hatte den Täter als Lester Haileys Bruder identifiziert.

Jake betrat das Café um sechs und nahm vorn bei einigen Farmern Platz. Er nickte Prather und dem anderen Deputy zu, doch sie gaben vor, ihn nicht zu sehen. *Das kommt wieder in Ordnung, sobald sich Looney erholt hat,* dachte er. Einige Männer ließen Bemerkungen über das Titelseitenbild fallen, aber niemand fragte ihn nach seinem neuen Klienten oder dem zweifachen Mord. Er spürte eine gewisse Kühle, frühstückte rasch und ging.

Um neun klang Ethels Stimme aus der Wechselsprechanlage im Büro. Sie teilte Jake mit, Bullard sei am Telefon.

»Hallo, Richter. Wie geht's Ihnen?«

»Schrecklich. Vertreten Sie Carl Lee Hailey?«

»Ja, Sir.«

»Wann soll die Voruntersuchung stattfinden?«

»Warum fragen Sie mich das, Richter?«

»Nun, Cobb und Willard werden morgen früh beerdigt. Ich halte es für besser, mit der Verhandlung zu warten, bis die Mistkerle begraben sind, meinen Sie nicht?«

»Ja, Richter. Gute Idee.«

»Morgen nachmittag um zwei?«

»Einverstanden.«

Bullard zögerte. »Äh, Jake, wie wär's, wenn Sie auf die Voruntersuchung verzichten und es mir ermöglichen würden, den Fall sofort ans große Geschworenengericht weiterzuleiten?«

»Ich verzichte nie auf eine Vorverhandlung, Richter. Das wissen Sie doch.«

»Ja. Wollte Sie nur um einen Gefallen bitten. Beim Prozeß führe ich nicht den Vorsitz, und ich möchte mit diesem Fall so wenig wie möglich zu tun bekommen. Bis morgen.«

Eine Stunde später meldete sich Ethel erneut. »Mr. Brigance, einige Reporter möchten Sie sprechen.«

In Jake regte sich fast so etwas wie Ekstase. »Woher kommen Sie?«

»Aus Memphis und Jackson, glaube ich.«

»Führen Sie die Besucher ins Konferenzzimmer. Ich empfange sie dort.«

Er rückte seine Krawatte zurecht, strich sich das Haar glatt, sah durchs Fenster und hielt nach Fernsehwagen Ausschau. Um die Journalisten ein wenig warten zu lassen, führte er einige unwichtige Telefongespräche, ging dann nach unten, ignorierte Ethel und betrat den Konferenzraum. Die Reporter baten ihn, sich ans Ende des langen Tisches zu setzen; dort sei das Licht besser. Er lehnte ab, fest entschlossen, die Dinge unter Kontrolle zu halten, wählte einen anderen Platz und saß dann mit dem Rücken zu den langen Regalen, in denen dicke, teure Rechtsbücher standen.

Man rückte Mikrofone vor ihm zurecht und stellte Lampen auf. Eine attraktive Dame aus Memphis – in ihrem Haar glänzten einige orangefarbene Strähnen – räusperte sich und fragte: »Vertreten Sie Carl Lee Hailey, Mr. Brigance?«

»Ja.«

»Wirft man ihm vor, Billy Ray Cobb und Pete Willard ermordet zu haben?«

»Ja.«

»Cobb und Willard waren wegen der Vergewaltigung von Mr. Haileys Tochter angeklagt?«

»Das stimmt.«

»Streitet Mr. Hailey den Doppelmord ab?«

»Er wird sich vor Gericht nicht schuldig bekennen.«

»Legt man ihm auch die Schußverletzung Mr. Looneys zur Last?«

»Ja. Wir rechnen mit einem dritten Anklagepunkt, der auf schwere Körperverletzung lautet.«

»Wollen Sie während des Verfahrens nachweisen, daß Mr. Hailey zum Tatzeitpunkt unzurechnungsfähig war?«

»Ich bin noch nicht bereit, die Strategie der Verteidigung zu erörtern. Erst muß offiziell Anklage erhoben werden.«

»Besteht die Möglichkeit, daß Ihr Mandant überhaupt nicht angeklagt wird?«

Jake hatte sich diese Frage erhofft. Die Entscheidung über

eine Anklageerhebung traf das große Geschworenengericht, und seine Repräsentanten konnten erst ausgewählt werden, wenn das Bezirksgericht am 27. Mai – dem nächsten Montag – tagte. Die zukünftigen Geschworenen schritten also noch über die Bürgersteige von Clanton, kümmerten sich um ihre Läden, arbeiteten in Fabriken, räumten dabei auf, lasen Zeitung, saßen vor dem Fernseher und sprachen darüber, ob Carl Lee verurteilt werden sollte.

»Ja, ich glaube, eine solche Möglichkeit besteht tatsächlich. Das große Geschworenengericht befindet darüber, nach der Voruntersuchung.«

»Wann findet sie statt?«

»Morgen nachmittag um zwei.«

»Sie gehen davon aus, daß Richter Bullard den Fall weiterleitet?«

»Da bin ich ziemlich sicher«, erwiderte Jake. Bestimmt zappelte Bullard nervös, wenn er diese Worte hörte.

»Wann versammelt sich das große Geschworenengericht?«

»Die neue Jury wird am kommenden Montag vereidigt. Sie könnte den Fall dann am Montagnachmittag prüfen.«

»Für wann erwarten Sie den Beginn des Prozesses?«

»Falls Anklage erhoben wird, beginnt die Verhandlung im späten Sommer oder frühen Herbst.«

»Vor welchem Gericht?«

»Vor dem Bezirksgericht der Ford County.«

»Welcher Richter leitet das Verfahren?«

»Der Ehrenwerte Omar Noose.«

»Woher kommt er?«

»Aus Chester, Mississippi. Van Buren County.«

»Sie meinen, Mr. Hailey wird hier in Clanton vor Gericht gestellt?«

»Ja. Es sei denn, man vereinbart einen anderen Verhandlungsort.«

»Beabsichtigen Sie einen entsprechenden Antrag?«

»Gute Frage. Allerdings bin ich noch nicht bereit, sie zu beantworten. Ich halte es für verfrüht, Auskunft über die Strategie der Verteidigung zu geben.«

»Aus welchem Grund könnten Sie sich eine Verlegung des Verhandlungsortes wünschen?«

Wenn der Prozeß in einer County mit mehr schwarzen Einwohnern stattfindet, hat Carl Lee weitaus bessere Chancen, dachte Jake. »Die üblichen Gründe«, entgegnete er vorsichtig. »Zuviel Publicity vor dem Verfahren, mangelnde Objektivität, Voreingenommenheit und dergleichen.«

»Wer entscheidet darüber?«

»Richter Noose. Es bleibt seinem Ermessen überlassen.«

»Wurde eine Kaution festgesetzt?«

»Nein. Und damit rechne ich auch nicht, bevor eine formelle Anklage erhoben wurde. Mein Mandant hat schon jetzt das Recht auf eine angemessene Kaution, doch in dieser County ist es üblich, mit einem solchen Beschluß bis zur offiziellen Anklageerhebung zu warten. Dann setzt Richter Noose einen Betrag fest.«

»Was können Sie uns über Mr. Hailey erzählen?«

Jake entspannte sich und dachte nach, während die Kameras leise surrten. Jetzt bot sich ihm eine gute Gelegenheit, die Saat des Mitgefühls auszubringen. »Er ist siebenunddreißig, und seit zwanzig Jahren mit der gleichen Frau verheiratet. Vier Kinder: drei Jungen und ein Mädchen. Ein netter Kerl ohne Vorstrafe. Geriet nie zuvor mit dem Gesetz in Konflikt. Bekam eine Medaille in Vietnam. Arbeitet fünfzig Stunden pro Woche in der Papierfabrik von Coleman. Bezahlt pünktlich seine Rechnungen und hat ein wenig Grundbesitz erworben. Geht jeden Sonntag mit der Familie in die Kirche. Kümmert sich um seine eigenen Angelegenheiten und möchte in Ruhe gelassen werden.«

»Gestatten Sie uns, mit ihm zu sprechen?«

»Natürlich nicht.«

»Hat man seinen Bruder vor einigen Jahren wegen Mord angeklagt?«

»Ja. Und er wurde freigesprochen.«

»Sie waren sein Anwalt?«

»Ja.«

»Haben Sie an mehreren Mordprozessen in Ford County teilgenommen?«

»Insgesamt an drei.«

»Wie viele Freisprüche?«

»Drei«, sagte Jake langsam.

»In Mississippi können die Geschworenen zwischen verschiedenen Urteilen wählen, nicht wahr?« fragte die Journalistin aus Memphis.

»In der Tat. Bei einem Mordfall steht es der Jury frei, den Angeklagten des Totschlags oder des vorsätzlichen Mordes schuldig zu sprechen. Die Strafen dafür reichen von zwanzig Jahren bis lebenslänglich oder Hinrichtung in der Gaskammer. Vorausgesetzt natürlich, der Angeklagte wird überhaupt für schuldig befunden.« Jake lächelte in die Kameras. »Und vorausgesetzt, das große Geschworenengericht erhebt Anklage.«

»Wie geht es dem Hailey-Mädchen?«

»Besser. Es ist Sonntag aus dem Krankenhaus entlassen worden und jetzt zu Hause.«

Die Reporter sahen sich stumm an. Jake wußte, daß nun gewisse Gefahren drohten. Wenn den Journalisten nichts mehr einfiel, stellten sie vielleicht Fragen, die ihn in Schwierigkeiten brachten.

Er stand auf und knöpfte sein Jackett zu. »Leider habe ich jetzt zu tun. Ich stehe Ihnen gern zur Verfügung, bitte Sie jedoch darum, Ihren Besuch das nächste Mal vorher anzukündigen, damit ich mehr Zeit für Sie erübrigen kann.«

Die Frau aus Memphis und ihre Kollegen dankten ihm. Jake verließ den Raum.

Um zehn Uhr am Mittwochmorgen begann eine schlichte Beisetzungszeremonie – die Rednecks begruben ihre Toten. Der frisch geweihte Priester suchte verzweifelt nach tröstenden Worten für die kleine Gemeinde. Das Ritual nahm nur wenig Zeit in Anspruch, und es wurden kaum Tränen vergossen.

Die Pickups und schmutzigen Chevrolets folgten langsam dem Leichenwagen, als die Prozession Clanton hinter sich zurückließ. Sie parkten an einer kleinen, aus roten Ziegelsteinen errichteten Kirche. Nacheinander trug man die Särge zu dem unkrautüberwucherten Friedhof, und im Anschluß an ein kurzes Gebet gingen die Trauergäste auseinander.

Cobbs Eltern hatten sich vor vielen Jahren scheiden lassen, und der Vater war von Birmingham gekommen, um an dem Begräbnis teilzunehmen. Dann verschwand er. Mrs. Cobb wohnte in einem kleinen weißen Holzhaus unweit des Ortes Lake Village, etwa fünfzehn Kilometer von Clanton entfernt. Ihre beiden anderen Söhne sowie einige Vettern und Freunde saßen unter einer Eiche auf dem Hinterhof, während sich mehrere Frauen um die Mutter des Verstorbenen kümmerten. Die Männer sprachen über Nigger, kauten Redman, tranken Whisky und erinnerten sich an die guten alten Zeiten, als die Schwarzen noch nicht gewagt hatten aufzumukken. Jetzt genossen sie den Schutz von Regierungen und Gerichten; und die Weißen konnten nichts dagegen unternehmen. Ein Vetter entsann sich an einen Freund oder jemanden, der zum Ku-Klux-Klan gehörte, und schlug vor, sich mit ihm in Verbindung zu setzen. Cobbs Großvater war viele Jahre vor seinem Tod Mitglied des Klans gewesen, erklärte der Cousin; er hatte ihm und Billy Ray häufig Geschichten über aufgehängte Nigger in den Countys Ford und Tyler erzählt. Sie sollten ebenfalls Selbstjustiz üben, so wie der verdammte Schwarze im Knast. Aber niemand fand sich dazu bereit. Vielleicht war der Klan interessiert? Weiter im Süden gab es eine Gruppe, in der Nähe von Jackson und der Nettles County; der Vetter bekam den Auftrag, einen Kontakt herzustellen.

Die Frauen trugen das Mittagessen auf. Die Männer aßen stumm und kehrten dann zum Whisky im Schatten der Eiche zurück. Jemand erwähnte die um zwei Uhr beginnende Voruntersuchung des Niggers, und daraufhin fuhren sie nach Clanton.

Es existierte ein Clanton vor dem Doppelmord und ein Clanton danach, und es würde Monate dauern, bis sich die beiden Orte einander wieder ähnelten. Ein tragisches, blutiges Verbrechen, das weniger als fünfzehn Sekunden gedauert hatte, verwandelte die ruhige Kleinstadt im Süden in ein

Mekka für Journalisten, Reporter, Kameramänner und Fotografen. Einige kamen aus der Nachbarschaft, andere von nationalen Nachrichtenagenturen. Auf den Bürgersteigen in der Höhe des Platzes wimmelte es geradezu von Kameraleuten und Fernsehjournalisten. Immer wieder fragten sie Einheimische, wie er oder sie angesichts des Hailey-Falles empfanden und wie er oder sie als Geschworene entscheiden würden. Nur selten bekamen sie klare Antworten. Dutzende von Reportern ermittelten auf eigene Faust, gingen Spuren nach und erhofften sich sensationelle Storys. Zuerst hatten es die meisten von ihnen auf Ozzie abgesehen – am Tag nach der Schießerei bat man ihn sechsmal um ein Interview. Schließlich wurde es ihm zuviel, und er überließ den Medienrummel Moss Junior, der sich häufig Scherze mit der Presse erlaubte. Er konnte zwanzig Fragen beantworten, ohne ein einziges Detail preiszugeben. Darüber hinaus log er oft, und die Fremden waren nicht imstande, seine Lügen von der Wahrheit zu unterscheiden.

»Sir, gibt es Hinweise auf zusätzliche Schützen?«

»Ja.«

»Tatsächlich? Wer steckt dahinter?«

»Wir haben einige Anhaltspunkte dafür, daß Angehörige der Black Panthers bei dem Doppelmord eine maßgebliche Rolle spielten«, erwiderte Moss Junior ernst.

Mehrere Reporter stotterten verblüfft oder rissen die Augen auf. Ihre Kollegen wiederholten die Worte und kritzelten hastige Notizen.

Bullard blieb in seinem Büro und nahm keine Anrufe entgegen. Erneut telefonierte er mit Jake und flehte ihn an, auf die Voruntersuchung zu verzichten. Brigance lehnte ab. Journalisten warteten vor Bullards Arbeitszimmer im Gerichtsgebäude, aber der Countyrichter verriegelte die Tür und tröstete sich mit Wodka.

Jemand wollte die Beerdigung der beiden Opfer filmen. Die Cobb-Jungs waren damit einverstanden, wenn sie Bares dafür bekamen, doch Mrs. Willard sprach sich dagegen aus. Die Reporter versammelten sich also vor der Kirche, begleiteten die Prozession zum Friedhof und verwendeten dort

Teleobjektive. Anschließend folgten sie den Trauergästen zu Mrs. Cobbs Haus, wo Freddie, der älteste Bruder, sie hingebungsvoll verfluchte und aufforderte, das Grundstück zu verlassen.

Am Mittwoch herrschte Stille im Café. Die Stammgäste, unter ihnen auch Jake, beobachteten mehrere Fremde, die in ihr Reich vorgedrungen waren. Die meisten von ihnen hatten Bärte, sprachen mit ungewöhnlichem Akzent und bestellten keine Grütze.

»Sie sind doch Mr. Haileys Anwalt, oder?« rief einer von ihnen durch den Raum.

Jake schmierte Marmelade auf seinen Toast und schwieg.

»Stimmt das, Sir?«

»Ja«, bestätigte Brigance widerstrebend.

»Wird sich Ihr Mandant schuldig bekennen?«

»Ich frühstücke.«

»Schuldig oder nicht schuldig?«

»Kein Kommentar.«

»Warum kein Kommentar?«

»Kein Kommentar.«

»Warum?«

»Während des Frühstücks gebe ich keinen Kommentar ab.«

»Sind Sie später bereit, einige Fragen zu beantworten?«

»Ja, vereinbaren Sie einen Termin mit meiner Sekretärin. Jedes Interview kostet sechzig Dollar pro Stunde.«

Die übrigen Stammgäste lachten, doch die Fremden behielten ihre Hartnäckigkeit bei.

Am Mittwoch sprach Jake mit Reportern aus Memphis und gab ein Interview, ohne Geld dafür zu verlangen. Später verbarrikadierte er sich im Kriegszimmer, um dort Vorbereitungen für die Verhandlung zu treffen. Um zwölf besuchte er seinen Klienten im Gefängnis. Carl Lee wirkte ruhig und entspannt. Von seiner Zelle aus beobachtete er die vielen Journalisten auf dem Parkplatz.

»Wie gefällt's Ihnen hier?« fragte Jake.

»Eigentlich ganz gut. Das Essen ist nicht übel. Ich nehme die Mahlzeiten zusammen mit Ozzie in seinem Büro ein.«

»Was?«

»Ja. Wir spielen auch Karten.«

»Soll das ein Witz sein?«

»Nein. Manchmal sitzen wir vor dem Fernseher. Zum Beispiel gestern abend bei den Nachrichten. Sie sahen gut aus. Ich mache Sie berühmt, nicht wahr?«

Jake blieb stumm.

»Wann kann ich vor die Kameras treten? *Ich* habe Cobb und Willard umgebracht, aber Sie und Ozzie werden dafür berühmt.« Der Klient lächelte – der Anwalt nicht.

»In etwa einer Stunde.«

»Ja, ich habe gehört, daß man uns heute vor Gericht erwartet. Weshalb?«

»Wegen der Voruntersuchung. Keine große Sache – normalerweise. Diesmal ist es anders. Aufgrund der vielen Journalisten.«

»Was soll ich sagen?«

»Nichts! Sie sprechen mit niemandem. Weder mit dem Richter noch mit dem Ankläger oder irgendwelchen Reportern. Wir hören einfach nur zu, um festzustellen, wie die Staatsanwaltschaft den Fall vorträgt. Angeblich hat sie einen Augenzeugen, und vielleicht gibt er eine Aussage zu Protokoll. Bestimmt wird Ozzie in den Zeugenstand gerufen, um von der Tatwaffe zu berichten, den Fingerabdrücken und Looney ...«

»Wie geht's Looney?«

»Keine Ahnung. Es steht schlimmer um ihn, als man zunächst dachte.«

»Mann, es tut mir wirklich leid, daß er getroffen wurde. Ich habe ihn nicht einmal gesehen.«

»Nun, dafür müssen Sie mit einer zusätzlichen Anklage rechnen: schwere Körperverletzung. Wie dem auch sei ... Die Voruntersuchung ist nur eine Formalität. Der Richter entscheidet dabei, ob es genug Gründe gibt, den Fall ans große Geschworenengericht weiterzuleiten. Bestimmt gibt es keine Überraschungen – Bullard leitet alle Fälle weiter.«

»Warum findet dann überhaupt eine Voruntersuchung statt?«

»Wir könnten darauf verzichten«, sagte Jake und dachte an die vielen Kameras. »Aber das halte ich für verkehrt. Wir bekommen die Möglichkeit, erste Eindrücke von der Strategie der Staatsanwaltschaft zu gewinnen.«

»Nun, es dürfte ihr ziemlich leicht fallen; meine Schuld zu beweisen, oder?«

»Ja. Trotzdem: Wir hören uns alles an. Das ist der Sinn einer Voruntersuchung. In Ordnung?«

»Meinetwegen. Hatten Sie heute Gelegenheit, mit Gwen oder Lester zu reden?«

»Nein. Ich habe Montagabend mit ihnen telefoniert.«

»Gestern waren sie hier, in Ozzies Büro. Versprachen mir, heute im Gerichtssaal zu sein.«

»Ich glaube, heute sind alle im Saal.«

Jake ging. Auf dem Parkplatz schob er sich an einigen Journalisten vorbei, die darauf warteten, daß man Carl Lee vom Gefängnis zum Gericht brachte. Er hatte keine Kommentare für sie, auch nicht für die Reporter, die vor seinem Büro standen. Derzeit war er zu beschäftigt, um weitere Fragen zu beantworten, doch die Präsenz der Kameras entging ihm nicht. Um halb zwei suchte er das Gerichtsgebäude auf und verbarg sich in der Rechtsbibliothek des zweiten Stocks.

Ozzie, Moss Junior und die Deputys beobachteten den Parkplatz. Sie verfluchten die Journalisten und Kameramänner – es war Viertel vor zwei, und es wurde Zeit, den Gefangenen zum Gericht zu bringen.

»Wie Geier, die neben dem Highway darauf warten, über einen toten Hund herzufallen«, meinte Moss und blickte durch die Jalousien.

»Nie zuvor habe ich sturere Typen gesehen«, fügte Prather hinzu. »Lassen nicht locker. Eine wahre Plage.«

»Und das dort draußen ist nur die eine Hälfte – die andere befindet sich im Gerichtsgebäude.«

Ozzie blieb zunächst stumm. Eine Zeitung hatte ihn heftig kritisiert und angedeutet, die Sicherheitsmaßnahmen im Bereich des Gerichts seien mit voller Absicht nicht sehr streng gewesen. Allmählich verabscheute er die Presse. Bereits zweimal war er gezwungen gewesen, Reporter aus dem Gefängnis zu verbannen.

»Ich habe eine Idee«, sagte er.

»Was für eine?« fragte Moos Junior.

»Sitzt Curtis Todd noch im Knast?«

»Ja. Wird nächste Woche entlassen?«

»Er ähnelt Carl Lee, nicht wahr?«

»Wie meinen Sie das?«

»Nun, er ist fast so schwarz wie Carl Lee, außerdem ebenso groß und schwer.«

»Ja«, sagte Prather. »Ich verstehe nicht ganz, was ...«

Moss Junior grinste und sah den Sheriff an, der auch weiterhin aus dem Fenster starrte. »Das kann doch nicht Ihr Ernst sein, Ozzie.«

»Was kann nicht sein Ernst sein?« brummte Prather.

Ozzie nickte langsam. »Also gut. Holen Sie Carl Lee und Curtis Todd. Fahren Sie meinen Wagen zum Hintereingang. Und führen Sie Todd hierher. Ich möchte ihm einige Dinge erklären.«

Zehn Minuten später öffnete sich die vordere Tür des Gefängnisses, und mehrere Deputys eskortierten den Häftling nach draußen. Zwei Uniformierte gingen vorn, zwei hinten und jeweils einer rechts und links. Der Mann trug eine dunkle Sonnenbrille und Handschellen, die nicht zugeschnappt waren. Als sie sich den Reportern näherten, klickten und surrten Kameras. Erste Fragen erklangen.

»Werden Sie sich schuldig bekennen, Sir?«

»Wollen Sie sich nicht schuldig bekennen?«

»Haben Sie ein Geständnis abgelegt?«

»Beabsichtigt die Verteidigung, auf Unzurechnungsfähigkeit zu plädieren?«

Der Gefangene lächelte und schritt zu den Streifenwagen. Die Deputys schnitten grimmige Mienen und schenkten den Journalisten keine Beachtung. Bildreporter fotografierten den Häftling von allen Seiten.

Dutzende von Reportern beobachteten jede Bewegung des Angeklagten, und die ganze Nation sah zu, als er sich plötzlich duckte und loslief. Im Zickzack stürmte er über den

Parkplatz, setzte über den Graben hinweg, erreichte den Highway und verschwand im Gebüsch dahinter. Die Journalisten schrien, und einige von ihnen verfolgten den Geflohenen. Seltsamerweise kehrten die Deputys ins Gefängnis zurück, warfen die Tür hinter sich zu und überließen die Pressegeier sich selbst. Im Wald streifte der Gefangene die Handschellen ab und ging nach Hause. Curtis Todd war eine Woche eher als geplant freigelassen worden.

Ozzie, Moss Junior und Carl Lee kamen durch die Hintertür des Gefängnisses und stiegen in einen Streifenwagen. Einige Minuten später gelangten sie zum Gericht, wo weitere Deputys warteten, um Tonyas Vater in den Verhandlungssaal zu führen.

»Wie viele Nigger sind dort draußen?« wandte sich Bullard mit schriller Stimme an Mr. Pate.

»Jede Menge.«

»Wundervoll! Jede Menge Nigger. Ich schätze, es sind auch jede Menge Rednecks zugegen, oder?«

»Ziemlich viele, ja.«

»Ist der Gerichtssaal voll?«

»Überfüllt.«

»Lieber Himmel – es handelt sich doch nur um eine Voruntersuchung!« heulte Bullard. Er leerte ein Glas Wodka, und Mr. Pate reichte ihm ein weiteres.

»Immer mit der Ruhe, Richter.«

»Brigance. Es ist seine Schuld. Er hätte darauf verzichten können. Ich habe ihn ausdrücklich darum gebeten. Sogar zweimal. Er weiß, daß ich den Fall ans große Geschworenengericht weiterleite. Das weiß er ganz genau. Alle Anwälte wissen es. Aber jetzt verärgere ich die Nigger, weil ich Carl Lee nicht freilasse. Und ich erwecke den Zorn der Rednecks, weil ich nicht sofort seine Hinrichtung anordne. Das zahle ich Brigance heim! Er will nur einen großen Auftritt vor den Kameras. Ich muß wiedergewählt werden, aber er nicht, oder?«

»Nein, Richter?«

»Sind Polizisten im Saal?«

»Viele. Der Sheriff setzt auch die Reservisten ein. Ihnen droht keine Gefahr.«

»Und die Presse?«

»Einige Journalisten sitzen in den vorderen Reihen.«

»Keine Kameras!«

»Keine Kameras.«

»Ist Hailey da?«

»Ja, Sir. Er hat neben Brigance am Tisch der Verteidigung Platz genommen. Alle warten auf Sie.«

Bullard füllte einen Plastikbecher mit unverdünntem Wodka. »Na schön, gehen wir.«

Wie vor den sechziger Jahren war der Gerichtssaal unterteilt: Der Mittelgang trennte die schwarzen und weißen Zuschauer voneinander. Dort standen Uniformierte, ebenso an den Wänden. Ihre besondere Aufmerksamkeit galt einigen angetrunkenen Weißen auf zwei Sitzbänken; zu ihnen gehörten Brüder und Vettern des verstorbenen Billy Ray Cobb. Die Deputys beobachteten sie wachsam. Auf den beiden vorderen Bänken – rechts von den Schwarzen und links vor den Weißen – saßen zwei Dutzend Reporter. Manche von ihnen schrieben Notizen, andere zeichneten den Angeklagten, seinen Anwalt und nun auch den Richter.

»Sie machen einen Helden aus dem Nigger«, murmelte einer der Rednecks laut genug, damit ihn die Journalisten hören konnten.

Bullard ließ sich auf den Richterstuhl sinken, und ein Deputy schloß die rückwärtige Tür ab.

»Rufen Sie Ihren ersten Zeugen auf«, sagte Bullard zu Rocky Childers.

»Die Staatsanwaltschaft ruft Sheriff Ozzie Walls in den Zeugenstand.«

Der Sheriff wurde vereidigt und nahm Platz. Er entspannte sich und erzählte eine lange Geschichte, beschrieb die Schießerei, Leichen und Wunden, die Waffe, wies darauf hin, daß die Fingerabdrücke an der Waffe mit denen des Angeklagten identisch seien. Childers legte eine eidesstattliche Erklärung vor, die Officer Looney in der Gegenwart von Ozzie und Moss Junior unterschrieben hatte. Sie identifizierte den Schützen als Carl Lee. Walls bestätigte Looneys Unterschrift und las die Erklärung laut vor.

»Gibt es Augenzeugen, Sheriff?« fragte Childers. Es klang fast gelangweilt.

»Ja. Der Hausmeister Murphy.«

»Wie lautet sein Vorname?«

»Keine Ahnung. Alle nennen ihn nur Murphy.«

»Na schön. Haben Sie mit ihm gesprochen?«

»Nein. Aber mein Untersuchungsbeamter hat mit ihm geredet.«

»Wer ist Ihr Untersuchungsbeamter?«

»Officer Rady.«

Rady legte den Eid ab und setzte sich auf den Zeugenstuhl. Mr. Pate besorgte dem Richter noch einen Becher Eiswasser. Jake füllte eine Seite nach der anderen mit Notizen. Er hatte nicht die Absicht, eigene Zeugen aufzurufen oder seinerseits den Sheriff zu vernehmen. Manchmal verfingen sich Belastungszeugen schon während der Voruntersuchung in ihrem Lügengespinst, und dann stellte Jake beim Kreuzverhör Fragen, damit die Widersprüche im Protokoll Niederschlag fanden. Später, wenn die betreffenden Zeugen auch beim Prozeß logen, nutzte er ihre während der Vorverhandlung protokollierten Aussagen, um sie aus dem Konzept zu bringen. Doch heute beschränkte er sich darauf, ruhig zuzuhören.

»Haben Sie mit Murphy gesprochen, Sir?« erkundigte sich Childers.

»Mit welchem Murphy?«

»Ich meine den Hausmeister.«

»Oh. Ja.«

»Gut. Was hat er gesagt?«

»Worüber?«

Childers rollte mit den Augen. Man rief Rady nur selten in den Zeugenstand; Ozzie wollte es ihm ermöglichen, weitere gerichtliche Erfahrungen zu sammeln.

»Über die Schießerei! Bitte schildern Sie uns, was Sie von ihm gehört haben.«

Jake stand auf. »Einspruch, Euer Ehren. Ich weiß, daß Beweise vom Hörensagen bei einer Voruntersuchung zulässig sind, aber Murphy ist durchaus imstande, selbst auszusagen. Er arbeitet hier im Gerichtsgebäude. Warum ruft ihn die Staatsanwaltschaft nicht in den Zeugenstand?«

»Weil er stottert«, erwiderte Bullard.

»*Was?*«

»Er stottert. Und ich möchte nicht, daß er uns dreißig Minuten lang etwas vorstottert. Einspruch abgelehnt. Fahren Sie fort, Mr. Childers.«

Jake blinzelte fassungslos. Bullard flüsterte Mr. Pate etwas zu, und der Gerichtsdiener ging, um noch mehr Eiswasser zu holen.

»Nun, Mr. Rady, was hat Ihnen Murphy im Hinblick auf die Schießerei berichtet?«

»Er war so aufgeregt, daß ich ihn kaum verstehen konnte. Er stottert, wenn ihn irgend etwas aufregt. Ich meine, er stottert immer, aber ...«

»Erzählen Sie uns, was er Ihnen gesagt hat!« donnerte Bullard.

»Na schön. Er sah einen Schwarzen, der auf zwei Weiße und den Deputy schoß.«

»Danke.« Childers seufzte. »Wo befand er sich, als das Verbrechen verübt wurde?«

»Wer?«

»Murphy?«

»Er saß auf der anderen Treppe, und von dort aus konnte er den Tatort ganz deutlich sehen.«

»Er hat alles beobachtet?«

»Das behauptet er.«

»War er imstande, den Schützen zu identifizieren?«

»Ja. Wir haben ihm Fotos von zehn Schwarzen gezeigt, und er identifizierte den Angeklagten dort drüben.«

»Gut. Danke. Das wäre alles, Euer Ehren.«

»Irgendwelche Fragen, Mr. Brigance?« fragte der Richter.

Jake erhob sich. »Nein, Sir.«

»Möchten Sie Zeugen aufrufen?«

»Nein, Sir.«

»Anträge oder etwas in der Art?«

»Nein, Sir.«

Jake entschied sich dagegen, eine Kaution zu beantragen. Erstens: Das hatte überhaupt keinen Sinn. Bei einem Mordfall war Bullard sicher nicht bereit, eine Haftentlassung in Erwägung zu ziehen. Zweitens: Er wollte vermeiden, den Richter zu verärgern.

»Danke, Mr. Brigance. Das Gericht hält es hiermit für erforderlich, den Fall an das große Geschworenengericht der Ford County weiterzuleiten. Mr. Hailey bleibt ohne Kaution in Untersuchungshaft. Damit ist die Verhandlung beendet.«

Man legte Carl Lee Handschellen an und führte ihn aus dem Saal. Mehrere Deputys riegelten den Bereich der hinteren Treppe ab und hielten dort Wache. Die draußen wartenden Journalisten konnten nur einen kurzen Blick auf den Angeklagten werfen, als er durch die Tür trat und in einem Streifenwagen Platz nahm. Kurz darauf war er wieder im Gefängnis, und die Zuschauer verließen das Gerichtsgebäude.

Die Deputys geleiteten zuerst die Weißen nach draußen, dann die Schwarzen.

Einige Reporter baten Jake um ein Interview, und er vereinbarte ein kurzes Gespräch in der Rotunde. Der Anwalt ließ sie warten und ging zunächst zum Richter und anschließend zur Bibliothek, um in einem Buch nachzusehen. Als der Verhandlungssaal leer war und die Journalisten lange genug gewartet hatte, kehrte Jake in die Rotunde zurück und blieb vor den Kameras stehen.

Man hielt ihm ein Mikrofon mit roter Aufschrift entgegen. »Warum haben Sie keine Kaution beantragt?« fragte jemand.

»Das kommt später.«

»Werden Sie auf Unzurechnungsfähigkeit Ihres Mandanten plädieren?«

»Wie ich schon sagte: Es ist noch zu früh, diese Frage zu beantworten. Zuerst muß das große Geschworenengericht entscheiden – vielleicht wird gar keine offizielle Anklage gegen meinen Klienten erhoben. Andernfalls beginnen wir damit, seine Verteidigung zu planen.«

»Der Bezirksstaatsanwalt Mr. Buckley hat davon gesprochen, daß kein Zweifel an der Verurteilung des Angeklagten besteht. Was meinen Sie dazu?«

»Leider redet Mr. Buckley zuviel. Ich halte es für sehr dumm, diesen Fall zu kommentieren, bevor er vom großen Geschworenengericht geprüft wurde.«

»Er wies auch darauf hin, daß er strikt gegen eine Verlegung des Verhandlungsortes ist.«

»Wir haben noch keinen solchen Antrag gestellt. Außerdem bin ich sicher, daß es für den Bezirksstaatsanwalt keine Rolle spielt, wo der Prozeß stattfindet. Er würde den Fall auch in der Wüste verhandeln, wenn dort die Presse erscheint.«

»Läßt sich daraus der Schluß ziehen, daß es zwischen Ihnen und Mr. Buckley Unstimmigkeiten gibt?«

»Derartige Schlußfolgerungen überlasse ich Ihnen. Er ist ein guter Staatsanwalt und würdiger Prozeßgegner. Er redet nur zuviel.«

Jake beantwortete noch einige andere Fragen, entschuldigte sich dann und ging.

Spät am Mittwochabend amputierten die Ärzte das untere Drittel von Looneys Bein. Sie riefen Ozzie im Gefängnis an, und er informierte Carl Lee.

10

Rufus Buckley blätterte in den Donnerstagszeitungen und las mit großem Interesse mehrere Berichte über die Voruntersuchung in Ford County. Es freute ihn sehr, daß die Reporter und Mr. Brigance seinen Namen erwähnt hatten. Den schmälernden Bemerkungen kam nur eine untergeordnete Bedeutung zu, wenn man sie der Tatsache gegenüberstellte, daß sein Name mehrmals gedruckt worden war. Brigance mochte er nicht, aber wenigstens verdankte er ihm nun erste Publicity. Zwei Tage lang hatten Jake und der Angeklagte im Rampenlicht gestanden, und nun wurde es Zeit, daß auch der Bezirksstaatsanwalt sein Stück von der Torte des Medienrummels abbekam. Für Brigance gab es überhaupt keinen Grund, jemanden zu kritisieren, der sich Publicity wünschte: Lucien Wilbanks hatte es ihm nur zu gut beigebracht, die Presse vor und während eines Prozesses zu manipulieren. Doch Buckley hegte keinen Groll gegen ihn, sondern gab sich ganz der Zufriedenheit hin. Ihm gefiel die Vorstellung eines langen, scheußlichen Verfahrens, das ihm die erste gute Gelegenheit bot, im ganzen Land bekannt zu werden. Angenehme Aufregung durchprickelte ihn, wenn er an Montag dachte, den ersten Tag der nächsten Verhandlungsperiode in Ford County.

Er war einundvierzig und der jüngste Staatsanwalt in Mississippi gewesen, als man ihn vor neun Jahren zum erstenmal gewählt hatte. Inzwischen lag die dritte Wahl schon ein Jahr zurück, und sein Ehrgeiz wuchs. Er hielt die Zeit für gekommen, ein anderes öffentliches Amt anzustreben, zum Beispiel das des Generalstaatsanwalts oder Gouverneurs. Anschließend der Kongreß. Buckley hatte alles genau geplant, aber außerhalb des zweiundzwanzigsten Gerichtsbezirks – er umfaßte die Countys Ford, Typer, Polk, Van Buren und Milburn – kannte ihn kaum jemand. Die Öffentlichkeit mußte unbedingt mehr von ihm hören und sehen. Er brauchte Publicity. Er brauchte einen aufsehenerregenden, sensationellen Prozeß, bei dem er eine umstrittene Verurteilung durchsetzen konnte.

Die Ford County erstreckte sich im Norden von Smithfield, dem Verwaltungszentrum der Polk County, wo Rufus wohnte. Er war in Tyler County aufgewachsen, unweit der Tennessee-Bahnlinie nördlich der Ford County, und er verfügte über eine gute politische Basis und galt als guter Staatsanwalt. Während des Wahlkampfs rühmte er sich mit einer neunzigprozentigen Verurteilungsquote; er betonte immer wieder, mehr Verbrecher in die Todeszelle zu schicken als irgendein anderer Ankläger des Staates. Außerdem war er laut, aggressiv und frömmlerisch. Schließlich vertrat er das Volk von Mississippi und nahm seine Pflichten sehr ernst. Die Bürger haßten Kriminalität ebenso wie er selbst, und zusammen konnten sie etwas dagegen unternehmen.

Er verstand es sehr gut, Geschworene zu beeindrucken. Vor der Jury spielte er verschiedene Rollen, zog alle Register seines rhetorischen Geschicks, predigte und flehte, hetzte auf und verdammte. Manchmal stachelte er die Männer und Frauen auf der Geschworenenbank so sehr an, daß sie den Angeklagten am liebsten sofort gehängt hätten. Er beherrschte die Sprache der Schwarzen und der Rednecks – und das genügte, um die meisten Jurymitglieder im zweiundzwanzigsten Gerichtsbezirk zufriedenzustellen. Fast immer gelang es ihm, die Geschworenen in Ford County zu überzeugen. Er mochte Clanton.

Als er sein Büro im Gericht der Polk County erreichte, stellte er freudig überrascht fest, daß dort ein Kamerateam auf ihn wartete. Er sei sehr beschäftigt, meinte er mit einem Blick auf die Uhr, aber eine Minute könne er erübrigen.

Er führte die Besucher ins Arbeitszimmer und nahm dort im Ledersessel hinter dem Schreibtisch Platz. Die Journalisten stammten aus Jackson.

»Bringen Sie Mr. Hailey Mitgefühl entgegen, Mr. Buckley?«

Er zauberte ein ernstes Lächeln auf seine Lippen und schien nachzudenken. »Ja. Mein Mitgefühl gilt allen Eltern, deren Tochter vergewaltigt wurde. Daran besteht kein Zweifel. Aber ich kann nicht befürworten, daß jemand Selbstjustiz übt. Unser Rechtssystem läßt so etwas nicht zu.«

»Sind Sie Vater?

»Ja. Ich habe einen kleinen Sohn und zwei Töchter, eine von ihnen im Alter des Hailey-Mädchens. Ich wäre außer mir, wenn eine meiner Töchter einem Vergewaltiger zum Opfer fiele. Doch ich würde hoffen, daß unsere Justiz – der ich bedingungslos vertraue – für Gerechtigkeit sorgt.«

»Sie rechnen also mit einer Verurteilung?«

»Natürlich. Normalerweise gelingt es mir, eine Verurteilung durchzusetzen, wenn ich sie für richtig halte, und das wird auch diesmal der Fall sein.«

»Wollen Sie die Todesstrafe fordern?«

»Ja. Alles deutet darauf hin, daß es sich um vorsätzlichen Mord handelt. Die Gaskammer erscheint mir angemessen.«

»Erwarten Sie ein entsprechendes Urteil?«

»Selbstverständlich. Die Geschworenen aus der Ford County waren immer bereit, die Todesstrafe zu verhängen, wenn ich sie darum bat. Die dortigen Jurys sind sehr gut.«

»Der Verteidiger Mr. Brigance meinte, das große Geschworenengericht erhebe vielleicht gar keine Anklage.«

Buckley lachte. »Nun, Mr. Brigance sollte sich nicht zu so dummen Bemerkungen hinreißen lassen. Der Fall wird dem großen Geschworenengericht am Montag präsentiert, und am Montagnachmittag liegt eine offizielle Anklage vor. Das verspreche ich Ihnen. Der Verteidiger müßte das eigentlich auch wissen.«

»Wird der Fall in Ford County verhandelt?«

»Es ist mir völlig gleich, wo man ihn verhandelt. Der Angeklagte wird überall verurteilt.«

»Glauben Sie, daß die Verteidigung auf Unzurechnungsfähigkeit plädiert?«

»Vielleicht, Mr. Brigance ist ein ausgezeichneter Strafverteidiger. Ich weiß nicht, welche Strategie er benutzt, aber eines steht fest: Der Staat Mississippi wird auf alles vorbereitet sein.«

»Was ist mit einer außergerichtlichen Vereinbarung?«

»Davon halte ich ebensowenig wie Mr. Brigance, und deshalb erscheint mir so etwas sehr unwahrscheinlich.«

»Er hat darauf hingewiesen, noch nie einen Mordprozeß verloren zu haben, bei dem Sie die Anklage vertraten?«

Buckleys Lächeln verschwand sofort. Er beugte sich vor und bedachte den Reporter mit einem strengen Blick. »Das stimmt. Aber vermutlich ließ er einige bewaffnete Raubüberfälle und schwere Diebstähle unerwähnt, nicht wahr? Ich habe meinen Anteil gewonnen. Neunzig Prozent, um ganz genau zu sein.«

Die Journalisten schalteten ihre Kameras aus und dankten

dem Bezirksstaatsanwalt. »Kein Problem«, erwiderte Buckley. »Ich habe immer Zeit für Sie.«

Ethel keuchte die Treppe hoch und blieb vor dem großen Schreibtisch stehen. »Mr. Brigance, mein Mann und ich erhielten gestern abend einen obszönen Anruf, und eben bekam ich den zweiten. Diese Sache gefällt mir nicht.«

Jake deutete auf den Stuhl. »Setzen Sie sich. Worüber sprachen die Anrufer?«

»Sie drückten sich ziemlich vulgär aus und drohten. Sie drohten mir, weil ich Ihre Sekretärin bin. Meinten, es würde mir noch leid tun, für einen Niggerfreund zu arbeiten. Der zweite Anrufer kündigte dann an, etwas gegen Sie und Ihre Familie zu unternehmen. Ich bin sehr besorgt.«

Auch Jake machte sich Sorgen, aber davon ließ er sich nichts anmerken. Er hatte zu Hause mehrere ähnliche Anrufe erhalten und sie Ozzie gemeldet.

»Ändern Sie Ihre Telefonnummer, Ethel. Ich bezahle dafür.«

»Ich habe die Nummer schon seit siebzehn Jahren und möchte sie nicht ändern.«

»Wie Sie wollen. Die Nummer meines privaten Anschlusses zu Hause ist inzwischen geändert worden. Ein Antrag bei der Telefongesellschaft genügt.«

»Dazu bin ich nicht bereit.«

»Na schön. Sonst noch etwas?«

»Nun, ich glaube, Sie hätten diesen Fall nicht übernehmen sollen. Ich ...«

»Und mir ist es völlig gleich, was Sie glauben! Sie werden nicht dafür bezahlt, um über meine Fälle nachzudenken. Wenn ich Ihre Meinung hören möchte, frage ich danach. Solange das nicht geschieht, sollten Sie besser schweigen.«

Ethel schnaufte und ging. Jake nahm den Hörer ab und telefonierte mit Ozzie.

Eine Stunde später klang die Stimme der Sekretärin aus der Wechselsprechanlage. »Lucien hat heute morgen angerufen. Er forderte mich auf, Kopien der neuesten Akten anzufertigen, und er bittet Sie, ihm die Unterlagen heute nachmittag zu bringen. Er fügte hinzu, seit Ihrem letzten Besuch seien fünf Wochen vergangen.«

»Vier. In Ordnung, kopieren Sie die Akten. Ich fahre heute nachmittag zu ihm.«

Lucien kam einmal pro Monat im Büro vorbei oder rief an, um sich über die jüngsten Fälle und neuen Entwicklungen in der Justiz zu informieren. Er verbrachte den größten Teil seiner Zeit damit, Jack Daniel's zu trinken und an der Börse zu spekulieren, beides voller Hingabe. Er war Alkoholiker, saß häufig auf der vorderen Veranda seines großen weißen Hauses – es stand auf einem Hügel, acht Blocks vom Platz mit dem Gerichtsgebäude entfernt –, schüttete Whisky in sich hinein und las in den Urteilen aktueller Fälle.

Seit dem Lizenzentzug ging es bergab mit Lucien. Eine Hausangestellte arbeitete rund um die Uhr für ihn und schlüpfte auch in die Rolle der Kellnerin: Von zwölf Uhr mittags bis um Mitternacht serviert sie ihm Drinks auf der Terrasse. Er aß und schlief nur selten, sondern lauschte stattdessen dem Klirren der Eiswürfel.

Wilbanks erwartete von Jake, daß er ihn mindestens einmal im Monat besuchen kam. Als verbitterter, kranker alter Mann verfluchte Lucien Rechtsanwälte, Richter und insbesondere die Behörden des Staates Mississippi. Jake war sein einziger Freund, der einzige geduldige Zuhörer, dem er seine Predigten halten konnte. Außerdem hatte Lucien die schlechte Angewohnheit, unerwünschten Rat anzubieten. Er kannte sich immer gut mit den neuesten Fällen aus, und Jake fragte sich häufig, woher er seine Informationen bezog. Man sah ihn nur selten in Clanton: Meistens fuhr er nur in die Stadt, um in einem bestimmten Spirituosenladen des Schwarzenviertels einzukaufen.

Jake parkte seinen Saab hinter dem schmutzigen, verbeulten Porsche, trat auf die Veranda und reichte Lucien die Akten. Sie wechselten keine Höflichkeitsfloskeln; das Begrüßungsritual bestand nur aus der Übergabe der Unterlagen. Lucien schwieg, saß in einem Schaukelstuhl und blickte über Clanton hinweg. Das Gerichtsgebäude ragte höher auf als die anderen Häuser am Platz.

Wilbanks bot seinem Gast Whisky, Wein und Bier an. Jake lehnte ab. Carla hielt nichts davon, wenn er Alkohol trank, und das wußte Lucien.

»Herzlichen Glückwunsch.«

»Wofür?« fragte Jake.

»Für den Hailey-Fall.«

»Warum beglückwünschen Sie mich dazu?«

»Ich hatte viele große Fälle, aber nie so einen.«

»Wie meinen Sie das?«

»Denken Sie an die Publicity. Ihr Name wird im ganzen Land bekannt, Jake. Und für Rechtsanwälte ist das sehr wichtig. Ein unbekannter Anwalt verhungert. Wenn Leute in Schwierigkeiten geraten, rufen sie jemanden an, von dem sie gehört haben. Ein Straßenanwalt muß sich der Öffentlichkeit verkaufen. Die Sache sieht natürlich anders aus, wenn man in einer großen Kanzlei oder für eine Versicherungsgesellschaft arbeitet. Dann sitzt man ruhig auf seinem Hintern, stellt hundert Dollar pro Stunde in Rechnung, zehn Stunden am Tag, schröpft die Leute und ...«

»Lucien ...« sagte Jake sanft. »Darüber haben wir oft gesprochen. Was halten Sie davon, wenn wir den Hailey-Fall diskutieren?«

»Na, schön, na schön. Noose lehnt die Verlegung des Verhandlungsortes bestimmt ab.«

»Vorausgesetzt, ich stelle einen solchen Antrag.«

»Es wäre dumm von Ihnen, diese Möglichkeit nicht wahrzunehmen.«

»Warum?«

»Aus einem rein statistischen Grund. Die Bevölkerung dieser County besteht zu sechsundzwanzig Prozent aus Schwarzen. In allen anderen Countys des zweiundzwanzigsten Gerichtsbezirks beträgt dieser Anteil mindestens dreißig Prozent, im Van Buren County sogar vierzig. Das bedeutet: mehr schwarze Geschworene. Durch eine Verlegung des Verhandlungsortes wächst die Wahrscheinlichkeit, daß mehr Schwarze zur Jury gehören. Wenn der Prozeß hier stattfindet, bekommen Sie vielleicht eine weiße Jury, und etwas Schlimmeres könnte Ihnen kaum passieren. Sie brauchen nur einen Schwarzen mehr, um die Einigung der Geschworenen zu verhindern – dann endet das Verfahren ohne Ergebnis.«

»Und beginnt noch einmal von vorn.«

»Sorgen Sie dafür, daß die Jury auch bei der zweiten Verhandlung keine Einigung erzielt. Nach drei Versuchen gibt die Staatsanwaltschaft auf. Ein ergebnisloser Prozeß kommt für Buckley einer Niederlage gleich. Nach dem dritten Verfahren wirft er das Handtuch.«

»Ich teile Noose also einfach mit, das Verfahren sollte in einer schwärzeren County stattfinden – damit ich sicher sein kann, daß unter den Geschworenen auch einige Schwarze sitzen.«

»Sie könnten so vorgehen, aber an Ihrer Stelle würde ich eine andere Taktik wählen. Führen Sie die üblichen Gründe an: zuviel Publicity vor der Verhandlung, Voreingenommenheit und so weiter.«

»Glauben Sie, Noose kauft mir das ab?«

»Nein. Dieser Fall ist zu groß, und er wird immer größer. Die Medien haben bereits mit dem Prozeß begonnen. Jeder hat davon gehört, und damit meine ich nicht nur die Leute hier in Ford County. Vermutlich gibt es im ganzen Staat Mississippi niemanden, der den Angeklagten nicht schon für schuldig oder unschuldig hält. Deshalb wäre die Verlegung des Verhandlungsortes sinnlos.«

»Warum sie dann beantragen?«

»Wenn Ihr Klient verurteilt wird, brauchen Sie einen Anlaß, um Berufung einzulegen. Dann können Sie behaupten, es hätte kein fairer Prozeß stattgefunden, weil man die Verlegung des Verhandlungsortes ablehnte.«

»Danke für Ihren Optimismus. Wie stehen die Chancen, das Verfahren in einem anderen Gerichtsbezirk stattfinden zu lassen, zum Beispiel irgendwo im Delta?«

»Ausgeschlossen. Wenn Sie einen entsprechenden Antrag stellen, können Sie keinen bestimmten Ort verlangen.«

Das hatte Jake nicht gewußt – meistens lernte er etwas, wenn er Lucien besuchte. Er nickte zuversichtlich und musterte den alten Mann mit dem langen, schmutzigen Bart. Wilbanks war nie mit seiner Weisheit am Ende, wenn es ums Strafrecht ging.

»Sallie!« rief Lucien und warf die Eiswürfel ins Gebüsch.

»Wer ist Sallie?«

»Meine Hausangestellte.« Eine hochgewachsene, attraktive Schwarze öffnete die Fliegengittertür, sah Jake an und lächelte.

»Ja, Lucien?« fragte sie.

»Mein Glas ist leer.«

Mit geschmeidigen Schritten ging Sallie über die Veranda und nahm das Glas entgegen. Sie war noch nicht dreißig, gut gebaut und hübsch und hatte ziemlich dunkle Haut. Jake bestellte Eistee.

»Wo haben Sie Sallie aufgetrieben?« erkundigte er sich.

Lucien starrte zum fernen Gerichtsgebäude.

»Wo?«

»Keine Ahnung.«

»Wie alt ist sie?«

Lucien schwieg.

»Wohnt sie hier?«

Keine Antwort.

»Wieviel bezahlen Sie ihr?«

»Warum interessiert Sie das? Sallie bekommt von mir mehr als Ethel von Ihnen. Sie ist auch Krankenschwester.«

Oh, sicher, dachte Jake und lächelte. »Sicher hat sie viele Qualitäten.«

»Machen Sie sich deshalb keine Sorgen.«

»Nun, Sie scheinen von meinen Aussichten, einen Freispruch zu erwirken, nicht gerade begeistert zu sein.«

Lucien überlegte einige Sekunden lang. Die Hausangestellte und Krankenschwester brachte Whisky und Tee.

»Ja, das stimmt. Ihnen steht ein ziemlich schwieriger Prozeß bevor.«

»Warum?«

»Alles deutet auf vorsätzlichen Mord hin. Wie ich hörte, ist alles gut geplant worden. Stimmt das?«

»Ja.«

»Wollen Sie auf Unzurechnungsfähigkeit plädieren?«

»Das weiß ich noch nicht.«

»Ihnen bleibt kaum etwas anderes übrig«, sagte Lucien streng. »Es gibt keine andere vernünftige Strategie für die Verteidigung. Sie können das Verbrechen wohl kaum als einen Unfall darstellen. Ebenso unsinnig wäre die Behauptung, daß Ihr Mandant die beiden unbewaffneten und mit Handschellen gefesselten Männer aus Notwehr erschoß – mit einem schweren automatischen Infanteriegewehr.«

»Ja.«

»Denken Sie daran, Ihrem Klienten ein Alibi zu verschaffen und den Geschworenen gegenüber zu behaupten, er sei zur Tatzeit daheim gewesen?«

»Nein, natürlich nicht.«

»Wie wollen Sie den Angeklagten sonst verteidigen? Sie können ihn nur als Verrückten darstellen.«

»Aber er ist nicht verrückt. Es dürfte mir sehr schwer fallen, einen Psychiater zu finden, der bescheinigt, daß bei Carl Lee einige Schrauben locker sitzen. Er hat die Ermordung der beiden Vergewaltiger sorgfältig vorbereitet.«

Lucien schmunzelte und trank einen Schluck. »Deshalb sind Sie ja in Schwierigkeiten, mein Junge.«

Jake stellte das Glas mit dem Eistee beiseite und schaukelte langsam. Wilbanks genoß den Augenblick. »Deshalb sind Sie in Schwierigkeiten«, wiederholte er.

»Und die Geschworenen? Sie haben sicher Verständnis.«

»Gerade deshalb müssen Sie auf Unzurechnungsfähigkeit plädieren. Zeigen Sie der Jury einen Ausweg. Geben Sie ihr eine Möglichkeit, den Angeklagten für nicht schuldig zu befinden. Wenn die Geschworenen wirklich Verständnis haben und Ihren Mandanten freisprechen wollen, so öffnen Sie ihnen dafür eine juristische Hintertür. Es ist überhaupt nicht wichtig, ob die Geschworenen glauben, daß der Täter übergeschnappt war, als er die beiden Männer ermordete. In der Beratungskammer spielen solche Dinge keine Rolle. Die Jury benötigt eine legale Basis für ihren Freispruch. Vorausgesetzt natürlich, sie möchte Hailey zu seiner Familie zurückschicken.«

»Möchte sie das?«

»Kommt darauf an. Buckley wird immer wieder betonen, daß es sich um vorsätzlichen Mord handelt. Er ist gut. Vielleicht gelingt es ihm, die Geschworenen auf seine Seite zu ziehen, ihr Mitgefühl zu zerstören. Dann wäre er nur ein weiterer Schwarzer, der einen beziehungsweise zwei Weiße umgebracht hat.«

Lucien ließ die Eiswürfel in seinem Glas klirren und starrte in die braune Flüssigkeit. »Hinzu kommt der angeschossene Deputy. Schwere Körperverletzung und Mordversuch im Hinblick auf einen Polizisten – das bedeutet lebenslänglich, ohne Bewährung. Wie wollen Sie sich da herauswinden?«

»Von einem Mordversuch kann keine Rede sein.«

»Großartig. Das klingt sehr überzeugend, wenn der arme Kerl in den Gerichtssaal humpelt und seinen Stumpf zeigt.«

»Stumpf?«

»Ja. Man hat ihm gestern abend einen Teil des Beins amputiert.«

»Looney?«

»So heißt er, ja. Hailey ist dafür verantwortlich.«

»Ich dachte, es sei alles in Ordnung mit ihm.«

»Oh, es geht ihm gut. Er ist jetzt nur ein Krüppel.«

»Woher wissen Sie das?«

»Ich habe meine Quellen.«

Jake stand auf, ging zum Ende der Veranda und lehnte sich an eine Säule. Benommenheit überkam ihn – seine Zuversicht war fort, von Lucien zerstört. Der alte Wilbanks versäumte es nie, seinen Optimismus zu erschüttern. Er hielt es für eine Art Sport, schwache Stellen in einem Fall zu finden, und er entdeckte immer welche.

Lucien trat ans Geländer und spuckte ins Gebüsch. »Vergessen Sie nie, daß Mr. Hailey schuldig ist. Das gilt für die meisten Angeklagten bei Strafprozessen, aber insbesondere für Ihren Klienten. Er nahm das Gesetz in die eigenen Hände und tötete zwei Menschen. Kaltblütig plante er den Mord. Unser Rechtssystem läßt keine Selbstjustiz zu. Nun, Sie können den Prozeß gewinnen, und dann ist der Gerechtigkeit Genüge getan. Aber die Gerechtigkeit setzt sich auch durch, wenn Sie verlieren. Ein sonderbarer Fall. Schade, daß ich ihn nicht habe.«

»Meinen Sie das ernst?«

»Und ob ich das ernst meine. Es ist der Traum eines jeden Anwalts. Wenn Sie gewinnen, sind Sie berühmt und die Nummer Eins in diesem Teil des Landes. Dann wären Sie imstande, eine Menge Geld zu verdienen.«

»Ich brauche Ihre Hilfe.«

»Und die bekommen Sie auch. Dann habe ich wenigstens etwas zu tun.«

Nach dem Abendessen, als Hanna im Bett lag, erzählte Jake seiner Frau von den Anrufen im Büro. Während eines früheren Mordprozesses hatten sie schon einmal einen anonymen Anruf bekommen, doch er beschränkte sich auf leises Stöhnen und Keuchen. Diesmal war es anders. Die Unbekannten nannten Jakes Namen und drohten, sich an ihm und seiner Familie zu rächen, wenn Carl Lee freigesprochen würde.

»Bist du besorgt?« fragte Carla.

»Nicht sehr. Wahrscheinlich sind es irgendwelche Jugendliche, die sich einen makaberen Scherz erlauben. Oder einige von Cobbs Freunden. Fürchtest du dich?«

»Es wäre mir lieber, wenn solche Anrufe ausblieben.«

»Sie betreffen nicht nur uns. Ozzie hat Hunderte entgegengenommen. Auch Bullard, Childers und die anderen. Nein, ich mache mir deshalb keine Sorgen.«

»Und wenn die Sache ernster wird?«

»Ich würde nie meine Familie in Gefahr bringen. Das ist es nicht wert. Ich lege den Fall nieder, wenn ich glaube, daß mehr hinter den Drohungen steckt. Mein Ehrenwort.«

Carla hob skeptisch die Brauen.

Lester holte nacheinander neun Hundert-Dollar-Scheine hervor und legte sie stolz auf den Schreibtisch.

»Das sind nur neunhundert«, stellte Jake fest. »Wir haben tausend vereinbart.«

»Gwen braucht das Geld für Lebensmittel.«

»Sind Sie sicher, daß Lester kein Geld für Whisky braucht?«

»Ich bitte Sie, Jake! Sie wissen, daß es mir nie in den Sinn käme, meinen Bruder zu bestehlen.«

»Schon gut, schon gut. Wann geht Gwen zur Bank, um sich den Rest zu leihen?«

»Ich spreche gleich mit dem Direktor. Er heißt Atcavage, nicht wahr?«

»Ja. Stan Atcavage von der Security Bank nebenan. Ein guter Bekannter von mir. Er hat Carl Lee schon einmal einen Kredit gegeben, als Sie vor Gericht standen. Haben Sie die Übertragungsurkunde?«

»In meiner Tasche. Welchen Betrag wird er uns zur Verfügung stellen?«

»Keine Ahnung. Fragen Sie ihn.«

Lester ging, und zehn Minuten später rief Atcavage an.

»Ich kann diesen Leuten kein Geld leihen, Jake. Wenn Carl Lee verurteilt wird … Nehmen Sie es mir bitte nicht übel. Ich weiß, daß Sie ein guter Anwalt sind – meine Scheidung, erinnern Sie sich? –, aber wer zahlt den Kredit zurück, wenn Ihr Mandant in der Todeszelle sitzt?«

»Danke. Hören Sie, Stan: Wenn er seinen Zahlungsverpflichtungen nicht nachkommt, gehören Ihnen zehn Morgen Land.«

»Mit einer Hütte drauf. Zehn Morgen Land mit Bäumen, Sträuchern und einem alten Haus. Genau das wünscht sich meine Frau. Was soll ich damit anfangen, Jake?«

»Es ist ein hübsches Haus, fast ohne Hypotheken.«

»Eine Hütte«, beharrte der Bankdirektor. »Nicht besonders groß und fast nichts wert.«

»Sie müßte zumindest *etwas* wert sein.«

»Ich will sie nicht, Jake. Die Bank will sie nicht.«

»Sie haben den Grundbesitz schon einmal als Sicherheit akzeptiert.«

»Aber damals saß nicht etwa Carl Lee im Gefängnis, sondern sein Bruder. Damals arbeitete Ihr Klient in der Papierfabrik. Ein guter Job. Jetzt steht ihm eine Reise nach Parchman bevor.«

»Danke, Stan. Für Ihr Vertrauen.«

»Kommen Sie, Jake. Ich zweifle nicht an Ihren Fähigkeiten als Anwalt, aber allein deshalb kann ich kein Geld ausleihen. Wenn jemand in der Lage ist, einen Freispruch für Carl Lee zu erwirken, so sind Sie das. Ich wünsche Ihnen von ganzem Herzen Erfolg. Doch ich sehe mich außerstande, diesen Kredit zu genehmigen. Im Aufsichtsrat würde man mir das Fell über die Ohren ziehen.«

Lester versuchte es bei der Peoples Bank und in der Ford National – mit dem gleichen Ergebnis. Alle hofften, daß man seinen Bruder für nicht schuldig befände, aber wenn es zu einer Verurteilung käme …

Wundervoll, dachte Jake. *Neunhundert Dollar für einen schwierigen Mordprozeß.*

11

Claude hatte Speisekarten in seinem Lokal nie für nötig gehalten. Vor Jahren, als er seinen Laden eröffnet hatte, konnte er sich keine leisten, und jetzt brauchte er sie nicht mehr, weil die meisten Kunden wußten, was er servierte. Zum Frühstück bot er bis auf Reis und Toast praktisch alles an, in verschiedenen Preislagen. Freitagmittag grillte er Schweineschultern und Rippchen, und das war allgemein bekannt. Normalerweise verirrten sich kaum Weiße zu ihm, aber am Freitag bestand nur die Hälfte seiner Kundschaft aus Schwarzen. Claude hatte schon vor einer Weile erfahren, daß Weiße Gegrilltes ebensogern mochten wie Schwarze – doch die richtige Zubereitung schien ihnen ein Rätsel zu sein.

Jake und Atcavage setzten sich an einen kleinen Tisch neben der Küche. Claude höchstpersönlich brachte zwei Teller mit Rippchen und Krautsalat, beugte sich zu Brigance hinunter und sagte leise: »Viel Glück. Ich hoffe, es gelingt Ihnen, einen Freispruch durchzusetzen.«

»Danke. Ich hoffe, Sie gehören zu den Geschworenen.«

Claude lachte. »Kann ich mich freiwillig melden?« erwiderte er laut.

Jake begann mit der Mahlzeit und warf Atcavage vor, den Kredit verweigert zu haben. Der Bankdirektor beharrte auf seinem Standpunkt, stellte jedoch fünftausend Dollar in Aussicht – wenn Brigance als Bürge unterschrieb. Das verstoße gegen sein Berufsethos, erwiderte Jake.

Auf dem Bürgersteig versammelten sich einige Leute und starrten durchs Fenster. Claude schien überall zugleich zu sein, nahm Bestellungen entgegen, erteilte Anweisungen, schnitt Fleisch vom Bratspieß, zählte Geld, rief, fluchte, begrüßte Kunden oder forderte sie auf, sein Lokal zu verlassen. Am Freitag ließ er den Gästen zwanzig Minuten Zeit, nachdem sie das Essen bekommen hatten. Im Anschluß an diese Frist verlangte er von ihnen, die Rechnung zu bezahlen und zu gehen, so daß er noch mehr Gegrilltes verkaufen konnte.

»Klappe halten und essen!« donnerte er.

»Ich habe noch zehn Minuten, Claude.«

»Nein, nur noch sieben.«

Am Mittwoch briet er Seewolf und erlaubte dreißig Minuten – wegen der Gräten. Mittwochs kamen nur wenige Weiße, und Claude kannte den Grund dafür. Es lag an der fettigen Soße, deren Rezept von seiner Großmutter stammte, meinte er. Sie brachte bei Weißen die Verdauung durcheinander. Die Schwarzen waren verrückt danach; an jedem Mittwoch kamen sie zu Dutzenden.

Zwei Fremde saßen neben der Kasse und beobachteten Claude eingeschüchtert. *Wahrscheinlich Reporter,* dachte Jake. Wenn sich Claude näherte und ihnen finstere Blicke zuwarf, griffen sie gehorsam nach ihren Rippchen und nagten daran. Sie aßen so etwas wohl zum erstenmal, und für alle Anwesenden stand fest, daß sie aus dem Norden kamen. Sie hatten Salat bestellt, doch Claude fluchte und erwiderte: »Nehmt gegrilltes Fleisch wie alle anderen – oder verschwindet.« Dann verkündete er den übrigen Gästen, daß diese Narren Salat wollten.

»Hier ist euer Essen«, sagte er, als er die Teller brachte. »Beeilt euch damit.«

»Keine Messer?« fragte einer der Fremden zaghaft.

Claude rollte mit den Augen, brummte etwas Unverständliches und ging fort.

Einer der beiden Männer bemerkte Jake. Er blickte mehrmals in seine Richtung, stand schließlich auf und trat an den Tisch heran. »Sind Sie Jake Brigance, Mr. Haileys Anwalt?«

»Ja. Wer sind Sie?«

»Roger McKittrick von der *New York Times.*«

Jake beschloß, freundlich zu sein. »Freut mich, Sie kennenzulernen«, sagte er und lächelte.

»Ich berichte über den Hailey-Fall und würde mich gern mit Ihnen unterhalten. So bald wie möglich.«

»Nun, heute ist Freitag, und am Nachmittag habe ich nicht viel zu tun.«

»Ausgezeichnet.«

»Um vier?«

»Gut.« McKittrick sah, daß Claude aus der Küche kam. »Bis später.«

»Also gut, Freundchen!« rief Claude. »Die Zeit ist um. Bezahl deine Rechnung und verzieh dich.«

Jake und Atcavage leerten ihre Teller innerhalb von fünfzehn Minuten, lehnten sich zurück und warteten auf Claudes Tirade. Sie leckten sich die Finger ab und lobten das zarte Fleisch der Rippchen.

»Durch diesen Fall werden Sie berühmt, stimmt's?« fragte Atcavage.

»Ich hoffe es. Allerdings verdiene ich dabei nicht viel Geld.«

»Im Ernst, Jake. Er bringt Ihre Praxis voran, oder?«

»Ja, natürlich. Wenn ich gewinne, herrscht kein Mangel mehr an Klienten. Dann kann ich meine Mandanten und Fälle auswählen.«

»Und in finanzieller Hinsicht?«

»Keine Ahnung. Es läßt sich kaum vorhersagen, wer oder was angelockt wird, wenn ich vor Gericht einen Erfolg erziele. Sicher bekomme ich dadurch mehr Fälle, und zwischen ihnen wählen zu können, bedeutet mehr Geld. Dann brauche ich mir wegen der Geschäftskosten keine Sorgen mehr zu machen.«

»Solche Sorgen belasten Sie sicher auch jetzt nicht.«

»Wissen Sie, Stan, nicht alle von uns schwimmen im Geld. Der Doktortitel nach einem Jurastudium ist heute weniger wert als früher – es gibt zu viele von uns. Ein harter Konkurrenzkampf findet statt, selbst hier in Clanton: Vierzehn Anwälte müssen sich die wenigen guten Fälle teilen. In größeren Städten ist die Situation noch schlechter. Ständig kommen neue Juristen von den Universitäten, und viele von ihnen finden keine Arbeit. Pro Jahr klopfen zehn junge Burschen bei mir an und bitten um einen Job. Vor einigen Monaten hatte eine große Kanzlei in Memphis mehrere Anwälte entlassen. Stellen Sie sich das vor. Wie in einer Fabrik – sie wurden einfach gefeuert. Wahrscheinlich gingen sie zum Arbeitsamt und standen dort Schlange. Rechtsanwälte, die Arbeitslosenhilfe empfangen! Keine Sekretärinnen oder Lastwagenfahrer.«

»Bitte entschuldigen Sie. Ich wußte nicht ...«

»Natürlich mache ich mir Sorgen wegen der Geschäftskosten. Dafür muß ich viertausend Dollar im Monat aufbringen, und ich praktiziere allein. Fünfzigtausend Dollar im Jahr, bevor ich einen Cent verdiene. Manche Monate sind gut, andere schlecht. Es ist nie vorherzusehen. Ich habe nicht die geringste Ahnung, was ich im nächsten Monat kassiere. Deshalb ist dieser Fall so wichtig. Er bietet mir eine einzigartige Chance. Bestimmt geschieht es nie wieder, daß mich beim Mittagessen ein Reporter der *New York Times* anspricht und um ein Interview bittet. Wenn ich gewinne, bin ich die Nummer Eins in diesem Teil des Landes. Dann spielen Geschäftskosten keine Rolle mehr.«

»Und wenn Sie verlieren?«

Jake zögerte und sah sich nach Claude um. »Ich bekomme viel Publicity, ganz gleich, wie der Prozeß ausgeht. Ob ich gewinne oder verliere – der Fall nützt meiner Praxis. Doch eine Niederlage vor Gericht wäre ziemlich bitter. Alle Rechtsanwälte dieser County hoffen insgeheim, daß ich die Sache verpatze. Sie wollen, daß Carl Lee verurteilt wird. Sie fürchten, daß ich einen zu guten Ruf erwerbe, zu bekannt werde, ihnen die Klienten wegnehme. Anwälte können sehr neidisch sein.«

»Gilt das auch für Sie?«

»Na klar. Zum Beispiel die Sullivan-Kanzlei. Ich verachte die dort arbeitenden Anwälte, aber ich beneide sie auch – um einige ihrer Klienten, um ihr Einkommen, um ihre Sicherheit. Sie wissen, daß sie jeden Monat einen netten Scheck bekommen – das ist praktisch garantiert –, und jedes Jahr zu Weihnachten erhalten sie eine großzügige Prämie. Sie vertreten das alte, zuverlässige Geld. Wäre eine angenehme Abwechslung für mich. Ich vertrete Betrunkene, Diebe, Ehemänner, die ihre Frauen schlagen, Ehefrauen, die ihre Männer mißhandeln. Die meisten von ihnen sind knapp bei Kasse. Und ich weiß nie, wie viele Mandanten sich im nächsten Monat an mich wenden, um meine Dienste in Anspruch zu nehmen.«

»Hören Sie ...«, unterbrach Atcavage Jakes Monolog. »Ich würde gern noch länger darüber diskutieren, aber Claude hat gerade auf die Uhr gesehen und dann zu uns. Ich glaube, unsere zwanzig Minuten sind um.«

Brigance mußte einundsiebzig Cent mehr bezahlen als Atcavage, und da sie beide die gleiche Bestellung aufgegeben hatten, wurde Claude verhört. Kein Problem, erklärte er. Auf Jakes Teller lag ein zusätzliches Rippchenstück.

McKittrick erwies sich als sympathischer Mann und sehr gründlicher Journalist. Am Mittwoch war er in Clanton eingetroffen, um über den derzeit berühmtesten Mordfall im Land zu schreiben.

Er sprach mit Ozzie und Moss, die ihm rieten, sich an Jake zu wenden. Er sprach mit Bullard – durch die geschlossene Tür –, und der Richter nannte ihm Jakes Adresse. Er sprach mit Gwen und Lester, bekam jedoch nicht die Erlaubnis, das Mädchen zu sehen. Er besuchte das Café, den Teashop, Hueys Bierstube und Anns Salon. Er redete mit Willards Ex-Frau und Mutter, doch Mrs. Cobb erteilte ihm eine Abfuhr – sie hatte die Nase voll von Reportern. Einer von Cobbs Brüdern bot an, gegen ein Honorar Auskunft zu geben. McKittrick lehnte ab. Er fuhr zur Papierfabrik und unterhielt sich dort mit Carl Lees Arbeitskollegen. Er fuhr nach Smithfield, um dem Bezirksstaatsanwalt einige Fragen zu stellen. Der *New York Times*-Reporter würde noch einige Tage in der Stadt bleiben und später, wenn der Prozeß begann, wieder dorthin zurückkehren.

Er stammte aus Texas, und seine Stimme hatte einen entsprechend deutlichen Akzent, wenn er das für nützlich hielt – damit beeindruckte er die Einheimischen und sorgte dafür, daß sie mehr aus sich herausgingen. Außerdem unterschied er sich so von den anderen Journalisten, die eine moderne, präzise amerikanische Ausdrucksweise benutzten.

»Was ist das?« McKittrick deutete auf die Mitte von Jakes Schreibtisch.

»Ein Kassettenrecorder«, antwortete Brigance.

Der Reporter holte einen eigenen Recorder hervor und betrachtete Jakes Apparat. »Darf ich mich nach dem Grund dafür erkundigen?«

»Sie dürfen. Dies ist mein Büro und mein Interview. Ich möchte es aufzeichnen.«

»Rechnen Sie mit Schwierigkeiten?«

»Ich versuche, Schwierigkeiten zu vermeiden. Es gefällt mir nicht, falsch zitiert zu werden.«

»Eine meiner Angewohnheiten besteht darin, den Wortlaut genau wiederzugeben.«

»Gut. Dann haben Sie sicher nichts dagegen, wenn wir beide eine Aufzeichnung anfertigen.«

»Vertrauen Sie mir nicht, Mr. Brigance?«

»Natürlich nicht. Und nennen Sie mich Jake.«

»Warum haben Sie kein Vertrauen zu mir?«

»Weil Sie Journalist sind und für eine Zeitung aus New York arbeiten. Sie suchen nach einer sensationellen Story, und wahrscheinlich wollen Sie einen wohlunterrichteten, moralisierenden Schmierartikel verfassen, in dem Sie uns alle als dumme, ungebildete Rednecks darstellen.«

»Sie irren sich. Zunächst einmal: Ich stamme aus Texas.«

»Die Redaktion Ihrer Zeitung befindet sich in New York.«

»Aber ich fühle mich als Südstaatler.«

»Seit wann arbeiten Sie im Norden?«

»Seit zwanzig Jahren.«

Jake lächelte und schüttelte den Kopf. Seine stumme Botschaft lautete: Das ist zu lange.

»Und ich bin nicht für ein Sensationsblatt tätig.«

»Das wird sich herausstellen. Der Prozeß findet in einigen Monaten statt. Wir haben also genug Zeit, Ihre Artikel zu lesen.«

»Na schön.«

Jake schaltete seinen Kassettenrecorder ein, und McKittrick betätigte ebenfalls die rote Taste.

»Erwartet Carl Lee Hailey ein faires Verfahren in Ford County?«

»Warum nicht?« entgegnete Jake.

»Nun, er ist Schwarzer. Er hat zwei Weiße erschossen, und eine weiße Jury entscheidet über den Fall.«

»Sie meinen, er wird von weißen Rassisten verurteilt.«

»Nein, das habe ich nicht gesagt. Und es liegt mir fern, so etwas anzudeuten. Warum glauben Sie, daß ich Sie alle für Rassisten halte?«

»Weil es stimmt. Man drückt uns dauernd diesen Stempel auf, und das wissen Sie.«

McKittrick zuckte mit den Schultern und schrieb etwas auf seinen Block. »Bitte beantworten Sie die Frage.«

»Ja, meiner Ansicht nach ist in Ford County ein faires Verfahren gegen Carl Lee möglich – wenn der Fall hier verhandelt wird.«

»Wünschen Sie sich einen anderen Verhandlungsort?«

»Mit ziemlicher Sicherheit stellen wir einen entsprechenden Antrag.«

»Wohin möchten Sie den Prozeß verlegen?«

»Wir schlagen keinen bestimmten Ort vor. Darüber befindet der Richter.«

»Woher bekam der Angeklagte die M-16?«

Jake lachte leise und blickte auf den Recorder. »Keine Ahnung.«

»Würde man Anklage gegen ihn erheben, wenn er ein Weißer wäre?«

»Er ist Schwarzer, und bisher hat man ihn noch nicht offiziell angeklagt.«

»Wie dem auch sei. Käme es zu einer Anklageerhebung, wenn ein Weißer die beiden Vergewaltiger umgebracht hätte?«

»Ja, ich denke schon.«

»Würde man ihn verurteilen?«

»Möchten Sie eine Zigarre?« Jake zog die Schublade auf und entnahm ihr eine Roi-Tan, befreite sie von der Hülle und zündete sie an.

»Nein, danke.«

»Nein, als Weißer würde er nicht verurteilt. Glaube ich wenigstens. Nicht in Mississippi, Texas oder Wyoming. Vielleicht in New York.«

»Warum?«

»Haben Sie eine Tochter?«

»Nein.«

»Dann können Sie das nicht verstehen.«

»Möglicherweise bin ich doch dazu imstande. Wird Mr. Hailey verurteilt?«

»Vermutlich.«

»Ist das System Schwarzen gegenüber weniger fair?«

»Haben Sie mit Raymond Hughes gesprochen?«

»Nein. Wieso?«

»Bei der letzten Wahl kandidierte er für das Amt des Sheriffs, aber unglücklicherweise mußte er dabei gegen Ozzie Walls antreten. Hughes ist Weißer – Ozzie nicht. Wenn ich mich recht entsinne, bekam er einunddreißig Prozent der Stimmen, in einer County, deren Bevölkerung zu vierundsiebzig Prozent aus Weißen besteht. Fragen Sie ihn, ob das System Schwarze fair behandelt.«

»Als ich eben das ›System‹ erwähnte, meinte ich die Justiz.«

»Es läuft aufs gleiche hinaus. Wer sitzt auf der Geschworenenbank? Jene eingetragenen Wähler, die ihre Stimme Ozzie Walls gaben.«

»Nun, wenn ein Weißer freigesprochen würde und ein Schwarzer damit rechnen müßte, verurteilt zu werden ... Bitte erklären Sie mir, wie das System beide fair behandelt.«

»Es gibt keine absolut faire Behandlung.«

»Ich verstehe nicht ganz ...«

»Das System spiegelt die Gesellschaft wider. Es ist so fair, wie es hier, in New York, Massachusetts oder Kalifornien sein kann. Es setzt sich aus befangenen, voreingenommenen und emotionalen Menschen zusammen.«

»Soll das heißen, Ihren Mandanten erwartet hier die gleiche Fairneß wie in New York?«

»Es soll heißen, daß es in New York ebensoviel Rassismus gibt wie in Mississippi. Nehmen Sie unsere Schulen – in ihnen ist die Rassentrennung aufgehoben.«

»Laut gerichtlicher Anweisung.«

»Ja, doch was ist mit den Gerichten in New York? Jahrelang habt ihr frömmlerischen Mistkerle mit dem Finger auf uns gezeigt und Desegregation verlangt. Wir führten sie ein, und deshalb ging die Welt nicht unter. Aber Sie haben Ihre eigenen Schulen ignoriert, Ihre rein weißen Jurys und Stadträte und so weiter. Wir hatten damals unrecht und mußten einen hohen Preis dafür bezahlen. Inzwischen haben wir aus unseren Fehlern gelernt: Die Veränderungen sind langsam und schmerzlich, doch wir geben uns Mühe – während Sie noch immer mit dem Finger auf uns zeigen.«

»Ich möchte die Schlacht von Gettysburg nicht wiederholen.«

»Entschuldigen Sie. Wie geht die Verteidigung vor? Nun, ich weiß es nicht. Es ist noch zu früh, um über eine Strategie zu entscheiden. Erst muß mein Klient angeklagt werden.«

»Zweifeln Sie daran?«

»Warten wir's ab. Wann erscheint dieses Interview in Ihrer Zeitung?«

»Vielleicht am Sonntag.«

»Nun, spielt keine Rolle. Hier liest ohnehin niemand Ihr Blatt. Ja, es wird eine offizielle Anklageerhebung erfolgen.«

McKittrick sah auf die Uhr, und Jake schaltete seinen Kassettenrecorder aus.

»Ich will Ihnen nicht ans Leder«, meinte der Journalist. »Wie wär's, wenn wir irgendwo ein Bier trinken und das Gespräch fortsetzen?«

»Unter uns gesagt: Ich trinke nicht. Aber ich nehme Ihre Einladung an.«

Die Erste Presbyterianerkirche von Clanton stand der Ersten Vereinten Methodistenkirche direkt gegenüber, und beide waren in Sichtweite der viel größeren Ersten Baptistenkirche. Zur Gemeinde der Baptisten zählten mehr Mitglieder mit mehr Geld, aber am Sonntag fanden die Gottesdienste der Presbyterianer und Methodisten früher statt – dadurch gewannen sie den Wettlauf zu den Restaurants. Die Baptisten trafen dort um zwölf Uhr dreißig ein und standen Schlange, während Presbyterianer sowie Methodisten langsam aßen und ihnen zuwinkten.

Jake schätzte sich glücklich, kein Baptist zu sein. Er hielt sie für zu engstirnig und zu streng; bei ihnen dauerte der sonntägliche Abendgottesdienst eine halbe Ewigkeit, und es hatte Brigance immer Schwierigkeiten bereitet, diese Tradition zu achten. Carla wuchs als Bapitistin auf, Jake als Methodist. Vor der Heirat einigten sie sich auf einen Kompromiß und wurden beide zu Presbyterianern. Sie waren zufrieden mit ihrer Kirche und besuchten fast immer die Messe am Sonntagmorgen.

Dabei nahmen sie ihren üblichen Platz ein, ließen Hanna zwischen sich schlafen und ignorierten die Predigt. Jake schenkte ihr keine Beachtung, indem er den Pfarrer beobachtete und sich vorstellte, im Gerichtssaal Buckley gegenüberzutreten, in der Gegenwart von zwölf anständigen, unbescholtenen Geschworenen und mehreren Kameras. Carla überhörte sie, indem sie den Pfarrer beobachtete und in Gedanken das Eßzimmer neu tapezierte. Jake spürte einige neugierige Blicke der anderen Kirchgänger und vermutete, daß es sie mit Ehrfurcht erfüllte, eine Berühmtheit in ihrer Mitte zu wissen. Er bemerkte mehrere unvertraute Gesichter: entweder reuige Gemeindemitglieder oder Reporter. Er war nicht ganz sicher, bis ihn einer der Fremden längere

Zeit anstarrte; daraufhin wußte er, daß es sich um einen Journalisten handelte.

»Ihre Predigt hat mir sehr gefallen, Reverend«, log Jake, als er dem Pfarrer draußen auf der Treppe die Hand schüttelte.

»Freut mich, daß Sie gekommen sind, Jake«, erwiderte der Geistliche. »Wir haben Sie alle im Fernsehen gesehen. Meine Kinder sind immer ganz aufgeregt, wenn Sie auf der Mattscheibe erscheinen.«

»Danke. Beten Sie für uns.«

Sie fuhren nach Karaway, um das Mittagessen bei Jakes Eltern einzunehmen. Gene und Eva Brigance wohnten im alten Familienhaus, einer großen Villa mit fünf Morgen Land. Sie war nur drei Blocks von der Main Street und zwei von der Schule entfernt, die Jake und seine Schwester zwölf Jahre lang besucht hatten. Seine Eltern lebten im Ruhestand, waren jedoch jung genug, um in jedem Sommer mit einem Wohnmobil kreuz und quer durch den Kontinent zu reisen. Am Montag wollten sie in Richtung Kanada aufbrechen, um nach dem Tag der Arbeit* zurückzukehren. Jake war ihr einziger Sohn. Eine ältere Tochter lebte in New Orleans.

Das Mittagessen am Sonntag erwies sich als typisches Südstaaten-Festmahl aus gebratenem Fleisch und frischem Gemüse: gekocht, gebacken, in Eierteig gehüllt, dazu zwei verschiedene Bratensoßen, Wasser- und Honigmelonen, Obst, Mürbeteig mit Zitronencremefüllung, Butterkekse und Erdbeertorte. Nur ein kleiner Teil davon wurde verspeist. Den Rest packte Eva ein, damit ihn Carla und Jake nach Clanton mitnehmen konnten, wo er für eine Woche reichte.

»Wie geht es deinen Eltern, Carla?« fragte Mr. Brigance, als er einen Teller mit Gemüse weiterreichte.

»Gut. Gestern habe ich mit meiner Mutter gesprochen.«

---

* Tag der Arbeit: in den USA der 1. Montag im September. – Anmerkung des Übersetzers.

»Sind Sie in Knoxville?«

»Nein. Sie verbringen den Sommer in Wilmington.«

»Wollt ihr sie besuchen?« erkundigte sich Eva, griff nach einer mehrere Liter fassenden Karaffe und schenkte Tee ein.

Carla sah zu Jake hinüber, der Mondbohnen auf Hannas Teller schaufelte. Er wollte nicht über Carl Lee Hailey sprechen. Seit Montag hatten sie den Fall bei jeder Mahlzeit erörtert, und er war nicht in der Stimmung, jedesmal die gleichen Fragen zu beantworten.

»Ja, vielleicht. Kommt darauf an, ob Jake Zeit genug hat. Vielleicht steht ihm ein arbeitsreicher Sommer bevor.«

»Das haben wir gehört«, sagte Eva betont langsam, um ihren Sohn daran zu erinnern, daß er seit dem Doppelmord in Clanton nicht mehr angerufen hatte.

»Ist dein Telefon defekt, Sohn?« erklang Mr. Brigances Stimme.

»Wir haben uns eine andere Nummer geben lassen.«

Die vier Erwachsenen aßen voller Unbehagen, während Hanna Kekse und Kuchen beobachtete.

»Ja, ich weiß. Das teilte uns die Auskunft mit. Eine Nummer, die nicht im Telefonbuch steht.«

»Tut mir leid. Ich bin sehr beschäftigt gewesen. Es ging drunter und drüber.«

»Das haben wir gelesen«, sagte Jakes Vater.

»Er hat die beiden Männer kaltblütig erschossen«, meinte Eva.

»Die Vergewaltiger seiner Tochter, Mutter. Was empfändest du, wenn jemand Hanna vergewaltigte?«

»Was ist Vergewaltigung?« fragte das Mädchen.

»Schon gut, Schatz«, warf Carla ein. »Könnten wir bitte das Thema wechseln?« Sie musterte die drei Brigances mit einem festen, durchdringenden Blick, und daraufhin wandten sich alle wieder der Mahlzeit zu. Die Schwiegertochter hatte gesprochen, so klug und weise wie üblich.

Jake mied den Blick seines Vaters, sah die Mutter an und lächelte. »Entschuldige bitte. Ich habe es satt, über den Fall zu reden.«

»Ich schätze, wir müssen die Zeitungen lesen, wenn wir Bescheid wissen wollen«, kommentierte Mr. Brigance.

Sie sprachen über Kanada.

Während die Brigances ihr Mittagessen beendeten, schwankten die Gläubigen in der Berg-Zion-Kapelle hin und her. Bischof Oli Agee trieb seine Gemeinde nun zur Ekstase. Diakone tanzten. Presbyterianer sangen. Frauen fielen in Ohnmacht. Erwachsene Männer schrien und hoben die Arme gen Himmel, während kleine Kinder in heiligem Entsetzen aufsahen. Chormitglieder sprangen und zuckten, wirbelten um die eigene Achse, ließen sich fallen und heulten verschiedene Strophen des gleichen Lieds. Der Organist spielte eine Melodie, der Pianist eine andere, und der Chor fügte eine dritte hinzu. Der Bischof hüpfte vor der Kanzel in seinem langen weißen Umhang mit purpurnem Saum. Er kreischte und betete, flehte zu Gott und schwitzte.

Das Chaos pulsierte, schwoll mit jeder neuen Ohnmacht an, um dann aufgrund von Erschöpfung nachzulassen. Agee hatte jahrelange Erfahrung und wußte, wann die Erregung den Höhepunkt erreichte, wann das Delirium der Müdigkeit wich und die Gemeinde eine Ruhepause benötigte. Genau im richtigen Augenblick tänzelte er zur Kanzel und klatschte mit Gottes Macht in die Hände. Sofort verklang die Musik. Die Zuckungen hörten auf. Ohnmächtige erwachten. Kinder weinten nicht mehr. Ruhig setzten sich die Gläubigen. Jetzt wurde es Zeit für die Predigt.

Als der Bischof damit beginnen wollte, öffnete sich die rückwärtige Tür der Kapelle, und die Haileys kamen herein. Tonya ging allein und hinkte, sie hielt die Hand ihrer Mutter. Langsam schritt die Familie durch den Mittelgang und nahm auf einer der vorderen Bänke Platz. Agee nickte dem Organisten zu und eine leise Melodie ertönte. Die Angehörigen des Chors summten sanft dazu und neigten den Oberkörper von einer Seite zur anderen. Die Diakone erhoben sich und schwankten im Takt. Die Presbyterianer folgten ihrem Beispiel, standen ebenfalls auf und sangen. Dann seufzte Schwester Crystal laut und verlor das Bewußtsein. Ihr Ohnmachtsanfall war ansteckend, und die übrigen Schwestern sanken wie Fliegen zu Boden. Die Presbyterianer sangen lauter als der Chor, der eine Herausforderung darin sah und sich noch mehr Mühe gab. Der Organist gewann den Eindruck, daß ihn niemand hörte, und deshalb erhöhte auch er die Lautstärke. Der Pianist hämmerte ebenfalls auf die Tasten und wetteiferte mit dem Organisten um den dominierenden Takt. Bischof Agee verließ das Podium und tanzte den Haileys entgegen. Alle schlossen sich ihm an – der Chor, die Diakone, die Presbyterianer, Frauen und weinende Kinder –, als er sich Tonya näherte, um sie zu begrüßen.

Der Aufenthalt im Gefängnis belastete Carl Lee nicht sonderlich. Es wäre ihm lieber gewesen, daheim zu sein, aber angesichts der besonderen Umstände fand er das Leben hinter Gittern erträglich. Es handelte sich um ein neues Gefängnis, mit dem Geld der Bundesregierung gebaut – nach einem Prozeß, bei dem es um die Rechte von Häftlingen gegangen war. Zwei korpulente schwarze Frauen bereiteten die Mahlzeiten zu. Sie wußten, wie man kochte – und sie wußten auch, wie man Schecks fälschte. Inzwischen hatten sie sich das Recht erworben, vorzeitig aus der Haft entlassen zu werden, aber Ozzie »vergaß« sie darauf hinzuweisen. Kalfakter servierten das Essen für ungefähr vierzig Häftlinge. Dreizehn sollten eigentlich in Parchman sein, aber dort gab es keinen Platz. Sie warteten darauf, irgendwann – vielleicht schon am nächsten Tag – zur isolierten Strafanstalt im Delta gefahren zu werden, wo das Essen nicht so gut war, die Betten nicht so weich. Dort gab es keine Klimaanlage, aber jede Menge blutgierige Moskitos und schmutzige, häufig verstopfte Toiletten.

Carl Lees Zelle befand sich direkt neben Zelle Zwei mit den Staatsgefangenen. Abgesehen von zwei Ausnahmen hockten dort Schwarze, und sie alle waren gewalttätig. Er teilte seine Zelle mit zwei Ladendieben, die es sehr beeindruckte, einem so illustren Mann Gesellschaft zu leisten. Jeden Abend aß Carl Lee im Büro des Sheriffs und saß dort zusammen mit Ozzie vor dem Fernseher. Er galt als Berühmtheit, und das gefiel ihm fast ebensosehr wie Jake oder dem Bezirksstaatsanwalt. Natürlich hätte er es sich auch gewünscht, mit den Reportern zu sprechen, ihnen von Tonya zu erzählen und zu erklären, warum er nicht im Gefängnis sein sollte, aber sein Anwalt lehnte das ab.

Am späten Sonntagnachmittag verabschiedeten sich Gwen und Lester. Einige Minuten später schlichen Ozzie, Moss Junior und Carl Lee durch die Hintertür des Gefängnisses und fuhren zum Krankenhaus. Es war Carl Lees Idee gewesen, und Ozzie fand nichts dabei. Looney lag allein in einem Zimmer für Privatpatienten, als sie eintraten. Carl Lee warf einen Blick auf das Bein und starrte den Deputy an. Sie schüttelten einander die Hände. Mit Tränen in den Augen und mit zittriger Stimme sagte der Gefangene, es täte ihm sehr leid und er hätte nicht beabsichtigt, jemand anderes zu verletzen. Er bedauere zutiefst, daß Looney angeschossen worden war. Looney akzeptierte die Entschuldigung, ohne zu zögern.

Jake wartete in Ozzies Büro, als die drei Männer zurückkehrten. Ozzie und Moss Junior ließen Klient und Anwalt allein.

»Wo sind Sie gewesen?« erkundigte sich Jake argwöhnisch.

»Ich habe Looney im Krankenhaus besucht.«

»Was?«

»Das war doch nicht verkehrt, oder?«

»Sie sollten mich fragen, bevor Sie jemanden besuchen.«

»Was ist falsch daran, mit Looney zu reden?«

»Wenn der Staatsanwalt versucht, Sie in die Gaskammer zu schicken, wird er Looney als seinen wichtigsten Zeugen aufrufen. Das ist alles. Er steht nicht auf unserer Seite, Carl Lee. Wenn Sie Looney begegnen, muß Ihr Anwalt dabei sein. Verstanden?«

»Nicht ganz.«

»Warum läßt Ozzie so etwas zu?« murmelte Jake.

»Es war meine Idee«, gestand Carl Lee.

»Nun, wenn Sie weitere Ideen haben, so weisen Sie mich rechtzeitig darauf hin, in Ordnung?«

»Ja.«

»Hatten Sie während der letzten Tage Gelegenheit, mit Lester zu sprechen?«

»Ja. Er und Gwen kamen heute hierher. Brachten mir Leckereien und erzählten von den Banken.«

Jake wollte in Hinsicht auf sein Honorar einen unerschütterlich festen Standpunkt vertreten – neunhundert Dollar reichten nicht, um Carl Lee zu vertreten. Dieser Fall hielt ihn mindestens drei Monate lang beschäftigt, und deshalb brauchte er wesentlich mehr Geld. Es war weder ihm noch seiner Familie gegenüber fair, wenn er praktisch gratis arbeitete. Woraus folgte: Es blieb Carl Lee keine andere Wahl, als den geforderten Betrag irgendwie aufzutreiben. Er hatte viele Verwandte. Gwen stammte aus einer großen Familie. Sie mußten Opfer bringen, den einen oder anderen Wagen verkaufen, vielleicht auch etwas Land, um Jake zu bezahlen. Andernfalls würde er sich weigern, Carl Lee zu verteidigen.

»Ich gebe Ihnen die Übertragungsurkunde meines Grundbesitzes«, bot sich der Klient an.

Jakes innerer Widerstand schmolz. »Darauf lege ich keinen Wert. Ich möchte Bargeld. Sechstausendfünfhundert Dollar.«

»Sie sind Anwalt. Finden Sie eine Möglichkeit für mich, Sie zu bezahlen. Dann bekommen Sie Ihr Honorar.«

Jake erkannte seine Niederlage. »Für neunhundert Dollar bin ich nicht imstande, Sie zu vertreten, Carl Lee. Ich darf nicht zulassen, daß mich dieser Fall in den Bankrott treibt. Himmel, ich bin Rechtsanwalt! Eigentlich sollte ich eine Menge verdienen.«

»Ich bezahle Sie. Das verspreche ich. Vielleicht dauert es eine Weile, aber Sie bekommen Ihr Geld. Vertrauen Sie mir.«

Und wenn du nach dem Prozeß in der Todeszelle sitzt? dachte Jake. Er wechselte das Thema. »Morgen versammelt sich das große Geschworenengericht, und ich trage Ihren Fall vor.«

»Ich werde also vernommen?«

»Nein, es bedeutet, daß man Anklage gegen sie erhebt. Zweifellos finden sich viele Zuschauer und Reporter im Saal ein. Richter Noose wird die neue Verhandlungsperiode eröffnen. Buckley läßt es sich bestimmt nicht nehmen, vor den Kameras zu posieren und sich in Szene zu setzen. Ein wichtiger Tag. Am Nachmittag beginnt Noose mit einem Prozeß, bei dem es um bewaffneten Raubüberfall geht. Wenn man eine offizielle Anklageerhebung beschließt, findet am Mittwoch oder Donnerstag die Verlesung statt.«

»Die was?«

»Die Verlesung. Bei einem Mordprozeß ist der Richter verpflichtet, die Anklageschrift im Gericht vor Gott und der Welt zu verlesen. Sicher macht man eine große Sache daraus. Wir bekennen uns nicht schuldig, und Noose setzt den Beginn des Verfahrens fest. Wir beantragen eine Kaution, und der Richter lehnt ab. Wenn ich den Antrag stelle, stimmt Buckley ein lautes Protestgeheul an. Je mehr ich an ihn denke, umso mehr verabscheue ich ihn. Ich kann den Kerl nicht ausstehen.«

»Warum komme ich nicht gegen Kaution frei?«

»Bei einem Mordfall braucht der Richter keine Kaution festzusetzen. Er hat die Möglichkeit dazu, aber meistens nimmt er sie nicht wahr. Und selbst wenn Noose unseren Antrag billigt – Sie wären bestimmt nicht in der Lage, soviel Geld aufzubringen. Verschwenden Sie keine Gedanken daran. Sie bleiben bis zum Prozeß im Gefängnis.«

»Ich habe meinen Job verloren.«

»Wann?«

»Gwen fuhr am Freitag zur Fabrik, um meinen Lohn abzuholen. Man teilte ihr mit, ich sei entlassen. Nett, nicht wahr? Elf Jahre habe ich dort gearbeitet. Jetzt fehle ich seit fünf Tagen und werde gefeuert. Wahrscheinlich glauben die Leute, daß ich nicht zurückkehre.«

»Das tut mir leid, Carl Lee. Es tut mir wirklich leid.«

12

Der Ehrenwerte Omar Noose war nicht immer ehrenwert gewesen. Bevor er zum Richter des zweiundzwanzigsten Bezirksgericht ernannt wurde, arbeitete er als Rechtsanwalt mit eher durchschnittlichem Talent und nur wenigen Klienten. Aber es mangelte ihm nicht an politischem Geschick. Fünf Legislaturperioden in Mississippi hatten ihn korrumpiert und die politische Kunst des Schwindels und der Manipulationen gelehrt. Als Vorsitzender des Finanzkomitees führte Senator Noose ein Leben in Wohlstand, und nur wenige Leute in der Van Buren County fragten sich, wie er mit einem Gehalt von siebentausend Dollar im Jahr so gut über die Runden kam.

Wie die meisten Mitglieder der Mississippi-Legislative bewarb er sich einmal zuviel für die Wiederwahl, und im Sommer 1971 mußte er seinen Platz einem unbekannten Rivalen überlassen. Ein Jahr später starb Richter Loopus, und Noose ließ seine Beziehungen spielen: Er überredete einige einflußreiche Freunde, den Gouverneur zu bitten, ihn zum Nachfolger des Verstorbenen zu ernennen. Auf diese Weise wurde Ex-Senator Noose zum Bezirksrichter Noose. Man wählte ihn 1975 und bestätigte ihn 1979 und 1983 im Amt.

Die Verbannung aus dem Zentrum der Macht demütigte Noose und läuterte ihn. Bescheiden und mit besseren Vorsätzen wandte er sich dem Recht zu, und nach einem von Unsicherheit geprägten Anfang gewöhnte er sich an den neuen Job. Er verdiente sechzigtausend im Jahr und konnte es sich leisten, ehrlich zu sein. Jetzt, im Alter von dreiundsechzig, galt er als kluger Richter und genoß den Respekt der meisten Anwälte und des obersten Gerichts von Mississippi, das seine Urteile fast immer bestätigte. Er war ruhig und nett, geduldig und streng. Er hatte eine große, sehr lange und sehr spitz zulaufende Nase, die als Thron für eine mit achteckigen Gläsern ausgestattete Lesebrille diente – die er immer trug und nie benutzte. Nase, schlaksige Gestalt, zerzaustes graues Haar und eine quiekende Stimme brachten ihm einen Spitznamen ein, den die Anwälte häufig flüsterten: Ichabod. Ichabod Noose. Der Ehrenwerte Ichabod Noose.

Er nahm auf dem Richterstuhl Platz, und alle Anwesenden standen auf. Ozzie murmelte eine unverständliche, gesetzlich vorgeschriebene Bemerkung, um die neue Verhandlungsperiode des Bezirksgerichts der Ford County zu eröffnen. Ein Prediger aus dem Ort sprach ein langes, ausdrucksvolles Gebet, und anschließend setzten sich die versammelten Männer und Frauen. Die zukünftigen Geschworenen warteten auf der einen Seite des Gerichtssaals, Verbrecher, Prozeßführende, Verwandte, Freunde, Journalisten und Neugierige auf der anderen. Noose verlangte von allen Anwälten in dem County, beim Beginn der neuen Verhandlungsperiode zugegen zu sein; die Mitglieder der Advokatur saßen nun in voller Gala auf der Geschworenenbank und gaben sich wichtig. Buckley und sein Assistent D. R. Musgrove hatten am Tisch der Anklage Platz genommen und repräsentierten den Staat. Jake ließ sich hinter dem langen Schreibtisch mit den großen roten Büchern auf einen Stuhl sinken und beobachtete Ichabod, als der Richter seinen Umhang glattstrich, die Lesebrille zurechtrückte und sich umsah.

»Guten Morgen«, quiekte er laut, zog das Mikrofon näher heran und räusperte sich. »Ich freue mich immer, in der Ford County eine neue Verhandlungsperiode zu eröffnen. Nun, wie ich sehe, haben die meisten Rechtsanwälte Zeit gefunden, vor Gericht zu erscheinen. Wie üblich werde ich den Protokollführer bitten, die Namen der Abwesenden aufzuschreiben, so daß ich sie benachrichtigen kann. Es sind auch viele zukünftige Geschworenen gekommen, und dafür danke ich den Betreffenden. Ihnen blieb natürlich gar keine andere Wahl, aber ich möchte darauf hinweisen, daß Ihre Präsenz sehr wichtig ist. Wir stellen heute nicht nur ein großes Geschworenengericht zusammen, sondern auch andere Jurys für die Verfahren in dieser und der nächsten Woche. Ich nehme an, den Anwälten stehen Kopien der Prozeßliste zur Verfügung, und vermutlich sind Sie ebenfalls der Ansicht, daß viel Arbeit auf uns wartet. In meinem Terminkalender stehen mindestens zwei Fälle pro Tag während der nächsten beiden Wochen, aber soweit ich weiß, sind für einige der strafrechtlichen Angelegenheiten außergerichtliche Vereinbarungen vorgesehen. Wie dem auch sei: Viele Verfahren erwarten uns, und ich bitte die Advokatur um gute Zusammenarbeit. Wenn sich das große Geschworenengericht versammelt und offiziell Anklage erhebt, werden die ersten Vernehmungen von mir anberaumt. Befassen wir uns nun mit der Prozeßliste – zuerst die strafrechtlichen Fälle, dann die zivilrechtlichen. Anschließend können die Anwälte den Saal verlassen, wenn wir die Geschworenen auswählen.

Der Staat Mississippi gegen Warren Moke. Bewaffneter Raubüberfall. Der Prozeß beginnt heute nachmittag.«

Buckley stand langsam auf. »Die Staatsanwaltschaft ist bereit, Euer Ehren«, verkündete er mit übertriebenem Stolz.

»Auch die Verteidigung«, sagte der Pflichtverteidiger Tyndale.

»Wieviel Zeit brauchen Sie für die Verhandlung?« fragte der Richter.

»Anderthalb Tage«, antwortete Buckley. Tyndale nickte zustimmend.

»Gut. Wir bestimmen die entsprechende Jury heute morgen und rufen die ersten Zeugen um dreizehn Uhr auf. – Der Staat Mississippi gegen William Daal. Fälschung. Sechs Anklagepunkte. Der Prozeß beginnt morgen.«

»Wir haben eine außergerichtliche Vereinbarung vorgesehen, Euer Ehren«, sagte D. R. Musgrove.

»Gut. Der Staat Mississippi gegen Roger Hornton. Schwerer Diebstahl. Zwei Anklagepunkte. Der Prozeß beginnt morgen.«

Noose fuhr fort, und bei jedem neuen Fall bekam er die entsprechenden Antworten. Buckley stand auf und meinte, die Staatsanwaltschaft sei bereit – oder Musgrove erwähnte eine außergerichtliche Vereinbarung. Die jeweiligen Verteidiger erhoben sich ebenfalls und gaben ihre Zustimmung. In dieser Verhandlungsperiode hatte Jake keine Fälle. Zwar bemühte er sich sehr, gelangweilt zu wirken, aber er freute sich über die Vorlesung der Prozeßliste: dadurch erfuhr er;

womit sich seine Konkurrenten befaßten. Darüber hinaus bekam er Gelegenheit, vor den Zuschauern einen guten Eindruck zu machen. Mehrere Juristen der Sullivan-Kanzlei waren zugegen, saßen in der vorderen Reihe der Geschworenenbank und wirkten ebenfalls gelangweilt. Die älteren Partner lehnten es ab, unter diesen Umständen vor Gericht zu erscheinen: Sie logen und ließen Noose mitteilen, sie müßten Klienten vor dem Bundesgericht in Oxford oder dem obersten Gericht in Jackson vertreten. Prestigedenken hinderte sie daran, bei den gewöhnlichen Mitgliedern der Advokatur zu sitzen, deshalb schickte man die jüngeren, unwichtigeren Anwälte, um Noose zufriedenzustellen und dafür zu sorgen, daß die Verhandlung anhängiger Fälle verschoben und vertagt wurde. Der Zweck dieser ständigen Verzögerungstaktik bestand darin, noch mehr Geld zu verdienen, noch mehr Stunden in Rechnung zu stellen. Die Klienten der Sullivan-Kanzlei waren oft große Versicherungsgesellschaften, die Gerichtsverfahren vermeiden wollten und viel Geld dafür bezahlten, um die Fälle von den Geschworenen fernzuhalten. Es wäre billiger und auch fairer gewesen, eine vernünftige Einigung mit dem Kläger zu erzielen, und dadurch sowohl einen Prozeß als auch die Honorarforderungen von Parasiten wie Sullivan & O'Hare zu vermeiden. Aber den Versicherungsgesellschaften und ihren Sachverständigen unterlief immer wieder der gleiche dumme Fehler. Deshalb verdienten Straßenanwälte wie Jack Brigance ihren Lebensunterhalt, indem sie die Gesellschaften verklagten und zwangen, mehr zu bezahlen als bei einer normalen Regelung des Versicherungsfalls. Jake verachtete insbesondere die jüngeren Anwälte der Sullivan-Kanzlei: Sie hätten nicht gezögert, ihm, ihren Partnern oder sonst jemandem die Kehle durchzuschneiden, um zweihunderttausend Dollar im Jahr zu verdienen und darauf verzichten zu können, bei der Eröffnung einer neuen Verhandlungsperiode im Gericht zugegen zu sein.

Jake haßte Lotterhouse – L. Winston Lotterhouse, wie es im Briefkopf hieß – noch mehr als alle anderen: ein kleiner, hinterlistiger Mistkerl, der seinen Doktortitel in Harvard erworben hatte und an einem akuten Überheblichkeitssyndrom litt. Er hoffte, bald zum Kanzleipartner aufzusteigen, und deshalb war er im vergangenen Jahr im Hinblick auf das Durchschneiden metaphorischer Kehlen besonders fleißig gewesen. Selbstgefällig saß er neben zwei anderen Sullivan-Mitarbeitern und hielt sieben Akten in der Hand – sieben Fälle, die jeweils hundert Dollar pro Stunde einbrachten, während der Richter die Prozeßliste vorlas.

Noose wandte sich nun den zivilrechtlichen Verfahren zu. »Collins gegen die Versicherungsgesellschaft Royal Consolidated General.«

Lotterhouse erhob sich wie in Zeitlupe. Sekunden reihten sich zu Minuten aneinander. Aus Minuten wurden Stunden. Stunden bedeuteten Honorar, Vorschuß, Prämien und Partnerschaft.

»Euer Ehren, dieser Fall soll am Mittwoch der nächsten Woche verhandelt werden.«

»Ich weiß«, erwiderte Noose.

»Ja, Sir. Nun, Sir, ich fürchte, ich muß um einen Aufschub bitten. Mein Terminkalender läßt mir keine andere Wahl. An jenem Mittwoch ist meine Präsenz vor dem Bundesgericht in Memphis erforderlich, bei einem Verfahren, das der dafür zuständige Richter leider nicht vertagt hat. Ich bedauere es sehr. Heute morgen habe ich den Aufschub formell beantragt.«

Gardner, der Anwalt des Klägers, sprang zornig auf. »Euer Ehren, dieser Fall sollte schon mehrmals verhandelt werden. Im Februar hatte Mr. Lotterhouse einen Todesfall in der Familie seiner Frau. Im November davor starb ein Onkel. Im vergangenen August fand eine andere Beerdigung statt. Ich schätze, wir können dankbar sein, daß diesmal niemand ums Leben kam.«

Einige Zuschauer lachten, und Lotterhouse errötete. »Genug ist genug, Euer Ehren«, fuhr Gardner fort. »Mr. Lotterhouse möchte den Prozeß am liebsten bis zum Jüngsten Tag verschieben, aber mein Klient hat ein Recht darauf, daß er endlich stattfindet. Wir sprechen uns energisch gegen einen neuerlichen Aufschub aus.«

Lotterhouse sah den Richter an, lächelte und nahm die Brille ab. »Wenn ich darauf antworten darf, Euer Ehren ...«

»Nein, Sie dürfen nicht, Mr. Lotterhouse«, unterbrach ihn Noose. »Ich lehne Ihren Antrag hiermit ab. Der Fall wird am nächsten Mittwoch verhandelt.«

Halleluja, dachte Jake. Normalerweise war Noose recht großzügig, wenn es um die Sullivan-Kanzlei ging. Brigance blickte zu Lotterhouse und schmunzelte.

Zwei von Jakes zivilrechtlichen Fällen wurden bis August verschoben. Als Noose diesen Teil der Prozeßliste verlesen hatte, schickte er die Anwälte fort und richtete seine Aufmerksamkeit auf die angehenden Geschworenen. Er erklärte Aufgaben und Verantwortung der großen Jury und betonte, sie habe andere Pflichten wahrzunehmen als die Jurys bei Prozessen – die seien ebenso wichtig, aber nicht so zeitraubend. Noose stellte Dutzende von Fragen, die das Gesetz von ihm verlangten. Viele betrafen die Fähigkeit, als Geschworener tätig zu sein: physische und moralische Eignung, Freistellung, Alter und so weiter. Einige der Fragen waren absurd, gehörten aber noch immer zu dem Ritual. »Befinden sich Personen unter ihnen, die dem Glücksspiel oder dem Alkohol verfallen sind?«

Mehrere Männer und Frauen lachten, aber niemand hob die Hand. Wer über fünfundsechzig war, brauchte sich nicht zum Geschworenen ernennen zu lassen. Noose ließ die üblichen Freistellungen aufgrund von Krankheiten, Notfällen und besonderen Belastungen zu, doch er lehnte fast immer ab, wenn man ökonomische Gründe anführte. Manche Kandidaten behaupteten, wenige Tage als Jurymitglied würden der Farm, dem Laden oder dem Papierholzschneiden irreparablen Schaden zufügen. Der Richter blieb hart und nahm die fadenscheinigen Entschuldigungen zum Anlaß, Vorträge über staatsbürgerliche Pflichten zu halten.

Achtzehn der insgesamt neunzig Geladenen bildeten später das große Geschworenengericht, und der Rest mußte sich bereit halten, um für die Jurys bei den einzelnen Prozessen ausgewählt zu werden. Als Noose alle Fragen gestellt hatte, zog der Protokollführer achtzehn Zettel aus einem Kasten und legte sie vor den Richter, der die darauf notierten Namen vorlas. Nacheinander standen die neuen Geschworenen auf, gingen durch die Pforte im Geländer zum vorderen Teil des Saals und nahmen in den weichen Sesseln der Geschworenenbank Platz. Davon gab es insgesamt vierzehn: zwölf für die Mitglieder der Jury und zwei für Stellvertreter. Nach den ersten vierzehn Namen nannte Noose vier weitere, und die entsprechenden Personen begnügten sich mit Holzstühlen vor ihren Kollegen.

»Bitte erheben Sie sich, um den Eid abzulegen«, sagte Noose. Die Gerichtsdienerin trat vor die Geschworenen und las aus einem kleinen Buch vor, das alle Eide enthielt. »Heben Sie die rechte Hand. Schwören Sie, daß Sie Ihre Pflichten als Geschworene gewissenhaft erfüllen und gerecht über alle Ihnen vorgetragenen Fälle entscheiden werden, so wahr Ihnen Gott helfe?«

Ein vielstimmiges »Ich schwöre« folgte, und anschließend setzten sich die Vereidigten wieder. Zwei der fünf Schwarzen und acht der dreizehn Weißen waren Frauen. Die meisten kamen vom Land. Jake kannte insgesamt sieben der Geschworenen.

»Meine Damen und Herren«, begann Noose, »Sie sind als Jurymitglieder des großen Geschworenengerichts der Ford County ausgewählt und vereidigt worden. Sie nehmen Ihre Aufgabe solange wahr, bis im August ein neues großes Geschworenengericht zusammengestellt wird. In dieser Woche versammeln Sie sich jeden Tag; später dauern Ihre Beratungen nur einige Stunden im Monat, bis September. Sie werden strafrechtliche Fälle prüfen und dabei feststellen, ob genug Gründe für die Annahme existieren, daß ein Verbrechen verübt wurde. Wenn Sie zu einem solchen Schluß gelangen, erheben Sie Anklage gegen den Beschuldigten. Wenn mindestens zwölf von Ihnen glauben, daß jemand gegen das Gesetz verstoßen hat, so erfolgt die offizielle Anklageerhebung. Sie haben beträchtliche Macht: Sie können in Hinsicht auf jedes Verbrechen Ermittlungen anstellen, jeden Verdächtigen verhören, jeden Beamten – in diesem Zusammenhang gibt es keine Beschränkungen für Sie. Sie können sich versammeln, wann immer Sie es für erforderlich halten, aber für gewöhnlich finden ihre Sitzungen auf Antrag des Bezirksstaatsanwalts statt. Sie haben die Möglichkeit, Zeugen vorzuladen und alle gewünschten Unterlagen einzusehen. Ihre Beratungen sind streng vertraulicher Natur; nur Sie selbst, der Bezirksstaatsanwalt und seine Mitarbeiter sowie die Zeugen sind dabei zugegen. Dem Beschuldigten ist es nicht erlaubt, vor Ihnen zu erscheinen. Darüber hinaus unterliegen Sie der Schweigepflicht und dürfen nicht über die Diskussionen in der Beratungskammer sprechen.

Bitte stehen Sie auf, Mr. Buckley. Danke. Das ist Mr. Rufus Buckley, der Bezirksstaatsanwalt. Er kommt aus Smithfield in Polk County und wird Ihre Versammlungen leiten. Danke, Mr. Buckley. Bitte stehen Sie auf, Mr. Musgrove. Das ist D. R. Musgrove, der stellvertretende Bezirksstaatsanwalt. Er kommt ebenfalls aus Smithfield und arbeitet mit Mr. Buckley zusammen. Danke, Mr. Musgrove. Nun, diese beiden Herren vertreten den Staat Mississippi und präsentieren Ihnen die einzelnen Fälle.

Noch ein Hinweis: Das letzte große Geschworenengericht in Ford County wurde im Februar gebildet, und der Vorsitzende war ein Weißer. Um die Tradition fortzusetzen und den Wünschen des Justizministeriums zu genügen, möchte ich eine Schwarze zur Vorsitzenden dieses großen Geschworenengerichts ernennen. Mal sehen. Laverne Gossett. Wo sind Sie, Mrs. Gossett? Ah, dort. Sie sind Lehrerin, nicht wahr? Gut. Sie schaffen es bestimmt, Ihrer neuen Aufgabe gerecht zu werden. Jetzt wird es Zeit, daß Sie mit der Arbeit beginnen. Über fünfzig Fälle warten auf Sie. Bitte folgen Sie Mr. Buckley und Mr. Musgrove durch den Flur zum Zimmer, das Ihnen für die Beratungen zur Verfügung steht. Danke und viel Glück.«

Buckley führte das neue große Geschworenengericht stolz aus dem Saal, winkte den Reportern zu und meinte, er hätte ihnen nichts zu sagen – vielleicht später. In einem Nebenzimmer nahm die Jury an zwei langen Tischen Platz, und mehrere Sekretärinnen trugen Kartons mit Akten herein. Ein alter, behinderter, schwerhöriger und längst pensionierter

Deputy bezog als Wächter an der Tür Aufstellung. Buckley überlegte es sich anders, verließ den Raum unter einem Vorwand und ging zu den Journalisten. Ja, meinte er, heute nachmittag präsentiere er den Hailey-Fall. Für sechzehn Uhr kündigte er eine Pressekonferenz vor dem Gerichtsgebäude an; bis dahin sei die offizielle Anklageerhebung erfolgt.

Nach dem Mittagessen saß der Polizeichef von Karaway am Ende des langen Tisches und blätterte nervös in den Akten. Er mied die Blicke der Geschworenen, die ungeduldig auf ihren ersten Fall warteten.

»Nennen Sie Ihren Namen!« sagte der Bezirksstaatsanwalt scharf.

»Chief Nolan Earnhart, Polizei von Karaway.«

»Wie viele Fälle haben Sie, Chief?«

»Fünf aus Karaway.«

»Hören wir uns den ersten an.«

»Äh, in Ordnung«, murmelte Earnhart und blätterte erneut. »Äh, hier haben wir ihn. Den ersten Fall, meine ich. Fedison Bulow, Schwarzer, Alter fünfundzwanzig. Man hat ihn auf frischer Tat in Griffins Lebensmittelladen erwischt, am 12. April um zwei Uhr nachts. Er löste einen lautlosen Alarm aus und wurde im Geschäft festgenommen. In einem auf seinen Namen zugelassenen und hinter dem Laden geparkten Wagen fanden wir Bargeld und Waren. Im Gefängnis legte er ein drei Seiten langes Geständnis ab. Ich habe Kopien mitgebracht.«

Buckley schlenderte durch den Raum und lächelte dauernd. »Möchten Sie, daß dieses große Geschworenengericht Anklage gegen Fedison Bulow erhebt, wegen Einbruch in ein Geschäftsgebäude und wegen schweren Diebstahls?« fragte der Staatsanwalt förmlich.

»Ja, Sir.«

Buckley wandte sich an die Geschworenen. »Sie haben das Recht, weitere Auskünfte zu verlangen – dies ist Ihre Anhörung. Irgendwelche Fragen?«

»Ja«, entgegnete Mack Lloyd Crowell, ein arbeitsloser Lastwagenfahrer. »Hat der Beschuldigte Vorstrafen?«

»Nein«, antwortete Earnhart. »Er gerät zum erstenmal mit dem Gesetz in Konflikt.«

»Eine gute Frage«, lobte Buckley. »Erkundigen Sie sich immer danach. Wenn es sich um Vorbestrafte handelt, müssen sie vielleicht als Gewohnheitsverbrecher angeklagt werden. Weitere Fragen? Nein? Gut. Nun, jetzt sollte jemand von Ihnen offizielle Anklageerhebung gegen Fedison Bulow beantragen.«

Stille. Die achtzehn Geschworenen starrten ins Leere und warteten darauf, daß jemand den verlangten Antrag stellte. Buckley schwieg, und die Stille dauerte an. *Großartig*, dachte er. *Ein zartbesaitetes großes Geschworenengericht. Schüchterne Typen, die sich fürchten, das Wort zu ergreifen. Liberale. Warum bekomme ich keine blutgierige Jury, die bereit ist, in jedem Fall Anklage zu erheben?*

»Mrs. Gossett, vielleicht sind Sie als Vorsitzende zu dem Antrag bereit.«

»Ich stelle ihn hiermit«, sagte die Schwarze.

»Danke«, sagte Buckley. »Jetzt zur Abstimmung. Wer dafür ist, Fedison Bulow wegen Einbruchs in ein Geschäftsgebäude und wegen schweren Diebstahls anzuklagen, den bitte ich um das Handzeichen.«

Achtzehn Hände zeigten nach oben, und Buckley seufzte erleichtert.

Der Polizeichef von Karaway präsentierte vier weitere Fälle, bei denen es um Personen ging, die ebenso schuldig waren wie Bulow. Immer traf das Geschworenengericht eine einstimmige Entscheidung und erhob Anklage. Buckley brachte der Jury langsam bei, worauf es ankam. Er sorgte dafür, daß sie die schwere Verantwortungsbürde der Gerechtigkeit spürten. Allmählich streiften sie die Unsicherheit ab und wurden neugieriger:

»Ist er vorbestraft?«

»Wie viele Jahre muß er dafür im Gefängnis verbringen?«

»Wann wird er aus der Haft entlassen?«

»Wie viele Anklagepunkte können wir beschließen?«

»Wann findet der Prozeß statt?«

»Ist er jetzt gegen Kaution frei?«

Fünf problemlose Anklagen, ohne daß jemand Einspruch erhob. Hinzu kam der Umstand, daß die Geschworenen den Eindruck erweckten, allmählich Gefallen an der Sache zu finden. Buckley hielt den richtigen Zeitpunkt für gekommen. Er öffnete die Tür und winkte Ozzie zu, der im Flur stand, leise mit einem Deputy sprach und die Reporter beobachtete.

»Zuerst der Fall Hailey«, flüsterte der Staatsanwalt, als sich die beiden Männer an der Tür gegenüberstanden.

»Meine Damen und Herren – das ist Sheriff Walls. Die meisten von Ihnen kennen ihn sicher. Er möchte uns mehrere Fälle vortragen. Welcher ist der erste, Sheriff?«

Ozzie kramte in seinen Unterlagen, gab die Suche schließlich auf und sagte: »Carl Lee Hailey.«

Plötzlich herrschte wieder Stille. Buckley beobachtete die Geschworenen und versuchte, ihre Reaktionen einzuschätzen. Die meisten starrten auf den Tisch. Niemand sprach ein Wort, als Ozzie blätterte und sich dann mit dem Hinweis entschuldigte, er müsse einen anderen Aktenkoffer holen. Er hatte nicht geplant, Hailey als ersten Fall zu präsentieren.

Buckley rühmte sich, vom Mienenspiel der Jurymitglieder auf ihre geheimsten Gedanken schließen zu können. Während eines Verfahrens behielt er die Geschworenen stets aufmerksam im Auge und stellte sich vor, was sie dachten. Er wandte den Blick selbst dann nicht von der Jury ab, wenn er einen Zeugen ins Kreuzverhör nahm. Manchmal befragte er Zeugen, ohne sie anzusehen, musterte dabei die Geschworenen und analysierte ihre Reaktionen auf die Antworten. Nach Hunderten von Verfahren hatte er in dieser Hinsicht viel Erfahrung, und daher wußte er sofort, daß ihn keine Probleme erwarteten. Die fünf Schwarzen versteiften sich, und ihre Körpersprache deutete so etwas wie Arroganz an: Sie schienen sich auf eine Auseinandersetzung vorzubereiten. Die Vorsitzende Mrs. Gossett wirkte betroffen, als Ozzie murmelte und einmal mehr blätterte. Die meisten Weißen blieben zurückhaltend, aber Mack Lloyd Crowell, ein Mann in mittleren Jahren, erweckte den gleichen kampfbereiten Eindruck wie die Schwarzen. Er schob seinen Stuhl zurück, ging zum Fenster und sah über den nördlichen Teil des Platzes. Buckley wußte nicht genau, was Crowell empfand, doch er fürchtete, daß sich Schwierigkeiten anbahnten.

»Wie viele Zeugen haben Sie für den Fall Hailey, Sheriff?« fragte der Staatsanwalt ein wenig nervös.

Ozzie hob den Kopf. »Nun, äh, nur einen – mich selbst. Aber wir können auch andere Personen aussagen lassen, falls das notwendig werden sollte.«

»Schon gut«, erwiderte Buckley. »Schildern Sie uns den Fall.«

Ozzie lehnte sich zurück und schlug die Beine übereinander. »Ich bitte Sie, Rufus. Alle wissen bestens Bescheid. Das Fernsehen berichtet seit einer Woche darüber.«

»Nennen Sie uns die Beweise.«

»Die Beweise. Na schön. Vor einer Woche hat Carl Lee Hailey, ein Schwarzer im Alter von siebenunddreißig Jahren, Billy Ray Cobb und Pete Willard erschossen. Dabei wurde auch der Polizist DeWayne Looney verletzt – man hat ihm das eine Bein amputiert, und er liegt noch immer im Krankenhaus. Der Täter verwendete eine M-16, und die Fingerabdrücke daran stimmen mit denen von Mr. Hailey überein. Mir liegt eine von Deputy Looney unterzeichnete eidesstattliche Erklärung vor: Er hat den Schützen unter Eid als Carl Lee Hailey identifiziert. Es gibt einen Augenzeugen: Murphy, den Hausmeister. Er stottert, aber ich kann ihn holen, wenn Sie möchten.«

»Irgendwelche Fragen?« sagte Buckley schnell.

Nervös beobachtete der Bezirksstaatsanwalt die Geschworenen, die ihrerseits nervöse Blicke auf den Sheriff richteten. Crowell stand nach wie vor am Fenster und kehrte allen anderen den Rücken zu.

»Fragen?« wiederholte Buckley.

»Ja«, brummte Crowell. Er drehte sich um, starrte erst den Staatsanwalt an und dann Ozzie. »Die beiden Kerle, die Hailey erschossen hat ... Sie haben seine Tochter vergewaltigt, nicht wahr?«

»Das glauben wir zumindest«, entgegnete der Sheriff.

»Einer von ihnen hat es gestanden, stimmt's?«

»Ja.«

Crowell schritt langsam und selbstsicher durchs Zimmer und blieb am gegenüberliegenden Ende der beiden Tische stehen. »Haben Sie Kinder, Sheriff?«

»Ja.«

»Auch ein kleines Mächen?«

»Ja.«

»Angenommen, es wird vergewaltigt. Angenommen, Sie könnten es dem Täter heimzahlen. Was unternähmen Sie?«

Ozzie zögerte und sah besorgt zu Buckley, dessen Hals rot anlief.

»Diese Frage brauche ich nicht zu beantworten«, erwiderte der Sheriff.

»Ach, tatsächlich? Sie sind hier, um vor dem großen Geschworenengericht auszusagen, nicht wahr? Als Zeuge, wie? Antworten Sie.«

»Ich weiß nicht, wie ich mich verhalten würde.«

»Kommen Sie, Sheriff. Geben Sie uns eine ehrliche Antwort. Sagen Sie die Wahrheit. Was unternähmen Sie?«

Ozzie zögerte. Eine Mischung aus Verlegenheit und Verwirrung erfaßte ihn, und gleichzeitig war er wütend auf den Fremden. Er wäre gern bereit gewesen, die Wahrheit zu sagen und in allen Einzelheiten zu beschreiben, wie er den Vergewaltiger seiner Tochter kastriert und verstümmelt hätte. Aber das durfte er nicht. Vielleicht stimmte ihm das große Geschworenengericht zu. Vielleicht weigerte es sich, Carl Lee anzuklagen. Einerseits entsprach es keineswegs seinem Wunsch, daß man Hailey vor Gericht stellte, aber andererseits hielt er es für erforderlich. Erneut sah er zu Buckley, der schwitzte und sich setzte.

Crowell entfaltete den Eifer eines Verteidigers, der den wichtigsten Belastungszeugen gerade bei einer Lüge ertappt hatte.

»Nun, Sheriff?« spottete er. »Wir hören Ihnen zu. Sagen Sie uns die Wahrheit. Was hätten Sie mit dem Vergewaltiger angestellt? Heraus damit!«

Buckley war der Panik nahe. Er lief Gefahr, den größten, wichtigsten Fall seiner ganzen beruflichen Laufbahn zu verlieren – nicht während des Prozesses, sondern in der Beratungskammer des großen Geschworenengerichts, bevor das eigentliche Verfahren begann. Ein arbeitsloser Lastwagenfahrer schickte sich an, ihm eine Niederlage beizubringen. Der Staatsanwalt stand auf und suchte nach den richtigen Worten. »Der Zeuge ist nicht verpflichtet, die Frage zu beantworten.«

Crowell wirbelte um die eigene Achse. »Schweigen Sie!« rief er. »Sie sind nicht befugt, uns irgendwelche Anweisungen zu erteilen. Wir können gegen jeden Anklage erheben, oder?«

Buckley ließ sich auf den Stuhl sinken und blinzelte verblüfft. Jemand hatte Crowell eingeschleust. Es gab keine andere Erklärung. Der Kerl war zu clever, um zum großen Geschworenengericht zu gehören. Vielleicht wurde er bezahlt. Er wußte zuviel. Ja, die Jury konnte gegen jeden Anklage erheben.

Crowell kehrte zum Fenster zurück. Alle beobachteten ihn, doch er schwieg.

»Sind Sie absolut sicher, daß Carl Lee Hailey die beiden Männer erschossen hat, Sheriff?« fragte Lemoyne Frady, ein unehelicher Vetter Gwen Haileys.

»Ja, das bin ich«, sagte Ozzie und starrte dabei zu Crowell.

»Weshalb sollen wir ihn anklagen?« erkundigte sich Mr. Frady und machte dabei keinen Hehl aus seiner Bewunderung für den Sheriff.

»Wegen zweifachen vorsätzlichen Mordes und wegen schwerer Körperverletzung.«

»Wie werden solche Verbrechen bestraft?« fragte Barney Flaggs, einer der Schwarzen.

»Vorsätzlicher Mord mit der Gaskammer. Schwere Körperverletzung in bezug auf einen Deputy mit lebenslänglich ohne Bewährung.«

»Und Sie möchten eine solche Anklage, Ozzie?« vergewisserte sich Flaggs.

»Ja, Barney. Ich meine, das große Geschworenengericht sollte Mr. Hailey anklagen. Ich halte es für richtig.«

»Weitere Fragen?« warf Buckley ein.

»Nicht so hastig.« Crowell wandte sich vom Fenster ab.

»Ich glaube, Sie haben es zu eilig mit diesem Fall, Mr. Buckley. Das gefällt mir nicht. Ich ziehe es vor, ihn ausführlich zu diskutieren. Setzen Sie sich. Wenn wir Ihren Rat benötigen, bitten wir Sie darum.«

Der Staatsanwalt schnitt eine finstere Miene und hob den Zeigefinger. »Ich brauche mich nicht zu setzen!« donnerte er. »Und ich brauche nicht zu schweigen!«

»Ich glaube, da irren Sie sich«, sagte Crowell kühl und lächelte dünn. »Wenn Sie nicht gehorchen, können wir Sie auffordern, das Zimmer zu verlassen, nicht wahr, Mr. Buckley? Wenn Sie sich weigern, gehen wir zum Richter, und er wird Sie zwingen, sich unseren Anordnungen zu fügen. Habe ich recht, Mr. Buckley?«

Rufus stand völlig reglos und stumm. In seiner Magengrube krampfte sich etwas zusammen, und die Knie wurden ihm weich. Doch etwas hielt ihn an Ort und Stelle fest.

»Wenn Sie sich auch weiterhin unsere Beratungen anhören wollen, sollten Sie Platz nehmen und den Mund halten.«

Buckley setzte sich neben den Gerichtsdiener, der nun wach war.

»Danke«, sagte Crowell und musterte die übrigen Geschworenen. »Ich möchte Sie etwas fragen. Wie viele von Ihnen würden ebenso handeln wie Mr. Hailey, wenn jemand Ihre Tochter vergewaltigt, die Ehefrau oder vielleicht die Mutter? Wie viele? Bitte heben Sie die Hände.«

Sieben oder acht Hände zeigten nach oben, und Buckley ließ den Kopf hängen. Crowell lächelte. »Ich bewundere Mr. Hailey. Er hat eine Menge Mumm bewiesen. Wenn ich in eine ähnliche Situation gerate, möchte ich ebenso mutig sein – um zu tun, was getan werden muß. Manchmal bleibt einem Mann nichts anderes übrig. Mr. Hailey hat eine Auszeichnung verdient, keine Anklage.«

Crowell wanderte langsam am Tisch vorbei und genoß es, das Zentrum der allgemeinen Aufmerksamkeit zu sein. »Bitte, denken Sie an das arme Mädchen, bevor Sie abstimmen. Die Kleine ist erst zehn. Stellen Sie sich vor, wie sie am Boden liegt, die Hände auf dem Rücken gefesselt, wie sie weint und nach ihrem Vater ruft. Denken Sie an die beiden Verbrecher, die betrunken sind und Rauschgift genommen haben, die das Mädchen abwechselnd vergewaltigen, es schlagen und treten, sogar versuchen, es umzubringen. Stellen Sie sich Ihre eigene Tochter in einer solchen Lage vor.

Sind Sie nicht ebenfalls der Meinung, daß die beiden Mistkerle bekamen, was sie verdienten? Wir sollten dankbar sein, daß sie tot sind. Ich fühle mich sicherer mit dem Wissen, daß jene Hurensöhne keine Möglichkeit mehr haben, Kinder zu vergewaltigen und zu töten. Mr. Hailey hat uns einen großen Dienst erwiesen. Verzichten wir darauf, Anklage gegen ihn zu erheben. Schicken wir ihn nach Hause zu seiner Familie, die auf ihn wartet. Er ist ein guter, anständiger Mann, der sich nichts vorwerfen muß.«

Crowell schwieg und ging wieder zum Fenster. Buckley beobachtete ihn unruhig und stand schließlich auf. »Sind Sie fertig, Sir?« Er bekam keine Antwort.

»Gut. Meine Damen und Herren Geschworenen, bitte erlauben Sie mir, Ihnen einige Dinge zu erklären. Es fällt nicht in den Zuständigkeitsbereich des großen Geschworenengerichts, einen Fall zu verhandeln. Zu diesem Zweck finden Prozesse statt. Mr. Hailey wird ein faires Verfahren vor einer fairen, unvoreingenommenen Jury bekommen. Wenn er unschuldig ist, kann er mit einem Freispruch rechnen. Aber über Schuld oder Unschuld befindet nicht etwa das große Geschworenengericht. Ihre Aufgabe besteht darin, sich die Ausführungen der Staatsanwaltschaft anzuhören und dann zu entscheiden, ob es Hinweise dafür gibt, daß ein Verbrechen begangen wurde. Nun, ich behaupte, daß Carl Lee Hailey ein Verbrechen verübt hat. Sogar gleich drei: zwei Morde und eine schwere Körperverletzung. Augenzeugen bestätigen meine Angaben.«

Buckley kam allmählich in Fahrt, als er um die Tische schritt. Er fühlte nun wieder die alte Zuversicht. »Das große Geschworenengericht ist verpflichtet, ihn anzuklagen. Beim Prozeß hat er Gelegenheit, seinen Standpunkt zu erläutern und sich zu verteidigen. Wenn er einen triftigen Grund hatte, gegen das Gesetz zu verstoßen, so soll er ihn beim Verfahren vorbringen – dazu sind Gerichtsverhandlungen da.

Die Staatsanwaltschaft legt ihm ein Verbrechen zur Last und muß beweisen, daß er schuldig ist. Wenn es Mr. Haileys Anwalt gelingt, die Jury von der Unschuld seines Klienten zu überzeugen, so endet der Prozeß mit einem Freispruch. In Ordnung. Aber es steht Ihnen nicht zu, schon heute zu beschließen, ob Mr. Hailey das Gefängnis als freier Mann verlassen sollte. Dafür ist eine andere Jury zuständig, nicht wahr, Sheriff?«

Ozzie nickte. »Ja, das stimmt. Das große Geschworenengericht erhebt Anklage, wenn genug Belastungsmaterial existiert. Die Jury beim Prozeß wird den Angeklagten freisprechen, wenn es dem Staatsanwalt nicht gelingt, seine Schuld zu beweisen – oder wenn die Verteidigung gute Arbeit leistet. Aber die Entscheidung fällt nicht hier und heute.«

»Weitere Fragen?« kam es besorgt von Buckleys Lippen. »Stellt jemand einen Antrag?«

»Ich beantrage, daß wir keine Anklage erheben«, knurrte Crowell.

»Ich unterstütze diesen Antrag«, brummte Barney Flaggs.

Buckleys Knie zitterten. Er klappte den Mund auf und wieder zu. Ozzie sah es und trachtete danach, seine Schadenfreude zu verbergen.

»Zur Abstimmung«, sagte Mrs. Gossett. »Wer für den Antrag ist, den bitte ich um das Handzeichen.«

Fünf schwarze Hände wurden erhoben, und Crowells gesellte sich ihnen hinzu. Sechs Stimmen. Abgelehnt.

»Und nun?« fragte die Vorsitzende.

»Jetzt muß jemand beantragen, Mr. Hailey wegen zweifachen vorsätzlichen Mordes und wegen schwerer Körperverletzung anzuklagen«, antwortete Buckley. Seine Stimme überschlug sich fast dabei.

»Ich stelle hiermit einen solchen Antrag«, verkündete einer der Weißen.

»Und ich unterstütze ihn«, fügte ein zweiter hinzu.

»Wer dafür ist, den bitte ich um das Handzeichen«, sagte Mrs. Gossett. »Ich zähle zwölf Stimmen. Gegenprobe. Fünf und meine eigene. Zwölf dafür und sechs dagegen. Was bedeutet das?«

»Es bedeutet, daß Mr. Hailey angeklagt wird«, erklärte Buckley stolz. Er atmete jetzt wieder normal, und die Farbe kehrte in sein Gesicht zurück. Nach wenigen geflüsterten Worten, die einer Sekretärin galten, wandte er sich an die Geschworenen. »Ich schlage eine Pause von zehn Minuten vor. Es warten noch vierzig Fälle auf uns; bleiben Sie also nicht zu lange fort. Darüber hinaus möchte ich Sie an einen Hinweis des Richters erinnern. Ihre Beratungen sind streng vertraulich. Außerhalb dieses Zimmers darf nicht darüber gesprochen werden …«

»Damit will er uns folgendes mitteilen«, unterbrach Crowell den Bezirksstaatanwalt. »Wir dürfen niemandem verraten, daß nur eine weitere Stimme genügt hätte, um eine Anklageerhebung gegen Carl Lee Hailey zu verhindern. Darum geht es Ihnen doch, nicht wahr, Mr. Buckley?«

Rufus verließ das Zimmer und schlug die Tür hinter sich zu.

Dutzende von Kameramännern und Reportern umgaben Buckley, als er vor dem Gerichtsgebäude auf der Treppe stand und mit Kopien der Anklageschrift winkte. Er hielt einen langen Vortrag, predigte, moralisierte, lobte das große Geschworenengericht, wetterte gegen Verbrecher und Leute, die Selbstjustiz übten, verurteilte Carl Lee Hailey. Man beginne mit dem Prozeß. Man vereidige die Geschworenen. Buckley garantierte eine Verurteilung. Er garantierte die Todesstrafe. Er sprach herablassend, hochmütig, überheblich und selbstgerecht. Er zeigte sich von seiner wahren Seite, offenbarte alle schlechten Eigenschaften, die ihn zu Rufus Buckley machten. Einige Journalisten gingen, aber er setzte seinen Monolog fort. Er pries sich selbst, sein Geschick vor Gericht, wies mehrmals darauf hin, daß seine Erfolgsquote neunzig, nein fünfundneunzig Prozent betrug. Weitere Reporter entfernten sich. Kameras wurden ausgeschaltet. Buckley rühmte Richter Noose für seine Weisheit und Fairneß. Er betonte Intelligenz und Vernunft der Geschworenen in Ford County.

Schließlich hatten auch die letzten Journalisten genug und ließen den Staatsanwalt allein auf der Treppe zurück.

13

Stump Sission war der Imperial Wizard des Ku-Klux-Klan in Mississippi, und als Versammlungsort wählte er eine kleine Blockhütte tief im Wald von Nettles County, etwa dreihundertfünfzig Kilometer im Süden der Ford County. Die Klanmitglieder trugen keine Umhänge, und es fanden keine Rituale statt. Sie erörterten die Ereignisse in Ford County mit einem gewissen Freddie Cobb, Bruder des verstorbenen Billy Ray Cobb. Freddie hatte einen Freund angerufen, der Stump kannte und ihn bat, diese Versammlung einzuberufen.

War Anklage gegen den Nigger erhoben worden? Freddie wußte es nicht genau, hatte jedoch gehört, daß der Prozeß im späten Sommer oder frühen Herbst stattfinden sollte. Ihn beunruhigten die Gerüchte: Angeblich würde die Verteidigung auf Unzurechnungsfähigkeit zum Tatzeitpunkt plädieren, um einen Freispruch zu erwirken. »Der verdammte Nigger hat meinen Bruder kaltblütig umgebracht«, ereiferte sich Freddie. »Er plante den Mord, versteckte sich in der Abstellkammer und wartete auf Billy Ray. Kaltblütiger Mord, jawohl.« Was kann der Klan in dieser Hinsicht unternehmen? Heutzutage haben Nigger viele Helfer: die NAACP* und tausend andere Bürgerrechtsgruppen, außerdem Gerichte und Regierung. Zum Teufel auch, Weiße haben heute überhaupt keine Chance mehr, es sei denn, der Klan greift ein. Wer ist sonst bereit, Protestmärsche zu veranstalten und für die Rechte der Weißen zu demonstrieren? Alle Gesetze begünstigen die Nigger, und liberale Politiker, die mit den Niggern verbündet sind, beschließen ständig neue Gesetze gegen die Weißen. Es wird Zeit, endlich etwas dagegen zu unternehmen.

Deshalb hatte sich Freddie mit dem Ku-Klux-Klan in Verbindung gesetzt.

---

* NAACP: National Association for the Advancement of Colored People. – Anmerkung des Übersetzers.

Befindet sich der Nigger im Gefängnis? Ja, und er wird dort wie ein König behandelt. Der Nigger-Sheriff von Clanton, Ozzie Walls, hat sich mit dem Mörder angefreundet. Räumt ihm Privilegien ein. Gewährt ihm besonderen Schutz. Der Sheriff ist ein Fall für sich. Jemand hat gesagt, Hailey komme vielleicht gegen Kaution frei, noch in dieser Woche. Ein weiteres Gerücht? Freddie und seine Kumpel hofften, daß etwas dran war.

Was ist mit Ihrem Bruder? Hat er das Mädchen vergewaltigt? Keine Ahnung, wahrscheinlich nicht. Der andere Bursche, Willard, hat die Vergewaltigung gestanden, im Gegenteil zu Billy Ray. Der hatte Frauen genug. Warum sollte er ein Nigger-Mädchen vergewaltigen? Und selbst wenn er sich die Kleine vorgeknöpft hat – was ist schon dabei?

Wie heißt Haileys Verteidiger? Brigance, ein Anwalt aus Clanton. Jung, aber ziemlich gut. Beschäftigt sich mit vielen strafrechtlichen Sachen und hat sich einen ausgezeichneten Ruf erworben. Gewann mehrere Mordprozesse. Kündigte den Reportern gegenüber an, auf Unzurechnungsfähigkeit zu plädieren und einen Freispruch durchzusetzen.

Wie heißt der Richter? Weiß ich noch nicht. Bullard ist der Countyrichter, doch einige Leute meinten, jemand anders würde den Fall verhandeln. Vielleicht findet der Prozeß überhaupt nicht in Ford County statt.

Sisson und die übrigen Klanmitglieder hörten dem unbedarften Redneck aufmerksam zu. Ihnen gefiel der Teil über die NAACP und die Liberalen, mit den Niggern verbündeten Politikern. Aber sie hatten auch die Zeitungen gelesen und Fernsehberichte gesehen; daher wußten sie, daß Freddies Bruder Gerechtigkeit widerfahren war. Trotzdem: Ein Nigger, der einen Weißen umbrachte, durfte nicht ungestraft davonkommen.

Darüber hinaus versprach diese Sache eine Menge. Der Prozeß begann erst in einigen Monaten, es blieb also genug Zeit, um zu planen. Sisson und seine Gefährten stellten sich vor, tagsüber in der Nähe des Gerichtsgebäudes aufzumarschieren, gekleidet in weiße Kutten mit spitz zulaufenden Kapuzen. Sie dachten daran, leidenschaftliche Reden zu halten und sich vor den Kameras in Szene zu setzen. Die Medien wären bestimmt begeistert: Sie verabscheuten den Klan, liebten jedoch die Gelegenheit, über Auseinandersetzungen und Ausschreitungen zu berichten. Und dann die nächtlichen Aktionen: brennende Kreuze und anonyme Anrufe. Vor so etwas konnten sich die ahnungslosen Opfer nicht schützen. Die Folge bestand aus immer mehr Gewalt. Der Klan verstand sich auf solche Provokationen. Er wußte, wie demonstrierende weiße Kutten auf zornige Nigger wirkten.

Zweifellos war es nicht sehr schwierig, in Clanton die Saat des Hasses keimen zu lassen. Monate, um zu organisieren, um die Kameraden aus anderen Staaten zu benachrichtigen. Welcher Kluxer würde sich eine so gute Chance entgehen lassen? Und neue Bewerber? Nun, dieser Fall bot die Möglichkeit, das Feuer des Rassismus zu schüren und Niggerfeinde auf die Straße zu bringen. Die Mitgliederzahl war auf ein besorgniserregend niedriges Niveau gesunken. Sisson glaubte bereits zu hören, wie Hailey zum neuen Schlachtruf wurde, Clanton zum Sammelplatz des Klans.

»Mr. Cobb«, sagte er, »sind Sie imstande, uns Namen und Adressen des Niggers, der Familienangehörigen, seines Anwalts, des Richters und der Geschworenen zu geben?«

Cobb dachte darüber nach. »Ja, bis auf die Geschworenen. Sie müssen erst noch ausgewählt werden.«

»Wann wird Ihnen die Zusammensetzung der Jury bekannt sein?«

»Himmel, keine Ahnung. Wenn der Prozeß beginnt, schätze ich. Wollen Sie etwas unternehmen?«

»Vielleicht. Sehr wahrscheinlich sogar. Dies ist eine günstige Gelegenheit für den Klan, die Muskeln spielen zu lassen.«

»Kann ich helfen?« fragte Freddie Cobb hoffnungsvoll.

»Ja. Aber dazu müssen Sie Mitglied sein.«

»Bei uns gibt es schon seit vielen Jahre keine Ortsgruppe mehr. Mein Großvater gehörte damals zum Klan.«

»Sie meinen, der Großvater des Opfers war ein Klanmitglied?«

»Ja«, bestätigte Cobb stolz.

»Nun, dann *müssen* wir aktiv werden.« Sisson und seine Kumpel nickten heftig mit den Köpfen, schworen Rache und erklärten Cobb: »Wenn Sie fünf oder sechs Freunde finden, die genauso denken wie Sie und ähnlich motiviert sind, so veranstalten wir im Wald von Ford County eine geheime Zeremonie mit einem großen brennenden Kreuz und vielen Ritualen. Dann nehmen wir Sie als Mitglied in den Ku-Klux-Klan auf und Sie organisieren die Ortsgruppe in Ihrer County. Wir versammeln uns bei Ihnen und verwandeln den Prozeß gegen Carl Lee Hailey in ein Riesenspektakel. Wir entfesseln ein solches Chaos, daß es kein vernünftiger Geschworener wagen wird, den Nigger nicht schuldig zu sprechen. Und wenn Sie noch einige Leute finden, die an einer Mitgliedschaft interessiert sind, ernennen wir Sie zum Klan-Leiter in Ford County.«

Cobb meinte, er hätte genug Vettern, um eine Gruppe zu bilden. Aufgeregt verließ er die Versammlung und träumte davon, in die Fußstapfen seines Großvaters zu treten und ebenfalls ein Klanmitglied zu werden.

Buckley lag mit seinem Timing ein wenig daneben: Die Abendnachrichten ignorierten seine Pressekonferenz von sechzehn Uhr. Jake saß vor einem alten Schwarzweiß-Fernseher in seinem Büro, schaltete durch alle Kanäle und lachte laut, als erst die nationalen Nachrichten und dann auch die Berichterstattungen der lokalen Sender zu Ende gingen, ohne eine Anklageerhebung gegen Carl Lee Hailey zu erwähnen. Er stellte sich vor, wie die Buckley-Familie vor der Glotze hockte und verzweifelt an den Knöpfen drehte, während ihr Held sie aufforderte, endlich still zu sein. Um sieben Uhr, nach dem Tupelo-Wetter – nach der letzten Wettervorhersage –, schlurften die Buckleys aus dem Zimmer und überließen den enttäuschten Vater, Ehemann und Bezirksstaatsanwalt seinem Kummer.

Um zehn saßen Jake und Carla mit überkreuzten Beinen auf dem Sofa, als die letzte Nachrichtensendung begann. Schließlich sahen sie einen Rufus, der vor dem Gerichtsgebäude stand und sich wie ein Straßenprediger verhielt, während ihn ein Kanal-4-Journalist als jenen Mann vorstellte, der die Anklage gegen Carl Lee Hailey vertrat. Nach einem wenig vorteilhaften Zoom auf Buckley folgte ein Kameraschwenk, der Clanton zeigte. Anschließend sprach der Reporter zwei Sätze über den Prozeßbeginn im späten Sommer.

»Ein widerlicher Kerl«, sagte Carla. »Warum veranstaltet er eine Pressekonferenz, um die Anklageerhebung bekanntzugeben?«

»Rufus ist der Ankläger. Wir Strafverteidiger wenden uns nicht gern an die Presse.«

»Das habe ich bereits bemerkt. Mein Sammelalbum füllt sich schnell.«

»Fertige Kopien an und schick sie meiner Mutter.«

»Mit deinem Autogramm?«

»Nur gegen eine Gebühr. Du bekommst mein Autogramm gratis.«

»Gut. Und wenn du verlierst, stelle ich dir das Ausschneiden und Kleben in Rechnung.«

»Darf ich dich daran erinnern, daß ich noch keinen Mordfall verloren habe? Es steht drei zu null, um ganz genau zu sein.«

Carla betätigte eine Taste der Fernbedienung. Der Wetteransager blieb auf der Mattscheibe, doch es drang kein Ton mehr aus dem Lautsprecher. »Weißt du, was mir an deinen Mordfällen am wenigsten gefällt?« Sie schob mehrere Kissen von ihren schlanken, bronzefarbenen und fast perfekten Beinen.

»Blut, Gemetzel und allgemeine Scheußlichkeiten?«

»Nein.« Carla löste ihr schulterlanges Haar, und es fiel auf die Armlehne des Sofas hinab.

»Der Verlust von Leben, ganz gleich, wie unbedeutend es sein mag?«

»Nein.« Sie trug ein altes, längst ausgeblichenes Hemd, das aus Jakes Garderobe stammte und spielte nun mit den Knöpfen.

»Die schreckliche Vorstellung, daß ein Unschuldiger in der Gaskammer hingerichtet wird?«

»Nein.« Carla knöpfte das Hemd langsam auf. Der blaugraue Glanz des Fernsehers schimmerte stroboskopartig durchs Zimmer, als der Nachrichtensprecher lächelte und stumm eine gute Nacht wünschte.

»Furcht und Besorgnis der Familie, wenn der Vater den Gerichtssaal betritt, um von den Geschworenen für schuldig oder nicht schuldig befunden zu werden?«

»Nein.« Sie streifte das Hemd ab, und darunter kam weiße Seide auf brauner Haut zum Vorschein.

»Die latente Ungerechtigkeit unserer Justiz?«

»Nein.« Carla hob ein fast perfektes, bronzefarbenes Bein und stützte es auf die Rückenlehne des Sofas.

»Die von Polizei und Staatsanwaltschaft verwendeten skrupellosen Taktiken, um unschuldige Angeklagte festzunageln?«

»Nein.« Die kleine Schnalle zwischen den beiden fast perfekten Brüsten klickte leise.

»Emotionale Glut und Anspannung, hemmungslose Gefühle, Inbrunst, zügellose Leidenschaft?«

»Das kommt der Sache schon näher.« Kleidungsstücke flogen durchs Zimmer, und zwei Körper schmiegten sich unter den Kissen aneinander. Das alte Sofa, ein Geschenk von Carlas Eltern, wackelte und quietschte laut. Es war stabil, an das Wackeln und Quietschen gewöhnt. Der Mischling Max lief durch den Flur und hielt vor Hannas Tür Wache.

14

Harry Rex Vonner stand in dem Ruf, ein Anwalt zu sein, der vor nichts zurückschreckte, und jedes Mittel nutzte. Er hatte sich auf schwierige Scheidungsfälle spezialisiert: Wenn irgendein armer Kerl mit den Alimenten in Verzug geriet, so brachte Vonner ihn ins Gefängnis und sorgte dafür, daß er dort versauerte. Er war gemein und hinterhältig; viele Scheidungswillige in Ford County nahmen seine Dienste in Anspruch. Wer sich an ihn wandte, bekam alles:

die Kinder, das Haus, die Farm, Videorecorder und Mikrowellenherd. Ein reicher Farmer schickte ihm jedes Jahr einen Scheck, um zu verhindern, daß er seine Frau bei der nächsten Scheidung vertreten würde. Harry Rex überließ die strafrechtlichen Sachen Jake, und Brigance riet seinen Scheidungsklienten, mit Vonner zu sprechen. Sie waren Freunde und verachteten die übrigen Anwälte, insbesondere die der Sullivan-Kanzlei.

Am Dienstagmorgen betrat Harry Rex das Empfangszimmer und sah Ethel an. »Ist Jake da?« knurrte er. Er stapfte zur Treppe und kam dem Protest der Sekretärin mit einem finsteren Blick zuvor. Sie nickte und fragte nicht, ob er einen Termin vereinbart hatte – Ethel wußte es besser. Vonner hatte sie schon einmal verflucht.

Die Holzstufen knirschten unter dem schwergewichtigen Mann. Er schnappte nach Luft, als er Jakes Büro betrat.

»Morgen, Harry Rex. Soll ich einen Arzt rufen?«

»Warum verlegen Sie Ihr Büro nicht ins Erdgeschoß?« keuchte Vonner.

»Weil Sie Bewegung brauchen. Ohne die Treppe hätte Ihr Gewicht inzwischen auf über hundertfünfzig Kilo zugenommen.«

»Danke. Ich komme gerade aus dem Gericht. Noose erwartet sie um halb elf in seinem Büro – wenn Sie Zeit für ihn haben. Er möchte den Fall Hailey mit Ihnen und Buckley besprechen. Die Verlesung der Anklage, Prozeßbeginn und so weiter. Er bat mich, Ihnen das auszurichten.«

»Um halb elf? In Ordnung.«

»Ich schätze, Sie wissen über das große Geschworenengericht Bescheid, oder?«

»Natürlich. Mir liegt eine Kopie der Anklageschrift vor.«

Harry Rex lächelte. »Nein, ich meine die Abstimmung im Hinblick auf Carl Lee.«

Jake erstarrte und musterte den Besucher. Vonner schien überall in der County präsent zu sein, schwebte ständig wie eine dunkle Wolke über jenen Leuten, die ein Geheimnis zu hüten versuchten. Er kannte immer die neuesten Gerüchte und erklärte stolz, daß er nur jene erzählen würde, die der

Wahrheit entsprachen – oder ihr zumindest nahe kamen. Harry Rex' Legende hatte vor zwanzig Jahren bei seiner ersten Gerichtsverhandlung begonnen. Er hatte die Eisenbahn auf mehrere Millionen Dollar Schadenersatz verklagt, doch sie lehnte ab, auch nur einen Cent zu zahlen. Nach drei Tagen begann die Jury mit ihren Beratungen. Als sie nicht sofort zurückkehrte, um das Urteil zu verkünden, wuchs die Besorgnis bei den Anwälten der Eisenbahn. Sie boten Harry Rex fünfundzwanzigtausend an, als der zweite Beratungstag begann. Er blieb hart und meinte, sie sollten sich zum Teufel scheren. Sein Klient wollte das Geld, und daraufhin wünschte ihn Vonner ebenfalls zur Hölle. Stunden später schlurften die müden Geschworenen in den Gerichtssaal und ordneten eine Zahlung von hundertfünfzigtausend Dollar an. Harry Rex verspottete die Anwälte der Eisenbahn, brüskierte seinen Klienten und feierte in einer Bar. Er spendierte Drinks für alle Gäste, und während eines langen Abends erklärte er detailliert die Abhöranlage in der Beratungskammer – er hatte die ganze Zeit über gewußt, worüber die Geschworenen sprachen. Die Sache wurde bekannt, und Murphy entdeckte einige versteckte Kabel, die zum Juryzimmer führten. Die Ermittlungen der Behörden des Staates Mississippi blieben aber ohne konkrete Resultate. Während der nächsten zwanzig Jahre beauftragten die Richter ihre Gerichtsdiener jedoch, das Beratungszimmer zu inspizieren, wenn Harry Rex mit einem Fall zu tun hatte.

»Sie kennen das Abstimmungsergebnis?« fragte Jake, und in jeder Silbe kam Argwohn zum Ausdruck. »Woher?«

»Ich habe gewisse Quellen.«

»Na schön. Wie entschieden die Geschworenen?«

»Zwölf zu sechs. Eine Stimme weniger, und es wäre keine Anklageerhebung erfolgt.«

»Zwölf zu sechs«, wiederholte Jake.

»Buckley stand kurz vor einem Herzinfakt. Ein Weißer namens Crowell sprach sich gegen die Anklage aus, und es wäre ihm fast gelungen, die anderen zu überzeugen.«

»Ist Ihnen Crowell bekannt?«

»Vor zwei Jahren habe ich seine Scheidung geregelt. Er

wohnte in Jackson, bis seine erste Frau von einem Nigger vergewaltigt wurde. Sie schnappte über, und er ließ sich von ihr scheiden. Was sie zum Anlaß nahm, sich die Pulsadern aufzuschneiden. Crowell zog nach Clanton um und heiratete noch einmal. Die zweite Ehe dauerte nur ein Jahr. Er hat Buckley eine ordentliche Lektion erteilt. Forderte ihn auf, die Klappe zu halten und sich zu setzen. Ich hätte es gern gesehen.«

»*Haben* Sie es gesehen?«

»Nein. Ich bin nur gut informiert.«

»Und wie heißt Ihr Informant?«

»Ich bitte Sie, Jake.«

»Spielen Sie schon wieder mit elektronischen Wanzen herum?«

»Nein. Ich höre nur aufmerksam zu. Es ist ein gutes Zeichen, nicht wahr?«

»Was?«

»Das knappe Abstimmungsergebnis. Sechs von achtzehn Geschworenen wollten Hailey zu seiner Familie zurückschicken. Fünf Nigger und Crowell. Ein gutes Zeichen, oder? Ein oder zwei Nigger in der Jury genügen, um Buckley einen Strich durch die Rechnung zu machen, stimmt's?«

»So einfach ist das nicht. Wenn der Fall in dieser County verhandelt wird, besteht die Jury vielleicht nur aus Weißen. Das passiert hier häufig, und Sie wissen ja, wie konservativ die meisten Leute sind. Jener Crowell ... Es klingt so, als sei er aus heiterem Himmel aufgetaucht.«

»Buckley dachte vermutlich ebenso. Sie sollten den Mistkerl sehen. Stolziert im Gerichtssaal umher und glaubt, nach seinem Fernsehauftritt gestern abend würden ihn alle um ein Autogramm bitten. Niemand will darüber reden, und deshalb versucht er, dieses Thema bei jedem Gespräch anzuschneiden. Er ist wie ein kleines Kind, das um Aufmerksamkeit bettelt.«

»Seien Sie vorsichtig. Vielleicht wird er unser nächster Gouverneur.«

»Das kann er sich aus dem Kopf schlagen, wenn er den Fall Hailey verliert. Und er wird ihn verlieren, Jake. Wir besorgen uns eine gute Jury, zwölf anständige, unbescholtene Bürger. Und dann bestechen wir sie.«

»Das habe ich nicht gehört.«

»Es klappt immer.«

Einige Minuten nach halb elf betrat Jake das Büro hinter dem Gerichtssaal und schüttelte dort Buckley, Musgrove und Ichabod die Hand. Sie hatten schon auf ihn gewartet. Noose deutete auf einen Sessel und nahm hinter seinem Schreibtisch Platz.

»Es dauert nicht lange, Jake.« Der Richter blickte über seine lange Nase hinweg. »Ich möchte die Anklage gegen Carl Lee Hailey morgen früh um neun verlesen. Haben Sie irgendwelche Probleme mit diesem Termin?«

»Nein«, erwiderte Jake.

»Es folgen einige weitere Anklagen, und um zehn beginnen wir einen Prozeß, bei dem es um Einbruch geht. Einverstanden, Rufus?«

»Ja, Sir.«

»Gut. Sprechen wir nun darüber, wann das Hailey-Verfahren stattfinden soll. Die nächste Verhandlungsperiode fängt hier im späten August an, am dritten Montag, und dann ist die Prozeßliste bestimmt nicht weniger lang. Aufgrund der besonderen Umstände dieses Falles – ganz zu schweigen von der Publicity –, halte ich es für besser, so schnell wie möglich mit dem Prozeß zu beginnen.«

»Je eher desto besser«, fügte Buckley hinzu.

»Wieviel Zeit brauchen Sie für die Vorbereitungen, Jake?«

»Sechzig Tage.«

»Sechzig Tage!« entfuhr es dem Bezirksstaatsanwalt ungläubig. »Warum?«

Jake schenkte ihm keine Beachtung und beobachtete, wie Ichabod seine Brille zurechtrückte und auf den Terminkalender hinabsah. »Kann ich davon ausgehen, daß Sie eine Verlegung des Verhandlungsortes beantragen?«

»Ja.«

»Das spielt überhaupt keine Rolle«, sagte Buckley. »Wir setzen überall eine Verurteilung durch.«

»Sparen Sie sich das für die Kameras«, entgegnete Jake ruhig.

»So etwas brauche ich mir von Ihnen nicht sagen zu lassen«, zischte Buckley. »Sie scheinen selbst großen Gefallen an den Kameras zu finden.«

»Ich bitte Sie, meine Herren«, warf Noose ein. »Beabsichtigt die Verteidigung, vor der Verhandlung weitere Anträge zu stellen?«

Jake überlegte kurz. »Ja«, bestätigte er knapp.

»Wären Sie bereit, die geplanten Anträge zu erläutern?« fragte Noose ein wenig verärgert.

»Meiner Ansicht nach ist es zu früh, um die Strategie der Verteidigung zu diskutieren, Richter. Ich habe gerade erst die Anklageschrift erhalten und hatte noch keine Zeit, sie mit meinem Klienten zu erörtern. Ganz offensichtlich erwartet uns viel Arbeit.«

»Wieviel Zeit benötigen Sie?«

»Sechzig Tage.«

»Soll das ein Witz sein?« platzte es aus Buckley heraus. »Wollen Sie uns auf den Arm nehmen? Die Staatsanwaltschaft könnte den Fall morgen verhandeln, Richter. Sechzig Tage! Das ist doch lächerlich!«

Jake kochte innerlich, schwieg jedoch. Buckley trat zum Fenster und brummte etwas Unverständliches.

Noose blätterte in seinem Terminkalender. »Warum sechzig Tage?«

»Es könnte ein komplizierter Prozeß werden.«

Buckley lachte und schüttelte den Kopf.

»Haben Sie vor, auf Unzurechnungsfähigkeit zu plädieren?« erkundigte sich Noose.

»Ja, Sir. Und es dauert eine Weile, um Mr. Hailey von Psychiatern untersuchen zu lassen. Anschließend möchte die Staatsanwaltschaft bestimmt nicht darauf verzichten, eigene psychiatrische Gutachten zu erstellen.«

»Ich verstehe.«

»Hinzu kommen noch einige andere Dinge. Es ist ein wichtiger Fall, und deshalb brauchen wir genug Zeit für die Vorbereitungen.«

»Mr. Buckley?« fragte der Richter.

»Meinetwegen. Für uns macht es keinen Unterschied. Wie ich schon sagte: Wir könnten morgen mit dem Prozeß beginnen.«

Noose schrieb etwas in den Kalender und rückte erneut seine Lesebrille zurecht. Sie ruhte auf der Nasenspitze, und eine Warze hinderte sie daran, über das Ende des langen Zinkens hinwegzurutschen. Größe der Nase und Form des Kopfes erforderten eine speziell angefertigte Brille mit extra langen Bügeln. Der Richter benutzte sie nie zum Lesen. Ihr einziger Zweck bestand darin, von der Nase abzulenken, doch sie erfüllte ihn nicht. Ganz im Gegenteil: Die orangefarben getönten achteckigen Gläser fokussierten die Aufmerksamkeit der Beobachter direkt auf den dicken Schnabel in Nooses Gesicht. Jake wußte das schon seit einigen Jahren, aber ihm fehlte der Mut, den Richter darauf hinzuweisen.

»Mit wie vielen Verhandlungstagen rechnen Sie, Jake?« fragte Noose.

»Drei oder vier sollten genügen. Aber vielleicht benötigen wir drei Tage für die Auswahl der Geschworenen.«

»Mr. Buckley?«

»Klingt vernünftig. Aber ich verstehe noch immer nicht, warum die Verteidigung sechzig Tage braucht, um sich auf einen dreitägigen Prozeß vorzubereiten. Ich meine, wir sollten den Fall eher verhandeln.«

»Ruhig Blut, Rufus«, sagte Jake gelassen. »Die Kameras befinden sich auch in zwei Monaten noch hier; sie vergessen uns nicht. Und sie bekommen ausreichend Gelegenheit, um Interviews zu geben, Pressekonferenzen zu veranstalten und zu predigen. Seien Sie unbesorgt – Ihrem großen Auftritt steht nichts entgegen.«

Buckley kniff die Augen zusammen, und sein Gesicht lief rot an, als er sich Jake näherte. »Mr. Brigance, wenn ich mich nicht sehr irre, haben Sie in der vergangenen Woche mehr Interviews gegeben als ich.«

»Ja, und deshalb sind Sie neidisch, nicht wahr?«

»Neidisch? Was für ein Unsinn! Fernsehkameras sind mir völlig gleich …«

»Seit wann?«

»Meine Herren ...«, unterbrach Noose Ankläger und Verteidiger. »Uns erwartet ein emotionsgeladenes Verfahren, und ich verlange von Ihnen, daß Sie sich wie Profis verhalten. Nun, in meinem Terminkalender gibt es kaum mehr Platz. Die einzige Möglichkeit bietet sich in der Woche, die am 22. Juli beginnt. Was meinen Sie?«

»Keine Einwände«, sagte Musgrove.

Jake sah Buckley an, lächelte und konsultierte seinen Taschenkalender. »In Ordnung.«

»Gut. Alle Anträge vor dem Prozeß müssen bis zum Montag, dem 8. Juli, erledigt werden. Die Verlesung der Anklageschrift findet morgen früh um neun Uhr statt. Irgendwelche Fragen?«

Jake stand auf und verabschiedete sich von Noose und Musgrove. Er ignorierte Buckley, als er das Zimmer verließ.

Nach dem Mittagessen besuchte er seinen berühmten Klienten in Ozzies Büro. Man hatte auch Carl Lee eine Kopie der Anklage zur Verfügung gestellt, und einige Punkte waren ihm unklar.

»Was ist vorsätzlicher Mord?«

»Die schlimmste Art von Mord.«

»Wie viele gibt es?«

»Im großen und ganzen drei. Fahrlässige Tötung, Totschlag und vorsätzlicher Mord.«

»Wie wird fahrlässige Tötung bestraft?«

»Mit zwanzig Jahren.«

»Und Totschlag?«

»Von zwanzig Jahren bis lebenslänglich.«

»Und vorsätzlicher Mord?«

»Mit der Gaskammer.«

»Und schwere Körperverletzung im Hinblick auf einen Polizisten?«

»Lebenslänglich ohne Bewährung.«

Carl Lee blickte auf die Anklageschrift. »Mit anderen Worten: Mir stehen zweimal die Gaskammer und eine lebenslängliche Freiheitsstrafe bevor.«

»Zuerst findet der Prozeß statt. Übrigens: Er beginnt am 22. Juli.«

»In zwei Monaten! Warum dauert es so lange?«

»Wir brauchen die Zeit. Es dauert so lange, weil ich einen Psychiater finden muß, der Ihnen Unzurechnungsfähigkeit bescheinigt. Anschließend schickt Buckley Sie nach Whitfield, um Sie von anderen Ärzten untersuchen zu lassen, die alle feststellen werden, daß Sie zum Tatzeitpunkt keineswegs verrückt waren. Wir stellen Anträge, Buckley stellt Anträge, Anhörungen werden anberaumt. Und so weiter.«

»Gibt es keine Möglichkeit, den Prozeß eher beginnen zu lassen?«

»Wir möchten nicht, daß er eher beginnt.«

»Wir?« fragte Carl Lee. »Und wenn *ich* es möchte?«

Jake musterte seinen Klienten. »Was ist los mit Ihnen?«

»Ich will hier raus, und zwar schnell.«

»Ich dachte, es gefiele Ihnen hier.«

»Dieses Gefängnis ist nicht übel, aber ich muß nach Hause. Gwen benötigt Geld und findet keinen Job. Lester hat Schwierigkeiten mit seiner Frau. Sie ruft immer wieder an. Bestimmt kehrt er bald nach Chicago zurück. Himmel, ich bitte meine Verwandten nicht gern um Hilfe.«

»Aber sie wären bereit, Ihnen zu helfen, oder?«

»Einige von ihnen. Vielleicht. Sie haben ihre eigenen Probleme. Bitte holen Sie mich hier raus, Jake.«

»Morgen früh um neun wird die Anklageschrift verlesen. Der Prozeß beginnt am 22. Juli, keinen Tag früher. Finden Sie sich damit ab. Habe ich Ihnen die Sache mit der Verlesung erklärt?«

Carl Lee schüttelte den Kopf.

»Nach höchstens zwanzig Minuten ist alles vorbei. Wir erscheinen vor Richter Noose im Saal. Er stellt erst Ihnen einige Fragen, dann auch mir. Anschließend liest er die Anklage laut vor und erkundigt sich, ob Sie eine Kopie bekommen haben. Dann fragt er, ob Sie sich schuldig oder nicht schuldig bekennen. Wenn Sie mit ›nicht schuldig‹ antworten, legt er das Datum des Prozeßbeginns fest. Sie setzen sich. Buckley und ich beginnen mit einem verbalen Gefecht, bei dem es um Ihre Kaution geht. Noose lehnt meinen Antrag ab, Sie gegen Kaution freizulassen. Er ordnet an, daß Sie bis zum Verfahren in Haft bleiben.«

»Und danach?«

Jake lächelte. »Keine Sorge. Nach dem Prozeß sind Sie frei.«

»Versprechen Sie mir das?«

»Ich kann Ihnen nichts versprechen. Noch Fragen in bezug auf morgen?«

»Nein. Äh, Jake, wieviel Geld habe ich Ihnen gegeben?«

Brigance zögerte und witterte Probleme. »Wieso?«

»Oh, ich habe nur nachgedacht.«

»Neunhundert Dollar und einen Schuldschein.«

Gwen blieben weniger als hundert. Einige Rechnungen mußten bezahlt werden, und der Kühlschrank war fast leer. Am Sonntag hatte sie ihren Mann im Gefängnis besucht und eine Stunde lang geweint. Die Verzweiflung gehörte zu ihrem Leben, ihrem Wesen. Aber Carl Lee wußte um die schwierige finanzielle Situation. Gwens Familie konnte kaum helfen, höchstens mit Gemüse aus dem Garten und ein paar Dollar für Milch und Eier. Wenn es um Beerdigungen und Besuche im Krankenhaus ging, waren die Verwandten zuverlässig und großzügig und erübrigten viel Zeit fürs Schluchzen und Klagen. Doch wenn jemand Bares brauchte, entschuldigten sie sich hastig und verschwanden. Von Gwens Familie durfte Carl Lee kaum etwas erwarten, und von seiner eigenen nicht viel mehr.

Er wollte Jake um hundert Dollar bitten, entschied sich jedoch dagegen. Er hielt es für besser zu warten, bis Gwen völlig pleite war. Dann fiel es ihm leichter, ein solches Anliegen vorzutragen. Dann durfte er auf das Verständnis des Anwalts hoffen.

Jake starrte auf seinen Block und rechnete damit, daß Carl Lee um Geld bat. Bei strafrechtlichen Fällen geschah es häufig, daß seine Klienten – insbesondere die Schwarzen – einen Teil des bereits gezahlten Honorars zurückverlangten. Er bezweifelte, ob er jemals mehr als neunhundert Dollar bekommen würde, und er war fest entschlossen, den Vorschuß zu behalten. Außerdem: Schwarze helfen sich gegenseitig. Sie konnten sich auf ihre Familien verlassen, und vermutlich fanden in den Kirchen Kollekten statt. Niemandem drohte der Hungertod.

Nach einer Weile verstaute Jake seine Unterlagen im Aktenkoffer. »Fragen, Carl Lee?«

»Ja. Was kann ich morgen sagen?«

»Was möchten Sie sagen?«

»Ich möchte dem Richter erklären, warum ich die beiden Männer erschossen habe. Meine Tochter wurde von ihnen vergewaltigt. Sie verdienten den Tod.«

»Und das wollen Sie dem Richter morgen erklären?«

»Ja.«

»Glauben Sie, daß er Sie dann freiläßt?«

Carl Lee schwieg.

»Sie haben mich gebeten, Sie vor Gericht zu vertreten. Weil Sie mir vertrauen, nicht wahr? Wenn ich es für richtig halte, daß Sie morgen etwas sagen, so weise ich Sie darauf hin. Wenn nicht, bleiben Sie stumm. Im Juli, beim Prozeß, bekommen Sie Gelegenheit, Ihren Standpunkt zu erläutern. Bis dahin sollten Sie das Reden mir überlassen.«

»Wie Sie meinen.«

Lester und Gwen brachten die Jungs und Tonya im roten Cadillac unter und fuhren zum Arzt, der seine Praxis in der Nähe des Krankenhauses hatte. Seit der Vergewaltigung waren zwei Wochen vergangen. Tonya hinkte noch immer ein wenig und wollte mit den Brüdern die Treppe hochlaufen. Doch die Mutter hielt ihre Hand. Die wunden Stellen an Beinen und Po heilten gut. Vor einigen Tagen hatte der Arzt die Verbände an den Handgelenken und Fußknöcheln entfernt, doch die Watte zwischen den Schenkeln blieb.

Sie entkleidete sich in einem kleinen Zimmer und saß auf einem gepolsterten Tisch. Ihre Mutter umarmte sie und hielt sie warm. Der Doktor sah ihr in den Mund und betastete den Kiefer. Er untersuchte erst die Handgelenke, dann die Fußknöchel und bat Tonya schließlich, sich auf dem Tisch auszustrecken. Als er sie zwischen den Beinen berührte, wimmerte sie und klammerte sich an ihrer Mutter fest.

Sie hatte wieder Schmerzen.

15

Um fünf Uhr am Mittwochmorgen trank Jake Kaffee in seinem Büro, sah durch die Verandatür und blickte über den dunklen Platz. Er hatte schlecht geschlafen und das warme Bett vor einigen Stunden verlassen, um mit der Suche nach einem Präzedenzfall aus Georgia zu beginnen, an den er sich vom Studium her erinnerte: Damals entschied der betreffende Richter, daß auch bei Mordprozessen eine Kaution festgesetzt werden mußte, wenn der Angeklagte nicht vorbestraft war, Land in der County besaß sowie eine feste Arbeit und viele in der Nähe wohnende Verwandte hatte. Jake fand nirgends Hinweise auf den Fall. Dafür entdeckte er viele vernünftige und eindeutige Urteile, die es dem Ermessen des zuständigen Richters überließen, eine Kaution abzulehnen. So lautete das Gesetz, und Jake kannte es gut. Andererseits: Er brauchte irgend etwas, um seinen Forderungen Nachdruck zu verleihen. Er ahnte, was geschehen würde, wenn er eine Kaution für Carl Lee beantragte, stellte sich vor, wie Buckley protestierte, predigte und all jene wundervollen Fälle zitierte. Noose würde lächeln, ruhig zuhören und den Antrag zurückweisen. Jake verabscheute es, schon bei der ersten Auseinandersetzung vor Gericht eine Niederlage hinzunehmen.

»Heute morgen sind Sie früh hier, Teuerster«, sagte Dell zu ihrem Lieblingsgast, als sie Kaffee einschenkte.

»Wenigstens bin ich hier.« Nach der Amputation hatte er einige Tage lang darauf verzichtet, im Café zu frühstücken. Looney war beliebt, und man warf Haileys Anwalt böse Blicke zu. Jake spürte es und versuchte, nicht darauf zu achten.

Ein Nigger, der zwei Weiße erschossen hatte – viele Leute

in Clanton ärgerten sich über einen Anwalt, der einen solchen Angeklagten verteidigte.

»Haben Sie etwas Zeit für mich?« fragte Jake.

»Na klar«, erwiderte Dell und sah sich um. Um Viertel nach fünf waren noch viele Plätze im Café frei. Die Kellnerin setzte sich an den Tisch und griff nach der Kaffeekanne.

»Worüber reden die Leute?« erkundigte sich Jake.

»Über die alten Themen. Politik, Angeln, Landwirtschaft. Das ändert sich nie. Seit einundzwanzig Jahren serviere ich den gleichen Leuten das gleiche Frühstück, und sie sprechen noch immer über die gleichen Dinge.«

»Und sonst?«

»Hailey. Der Fall wird häufig diskutiert. Es sei denn, Fremde kommen herein. Dann drehen sich die Gespräche wieder ums Übliche.«

»Warum?«

»Wenn man sich so verhält, als wisse man etwas, folgen einem die Reporter nach draußen, um Dutzende von Fragen zu stellen.«

»Ist es so schlimm?«

»Nein, es ist großartig. Das Geschäft ging nie besser.«

Jake lächelte, gab Butter in die Grütze und fügte Tabasco hinzu.

»Was halten Sie von der Sache?«

Dell kratzte sich mit einem langen roten Fingernagel am Nasenrücken und pustete in den Becher. Sie war bekannt für ihre Offenheit, und Jake erwartete eine ehrliche Antwort.

»Carl Lee ist schuldig. Er hat die beiden Vergewaltiger umgebracht. Daran besteht überhaupt kein Zweifel. Aber er hatte einen verdammt guten Grund dafür. Einige Leute bewundern ihn.«

»Angenommen, Sie gehörten zu den Geschworenen. Schuldig oder nicht schuldig?«

Dell sah in Richtung Tür und winkte einem Stammgast zu. »Nun, der Instinkt fordert mich auf, jemandem zu verzeihen, der einen Vergewaltiger umgebracht hat. Insbesondere einem Vater. Aber wir dürfen auch nicht zulassen, daß sich jemand eine Waffe schnappt und Selbstjustiz übt. Können

Sie beweisen, daß Ihr Klient zum Tatzeitpunkt unzurechnungsfähig war?«

»Gehen wir einmal davon aus.«

»Dann würde ich für nicht schuldig stimmen, obwohl ich glaube, daß er alles andere als verrückt ist.«

Jake strich Erdbeermarmelade auf einen trockenen Toast und nickte anerkennend.

»Was ist mit Looney?« fragte Dell. »Ich mag ihn.«

»Ein Unfall.«

»Genügt dieser Hinweis vor Gericht?«

»Nein. Nein, er genügt nicht. Die automatische Waffe ging wohl kaum von allein los. Er wurde durch Zufall angeschossen, aber das entlastet den Angeklagten nicht. Würden Sie ihn verurteilen, weil er Looney verletzte?«

»Vielleicht«, antwortete Dell langsam. »Er hat ein Bein verloren.«

Wieso soll Carl Lee unzurechnungsfähig gewesen sein, als er Cobb und Willard umlegte – aber nicht, als er auf Looney schoß? dachte Jake, behielt diese Frage jedoch für sich. Er wechselte das Thema.

»Was erzählt man sich über mich?«

»Nun, jemand wollte wissen, warum Sie seit einigen Tagen nicht mehr hier frühstücken. Er meinte, wahrscheinlich hätten Sie jetzt keine Zeit mehr für uns, weil Sie berühmt sind. Hier und dort klagt man darüber, daß Sie einen Nigger verteidigen, aber es sind nur leise Stimmen. Ich lasse nicht zu, daß man Sie zu laut kritisiert.«

»Sie sind ein Schatz.«

»Ich bin ein gemeines Miststück, und das wissen Sie.«

»Nein. Sie versuchen nur, einen solchen Eindruck zu erwecken.«

»Glauben Sie? Dann passen Sie auf.« Dell erhob sich, trat vom Tisch fort und schrie einige Farmer an, die mehr Kaffee wollten. Jake beendete sein Frühstück allein und kehrte ins Büro zurück.

Als Ethel um halb neun eintraf, warteten zwei Reporter auf dem Bürgersteig neben der verschlossenen Tür. Sie folgten der Sekretärin ins Zimmer und baten um ein Gespräch mit Mr. Brigance. Ethel lehnte ab und wollte die Journalisten nach draußen schicken, aber sie blieben vor ihrem Schreibtisch stehen und verlangten, vom Anwalt empfangen zu werden. Jake hörte die lauten Stimmen im Erdgeschoß und schloß die Tür ab. Sollte Ethel allein damit fertig werden.

Er sah aus dem Fenster, bemerkte einen Fernsehwagen am hinteren Eingang des Gerichtsgebäudes und spürte einen herrlichen Adrenalinschub. Einige Sekunden lang sah er sich in den Abendnachrichten, wie er mit energischen Schritten und würdevollem Ernst die Straße überquerte, gefolgt von Reportern, die Fragen stellten und keine Antwort bekamen. Himmel, es ging nur darum, die Anklageschrift zu verlesen! Der eigentliche Medienrummel begann erst beim Prozeß. Überall Kameras, neugierige Journalisten, Leitartikel, Fotos auf den Titelseiten von Zeitschriften. Eine Zeitung von Atlanta hatte das Verfahren gegen Carl Lee Hailey als sensationellsten Mordfall im Süden seit zwanzig Jahren bezeichnet. Jake wäre sogar bereit gewesen, den Angeklagten gratis – beziehungsweise *fast* gratis – zu vertreten.

Kurze Zeit später unterbrach er den Streit im Zimmer der Sekretärin und begrüßte die Reporter freundlich. Ethel floh in den Konferenzraum.

»Wären Sie bereit, einige Fragen zu beantworten?« wandte sich einer von ihnen an den Anwalt.

»Dazu sehe ich mich leider außerstande«, erwiderte Jake höflich. »Ich muß zu Richter Noose.«

»Nur die eine oder andere.«

»Nein. Aber ich gebe eine Pressekonferenz, um drei Uhr heute nachmittag.« Jake ging nach draußen, und die Journalisten folgten ihm.

»Wo findet sie statt?«

»In meinem Büro.«

»Zu welchem Zweck?«

»Um über den Fall zu sprechen.«

Jake wanderte langsam über die Straße und näherte sich dem Gerichtsgebäude. Unterwegs beantwortete er die Fragen.

»Ist Mr. Hailey bei der Pressekonferenz zugegen?«

»Ja. Er und seine Familie.«

»Auch das Mädchen?«

»Ja.«

»Wird uns Mr. Hailey Auskunft geben?«

»Vielleicht. Ich habe noch nicht darüber entschieden.«

Jake wünschte seinen Begleitern einen guten Tag und verschwand im Gericht. Die Reporter blieben draußen und sprachen aufgeregt über die angekündigte Pressekonferenz.

Buckley betrat das Gerichtsgebäude durch den Vordereingang, ohne irgendwelche Fanfaren. Er hatte gehofft, auf der Treppe einigen Kameras zu begegnen, und hörte bestürzt, daß sich die Journalisten an der rückwärtigen Tür versammelten, um den Angeklagten zu fotografieren. Der Staatsanwalt nahm sich vor, in Zukunft den Hintereingang zu benutzen.

Richter Noose parkte an einem Hydranten vor dem Postamt, schritt über den östlichen Bürgersteig, dann über den Platz. Auch er erregte kaum Aufmerksamkeit, abgesehen von einigen neugierigen Blicken.

Ozzie spähte durch die Fenster seines Gefängnisbüros und beobachtete die Menge, die im Bereich des Parkplatzes auf Carl Lee wartete. Er dachte kurz daran, eine zweite Flucht zu inszenieren, überlegte es sich dann aber anders. Mehrere anonyme Anrufer hatten angekündigt, Hailey umbringen zu wollen, und einige der Drohungen nahm Ozzie sehr ernst. Die übrigen führte er auf Angeberei zurück. Und heute wurde nur die Anklageschrift verlesen... Er stellte sich den kommenden Prozeß vor und murmelte Moss Junior etwas zu. Sie umgaben Carl Lee mit einer großen Eskorte und marschierten über den Bürgersteig, an der Presse vorbei, zu einem gemieteten Transporter. Sechs Deputys und der Fahrer stiegen ein. Drei neue Streifenwagen folgten ihnen zum Gericht.

Noose wollte um neun Uhr damit beginnen, ein Dutzend Anklageschriften zu verlesen. Er nahm auf dem Richterstuhl Platz und blätterte in seinen Unterlagen, bis er Haileys Akte fand. Dann hob er den Kopf, blickte zur vorderen

Sitzbank im Saal und sah dort eine Gruppe aus verdächtig wirkenden Männern, die alle vor kurzer Zeit angeklagt worden waren. Am einen Ende der vorderen Reihe saßen zwei Deputys neben einem Schwarzen, der Handschellen trug. Brigance flüsterte mit ihm – offenbar handelte es sich um Hailey.

Noose griff nach einem roten Hefter und rückte die Lesebrille zurecht, damit sie ihn nicht beim Lesen behinderte. »Der Staat Mississippi gegen Carl Lee Hailey, Fall Nummer 3889. Bitte treten Sie vor, Mr. Hailey.«

Die Deputys befreiten Carl Lee von den Handschellen, und er ging mit seinem Anwalt zum Richterstuhl. Davor blieben sie stehen und sahen zu Noose auf, der stumm und nervös in der Akte las. Es wurde still um Saal. Buckley erhob sich, trat ebenfalls nach vorn und verharrte dicht neben dem Beschuldigten. Die Zeichner am Geländer hielten die Szene fest.

Jake starrte Buckley an, für den es keinen Grund gab, während der Anklageverlesung vor dem Richterstuhl zu stehen. Der Bezirksstaatsanwalt trug seinen besten dreiteiligen Kunstseidenanzug. Jedes Haar auf dem großen Kopf war sorgfältig gekämmt und festgeklebt. Der Kerl sah aus wie ein Fernsehprediger.

Jake beugte sich zu ihm hinüber und raunte: »Ein toller Anzug, Rufus.«

»Danke«, erwiderte Buckley ein wenig überrascht.

»Glüht er im Dunkeln?« fragte Jake und wandte sich dann wieder seinem Klienten zu.

»Sind Sie Carl Lee Hailey?« begann der Richter.

»Ja.«

»Mr. Brigance ist Ihr Anwalt?«

»Ja.«

»Ich habe hier eine Abschrift der vom großen Geschworenengericht gegen Sie erhobenen Anklage. Hat man Ihnen eine Kopie zur Verfügung gestellt?«

»Ja.«

»Haben Sie den Text gelesen?«

»Ja.«

»Haben Sie mit Ihrem Anwalt darüber gesprochen?«

»Ja.«

»Verstehen Sie die Ausführungen.«

»Ja.«

»Gut. Das Gesetz verpflichtet mich, die Anklage hier laut zu verlesen.« Noose räusperte sich. »Das große Geschworenengericht des Staates Mississippi, bestehend aus achtzehn angesehenen, unbescholtenen Bürgern der Ford County, die ordnungsgemäß ausgewählt, vereidigt und damit beauftragt sind, für den Staat Mississippi in der bereits genannten County zu ermitteln und gegebenenfalls Anklage zu erheben, legt dem Bürger Carl Lee Hailey hiermit folgendes zur Last: Er hat vorsätzlich und mit böswilliger Absicht die Bürger Billy Ray Cobb sowie Pete Willard erschossen und den Polizisten DeWayne Looney verletzt. Damit verstieß er gegen das geltende Recht und das Ansehen des Staates Mississippi. Es erfolgt eine offizielle Anklageerhebung. Gezeichnet Laverne Gossett, Vorsitzende des großen Geschworenengerichts.«

Noose holte Luft. »Verstehen Sie die Anklage?«

»Ja«, sagte Carl Lee.

»Ist Ihnen klar, daß Sie im Fall einer Verurteilung in der Gaskammer des Staatsgefängnisses von Parchman hingerichtet werden könnten?«

»Ja.«

»Bekennen Sie sich schuldig oder nicht schudig?«

»Nicht schuldig.«

Noose sah in seinem Terminkalender nach, und das Publikum beobachtete ihn aufmerksam. Die Zeichner konzentrierten sich auf die wichtigsten Personen, unter ihnen Buckley, der noch immer vor dem Richterstuhl stand und sein Profil darbot. Alles in ihm drängte danach, etwas zu sagen, und er bedachte Carl Lees Hinterkopf mit einem finsteren Blick, als könnte er es gar nicht abwarten, das Todesurteil für ihn zu fordern. Dann stolzierte er zum Tisch der Anklage, wo Musgrove saß, und die beiden Männer flüsterten miteinander. Anschließend durchquerte er den Saal und unterhielt sich leise mit dem Gerichtsdiener. Kurz darauf kehrte er nach vorn zurück, zu Carl Lee und seinem Anwalt, der Buckleys Show zur Kenntnis nahm und verzweifelt versuchte, sie zu ignorieren.

»Mr. Hailey«, quiekte Noose, »das Verfahren gegen Sie beginnt am Montag, dem 22. Juli. Alle Anträge vor dem Prozeß müssen bis zum 24. Juni gestellt werden, so daß bis zum 8. Juli darüber entschieden werden kann.«

Carl Lee und Jake nickten.

»Sonst noch etwas?«

»Ja, Euer Ehren«, donnerte Buckley laut, daß ihn selbst die Reporter in der Rotunde hörten. »Die Staatsanwaltschaft ist absolut dagegen, eine Kaution festzusetzen!«

Jake trachtete danach, ruhig zu bleiben – er sagte, ohne zu schreien: »Euer Ehren, die Verteidigung hat noch nichts dergleichen beantragt. Mr. Buckley bringt wie üblich die Prozedur durcheinander. Er kann sich erst dann gegen einen Antrag aussprechen, wenn er gestellt wurde. Das hätte er eigentlich während des Jurastudiums lernen sollen.«

Rufus war beleidigt, aber er fuhr fort: »Euer Ehren, Mr. Brigance beantragt immer eine Kaution, und ich bin sicher, darauf wird er auch heute nicht verzichten. Die Staatsanwaltschaft ist dagegen.«

»Warum warten Sie nicht, bis die Verteidigung mit einer derartigen Bitte an mich herantritt?« Noose klang verärgert.

»Na schön«, brummte Buckley. Sein Gesicht verfärbte sich, und er warf Jake einen wütenden Blick zu.

»Möchten Sie eine Kaution beantragen?« fragte der Richter förmlich.

»Das wollte ich, ja. Aber Mr. Buckley kam mir mit seinem Geschrei zuvor ...«

»Schon gut«, seufzte Noose.

Jake konnte sich einen weiteren Seitenhieb nicht verkneifen. »Vermutlich ist er nur verwirrt.«

»Kaution, Mr. Brigance?«

»Ja, ich hatte vor, sie zu beantragen.«

»Das dachte ich mir. Und ich habe bereits überlegt, ob ich sie diesmal erlauben sollte. Wie Sie wissen, liegt die Entscheidung darüber in meinem Ermessen, und für gewöhnlich lehne ich Kaution ab, wenn es um Mord geht. Ich bin nicht der Ansicht, daß dieser Fall eine Ausnahme erfordert.«

»Soll das heißen, Sie weisen meinen Antrag zurück?«

»Ja.«

Jake zuckte mit den Schultern und legte eine Akte auf den Tisch. »Na schön.«

»Sonst noch etwas?« fragte Noose.

»Nein, Euer Ehren«, sagte Brigance.

Buckley schüttelte den Kopf und schwieg.

»Gut, Mr. Hailey, ich ordne hiermit an, daß Sie bis zum Prozeß in Haft bleiben. Das ist alles.«

Der Angeklagte kehrte zur vorderen Sitzbank zurück, wo ein Deputy mit den Handschellen wartete. Jake verstaute diverse Unterlagen in einem kleinen Aktenkoffer, als Buckley nach seinem Arm griff.

»Das war ziemlich fies von Ihnen, Brigance«, brachte er zwischen zusammengebissenen Zähnen hervor.

»Sie haben mich dazu herausgefordert«, entgegnete Jake. »Lassen Sie mich los.«

Buckley zog die Hand zurück. »So etwas gefällt mir nicht.«

»Pech für Sie. Ich gebe Ihnen den guten Rat, das Maul nicht so weit aufzureißen. Wer das Maul zu weit aufreißt, muß damit rechnen, sich die Zunge zu verbrennen.«

Buckley war acht Zentimeter größer und fünfundzwanzig Kilo schwerer als Jake. Außerdem wuchs sein Zorn. Die Konfrontation blieb nicht unbemerkt, und ein Deputy trat zwischen die beiden Streithähne. Jake zwinkerte dem Staatsanwalt spöttisch zu, als er den Gerichtssaal verließ.

Um vierzehn Uhr geleitete Lester den Hailey-Clan durch die Hintertür in Jakes Praxis. Brigance empfing die Familie im Erdgeschoß, in einem kleinen Zimmer neben dem Konferenzraum. Sie sprachen über die Pressekonferenz. Zwanzig Minuten später schlenderten Ozzie und Carl Lee herein. Jake führte sie ins Büro, wo sein Klient Gwen und den anderen begegnete. Ozzie und der Anwalt überließen die Sippe sich selbst.

Jake leitete die Pressekonferenz mit großer Sorgfalt. Er war selbst erstaunt von seiner Fähigkeit, die Journalisten zu manipulieren – und ihn verblüffte ihre Bereitschaft, manipuliert zu werden. Bedächtig nahm er auf der einen Seite des langen Konferenztisches Platz, die drei Hailey-Jungen standen hinter seinem Stuhl. Gwen saß links und Carl Lee rechts von ihm. Der Vater hielt seine Tochter in den Armen.

Normalerweise gab man die Identität eines so jungen Vergewaltigungsopfers nicht preis, aber bei Tonya sah der Fall anders aus. Carl Lees Verbrechen hatte dafür gesorgt, daß ihr Name und ihr Gesicht bereits im ganzen Land bekannt geworden waren. Man hatte schon mehrfach über sie berichtet, und Jake wollte, daß man sie in ihrem besten weißen Sonntagskleid sah, auf den Knien des Vaters. Die zukünftigen Geschworenen des Prozesses – wie auch immer sie hießen und wo auch immer sie wohnten – saßen vor den Fernsehern und lasen Zeitungen.

Dutzende von Reportern drängten ins Zimmer, doch viele von ihnen fanden darin keinen Platz mehr. Ethel forderte sie streng auf, sich zu setzen und sie in Ruhe zu lassen. Ein Deputy bewachte die vordere Tür, und zwei weitere hockten auf der rückwärtigen Treppe. Sheriff Walls und Lester standen unbeholfen hinter den Haileys und ihrem Anwalt. Mikrofone bildeten einen großen Strauß auf dem Tisch vor Jake. Man schaltete Lampen ein. Kameras surrten und klickten.

»Bitte gestatten Sie mir einige Vorbemerkungen«, sagte Brigance. »Zunächst einmal: Alle Fragen werden von mir beantwortet. Wenden Sie sich nicht an Mr. Hailey oder Angehörige seiner Familie. Falls das doch geschieht, fordere ich die Betreffenden auf, keine Auskunft zu geben. Ich möchte Ihnen jetzt die Anwesenden vorstellen. Links neben mir sehen Sie die Ehefrau des Angeklagten, Gwen Hailey. Hinter uns stehen seine Söhne: Carl Lee junior, Jarvis und Robert. Das dort ist Mr. Haileys Bruder Lester.«

Jake legte eine kurze Pause ein, blickte zu Tonya und lächelte. »Auf dem Schoß ihres Vaters sitzt Tonya Hailey. Nun zu Ihren Fragen.«

»Was ist heute morgen im Gerichtssaal geschehen?«

»Mr. Hailey wurde offiziell angeklagt und bekannte sich nicht schuldig. Der Prozeß gegen ihn beginnt am 22. Juli.«

»Kam es zu einer Auseinandersetzung zwischen Ihnen und dem Bezirkstaatsanwalt?«

»Ja. Nach der Anklageerhebung trat Mr. Buckley auf mich zu, packte mich am Arm und erweckte den Eindruck, tätlich zu werden. Ein Deputy griff ein.«

»Was veranlaßte Mr. Buckley zu einem solchen Verhalten?«

»Er neigt dazu, unter starkem Streß die Beherrschung zu verlieren.«

»Sind Sie mit ihm befreundet?«

»Nein.«

»Wird der Prozeß in Clanton stattfinden?«

»Die Verteidigung hat eine Verlegung des Verhandlungsortes beantragt. Richter Noose entscheidet, wo der Prozeß stattfindet. Vorhersagen sind nicht möglich.«

»Könnten Sie uns beschreiben, welche Folgen sich bisher für die Familie Hailey ergeben haben?«

Jake überlegte, während die Kameras auch weiterhin summten. Dann sah er Carl Lee und Tonya an. »Dies hier ist eine sehr nette Familie. Noch vor zwei Wochen lebte sie glücklich und zufrieden. Ein guter Job in der Papierfabrik, etwas Geld auf dem Bankkonto, Sicherheit, Stabilität, jeden Sonntag zur Kirche. Harmonie. Dann veränderte sich alles. Aus Gründen, die nur Gott kennt, fielen zwei betrunkene Halunken über dieses zehnjährige Mädchen her und begingen ein scheußliches Verbrechen. Wir wissen, was passierte, und wir waren alle schockiert. Die beiden Männer ruinierten nicht nur Tonyas Leben, sondern auch das der Eltern. Für ihren Vater war es zuviel. Er zerbrach innerlich. Jetzt steht ihm ein Prozeß bevor – und vielleicht die Gaskammer. Er verlor seine Arbeit. Die Familie ist praktisch mittellos. Vielleicht wachsen die Kinder ohne den Vater auf. Die Mutter muß sich einen Job suchen, um sie zu ernähren. Die Umstände zwingen sie, Freunde und Verwandte um Hilfe zu bitten, Geld von ihnen zu leihen. Um zu überleben. Um nicht zu verhungern.

Wenn Sie eine knappe Antwort auf Ihre Frage möchten: Die Familie ist vollkommen zerstört.«

Gwen weinte leise, und Jake reichte ihr ein Taschentuch.

»Nehmen Sie Unzurechnungsfähigkeit zum Tatzeitpunkt an?«

»Ja.«

»Wollen Sie Ihren Mandanten auf dieser Basis verteidigen?«

»Ja.«

»Können Sie beweisen, daß Mr. Hailey im Affekt handelte?«

»Die Geschworenen werden darüber befinden. Wir beabsichtigen, psychiatrische Experten aussagen zu lassen.«

»Haben Sie bereits mit Psychiatern gesprochen?«

»Ja«, log Jake.

»Bitte nennen Sie uns ihre Namen.«

»Nein. Das wäre zum gegenwärtigen Zeitpunkt unangemessen.«

»Angeblich kam es zu anonymen Anrufen, die Mr. Hailey mit dem Tod drohten. Bestätigen Sie diese Gerüchte?«

»Die Anrufe richteten sich nicht nur gegen Mr. Hailey, sondern auch gegen seine Familie, gegen meine, den Sheriff, Richter Noose und alle anderen, die mit dem Fall zu tun haben. Ich weiß nicht, wie ernst die Drohungen gemeint sind.«

Carl Lee klopfte Tonya aufs Bein und starrte ins Leere. Er wirkte sehr besorgt und hilflos, weckte Mitleid. Seine Söhne schienen verängstigt zu sein, rührten sich jedoch nicht von der Stelle – so lauteten ihre Anweisungen. Carl Lee junior, mit fünfzehn der älteste von ihnen, stand hinter Jake, der dreizehnjährige Jarvis hinter seinem Daddy. Der elfjährige Robert lehnte sich an Gwen. Sie trugen Matrosenanzüge mit weißen Hemden und roten Fliegen. Roberts Anzug hatte einst Carl Lee junior und dann Jarvis gehört; man sah es ihm an. Aber er war sauber und frisch gebügelt. Die Jungen machten einen sehr guten Eindruck. Wie konnte irgendein Geschworener dafür stimmen, daß diese Kinder ohne ihren Vater aufwuchsen?

Die Pressekonferenz erwies sich als großer Erfolg. Nationale und auch lokale Sender berichteten darüber in allen Nachrichtensendungen am Abend. Auf den Titelseiten der Donnerstagzeitungen erschienen Bilder von den Haileys und ihrem Anwalt.

16

Lester hielt sich schon seit zwei Wochen in Mississippi auf, und die Schwedin aus Wisconsin rief mehrmals an. Sie traute ihrem Mann nicht und dachte an alte Freundinnen, von denen er ihr erzählt hatte. Lester war nie im Haus. Gwen entschuldigte ihn jedesmal und meinte, er sei zum Angeln oder schnitte Holz für die Papierfabrik, um Geld für Lebensmittel zu verdienen. Eigentlich wollte Gwen nicht mehr lügen, und auch Lester hatte das Herumsitzen in Kneipen satt. Sie gingen sich gegenseitig auf die Nerven. Als am Freitagmorgen erneut das Telefon klingelte, noch vor Sonnenaufgang, nahm Lester ab. Die Schwedin meldete sich.

Zwei Stunden später parkte der rote Cadillac vor dem Gefängnis. Moss Junior führte Lester in Carl Lees Zelle, und die beiden Brüder sprachen leise miteinander, um die anderen Häftlinge nicht zu wecken.

»Ich muß heim«, murmelte Lester. Es klang beschämt und verlegen.

»Warum?« Carl Lee hatte damit gerechnet.

»Meine Frau hat angerufen. Wenn ich morgen nicht zur Arbeit erscheine, verliere ich den Job.«

Carl Lee nickte.

»Tut mir sehr leid. Ich lasse dich hier nicht gern allein, aber mir bleibt keine Wahl.«

»Ich verstehe. Wann kehrst du zurück?«

»Wann möchtest du, daß ich zurückkehre?«

»Wenn der Prozeß beginnt. Für Gwen und die Kinder ist es ziemlich schwer. Kannst du im Juli hierherkommen?«

»Verlaß dich drauf. Ich nehme mir Urlaub oder so. Irgendwie finde ich eine Möglichkeit, um hier zu sein, wenn man dich vor Gericht stellt.«

Sie saßen auf der Kante von Carl Lees Bett und sahen sich stumm an. Die Zelle war dunkel und still. Niemand schlief auf den beiden anderen Liegen an der gegenüberliegenden Wand.

»Himmel, ich habe ganz vergessen, wie schlimm es im Knast ist«, sagte Lester.

»Ich hoffe nur, daß ich hier nicht zuviel Zeit verbringen muß.«

Sie standen auf und umarmten sich. Schließlich rief Lester nach Moss Junior und bat ihn, die Tür zu öffnen. »Ich bin stolz auf dich«, verabschiedete er sich von seinem älteren Bruder. Dann ging er nach draußen, setzte sich ans Steuer und fuhr los.

Carl Lees zweiter Besucher an jenem Morgen war sein Anwalt, und sie trafen sich in Ozzies Büro. Jakes Augen waren gerötet, und mit seiner Stimmung stand es nicht zum besten.

»Gestern habe ich mit zwei Psychiatern aus Memphis gesprochen«, sagte er. »Wissen Sie, was die beiden Ärzte mindestens verlangen, um Sie für den Prozeß zu untersuchen? Nun?«

»Woher soll ich das wissen?« erwiderte Carl Lee.

»Tausend Dollar«, stieß Jake hervor. »Eintausend Dollar. Das Minimum. Wo können Sie tausend Dollar auftreiben?«

»Ich habe Ihnen das ganze Geld gegeben, das mir zur Verfügung steht. Außerdem die Übertragungsurkunde ...«

»Die mich nicht interessiert. Warum nicht? Weil niemand Ihr Land kaufen will. Und wenn man es nicht verkaufen kann, ist es wertlos. Wir brauchen Bargeld, Carl Lee. Für die Psychiater.«

»Weshalb?«

»Weshalb!« wiederholte Jake ungeduldig. »Weshalb? Weil ich Sie von der Gaskammer fernhalten möchte, und sie ist nur hundertfünfzig Kilometer entfernt – verdammt nahe. Ich muß die Jury davon überzeugen, daß Sie zum Tatzeitpunkt verrückt gewesen sind. Das kann ich nicht einfach behaupten, und Sie ebensowenig. Wir benötigen einen Fachmann, der Ihnen Unzurechnungsfähigkeit bescheinigt, einen Arzt. Und Ärzte arbeiten nicht gratis, verstanden?«

Carl Lee stützte die Ellenbogen auf die Knie und beobachtete, wie eine Spinne über den staubigen Teppich krabbelte. Nach zwölf Tagen im Gefängnis und zwei Auftritten vor Gericht hatte er genug von der Justiz. Er erinnerte sich an die Stunden und Minuten vor dem Doppelmord. Was war ihm da durch den Kopf gegangen? Kein Zweifel, die beiden Vergewaltiger hatten den Tod verdient, und er bereute nicht, sie erschossen zu haben. Aber hatte er auch ans Gefängnis gedacht, an Armut, Anwälte und Psychiater? Vielleicht. Doch nur ganz kurz. Solche Unannehmlichkeiten mußte er vorübergehend hinnehmen, während er darauf wartete, freigelassen zu werden. Man würde ihn anklagen, für nicht schuldig befinden und nach Hause schicken. Kein Problem – so wie bei Lester.

Doch es lief nicht so glatt, wie er zunächst angenommen hatte. Das System verschwor sich gegen ihn, hielt ihn im Gefängnis, wollte ihn nicht nach Hause schicken, sondern in den Tod, auf daß seine Kinder zu Waisen wurden. Es schien entschlossen zu sein, ihn für etwas Unvermeidliches zu bestrafen. Und sein einziger Verbündeter stellte nun Forderungen, die er nicht erfüllen konnte. Der Anwalt verlangte das Unmögliche von ihm. Sein Freund Jake war zornig und schrie.

»Besorgen Sie sich das Geld!« rief Jake, als er zur Tür ging. »Von Ihren Brüdern und Schwestern, von Gwens Familie, von Ihren Freunden, von der Kirche. Beschaffen Sie es. Irgendwie. Und so schnell wie möglich!«

Brigance schlug die Tür zu und marschierte nach draußen.

Carl Lees dritter Besucher an jenem Morgen traf kurz vor Mittag in einer langen, schwarzen Limousine mit Chauffeur und Tennessee-Kennzeichen ein. Der Wagen rollte auf den kleinen Parkplatz und belegte dort drei markierte Abstellflächen. Ein großer schwarzer Leibwächter schob sich hinter dem Steuer hervor und öffnete die Tür für seinen Boß.

Sie gingen über den Bürgersteig und betraten das Gefängnis.

Die Sekretärin sah von ihrer Schreibmaschine auf und lächelte argwöhnisch. »Guten Morgen.«

»Morgen«, sagte der kleinere Mann mit der Augenklappe. »Ich bin Cat Bruster und möchte Sheriff Walls sprechen.«

»Darf ich mich nach dem Grund erkundigen?«

»Ja, Ma'am. Es geht um Mr. Hailey, einem Gast Ihres besonderen Hotels.«

Der Sheriff hörte den Namen, verließ das Büro und begrüßte den berüchtigten Besucher. »Ich bin Ozzie Walls, Mr. Bruster.« Sie schüttelten sich die Hände. Der Leibwächter blieb reglos stehen.

»Freut mich, Sie kennenzulernen, Sheriff. Cat Bruster aus Memphis.«

»Ja, ich weiß, wer Sie sind. In den Nachrichtensendungen wird häufig über Sie berichtet. Was führt Sie hierher?«

»Nun, ein Freund von mir ist in Schwierigkeiten. Carl Lee Hailey. Ich möchte ihm helfen.«

»Na schön. Und Ihr Begleiter?« Ozzie blickte zum Leibwächter. Walls war fast eins neunzig groß, aber immer noch mindestens zehn Zentimeter kleiner als der Gorilla. Er schätzte sein Gewicht auf mehr als hundertfünfzig Kilo, und ein großer Teil davon schien sich in den Armen zu konzentrieren.

»Er heißt Tiny* Tom«, sagte Cat. »Wir nennen ihn einfach nur Tiny.«

»Ich verstehe.«

»Er ist eine Art Leibwächer.«

»Er trägt doch keine Waffe, oder?«

»Nein, Sheriff. Er braucht keine.«

»Nun gut. Bitte kommen Sie in mein Büro.«

Dort schloß Tiny die Tür und bezog davor Aufstellung, während sein Boß am Schreibtisch Platz nahm.

»Er kann sich ebenfalls setzen«, sagte Ozzie zu Cat.

---

* Tiny = winzig. Anmerkung des Übersetzers.

»Nein, Sheriff. Er steht immer vor der Tür. Das gehört zu seinen Aufgaben.«

»Er ist wie ein Polizeihund dressiert, wie?«

»In gewisser Weise.«

»In Ordnung. Nun, Carl Lee ist also Ihr Freund?«

Cat schlug die Beine übereinander und legte eine mit mehreren Diamanten geschmückte Hand aufs Knie. »Wir kennen uns schon seit langer Zeit. Haben zusammen in Vietnam gekämpft. Im Sommer 1971 saßen wir bei Da Nang fest. Ich wurde am Kopf getroffen, und zwei Sekunden später – zack! – erwischte es Carl Lee am Bein. Unsere Kameraden starben. Es ging drunter und drüber. Carl Lee hinkte zu mir, lud mich auf die Schultern und rannte durchs Maschinengewehrfeuer zu einem nahen Graben. Ich hielt mich an seinem Rücken fest, als er fast drei Kilometer weit kroch. Er rettete mir das Leben und bekam eine Medaille dafür. Wußten Sie das?«

»Nein.«

»Es ist die Wahrheit. Zwei Monate lagen wir nebeneinander in einem Lazarett von Saigon, und dann verfrachtete man unsere schwarzen Ärsche in die Staaten. Ich habe nicht vor, irgendwann einmal nach Vietnam zurückzukehren.«

Ozzie hörte aufmerksam zu.

»Jetzt hat mein Freund Probleme, und ich möchte ihm meine Hilfe anbieten.«

»Bekam er die M-16 von Ihnen?«

Tiny knurrte leise, und Cat lächelte. »Nein.«

»Wollen Sie zu ihm?«

»Warum nicht? Ist es so einfach?«

»Ja. Ich hole ihn, wenn Tiny so freundlich wäre, den Weg freizugeben.«

Der Leibwächter trat beiseite, und zwei Minuten später kam Ozzie mit dem Gefangenen. Cat umarmte ihn, und eine Zeitlang klopften sie sich auf den Rücken. Carl Lee warf Walls einen verlegenen Blick zu; der Sheriff verstand den stummen Hinweis und verließ den Raum. Erneut schloß Tiny die Tür und hielt davor Wache. Hailey rückte zwei Stühle zurecht und setzte sich zusammen mit Cat hin.

Bruster sprach zuerst. »Ich bin stolz auf dich, Kumpel. Du hast eine Menge Mumm bewiesen. Ja, ich bin wirklich stolz auf dich. Warum hast du mir nicht sofort gesagt, wozu du die Knarre brauchst?«

»Um Komplikationen zu vermeiden.«

»Wie war's?«

»So ähnlich wie in Vietnam. Es gab nur einen Unterschied: Die Kerle konnten nicht zurückschießen.«

»So ist es am besten.«

»Ja, das stimmt vermutlich. Ich wünschte nur, das alles wäre nicht geschehen.«

»Du bereust doch nicht etwa, was du getan hast, oder?«

Carl Lee wippte auf seinem Stuhl und starrte zur Decke. »Nein. Unter den gleichen Voraussetzungen würde ich genauso handeln. Aber es wäre mir lieber, die Mistkerle hätten mein kleines Mädchen nicht angerührt. Ich wünschte, wir könnten genauso leben wie vorher.«

»Du hast es hier ziemlich schwer.«

»Ich denke dabei nicht an mich. Ich mache mir Sorgen um meine Familie.«

»Ja, klar. Wie geht's deiner Frau.«

»Sie ist okay und wird damit fertig.«

»Ich habe in der Zeitung gelesen, daß der Prozeß gegen dich im Juli beginnt. Seit einer Weile berichtet man häufiger über dich als über Cat Bruster.«

»Mag sein. Aber du kommst immer ungeschoren davon. In meinem Fall bin ich mir nicht so sicher.«

»Du hast einen guten Anwalt, oder?«

»Ja. Er versteht sein Handwerk.«

Cat stand auf, wanderte langsam durchs Büro und bewunderte Ozzies Auszeichnungen und Urkunden. »Deshalb bin ich hier, Kumpel.«

»Wie meinst du das?« Carl Lee wußte nicht genau, was sein Freund beabsichtigte, aber bestimmt war er nicht ohne Grund gekommen.

»Weißt du, wie oft man mich vor Gericht gestellt hat?«

»Ich schätze, inzwischen hast du dich daran gewöhnt.«

»Fünfmal! Fünf Prozesse fanden gegen mich statt. Sie hatten es alle auf mich abgesehen: FBI, Staats-, und Countypolizei. Wegen Rauschgift, Glücksspiel, Bestechung, Waffenhandel, Erpressung, Prostitution und so weiter. Man ließ keine Anklage aus. Und weißt du was, Carl Lee? Ich war immer schuldig. Himmel, ich bin kein einziges Mal unschuldig gewesen! Und weißt du, wie oft ich verurteilt wurde?«

»Nein.«

»Nie! Die Bullen konnten mich nie in den Knast stecken. Fünf Gerichtsverfahren, und fünf Freisprüche.«

Carl Lee lächelte anerkennend.

»Weißt du, warum man mich nicht verurteilt hat?«

Carl Lee ahnte etwas, schüttelte jedoch den Kopf.

»Weil ich den klügsten, cleversten und gerissensten Anwalt in diesem Teil des Landes habe. Er ist gemein und niederträchtig. Die Cops hassen ihn. Aber ich sitze hier und nicht in irgendeinem Gefängnis. Mein Anwalt nutzt jedes Mittel, um einen Prozeß zu gewinnen.«

»Wer ist er?« fragte Carl Lee interessiert.

»Du hast ihn bestimmt im Fernsehen gesehen. Sein Name steht dauernd in der Zeitung. Wenn irgendein bekannter Gauner angeklagt wird, übernimmt er die Verteidigung. Er vertritt Drogenhändler, Politiker und andere hohe Tiere, die etwas ausgefressen haben.«

»Wie heißt er?«

»Er beschäftigt sich nur mit strafrechtlichen Fällen, hauptsächlich Rauschgift, Bestechung und Erpressung. Aber weißt, du, womit er sich am liebsten befaßt?«

»Womit?«

»Mord. Er liebt Mordfälle. Hat nie einen verloren. Bekommt alle großen in Memphis. Erinnerst du dich an die beiden Nigger, die jemanden von einer Brücke in den Mississippi warfen? Die beiden Typen wurden auf frischer Tat ertappt. Vor etwa fünf Jahren.«

»Ja, ich erinnere mich.«

»Das Verfahren dauerte zwei Wochen und erregte eine Menge Aufsehen. Meinem Anwalt gelang es, die beiden Schwarzen herauszupauken. Er überzeugte die Geschworenen, und ihr Urteil lautete: nicht schuldig.«

»Ich glaube, ich habe ihn tatsächlich im Fernsehen gesehen.«

»Bestimmt. Hat echt was auf dem Kasten, Carl Lee. Gewinnt immer.«

»Wie lautet sein Name?«

Cat setzte sich wieder und sah seinen Freund an. »Bo Marscharfski.«

Carl Lee nickte langsam und gab vor, sich zu erinnern. »Und?«

Cat legte ihm fünf Finger mit acht Karat aufs Knie. »Er will dir helfen, Kumpel.«

»Ich habe bereits einen Anwalt, den ich nicht bezahlen kann. Wie soll ich das Geld für einen zweiten aufbringen?«

»Du brauchtest überhaupt keinen Zaster, Carl Lee. Dafür bin ich zuständig. Er bezieht ein regelmäßiges Gehalt von mir. Er steht auf meiner Lohnliste. Im letzten Jahr hat er hunderttausend bekommen, um mich aus Schwierigkeiten herauszuhalten. Du bezahlst keinen Cent.«

Carl Lees Interesse an Bo Marscharfski wuchs plötzlich. »Wie hat er von mir erfahren?«

»Er liest die Zeitungen und sieht sich die Nachrichtensendungen an. Du weißt ja, wie Anwälte sind. Gestern besuchte ich ihn in seinem Büro, und er betrachtete dein Bild auf der Titelseite. Ich habe ihm von uns erzählt, und daraufhin rastete er fast aus. Meinte, er wollte unbedingt deinen Fall. Ich versprach ihm, die Lage zu sondieren.«

»Und deshalb bist du hier?«

»Ja, genau. Bo kennt die richtigen Leute, um einen Freispruch für dich durchzusetzen.«

»Wen zum Beispiel?«

»Ärzte und Psychiater und so. Er kennt sie alle.«

»Sie kosten Geld.«

»Ich bezahle dafür, Carl Lee. Keine Sorge! Ich bezahle alles. Du bekommst den besten Anwalt und die besten psychiatrischen Spezialisten, die man kaufen kann. Und dein alter Kumpel Cat begleicht die Rechnung. Geld ist überhaupt kein Problem.«

»Ich habe schon einen guten Anwalt.«

»Wie alt ist er?«

»Etwa dreißig.«

Cat rollte mit den Augen. »Ein Kind, Carl Lee. Hat gerade erst das Studium hinter sich. Marscharfski ist fünfzig und hatte mehr Mordfälle, als dein Knäblein jemals vor Gericht verhandeln wird. Es ist dein Leben, Carl Lee. Vertrau es keinem Grünschnabel an.«

Plötzlich schien Jake viel zu jung zu sein. Andererseits ... Er hatte Lester vertreten, und damals war er noch jünger gewesen.

»Hör mal, Carl Lee: Ich habe an vielen Prozessen teilgenommen, und daher weiß ich, wie kompliziert der juristische Kram ist. Ein Fehler, und man verschwindet für immer hinter Gittern. In deinem Fall könnte ein Schnitzer den Unterschied zwischen Leben und Tod bedeuten. Du kannst es dir nicht leisten, darauf zu hoffen, daß dein Junge keinen Unsinn anstellt. Ein Fehler ...« Cat unterstrich seine Worte, indem er mit den Fingern schnippte. »Und du endest in der Gaskammer. Marscharfski weiß, worauf es ankommt.«

Carl Lee war innerlich hin- und hergerissen. »Würde er mit meinem Anwalt zusammenarbeiten?« fragte er und suchte nach einem Kompromiß.

»Nein, ausgeschlossen! Bo arbeitet mit niemandem zusammen. Er braucht keine Hilfe. Dein Typ wäre ihm nur im Weg.«

Carl Lee beugte sich vor und blickte zu Boden. Er konnte unmöglich tausend Dollar für einen Arzt aufbringen. Er wußte nicht, warum ein psychiatrisches Gutachten notwendig war – er hatte sich zum Tatzeitpunkt nicht verrückt gefühlt –, aber offenbar spielte es eine entscheidende Rolle vor Gericht. Tausend Dollar für einen billigen Psychiater. Cat bot ihm das Beste, das man mit Geld kaufen konnte.

»Mein Anwalt wäre sicher sehr enttäuscht«, murmelte er.

»Sei nicht dumm, Mann«, brummte Cat. »Denk in erster Linie an dich selbst und vergiß den Burschen. Dies ist nicht der geeignete Zeitpunkt, um auf Gefühle Rücksicht zu nehmen. Vergiß ihn. Er kommt bestimmt darüber hinweg.«

»Aber ich habe ihn schon bezahlt ...«

»Wieviel?« Cat warf Tiny einen kurzen Blick zu und rieb Daumen und Zeigefinger aneinander.

»Neunhundert.«

Der Leibwächter holte ein Bündel Banknoten hervor. Cat nahm neun Hundert-Dollar-Scheine und stopfte sie in Carl Lees Hemdtasche. »Und noch etwas für die Kinder«, sagte er, als er einen Tausend-Dollar-Schein hinzufügte.

Das Herz klopfte Carl Lee bis zum Hals empor, als er an das viele Geld über seinem Herzen dachte. Er glaubte zu fühlen, wie es sich bewegte, sanften Druck auf die Brust ausübte. Er verspürte den Wunsch, sich den großen Schein anzusehen, ihn fest in der Hand zu halten. *Essen*, dachte er. *Essen für die Kinder*.

»Abgemacht?« fragte Cat und lächelte.

»Du möchtest, daß ich meinen Anwalt fortschicke und mich von deinem vertreten lasse?« vergewisserte sich Carl Lee.

»Ja, genau.«

»Und du bezahlst für alles?«

»Ja, genau.«

»Und das Geld?«

»Gehört dir. Gib mir Bescheid, wenn du mehr brauchst.«

»Das ist verdammt nett, Cat.«

»Ich bin ein verdammt netter Mann. Und ich helfe zwei Freunden. Einer hat mir damals das Leben gerettet, und der andere verhindert alle zwei Jahre, daß man mich verurteilt.«

»Warum ist Marscharfski so scharf auf meinen Fall?«

»Publicity. Du weißt ja, wie Anwälte sind. Denk nur daran, wie viele Interviews dein Grünschnabel gegeben hat. Dieser Prozeß ist der Traum eines jeden Strafverteidigers. Abgemacht?«

»Ja, abgemacht.«

Cat klopfte ihm auf die Schulter und wandte sich dem Telefon auf Ozzies Schreibtisch zu. »R-Gespräch mit 901-566-9800. Voranmeldung. Cat Bruster möchte Bo Marscharfski sprechen.«

Im zwanzigsten Stock eines Bürogebäudes der Innenstadt legte Bo Marscharfski den Hörer auf und fragte seine Sekretärin, ob die Presseverlautbarung vorbereitet sei. Sie reichte ihm den Text, und er las aufmerksam.

»Alles in Ordnung«, sagte er. »Sorgen Sie dafür, daß beide Zeitungen die Erklärung bekommen. Bitten Sie die Redakteure, das neue Foto zu benutzen. Lassen Sie sich mit Frank Fields von der *Post* verbinden und sagen Sie ihm, daß der Artikel morgen auf der Titelseite erscheinen soll. Er schuldet mir einen Gefallen.«

»Ja, Sir«, erwiderte die Sekretärin. »Was ist mit den Fernsehsendern?«

»Stellen Sie ihnen eine Kopie zur Verfügung. Jetzt habe ich keine Zeit, aber in der nächsten Woche findet in Clanton eine Pressekonferenz statt.«

Lucien rief um halb sieben am Samstagmorgen an. Carla lag tief unter der Decke und reagierte nicht auf das Klingeln des Telefons. Jake rollte sich zur Wand, tastete an der Lampe vorbei und fand schließlich den Hörer. »Hallo«, brachte er hervor.

»Womit sind Sie beschäftigt?« fragte Lucien.

»Das Läuten hat mich gerade aus dem Schlaf gerissen.«

»Haben Sie die Zeitung gesehen?«

»Wie spät ist es?«

»Holen Sie die Zeitung. Anschließend erwarte ich Ihren Anruf.«

Es klickte in der Leitung. Jake betrachtete den Hörer einige Sekunden lang und legte ihn dann auf die Gabel. Er kroch unter der Decke hervor, rieb sich die Augen und überlegte, wann ihn Lucien zum letztenmal zu Hause angerufen hatte. Offenbar ging es um eine wichtige Angelegenheit.

Er kochte Kaffee, ließ den Hund nach draußen und ging in Turnhose und Sweatshirt zur Straße, um die drei Morgenzeitungen zu holen. In der Küche löste er die darumgelegten Gummibänder und entfaltete die Zeitungen neben dem Kaffeebecher. Nichts in dem Blatt aus Jackson, ebensowenig in der Tupelo-Ausgabe. Die Schlagzeile der *Memphis Post* betraf einen Zwischenfall im Nahen Osten. Dann sah er es. Ein Bild in der unteren Hälfte der Titelseite zeigte ihn selbst, und daneben stand: »Jake Brigance – gefeuert.« Es folgte eine Aufnahme von Carl Lee und das Foto eines Mannes, den er kannte. »Bo Marscharfski – der neue Verteidiger.« Ein kurzer Artikel verkündete, daß der bekannte Anwalt aus Memphis den des Mordes angeklagten Carl Lee Hailey vertrat.

Jake konnte es kaum fassen. Sicher lag ein Irrtum vor, er hatte Carl Lee ja erst gestern besucht. Noch einmal las er den Artikel, langsamer als vorher. Die wenigen Sätze brachten kaum Einzelheiten, sondern wiesen nur auf Marscharfskis Erfolge hin. Der Strafverteidiger aus Memphis versprach eine Pressekonferenz in Clanton; dieser Fall stelle eine neue Herausforderung für ihn dar und so weiter. Den Geschworenen von Ford County vertraue er völlig.

Bestürzt zog sich Jake an, wählte eine khakifarbene Hose und ein dazu passendes Hemd. Carla schlief noch immer irgendwo unter der Decke. Er beschloß, später mit ihr zu reden, griff nach der Zeitung und fuhr zum Büro. An diesem Morgen verzichtete er darauf, im Café zu frühstücken – vermutlich wußten Dell und die Stammgäste schon Bescheid. An Ethels Schreibtisch las er den Artikel zum dritten Mal und starrte auf die Fotos.

Lucien sprach ihm kaum Trost zu. Er kannte Marscharfski – beziehungsweise den »Hai«, wie man ihn nannte – als einen schlauen Burschen, dem es nicht an Finesse mangelte. Lucien bewunderte ihn.

Moss Junior führte Carl Lee in Ozzies Büro, wo Jake mit der Zeitung auf ihn wartete. Der Deputy verschwand rasch und schloß die Tür. Hailey nahm auf der kleinen schwarzen Vinylcouch Platz.

Jake warf ihm die Zeitung zu. »Nun?« fragte er scharf.

Der Häftling musterte ihn stumm.

»Warum, Carl Lee?«

»Das brauche ich Ihnen nicht zu erklären, Jake.«

»Doch, dazu sind Sie moralisch verpflichtet. Sie hatten nicht den Mut, mich anzurufen, und mir Ihre Entscheidung mitzuteilen. Ich mußte sie in der Zeitung lesen. Und jetzt verlange ich eine Erklärung von Ihnen.«

»Sie wollten zuviel Geld, Jake. Darum geht es Ihnen dauernd. Ich sitze hier im Knast, und Sie meckern über etwas, an dem ich leider nichts ändern kann.«

»Geld! Sie haben nicht genug, um mich zu bezahlen. Wie wollen Sie die Kohle für Marscharfski auftreiben?«

»Er bekommt nicht einen einzigen Dollar von mir.«

»Was?«

»Sie haben richtig verstanden. Ich bezahle ihn nicht.«

»Soll das heißen, er vertritt Sie gratis?«

»Nein. Er erhält sein Honorar von jemand anderem.«

»Von wem?« zischte Jake.

Carl Lee schüttelte den Kopf. »Dieser Fall betrifft Sie nicht mehr, Jake.«

»Der bekannteste Strafverteidiger aus Memphis vertritt Sie, und jemand anders bezahlt ihn?«

»Ja.«

Die NAACP, dachte Jake. *Nein, diese Organisation hat ihre eigenen Anwälte und würde nicht auf Marscharfski zurückgreifen. Außerdem ist er zu teuer. Wer dann?*

Carl Lee nahm die Zeitung und faltete sie sorgfältig zusammen. Er schämte sich und wußte gleichzeitig: Jetzt gab es kein zurück mehr. Er hatte Ozzie gebeten, Jake anzurufen und ihn zu benachrichtigen, doch der Sheriff wollte nichts damit zu tun haben. Es wäre besser gewesen, vorher mit Brigance zu sprechen, doch Carl Lee war nicht dazu imstande, sich nun zu entschuldigen. Wortlos betrachtete er sein Bild auf der Titelseite, überflog den Artikel und lächelte andeutungsweise.

»Sie wollen mir nicht sagen, von wem das Geld stammt?« fragte Jake etwas ruhiger.

»Nein. Das ist meine Angelegenheit.«

»Haben Sie mit Lester darüber gesprochen?«

In Carl Lees Augen funkelte es trotzig. »Nein. Er ist nicht angeklagt. Und diese Sache geht ihn ebensowenig etwas an wie Sie.«

»Wo ist er?«

»In Chicago. Verabschiedete sich gestern morgen. Und rufen Sie ihn nicht an, Jake. Ich habe eine Entscheidung getroffen, und dabei bleibt es.«

Das muß sich erst noch herausstellen, dachte Jake. *Bestimmt erfährt Lester bald davon.*

Er öffnete die Tür. »Na schön. Ich bin also gefeuert. Einfach so.«

Carl Lee blickte auf das Foto und schwieg.

Carla saß am Frühstückstisch und wartete. Ein Reporter aus Jackson hatte angerufen, sich nach Jake erkundigt und ihr von Marscharfski erzählt.

Stille herrschte. Jake gab keinen Ton von sich, als er seine Tasse Kaffee füllte und auf die rückwärtige Veranda trat. Er trank einen Schluck und beobachtete die vernachlässigten Hecken am Rand des langen und schmalen Hinterhofs. Heller Sonnenschein fiel auf das saftiggrüne Hundszahngras und trocknete den Tau, schuf trüben Dunst, der in trägen Schwaden umherzog und an Jakes Hemd festhaftete. Die Hecken mußten dringend geschnitten, der Rasen gemäht werden. Er streifte die Halbschuhe ab, schritt barfuß durchs Gras und betrachtete ein zerbrochenes Vogelbad neben der Myrte, dem einzigen größeren Gewächs im Garten.

Carla folgte ihrem Mann und blieb hinter ihm stehen. Er nahm ihre Hand und lächelte. »Alles in Ordnung mit dir?« fragte sie.

»Ja.«

»Bist du bei Carl Lee gewesen?«

»Ja.«

»Was hat er gesagt?«

Jake schüttelte den Kopf und antwortete nicht.

»Es tut mir leid«, murmelte Carla.

Er nickte und starrte auf das Vogelbad.

»Es wird andere Fälle für dich geben«, sagte seine Frau ohne große Zuversicht.

»Ich weiß.« Jake dachte an Buckley und hörte bereits sein Gelächter. Er dachte an die Leute im Café und schwor sich, es nie wieder zu betreten. Er dachte an die Kameras und Reporter, und in seiner Magengrube krampfte sich etwas zusammen. Er dachte an Lester, seine einzige Hoffnung, den Fall zurückzubekommen.

»Möchtest du jetzt frühstücken?« fragte Carla.

»Nein, danke. Ich habe keinen Hunger.«

»Betrachte die Sache von der positiven Seite«, sagte sie. »Wir brauchen keine anonymen Anrufe mehr zu fürchten.«

»Ich glaube, ich mähe den Rasen.«

17

Das Priesterkonzil bestand aus schwarzen Predigern und war entstanden, um politische Aktivitäten in der Schwarzengemeinschaft von Ford County zu koordinieren. Meistens traf es sich in unregelmäßigen Abständen, aber wenn Wahlen bevorstanden, fanden wöchentliche Versammlungen statt, jeweils am Sonntagnachmittag. Sie dienten dazu, bestimmte Probleme zu diskutieren und Aufschluß über das Wohlwollen der jeweiligen politischen Kandidaten zu gewinnen. Man traf Vereinbarungen und entwickelte Strategien. Geld wechselte den Besitzer. Das Konzil hatte bereits mehrmals bewiesen, daß es maßgeblichen Einfluß auf das Verhalten der schwarzen Wähler ausübte. Während des Wahlkampfs nahmen Geschenke und Spenden an die Kirchen der Schwarzen enorm zu.

Bischof Ollie Agee organisierte eine ganz besondere Konzilsversammlung, die am Sonntagnachmittag in seiner Kirche stattfinden sollte. Er beendete die Predigt früher als sonst, und seine Gemeinde war längst nach Hause zurückgekehrt, als um sechzehn Uhr Cadillacs und Lincolns auf den Parkplatz rollten. Die Zusammenkünfte waren geheim, und Agee hatte nur die Mitglieder des Konzils eingeladen. In der Ford County gab es insgesamt dreiundzwanzig Schwarzenkirchen, und zweiundzwanzig Repräsentanten saßen im Saal, als der Bischof die Konferenz eröffnete. Die Sitzung durfte nicht lange dauern, denn einige Prediger – insbesondere jene von der Christuskirche – mußten bald mit den Abendgottesdiensten beginnen.

Agee wies seine Zuhörer darauf hin, daß Carl Lee Hailey,

ein angesehenes Mitglied der Gemeinde, moralische, politische und finanzielle Hilfe benötige. Er schlug die Einrichtung eines Verteidigungsfonds für die Prozeßkosten vor. Ein zweiter Fond sollte dazu dienen, die Familie zu unterstützen. Bischof Ollie Agee höchstpersönlich wollte die Spendenaktion leiten, und wie üblich war jeder Prediger für seine eigene Kirche zuständig. Er regte spezielle Kollekten an, mit denen ab nächsten Sonntag während der Morgen- und Abendmessen begonnen werden sollte, und fügte hinzu, er werde nach eigenem Ermessen handeln, um das Geld der Familie zur Verfügung zu stellen. Die Hälfte der Einnahmen war für den Verteidigungsfonds vorgesehen. Der Zeitfaktor spielte eine sehr wichtige Rolle. Es dauerte noch einen Monat bis zum Prozeß, und das Geld mußte möglichst schnell gesammelt werden, solange die Leute noch bereit dazu waren, tief in die Tasche zu greifen.

Das Konzil pflichtete Agee einstimmig bei, und er setzte seinen Vortrag fort.

Auch die NAACP sollte in Hinsicht auf den Fall Hailey aktiv werden. Als Weißer wäre bestimmt keine Anklage gegen ihn erhoben worden. Nicht in Ford County. Man stellte ihn nur deshalb vor Gericht, weil er Schwarzer war, und darüber mußte die NAACP informiert werden. Ihr Vorsitzender wußte bereits Bescheid. Die Niederlassungen in Memphis und Jackson hatten Hilfe in Aussicht gestellt. Pressekonferenzen, Demonstrationen und Protestmärsche waren geplant. Gegen die Geschäfte von Weißen gerichtete Boykotts mochten nützlich sein – eine derzeit sehr populäre Taktik, die erstaunliche Resultate erzielte.

All diese Maßnahmen mußten sofort eingeleitet werden, solange die Leute zur Mitarbeit und zu großzügigen Spenden bereit waren. Die Prediger stimmten Agee auch hier zu und brachen auf; der Abendgottesdienst wartete auf sie.

Erschöpfung und Unsicherheit sorgten dafür, daß Jake am Sonntagmorgen im Bett blieb und auf den Kirchenbesuch verzichtete. Carla briet Pfannkuchen, und auf der Terrasse genossen sie ein langes Frühstück mit Hanna. Die erste Seite des zweiten Teils der *Memphis Post* brachte einen langen Artikel über Marscharfski und seinen neuen Klienten, was Jake zum Anlaß nahm, den Sonntagszeitungen zunächst keine Beachtung zu schenken. Der Fall Hailey stelle seine größte Herausforderung dar, behauptete der berühmte Anwalt. Dabei ginge es um sehr bedeutsame rechtliche und soziale Aspekte. Er kündigte eine völlig neuartige Verteidigung an und rühmte sich damit, in zwölf Jahren keinen einzigen Mordprozeß verloren zu haben. Ein sehr schwieriges Verfahren stand bevor, aber er vertraue auf die Weisheit und Fairneß der Geschworenen in Mississippi.

Jake las den Artikel schließlich kommentarlos und warf die Zeitung anschließend in den Abfallkorb.

Carla schlug ein Picknick vor. Jake wollte eigentlich arbeiten, erhob jedoch keine Einwände. Sie füllten den Kofferraum des Saab mit Lebensmitteln und Spielzeug und fuhren dann zum See. Das braune, schlammige Wasser des Lake Chatulla hatte den Höchststand in diesem Jahr erreicht, und erst in einigen Tagen würden die Ufer langsam wieder vorrücken. Eine kleine Flotte von Booten und Katamaranen hatte sich eingefunden.

Carla breitete zwei große Decken im Schatten einer Eiche aus, während Jake die eingepackten Leckereien und das Puppenhaus holte. Hanna nutzte die eine Decke, um ihre große Familie zusammen mit Plüschtieren und Autos aufzustellen, wandte sich dann dem Haus zu und begann damit, erste Anweisungen zu erteilen. Ihre Eltern hörten zu und lächelten. Hannas Geburt war ein quälender Alptraum gewesen: Sie war zweieinhalb Monate zu früh zur Welt gekommen, und niemand konnte ihr Überleben garantieren. Elf Tage lang saß Jake neben dem Inkubator und beobachtete, wie sich das kleine, purpurne und wunderhübsche Baby am Leben festklammerte, während eine ganze Horde aus Ärzten und Krankenschwestern auf Monitore starrte, Schläuche zurechtrückte, neue Kabel anschloß und immer wieder mit dem Kopf schüttelte. Wenn er allein war, berührte er den gläsernen Kasten und wischte sich Tränen von den Wangen. Er betete wie nie zuvor in seinem Leben, schlief in einem Schaukelstuhl neben dem Mädchen und träumte von einer blauäugigen, dunkelhaarigen Tochter, die mit Puppen spielte und an seiner Schulter schlief. Er hörte sogar ihre Stimme.

Nach einem Monat lächelten die Krankenschwestern, und die finsteren Mienen der Ärzte erhellten sich. Man entfernte einen Schlauch nach dem anderen. Das Gewicht des Babys wuchs auf gesunde viereinhalb Pfund, und die stolzen Eltern brachten es nach Hause. Ein Arzt empfahl ihnen, auf weitere Kinder – abgesehen von adoptierten – zu verzichten.

Jetzt war mit Hanna alles in bester Ordnung, doch der Klang ihrer Stimme trieb Jake noch immer Tränen in die Augen. Er aß und schmunzelte, als seine Tochter ihre Puppen über angemessene Hygiene belehrte.

»Du entspannst dich jetzt zum erstenmal seit zwei Wochen«, sagte Carla, als sie sich nebeneinander auf der Decke ausstreckten. Bunte Katamarane glitten im Zickzack über den See und wichen Motorbooten aus, die angetrunkene Wasserskiläufer hinter sich herzogen.

»Am vergangenen Sonntag sind wir in der Kirche gewesen«, erwiderte Jake.

»Aber du hast nur an den Prozeß gedacht.«

»Ich denke noch immer daran.«

»Es ist vorbei, nicht wahr?«

»Keine Ahnung.«

»Glaubst du, Carl Lee überlegt es sich anders?«

»Vielleicht. Wenn Lester mit ihm redet. Schwer zu sagen. Schwarze sind häufig unberechenbar, erst recht dann, wenn sie in Schwierigkeiten stecken. Nun, eigentlich ist er gar nicht übel dran. Der beste Strafverteidiger aus Memphis vertritt ihn – gratis.«

»Wer bezahlt das Honorar?«

»Ein alter Freund von Carl Lee. Ein gewisser Cat Bruster.«

»Was hat es mit ihm auf sich?«

»Der Kerl ist reich, handelt mit Drogen und vielen anderen illegalen Dingen. Durch und durch ein Ganove. Nimmt immer wieder Marscharfskis Dienste in Anspruch. Ein tolles Paar.«

»Weißt du das von Carl Lee?«

»Nein. Er wollte mir nichts verraten, und deshalb habe ich Ozzie gefragt.«

»Ist Lester auf dem laufenden?«

»Noch nicht.«

»Was soll das heißen? Du willst ihn doch nicht anrufen, oder?«

»Nun, das hatte ich vor.«

»Treibst du es damit nicht ein wenig zu weit?«

»Ich bezweifle es. Lester hat ein Recht darauf, Bescheid zu wissen, und ich …«

»Dann sollte Carl Lee mit ihm sprechen.«

»Das sollte er, ja. Aber bestimmt informiert er ihn nicht. Er hat einen schweren Fehler gemacht, ohne etwas davon zu ahnen.«

»Das ist sein Problem, nicht deines. Diese Sache geht dich nichts mehr an.«

»Carl Lee ist viel zu verlegen, um Lester zu benachrichtigen. Er weiß, daß ihn sein Bruder als Idioten verfluchen wird.«

»Und deshalb hältst du es für deine Pflicht, dich in ihre Familienangelegenheiten einzumischen.«

»Nein. Aber ich glaube, Lester sollte davon erfahren.«

»Sicher liest er in der Zeitung darüber.«

»Vielleicht auch nicht«, erwiderte Jake skeptisch. »Ich glaube, Hanna möchte noch mehr Orangensaft.«

»Ich glaube, du möchtest das Thema wechseln.«

»Das Thema ist mir völlig gleich. Ich will den Fall zurück, und nur Lester kann mir dabei helfen.«

Carla kniff die Augen zusammen, und Jake fühlte ihren Blick auf sich ruhen. Er beobachtete ein kleines Segelboot: Es steckte im Schlamm vor dem gegenüberliegenden Ufer fest.

»Das widerspricht deinem Berufsethos.« Carla sprach ruhig und gleichzeitig fest. Ihre Worte klangen vorwurfsvoll.

»Nein. Du weißt, daß ich ein sehr ethischer Anwalt bin.«

»Du betonst immer wieder, wie wichtig die Ethik dir sei. Aber derzeit planst du, einen anderen Anwalt auszumanövrieren. Das ist falsch, Jake.«

»Ich will niemanden ausmanövrieren, ich will nur den Fall zurück.«

»Gibt es da einen Unterschied?«

»Die Abwerbung eines Klienten verstößt gegen das Berufsethos. Aber es ist nicht verboten, ihn zurückzugewinnen.«

»Es ist falsch, Jake«, wiederholte Carla. »Carl Lee läßt sich jetzt von einem anderen Anwalt vertreten, und damit solltest du dich abfinden.«

»Glaubst du vielleicht, daß sich Marscharfski mit irgendwelchen ethischen Erwägungen aufhält? Wie hat er den Auftrag bekommen, Carl Lee zu verteidigen? Er vertritt jemanden, der nie etwas von ihm gehört hat. Er ist dem Fall nachgejagt.«

»Und deshalb ist es recht und billig, wenn du die gleichen Methoden benutzt?«

»Ich jage dem Fall nicht nach. Ich versuche nur, ihn zurückzubekommen.«

Hanna verlangte Kekse, und Carla kramte im Picknickkorb. Jake stützte sich auf die Ellenbogen und ignorierte Mutter und Tochter. Er dachte an Lucien. *Was unternähme er?* Wilbanks hätte das nächste Flugzeug nach Chicago genommen und Lester Geld zugesteckt, damit er Carl Lee umstimmte. Jake stellte sich vor, wie Lucien Lester mitteilen würde, daß Marscharfski gar nicht in Mississippi praktizieren könne, daß er ein Fremder wäre, dem die Fednecks in der Jury mit Mißtrauen begegnen würden. Er stellte sich vor, wie Lucien seinen Rivalen anrief, ihm vorwarf, Fällen nachzujagen, ihm mit einer ethischen Klage vor dem Untersuchungsausschuß der Advokatur drohte, wenn er sich nach Mississippi wagte. Und dann... Dutzende von Schwarzen, die Gwen und Ozzie anriefen, sie darauf hinwiesen, einzig und allein Lucien Wilbanks hätte eine Chance, den Prozeß zu gewinnen. Vor seinem inneren Auge sah Jake einen Carl Lee, der dem wachsenden Druck schließlich nicht mehr standhalten konnte und um ein Gespräch mit seinem früheren Anwalt bat.

Ja, Lucien würde jedes Mittel nutzen. Von wegen Ethik!

»Warum lächelst du?« fragte Carla.

»Ich habe gerade daran gedacht, wie schön es ist, hier mit dir und Hanna zusammen zu sein. Wir sollten öfter zum Picknick rausfahren.«

»Du bist enttäuscht, nicht wahr?«

»Natürlich. Einen solchen Fall bekomme ich nie wieder. Wenn ich ihn gewonnen hätte, wäre ich der bekannteste und berühmteste Anwalt in diesem Teil des Landes gewesen. Nie wieder Geldsorgen.«

»Und nach einer Niederlage beim Prozeß?«

»Selbst dann hätten sich Vorteile für meine Praxis ergeben. Aber solche Überlegungen sind jetzt nur noch akademischer Natur.«

»Bist du beschämt?«

»Ein wenig. Alle Anwälte in der County lachen über mich, vielleicht mit Ausnahme von Harry Rex. Das ist nicht gerade angenehm. Aber ich komme darüber hinweg.«

»Was soll ich mit dem Sammelalbum anfangen?«

»Bewahr es auf. Vielleicht erhältst du doch noch Gelegenheit, es zu füllen.«

Das Kreuz war klein, nur drei Meter lang und anderthalb breit – es paßte genau auf die Ladefläche eines Pickup. Bei den Ritualen verwendete man weitaus größere Kreuze, doch diese kleinen eigneten sich gut für nächtliche Aktionen in Wohngebieten. Nach Ansicht ihrer Hersteller wurden sie viel zu selten benutzt. In Ford County war das letzte Kreuz dieser Art vor vielen Jahren aufgestellt worden, im Garten eines Niggers, dem man die Vergewaltigung einer Weißen zur Last legte.

Am Montagmorgen, einige Stunden vor dem Sonnenaufgang, wurde das Kreuz vom Wagen gehoben und in ein frisch gegrabenes Loch gesteckt, im Vorgarten eines malerischen viktorianischen Hauses an der Adams Street. Jemand warf eine Fackel, und Flammen leckten über das Holz. Der Pickup fuhr los und hielt einige Minuten später an einer Telefonzelle. Ein Mann stieg aus, nahm den Hörer ab und rief die Polizei an.

Kurz darauf steuerte Deputy Marshall Prather einen Streifenwagen zur Adams Street und sah das brennende Kreuz vor Jakes Haus. Er parkte hinter dem Saab auf der Zufahrt, klingelte, ging auf die Veranda und beobachtete die Flammen. Es war fast halb vier. Noch einmal drückte er den Klingelknopf. Fünfzehn Meter entfernt loderte das Kreuz; verkohlendes Holz knisterte und knackte. Schließlich wankte Jake nach draußen, erstarrte neben dem Deputy und riß die Augen auf. Die beiden Männer standen Seite an Seite, wie hypnotisiert nicht nur von dem Kreuz, sondern auch von seinem Zweck.

»Morgen, Jake«, sagte Prather nach einer Weile und starrte weiterhin zum Feuer.

»Wer ist dafür verantwortlich?« fragte Brigance mit rauher, heiserer Stimme.

»Keine Ahnung. Die Kerle haben keine Visitenkarte hinterlassen. Jemand rief an und erzählte uns davon.«

»Wann?«

»Vor einer Viertelstunde.«

Eine leichte Brise zerzauste Jakes Haar, und er strich es glatt. »Wie lange brennt das Ding?« erkundigte er sich, obwohl Prather von in Flammen stehenden Kreuzen auch nicht viel wußte.

»Ist wahrscheinlich in Kerosin getränkt. So riecht's jedenfalls. Vielleicht brennt es noch zwei Stunden lang. Soll ich einen Feuerwehrwagen rufen?«

Jake sah zur Straße. Dunkelheit und Stille umhüllte alle Häuser.

»Nein. Ich möchte niemanden wecken. Soll es ruhig weiterbrennen. Kann doch nicht schaden, oder?«

»Es ist Ihr Garten.«

Prather rührte sich nicht, stand wie angewurzelt – die Hände in den Taschen, den Bauch weit über den Gürtel gewölbt. »Solche Kreuze hatten wir hier schon lange nicht mehr. Das letzte stellte man meines Wissens in Karaway auf, neunzehnhundert ...«

»Neunzehnhundertsiebenundsechzig.«

»Sie erinnern sich?«

»Ja. Ich besuchte damals die High-School. Wir fuhren los und sahen uns das Feuer an.«

»Und der Name des Niggers?«

»Robinson. Den Vornamen habe ich vergessen. Es hieß damals, er hätte Velma Thayer vergewaltigt.«

»Stimmte das?« fragte Prather.

»Die Geschworenen glaubten es. Verpaßten ihm eine lebenslängliche Freiheitsstrafe in Parchman.«

Prather nickte zufrieden.

»Ich hole Carla«, murmelte Jake und verschwand im Haus. Kurze Zeit später trat er mit seiner Frau auf die Veranda.

»Um Himmels willen, Jake! Wer hat das getan?«

»Was weiß ich.«

»Der Ku-Klux-Klan?« brachte Carla hervor.

»Wahrscheinlich«, antwortete Prather. »Ich kenne sonst niemanden, der Kreuze verbrennt. Was meinen Sie, Jake?«

Brigance nickte mit dem Kopf.

»Ich dachte, die Typen hätten Ford County vor vielen Jahren verlassen«, sagte der Deputy.

»Jetzt scheinen sie zurückgekehrt zu sein«, brummte Jake.

Carla preßte sich entsetzt die Hand auf den Mund, und im Licht des Feuers wirkte ihr Gesicht rot. »Unternimm etwas dagegen«, wandte sie sich an ihren Mann. »Bitte!«

Jake sah noch einmal zur Straße und beobachtete erneut die anderen Häuser. Das Knistern und Knacken wurde lauter; die orangefarbenen Flammen züngelten höher. Einige Sekunden lang wünschte er sich, daß die Glut so rasch wie möglich erlöschen würde, damit niemand anderes Zeuge dieses nächtlichen Zwischenfalls wurde. Er hoffte, daß in Clanton niemand davon erfuhr. Dann lächelte er über diesen närrischen Gedanken.

Prather seufzte und ließ erkennen, daß er es satt hatte, auf der Veranda zu stehen. »Äh, Jake, ich spreche nicht gern darüber, aber nach den Zeitungen zu urteilen, haben die Jungs, die das getan haben, den falschen Anwalt erwischt, oder?«

»Vielleicht können sie nicht lesen.«

»Ja.«

»Sagen Sie, Prather ... Kennen Sie aktive Klanmitglieder in dieser County?«

»Kein einziges. Weiter im Süden von Mississippi soll es einige geben, aber nicht hier. Zumindest weiß ich von keinen. Nach Meinung des FBI gehört der Klan längst der Vergangenheit an.«

»Trotzdem gefällt mir das nicht.«

»Wieso?«

»Wenn wir diese Sache Mitgliedern des Klans zu verdanken haben, so stammen sie nicht von hier und kommen von außerhalb. Was bedeutet, daß sie es ernst meinen, oder?«

»Keine Ahnung«, sagte Prather. »Ich fände es noch bedenklicher, wenn hiesige Bürger mit dem Klan zusammenarbeiten. Es wäre vielleicht ein Hinweis darauf, daß der KKK bei uns wieder aktiv wird.«

»Was hat es mit dem Kreuz auf sich?« Carla sah den Deputy an.

»Es ist eine Warnung. Soll heißen: Wenn ihr weiterhin Unsinn anstellt, verbrennen wir mehr als nur ein wenig Holz. Auf diese Weise haben die Kluxer jahrelang Weiße eingeschüchtert, die mit Niggern und der Bürgerrechtsbewegung sympathisierten. Wenn die Betreffenden auf stur schalteten, folgte Gewalt: Bomben, Dynamit, Prügel, sogar Mord. Aber seitdem sind viele Jahre vergangen. Ich dachte, wir hätten das alles hinter uns. In Jakes Fall lautet die Botschaft vermutlich: Verzichten Sie darauf, Hailey zu verteidigen. Doch inzwischen vertritt er Carl Lee gar nicht mehr, und daher hat dies überhaupt keinen Sinn.«

»Sieh nach Hanna«, sagte Jake zu Carla, die sofort ins Haus eilte.

»Wenn Sie einen Wasserschlauch haben ...« murmelte Prather. »Vielleicht gelingt es mir damit, das Feuer zu löschen.«

»Gute Idee«, kommentierte Jake. »Ich möchte nicht, daß unsere Nachbarn dieses Spektakel sehen.«

Dann standen er und Carla im Morgenmantel auf der Veranda und beobachteten, wie der Deputy das brennende Kreuz bespritzte. Glühendes Holz zischte und qualmte, als das Wasser die Flammen erstickte. Fünfzehn Minuten lang arbeitete Prather mit dem Schlauch, rollte ihn dann zusammen und legte ihn aufs Blumenbeet hinter den Sträuchern.

»Danke, Marshall. Ich schlage vor, diese Sache diskret zu behandeln.«

Prather wischte sich die Hände an der Hose ab. »In Ordnung. Schließen Sie die Türen ab. Rufen Sie die Zentrale an, wenn Sie etwas Verdächtiges hören. Wir überwachen Ihr Haus während der nächsten Tage.«

Er nahm am Steuer des Streifenwagens Platz, setzte auf die Straße zurück und fuhr langsam über die Adams Street in Richtung Justizgebäude. Jake und Carla saßen in der Hollywoodschaukel und starrten zu dem rauchenden Kreuz hinüber.

»Ich habe das Gefühl, die Titelseite einer alten *Life*-Ausgabe zu betrachten«, sagte Jake.

»Oder ein Kapitel aus einem Lehrbuch über die Geschichte von Mississippi. Vielleicht sollten wir den Leuten mitteilen, daß du gefeuert bist.«

»Danke.«

»Wofür?«

»Für deine unverblümte Ausdrucksweise.«

»Entschuldige. Vielleicht hätte ich es so formulieren sollen: Von deinen früheren Pflichten entbunden, oder ...«

»Sag einfach, daß sich Carl Lee einen anderen Anwalt genommen hat. Du bist sehr besorgt, nicht wahr?«

»Ich bin nicht nur besorgt. Ich habe Angst. Wenn die Kerle in der Lage sind, ein Kreuz in unserem Vorgarten zu verbrennen – was hindert sie dann daran, das Haus in Brand zu stecken? Es ist die Sache nicht wert, Jake. Ich möchte, daß du Erfolg hast und glücklich wirst, aber nicht auf Kosten unserer Sicherheit. Kein Fall ist einen solchen Preis wert.«

»Freut es dich, daß Carl Lee mich gefeuert hat?«

»Ich freue mich, daß er beschloß, sich einen anderen Anwalt zu nehmen. Vielleicht läßt man uns jetzt in Ruhe.«

Jake legte seiner Frau den Arm um die Schultern und zog sie an sich. Die Schaukel wippte langsam. Halb vier Uhr morgens, und Carla trug nur einen Bademantel; sie war wunderschön.

»Sie kehren nicht zurück, oder?« fragte sie.

»Nein. Sie sind fertig mit uns. Bald finden sie heraus, daß mich der Fall nichts mehr angeht, und dann rufen sie an, um sich zu entschuldigen.«

»Ich finde das nicht komisch, Jake.«

»Ich weiß.«

»Glaubst du, es spricht sich herum?«

»Nun, ich schätze, eine Stunde lang bleibt alles unter uns. Aber wenn das Café um fünf öffnet, kennt Dell Perkins alle Einzelheiten, bevor sie die erste Tasse Kaffee serviert.«

»Was willst du damit anfangen?« Carla nickte zum Kreuz hin, das sich als dunkle Silhouette im matten Licht des Halbmonds zeigte.

»Ich habe eine Idee. Was hältst du davon, wenn wir nach Memphis fahren und es in Marscharfskis Garten brennen lassen?«

»Ich krieche jetzt wieder unter die Decke.«

Um neun Uhr beendete Jake sein Diktat, mit dem er offiziell beantragte, seinen Namen als Verteidiger im Fall Carl Lee Hailey aus den Gerichtsakten zu streichen. Ethel tippte den Text mit großem Eifer, und einige Minuten später verkündete sie durch die Wechselsprechanlage: »Mr. Brigance, ein Mr. Marscharfski hat angerufen und möchte Sie sprechen. Ich habe gesagt, daß Sie in einer Konferenz sind, aber er wartet am Apparat.«

»Ich rede mit ihm.« Jake nahm den Hörer ab. »Hallo.«

»Mr. Brigance ... Bo Marscharfski aus Memphis. Wie geht's Ihnen?«

»Prächtig.«

»Gut. Sie kennen bestimmt die Morgenzeitungen vom Samstag und Sonntag. Sie bekommen sie doch in Clanton, oder?«

»Ja. Außerdem gibt's bei uns Telefon und Post.«

»Haben Sie die Artikel über Mr. Hailey gelesen?«

»Ja. Sie schreiben ziemlich gut.«

»Das überhöre ich. Nun, wenn Sie etwas Zeit erübrigen könnten ... Ich möchte den Fall mit Ihnen besprechen.«

»Gern.«

»Soweit ich weiß, verlangt man in Mississippi von Juristen außerhalb des Staates, daß sie mit lokalen Anwälten zusammenarbeiten.«

»Soll das heißen, Sie haben keine Mississippi-Lizenz?« fragte Jake ungläubig.

»Äh, nein.«

»Das wurde in Ihren Artikeln nicht erwähnt.«

»Ich überhöre auch diesen Hinweis. Verlangen die Richter in allen Fällen Kooperation mit ortsansässigen Rechtsanwälten?«

»Kommt ganz auf den Richter an.«

»Ich verstehe. Was ist mit Noose?«

»Manchmal.«

»Danke. Nun, für gewöhnlich arbeite ich mit lokalen Anwälten zusammen, wenn ich Fälle in anderen Staaten vertrete. Die Einheimischen fühlen sich besser, wenn einer von ihnen bei mir am Tisch der Verteidigung sitzt.«

»Das ist wirklich nett.«

»Wären Sie daran interessiert, mit mir ...«

»Wollen Sie mich auf den Arm nehmen?« entfuhr es Jake. »Ich bin gerade gefeuert worden, und jetzt möchten Sie, daß ich Ihren Aktenkoffer trage? Sie müssen völlig übergeschnappt sein. Mir liegt nichts daran, daß mein Name mit dem Ihren in Zusammenhang gebracht wird.«

»He, einen Augenblick, Sie Hitzkopf ...«

»Nein, hören Sie mir zu. Es mag Sie überraschen, aber hier in Mississippi gibt es ethische Prinzipien und Gesetze, die das Abwerben von Klienten verbieten. Prozeßaufkauf – jemals davon gehört? So etwas ist in Mississippi untersagt, wie in den meisten anderen Staaten. Wir halten nichts von Anwälten, die Fällen nachjagen. Ethik, Mr. Hai. Verstehen Sie diesen Begriff?«

»Ich jage keinen Fällen nach, mein Junge. Man trägt sie an mich heran.«

»Wie bei Carl Lee Hailey. Vermutlich hat er Ihren Namen

aus dem Branchenverzeichnis. Sicher haben Sie dort eine ganzseitige Anzeige geschaltet, direkt neben den Abtreibungsärzten.«

»Man legte mir seine Verteidigung nahe.«

»Ein gewisser Cat Bruster, nicht wahr? Ich weiß genau, wie Sie den Fall bekommen haben. Wenn das keine Abwerbung ist ... Vielleicht reiche ich eine Beschwerde bei der Advokatur ein. Oder ich lasse Ihre Methoden vom großen Geschworenengericht überprüfen.«

»Oh sicher. Sie und der Bezirkstaatsanwalt sind gute Freunde, stimmt's? Guten Tag.«

Marscharfski hatte das letzte Wort und legte auf. Jake kochte eine Stunde lang, bevor er sich dem nächsten zu diktierenden Brief widmen konnte. Lucien wäre stolz auf ihn gewesen.

Kurz vor Mittag erhielt Jake einen weiteren Anruf. Walter Sullivan von der Sullivan-Kanzlei meldete sich.

»Wie geht's Ihnen, Jake?«

»Ausgezeichnet.«

»Gut. Nun, Bo Marscharfski ist ein alter Freund von mir. Vor einigen Jahren, bei einem Verfahren wegen Betrugs, verteidigten wir mehrere Bankangestellte. Es gelang uns, einen Freispruch zu erwirken. Bo ist ein verdammt guter Anwalt. Er bat mich darum, mit ihm im Fall Carl Lee Hailey zusammenzuarbeiten. Ich wollte nur wissen, ob Sie ...«

Jake knallte den Hörer auf die Gabel, verließ das Büro und verbrachte den Nachmittag bei Lucien.

18

Gwen hatte Lesters Nummer nicht. Anfragen bei Ozzie und anderen Leuten blieben ebenfalls ohne Erfolg. Die Auskunft teilte mit, im Telefonbuch von Chicago gäbe es zwei Seiten mit Haileys, unter ihnen mindestens ein Dutzend Lester Haileys und einige mit den Kürzeln L. S. Jake ließ sich die Nummern der ersten fünf Lester Haileys geben und rief sie nacheinander an. Es handelte sich ausschließlich um Weiße. Dann sprach er mit Tank Scales, dem Eigentümer des sichersten und besten Schwarzenschuppens in der County – man nannte die Kneipe Tanks Tonk.* Lester mochte jenes Lokal sehr. Tank gehörte zu Jakes Klienten und gab ihm häufig vertrauliche Informationen über Schwarze und ihren Umgang.

Am Dienstagmorgen, auf dem Weg zur Bank, besuchte Tank Jakes Büro.

»Haben Sie in den vergangenen beiden Wochen Lester Hailey gesehen?« fragte Brigance.

»Klar. Kam mehrmals bei mir rein, um Billard zu spielen und Bier zu trinken. Wie ich hörte, kehrte er vor ein paar Tagen nach Chicago zurück. Stimmt wahrscheinlich, denn am Wochenende ließ er sich nicht blicken.«

»Mit wem war er zusammen?«

»Meistens nur mit sich selbst.«

»Was ist mit Iris?«

»Ja, sie begleitete ihn mehrmals, wenn Henry nicht in der Stadt war. Bei solchen Gelegenheiten werde ich immer nervös. Henry ist ein ziemlich übler Kerl. Er würde ihnen beiden die Kehle durchschneiden, wenn er wüßte, daß Iris mit Lester ausgeht.«

»Sie treiben's schon seit zehn Jahren miteinander, Tank.«

»Ja, sie hat zwei Kinder von Lester. Das wissen alle – bis auf Henry. Armer Kerl. Irgendwann findet er's heraus, und dann haben Sie noch einen Mordfall.«

»Können Sie mit Iris reden, Tank?«

»Sie kommt nur selten in meinen Laden.«

»Danach habe ich nicht gefragt. Ich brauche Lesters Telefonnummer in Chicago. Iris kennt sie bestimmt.«

»Davon bin ich überzeugt. Ich glaube, er schickt ihr ab und zu Geld.«

---

* »Honky-tonk« beziehungsweise »tonk« ist ein Begriff aus dem amerikanischen Slang und bedeutet soviel wie Spelunke oder Bumslokal. – Anmerkung des Übersetzers.

»Wären Sie bereit, mir die Nummer zu besorgen? Ich benötige sie, um mit Lester zu sprechen.«

»Klar, Jake. Wenn Iris die Nummer hat, beschaffe ich sie Ihnen.«

Bis zum Mittwoch normalisierte sich die Situation in Jakes Praxis. Klienten kamen und gingen. Ethel war besonders freundlich – beziehungsweise so freundlich, wie es eine notorische Meckerziege sein konnte. Jake ging seiner routinemäßigen Arbeit nach, doch die Wunde in ihm verheilte nicht. Er verzichtete darauf, im Café zu frühstücken und vermied auch, das Gerichtsgebäude zu betreten. Er schickte Ethel dorthin, um Anträge und dergleichen einzureichen. Noch immer fühlte er sich verlegen, beschämt und gedemütigt. Es fiel ihm schwer, sich auf andere Fälle zu konzentrieren. Zunächst spielte er mit dem Gedanken, einen längeren Urlaub zu machen, doch so etwas konnte er sich gar nicht leisten. Das Geld war knapp, und trotzdem fehlte ihm die Motivation zu harter Arbeit. Manchmal verbrachte er Stunden damit, durchs Fenster zu starren und das Gerichtsgebäude zu beobachten.

Er dachte an Carl Lee, der einige Blocks entfernt in seiner Zelle saß. Tausendmal fragte er sich, warum sein früherer Mandant entschieden hatte, jemand anderen mit der Verteidigung zu beauftragen. *Ich habe ganz einfach zuviel Geld verlangt und vergessen, daß es andere Anwälte gibt, die Carl Lee gratis verteidigen würden.* Er haßte Marscharfski und erinnerte sich an die Fernsehberichte über ihn: Stolz betrat oder verließ er die Gerichtssäle in Memphis, verkündete vor der Presse die Unschuld und unfaire Behandlung seiner armen, unterdrückten Klienten, Drogenhändler, Halunken, korrupte Politiker, aalglatte Typen aus den Chefetagen irgendwelcher Unternehmen. Alle schuldig. Alle verdienten lange Freiheitsstrafen oder sogar den Tod. Marscharfski war ein Yankee und sprach in einem abscheulichen, näselnden Tonfall – ein Akzent irgendwo aus dem Mittelwesten. Damit verärgerte er alle Leute südlich von Memphis. Ein guter Schauspieler aber. Er sah direkt in die Kamera und klagte:

»Die Polizei von Memphis hat meinen Klienten auf gräßliche Weise mißhandelt.« Jake hatte solche Vorwürfe mehrmals von Marscharfski gehört. »Meinen Klienten trifft nicht die geringste Schuld. Ich finde es empörend, daß man ihn vor Gericht stellt. Er ist ein vorbildlicher Staatsbürger und Steuerzahler.« »Und seine vier Vorstrafen wegen Erpressung?« »Das FBI hängte ihm die Sache mit gefälschten Beweisen an. Wie dem auch sei: Er hat dafür gebüßt. Diesmal ist er unschuldig.« Jake verabscheute den berühmten Memphis-Anwalt; seines Wissens hatte er ebenso viele Fälle verloren wie gewonnen.

Am Mittwochnachmittag war Marscharfski noch immer nicht in Clanton aufgetaucht. Ozzie versprach Jake, ihn sofort zu benachrichtigen, wenn Carl Lees neuer Verteidiger im Gefängnis erschien.

Das Bezirksgericht tagte bis zum Freitag. Jake beschloß, Noose seinen Respekt zu erweisen und ihm zu erklären, warum er den Fall Hailey nicht mehr vertrat. Der Richter verhandelte eine zivilrechtliche Angelegenheit, was bedeutete, daß Buckley wahrscheinlich nicht zugegen war. Er *konnte* gar nicht zugegen sein, denn im Flur vor dem Saal horchte Jake vergeblich nach seiner Stimme.

Für gewöhnlich ordnete Noose gegen halb vier eine kurze Pause an. Genau um fünfzehn Uhr dreißig betrat Jake das richterliche Büro durch eine Seitentür. Niemand hatte ihn gesehen. Geduldig saß er am Fenster und wartete darauf, daß Ichabod den Gerichtssaal verließ. Fünf Minuten später wankte Noose herein.

»Oh, Jake, wie geht's Ihnen?« fragte er.

»Gut, Richter. Haben Sie ein wenig Zeit für mich?« Brigance schloß die Tür.

»Natürlich, setzen Sie sich. Was führt Sie hierher?« Noose streifte den Umhang ab, warf ihn über die Rückenlehne eines Stuhls und legte sich dann auf den Schreibtisch. Bücher, Akten und das Telefon fielen zu Boden. Die schlaksige Gestalt des Richters rutschte hin und her, dann faltete er die Hände auf dem Bauch, schloß die Augen und atmete tief durch. »Der Rücken, Jake. Mein Hausarzt hat mir geraten, so oft wie möglich auf einer harten Unterlage zu liegen.«

»Äh, wie Sie meinen, Sir. Vielleicht sollte ich jetzt besser gehen?«

»Nein, nein. Worüber möchten Sie mit mir reden?«

»Über den Fall Hailey.«

»Dachte ich mir. Ich habe Ihren Brief bekommen. Ihr früherer Klient läßt sich jetzt von jemand anderem verteidigen, wie?«

»Ja, Sir. Es war eine ziemliche Überraschung für mich. Ich habe mich darauf vorbereitet, den Fall im Juli zu verhandeln.«

»Sie brauchen sich nicht zu entschuldigen, Jake. Ihr Freistellungsantrag wird genehmigt. Es ist wohl kaum Ihre Schuld. So was passiert eben. Der neue Anwalt heißt Marscharfski, oder?«

»Ja, Euer Ehren. Aus Memphis.«

»Mit einem solchen Namen kommt er in Ford County sicher groß an.«

»Ja, Sir«, erwiderte Jake und dachte: *Der Name Noose ist fast genauso schlimm*.

»Er hat keine Mississippi-Lizenz«, fügte er hinzu.

»Interessant. Kennt er die bei uns gebräuchliche Prozedur?«

»Ich bin nicht sicher, ob er jemals in Mississippi tätig gewesen ist. Er hat mir gesagt, daß er bei Prozessen in anderen Staaten normalerweise mit ortsansässigen Anwälten zusammenarbeitet.«

»Normalerweise?«

»So hat er sich ausgedrückt.«

»Nun, ich will stark hoffen, daß er eine Kooperationsvereinbarung mit einem hiesigen Anwalt vorweisen kann, wenn er Carl Lee vertreten will. Ich habe einige schlechte Erfahrungen mit Rechtsanwälten, die nicht aus Mississippi stammen, insbesondere mit denen aus Memphis.«

»Ja, Sir.«

Noose atmete schwerer, und Jake hielt den Zeitpunkt für gekommen, das Büro des Richters zu verlassen. »Ich muß jetzt los, Euer Ehren. Wir sehen uns spätestens im August vor Gericht. Geben Sie auf Ihren Rücken acht.«

»Ja, danke. Ich wünsche Ihnen alles Gute.«

Jake hatte die rückwärtige Tür des kleinen Zimmers fast erreicht, als sich die vordere öffnete. Der ehrenwerte L. Winston Lotterhouse und ein anderer Typ von der Sullivan-Kanzlei stolzierten herein.

»Oh, hallo, Jake«, grüßte Lotterhouse. »Kennen Sie K. Peter Otter, unseren neuesten Mitarbeiter?«

»Freut mich, Sie kennenzulernen, K. Peter«, erwiderte Brigance.

»Stören wir?«

»Nein, ich wollte gerade gehen. Der Richter entspannt seinen Rücken.«

»Setzen Sie sich, meine Herren«, sagte Noose.

Lotterhouse erwiderte etwas. »Äh, Jake, Walter Sullivan hat Sie sicher darüber informiert, daß unsere Kanzlei in bezug auf den Fall Hailey mit Marscharfski zusammenarbeitet.«

»Davon habe ich gehört, ja.«

»Es tut mir leid für Sie.«

»Ihre Anteilnahme ist überwältigend.«

»Es handelt sich um einen sehr interessanten Fall für uns. Wir führen nicht sehr viele strafrechtliche Prozesse.«

»Ich weiß«, sagte Jake und suchte nach einer Fluchtmöglichkeit. »Die Zeit drängt. War nett, mit Ihnen gesprochen zu haben, L. Winston.« Er nickte K. Peter Otter zu. »Richten Sie J. Walter, F. Robert und den anderen einen Gruß von mir aus.«

Jake schlüpfte durch die Hintertür des Gerichts und verfluchte sich dafür, eine neuerliche Demütigung herausgefordert zu haben. Er lief zu seinem Büro.

»Hat Tank Scales angerufen?« fragte er Ethel und wandte sich der Treppe zu.

»Nein. Aber Mr. Buckley wartet auf Sie.«

Jake verharrte auf der ersten Stufe. »Wo?« zischte er, ohne die Lippen zu bewegen.

»Oben. In Ihrem Arbeitszimmer.«

Langsam ging er zum Schreibtisch seiner Sekretärin und beugte sich vor, bis ihn nur noch wenige Zentimeter von Ethels Gesicht trennten. Sie hatte gesündigt, und das wußte sie auch.

Jake durchbohrte sie mit einem zornigen Blick. »Ich wußte gar nicht, daß er einen Gesprächstermin hat«, knurrte er.

Ethel mied seinen Blick und starrte auf ihre Schreibmaschine.

»Ich wußte nicht, daß ihm dieses Gebäude gehört.«

Die ältere Frau rührte sich nicht und gab keine Antwort.

»Ich wußte nicht, daß er den Schlüssel zu meinem Büro hat.«

Ethel blieb auch weiterhin stumm.

Jake beugte sich noch etwas näher. »Dafür sollte ich Sie entlassen.«

Ihre Unterlippe zitterte, und sie wirkte hilflos.

»Ich habe Sie satt, Ethel. Ich habe Ihr Verhalten satt, Ihre Stimme, Ihre Aufsässigkeit. Ich habe es satt, wie Sie Besucher behandeln. Ich kann Sie nicht mehr sehen.«

Die Augen der Sekretärin füllten sich mit Tränen. »Es tut mir leid.«

»Nein, das stimmt nicht. Schon seit Jahren wissen Sie, daß niemand – *niemand*, nicht einmal meine Frau –, das Büro betreten darf, während ich außer Haus bin.«

»Er bestand darauf.«

»Er ist ein Arschloch. Er wird dafür bezahlt, Leute herumzustoßen. Aber hier in meiner Praxis lasse ich so etwas nicht zu.«

»Pscht. Er kann Sie hören.«

»Und wenn schon. Er weiß, daß er ein Arschloch ist.«

Jake schob das Kinn vor, und seine Nasenspitze berührte fast die Ethels. »Möchten Sie Ihren Job behalten?«

Ihre Stimme versagte. Sie nickte.

»Dann halten Sie sich an meine Anweisungen. Gehen Sie jetzt nach oben und führen Sie Mr. Buckley in den Konferenzraum, wo ich mit ihm reden werde. Und lassen Sie nie wieder jemanden in mein Büro.«

Ethel betupfte sich hastig die Augen und eilte die Treppe

hoch. Einige Sekunden später saß der Bezirksstaatsanwalt im Besprechungszimmer, hinter einer geschlossenen Tür. Er wartete.

Jake stand nebenan in der kleinen Küche, füllte ein Glas mit Orangensaft und dachte über Buckley nach. Er trank langsam. Nach fünfzehn Minuten öffnete er die Tür und betrat den Raum. Buckley hatte am einen Ende des langen Tisches Platz genommen, und Jake setzte sich ans andere, so weit wie möglich von ihm entfernt.

»Hallo, Rufus. Was wollen Sie?«

»Eine hübsche Praxis. Luciens frühere Büros, nicht wahr?«

»Ja. Warum sind Sie hier?«

»Um Sie zu besuchen.«

»Ich bin sehr beschäftigt.«

»Und ich möchte den Fall Hailey mit Ihnen besprechen.«

»Rufen Sie Marscharfski an.«

»Ich habe mich auf die Auseinandersetzung vor Gericht gefreut, insbesondere mit Ihnen auf der anderen Seite. Sie sind ein würdiger Gegner, Jake.«

»Ich fühle mich geehrt.«

»Verstehen Sie mich nicht falsch. Ich finde Sie unsympathisch, und zwar schon seit einer ganzen Weile.«

»Seit dem Verfahren gegen Lester Hailey?«

»Ja, das stimmt wahrscheinlich. Sie haben gewonnen – mit einigen Tricks.«

»Ich habe gewonnen, und nur darauf kommt es an. Und von irgendwelchen Tricks kann keine Rede sein. Sie hatten nichts gegen meinen Klienten in der Hand.«

»Sie haben einige Tricks benutzt, und Noose ließ sie Ihnen durchgehen.«

»Wie auch immer. Ich kann Sie ebenfalls nicht ausstehen.«

»Gut. Das freut mich. Und nun ... Was wissen Sie über Marscharfski?«

»Sind Sie deshalb hier?«

»Vielleicht.«

»Bin dem Mann nie begegnet«, brummte Jake. »Aber selbst wenn er mein Vater wäre – ich würde Ihnen nichts sagen. Gibt es sonst noch etwas?«

»Sie haben bestimmt mit ihm gesprochen.«

»Ja, am Telefon. Machen Sie sich etwa Sorgen über ihn?«

»Nein. Ich bin nur neugierig. Er hat einen ziemlich guten Ruf.«

»In der Tat. Aber Sie sind nicht gekommen, um seinen Ruf mit mir zu diskutieren.«

»Nein. Ich wollte den Fall Hailey erörtern.«

»Um was geht es Ihnen?«

»Um die Aussichten für einen Freispruch, mögliche Strategien der Verteidigung. War Carl Lee zum Tatzeitpunkt wirklich unzurechnungsfähig? Und so weiter.«

»Sie haben doch eine Verurteilung garantiert. Vor den Kameras. Erinnern Sie sich? Unmittelbar nach der Anklageerhebung. Bei einer Ihrer Pressekonferenzen.«

»Vermissen Sie den Medienrummel bereits, Jake?«

»Sie können ganz beruhigt sein, Rufus. Ich bin draußen. Die Kameras gehören Ihnen – und Marscharfski sowie der Sullivan-Kanzlei. Setzen Sie sich in Szene. Wenn ich Ihnen ein Teil des Rampenlichts gestohlen habe, so tut es mir sehr leid. Ich weiß, wie schmerzlich so etwas für Sie ist.«

»Ich akzeptiere die Entschuldigung. War Marscharfski bereits in der Stadt?«

»Keine Ahnung.«

»Er hat für diese Woche eine Pressekonferenz angekündigt.«

»Und Sie sind hier, um darüber mit mir zu reden?«

»Nein. Ich wollte den Fall Hailey mit Ihnen besprechen, aber offenbar sind Sie zu beschäftigt.«

»Ja. Außerdem liegt mir nichts daran, irgend etwas mit Ihnen zu besprechen, Gouverneur.«

»Lassen Sie das.«

»Warum? Stimmt es etwa nicht? Sie würden Ihre Mutter anklagen, wenn Ihnen das Schlagzeilen einbrächte.«

Buckley stand auf und wanderte hinter seinem Stuhl langsam auf und ab. »Ich wünschte, Sie wären nach wie vor der Verteidiger, Brigance«, sagte er, und mit jedem Wort wuchs seine Lautstärke.

»Dem schließe ich mich an.«

»Um Ihnen die eine oder andere Lektion zu erteilen. Um Ihnen zu zeigen, wie man die Verurteilung eines Mörders durchsetzt. Um Ihnen eine Niederlage beizubringen.«

»In dieser Hinsicht waren Sie bisher nicht sonderlich erfolgreich.«

»Deshalb wollte ich, daß Sie den Angeklagten vertreten. Ich habe es mir von ganzem Herzen gewünscht.« Das vertraute, purpurne Rot kehrte in Buckleys Gesicht zurück.

»Sicher ergeben sich andere Gelegenheiten, Gouverneur.«

»Nennen Sie mich nicht so!« donnerte der Bezirksstaatsanwalt.

»Warum denn nicht, Gouverneur? Deshalb treten Sie so gern vor den Kameras auf. Alle wissen es. He, da ist der alte Rufus, jagt schon wieder den Kameras nach und möchte gern Gouverneur werden.«

»Ich erfülle meine Pflicht und klage Verbrecher an.«

»Carl Lee Hailey ist kein Verbrecher.«

»Ich schicke ihn in die Gaskammer.«

»Es wird Ihnen nicht so leicht fallen, wie Sie glauben.«

»Ich setze seine Verurteilung durch.«

»Alle zwölf Geschworenen müssen ihn schuldig sprechen.«

»Kein Problem.«

»So wie beim großen Geschworenengericht?«

Buckley blieb abrupt stehen, sah Jake an und kniff die Augen zusammen. Drei tiefe Falten bildeten sich in der breiten Stirn. »Was wissen Sie übers große Geschworenengericht?«

»Soviel wie Sie. Eine Stimme weniger, und es wäre überhaupt keine Anklage erfolgt.«

»Lüge!«

»Ich bitte Sie, Gouverneur. Sie haben keinen Reporter vor sich. Ich weiß genau, was geschehen ist. Erfuhr es einige Stunden später.«

»Ich informiere Noose darüber.«

»Und ich wende mich an die Presse. Erweckt sicher einen guten Eindruck vor dem Prozeß.«

»Das wagen Sie nicht.«

»Nun, jetzt habe ich keinen Grund mehr dazu. Ich bin gefeuert. Oder haben Sie das vergessen? Deshalb sind Sie hier, stimmt's, Rufus? Um mich daran zu erinnern, daß ich für den Fall nicht mehr zuständig bin – im Gegensatz zu Ihnen. Um ein wenig Salz in die Wunde zu streuen. Na schön, Sie hatten Ihren Triumph. Gehen Sie jetzt. Sehen Sie beim großen Geschworenengericht nach dem Rechten. Oder lassen Sie sich von irgendeinem Journalisten interviewen. Verschwinden Sie.«

»Gern. Ich bedauere sehr, Sie gestört zu haben.«

»Ich auch.«

Buckley öffnete die Tür und zögerte. »Ich habe gelogen, Jake. Ich bin überglücklich, daß Sie nicht mehr Haileys Verteidiger sind.«

»Ich wußte, daß Sie gelogen haben. Aber seien Sie nicht zu sicher, daß Sie den Prozeß ohne mich führen.«

»Was soll das heißen?«

»Guten Tag, Rufus.«

Das große Geschworenengericht der Ford County war sehr fleißig, und am Donnerstag der zweiten Woche bekam Jake zwei neue Fälle. Beim ersten ging es um einen Schwarzen, der im vergangenen April in Masseys Tonk einen anderen Schwarzen niedergestochen hatte. Messerstechereien gefielen Jake, denn dabei ließen sich relativ leicht Freisprüche erwirken. Man besorge sich einfach eine Jury aus weißen Rednecks, die nur mit den Schultern zuckt, wenn Nigger mit Messern aufeinander losgehen. Die Kerle hatten nur ein wenig Spaß in der Kneipe; dann gerieten die Dinge außer Kontrolle, und einer bekam eine Klinge zu spüren, überlebte jedoch. Kein Toter, keine Verurteilung. Eine ähnliche Strategie wie beim Verfahren gegen Lester. Der neue Mandant versprach fünfzehnhundert Dollar, doch zuerst mußte die Kaution festgesetzt werden.

Der andere Angeklagte war ein Weißer, den man inzwischen schon zum dritten Mal am Steuer eines gestohlenen Pickup erwischt hatte. Es gab praktisch keine Möglichkeit zu verhindern, daß er die nächsten sieben Jahre in Parchman verbrachte.

Beide saßen im Gefängnis, und als ihr Verteidiger war Jake verpflichtet, mit ihnen zu reden. Dadurch bekam er auch die Chance, Ozzie zu begegnen. Am späten Donnerstagnachmittag traf er den Sheriff in seinem Büro.

»Haben Sie zu tun?« fragte Jake. Hundert Pfund Papier lagen auf Schreibtisch und Boden.

»Nur der übliche Kram. Noch mehr brennende Kreuze?«

»Nein, zum Glück nicht. Eins genügt.«

»Ihr Kollege aus Memphis hat sich hier noch nicht blicken lassen.«

»Seltsam«, murmelte Jake. »Eigentlich müßte er längst in Clanton sein. Haben Sie mit Carl Lee gesprochen?«

»Ich spreche jeden Tag mit ihm. Er wird langsam nervös. Sein neuer Verteidiger hat nicht einmal angerufen.«

»Gut. Soll er ruhig schwitzen. Er tut mir nicht leid.«

»Glauben Sie, Carl Lee hat einen Fehler gemacht?«

»Da bin ich sicher. Ich kenne die hiesigen Rednecks, Ozzie, und daher weiß ich, wie sie reagieren, wenn sie auf der Geschworenenbank sitzen. Ein arroganter Fremder beeindruckt sie bestimmt nicht. Was meinen Sie?«

»Keine Ahnung. Sie sind der Anwalt. Wenn Sie so etwas sagen, zweifle ich nicht daran. Ich habe Sie vor Gericht gesehen.«

»Der Kerl hat nicht einmal eine Mississippi-Lizenz. Richter Noose liegt bereits auf der Lauer. Er haßt Anwälte aus anderen Staaten.«

»Im Ernst?«

»Ja. Wir haben uns gestern unterhalten.«

Ozzie wirkte besorgt und musterte Jake aufmerksam. »Möchten Sie zu ihm?«

»Zu wem?«

»Carl Lee.«

»Nein! Es gibt keinen Grund für mich, mit ihm zu reden.« Jake sah in seinem Aktenkoffer nach. »Ich bin hier, um einem gewissen Leroy Glass einige Fragen zu stellen. Man wirft ihm schwere Körperverletzung vor.«

»Sie vertreten Leroy?«

»Ja. Heute morgen hat man mich mit seiner Verteidigung beauftragt.«

»Folgen Sie mir.«

Jake wartete im Zimmer mit dem Meßgerät, das zur Feststellung des Alkoholgehalts im Blut von Betrunkenen diente. Ein Kalfakter holte seinen neuen Klienten. Leroy trug die übliche Gefängniskleidung: einen fluoreszierenden orangefarbenen Overall. Auf seinem Kopf standen rosarote Haarstacheln in allen Richtungen ab, und am Hinterkopf zeigten sich zwei ölig glänzende Irokesenkämme. Die schwarzen Füße steckten in zitronengrünen Frotteesandalen. Socken fehlten. Am rechten Ohrläppchen begann eine alte Narbe, reichte über die Wange und endete am rechten Nasenloch. Sie bewies eindeutig, daß Leroy nicht die erste Messerstecherei hinter sich hatte. Er trug die Narbe wie eine Auszeichnung und rauchte Kools.

»Ich bin Jake Brigance«, stellte sich der Anwalt vor und deutete auf einen Stuhl neben dem Pepsi-Automaten. »Ihre Mutter und Ihr Bruder baten mich heute morgen, Sie vor Gericht zu vertreten.«

»Freut mich, Sie kennenzulernen, Mr. Jake.«

Ein Kalfakter wartete neben der Tür im Flur, als Jake Leroy Glass befragte und drei Seiten mit Notizen füllte. Zunächst hieß der wichtigste Punkt: Geld. Wieviel hatte er und wieviel mehr konnte Leroy auftreiben? Später gab es noch genug Zeit, um über die Anklage zu reden. Tanten, Onkel, Brüder, Schwestern, Freunde – wer war imstande, einen Kredit aufzunehmen? Jake notierte sich Telefonnummern.

»Wer gab Ihnen den Rat, sich an mich zu wenden?«

»Ich habe Sie im Fernsehen gesehen, Mr. Jake. Sie und Carl Lee Hailey.«

Diese Bemerkung erfüllte Jake mit Stolz, aber er lächelte nicht. Das Fernsehen war Teil seines Jobs. »Kennen sie Carl Lee?«

»Ja, und auch Lester. Sie haben Lester verteidigt, nicht wahr?«

»Ja.«

»Man hat mich in Carl Lees Zelle untergebracht. Bin gestern abend umgezogen.«

»Tatsächlich?«

»Ja. Er spricht nicht viel. Einmal meinte er, daß Sie ein guter Anwalt wären. Aber er läßt sich jetzt von jemand aus Memphis vertreten.«

»Das stimmt. Was hält er von seinem neuen Verteidiger?«

»Keine Ahnung, Mr. Jake. Heute morgen war er ziemlich sauer, weil ihn der Typ noch nicht besucht hat. Er sagte, Sie seien immer gekommen, um mit ihm über den Fall zu reden, aber der neue Anwalt – hat einen komischen Namen – glänzt bisher durch Abwesenheit.«

Jake verbarg seine Schadenfreude, indem er ein grimmiges Gesicht schnitt. Es fiel ihm sehr schwer, nicht zu schmunzeln. »Darf ich Ihnen etwas anvertrauen? Versprechen Sie mir, daß Sie Carl Lee gegenüber nichts davon erwähnen?«

»Klar.«

»Sein neuer Anwalt kann ihn gar nicht besuchen.«

»Was? Warum nicht?«

»Weil er keine Lizenz hat, die es ihm erlaubt, in Mississippi zu praktizieren. Er ist ein Tennessee-Anwalt. Man wirft ihn aus dem Gerichtssaal, wenn er bei uns erscheint. Ich fürchte, Carl Lee hat einen großen Fehler gemacht.«

»Weshalb sagen Sie ihm das nicht?«

»Weil ich von ihm gefeuert worden bin. Ich kann ihn nicht mehr beraten.«

»Jemand sollte ihn darauf hinweisen.«

»Sie haben mir gerade versichert, nichts zu verraten, in Ordnung?«

»Ja.«

»Versprochen?«

»Ich schwöre, daß er nichts von mir hört.«

»Gut. Ich muß jetzt gehen. Morgen früh treffe ich den Bürgen. Vielleicht können Sie in ein oder zwei Tagen gegen Kaution entlassen werden. Kein Wort zu Carl Lee, klar?«

»Klar.«

Draußen auf dem Parkplatz lehnte Tank Scales am Saab. Er trat eine Zigarette aus und holte einen Zettel aus der Hemdtasche. »Zwei Nummern. Die erste für den Anschluß zu Hause. Die zweite betrifft Lesters Arbeitsstelle. Rufen Sie dort nur an, wenn es unbedingt sein muß.«

»Danke, Tank. Haben Sie die Nummern von Iris?«

»Ja. Erst wollte sie nicht damit herausrücken. Gestern abend kam sie in meinen Laden, und ich sorgte dafür, daß sie betrunken wurde.«

»Ich schulde Ihnen einen Gefallen.«

»Früher oder später bitte ich Sie um einen.«

Es war fast acht Uhr und dunkel. Zu Hause wurde das Abendessen kalt, was häufiger geschah. Deshalb hatte er Carla einen Mikrowellenherd geschenkt. Sie klagte nicht, hatte sich längst daran gewöhnt, daß er meist spät heimkehrte. Sie nahmen das Abendessen ein, wenn er nach Hause kam, ganz gleich ob um sechs oder um zehn.

Jake fuhr vom Gefängnis zu seinem Büro. Er wagte es nicht, Lester anzurufen, wenn die Gefahr bestand, daß Carla zuhörte. In seinem Arbeitszimmer nahm er am Schreibtisch Platz und starrte auf die beiden von Tank notierten Nummern. Carl Lee hatte ihm ausdrücklich untersagt, mit Lester zu telefonieren. Gab es einen Grund, trotzdem mit ihm zu reden? Kam es Abwerbung gleich? Verstieß er gegen das Berufsethos? War es unethisch, Lester anzurufen und ihm mitzuteilen, daß Carl Lee seinen früheren Anwalt gefeuert hatte, um sich von jemand anderem vertreten zu lassen? Nein. Und Lesters Fragen über den neuen Anwalt zu beantworten? Nein. Und Besorgnis zum Ausdruck zu bringen? Nein. Und den neuen Anwalt zu kritisieren? Wahrscheinlich nicht. War es unethisch, Lester nahezulegen, mit seinem Bruder zu sprechen? Nein. Um ihn davon zu überzeugen, Marscharfski den Laufpaß zu geben? Wahrscheinlich ja. Und sich erneut an Jake zu wenden? Ja, zweifellos. Das war sogar sehr unethisch. Und wenn er Lester einfach nur anrief, über Carl Lee plauderte und dem Gespräch seinen Lauf ließ?

»Hallo?«

»Ist bei Ihnen ein Lester Hailey zu erreichen?«

»Ja«, erklang ein schwedischer Akzent. »Wer möchte mit ihm reden?«

»Jack Brigance aus Mississippi.«

»Einen Augenblick.«

Jake sah auf die Uhr. Halb neun. In Chicago war es genauso spät, oder?

»Jake!«

»Wie geht's Ihnen, Lester?«

»Gut. Ich bin nur ein bißchen müde. Was ist mit Ihnen?«

»Alles bestens. Haben Sie in dieser Woche mit Carl Lee gesprochen.«

»Nein. Ich bin am Freitag gefahren, und seit Sonntag schiebe ich Doppelschichten. Mir bleibt für nichts mehr Zeit.«

»Haben Sie die Zeitungen gelesen?«

»Nein. Was ist passiert?«

»Sie werden es mir nicht glauben, Lester.«

»Heraus damit, Jake.«

»Carl Lee hat mich gefeuert und läßt sich jetzt von einem bekannten Anwalt aus Memphis vertreten.«

»Was? Soll das ein Witz ein? Wann?«

»Vergangenen Freitag. Kurz nachdem Sie heimfuhren, nehme ich an. Er hielt es nicht für nötig, mir Bescheid zu geben. Ich erfuhr es am Samstagmorgen aus der Memphis-Zeitung.«

»Der Kerl ist übergeschnappt. Warum hat er eine solche Entscheidung getroffen? Wer vertritt ihn jetzt?«

»Kennen Sie jemanden namens Cat Bruster?«

»Natürlich.«

»Sein Anwalt verteidigt Ihren Bruder. Cat bezahlt ihn dafür. Am letzten Freitag fuhr er von Memphis nach Clanton und besuchte Carl Lee im Gefängnis. Am nächsten Morgen sah ich mein Bild dann in der Zeitung und las, daß ich mit dem Fall nichts mehr zu tun habe.«

»Wie heißt er neue Anwalt?«

»Bo Marscharfski.«

»Taugt er was?«

»Er ist ein Gauner. Verteidigt Drogenhändler und andere Halunken in Memphis.«

»Klingt nach einem Polacken.«

»Da haben Sie genau den richtigen Eindruck gewonnen. Ich glaube, er stammt aus Chicago.«

»Ja, hier wimmelt's überall von Polacken. Redet er wie einer?«

»Er redet so, als hätte er heißes Fett im Mund. Damit macht er hier in Ford County bestimmt einen Rieseneindruck.«

»Wie verdammt dumm von Carl Lee. Er ist nie besonders helle gewesen. Mußte immer für ihn denken. Dumm, dumm.«

»Ja, ein großer Fehler, Lester. Sie wissen, wie Mordprozesse sind. Schließlich haben Sie selbst einen hinter sich. Daher dürfte Ihnen klar sein, daß alles von den Geschworenen abhängt, wenn sie sich in die Beratungskammer zurückziehen. Zwölf Einheimische, die den Fall diskutieren, über Leben und Tod befinden. Die Jury ist der wichtigste Teil des ganzen Verfahrens. Deshalb muß man in der Lage sein, ihre Sympathie zu gewinnen, sie zu überzeugen.«

»Da haben Sie völlig recht, Jake. Sie sind dazu fähig.«

»Ebenso wie Marscharfski – in Memphis, aber nicht hier bei uns. Nicht hier in der Provinz von Mississippi. Die Geschworenen werden ihm mißtrauen.«

»Ja, Jake. Ich kann es einfach nicht fassen. Mein Bruder muß durchgedreht sein.«

»Das fürchte ich auch, Lester. Ich bin sehr besorgt.«

»Haben Sie mit ihm gesprochen?«

»Am Samstag las ich den Artikel in der Zeitung, und anschließend bin ich sofort zum Gefängnis gefahren. Ich verlangte eine Erklärung von Carl Lee, aber er lehnte ab und war sehr verlegen. Seitdem bin ich nicht mehr bei ihm gewesen. Und Marscharfski hat seinem Klienten noch keinen Besuch abgestattet. Offenbar sucht er Clanton nach wie vor auf der Landkarte. Carl Lee ist deshalb ziemlich sauer. Soweit ich weiß, ruht der Fall seit einer Woche.«

»Hat Ozzie mit ihm geredet?«

»Ja, aber Sie kennen ihn – er sagt nicht viel. Er weiß, daß Bruster und Marscharfski Ganoven sind, aber wir können wohl kaum von ihm erwarten, daß er Carl Lee zur Vernunft bringt.«

»Mann o Mann. Der reinste Wahnsinn. Er irrt sich gewaltig, wenn er glaubt, die Rednecks seien bereit, irgendeinen Winkeladvokaten aus Memphis ernst zu nehmen. Lieber Himmel, Jake, sie trauen nicht einmal den Anwälten aus Tyler County, und das ist praktisch nebenan. Mann o Mann.«

Brigance lächelte. *Bisher ist nichts unethisch gewesen.*

»Was raten Sie mir, Jake?«

»Keine Ahnung, Lester. Ihr Bruder braucht Hilfe, und Sie sind der einzige, auf den er hört. Sie wissen ja, wie stur er sein kann.«

»Ich sollte ihn besser anrufen.«

Nein, dachte Jake. Am Telefon fiel es Carl Lee zu leicht, mit einem glatten Nein zu antworten. Eine direkte Konfrontation war notwendig. Lester wurde in Clanton gebraucht.

»Ich schätze, ein Anruf allein reicht nicht aus. Sein Entschluß steht fest. Nur Sie können ihn umstimmen, aber nicht am Telefon.«

Lester zögerte einige Sekunden lang, und Jake wartete gespannt. »Was ist heute für ein Tag?«

»Donnerstag, 6. Juni.«

»Mal sehen … Die Fahrt dauert zehn Stunden. Morgen arbeite ich von sechzehn Uhr bis Mitternacht, am Sonntag ebenfalls. Ich könnte morgen um vierundzwanzig Uhr aufbrechen und um zehn am Samstagmorgen in Clanton sein. Wenn ich mich früh am Sonntagmorgen wieder ans Steuer setze, bin ich rechtzeitig zur Arbeit zurück. Ich muß zwar auf eine Menge Schlaf verzichten, aber damit werde ich irgendwie fertig.«

»Es geht um etwas sehr Wichtiges, Lester. Ich glaube, es ist die Reise wert.«

»Wo sind Sie am Samstag, Jake?«

»Hier in meinem Büro.«

»In Ordnung. Ich fahre direkt zum Gefängnis. Wenn ich Sie brauche, rufe ich im Büro an.«

»Einverstanden. Noch etwas, Lester: Carl Lee hat mir verboten, mich mit Ihnen in Verbindung zu setzen. Lassen Sie unser Gespräch besser unerwähnt.«

»Welche Erklärung soll ich ihm anbieten?«

»Sagen Sie ihm, Sie hätten mit Iris telefoniert und alles von ihr erfahren.«

»Wen meinen Sie mit Iris?«

»Ich bitte Sie, Lester. Hier wissen schon seit Jahren alle Leute davon. Nur ihr Mann hat keine Ahnung. Aber irgendwann kommt er dahinter.«

»Hoffentlich nicht. Sonst passiert noch ein Mord. Dann bekommen Sie einen neuen Klienten.«

»Ich kann nicht einmal jene behalten, die mich bereits um ihre Verteidigung baten. Rufen Sie mich Samstag an.«

Um halb elf verspeiste Jake das vom Mikrowellenherd erwärmte Abendessen. Hanna schlief längst. Er sprach mit Carla über Leroy Glass und den jungen Weißen, den man am Steuer des gestohlenen Pickup erwischt hatte. Auch über Carl Lee. Das Thema Lester schnitten sie nicht an. Carla fühlte sich viel sicherer mit dem Wissen, daß ihr Mann nichts mehr mit dem Fall Hailey zu tun hatte. Keine anonymen Anrufe mehr. Keine brennenden Kreuze. Keine finsteren Blicke in der Kirche. »Du bekommst andere gute Gelegenheiten«, versprach sie Jake. Er schwieg die meiste Zeit über, aß und lächelte.

19

Kurz bevor das Gericht am Freitag schloß, rief Jake an und fragte, ob ein Verfahren stattfinde. Nein, lautete die Antwort. Noose war bereits nach Hause gefahren, ebenso wie Buckley und Musgrove. Niemand befand sich im Verhandlungssaal. Zufrieden mit dieser Auskunft verließ Jake seine Praxis, schlenderte über die Straße, betrat das Gerichtsgebäude durch die Hintertür und erreichte kurz darauf den Verwaltungstrakt. Dort flirtete er mit den Sekretärinnen, während er Carl Lees Akte suchte. Er hielt den Atem an, als er darin blätterte. Seine Hoffnungen erfüllten sich. Seit einer Woche war den Unterlagen nichts hinzugefügt worden, sah man von seinem Brief ab, in dem er um Freistellung von dem Fall bat. Marscharfski und sein örtlicher Partner hatten die Akte nicht angerührt. Der Fall ruhte tatsächlich seit einer Woche. Jake flirtete noch etwas mehr und kehrte dann in sein Büro zurück.

Leroy Glass saß noch immer im Gefängnis. Die Kaution betrug zehntausend Dollar, und seine Familie hatte keine Möglichkeit, die Tausend-Dollar-Prämie für den Bürgen aufzubringen. Aus diesem Grund teilte er auch weiterhin die Zelle mit Carl Lee. Jake war mit einem Bürgen befreundet, der sich um seine Fälle kümmerte. Wenn er wollte, daß jemand aus der Untersuchungshaft entlassen wurde – und wenn kaum Gefahr bestand, daß sich der Betreffende aus dem Staub machte, schrieb sein Bekannter die Bürgschaft aus. Für Brigances Klienten galten besondere Bedingungen. Zum Beispiel: fünf Prozent jetzt und der Rest in einem Monat. Jake konnte Leroy jederzeit aus dem Gefängnis holen, aber er brauchte ihn, um auf Carl Lee Druck auszuüben.

»Es tut mir leid, Leroy«, sagte er im Zimmer mit dem Alkoholmeßgerät. »Die Sache mit der Bürgschaft erfordert noch etwas mehr Zeit.«

»Aber Sie haben doch gesagt, meine Entlassung sei überhaupt kein Problem.«

»Ihrer Familie fehlt das Geld, Leroy. Und ich kann die Kaution nicht aus der eigenen Tasche bezahlen. Ich möchte selbst, daß man Sie entläßt – damit Sie arbeiten und etwas verdienen. Nur so kann ich mein Honorar von Ihnen bekommen.«

Leroy seufzte. »Na schön, Mr. Jake. Bitte geben Sie sich auch weiterhin Mühe.«

»Das Essen ist hier ziemlich gut, oder?« fragte Jake und lächelte.

»Nicht übel. Aber zu Hause schmeckt's besser.«

»Ich hole Sie hier raus«, versprach der Anwalt.

»Wie geht's dem Nigger, den ich niedergestochen habe?«

»Keine Ahnung. Ozzie meinte, er liege noch im Krankenhaus, und Moss Tatum sagte, er sei inzwischen daheim. Wer weiß? Ich glaube nicht, daß er schwer verletzt ist.«

Jake versuchte, sich an die Einzelheiten dieses Falles zu erinnern. »Wer war die Frau?«

»Willies Puppe.«

»Willie wer?«

»Willie Hoyt.«

Jake überlegte erneut und trachtete danach, sich die Anklageschrift ins Gedächtnis zu rufen. »Der Mann, den Sie mit dem Messer gekitzelt haben, heißt anders.«

»Curtis Sprawling.«

»Bei der Auseinandersetzung ging es also um die Frau eines anderen Mannes?«

»Ja.«

»Wo befand sich Willie?«

»Er nahm an dem Kampf teil.«

»Gegen wen kämpfte er?«

»Gegen einen anderen Burschen.«

»Sie und drei andere Typen stritten sich also um Willies Frau?«

»Sie haben's erfaßt.«

»Welchen Anlaß gab es dafür?«

»Ihr Mann war nicht in der Stadt.«

»Die Frau ist verheiratet?«

»Ja.«

»Und wie heißt ihr Mann?«

»Johnny Sands. Wenn er nicht in der Stadt ist, kommt es fast immer zu einer Auseinandersetzung.«

»Warum?«

»Weil seine Süße keine Kinder hat und auch gar keine haben kann. Aber sie liebt Gesellschaft, verstehen Sie? Wenn ihr Mann Clanton verläßt, spricht sich das sofort herum. Und wenn sie in einer Kneipe auftaucht, fliegen kurze Zeit später die Fetzen.«

Bestimmt erwartet uns ein interessanter Prozeß, dachte Jake. »Aber diesmal kam sie in der Begleitung von Willie Hoyt.«

»Ja. Was jedoch überhaupt nichts bedeutet. Wenn die Mieze erscheint, steht sie sofort im Mittelpunkt. Alle wollen ihr einen Drink spendieren und mit ihr tanzen. Das passiert dauernd.«

»Muß eine tolle Frau sein.«

»Oh, Mr. Jake, sie ist hinreißend. Sie sollten sie sehen.«

»Ich sehe sie vor Gericht, im Zeugenstand.«

Leroy blickte ins Leere, lächelte, träumte und sehnte sich nach der Ehefrau von Johnny Sands. Was spielte es für eine Rolle, daß ihm zwanzig Jahre Freiheitsentzug drohten? Er hatte in einem Kampf bewiesen, daß er seinen Mann stand.

»Hören Sie, Leroy ... Sie haben doch nicht mit Carl Lee gesprochen, oder?«

»Natürlich habe ich das. Wir sitzen in der gleichen Zelle und unterhalten uns dauernd. Womit sollen wir uns sonst die Zeit vertreiben?«

»Hat er etwas von unserem gestrigen Gespräch erfahren?«

»Nein. Ich habe doch geschworen, ihm nichts zu verraten.«

»Gut.«

»Eines steht fest, Mr. Jake: Er ist besorgt. Wartet noch immer darauf, daß sein neuer Anwalt zu ihm kommt. Wird immer unruhiger. Ich mußte mir auf die Zunge beißen, um ihm nichts zu erzählen. Hab' ihm nur gesagt, daß Sie mich vertreten.«

»Daran gibt es nichts auszusetzen.«

»Er meinte, Sie hätten ihn immer im Gefängnis besucht, um den Fall mit ihm zu besprechen und so. Er bezeichnete Sie als guten Anwalt.«

»Aber offenbar bin ich nicht gut genug für ihn.«

»Carl Lee scheint mir ziemlich durcheinander zu sein«, sagte Leroy. »Er weiß nicht mehr, wem er vertrauen soll. Er ist kein übler Kerl.«

»Sie verraten ihm nicht, worüber wir geredet haben, klar? Es muß vertraulich behandelt werden.«

»Ja, in Ordnung. Aber jemand sollte ihm die Situation erklären.«

»Er hat sich nicht mit mir beraten, bevor er beschloß, auf meine Dienste zu verzichten und die eines anderen Anwalts in Anspruch zu nehmen. Er ist erwachsen und hat ein Recht darauf, eigene Entscheidungen zu treffen. Jetzt bleibt ihm nichts anderes übrig, als die Konsequenzen zu tragen.« Jake zögerte, rückte etwas näher an Leroy heran und senkte die Stimme. »Ich sage Ihnen noch etwas, und Sie müssen es ebenfalls für sich behalten. Vor einer halben Stunde habe ich in Carl Lees Gerichtsakte nachgesehen. Sie sieht genauso aus wie vor einer Woche. Sein neuer Anwalt hat sich überhaupt noch nicht mit dem Fall beschäftigt.«

Leroy runzelte die Stirn und schüttelte den Kopf. »Mann o Mann.«

»Das ist typisch für solche Berühmtheiten«, fuhr Jake fort. »Sie nehmen den Mund voll und nutzen jede Gelegenheit, um eine Menge Staub aufzuwirbeln. Sie kümmern sich um mehr Fälle, als sie eigentlich vertreten können, und die Folge besteht darin, daß sie häufiger verlieren als gewinnen. Ich kenne sie, beobachte sie die ganze Zeit über. Die meisten von ihnen werden überschätzt.«

»Hat er aus diesem Grund noch nicht mit Carl Lee gesprochen?«

»Ich denke schon. Er ist zu beschäftigt. Viele große Fälle erfordern seine Aufmerksamkeit. Er schert sich nicht um Hailey.«

»Eine schlimme Sache. Carl Lee braucht jemanden, der seine Verteidigung ernst nimmt.«

»Er wollte es nicht anders. Jetzt muß er sich damit abfinden.«

»Glauben Sie, daß man ihn verurteilen wird, Mr. Jake?«

»Kein Zweifel. Er ist praktisch schon zur Gaskammer unterwegs. Er läßt sich von einem bekannten Anwalt vertreten, der keine Zeit hat, sich mit seinem Fall zu beschäftigen oder ihn hier zu besuchen.«

»Wären Sie imstande, einen Freispruch für ihn durchzusetzen?«

Jake entspannte sich und schlug die Beine übereinander. »So etwas kann ich nie versprechen, auch nicht in Hinsicht auf den Prozeß gegen Sie. Kein vernünftiger Anwalt verspricht seinem Klienten, daß ihn die Geschworenen für nicht schuldig befinden werden. Bei einem Verfahren können zu viele Dinge schiefgehen.«

»Carl Lee wies darauf hin, daß sein Verteidiger in den Zeitungen einen Freispruch garantiert hat.«

»Er ist ein Narr.«

»Wo bist du gewesen?« wandte sich Carl Lee an Leroy, als der Wärter die Zellentür schloß.

»Ich habe mit meinem Anwalt geredet.«

»Mit Jake?«

»Ja.«

Der jüngere Schwarze nahm auf seinem Bett Platz. Carl Lee saß auf der anderen Seite, faltete eine Zeitung zusammen und legte sie beiseite.

»Du wirkst besorgt«, sagte Hailey. »Schlechte Nachrichten für dich?«

»Nein. Nur gewisse Schwierigkeiten mit meiner Kaution. Jake meinte, es könnte noch einige Tage dauern, bis man mich aus der Untersuchungshaft entläßt.«

»Hat er über mich gesprochen?«

»Nein. Nicht viel.«

»Nicht viel? Was hat er gesagt?«

»Er fragte nur, wie's dir geht.«

»Das ist alles?«

»Ja.«

»Er ist nicht sauer auf mich?«

»Nein. Er macht sich nur Sorgen.«

»Sorgen? Warum?«

»Keine Ahnung«, antwortete Leroy, streckte sich auf dem schmalen Bett aus und faltete die Hände hinterm Kopf.

»Komm schon, Leroy. Du weißt mehr, da bin ich ganz sicher. Was hat Jake sonst noch gesagt?«

»Er nahm mir das Versprechen ab, dir nichts zu erzählen. Er meinte, es sei vertraulich. Würde es dir gefallen, wenn dein Anwalt mit anderen Leuten über das spricht, was er von dir gehört hat?«

»Bisher hatte mein Anwalt noch gar nicht die Möglichkeit, mich anzuhören.«

»Ein guter Anwalt hat dich vertreten – bis du ihn gefeuert hast.«

»Ich habe auch jetzt einen guten Anwalt.«

»Wie kannst du da so sicher sein? Du bist ihm noch nie begegnet. Er ist zu beschäftigt, um dich hier zu besuchen. Und wenn er soviel zu tun hat, kann er sich gar nicht um deinen Fall kümmern.«

»Woher willst du das wissen?«

»Ich habe Jake gefragt.«

»Ach? Und was hat er gesagt?«

Leroy schwieg.

»Heraus damit«, brummte Carl Lee, trat näher und starrte auf den kleineren, schwächeren Mann hinab. Furcht prickelte in dem jüngeren Schwarzen und bot ihm einen guten Vorwand, Carl Lee reinen Wein einzuschenken. Entweder gab er die Informationen preis, oder er wurde durch die Mangel gedreht.

»Dein derzeitiger Anwalt ist ein mieser Kerl«, sagte Leroy. »Er interessiert sich gar nicht für dich oder deinen Fall, nur für die Publicity. Du bist für ihn ein Mittel zum Zweck. Seit einer Woche wurde deiner Gerichtsakte nichts hinzugefügt. Jake hat heute nachmittag nachgesehen. Keine Spur von Mr. Anwalt aus Memphis. Er hat zuviel zu tun, um nach Clanton zu fahren. Muß Ganoven in Memphis vertreten, unter ihnen deinen Freund Bruster.«

»Du bist verrückt, Leroy.«

»Na schön, ich bin verrückt. Warte nur ab, wer auf Unzurechnungsfähigkeit plädiert. Warte nur ab, wie hart der Typ an deinem Fall arbeitet.«

»Warum glaubst du, ein solcher Experte zu sein?«

»Du hast mich gefragt, und ich habe dir geantwortet.«

Carl Lee ging zur Tür, griff nach den Gitterstäben und schloß seine großen Hände darum. In den vergangenen Wochen war die Zelle immer kleiner geworden, und es fiel ihm schwerer, nachzudenken und zu planen. Im Gefängnis konnte er sich nicht richtig konzentrieren. Er wußte nur, was man ihm mitteilte, und es gab niemanden, dem er vertraute. Gwen mangelte es an kühler Vernunft. Ozzie schwieg meistens. Lester war in Chicago. Er traute nur Jake, hatte sich jedoch einen anderen Anwalt genommen. Der Grund hieß

Geld. Eintausendneunhundert Dollar in bar, bezahlt von dem größten Halunken und Drogenhändler in Memphis, dessen Anwalt darauf spezialisiert war, Halunken, Drogenhändler und andere Ganoven zu verteidigen. Vertrat Marscharfski auch anständige Leute? Was dachten die Geschworenen, wenn sie Carl Lee neben Marscharfski am Tisch der Verteidigung sahen? Bestimmt hielten sie ihn dann für schuldig. Warum sonst sollte er sich von einem solchen Rechtsverdreher verteidigen lassen?

»Weißt du, was die Rednecks in der Jury denken, wenn sie dich mit Marscharfski sehen?« fragte Leroy.

»Was?«

»Sie werden denken: Dieser arme Nigger ist schuldig; er hat seine Seele verkauft, damit der bekannteste Winkeladvokat aus Memphis hier vor Gericht behaupten kann, er sei unschuldig.«

Hailey murmelte etwas.

»Du bist auf dem besten Weg zur Gaskammer, Carl Lee.«

Moss Junior Tatum war im Dienst, als um halb sieben am Sonntagmorgen das Telefon in seinem Büro klingelte. Der Sheriff war am Apparat.

»Warum sind Sie schon wach?« fragte Moss.

»Ich weiß nicht, ob ich wach bin«, erwiderte Ozzie. »Hören Sie, Moss ... Erinnern Sie sich an einen alten schwarzen Prediger namens Street? Reverend Isaiah Street?«

»Nein, ich glaube nicht.«

»Vielleicht doch. Fünfzig Jahre lang predigte er in der Springdale Church, im Norden der Stadt. Das erste NAACP-Mitglied in Ford County. In den sechziger Jahren brachte er den hiesigen Schwarzen bei, wie man Protestmärsche und Boykotts veranstaltet.«

»Ja, jetzt fällt's mir wieder ein. Der Klan hat ihn einmal erwischt, wie?«

»Sie verprügelten ihn und steckten sein Haus in Brand. Nichts Ernstes. Im Sommer 1965.«

»Starb er nicht vor einigen Jahren?«

»Nein. Seit einem Jahrzehnt ist er halb tot, aber er bewegt

sich noch immer ein wenig. Um fünf Uhr dreißig hat er mich angerufen und eine Stunde lang mit mir geredet. Erinnerte mich daran, daß ich ihm den einen oder anderen Gefallen schulde.«

»Was wollte er?«

»Um sieben trifft er bei Ihnen ein. Möchte mit Carl Lee sprechen. Der Grund dafür ist mir ein Rätsel. Aber seien Sie freundlich zu ihm. Stellen Sie ihm mein Büro zur Verfügung. Ich komme später.«

»Alles klar, Sheriff.«

In seiner Glanzzeit während der sechziger Jahre war Reverend Isaiah Street die treibende Kraft hinter den Bürgerrechtsaktivitäten in Ford County gewesen. Er demonstrierte mit Martin Luther King in Memphis und Montgomery. Er organisierte Proteste in Clanton, Karaway und zwei anderen Orten im nördlichen Mississippi. Im Sommer 1964 empfing er Studenten aus dem Norden und koordinierte ihre Bemühungen, Schwarze in den Wählerverzeichnissen zu registrieren. In jenem denkwürdigen Sommer wohnten einige von ihnen bei ihm, und noch heute kamen sie gelegentlich zu Besuch. Street war kein Radikaler, sondern ein bedächtiger, mitfühlender und intelligenter Mann, der den Respekt aller Schwarzen und auch vieler Weißer genoß. Er stellte eine ruhige, friedliche Stimme im Chor des Hasses und der Kontroversen dar. 1969 leitete er inoffiziell die Desegregation im Schulwesen und hielt das Chaos aus Ford County fern.

1975 erlitt er einen Schlaganfall, der die rechte Körperhälfte lähmte, jedoch ohne Einfluß auf den Verstand geblieben war. Jetzt, im Alter von achtundsiebzig Jahren, ging er ohne Hilfe – wenn auch langsam und mit einem Spazierstock. Er strahlte noch immer stolze Würde aus, als er das Büro des Sheriffs betrat und sich setzte. Kaffee lehnte er ab, und Moss Junior verließ das Zimmer, um den Gefangenen zu holen.

»Sind Sie wach, Carl Lee?« flüsterte er, um zu vermeiden, daß die anderen Häftlinge geweckt wurden. Sie hätten das

Frühstück verlangt, oder Arzneien, Anwälte, Bürgen und Freundinnen.

Carl Lee richtete sich sofort auf. »Ja. Ich habe kaum geschlafen.«

»Ein Besucher erwartet Sie.« Moss schloß leise die Zellentür auf.

Carl Lee hatte den Reverend vor Jahren kennengelernt, als er in die letzte Klasse der schwarzen High-School gegangen war. Kurz darauf folgte die Aufhebung der Rassentrennung, und daraufhin wurde die East High zu einer Mittelschule, deren Klassen aus Schwarzen und Weißen bestanden. Seit dem Schlaganfall hatte er Street nicht mehr gesehen.

»Das ist Reverend Isaiah Street, Carl Lee«, stellte Moss den Alten vor.

»Ich kenne ihn.«

»Gut. Ich lasse Sie jetzt allein.«

»Wie geht es Ihnen, Sir?« fragte Carl Lee. Sie saßen nebeneinander auf der Couch.

»Gut. Und Ihnen?«

»So gut, wie es die Umstände erlauben.«

»Auch ich bin im Gefängnis gewesen. Vor vielen Jahren. Es ist ein schrecklicher, aber wahrscheinlich notwendiger Ort. Wie behandelt man Sie?«

»Oh, ich kann nicht klagen. Ozzie erfüllt mir praktisch jeden Wunsch.«

»Ja, Ozzie. Wir sind sehr stolz auf ihn, nicht wahr?«

»Natürlich, Sir. Er ist ein guter Polizist und hat eine Menge Verständnis.« Carl Lee musterte den Alten mit dem Spazierstock. Der Körper war müde und schwach, doch der Verstand scharf und die Stimme fest.

»Wir sind auch stolz auf Sie, Carl Lee. Ich verabscheue Gewalt, aber ich fürchte, manchmal ist sie erforderlich. Sie brauchen sich nichts vorzuwerfen.«

»Ja, Sir«, entgegnete Hailey und wußte nicht recht, wie er reagieren sollte.

»Bestimmt fragen Sie sich, warum ich hier bin.«

Carl Lee nickte. Der Reverend klopfte mit dem Spazierstock auf den Boden.

»Ich mache mir Sorgen im Hinblick auf den Prozeß. Alle Schwarzen sind besorgt. Als Weißer könnten Sie praktisch damit rechnen, von den Geschworenen freigesprochen zu werden. Die Vergewaltigung eines Kindes ist ein gräßliches Verbrechen, und wer kann es einem Vater verdenken, Vergeltung zu üben und der Gerechtigkeit Genüge zu verschaffen? Damit meine ich einen weißen Vater. Ein schwarzer Vater kann bei Schwarzen die gleiche Anteilnahme erwarten, aber es gibt ein Problem: Die Jury wird aus Weißen bestehen. Deshalb haben ein schwarzer und ein weißer Vater nicht die gleichen Chancen vor Gericht. Verstehen Sie?«

»Ich glaube schon.«

»Es hängt alles von den Geschworenen ab. Schuld und Unschuld. Freiheit und Gefängnis. Leben und Tod. Darüber entscheidet die Jury. Es ist problematisch, das Schicksal eines Angeklagten in die Hände von zwölf durchschnittlichen, gewöhnlichen Personen zu legen, die nicht das Gesetz studiert haben und sich leicht beeindrucken lassen.«

»Ja, Sir.«

»Wenn Sie von einer weißen Jury freigesprochen werden, obwohl Sie zwei Weiße umbrachten ... Das würde der Sache der Schwarzen in Mississippi mehr nützen als alle anderen Ereignisse seit der Integration unserer Schulen. Und es geht dabei nicht nur um Mississippi, sondern um alle Schwarzen in den Staaten. Ihr Fall ist berühmt; viele Leute beobachten, was hier geschieht.«

»Ich habe nur getan, was ich für richtig hielt.«

»Genau. Was Sie für richtig hielten. Und es *war* richtig, wenn auch brutal, blutig und scheußlich. Aber Ihnen blieb gar keine andere Wahl. Die meisten Schwarzen und Weißen sind dieser Ansicht. Aber die Frage lautet: Wird man Sie vor Gericht wie einen Weißen behandeln?«

»Und meine Verurteilung? Was würde sie bedeuten?«

»Sie käme einer weiteren Niederlage für uns gleich. Sie wäre ein Symbol für tief verwurzelten Rassismus, alte Vorurteile und alten Haß. Sie wäre eine Katastrophe für uns. Sie dürfen auf keinen Fall verurteilt werden.«

»Ich gebe mir alle Mühe, das zu verhindern.«

»Tatsächlich? Sprechen wir über Ihren Anwalt, wenn Sie nichts dagegen haben.«

Carl Lee nickte.

»Sind Sie ihm begegnet?«

»Nein.« Hailey senkte den Kopf und rieb sich die Augen. »Sie?«

»Ja, ich habe ihn kennengelernt.«

»Wirklich? Wann?«

»1968 in Memphis. Ich war damals mit Dr. King zusammen. Marscharfski und einige andere Anwälte vertraten die streikenden Arbeiter der Müllabfuhr. Er forderte Dr. King auf, Memphis zu verlassen – weil er angeblich die Weißen verärgere und die Schwarzen aufstachele. Marscharfski meinte, Martin Luther Kings Anwesenheit verhindere einen Erfolg bei den Verhandlungen mit der Stadt. Er war arrogant und aggressiv. Er verfluchte Dr. King – natürlich nicht in der Öffentlichkeit. Wir vermuteten, daß er die Arbeiter verriet und sich von den Stadträten bestechen ließ. Ich glaube, wir hatten recht.«

Carl Lee atmete tief durch und massierte seine Schläfen.

»Ich habe Marscharfskis berufliche Laufbahn verfolgt«, fuhr der Reverend fort. »Er steht in dem Ruf, Gangster, Diebe und andere Halunken zu verteidigen. Sie sind alle schuldig, aber manchmal gelingt es ihm, für den einen oder anderen Angeklagten einen Freispruch zu erwirken. Wenn man seine Klienten sieht, so weiß man sofort, daß sie schuldig sind. Deshalb bin ich so sehr besorgt. Ich fürchte, man wird Sie für schuldig halten, wenn Sie mit Marscharfski vor Gericht erscheinen.«

Carl Lee ließ den Kopf hängen und stützte die Ellenbogen auf die Knie. »Wer hat Sie gebeten, mich hier zu besuchen?« fragte er leise.

»Ich habe mit einem alten Freund gesprochen.«

»Wer?«

»Nur ein alter Freund, der ebenfalls sehr besorgt ist. Wie wir alle.«

»Marscharfski gilt als bester Anwalt in Memphis.«

»Aber wir sind hier nicht in Memphis, oder?«

»Ein Spezialist fürs Strafrecht.«

»Vielleicht deshalb, weil er zu den Verbrechern gehört.«

Carl Lee stand abrupt auf, wanderte durchs Zimmer und kehrte Isaiah Street den Rücken zu.

»Er kostet mich nichts. Ich bezahle keinen Cent.«

»Sein Honorar spielt kaum mehr eine Rolle, wenn Sie in der Todeszelle sitzen.«

Einige Sekunden verstrichen, und beide Männer schwiegen. Schließlich senkte der Reverend seinen Spazierstock und erhob sich mühsam. »Ich habe genug gesagt und gehe jetzt. Viel Glück, Carl Lee.«

Hailey schüttelte den Kopf. »Ich weiß Ihre Besorgnis zu schätzen und danke Ihnen für den Besuch.«

»Um ganz offen zu sein: Ihr Fall ist schon schwierig genug. Machen Sie ihn nicht noch schwieriger, indem Sie sich von einem Rechtsverdreher wie Marscharfski vertreten lassen.«

Lester verließ Chicago am Freitag kurz vor Mitternacht. Er fuhr nach Süden, und zwar allein – wie üblich. Seine Frau war vor einigen Stunden in Richtung Norden aufgebrochen, um das Wochenende bei ihren Eltern in Green Bay zu verbringen. Lester mochte Green Bay nicht, und die Schwedin fand Mississippi abscheulich; deshalb verzichteten sie meistens darauf, zusammen die jeweiligen Familien zu besuchen. Die Eltern seiner Frau waren nett und behandelten ihn wie einen Sohn. Aber sie unterschieden sich von ihm – und nicht nur aufgrund ihrer Hautfarbe. Er kannte Weiße aus dem Süden. Nicht alle gefielen ihm – von ihren Ansichten ganz zu schweigen –, aber wenigstens wußte er über sie Bescheid. Die Weißen im Norden hingegen, insbesondere jene schwedischer Abstammung, waren völlig anders. Ihre Bräuche, ihre Ausdrucksweise, das Essen – fast alles erschien ihm fremdartig. In ihrer Gesellschaft fühlte er sich nie wohl.

Eine Scheidung bahnte sich an, wahrscheinlich innerhalb des nächsten Jahres. Er war Schwarzer. Die ältere Kusine seiner Frau hatte Anfang der siebziger Jahre einen Schwarzen geheiratet und dadurch viel Aufsehen erregt. Lester war für die Schwedin wohl nur eine Marotte gewesen, die langsam an Reiz verlor. Zum Glück gab's keine Kinder. Er vermutete einen Liebhaber. Nun, auch er hatte jemand anderes – und er erinnerte sich an Iris' Versprechen, Henry zu verlassen, ihn zu heiraten und nach Chicago umzuziehen.

Nach Mitternacht sahen beide Seiten der Interstate 57 gleich aus: hier und dort Lichter kleiner Farmen, gelegentlich ein größerer Ort wie Champaign oder Effingham. Lester lebte und arbeitete im Norden, aber dies war seine Heimat. Er fühlte sich dort zu Hause, wo die Mutter wohnte, in Mississippi. Gleichzeitig wußte er, daß er nie zurückkehren würde. Zuviel Dummheit, zuviel Armut. Der Rassismus kümmerte ihn kaum: Es war nicht mehr so schlimm wie früher, und außerdem hatte er sich daran gewöhnt. Die Rassendiskriminierung blieb fest in der amerikanischen Gesellschaft verankert, doch sie wurde weniger offensichtlich. Den Weißen gehörte noch immer alles, und sie übten maßgebliche Kontrolle aus, woran es eigentlich gar nichts auszusetzen gab. Solche Dinge änderten sich nie. Als unerträglich empfand Lester in erster Linie Unwissenheit, Armut und Elend vieler Schwarzer: schäbige Holzhäuser, hohe Sterblichkeitsraten bei Neugeborenen, Arbeitslosigkeit, viele alleinstehende Mütter, die Mühe hatten, ihre Kinder zu ernähren. Diese Situation war so deprimierend, daß er schließlich wie viele tausend andere aus Mississippi geflohen war und sich im Norden einen Job gesucht hatte, einen relativ gut bezahlten Job, der half, den Schmerz der Armut zu lindern.

Einerseits freute sich Lester, wenn er wieder in Mississippi war, und andererseits erfüllte ihn der Aufenthalt in seiner alten Heimat mit Trauer. Die Freude bezog sich auf das Wiedersehen mit der Familie, die Niedergeschlagenheit auf ihre Not. Doch es gab auch positive Aspekte. Carl Lee hatte eine anständige Arbeit gehabt, besaß ein sauberes Haus und gut gekleidete Kinder. Er bildete eine Ausnahme, und nun geriet alles in Gefahr – die Schuld daran trugen zwei betrunkene weiße Mistkerle. Schwarze hatten eine Entschuldigung dafür, nichtsnutzig zu sein, im Gegensatz zu Weißen, die in einer weißen Welt lebten. Glücklicherweise verfaulten die beiden Burschen im Grab. Lester war stolz auf seinen Bruder.

Nach sechs Stunden ging die Sonne auf, als er den Fluß bei Cairo überquerte. Zwei Stunden später kreuzte er ihn noch einmal, bei Memphis. Er setzte die Fahrt nach Süden fort und erreichte Mississippi. Nach sechzig weiteren Minuten passierte er das Gerichtsgebäude in Clanton. Lester war seit zwanzig Stunden wach.

»Sie haben Besuch, Carl Lee«, sagte Ozzie durchs Gitter der Zellentür.

»Ich bin nicht überrascht. Wer ist es diesmal?«

»Folgen Sie mir. Ich schlage vor, Sie reden in meinem Büro mit ihm. Es dauert sicher eine Weile.«

Jake saß in seiner Praxis und wartete auf das Klingeln des Telefons. Zehn Uhr. Inzwischen mußte Lester in der Stadt sein. Elf Uhr. Jake blätterte in einigen alten Akten und schrieb Notizen für Ethel. Mittag. Er rief Carla an und log: Angeblich traf er um eins einen neuen Klienten, und deshalb mußte das Mittagessen ausfallen. Er stellte ihr Gartenarbeit am Nachmittag in Aussicht. Ein Uhr. Er entdeckte einen Fall aus Wyoming – ein Ehemann war freigesprochen worden, nachdem er den Vergewaltiger seiner Frau ermordet hatte. Wann? 1893. Jake kopierte die Unterlagen und warf sie dann in den Papierkorb. Zwei Uhr. Befand sich Lester wirklich in Clanton? Er spielte mit dem Gedanken, Leroy zu besuchen und im Gefängnis herumzuschnüffeln, entschied sich jedoch dagegen. Statt dessen streckte er sich auf der Couch aus.

Um Viertel nach zwei klingelte das Telefon endlich. Jake sprang auf, und sein Herz klopfte schneller, als er den Hörer abnahm. »Hallo!«

»Hier ist Ozzie, Jake.«

»Was liegt an?«

»Bitte kommen Sie ins Gefängnis.«

»Weshalb?« fragte Jake unschuldig.
»Man braucht Sie hier.«
»Wer?«
»Carl Lee will mit Ihnen reden.«
»Ist Lester da?«
»Ja. Er möchte ebenfalls mit Ihnen sprechen.«
»Ich bin unterwegs.«

»Seit über vier Stunden sitzen sie dort drin.« Ozzie deutete auf die Tür seines Büros.
»Was machen sie?«
»Sie diskutieren, schreien und fluchen. Vor 'ner halben Stunde wurde es stiller. Schließlich kam Carl Lee zu mir heraus und bat mich, Sie anzurufen.«
»Danke. Gehen wir rein.«
»O nein. Ich bleibe hier. Niemand hat erwähnt, daß meine Anwesenheit erforderlich ist. Diese Sache müssen Sie allein hinter sich bringen.«
Jake klopfte an.
»Herein!«
Er öffnete die Tür langsam und schloß sie hinter sich. Carl Lee saß am Schreibtisch, und Lester lag auf der Couch. Er erhob sich und schüttelte Jake die Hand. »Freut mich, Sie wiederzusehen.«
»Mich auch. Was führt Sie nach Clanton zurück?«
»Familienangelegenheiten.«
Jake sah Carl Lee an, ging dann zum Schreibtisch und reichte auch ihm die Hand. Sein früherer Klient schien zornig zu sein.
»Sie wollten mich sprechen?«
»Ja, Jake, setzen Sie sich«, sagte Lester. »Wir müssen unbedingt miteinander reden. Carl Lee hat Ihnen etwas mitzuteilen.«
»Sag du's ihm«, brummte der andere Hailey. Lester seufzte und rieb sich die Augen. Er war müde und verärgert. »Ausgeschlossen. Es betrifft nicht mich, sondern dich und Jake.« Lester schloß die Augen und entspannte sich auf dem Sofa. Jake nahm in einem Sessel an der Wand Platz und

starrte zur Couch. Er vermied es, den Blick auf Carl Lee zu richten, der hinter dem Schreibtisch saß und den Eindruck erweckte, mit sich selbst zu ringen. Er schwieg, ebenso wie sein Bruder. Jake wartete drei Minuten lang, und schließlich hatte er genug.

»Wer hat mich hierherbestellt?« fragte er.

»Ich«, erwiderte Carl Lee.

»Nun, was wollen Sie?«

»Ich möchte Sie wieder damit beauftragen, mich zu verteidigen.«

»Und wenn ich nicht bereit bin, Ihren Fall zurückzunehmen?«

»*Was?*« Lester setzte sich auf und blinzelte verblüfft.

»Es handelt sich nicht um ein Ding, das man hin und her schieben kann, sondern um eine Vereinbarung zwischen Ihnen und Ihrem Anwalt. Führen Sie sich nicht so auf, als erwiesen Sie mir einen großen Gefallen.« Jake sprach lauter und zeigte seinen Ärger ganz deutlich.

»Möchten Sie den Fall zurück?« fragte Carl Lee.

»Soll das heißen, Sie wollen sich wieder von mir vertreten lassen?«

»Ja.«

»Warum?«

»Weil Lester es für besser hält.«

»Na schön. Dann bin ich nicht an Ihrem Fall interessiert.« Jake stand auf und schritt zur Tür. »Wenn Sie nur deshalb meine Dienste in Anspruch nehmen wollen, weil Lester es für besser hält, so bleiben Sie ruhig bei Marscharfski. Sie brauchen ihn, wenn Sie nicht selbst denken können.«

Lester hielt Brigance an der Tür zurück. »Immer mit der Ruhe, Mann. Bitte setzen Sie sich. Ich verstehe, daß Sie sauer sind, weil Carl Lee Sie gefeuert hat. Das war ein Fehler. Nicht wahr, Carl Lee?«

Der andere Hailey betrachtete seine Fingernägel.

»Setzen Sie sich, Jake. Lassen Sie uns darüber reden.« Lester führte den Anwalt zum Sessel zurück. »Gut. Besprechen wir nun die Situation. Carl Lee, möchtest du, daß dich Jake verteidigt?«

Lesters Bruder nickte. »Ja.«

»In Ordnung. Jake...«

»Erklären Sie mir den Grund«, wandte sich Jake an Carl Lee.

»Was?«

»Erklären Sie mir, warum Sie möchten, daß ich mich wieder um Ihren Fall kümmere. Erklären Sie mir, warum Sie auf Marscharfski verzichten wollen.«

»Ich brauche Ihnen nichts zu erklären.«

»Da liegen Sie völlig falsch! Sie sind mir mindestens zwei Erklärungen schuldig. Vor einer Woche haben Sie mir den Laufpaß gegeben, ohne mir ein Wort zu sagen. Ich erfuhr es aus der Zeitung. Dann las ich von Ihrem neuen, berühmten Anwalt, der offenbar nicht den Weg nach Clanton findet. Jetzt rufen Sie mich einfach an und erwarten von mir, daß ich alles stehen und liegen lasse, weil Sie es sich schon wieder anders überlegt haben. Erklären Sie mir den Grund.«

»Erklär es ihm«, brummte Lester. »Sprich mit Jake.«

Carl Lee beugte sich vor und stützte die Ellenbogen auf den Schreibtisch. Er verbarg das Gesicht hinter den Händen, und seine Stimme klang dumpf. »Ich bin völlig durcheinander und werde hier langsam verrückt. Mit meinen Nerven steht es nicht zum Besten. Ich mache mir Sorgen um Tonya. Ich mache mir Sorgen über meine Familie. Ich mache mir Sorgen um mich selbst. Jeder rät mir etwas anderes. Ich bin zum erstenmal in einer solchen Lage und weiß einfach nicht, wie ich mich verhalten soll. Mir bleibt keine andere Wahl, als gewissen Leuten zu vertrauen. Ich vertraue Lester und auch Ihnen. Das ist alles.«

»Sie vertrauen meinem Rat?« vergewisserte sich Jake.

»Ja. Ohne irgendwelche Einschränkungen.«

»Sie haben genug Vertrauen zu mir, um mich mit Ihrer Verteidigung zu beauftragen?«

»Ja, Jake. Ich möchte, daß Sie mich vor Gericht vertreten.«

»Gut.«

Jake spürte, wie seine Anspannung nachließ. Lester sank wieder auf die Couch. »Sie müssen Marscharfski benachrichtigen. Bis dahin kann ich nicht an Ihrem Fall arbeiten.«

»Wir erledigen es heute nachmittag«, versprach Lester.

»Sagen Sie mir Bescheid, wenn Sie mit ihm gesprochen haben. Es gibt viel zu tun, und die Zeit ist knapp.«

»Und das Geld?« fragte Lester.

»Das gleiche Honorar wie vorher. Die gleichen Vereinbarungen. Einverstanden?«

»Ja«, antwortete Carl Lee. »Ich bezahle Sie irgendwie.«

»Diesen Punkt erörtern wir später.«

»Was ist mit den Ärzten?« erkundigte sich Carl Lee.

»Wir arrangieren etwas. Mal sehen. Mir fällt bestimmt was ein.«

Der Klient lächelte. Lester schnarchte laut, und Carl Lee lachte über seinen Bruder. »Ich dachte zunächst, Sie hätten ihn angerufen, aber er streitet es ab.«

Jake lächelte schief und schwieg. Lester konnte ausgezeichnet lügen – eine Fähigkeit, die sich bei seinem Mordprozeß als sehr nützlich erwiesen hatte.

»Tut mir leid, Jake. Ich habe mich geirrt.«

»Keine Entschuldigungen. Es wartet viel Arbeit auf uns, und wir dürfen die Zeit nicht mit Entschuldigungen vergeuden.«

Neben dem Parkplatz vor dem Gefängnis stand ein Reporter im Schatten und hoffte, daß etwas geschah.

»Sind Sie Mr. Brigance?« fragte er freundlich.

»Wer möchte das wissen?«

»Ich bin Richard Flay vom *Jackson Daily*. Sie sind doch Jake Brigance, oder?«

»Ja.«

»Mr. Haileys Ex-Anwalt?«

»Nein, Mr. Haileys Anwalt.«

»Ich dachte, er ließe sich von Bo Marscharfski vertreten. Deshalb bin ich hier. Wie ich hörte, trifft Marscharfski heute nachmittag in Clanton ein.«

»Wenn Sie ihn sehen ... Teilen Sie ihm mit, er sei zu spät gekommen.«

20

Kurz nachdem Lester sich auf die Rückfahrt nach Chicago gemacht hatte, wankte Jake im Morgenmantel zur Zufahrt, um die Sonntagszeitungen zu holen. Eine Autostunde trennte Clanton von Memphis, drei von Jackson und fünfundvierzig Minuten von Tupelo. In allen drei Städten gab es Zeitungen mit dicken Sonntagsausgaben, die auch in Clanton ausgeliefert wurden. Jake hatte sie schon vor langer Zeit abonniert und freute sich nun darüber: Bestimmt bekam Carla viel Material für ihr Sammelalbum. Er breitete die Zeitungen auf dem Tisch aus und arbeitete sich langsam durch den acht Zentimeter dicken Stapel.

Keine Meldung im Jackson-Blatt. Jake hatte gehofft, daß Richard Flay seinen Redakteuren einen Bericht übermitteln würde, und er bedauerte nun, vor dem Gefängnis nicht mehr Zeit für ihn erübrigt zu haben. Ebenso Fehlanzeige bei den Memphis- und Tupelo-Ausgaben. Brigance war zwar ein wenig enttäuscht, aber nicht überrascht. *Es ist zu spät am Nachmittag passiert*, dachte er. Vielleicht am Montag. Er hatte es satt, im Verborgenen zu bleiben, sich dauernd beschämt und verlegen zu fühlen. Bis es in der Zeitung stand, bis die Jungs im Café, die Leute in der Kirche und alle anderen Anwälte unter ihnen Buckley, Sullivan und Lotterhouse – darüber lasen, bis alle Bescheid wußten, würde er sich still verhalten und die Kontakte mit dem Rest von Clanton auf ein Minimum beschränken. Auf welche Weise sollte er Sullivan benachrichtigen? Jake stellte sich vor, wie Carl Lee den Anwalt Marscharfski angerufen hatte, oder seinen Kumpel Bruster, ja, wahrscheinlich hatte er mit dem Ganoven gesprochen, der dann mit Marscharfski telefonieren würde. Was für eine Presseerklärung gab er heraus? Welche Formulierung wählte er diesmal? Anschließend setzte sich der Memphis-Anwalt wohl mit Walter Sullivan in Verbindung. Wann? Am Montagmorgen, wenn nicht schon früher. Die Sache sprach sich dann schnell in der Kanzlei herum. Jake schmunzelte, als er vor seinem inneren Auge sah, wie sich Senior- und Juniorpartner sowie die übrigen Mitarbeiter im großen, mahagonigetäfelten Konferenzraum versammelten, um einen gewissen Mr. Brigance und sein unethisches Verhalten hingebungsvoll zu verfluchen. Einige von ihnen mochten die Gelegenheit nutzen, um ihre Vorgesetzten zu beeindrucken, indem sie verletzte Advokatur-Vorschriften zitierten. Jake haßte sie alle, ohne eine einzige Ausnahme. Er beschloß, Sullivan einen kurzen Brief zu schreiben, mit einer Kopie für Lotterhouse.

An Buckley wollte er nicht schreiben. Er lächelte erneut: Der Bezirksstaatsanwalt war bestimmt einem Herzanfall nahe, wenn er am Montag die Meldung in der Zeitung las. Ein Brief an Richter Noose mit einer Kopie für Buckley würde genügen. Jake wollte ihn nicht mit einer persönlichen Mitteilung ehren.

Ihm fiel etwas ein, doch am Telefon zögerte er. Einige Sekunden später gab er sich einen Ruck und wählte Luciens Nummer. Es war jetzt einige Minuten nach sieben. Die Hausangestellte–Krankenschwester–Kellnerin nahm ab.

»Sallie?«

»Ja.«

»Jake. Ist Lucien wach?«

»Einen Augenblick.« Sallie rollte sich auf die andere Seite und reichte den Hörer dem Mann neben ihr.

»Hallo.«

»Ich bin's, Jake.«

»Um was geht's?«

»Um gute Neuigkeiten. Gestern hat es sich Carl Lee Hailey anders überlegt und mich erneut mit seiner Verteidigung beauftragt. Ich kümmere mich wieder um den Fall.«

»Um welchen Fall?«

»Ich meine den Prozeß gegen Hailey!«

»Ah, der Typ, der die beiden Vergewaltiger seiner Tochter umgenietet hat. Sie vertreten ihn wieder?«

»Seit gestern. Arbeit wartet auf uns.«

»Wann beginnt das Verfahren? Irgendwann im Juli, stimmt's?«

»Am zweiundzwanzigsten.«

»Dann bleibt nicht mehr viel Zeit. Was brauchen Sie?«

»Einen Psychiater. Einen, der nicht viel kostet und alles bescheinigt.«

»Ich kenne genau den richtigen Mann«, sagte Lucien.

»Gut. Setzen Sie alles Notwendige in Bewegung. Ich rufe in ein paar Tagen an.«

Carla erwachte einige Stunden später und fand ihren Mann in der Küche, inmitten von Zeitungen, die auf und unter dem Tisch lagen. Sie kochte frischen Kaffee und setzte sich wortlos. Jake lächelte und las weiter.

»Wann bist du aufgestanden?« fragte Carla.

»Um halb sechs.«

»Warum so früh? Heute ist Sonntag.«

»Ich konnte nicht mehr schlafen.«

»Zu aufgeregt?«

Jake ließ eine Zeitung sinken. »Ja, du hast recht, ich bin aufgeregt. Sogar sehr. Und ich finde es schade, daß du meine Aufregung nicht teilst.«

»Unser Streit von gestern abend tut mir leid.«

»Du brauchst dich nicht zu entschuldigen. Ich weiß, wie du dich fühlst. Dein Problem besteht darin, daß du immer nur die negativen Aspekte siehst, nie die positiven. Du ahnst nicht, was dieser Fall für uns bedeuten könnte.«

»Ich habe Angst vor diesem Fall, Jake. Die anonymen Anrufe und Drohungen. Das brennende Kreuz. Vielleicht hast du nach einem Erfolg bei der Verteidigung von Carl Lee Hailey die Möglichkeit, langfristig eine Million Dollar zu verdienen. Aber was nützt uns das Geld, wenn uns etwas passiert?«

»Es wird nichts geschehen. Wir bekommen weitere anonyme Anrufe, und vielleicht müssen wir in der Kirche einige böse Blicke hinnehmen, aber das ist alles. Nichts Ernstes.«

»Wie kannst du da so sicher sein?«

»Wir haben gestern abend alles durchgekaut, und mir liegt nichts daran, die Diskussion heute morgen zu wiederholen. Wie dem auch sei – ich habe eine Idee.«

»Jetzt bin ich aber gespannt.«

»Du fliegst mit Hanna nach North Carolina und bleibst bis nach dem Prozeß bei deinen Eltern. Sie würden sich bestimmt freuen. Und wir brauchten uns keine Sorgen mehr über den Klan zu machen. Oder über andere Leute, die gern Kreuze verbrennen.«

»Der Prozeß beginnt erst in sechs Wochen! Du möchtest, daß wir anderthalb Monate in Wilmington verbringen?«

»Ja.«

»Ich mag meine Eltern sehr, aber dein Vorschlag ist einfach lächerlich.«

»Du betonst immer wieder, daß du sie viel zu selten siehst. Und sie möchten mehr von ihrer Enkelin haben.«

»Was ist mit dir? Sechs Wochen ohne den Ehemann und Vater …«

»Ich muß mich gründlich auf die Verteidigung vorbereiten. Der Fall verlangt meine ganze Aufmerksamkeit, bis das Urteil gesprochen wird. Ich arbeite auch nachts daran, am Wochenende …«

»Daran bin ich gewöhnt.«

»Ich schenke euch überhaupt keine Beachtung und denke nur an den Prozeß.«

»Wie üblich.«

Jake lächelte. »Du glaubst also, damit fertig werden zu können?«

»Ich werde mit dir fertig. Aber ich fürchte mich vor den Verrückten dort draußen.«

»Wenn die Verrückten eine konkrete Gefahr darstellen, werfe ich das Handtuch. Dann überlasse ich den Fall einem anderen Anwalt, um meine Familie zu schützen.«

»Versprichst du das?«

»Natürlich verspreche ich es. Laß uns wenigstens Hanna zu deinen Eltern schicken.«

»Warum sollte sie fort, wenn wir hier völlig sicher sind?«

»Um jedes Risiko zu vermeiden. Es würde ihr sicher gefallen, den Sommer bei Opa und Oma zu verbringen. Sie hätte eine Menge Spaß.«

»Ohne mich hielte sie keine Woche durch.«

»Du ohne sie ebensowenig.«

»Stimmt. Und deshalb bleibt sie hier. Ich fühle mich weitaus besser, wenn ich sie in die Arme schließen kann.«

Carla füllte zwei Tassen mit heißem Kaffee. »Steht was in der Zeitung?«

»Nein. Ich dachte zunächst, das Jackson-Blatt brächte vielleicht etwas, aber offenbar war es gestern nachmittag schon zu spät.«

»Nach einer Woche scheint dein Timing ein wenig eingerostet zu sein.«

»Warte bis morgen früh.«

»Bist du sicher?«

»Absolut.«

Carla schüttelte den Kopf und nahm sich die Mode- und Rezeptrubriken vor. »Gehst du in die Kirche?«

»Nein.«

»Warum nicht? Du hast den Fall wieder. Bist erneut ein Star.«

»Ja, aber es weiß noch niemand.«

»Ich verstehe. Ich schätze, am nächsten Sonntag besuchst du die Messe.«

»Natürlich.«

In den verschiedenen Schwarzenkirchen – sie trugen Bezeichnungen wie Mount Hebron, Berg Zion, Mount Pleasant, Brown's Chapel, Green's Chapel, Gottestempel, Christustempel und Heiligentempel, in manchen Fällen genügten aber auch die Straßennamen, zum Beispiel Norris Road, Section Line Road und Bethel Road – wurden Körbe und Teller umhergereicht, standen auf den Altären und direkt neben dem Eingang. Ihr Zweck: Es sollte Geld für Carl Lee Hailey und seine Familie gesammelt werden. Man verwendete auch Schachteln, die anderenorts dazu dienten, Hamburger einzupacken. Je größer die Schachteln, Körbe und Teller, desto kleiner wirkten die individuellen Spenden darin. Wenn sie sich nicht sofort füllten, was in den wenigsten Fällen geschah, ließen die zuständigen Prediger ihre Sammelbehälter noch einmal durch die Gemeinde kreisen. Es handelte sich um eine besondere Aktion, die in keinem

Zusammenhang mit der normalen Kollekte stand, und sie ging in allen Kirchen mit rührenden Ansprachen einher: Stellt euch nur einmal vor, was mit dem kleinen Hailey-Mädchen und ihren Eltern passiert, wenn nicht genug Geld gesammelt wird. Gelegentlich erwähnte man auch den heiligen Namen der NAACP, was die meisten Kirchgänger dazu veranlaßte, noch tiefer in die Tasche zu greifen.

Nach den Gottesdiensten leerte man die Schachteln, Körbe und Teller, um die Einnahmen zu zählen, und das Ritual wiederholte sich nach der Abendmesse. Gegen dreiundzwanzig Uhr am Sonntag addierte man die Summen der Morgen- und Abendspenden. Jeder Prediger zählte sie noch einmal. Am Montag sollte ein großer Prozentsatz davon zu Reverend Agee gebracht werden, damit er das Geld irgendwo in seiner Kirche aufbewahrte. Es war vorgesehen, den größten Teil davon zugunsten der Familie Hailey auszugeben.

Von zwei bis fünf an jedem Sonntagnachmittag stand den County-Häftlingen ein großer umzäunter Hof hinter dem Gefängnis zur Verfügung. Für jeden Gefangenen waren höchstens drei Besucher zugelassen, Freunde und/oder Verwandte, und sie durften maximal eine Stunde bei ihm bleiben. Es gab mehrere Schatten spendende Bäume, einige alte Picknicktische und sogar ein Gestell mit einem Basketballkorb. Deputys und Hunde hielten auf der anderen Seite des Zauns Wache.

Eine gewisse Routine hatte sich eingestellt. Gwen und die Kinder verließen die Kirche um drei Uhr, nach dem Segen, und fuhren dann zum Gefängnis. Ozzie ließ Carl Lee früh auf den Hof, um ihm Gelegenheit zu geben, am besten Picknicktisch Platz zu nehmen – er befand sich im Schatten eines nahen Baums. Dort saß er allein, sprach mit niemandem und beobachtete das Basketball-Getümmel, bis seine Familie eintraf. Eigentlich wurde gar kein Basketball gespielt, sondern eine Mischung aus Rugby, Ringen, Judo und Handball. Niemand wagte es, in die Rolle des Schiedsrichters zu schlüpfen. Trotzdem floß kein Blut; es kam nicht einmal zu Handgreiflichkeiten. Ein Kampf bedeutete Einzelhaft und einen Monat lang keine Freistunden.

Mehrere Besucher – einige Freundinnen und Ehefrauen – saßen am Zaun im Gras, sprachen mit ihren Männern und starrten zum Durcheinander unter dem Basketballkorb. Ein Pärchen fragte Carl Lee, ob es an seinem Tisch essen könne. Er schüttelte den Kopf. Der Häftling und seine Begleiterin gingen und aßen im Gras.

Diesmal traf Carl Lees Familie schon vor drei Uhr ein. Deputy Hastings, Gwens Vetter, schloß das Tor auf, und die Kinder liefen zu ihrem Vater. Gwen stellte die vorbereiteten Speisen auf den Tisch. Carl Lee spürte die Blicke der anderen Gefangenen und genoß ihren Neid. Wenn er weiß oder kleiner und schwächer gewesen wäre, hätte man ihn sicher aufgefordert, das Essen mit den übrigen Häftlingen zu teilen. Aber er war Carl Lee Hailey, und niemand starrte ihn längere Zeit an. Die Lautstärke unter dem Basketballkorb nahm wieder zu; Carl Lee und seine Familie speisten in aller Ruhe. Tonya saß wie immer neben ihrem Vater.

»Heute morgen hat man mit einer Kollekte für uns begonnen«, sagte Gwen nach dem Essen.

»Wer?«

»Die Kirche. Bischof Agee meinte, von jetzt an werde jeden Sonntag in allen Kirchen Geld gesammelt. Für uns und die Anwaltskosten.«

»Wieviel?«

»Das weiß ich nicht. Er kündigte an, daß er die Gemeindemitglieder an jedem Sonntag zu Spenden aufrufen wolle, bis zum Prozeß.«

»Das ist mächtig nett von ihm. Was hat er über mich gesagt?«

»Er sprach nur über den Fall und so. Er meinte, die Verteidigung sei teuer und wir bräuchten dringend Geld von den Kirchen. Erwähnte die christliche Pflicht, dem Nächsten zu helfen. Bezeichnete dich als Helden.«

Eine angenehme Überraschung, dachte Carl Lee. Er hatte geistigen Beistand erwartet, aber keinen finanziellen. »In wievielen Kirchen findet die Kollekte statt?«

»In allen schwarzen dieser County.«

»Wann bekommen wir das Geld?«

»Bischof Agee nannte keinen bestimmten Tag.«

Erst nimmt er sich seinen Anteil, überlegte Carl Lee. »Jungs, spielt mit eurer Schwester drüben am Zaun. Mutter und ich haben etwas zu besprechen. Seid artig.«

Carl Lee jr. und Robert führten Tonya fort.

»Was sagt der Arzt?« fragte Carl Lee und sah den Kindern nach.

»Inzwischen geht es unserer Tochter besser. Ihr Kiefer heilt gut. In einem Monat wird vielleicht der Draht entfernt. Und sicher dauert es nicht mehr lange, bis sie wieder springen und laufen kann wie früher. Sie ist nur noch ein wenig wund.«

»Und die, äh – andere Sache?«

Gwen schüttelte den Kopf. Ihre Schultern hoben und senkten sich, als sie leise schluchzte und sich Tränen aus den Augen wischte. »Sie kann nie Kinder bekommen«, brachte sie mit schwankender Stimme hervor. »Der Arzt ...« Sie brach ab und versuchte vergeblich, sich zu fassen. Nach einigen Sekunden schluchzte sie noch lauter und verbarg ihr Gesicht hinter einem Papiertaschentuch.

Carl Lee fühlte sich elend. Er preßte die Fäuste an die Stirn und biß die Zähne zusammen, um nicht zu weinen. »Was hat der Arzt gesagt?«

Gwen hob den Kopf und kämpfte gegen die Tränen an. »Am Dienstag erklärte er mir, der angerichtete Schaden sei zu groß ...« Mit den Fingerkuppen strich sie über ihre feuchten Wangen. »Aber er möchte Tonya zu einem Spezialisten in Memphis schicken.«

»Ist er nicht sicher?«

Erneut schüttelte Gwen den Kopf. »Zu neunzig Prozent. Er hält es jedoch für notwendig, sie auch noch von einem anderen Arzt untersuchen zu lassen. Wir sollen sie in einem Monat nach Memphis bringen.«

Gwen benutzte ein zweites Taschentuch und reichte ein weiteres ihrem Mann, der sich rasch die Augen betupfte.

Tonya saß am Zaun und hörte, wie sich ihre beiden Brüder darüber stritten, wer den Deputy und wer den Häftling spielen solle. Sie beobachtete, wie ihre Eltern miteinander sprachen, den Kopf schüttelten und schluchzten. Instinktiv wußte sie, daß mit ihr etwas nicht stimmte, rieb sich die Augen und weinte ebenfalls.

»Die Alpträume werden schlimmer«, sagte Gwen und beendete das Schweigen. »Ich muß jede Nacht bei ihr schlafen. Tonya träumt von Männern, die es auf sie abgesehen haben, sich in Schränken verstecken oder sie im Wald verfolgen. Häufig wacht sie schweißgebadet auf und schreit. Der Arzt rät uns, einen Psychiater um Hilfe zu bitten. Er glaubt, es wird noch schlimmer, bevor sie darüber hinwegkommt.«

»Wieviel kostet die Behandlung?«

»Keine Ahnung. Ich habe noch nicht angerufen.«

»Hol das so schnell wie möglich nach. Wo wohnt der Psychiater?«

»In Memphis.«

»Dachte ich mir. Wie reagieren die Jungs?«

»Sie sind großartig und nehmen immer Rücksicht auf ihre Schwester. Aber die Alpträume belasten sie sehr. Wenn Tonya erwacht und schreit, weckt sie alle. Ihre Brüder laufen zu ihr ans Bett und versuchen zu helfen, aber sie sind auch verängstigt. Gestern nacht beruhigte sich Tonya erst, als sich die Jungs bereit erklärten, auf dem Boden vor ihr zu schlafen. Wir mußten das Licht eingeschaltet lassen und lagen stundenlang wach.«

»Carl Lee jr., Robert und Jarvis machen wohl keine Probleme?«

»Sie vermissen ihren Daddy.«

Der Vater rang sich ein Lächeln ab. »Ich kehre bald zurück.«

»Glaubst du?«

»Ich weiß überhaupt nicht mehr, was ich glauben soll. Aber ich habe nicht vor, den Rest meines Lebens im Gefängnis zu verbringen. Jake vertritt mich wieder.«

»Seit wann?«

»Seit gestern. Der Anwalt aus Memphis hat mich nie besucht, nicht einmal angerufen. Deshalb habe ich Jake gebeten, sich erneut um meinen Fall zu kümmern.«

»Du hast doch gesagt, er sei zu jung.«

»Ich habe mich geirrt. Er ist jung, aber auch gut. Frag Lester.«

»Du mußt es wissen.«

Carl Lee wanderte langsam über den Hof, am Zaun entlang. Er dachte an die zwei Männer, die irgendwo in ihren Gräbern vermoderten, deren Seelen in der Hölle brannten. Vor ihrem Tod waren sie seiner kleinen Tochter begegnet, und einige Stunden hatten genügt, um Tonya an Körper und Geist zu ruinieren. Die Brutalität von Billy Ray Cobb und Pete Willard hatte dafür gesorgt, daß sie keine Kinder mehr bekommen konnte, daß sie fürchtete, die beiden Vergewaltiger hätten es noch immer auf sie abgesehen. Würde sie jemals imstande sein, die schrecklichen Erinnerungen aus ihrem Gedächtnis zu verbannen, darüber hinwegzukommen und wieder zu einem normalen Leben zurückzufinden? Ein Psychiater war vielleicht in der Lage, ihr zu helfen. Doch wie würden sich die anderen Kinder ihr gegenüber verhalten?

Was hatten die beiden Mistkerle gedacht, als sie Tonya quälten? He, das ist ein Nigger-Mädchen. Wahrscheinlich unehelich, wie alle Nigger-Kinder. Niemand schert sich darum, wenn wir die Kleine vergewaltigen.

Carl Lee hatte die Männer vor Gericht gesehen. Der eine arrogant, der andere voller Furcht. Er erinnerte sich daran, wie sie die Treppe herunterkamen, als er auf sie wartete. An das Entsetzen in ihren Gesichtern, als er mit der M-16 vorsprang. An das Krachen der Schüsse, an die Schreie, als sie an ihren Handschellen zerrten, sich umwandten und versuchten, nach oben zu fliehen, als sie stolperten und fielen. Er erinnerte sich daran, wie er lächelte und sogar laut lachte, während die Kugeln Cobb und Willard durchbohrten. Als sie sich nicht mehr gerührt hatten, war er fortgelaufen.

Tonyas Vater schmunzelte erneut. Er bereute nichts. Der erste von ihm getötete Vietcong hatte sein Gewissen weitaus mehr belastet.

Der an Walter Sullivan gerichtete Brief kam sofort zur Sache:

Lieber J. Walter,
ich nehme an, Mr. Marscharfski hat Ihnen inzwischen mitgeteilt, daß er Carl Lee Hailey nicht länger vertritt. Daher ist Ihre Beteiligung an diesem Fall nicht mehr erforderlich. Ich wünsche Ihnen einen guten Tag.

Mit freundlichen Grüßen
Jake

L. Winston Lotterhouse bekam eine Kopie dieses Briefes. Das an Noose gerichtete Schreiben war ebenso knapp:

Sehr geehrter Richter Noose,
der Angeklagte Carl Lee Hailey hat beschlossen, sich wieder von mir verteidigen zu lassen. Wir bereiten uns auf den Prozeßbeginn am 22. Juli vor. Bitte veranlassen Sie, daß mein Name als zuständiger Anwalt in der betreffenden Gerichtsakte verzeichnet wird.

Hochachtungsvoll
Jake

Eine Kopie dieses Schreibens ging an Buckley.

Marscharfski rief um halb zehn am Montagmorgen an. Jake ließ ihn zwei Minuten lang warten, bevor er den Hörer abnahm. »Hallo.«

»Wie haben Sie das gedeichselt?«

»Wer spricht dort?«

»Hat Ihnen Ihre Sekretärin nichts gesagt? Bo Marscharfski. Ich will wissen, wie Sie es fertiggebracht haben.«

»Was meinen Sie?«

»Wie ist es Ihnen gelungen, mir den Fall abzujagen?«

Bleib ganz ruhig, dachte Jake. *Laß dich nicht von ihm provozieren.* »Wenn ich mich recht entsinne, wurde der Fall *mir* abgejagt«, erwiderte er.

»Ich bin Hailey nie begegnet, bevor er mich bat, ihn zu vertreten.«

»Das war auch gar nicht nötig. Sie haben den Ganoven geschickt, für den Sie arbeiten.«

»Werfen Sie mir Abwerbung vor?«

»Ja.«

Marscharfski zögerte, und Jake erwartete Flüche.

»Wissen Sie was, Mr. Brigance? Sie haben recht. Ich jage tatsächlich Fällen nach. Ich bin ein Abwerbungsspezialist. Deshalb verdiene ich soviel Geld. Wenn ein strafrechtlicher Fall Aufsehen erregt, so will ich ihn haben. Und um ihn zu erhalten, verwende ich jedes Mittel.«

»Seltsam. Davon war in dem Zeitungsartikel nicht die Rede.«

»Wenn ich den Fall will, so bekomme ich ihn.«

»Viel Glück«, sagte Jake, legte auf und lachte zehn Minuten lang. Er zündete sich eine billige Zigarre an und arbeitete an dem Antrag auf Verlegung des Verhandlungsortes.

Zwei Tage später rief Lucien an und bestellte Jake zu sich. Es ging um eine wichtige Angelegenheit. Er hatte einen Besucher, den er Jake vorstellen wollte.

Der Besucher war Dr. W. T. Bass, ein pensionierter Psychiater aus Jackson. Er kannte Lucien schon seit Jahren, und während ihrer Freundschaft hatten sie bei zwei Fällen von Unzurechnungsfähigkeit zusammengearbeitet. Beide Verbrecher saßen noch immer in Parchman. Er war ein Jahr vor Luciens Lizenzentzug in den Ruhestand gegangen, und zwar aus dem gleichen Grund, dem Wilbanks seinen Ausschluß aus der Anwaltschaft verdankte: Jack Daniel's. Manchmal besuchte er Lucien in Clanton, und beide fanden großen Gefallen daran – weil es ihnen gefiel, gemeinsam zu trinken. Sie saßen nun auf der großen Veranda und erwarteten Jake.

»Behaupten Sie einfach, er sei verrückt gewesen«, sagte Lucien.

»War er's?« fragte der Psychiater.

»Das spielt keine Rolle.«

»Was *spielt* eine Rolle?«

»Die Geschworenen brauchen einen Vorwand, um den

Angeklagten freizusprechen. Es ist ihnen völlig gleich, ob er unzurechungsfähig war oder nicht. Sie benötigen nur eine legale Basis für den Freispruch.«

»Ich würde ihn gern untersuchen.«

»Kein Problem. Reden Sie mit ihm. Er sitzt im Gefängnis und freut sich über jede Gelegenheit, mit jemandem zu sprechen.«

»Ich muß ihn mehrmals besuchen.«

»Ja.«

»Und wenn ich glaube, daß er zum Tatzeitpunkt nicht übergeschnappt gewesen ist?«

»Dann sagen Sie nicht vor Gericht aus. Dann erscheint Ihr Bild nicht in der Zeitung. Dann können Sie leider keine Interviews fürs Fernsehen geben.« Lucien zögerte lange genug, um einen großen Schluck zu trinken. »Es ist doch ganz einfach. Sprechen Sie mit ihm. Machen Sie sich Notizen. Stellen Sie dumme Fragen. Der übliche Kram. Und anschließend sagen Sie, er sei verrückt gewesen.«

»Ich weiß nicht. Es hat nie besonders gut geklappt.«

»Sie sind doch Arzt, oder? Dann verhalten Sie sich wie einer. Seien Sie stolz, eitel und arrogant. Treten Sie wie ein Experte auf. Legen Sie Ihr Gutachten vor. Wenn es jemand in Frage stellt, so weisen Sie einfach darauf hin, die Skeptiker verstünden nichts davon.«

»Ich weiß nicht. Es hat nie besonders gut geklappt.«

»Wiederholen Sie vor Gericht, was ich Ihnen sage. Dann geht nichts schief.«

»Zweimal habe ich vor Gericht Ihre Worte wiederholt. Beide Angeklagten wurden verurteilt und sind noch immer in Parchman.«

»Es handelte sich um hoffnungslose Fälle. Diesmal sieht die Sache ganz anders aus.«

»Hat Hailey eine Chance?«

»Eine kleine.«

»Sie haben doch gerade gesagt, diesmal sähe die Sache ganz anders aus.«

»Er ist ein anständiger Mann, der einen guten Grund hatte, zwei andere Männer zu erschießen.«

»Warum hat er dann nur eine kleine Chance und keine große?«

»Weil das Gesetz seinen Grund nicht für gut genug hält.«

»Leider kommt es in erster Linie auf das Gesetz an.«

»Außerdem ist er ein Schwarzer in einer weißen County. Ich traue den hiesigen Frömmlern nicht.«

»Und wenn er Weißer wäre?«

»Wenn er als Weißer die beiden schwarzen Vergewaltiger seiner Tochter umgelegt hätte, würden ihm die Geschworenen eine Medaille verleihen.«

Bass trank sein Glas aus und füllte das nächste. Ein weiteres Glas und ein Eiskübel standen auf dem Korbtisch zwischen ihm und Lucien.

»Was ist mit Haileys Anwalt?« fragte er.

»Müßte gleich hier sein.«

»Er hat für Sie gearbeitet?«

»Ja, aber ich glaube, Sie kennen ihn nicht. Kam zwei Jahre vor meinem Lizenzentzug in die Praxis. Jung, Anfang Dreißig. Engagiert und aggressiv. Gibt sich Mühe.«

»Und er hat für Sie gearbeitet?«

»Das habe ich Ihnen gerade bestätigt. Für sein Alter hat er bereits umfangreiche Gerichtserfahrungen. Dies ist nicht sein erster Mordfall. Aber wenn ich mich nicht irre, vertritt er zum erstenmal einen Mörder, der zum Tatzeitpunkt unzurechnungsfähig war.«

»Freut mich, das zu hören. Ich möchte nicht, daß jemand zu viele Fragen stellt.«

»Ihre Zuversicht gefällt mir. Warten Sie nur, bis Sie dem Bezirksstaatsanwalt begegnen.«

»Mir ist dabei nicht besonders wohl zumute. Wir haben es zweimal versucht, und zweimal ging's schief.«

Lucien schüttelte erstaunt den Kopf. »Sie sind der bescheidenste Arzt, den ich kenne.«

»Und der ärmste.«

»Sie sollten hochmütig und arrogant sein. Immerhin sind Sie der Fachmann. Verhalten Sie sich wie einer. Wer könnte Ihre fachliche Meinung in Clanton, Mississippi, bezweifeln?«

»Bestimmt ruft die Staatsanwaltschaft eigene Experten in den Zeugenstand.«

»Vermutlich einen Psychiater aus Whitfield. Er wird den Angeklagten einige Stunden lang untersuchen, dann zum Gericht fahren und aussagen, daß er nie einen geistig gesünderen Mann gesehen hat. Fälle von Unzurechnungsfähigkeit sind ihm völlig unbekannt. Er bescheinigt allen perfekte geistige Gesundheit. In Whitfield gibt es nur Leute, die völlig normal sind. Es sei denn, man erhofft sich finanzielle Unterstützung von der Regierung – dann ist der halbe Staat dem Wahnsinn anheimgefallen. Man würde den Kerl entlassen, wenn er plötzlich sagte , daß Angeklagte zum Tatzeitpunkt übergeschnappt gewesen wären. Sie brauchen sich also überhaupt keine Sorgen zu machen.«

»Warum sollte die Jury *mir* glauben?«

»Das klingt so, als hätten Sie noch nie ein solches Verfahren erlebt.«

»Ich habe zwei entsprechende Prozesse hinter mir, erinnern Sie sich? Eine Vergewaltigung und ein Mord. Keiner der beiden Angeklagten war verrückt, obwohl ich das Gegenteil behauptete. Man verfrachtete sie nach Parchman, und dort gehörten sie auch hin.«

Lucien trank erneut, betrachtete die hellbraune Flüssigkeit und die darin schwimmenden Eiswürfel. »Sie haben versprochen, mir zu helfen. Und Sie wissen ganz genau, daß Sie mir diesen Gefallen schulden. Denken Sie nur an die von mir geregelten Scheidungsfälle.«

»Insgesamt drei. Und nachher war ich jedesmal pleite.«

»Sie verdienten es nicht besser. Und Sie hatten keine Wahl: Entweder gaben Sie den Forderungen nach, oder Sie mußten damit rechnen, daß vor Gericht gewisse Angewohnheiten zur Sprache kamen.«

»Ja, ich weiß.«

»Wie viele meiner Klienten – beziehungsweise Patienten habe ich Ihnen im Lauf der Jahre geschickt?«

»Nicht genug, um die Alimente zu bezahlen.«

»Erinnern Sie sich an die Anzeige, die Ihnen gewissenloses Praktizieren vorwarf? Eine Dame klagte darüber, daß ihre wöchentlichen Sitzungen meistens im Bett stattfanden. Die Ärztevereinigung wollte keinen Anwalt für Sie stellen, und deshalb riefen Sie Ihren guten Freund Lucien an. Er verhinderte, daß es zu einem Prozeß kam. Er brachte die Sache für einen Apfel und ein Ei in Ordnung.«

»Es gab keine Zeugen.«

»Nur die Patientin. Und diverse Gerichtsakten, aus denen hervorging, daß Ihre Frauen die Scheidung aufgrund von wiederholtem Ehebruch verlangten.«

»Die Anklage konnte nichts beweisen.«

»Sie bekam gar keine Gelegenheit, etwas zu beweisen. Wir wollten damals eine Verhandlung vermeiden, nicht wahr?«

»Schon gut, schon gut. Ich helfe Ihnen. Was ist mit meinen Referenzen?«

»Sind Sie ein zwanghafter Schwarzseher?«

»Nein. Ich werde nur nervös, wenn ich an Gerichtssäle denke.«

»Mit Ihren Referenzen ist alles in Ordnung. Man hat Sie schon früher als Sachverständigen zugelassen. Seien Sie unbesorgt.«

»Und das dort?« Bass deutete auf die Flasche.

»Sie sollten nicht soviel trinken«, sagte Lucien tadelnd.

Der Psychiater ließ sein Glas fallen und lachte schallend. Er rutschte vom Stuhl, kroch zum Ende der Veranda und schüttelte sich vor Lachen.

»Sie sind betrunken«, sagte Lucien und stand auf, um eine weitere Flasche zu holen.

Als Jake eine Stunde später kam, saß Lucien in seinem großen Schaukelstuhl. Der Arzt schlief in der Hollywoodschaukel am anderen Ende der Veranda. Er trug weder Schuhe noch Socken, und seine Zehen ragten ins nahe Gebüsch. Jake ging die Treppe hoch, und Lucien zuckte zusammen.

»He, Jake, wie geht's Ihnen?« lallte er.

»Gut. Wie ich sehe, haben Sie ein wenig gefeiert.« Brigance deutete auf eine leere Flasche und eine zweite, die nur noch drei Fingerbreit enthielt.

»Ich möchte Ihnen jemanden vorstellen.« Lucien versuchte, sich aufzusetzen.

»Den Mann dort drüben? Wer ist er?«

»Unser Psychiater. Dr. W. T. Bass aus Jackson. Ein Freund von mir. Er wird bescheinigen, daß Hailey verrückt war, als er die beiden Typen umnietete.«

»Ist er gut?«

»Der Beste. Wir haben bei mehreren Fällen zusammengearbeitet, in denen es um Unzurechnungsfähigkeit zum Tatzeitpunkt ging.«

Jake ging in Richtung Hollywoodschaukel, doch nach einigen Schritten blieb er stehen. Der Arzt lag auf dem Rükken, mit aufgeknöpftem Hemd und offenem Mund. Er schnarchte laut und gab dabei ein kehliges, gurgelndes Schnaufen von sich. Eine Bremse – so groß wie ein kleiner Spatz – schwirrte vor seiner Nase und wich bei jedem keuchenden Ausatmen zurück. Alkoholdunst umhüllte den Mann, hing wie unsichtbarer Nebel über dem Ende der Veranda.

»Er ist Arzt?« fragte Jake, als er neben Lucien Platz nahm.

»Ein Psychiater«, verkündete Wilbanks stolz.

»Hat er Ihnen dabei geholfen?« Jake deutete noch einmal zu den Flaschen.

»Ich habe ihm geholfen. Er säuft wie ein Loch, aber vor Gericht ist er immer nüchtern.«

»Das beruhigt mich.«

»Er gefällt Ihnen bestimmt. Kostet Sie keinen Cent. Schuldet mir einen Gefallen.«

»Ich mag ihn bereits.«

Luciens Gesicht war ebenso rot wie seine Augen. »Möchten Sie einen Drink?«

»Nein. Es ist halb vier nachmittags.«

»Tatsächlich? Halb vier an welchem Tag?«

»Mittwoch, 12. Juni. Seit wann haben Sie beide getrunken?«

»Seit etwa dreißig Jahren.« Lucien lachte und ließ die Eiswürfel in seinem Glas klirren.

»Ich meine heute.«

»Wir tranken unser Frühstück. Was spielt's für eine Rolle?«

»Praktiziert er?«

»Nein. Er ist pensioniert.«

»War seine Pensionierung freiwilliger Natur?«

»Sie wollen wissen, ob er ebenfalls einen Ausschluß aus der Anwaltschaft hinter sich hat, sozusagen?«

»Das stimmt. Sozusagen.«

»Nein. Er hat noch immer eine Lizenz, und seine Referenzen sind tadellos.«

»Er sieht tadellos aus.«

»Hängt seit einigen Jahren an der Flasche. Wegen der Alimente. Ich habe drei Scheidungen für ihn über die Bühne gebracht. Irgendwann erreichte er den Punkt, an dem sein ganzes Einkommen für Unterhaltszahlungen draufging, und daraufhin zog er sich in den Ruhestand zurück.«

»Wie kommt er jetzt klar?«

»Nun, äh, er hat was auf die hohe Kante gelegt. Seine Ex-Frauen und ihre geldgierigen Anwälte wissen nichts davon. Eigentlich geht es ihm nicht schlecht.«

»Das sieht man.«

»Darüber hinaus verkauft er Drogen. Ab und zu. Und nur an reiche Kunden. Nun, kein Rauschgift in dem Sinne, sondern Psychopharmaka, die er verschreiben kann. Es ist nicht illegal, nur unethisch.«

»Was macht er hier?«

»Er besucht mich gelegentlich. Wohnt in Jackson, aber dort gefällt's ihm nicht. Ich habe am Sonntag mit ihm telefoniert, nach Ihrem Anruf. Er möchte so schnell wie möglich mit Hailey reden. Morgen, wenn das möglich ist.«

Der Psychiater schnaufte einmal mehr und rollte sich auf die Seite, wodurch die Hollywoodschaukel in Bewegung geriet. Sie schwang einige Male hin und her, und der nach wie vor schnarchende Bass wälzte sich erneut herum. Er streckte das rechte Bein, und der Fuß stieß gegen einen dicken Ast im nahen Gebüsch. Die Schaukel kippte, und der Arzt fiel auf die Veranda. Er prallte mit dem Kopf auf den Holzboden, und der rechte Fuß blieb unter dem Ast festgeklemmt.

Bass schnitt nur eine Grimasse, hustete und schnarchte erneut. Jake ging instinktiv auf ihn zu, verharrte jedoch, als er sah, daß sich der Mann nicht verletzt hatte und auch weiterhin schlief.

»Lassen Sie ihn nur!« rief Lucien und lachte.

Wilbanks legte einen Eiswürfel auf den Boden, zielte und gab ihm einen Stoß. Das Ding rutschte am Kopf des Arztes vorbei. Der zweite Würfel traf ihn an der Nasenspitze. »Perfekter Schuß!« donnerte Lucien. »Aufwachen, Trunkenbold!«

Jake ging die Treppe hinunter zum Saab und hörte dabei, wie sein früherer Chef lachte, fluchte und mit Eiswürfeln nach Dr. W. T. Bass warf, Psychiater und Entlastungszeuge.

Deputy DeWayne Looney stützte sich auf Krücken, als er das Krankenhaus verließ. Er fuhr mit seiner Frau und den drei Kindern zum Gefängnis, wo der Sheriff, die anderen Deputys sowie Reservisten und einige Freunde warteten. Ein Kuchen stand auf dem Tisch, und daneben lagen kleine Geschenke. Looney behielt Polizeimarke, Uniform und Rang, aber von jetzt an würde er in der Zentrale arbeiten.

21

Man hatte den Saal der Springdale Church gründlich gereinigt, die Klappstühle und -tische auf Hochglanz poliert und in geraden Reihen aufgestellt. Es war die größte Schwarzenkirche in der County, und sie befand sich in Clanton. Aus diesem Grund hielt es Bischof Agee für angemessen, die Versammlung dort stattfinden zu lassen. Die Pressekonferenz diente dazu, sich an die Öffentlichkeit zu wenden, dem Angeklagten moralische Unterstützung zu gewähren und die Gründung des Carl-Lee-Hailey-Verteidigungsfonds bekanntzugeben. Der NAACP-Vorsitzende kam mit einem Scheck über fünftausend Dollar und versprach noch mehr Geld. Der NAACP-Ortsgruppenleiter aus Memphis brachte fünftausend Dollar in bar mit und legte sie stolz auf den Tisch. Sie saßen neben Agee im vorderen Teil der Kirche, und hinter ihnen hatten die Angehörigen des Priesterkonzils Platz genommen. Vor ihnen warteten zweihundert schwarze Kirchenmitglieder. Auch Gwen leistete dem Bischof Gesellschaft. In der Mitte des Saals kritzelten Reporter Notizen, und einige – überraschend wenige – Kameras surrten.

Agee ergriff als erster das Wort, und die Präsenz der Journalisten inspirierte ihn. Er sprach von den Haileys, von ihrem guten Ruf und von ihrer Unschuld. Er erwähnte, Tonya im Alter von nur acht Jahren getauft zu haben. Er beschrieb eine von Rassismus und Haß ruinierte Familie. Er verdammte die Justiz und ihr Bestreben, einen guten, anständigen Mann zu verurteilen, der kein Verbrechen begangen hatte, den man als Weißen überhaupt nicht vor Gericht gestellt hätte. Er betonte, es sei nur deshalb Anklage gegen Carl Lee Hailey erhoben worden, weil er ein Schwarzer war. Agee geriet in Schwung, und das Publikum jubelte ihm zu. Während der Pressekonferenz entfaltete sich plötzlich die Leidenschaft eines Zelt-Revivals. Seine Ansprache dauerte fünfundvierzig Minuten.

Er setzte hohe rhetorische Maßstäbe, aber der NAACP-Vorsitzende nahm die Herausforderung an. Eine halbe Stunde lang verurteilte er den Rassismus und nutzte die gute Gelegenheit, um aus Statistiken über Kriminalität, Verhaftungen, Verurteilungen und Gefängnisinsassen zu zitieren. Schließlich faßte er alles mit dem Hinweis zusammen, daß die Justiz von Weißen kontrolliert werde, die jede Möglichkeit wahrnehmen würden, Schwarze hinter Gitter zu bringen. Mit akrobatischer Logik wendete er seine Statistiken auf Ford County an und meinte, Carl Lee Hailey könne hier keine Gerechtigkeit erwarten. Die hell strahlenden Lampen der Kameramänner sorgten dafür, daß Schweiß über den Augenbrauen des Redners perlte. Er erwärmte sich für das Thema, wurde zorniger als Bischof Agee und hämmerte aufs Pult, wodurch die Mikrofone vor ihm erzitterten. Dann bat er die Schwarzen in Ford County und Mississippi, noch mehr zu spenden und kündigte Demonstrationen und Protestmärsche an. Der Protest sollte zum Fanal für die Schwarzen und Unterdrückten im ganzen Lande werden.

Er beantwortete Fragen. Wieviel Geld sollte gesammelt werden? Mindestens fünfzigtausend, hoffte er. Es war bestimmt sehr teuer, Carl Lee Hailey zu verteidigen, und vielleicht genügten fünfzigtausend nicht. Deshalb mußte so tief wie möglich in die Tasche gegriffen werden – die Zeit war knapp. Wofür sollte das Geld verwendet werden? Für die Anwalts- und Verfahrenskosten. Um einen Freispruch durchzusetzen, war ein ganzes Heer von Anwälten und Ärzten notwendig. Plante man, NAACP-Anwälte mit dem Fall zu betrauen? Natürlich. In den Washingtoner Büros arbeitete man bereits daran. Die Spezialisten für Kapitalverbrechen kümmerten sich um alles. Carl Lee Hailey stellte ihre oberste Priorität dar, und man würde alle Ressourcen für seine Verteidigung einsetzen.

Nach dem NAACP-Vorsitzenden trat Bischof Agee noch einmal ans Pult und nickte dem Organisten zu. Musik erklang. Die Gemeinde stand auf, faßte sich an den Händen und sang aus vollen Kehlen »We Shall Overcome«.

Am Dienstag berichtete die Zeitung von dem Verteidigungsfond. Jake hatte Gerüchte über eine besondere, vom Priesterkonzil verwaltete Kollekte gehört und bisher angenommen, mit dem Geld sollte die Familie unterstützt werden. Fünfzig Riesen für die Anwalts- und Verfahrenskosten! Er war verärgert – und gleichzeitig interessiert. Mußte er damit rechnen, erneut gefeuert zu werden? Und wenn sich Carl Lee weigerte, die Dienste der NAACP-Anwälte in Anspruch zu nehmen? Was geschah dann mit dem Geld? Es dauerte noch fünf Wochen bis zum Prozeßbeginn – genug Zeit für das auf Kapitalverbrechen spezialisierte Team, in Clanton einzufallen. Jake hatte von den Typen gelesen: sechs Fachleute für Mordfälle, die durch den Süden der USA reisten und Schwarze vertraten, denen man besonders scheußliche Verbrechen zur Last legte. Man bezeichnete sie als »Todestrupp«. Es handelte sich um sehr intelligente, sehr talentierte und sehr gebildete Anwälte, die versuchten, schwarze Mörder davor zu bewahren, in den Gaskammern oder auf den elektrischen Stühlen der Südstaaten zu enden. Sie befaßten sich nur mit vorsätzlichem Mord und leisteten außerordentlich gute Arbeit. Die NAACP leitete ihre Einsätze, sammelte das nötige Geld, organisierte die ortsansässigen Schwarzen und rührte die Werbetrommel. Rassismus war die beste – und manchmal einzige – Verteidigung. Zwar verloren sie die meisten Prozesse, aber sie standen keineswegs in einem schlechten Ruf. Die von ihnen übernommenen Fälle galten praktisch immer als aussichtslos, und sie gaben sich wenigstens alle Mühe, den Angeklagten zu einem Märtyrer zu machen, in der Hoffnung, einen einstimmigen Urteilsspruch der Geschworenen zu verhindern.

Jetzt kamen sie nach Clanton.

Eine Woche vorher hatte Buckley den förmlichen Antrag gestellt, Carl Lee von Psychiatern untersuchen zu lassen. Jake verlangte, daß die Untersuchungen in Clanton stattfinden sollten, vorzugsweise in seiner Praxis. Noose lehnte ab und beauftragte den Sheriff, Hailey zur Nervenklinik in Whitfield zu fahren. Jake bat darum, seinen Klienten begleiten und ihm die ganze Zeit über Gesellschaft leisten zu dürfen, aber auch diesmal antwortete Noose mit einem klaren Nein.

Früh am Mittwochmorgen tranken Jake und Ozzie Kaffee im Büro des Sheriffs, während sie darauf warteten, daß Carl Lee duschte und sich anzog. Die Fahrt nach Whitfield dauerte drei Stunden, und er sollte dort um neun Uhr eintreffen. Jake hatte noch einige Anweisungen für seinen Klienten.

»Wie lange bleiben Sie dort?« wandte er sich an Ozzie.

»Sie sind der Anwalt. Wie lange dauert so etwas?«

»Drei oder vier Tage. Sie fahren nicht zum erstenmal zu der Klinik, oder?«

»Nein. Wir haben eine Menge Verrückte in Whitfield abgeliefert. Aber dieser Fall ist einzigartig. Wo bringt man ihn unter?«

»In irgendeiner Zelle.«

Deputy Hastings schlenderte schläfrig herein und knabberte an einem Gebäckstück. »Wieviele Wagen nehmen wir?«

»Zwei«, antwortete Ozzie. »Ich fahre meinen, und Sie fahren Ihren. Pirtle und Carl Lee begleiten mich, Riley und Nesbit begleiten Sie.«

»Waffen?«

»Drei Gewehre für jedes Fahrzeug. Ausreichend Munition. Alle tragen schußsichere Westen, auch Carl Lee. Holen Sie die Wagen. Ich möchte um halb sechs aufbrechen.«

Hastings murmelte etwas und ging.

»Rechnen Sie mit Schwierigkeiten?« fragte Jake.

»Einige anonyme Anrufer haben uns genervt, und zwei von ihnen erwähnten die Fahrt nach Whitfield. Es gibt viel Asphalt zwischen hier und der Klinik.«

»Haben Sie sich schon für eine Route entschieden?«

»Die meisten Leute nehmen die 22er bis zur Interstate, nicht wahr? Nun, wir machen einen kleinen Umweg über die Nebenstraßen. Wie wär's mit der 14 bis zur 89?«

»Nicht übel. Bestimmt eine Überraschung für irgendwelche Attentäter und Heckenschützen.«

»Gut. Freut mich, daß Sie einverstanden sind.«

»Immerhin geht es um meinen Klienten.«

»Fragt sich nur, wie lange noch.«

Carl Lee verspeiste Eier und Brötchen, während sein Anwalt schilderte, was ihn in Whitfield erwartete.

»Ich weiß, Jake. Sie möchten, daß ich mich wie ein Irrer aufführe?« Er lachte, und Ozzie schmunzelte.

»Ich meine es ernst, Carl Lee. Hören Sie mir zu.«

»Warum? Sie haben mich selbst darauf hingewiesen, daß es völlig gleich ist, was ich sage oder wie ich mich verhalte. Das Untersuchungsergebnis steht bereits fest: Ich war nicht verrückt, als ich die beiden Männer erschoß. Die Psychiater arbeiten für den Staat, stimmt's? Es macht also überhaupt keinen Unterschied, welche Antworten ich gebe, oder? Die Ärzte werden mir perfekte geistige Gesundheit bescheinigen. Habe ich recht, Ozzie?«

»Lassen Sie mich da raus. Ich arbeite ebenfalls für den Staat.«

»Sie arbeiten für die County«, sagte Jake.

»Name, Rang und Seriennummer – mehr erfahren die Gehirnklempner nicht von mir«, betonte Carl Lee, während er eine kleine Papiertüte leerte.

»Sehr komisch«, kommentierte Brigance.

»Er schnappt über, Jake«, meinte Ozzie.

Carl Lee steckte sich zwei Strohhalme in die Nase, schlich auf Zehenspitzen durchs Büro, starrte zur Decke und griff nach etwas über seinem Kopf. Er schob es in die Tüte und streckte die Hand nach einem zweiten imaginären Objekt aus. Hastings kehrte zurück und blieb abrupt stehen. Carl Lee sah ihn an, riß die Augen auf, grinste breit und hob dann erneut die Hände.

»Was bedeutet das?« fragte Hastings verwirrt.

»Ich fange Schmetterlinge«, antwortete Carl Lee.

Jake nahm seinen Aktenkoffer und ging zur Tür. »Ich glaube, Sie sollten ihn in Whitfield lassen.« Mit diesen Worten verschwand er nach draußen.

Die Anhörung im Hinblick auf die Verlegung des Verhandlungsortes fand am Montag, dem 24. Juni, in Clanton statt. Wahrscheinlich würde sie einige Stunden dauern; die Medien brachten ihr großes Interesse entgegen. Jake hatte einen anderen Verhandlungsort beantragt und mußte daher beweisen, daß in Ford County kein fairer Prozeß gegen Carl Lee möglich war. Er brauchte Zeugen. Personen, die hohes Ansehen genossen und vor Gericht aussagten, daß sie die Vorstellung eines fairen Verfahrens in dieser County für absurd hielten. Atcavage meinte, er sei dazu bereit, aber vielleicht wollte die Bank nicht, daß er sich an dieser Sache beteiligte. Harry Rex hatte keine derartigen Bedenken. Bischof Agee erklärte, er würde sich freuen, Jake zu helfen – doch als die NAACP verkündete, ihre Anwälte würden den Fall übernehmen, meldete er Bedenken an. Lucien war alles andere als glaubwürdig, und Jake zog nicht ernsthaft in Erwägung, ihn aussagen zu lassen.

Dem Staatsanwalt Buckley standen sicher Dutzende von glaubwürdigen Zeugen zur Verfügung – Beamte, Anwälte, Geschäftsleute, vielleicht andere Sheriffs –, die alle behaupten würden, daß sie kaum von Carl Lee Hailey gehört hatten. Ein faires Verfahren in Clanton sei also praktisch garantiert.

Rein persönlich zog es Jake vor, daß der Prozeß in Clanton stattfand, im Gerichtsgebäude auf der anderen Straßenseite, in der Gegenwart von Personen, die er gut kannte. Prozesse dieser Art waren anstrengend und nervenaufreibend. Ein freundliches Umfeld, nur drei Autominuten von zu Hause entfernt, reduzierte den Streß. Dann konnte er die Verhandlungspausen nutzen, um in seinem Büro zu recherchieren, Zeugen vorzubereiten oder sich zu entspannen. Er konnte im Café oder bei Claude essen, auch daheim eine schnelle Mahlzeit einnehmen. Und Carl Lee hatte die Möglichkeit, im Countygefängnis zu bleiben, in der Nähe seiner Familie.

Darüber hinaus erhoffte sich Jake in Clanton mehr und bessere Publicity. Die Journalisten würden an jedem Morgen vor seinem Büro warten und ihm folgen, wenn er langsam zum Gerichtsgebäude ging. Eine faszinierende Vorstellung.

Spielte es eine Rolle, wo der Prozeß stattfand? Lucien hatte recht: Alle Bürger in allen Countys des Staates Mississippi wußten inzwischen von dem Fall. Warum den Verhandlungsort verlegen? Die zukünftigen Geschworenen hatten bereits über Schuld oder Unschuld des Angeklagten entschieden.

Und es spielte doch eine Rolle, wo der Prozeß stattfand. Es gab weiße und schwarze Geschworene. Angesichts der weißen Majorität in Ford County waren hier mehr weiße Jurymitglieder zu erwarten als andernorts. Jake liebte schwarze Geschworene, insbesondere bei strafrechtlichen Fällen, die Schwarze betrafen. Sie bewahrten sich eine gewisse Aufgeschlossenheit und neigten nicht sofort dazu, den Angeklagten zu verurteilen. Er bevorzugte sie auch bei zivilrechtlichen Verhandlungen. Bei Klagen gegen große Unternehmen oder Versicherungsgesellschaften brachten sie dem Schwächeren und Benachteiligten Mitgefühl entgegen. Auch im Hinblick auf das Geld von anderen Leuten zeichneten sie sich durch liberalere Ansichten aus. Jake nutzte jede Gelegenheit, um schwarze Geschworene zu bekommen, aber in Ford County waren sie leider selten.

Deshalb lag ihm soviel daran, diesen Fall in einer anderen, schwärzeren County zu verhandeln. Ein schwarzes Jurymitglied konnte verhindern, daß die Geschworenen einen einstimmigen Beschluß faßten; dann mußte das Verfahren wiederholt werden. Und wenn Schwarze die Mehrheit bildeten, erzwangen sie vielleicht einen Freispruch.

Lucien hatte in diesem Zusammenhang umfangreiche Nachforschungen angestellt. Jake gehorchte den empfangenen Anweisungen – wenn auch widerstrebend – und traf um acht Uhr morgens bei seinem früheren Chef ein. Sallie servierte das Frühstück auf der Veranda. Brigance trank Kaffee und Orangensaft; Lucien genehmigte sich einen Bourbon mit Eis. Drei Stunden lang sprachen sie ausführlich über die Verlegung des Verhandlungsortes. Wilbanks hatte Unterlagen über alle Fälle, die während der vergangenen achtzig Jahre vor dem obersten Gericht ausgetragen worden waren, und er dozierte wie ein Professor. Der Student machte sich Notizen und stellte gelegentlich Fragen, doch die meiste Zeit über hörte er nur stumm zu.

Die Nervenklinik Whitfield befand sich einige Kilometer außerhalb von Jackson, in einem ländlichen Teil der Rankin County. Zwei Wächter warteten am vorderen Tor und hinderten Reporter daran, das Anwesen zu betreten. Man erwartete Carl Lee um neun – mehr wußten sie nicht. Um acht Uhr dreißig hielten zwei Streifenwagen mit Ford County-Insignien vor dem Tor. Die Journalisten und Kameramänner liefen zum Fahrer des ersten Wagens. Ozzie kurbelte das Seitenfenster herunter.

»Wo ist Carl Lee?« stieß ein aufgeregter Reporter hervor.

»Im anderen Fahrzeug«, erwiderte Ozzie und zwinkerte Hailey zu, der sich im Fond zurücklehnte.

»Der zweite Wagen!« rief jemand, und die Meute eilte weiter.

»Wo ist Carl Lee?«

Pirtle deutete auf den Mann am Steuer – Hastings – und meinte: »Dort sitzt er.«

»Sind Sie Carl Lee Hailey?« wandte sich ein Journalist an Hastings.

»Ja.«

»Warum fahren Sie den Streifenwagen?«

»Warum tragen Sie Uniform?«

»Man hat mich zum Deputy ernannt«, antwortete Hastings, ohne eine Miene zu verziehen. Das Tor schwang auf, und die beiden Autos rollten weiter.

Man empfing Carl Lee im Hauptgebäude, führte ihn zusammen mit Ozzie und den Deputys in einen Seitenflügel und brachte Hailey dort in einer Zelle unter – in einem »Zimmer«, wie man sie nannte. Hinter ihm wurde die Tür abgeschlossen. Der Sheriff und seine Leute kehrten nach Clanton zurück.

Nach dem Mittagessen kam irgendein Assistent – er trug eine weiße Jacke und hielt ein Klemmbrett in der Hand – und stellte erste Fragen. Er begann mit dem Geburtsdatum und erkundigte sich nach allen wichtigen Ereignissen und Personen in Carl Lees Leben. Das Gespräch dauerte zwei Stunden. Um sechzehn Uhr legten zwei Wärter dem Angeklagten Handschellen an und fuhren ihn in einem Golfwagen zu einem modernen, knapp einen Kilometer entfernten Ziegelsteingebäude. Dort geleitete man ihn ins Büro des Direktors Dr. Wilbert Rodeheaver. Die Wärter warteten neben der Tür im Korridor.

22

Der Tod von Billy Ray Cobb und Pete Willard lag inzwischen fünf Wochen zurück. Der Prozeß gegen ihren Mörder sollte in einem Monat beginnen. Die drei Motels in Clanton waren ab dem 15. Juli für zwei Wochen ausgebucht. Das besonders große und komfortable Best Western diente als Hauptquartier für die Presse aus Memphis und Jackson; das Clanton Courts hatte die beste Bar und das beste Restaurant, dort ließen sich Reporter aus Atlanta, Washington und New York nieder. Im alles andere als eleganten East Side Motel waren die Preise für den Juli verdoppelt worden, aber auch dort suchte man vergeblich nach einem freien Zimmer.

Zuerst reagierte der Ort freundlich auf die vielen Fremden, obgleich sie aufdringlich waren und mit seltsamen Akzenten sprachen. Doch als einige Zeitungsartikel wenig schmeichelhafte Beschreibungen von Clanton und den Leuten in der Stadt brachten, beschloß man, die Besucher mit kühlem Schweigen zu bestrafen. In einem lauten Café wurde es plötzlich still, wenn ein Fremder hereinkam. Die Kaufleute am Platz boten Männern und Frauen, die sie nicht kannten, kaum Hilfe an. Angestellte im Gerichtsgebäude überhörten Fragen, die man ihnen schon tausendmal gestellt hatte. Selbst den Reportern aus Memphis und Jackson fiel es schwer, neue Informationen zu bekommen. Die Bewohner von Clanton hatten es satt, dauernd als provinzielle Rassisten bezeichnet zu werden. Sie ignorierten die Besucher, denen sie nicht vertrauen konnten, und kümmerten sich um ihre eigenen Angelegenheiten.

Immer häufiger trafen sich die Reporter in der Bar des Clanton Court. Nur hier begegneten sie freundlichen Gesichtern; nur hier bestand Aussicht, ein angenehmes Gespräch mit jemandem zu führen. Sie saßen vor einem großen Fernseher, plauderten über die kleine Stadt und den Prozeß, und verglichen Notizen, Storys, Hinweise und Gerüchte. Meist tranken sie, bis sie betrunken waren, denn am Abend gab es in Clanton kaum einen anderen Zeitvertreib.

Am Sonntag, dem 23. Juni – einen Tag vor der Anhörung in Hinsicht auf die beantragte Verlegung des Verhandlungsortes – füllten sich die Motels. Früh am Montagmorgen versammelten sich die Journalisten im Restaurant des Best Western, um Kaffee zu trinken und zu spekulieren. Vor Gericht bahnte sich nun die erste echte Konfrontation zwischen Staatsanwalt und Verteidigung an – vielleicht die einzige nennenswerte juristische Auseinandersetzung bis zum Prozeß. Man munkelte, angeblich sei Noose krank und hätte das oberste Gericht gebeten, einen anderen Richter mit dem Fall Hailey zu beauftragen. Nur ein Gerücht ohne Hand und Fuß, meinte ein Reporter aus Jackson. Um acht nahmen sie Kameras und Mikrofone und fuhren zum Stadtplatz. Eine Gruppe schlug ihr Lager vor dem Gefängnis auf, eine andere vor dem Hintereingang des Gerichtsgebäudes. Doch die meisten gingen zum Verhandlungssaal. Um halb neun waren dort alle Plätze besetzt.

Jake stand auf dem Balkon seines Büros und beobachtete die Aktivitäten vor dem Gericht. Sein Herz schlug schneller als sonst; und in der Magengrube prickelte es. Er lächelte und war bereit für Buckley und die Kameras.

Noose blickte über seine lange Nase und die Lesebrille hinweg und sah sich im vollen Gerichtssaal um. Erwartungsvolle Stille herrschte.

»Die Verteidigung hat eine Verlegung des Verhandlungsortes beantragt«, sagte er. »Der Prozeß beginnt am Montag, dem 22. Juli. Nach meinem Kalender bleiben uns noch vier Wochen. Ich habe eine Frist für die Einreichung von Anträgen bestimmt, und wenn ich mich recht entsinne, gibt es keine anderen Termine bis zum eigentlichen Verfahren.«

»Das stimmt, Euer Ehren«, donnerte Buckley und stand halb auf. Jake rollte mit den Augen und schüttelte den Kopf.

»Danke, Mr. Buckley«, erwiderte Noose trocken. »Außerdem hat die Verteidigung mitgeteilt, daß sie auf Unzurechnungsfähigkeit plädieren wird. Ist der Angeklagte in Whitfield untersucht worden?«

»Ja, Euer Ehren, in der vergangenen Woche«, antwortete Jake.

»Beabsichtigen Sie, ein eigenes psychiatrisches Gutachten vorzulegen, Mr. Brigance?«

»Selbstverständlich, Euer Ehren.«

»Ist der Angeklagte von Ihrem Psychiater untersucht worden?«

»Ja, Sir.«

»Gut. Das wäre also erledigt. Erwägen Sie weitere Anträge?«

»Vermutlich beantragen wir die Vorladung von mehr Geschworenenkandidaten, als es normalerweise üblich ist...«

»Die Staatsanwaltschaft wird Einspruch dagegen erheben!« rief Buckley und sprang auf.

»Setzen Sie sich, Mr. Buckley!« sagte Noose scharf. Er nahm die Lesebrille ab und bedachte den Bezirksstaatsanwalt mit einem durchdringenden Blick. »Bitte schreien Sie nicht so. Natürlich werden Sie Einspruch erheben. Sie weisen alle Anträge der Verteidigung zurück – das ist Ihr Job. Verzichten Sie auf weitere Unterbrechungen bei dieser Anhörung. Sie bekommen später Gelegenheit, vor den Medien Eindruck zu schinden.«

Buckley sank auf seinen Stuhl und verbarg das rot angelaufene Gesicht. Noose hatte ihn noch nie zuvor auf diese Weise ermahnt.

»Fahren Sie fort, Mr. Brigance.«

Ichabods Strenge erstaunte Jake. Der Richter wirkte müde und krank. Vielleicht lag es am Streß.

»Möglicherweise erheben wir schriftlichen Einspruch gegen antizipiertes Beweismaterial.«

»*In limine*-Anträge?«

»Ja, Sir.«

»Darum kümmern wir uns während des Prozesses. Sonst noch etwas?«

»Nein, derzeit nicht.«

»Nun, Mr. Buckley, hat die Staatsanwaltschaft vor, irgendwelche Anträge zu stellen?«

»Nein, Sir«, sagte Rufus artig.

»Gut. Ich möchte sicher sein, daß es bis zum Beginn des Verfahrens keine Überraschungen gibt. Eine Woche vor dem Prozeß werde ich hier sein, um alle notwendigen Dinge zu regeln. Ich erwarte von Anklage und Verteidigung, ihre Anträge rechtzeitig einzureichen, so daß vor dem zweiundzwanzigsten Juli über sie entschieden werden kann.«

Noose blätterte in seinen Unterlagen und las Brigances Antrag auf Verlegung des Verhandlungsortes. Jake flüsterte mit Carl Lee. Bei einer solchen Anhörung brauchte der Angeklagte nicht vor Gericht zu erscheinen, aber er hatte darauf bestanden. Gwen und die drei Jungen saßen in der ersten Reihe hinter ihm. Tonya war nicht zugegen.

»Mit Ihrem Antrag scheint alles in Ordnung zu sein, Mr. Brigance. Wie viele Zeugen wollen Sie aufrufen?«

»Drei, Euer Ehren?«

»Und Sie, Mr. Buckley?«

»Einundzwanzig«, verkündete der Bezirksstaatsanwalt stolz.

»Einundzwanzig!« platzte es aus dem Richter heraus.

Buckley duckte sich unwillkürlich und sah Musgrove an.

»Aber w-wahrscheinlich brauchen wir sie nicht alle. Ich bin sogar ziemlich sicher, daß nicht alle von ihnen aussagen werden.«

»Beschränken Sie sich auf die fünf wichtigsten, Mr. Buckley. Ich habe nicht vor, den ganzen Tag hier im Gerichtssaal zu verbringen.«

»Ja, Euer Ehren.«

»Mr. Brigance, Sie wünschen eine Verlegung des Verhandlungsortes. Bitte erläutern Sie den Antrag.«

Jake stand auf und schritt langsam durch den Saal. Er ging an Buckley vorbei und trat zum Podium vor der Geschworenenbank. »Wenn Sie gestatten, Euer Ehren ... Mr. Hailey bittet darum, daß der Prozeß gegen ihn nicht im Ford County stattfindet. Aus gutem Grund: Wegen der großen Publicity ist hier kein faires Verfahren möglich. Die Bürger dieser County haben bereits über Schuld und Unschuld Carl Lee Haileys entschieden. Man legt ihm zur Last, zwei Männer erschossen zu haben, die hier geboren wurden, deren Familien hier leben. Bis vor kurzer Zeit war Mr. Hailey nur wenigen Personen bekannt, doch jetzt hat jeder seinen Namen gehört. Alle wissen von ihm, von seiner Familie, von der vergewaltigten Tochter. Alle kennen die Details des angeblich von ihm verübten Verbrechens. In Ford County ist es unmöglich, zwölf Personen zu finden, die sich in diesem Fall nicht längst ihre Meinung gebildet haben. Daher sollte der Verhandlungsort in einen anderen Teil des Staates verlegt werden, wo die Leute mit den Fakten nicht so vertraut sind.«

»Was schlagen Sie vor?« fragte der Richter.

»Ich empfehle keine bestimmte County, aber eine möglichst große Entfernung erscheint mir angemessen. Vielleicht die Golfküste.«

»Warum?«

»Weil sie mehr als sechshundert Kilometer entfernt ist. Ich bin sicher, dort unten kennt man den Fall nicht so gut wie hier.«

»Glauben Sie, im Süden von Mississippi hat man nichts darüber gehört?«

»Das nicht, Euer Ehren. Aber ich bezweifle, ob die Bürger im südlichen Mississippi voreingenommen sind.«

»Dort gibt es auch Fernsehen und Zeitungen, nicht wahr, Mr. Brigance?«

»Ja, Sir.«

»Halten Sie es für möglich, in irgendeiner County dieses Staates zwölf Personen zu finden, denen die Einzelheiten dieses Falles unbekannt sind?«

Jake blickte auf seinen Block und hörte, wie hinter ihm die Stifte der Zeichner übers Papier kratzten. Aus den Augenwinkeln sah er das süffisante Lächeln des Staatsanwalts.

»Es wäre schwierig«, sagte er leise.

»Rufen Sie Ihren ersten Zeugen auf.«

Harry Rex Vonner wurde vereidigt und nahm Platz. Der Holzstuhl knirschte und knackte unter seinem schweren Gewicht. Er blies ins Mikrofon, und ein lautes Zischen hallte durch den Saal. Dann sah er Jake an und nickte.

»Bitte nennen Sie Ihren Namen.«

»Harry Rex Vonner.«
»Und Ihre Adresse?«
»Vierundachtzig dreiundneunzig Cedarbrush, Clanton, Mississippi.«
»Seit wann wohnen Sie in Clanton?«
»Seit sechsundvierzig Jahren. Ich habe hier mein ganzes Leben verbracht.«
»Beruf?«
»Rechtsanwalt. Ich praktiziere seit zweiundzwanzig Jahren.«
»Sind Sie Carl Lee Hailey begegnet?«
»Einmal.«
»Was wissen Sie über ihn?«
«Angeblich hat er zwei Männer erschossen. Billy Ray Cobb und Pete Willard. Und er verwundete den Deputy DeWayne Looney.«
»Kannten Sie die beiden Burschen?«
»Nicht persönlich. Ich habe von Billy Ray Cobb gehört.«
»Wie erfuhren Sie von dem Doppelmord?«
»Nun, er geschah an einem Montag. Glaube ich. Ich befand mich im Verwaltungstrakt des Gerichtsgebäudes und sah mir einige Katasterkarten an, als ich die Schüsse hörte. Ich lief in den Flur, und überall brach Chaos aus. Ein Deputy teilte mir mit, zwei Untersuchungshäftlinge seien am rückwärtigen Ausgang erschossen worden. Kurze Zeit später hörte ich ein Gerücht: Man behauptete, der Vater des vergewaltigten Mädchens hätte auf die beiden Typen geschossen.«
»Wie reagierten Sie?«
»Nun, ich war schockiert, wie die meisten Leute. Aber die Vergewaltigung hat mich ebenfalls schockiert.«
»Wann erfuhren Sie von Mr. Haileys Verhaftung?«
»Am Abend des gleichen Tages. Das Fernsehen berichtete darüber.«
»Was sahen Sie im Fernsehen?«
»Die Nachrichten der Sender in Memphis und Tupelo. Wir sind verkabelt, wissen Sie, und deshalb sah ich mir auch die Nachrichten aus New York, Chicago und Atlanta an. Prak-

tisch jeder Kanal brachte etwas über den Doppelmord und die Verhaftung. Man zeigte Bilder vom Gerichtsgebäude und dem Countygefängnis. Eine große Sache. Die größte Sache, die jemals in Clanton, Mississippi, passiert ist.«

»Wie reagierten Sie, als Sie hörten, daß der Vater die beiden Vergewaltiger seiner Tochter erschossen haben soll?«

»War keine große Überraschung für mich. Ich meine, wir alle dachten, daß er dahintersteckt. Ich bewunderte ihn. Ich habe selbst Kinder, und daher kann ich ihn gut verstehen. Auch jetzt bewundere ich ihn noch.«

»Was wissen Sie von der Vergewaltigung?«

Buckley sprang auf. »Einspruch, Euer Ehren! Die Vergewaltigung ist irrelevant!«

Noose nahm erneut die Lesebrille ab und starrte den Bezirksstaatsanwalt zornig an. Einige Sekunden verstrichen, und Buckley senkte den Kopf. Er verlagerte das Gewicht vom einen Bein aufs andere und setzte sich schließlich. Noose musterte ihn vom hohen Richterstuhl.

»Ich habe Sie aufgefordert, nicht zu schreien, Mr. Buckley. Wenn sich das noch einmal wiederholt ... Bei Gott, dann belange ich Sie wegen Mißachtung des Gerichts. Dies ist noch nicht der Prozeß, oder? Es handelt sich nur um eine Anhörung, oder? Wir haben hier keine Geschworenen, oder? Einspruch abgewiesen. Bleiben Sie sitzen. Ich weiß, daß es Ihnen angesichts eines so großen Publikums schwerfällt, den Mund zu halten, aber ich gebe Ihnen hiermit die Anweisung, still zu sein – es sei denn, Sie haben etwas Wichtiges zu sagen. Wenn das der Fall ist, dürfen Sie aufstehen und höflich ums Wort bitten.«

»Danke, Euer Ehren.« Jake warf Buckley einen kurzen Blick zu und lächelte. »Nun, Mr. Vonner, was wissen Sie von der Vergewaltigung?«

»Was man sich darüber erzählt.«

»Und was erzählt man sich darüber?«

Buckley stand auf und verneigte sich wie ein japanischer Sumo-Ringer. »Wenn Sie gestatten, Euer Ehren«, sagte er mit zuckersüßer Freundlichkeit. »Ich würde gern Einspruch erheben, sofern Sie nichts dagegen haben. Der Zeuge darf nur über Dinge sprechen, die er direkt in Erfahrung gebracht hat. Hörensagen ist in diesem Zusammenhang unerheblich.«

»Danke, Mr. Buckley«, erwiderte Noose ebenso liebenswürdig. »Ihr Einspruch wird zur Kenntnis genommen und abgelehnt. Bitte fahren Sie fort, Mr. Brigance.«

»Danke, Euer Ehren. Was wissen Sie über die Vergewaltigung, Mr. Vonner?«

»Cobb und Willard packten das Hailey-Mädchen und fuhren zum Wald. Sie waren betrunken, fesselten die Kleine an einen Baum, vergewaltigten sie mehrmals und versuchten, sie zu erhängen. Die Kerle urinierten sogar auf sie.«

»Was?« entfuhr es Noose.

»Sie haben auf das Mädchen gepinkelt, Richter.«

Überall erklangen murmelnde Stimmen. Jake hörte dieses Detail jetzt zum erstenmal, ebenso wie Buckley, Noose und alle anderen. Der Richter schüttelte den Kopf und klopfte halbherzig mit dem Hammer.

Jake kritzelte etwas auf seinen Block und fragte sich einmal mehr, woher Harry Rex seine Informationen bezog. »Wo erfuhren Sie das?«

»In der Stadt. Es ist allgemein bekannt. Am nächsten Morgen im Café erzählten die Cops von den Einzelheiten. Jeder weiß davon.«

»Sind die Details der Vergewaltigung überall in der County bekannt?«

»Ja. Seit einem Monat habe ich mit niemandem gesprochen, der nicht darüber Bescheid wußte.«

»Was wissen Sie über den Doppelmord?«

»Nun, wie ich schon sagte: Er geschah am Montagnachmittag. Die Burschen waren hier vor Gericht – ich glaube, es ging um eine Kaution. Nach der Verhandlung legte man ihnen Handschellen an, und einige Deputys führten sie die Hintertreppe hinunter. Als sie den rückwärtigen Ausgang fast erreicht hatten, sprang Mr. Hailey mit einer M-16 aus der Abstellkammer. Die beiden Untersuchungshäftlinge wurden getötet und DeWayne Looney angeschossen. Man mußte ihm einen Teil des verletzten Beins amputieren.«

»Wo fand das Verbrechen statt?«

»Direkt unter uns, am Hinterausgang des Gerichtsgebäudes. Mr. Hailey versteckte sich in der Abstellkammer des Hausmeisters, trat vor und eröffnete das Feuer.«

»Glauben Sie, daß es sich so abgespielt hat?«

»Ich bin davon überzeugt.«

»Woher wissen Sie das alles?«

»Ich hab's hier und dort in der Stadt aufgeschnappt. Hinzu kommt die Berichterstattung in den Zeitungen und im Fernsehen.«

»Wo hat man darüber gesprochen?«

»Überall. In den Kneipen und Kirchen. In der Bank. In der Wäscherei. Im Teashop und in den übrigen Cafés. Im Spirituosenladen. Überall.«

»Haben Sie mit jemandem geredet, der nicht glaubt, daß mein Mandant Billy Ray Cobb und Pete Willard umgebracht hat?«

»Nein. In der ganzen County finden Sie keine einzige Person, die glaubt, Mr. Hailey hätte nichts damit zu tun.«

»Haben sich die meisten Einheimischen eine Meinung über Schuld oder Unschuld gebildet?«

»Jeder. Es gibt niemanden, der einen neutralen Standpunkt vertritt. Das Thema ist verdammt heiß, und alle hiesigen Bürger haben eine Meinung dazu.«

»Könnte Ihrer Ansicht nach in Ford County ein fairer Prozeß gegen Mr. Hailey stattfinden?«

»Nein. Hier würden Sie vergeblich nach jemandem suchen, der nicht schon ein Urteil gefällt hat. In dieser County ist es völlig unmöglich, eine unvoreingenommene Jury zusammenzustellen.«

»Danke, Mr. Vonner. Keine weiteren Fragen, Euer Ehren.«

Buckley strich über seine Pomadefrisur und vergewisserte sich, daß jedes Haar an der richtigen Stelle klebte. Dann näherte er sich mit zielstrebigen Schritten dem Podium.

»Haben Sie bereits über Carl Lee Hailey geurteilt, Mr. Vonner?« fragte er laut.

»Darauf können Sie einen lassen.«

»Bitte drücken Sie sich etwas gewählter aus«, sagte der Richter.

»Und wie lautet Ihr Urteil?«

»Ich möchte es Ihnen langsam und mit ganz einfachen Worten erklären, damit sogar Sie mich verstehen, Mr. Buckley. Wenn ich der Sheriff wäre, hätte ich Mr. Hailey nicht verhaftet. Wenn ich Mitglied des großen Geschworenengerichts gewesen wäre, hätte ich keine Anklage gegen ihn erhoben. Wenn ich der Richter wäre, würde ich keinen Prozeß gegen ihn führen. Wenn ich der Bezirksstaatsanwalt wäre, würde ich ihn nicht anklagen. Wenn ich zu den Geschworenen gehörte, würde ich dafür stimmen, ihm eine Medaille an die Brust zu heften und ihn nach Hause zu schicken, zu seiner Familie. Und noch etwas, Mr. Buckley: Wenn meine Tochter jemals vergewaltigt werden sollte, so habe ich hoffentlich ebensoviel Mut wie Carl Lee.«

»Hm. Sie glauben also, die Bürger sollten Waffen tragen und ihre Kontroversen in Form von Duellen austragen?«

»Ich glaube, Kinder haben ein Recht darauf, nicht vergewaltigt zu werden. Ich glaube, Eltern haben ein Recht darauf, ihre Kinder zu schützen. Ich glaube, kleine Mädchen stellen etwas Besonderes dar. Wenn zwei Mistkerle meine Tochter an einen Baum fesseln und sie vergewaltigen würden, verlöre ich den Verstand. Ich glaube, gute und anständige Väter haben das verfassungsmäßige Recht, einen Perversen, der ihre Kinder anrührt, ins Jenseits zu schicken. Und ich glaube, Sie sind ein verlogener Feigling, wenn Sie hier behaupten, anders zu empfinden. Wenn Sie uns weismachen wollen, daß Sie nicht den Mann umbringen möchten, der Ihre Tochter vergewaltigt hat.«

»Mr. Vonner – bitte!« sagte Noose.

Buckley wahrte nur mit Mühe die Beherrschung. »Offenbar weckt dieser Fall intensive Gefühle in Ihnen.«

»Sie sind erstaunlich aufmerksam.«

»Und Sie möchten, daß der Angeklagte freigesprochen wird, nicht wahr?«

»Ich würde eine Million Dollar dafür zahlen, wenn ich sie hätte.«

»Und Sie glauben, daß die Chancen für einen Freispruch in einer anderen County höher sind, stimmt's?«

»Ich glaube, Mr. Hailey hat das Recht auf eine Jury aus Geschworenen, die nicht schon alles über den Fall wissen, bevor der Prozeß beginnt.«

»Sie würden ihn freisprechen, oder?«

»Allerdings.«

»Und zweifellos haben Sie mit Leuten geredet, die Ihre Ansicht teilen?«

»Mit vielen.«

»Gibt es Bürger in Ford County, die bereit wären, Carl Lee Hailey zu verurteilen?«

»Na klar. Jede Menge. Immerhin ist er Schwarzer.«

»Haben Sie während Ihrer Gespräche in der County eine klare Mehrheit für oder gegen den Angeklagten festgestellt?«

»Nein.«

Buckley sah auf seinen Block und schrieb einige Worte.

»Mr. Vonner, ist Mr. Brigance ein Freund von Ihnen?«

Harry Rex lächelte, blickte zu Noose und rollte mit den Augen. »Ich bin Anwalt, Mr. Buckley. Meine Freunde sind dünn gesät, aber Mr. Brigance gehört zu ihnen, ja.«

»Hat er Sie gebeten, hier auszusagen?«

»Nein. Vor einigen Minuten bin ich zufällig durch den Gerichtssaal gestolpert und hier auf dem Stuhl gelandet. Bis heute morgen hatte ich überhaupt keine Ahnung, daß hier eine Anhörung stattfindet.«

Buckley warf seinen Block auf den Tisch und setzte sich. Harry Rex wurde aus dem Zeugenstand entlassen.

»Ihr nächster Zeuge«, brummte Noose.

»Bischof Ollie Agee«, sagte Jake.

Man führte den Priester aus dem Wartezimmer, und er wurde ebenfalls vereidigt, bevor er Platz nahm. Jake war am vergangenen Tag in der Kirche an ihn herangetreten und hatte ihm eine Liste mit Fragen vorgelegt. Agee erklärte sich zu einer Aussage bereit. Das Thema der NAACP-Anwälte klammerten sie aus.

Der Bischof erwies sich als ausgezeichneter Zeuge. Seine

tiefe, volltönende Stimme brauchte überhaupt kein Mikrofon, sie hallte auch so durch den ganzen Saal. Ja, er wußte um die Einzelheiten der Vergewaltigung und des Doppelmords. Die Haileys gehörten zu seiner Gemeinde. Er kannte sie schon seit vielen Jahren und fühlte sich ihnen sehr verbunden. Nach der Vergewaltigung war er bei der Familie gewesen, um ihr Trost zu spenden. Ja, seitdem hatte er mit vielen Personen gesprochen; alle hielten Carl Lee entweder für schuldig oder nicht schuldig. Nein, weit und breit gab es niemanden ohne vorgefaßte Meinung. Nach Agees Ansicht war es unmöglich, in Ford County einen fairen Prozeß stattfinden zu lassen.

Buckley stellte eine Frage: »Bischof Agee, haben Sie mit Schwarzen gesprochen, die Carl Lee Hailey als Jurymitglieder für nicht schuldig befänden?«

»Nein, Sir.«

Der Priester verließ den Zeugenstand und setzte sich zu zwei Kollegen aus dem Konzil.

»Der nächste Zeuge«, sagte Noose.

Jake sah den Bezirksstaatsanwalt an und lächelte. »Sheriff Ozzie Walls.«

Buckley und Musgrove steckten sofort die Köpfe zusammen und flüsterten. Ozzie war auf ihrer Seite, auf der Seite von Recht und Ordnung, ein Verbündeter der Anklage. Es geziemte sich nicht, daß er für die Verteidigung aussagte. *Was einmal mehr beweist, daß man einem Nigger nicht trauen kann,* dachte Buckley. *Sie helfen sich gegenseitig, wenn jemand von ihnen Schuld auf sich geladen hat.*

Jake fragte Ozzie nach der Vergewaltigung sowie der Vergangenheit von Cobb und Willard. Die Schilderungen waren langweilig und wiederholten sich. Buckley wollte mehrmals Einspruch erheben, doch er hatte bereits genug Demütigungen hinnehmen müssen. Jake spürte, daß der Staatsanwalt auch weiterhin schweigen würde, und deshalb blieb er bei der Vergewaltigung, erkundigte sich immer wieder nach den scheußlichen Einzelheiten. Schließlich wurde es für Noose zuviel.

»Bitte kommen Sie zur Sache, Mr. Brigance.«

»Ja, Euer Ehren. Sheriff Walls, haben Sie Carl Lee Hailey verhaftet?«

»Ja.«

»Glauben Sie, daß er Billy Ray Cobb und Pete Willard erschossen hat?«

»Ja.«

»Kennen Sie jemanden in Ford County, der nicht davon überzeugt ist, daß mein Mandant die beiden Vergewaltiger umbrachte?«

»Nein, Sir.«

»Sind die meisten Bürger dieser County der Meinung, daß Billy Ray Cobb und Pete Willard von Mr. Hailey ermordet wurden?«

»Ja. Niemand zweifelt daran. Zumindest niemand, mit dem ich gesprochen habe.«

»Kommen Sie in der County herum, Sheriff?«

»Ja, Sir. Es ist meine Pflicht zu wissen, was vor sich geht.«

»Und Sie sprechen mit vielen Leuten?«

»Mit mehr als mir lieb ist.«

»Kennen Sie jemanden, der noch nichts von Carl Lee Hailey gehört hat?«

Ozzie zögerte. »Der oder die Betreffende müßte taub, stumm und blind sein, um noch nie etwas von Carl Lee Hailey gehört zu haben«, antwortete er langsam.

»Kennen Sie jemanden, der sich keine Meinung über Schuld oder Unschuld des Angeklagten gebildet hat?«

»In dieser County gibt es keine derartigen Personen.«

»Kann hier ein fairer Prozeß gegen meinen Klienten geführt werden?«

»Nun, ich weiß nur eines: Es ist unmöglich, hier zwölf Männer und Frauen zu finden, die nichts von der Vergewaltigung und dem Doppelmord wissen.«

»Keine weiteren Fragen«, sagte Jake zu Noose.

»Ist Sheriff Walls Ihr letzter Zeuge?«

»Ja, Sir.«

»Möchten Sie ihn ins Kreuzverhör nehmen, Mr. Buckley?«

Der Bezirksstaatsanwalt blieb sitzen und schüttelte den Kopf.

»Gut«, brummte der Richter. »Ich ordne hiermit eine kurze Pause an. Die Anwälte begleiten mich bitte in mein Büro.«

Dutzende von Gesprächen begannen im Gerichtssaal, als Buckley, Musgrove und Jake dem Richter und Mr. Pate durch die hintere Tür folgten. Noose schloß sie und streifte seinen Umhang ab. Mr. Pate brachte ihm eine Tasse schwarzen Kaffee.

»Meine Herren, ich erwäge die Möglichkeit, Ihnen von jetzt an Schweigepflicht aufzuerlegen, bis zum Ende des Prozesses. Die große Publicity beunruhigt mich sehr, und ich möchte vermeiden, daß in diesem Fall die Presse das Urteil spricht. Irgendwelche Kommentare?«

Buckley wirkte blaß und bestürzt. Er öffnete den Mund, brachte jedoch keinen Ton hervor.

»Gute Idee, Euer Ehren«, sagte Jake und versuchte, sich seine Enttäuschung nicht anmerken zu lassen. »Ich habe bereits daran gedacht, eine solche Maßnahme vorzuschlagen.«

»Ja, da bin ich sicher. Mir ist aufgefallen, wie sehr Sie Journalisten verabscheuen. Mr. Buckley?«

»Äh, worauf bezöge sich die Anordnung?«

»Auf Sie, Mr. Buckley. Ihnen und Mr. Brigance wäre es verboten, irgendeinen Aspekt des Falles und des Prozesses mit Reportern zu erörtern. Die Schweigepflicht würde für alle Personen gelten, die der Kontrolle dieses Gerichts unterliegen. Damit meine ich Anwälte, Angestellte und auch den Sheriff.«

»Aber warum?« fragte Buckley.

»Um zu verhindern, daß Sie und Mr. Brigance den Fall in die Medien tragen. Ich bin nicht blind. Sie ringen beide um möglichst viel Rampenlicht, und der Prozeß hat noch nicht einmal begonnen. Er soll nicht zu einem Zirkus werden, zu einer Bühne, auf der Sie sich in Szene setzen.« Noose ging zum Fenster und murmelte etwas. Er schwieg einige Sekunden lang und murmelte erneut. Die beiden Anwälte wechselten einen kurzen Blick und sahen dann zu der schlaksigen Gestalt des Richters hinüber.

»Na schön.« Noose holte tief Luft. »Die Schweigepflicht gilt ab sofort, und zwar bis zum Ende des Prozesses. Wer gegen diese Anweisung verstößt, wird wegen Mißachtung des Gerichts belangt. Sie werden mit keinem Repräsentanten der Presse über das bevorstehende Verfahren sprechen. Fragen?«

»Nein, Sir«, sagte Jake ruhig.

Buckley starrte Musgrove an und schüttelte den Kopf.

»Nun zur Anhörung. Mr. Buckley, Sie haben über zwanzig Zeugen erwähnt. Wie viele brauchen Sie?«

»Fünf oder sechs.«

»Das klingt schon besser. Wie heißen sie?«

»Floyd Loyd.«

»Wer ist das?«

»Beamter im Kreisverwaltungsvorstand, erster Bezirk, Ford County.«

»Und seine Aussage?«

»Er lebt seit fünfzig Jahren hier und ist schon über zehn Jahre im Amt. Er hält einen fairen Prozeß in Clanton für möglich.«

»Vermutlich hat er nie etwas von dem Fall Hailey gehört, wie?« fragte Noose mit unüberhörbarem Sarkasmus.

»Da bin ich nicht sicher.«

»Wer sonst noch?«

»Nathan Baker, Friedensrichter im dritten Bezirk, Ford County.«

»Die gleiche Aussage?«

»Im großen und ganzen, ja.«

»Und weiter?«

»Edgar Lee Baldwin, früher Beamter im Kreisverwaltungsvorstand, Ford County.«

»Vor einigen Jahren hat man Anklage gegen ihn erhoben, nicht wahr?« warf Jake ein.

Buckleys Gesicht lief so rot an wie noch nie zuvor. Der große Mund klappte auf, und die Augen trübten sich.

»Er wurde nicht verurteilt«, sagte Musgrove.

»Es liegt mir fern, so etwas zu behaupten. Ich habe nur darauf hingewiesen, daß man Anklage gegen ihn erhob. Das FBI hatte damit zu tun, oder?«

»Das reicht.« Noose winkte ab. »Was wird uns Mr. Baldwin erzählen?«

»Er hat sein ganzes Leben hier verbracht«, antwortete Musgrove. Buckley starrte Jake stumm an. »Er kennt die Bürger in Ford County und glaubt, daß hier ein fairer Prozeß gegen Mr. Hailey stattfinden kann.«

»Und der nächste Zeuge?«

»Sheriff Harry Bryant, Tyler County.«

»Sheriff Bryant? Was haben wir von ihm zu erwarten?«

»Die gleiche Aussage.«

Musgrove sprach nun für die Staatsanwaltschaft. »Euer Ehren, wir möchten dem Antrag auf Verlegung des Verhandlungsortes zwei Theorien gegenüberstellen. Erstens: Wir gehen davon aus, daß in Ford County ein faires Verfahren gewährleistet werden kann. Zweitens: Wenn das Gericht zu dem Schluß gelangt, ein fairer Prozeß sei hier nicht möglich, so möchten wir aufzeigen, daß alle möglichen Geschworenen in Mississippi von dem Fall erfahren haben. Die vorgefaßten Meinungen für und gegen den Angeklagten existieren nicht nur in dieser County, sondern auch in den anderen. Deshalb ist eine Verlegung des Verhandlungsortes sinnlos. Wir haben Zeugen, die unsere zweite Theorie unterstützen.«

»Eine neuartige Strategie, Mr. Musgrove. Davon höre ich nun zum erstenmal.«

»Ich auch«, fügte Jake hinzu.

»Wen haben Sie sonst noch?«

»Robert Kelly Williams, Bezirksstaatsanwalt im neunten Bezirk.«

»Wo befindet sich der neunte Bezirk?«

»An der südwestlichen Grenze des Staates Mississippi.«

»Williams ist den ganzen weiten Weg hierhergekommen, um auszusagen, daß in seinen Breiten Voreingenommenheit in bezug auf den Fall Hailey herrscht?«

»Ja, Sir.«

»Der nächste Name?«

»Grady Liston, Bezirksstaatsanwalt, vierzehnter Bezirk.«

»Die gleiche Aussage?«

»Ja, Sir.«

»Ist das alles?«

»Nun, Euer Ehren, wir haben noch einige weitere Zeugen, aber ihre Angaben stimmen mit denen der anderen überein.«

»Gut, dann sollten sechs Zeugen für die Staatsanwaltschaft genügen, meinen Sie nicht?«

»Ja, Sir.«

»Ich höre mir die Aussagen an und gebe Ihnen für jeden Zeugen fünf Minuten. Innerhalb von zwei Wochen entscheide ich über den Antrag auf Verlegung des Verhandlungsortes. Noch Fragen?«

23

Es fiel sehr schwer, Interviews abzulehnen. Die Reporter folgten Jake über die Wilmington Street, doch er beantwortete jede Frage nur mit einem knappen »kein Kommentar«. Schließlich entschuldigte er sich und suchte Zuflucht in seinem Büro. Ein Fotograf von *Newsweek* entfaltete besondere Hartnäckigkeit, schob sich durch die Tür und bat um einen Schnappschuß. Er schlug eine seriös-wichtige Aufnahme vor: der Anwalt ernst, hinter ihm dicke, in Leder gebundene Bücher. Jake rückte seine Krawatte zurecht und führte den Besucher ins Konferenzzimmer, wo er in gerichtlich angeordnetem Schweigen posierte. Der Fotograf bedankte sich und ging.

»Könnten Sie einige Minuten für mich erübrigen?« fragte Ethel höflich, als sich ihr Chef der Treppe zuwandte.

»Natürlich.«

»Bitte setzen Sie sich. Wir müssen etwas besprechen.«

Sie hat sich zur Kündigung durchgerungen, dachte Jake und nahm am Fenster Platz.

»Um was geht's?«

»Um Geld.«

»Keine andere Anwaltssekretärin in Clanton wird besser

bezahlt als Sie. Erst vor drei Monaten habe ich Ihr Gehalt erhöht.«

»Ich meine nicht mein Geld. Bitte hören Sie zu. Sie haben nicht genug auf dem Konto, um alle Rechnungen dieses Monats zu bezahlen. Der Juni ist fast vorbei, und die Einnahmen belaufen sich nur auf tausendsiebenhundert Dollar.«

Jake schloß die Augen und rieb sich die Stirn.

»Sehen Sie sich das hier an«, sagte Ethel und deutete auf einen Stapel Rechnungen. »Es müssen insgesamt viertausend Dollar bezahlt werden. Wie?«

»Wieviel ist auf dem Konto?«

»Am Freitag waren es eintausendneunhundert. Heute kam nichts hinzu.«

»Nichts?«

»Kein einziger Cent.«

»Was ist mit dem Fall Liford? Es stehen noch dreitausend Dollar an Honorar aus.«

Ethel schüttelte den Kopf. »Diese Sache ist noch nicht abgeschlossen, Mr. Brigance. Mr. Liford muß noch ein wichtiges Dokument unterschreiben. Sie wollten es zu ihm bringen, vor drei Wochen, erinnern Sie sich?«

»Nein, ich erinnere mich nicht. Und was ist mit Buck Britt? Von ihm erwarte ich tausend Dollar.«

»Sein Scheck war nicht gedeckt. Die Bank lehnte es ab, ihn einzulösen. Schon seit zwei Wochen liegt er auf Ihrem Schreibtisch.«

Ethel zögerte und holte tief Luft. »Sie empfangen keine Klienten mehr. Sie vergessen Anrufe und …«

»Belehren Sie mich nicht!«

»Und Sie liegen mit der Arbeit einen Monat zurück.«

»Das genügt.«

»Seitdem Sie sich mit dem Fall Hailey beschäftigen, denken Sie nur noch daran. Sie sind geradezu davon besessen. Und dadurch treiben Sie uns in den Bankrott.«

»Uns! Habe ich es irgendwann versäumt, Ihnen Ihr Gehalt zu überweisen? Wie viele Rechnungen sind überfällig?«

»Mehrere.«

»Seit dem Zahlungstermin ist nicht mehr Zeit verstrichen als sonst, oder?«

»Nein. Aber wie sieht die Sache im nächsten Monat aus? Der Prozeß beginnt erst in vier Wochen.«

»Seien Sie endlich still, Ethel. Kündigen Sie, wenn Ihnen der Streß zuviel wird. Und wenn Sie nicht den Mund halten können, schmeiße ich Sie raus.«

»Sie würden mich gern vor die Tür setzen, nicht wahr?«

»Ich hätte kaum Gewissensbisse.«

Ethel war an einiges gewöhnt; während der vierzehn Jahre mit Lucien hatte sie sich ein dickes Fell zugelegt, doch unter dieser harten Schale blieb sie eine Frau. Ihre Unterlippe zitterte nun, und die Augen glänzten feucht. Sie senkte den Kopf.

»Tut mir leid«, murmelte sie. »Ich bin nur besorgt.«

»Über was?«

»Über Bud.«

»Stimmt was nicht mit ihm?«

»Er ist sehr krank.«

»Das weiß ich.«

»Sein Blutdruck steigt immer wieder. Insbesondere nach den anonymen Anrufen. Er hatte drei Schlaganfälle in fünf Jahren, und die Ärzte sagen ihm einen weiteren voraus. Er hat Angst. Wir beide haben Angst.«

»Wie viele Anrufe bekamen Sie?«

»Einige. Man droht damit, unser Haus in Brand zu stecken oder es in die Luft zu jagen. Immer heißt es: ›Wir wissen, wo Sie wohnen; wenn Hailey freigesprochen wird, brennen wir Ihr Haus ab oder lassen Dynamit darunter hochgehen, während Sie schlafen.‹ Zweimal hat man uns ganz offen mit dem Tod gedroht. Es ist die Sache einfach nicht wert.«

»Vielleicht sollten Sie doch kündigen.«

»Und verhungern? Sie wissen doch, daß Bud seit zehn Jahren kein Einkommen mehr hat. Wo könnte ich sonst arbeiten?«

»Man hat auch mir gedroht, Ethel. Aber ich glaube nicht daran, daß es die anonymen Anrufer ernst meinen. Ich habe Carla versprochen, den Fall aufzugeben, wenn ich konkrete

Gefahr für meine Familie befürchte. Beruhigen Sie sich. Sie und Bud brauchen sich keine Sorgen zu machen. Schenken Sie den Drohungen keine Beachtung; es sind nur Worte. Dort draußen wimmelt's von Verrückten.«

»Genau deshalb habe ich Angst. Einige Leute sind vielleicht verrückt genug, um etwas zu unternehmen.«

»Nein, das bezweifle ich. Wie dem auch sei: Ich bitte Ozzie, Ihr Haus unter Beobachtung zu halten.«

»Das ist sehr nett von Ihnen.«

»Kein Problem. Mein Haus wird ebenfalls überwacht. Glauben Sie mir, Ethel: Es besteht kein Anlaß zur Besorgnis. Vermutlich gehen die anonymen Anrufe auf einige Jugendliche zurück, die sich einen schlechten Scherz erlauben.«

Die Sekretärin wischte sich die Tränen aus den Augen. »Bitte entschuldigen Sie, daß ich geweint habe. Und es tut mir leid, daß ich in letzter Zeit so gereizt gewesen bin.«

Sie sind seit vierzig Jahren gereizt, dachte Jake.

»Schon gut.«

»Was ist damit?« fragte Ethel und deutete einmal mehr auf die Rechnungen.

»Ich besorge das Geld. Keine Angst.«

Willie Hastings beendete seine Schicht um zweiundzwanzig Uhr, stempelte seine Karte und fuhr direkt zu den Haileys. Diesmal gehörte der Platz auf Gwens Couch ihm. In jeder Nacht schlief dort jemand: ein Bruder, ein Vetter, ein Freund. Mittwochs war er dran.

Das Licht mußte eingeschaltet bleiben: Tonya wagte sich nur dann in die Nähe des Bettes, wenn alle Lampen im Haus brannten. Sie fürchtete, daß die Männer im Dunkeln auf sie lauerten. Schon oft hatte sie gesehen, wie die beiden Vergewaltiger über den Boden krochen oder sich in einem Schrank versteckten. Sie hörte draußen ihre Stimmen, sah blutunterlaufene Augen hinterm Fenster, wenn sie das Nachthemd überstreifte. Manchmal vernahm sie auch Geräusche auf dem Dachboden, die den schweren Schritten jener Cowboystiefel ähnelten, die nach ihr getreten hatten. Sie wußte ganz genau, daß die Männer dort oben waren und warteten, bis alle zu Bett gingen – um sie erneut in den Wald zu bringen. Einmal pro Woche kletterten ihre Mutter und der älteste Bruder die Leiter hoch und blickten sich mit Taschenlampe und Pistole auf dem Dachboden um.

Kein einziges Zimmer im Haus durfte dunkel bleiben, wenn Tonya unter die Decke kroch. Als sie in einer Nacht wach neben ihrer Mutter lag, ging im Flur das Licht aus. Das Mädchen schrie, bis Gwens Bruder nach Clanton fuhr und in einem rund um die Uhr geöffneten Laden Glühbirnen kaufte.

Tonya schlief bei ihrer Mutter, die sie stundenlang in den Armen hielt, bis die Dämonen der Nacht verschwanden und ihr Ruhe gönnten. Zuerst konnte Mrs. Hailey nicht schlafen, wenn es überall hell blieb, doch nach fünf Wochen gewöhnte sie sich allmählich daran und döste immer wieder ein. Der kleine, schmächtige Körper neben ihr zuckte häufig.

Willie wünschte den Jungen eine gute Nacht und gab Tonya einen Kuß. Er zeigte ihr seinen Revolver und versprach, auf der Couch Wache zu halten. Dann ging er durchs Haus und sah in den Schränken nach. Erst als das Mädchen zufrieden war, streckte es sich neben seiner Mutter aus und starrte an die Decke. Nach einer Weile schluchzte Tonya leise.

Gegen Mitternacht zog Willie die Stiefel aus, legte das Halfter mit dem Revolver beiseite und entspannte sich auf dem Sofa. Er war fast eingeschlafen, als er den schrillen, peinerfüllten Schrei eines gequälten Kindes hörte. Rasch griff er nach dem Revolver und stürmte ins Schlafzimmer. Tonya saß auf dem Bett, mit dem Gesicht zur Wand, schrie und bebte am ganzen Leib. Sie hatte die Männer durchs Fenster gesehen. Gwen umarmte sie. Die drei Jungen standen hilflos am Fußende des Bettes. Carl Lee jr. ging zum Fenster und sah hinaus – nichts. Während der vergangenen fünf Wochen hatten sich Zwischenfälle dieser Art oft wiederholt, und daher wußten sie, daß sie kaum etwas tun konnten.

Gwen tröstete Tonya und bettete ihren Kopf sanft aufs

Kissen.»Sei ganz ruhig, Schatz. Deine Mutter ist bei dir. Und auch Onkel Willie. Niemand wird dir Schmerzen zufügen. Hier bei uns bist du in Sicherheit.«

Tonya verlangte, daß Onkel Willie mit seiner Waffe am Fenster sitzen und die Jungen vor ihrem Bett schlafen sollten. Der Deputy und die drei Brüder fügten sich. Das Mädchen stöhnte noch einige Sekunden lang, und dann fielen ihm die Augen zu.

Willie hockte am Fenster und geduldete sich, bis alle schliefen. Nacheinander trug er die Jungen dann zu ihren Betten und deckte sie zu. Anschließend nahm er wieder am Fenster Platz und wartete auf die Morgensonne.

Am Freitag trafen sich Jake und Atcavage zum Mittagessen bei Claude. Sie bestellten Rippchen und Krautsalat. Wie üblich herrschte reger Betrieb, doch zum erstenmal zeigten sich nirgends fremde Gesichter. Die Stammgäste plauderten ungezwungen, und Claude war in Hochform: Hingebungsvoll beschimpfte er alle Anwesenden. Claude besaß die einzigartige Fähigkeit, andere Leute auf eine Weise schlecht zu behandeln, daß sie Gefallen daran fanden.

Atcavage hatte die Anhörung im Gerichtssaal beobachtet und wäre auch bereit gewesen, als Zeuge auszusagen. Doch Jake entschied sich dagegen, ihn in den Zeugenstand zu rufen – um ihm Schwierigkeiten in der Bank zu ersparen. Die meisten Bankiers litten an einer tief verwurzelten Furcht vor Gerichtssälen, und Jake bewunderte Atcavage dafür, seine Paranoia wenigstens teilweise überwunden zu haben. Damit wurde er zum ersten Bankdirektor in der Geschichte von Ford County, der ohne eine Vorladung den Verhandlungssaal im Gerichtsgebäude betreten hatte. Jake war stolz auf ihn.

Claude eilte am Tisch vorbei und sagte, ihnen blieben nur noch zehn Minuten; sie sollten also die Klappe halten und gefälligst essen. Jake nagte ein Rippchen ab und wischte sich Fett von den Lippen. »Da wir gerade von Krediten sprechen, Stan... Ich brauche fünftausend Dollar für neunzig Tage, ohne Sicherheiten.«

»Wer hat etwas von Krediten gesagt?«

»Sie haben Banken erwähnt.«

»Ich dachte, wir ziehen über Buckley her. Das gefiel mir.«

»Sie sollten nicht nur kritisieren, Stan. Eine solche Angewohnheit legt man sich schnell zu, aber man wird sie nur schwer wieder los. Außerdem schadet es dem Charakter.«

»Tut mir schrecklich leid. Können Sie mir jemals verzeihen?«

»Was ist mit dem Kredit?«

»Also gut. Wofür brauchen Sie ihn?«

»Warum fragen Sie mich das?«

»Was meinen Sie mit ›Warum fragen Sie mich das?‹«

»Hören Sie, Stan: Sie sollten sich nur Gedanken darüber machen, ob ich ihn in neunzig Tagen zurückzahlen kann.«

»Na schön. Können Sie das Geld in neunzig Tagen zurückzahlen?«

»Gute Frage. Natürlich kann ich das.«

Der Bankdirektor lächelte. »Sie haben sich ganz in den Fall Hailey verbissen, wie?«

Der Anwalt lächelte ebenfalls. »Ja«, gab er zu. »Es fällt mir schwer, mich auf etwas anderes zu konzentrieren. Der Prozeß beginnt Montag in drei Wochen, und bis dahin denke ich nur an Carl Lees Verteidigung.«

»Wieviel verdienen Sie damit?«

»Neunhundert minus zehntausend.«

»Neunhundert Dollar!«

»Ja. Er war nicht imstande, sein Land zu beleihen, erinnern Sie sich?«

»Das ist ein Schlag unter die Gürtellinie.«

»Wenn Sie Carl Lees Grundbesitz als Sicherheit akzeptieren und ihm Geld leihen würden, müßte ich Sie nicht um einen Kredit bitten.«

»Das Darlehen für Sie ist mir lieber.«

»Großartig. Wann bekomme ich den Scheck?«

»Das klingt verzweifelt.«

»Ich weiß, wie lange Sie für so etwas brauchen: Kreditkomitees, Revisoren, Vizepräsidenten hier und Vizepräsidenten dort. Vielleicht ist irgendein Vizepräsident in etwa einem Monat bereit, den Kredit zu genehmigen. Wenn die Vorschriften es erlauben. Und wenn er gute Laune hat. Ich weiß, wie's bei Ihnen zugeht.«

Atcavage blickte auf seine Armbanduhr. »Heute nachmittag um drei?«

»Einverstanden.«

»Ohne Sicherheiten?«

Jake griff nach einer Serviette, betupfte den Mund und beugte sich vor. »Mein Haus ist ein Wahrzeichen in dieser Stadt, aber es ächzt unter einer schweren Hypothekenlast. Darüber hinaus gehört mein Wagen eigentlich gar nicht mir, sondern Ihrer Bank. Ich wäre bereit, Ihnen ein Pfandrecht auf meine Tochter einzuräumen, aber wenn Sie es wahrnähmen, würde ich Sie umbringen. Woraus folgt: An welche Sicherheit haben Sie gedacht?«

»Bitte entschuldigen Sie die Frage.«

»Wann bekomme ich den Scheck?«

»Heute nachmittag um drei.«

Claude kam und füllte die Teegläser. »Ihr habt noch fünf Minuten«, sagte er laut.

»Acht«, erwiderte Jake.

»Jetzt hören Sie mir mal genau zu, Mr. Berühmter Anwalt.«

Claude lächelte. »Wir sind hier nicht im Gerichtssaal, und in meinem Lokal ist Ihr Bild in der Zeitung keine zwei Cents wert. Fünf Minuten. Nicht eine Sekunde länger.«

»Na gut. Meine Rippchen waren ohnehin ziemlich zäh.«

»Wie ich sehe, sind auf Ihrem Teller gar keine übriggebliebenen.«

»Ich habe sie nur deshalb gegessen, weil sie so teuer sind.«

»Sie kosten noch mehr, wenn Sie sich beschweren.«

»Wir gehen jetzt«, sagte Atcavage, erhob sich und warf einen Dollar auf den Tisch.

Am Sonntagnachmittag saßen die Haileys wieder unter dem Baum und beobachteten das Getümmel vor dem Basketballkorb. Die erste Hitzewelle des Sommers hatte begonnen. Schwüle Luft hing dicht über dem Boden und drang auch in die Schatten vor. Gwen schlug nach Fliegen, während die Kinder und ihr Vater warme Brathähnchen aßen und schwitzten. Die Jungen und Tonya beendeten die Mahlzeit schon nach kurzer Zeit und eilten dann zur neuen Schaukel – Ozzie hatte sie für die Söhne und Töchter der Häftlinge bauen lassen.

»Wie war's in Whitfield?« fragte Gwen.

»Man hat mir eine Menge Fragen gestellt und einige Untersuchungen durchgeführt. Ein Haufen Unsinn.«

»Und die Behandlung?«

»Handschellen und gepolsterte Wände.«

»Im Ernst? Man hat dich in einer Gummizelle untergebracht?« Die amüsierte Gwen lachte leise, was selten genug geschah.

»Und ob. Beobachteten mich wie ein exotisches Tier. Meinten, ich sei berühmt. Die Wärter – ein Weißer und ein Schwarzer – bewunderten mich. Sie sagten, ich hätte mich richtig verhalten. Und sie hofften auf einen Freispruch. Sie waren sehr nett zu mir.«

»Und die Ärzte?«

»Sie schweigen bis zum Prozeß. Und vor Gericht behaupten sie, daß ich geistig völlig gesund bin.«

»Woher willst du das wissen?«

»Jake hat's mir gesagt. Und bisher lag er mit seinen Vermutungen nie daneben.«

»Hat er einen Doktor für dich gefunden?«

»Ja. Einen ausgeflippten Säufer. Soll angeblich ein Psychiater sein. Wir haben uns zweimal in Ozzies Büro unterhalten.«

»Was sagte er?«

»Nicht viel. Jake meint, er bescheinigt uns alles.«

»Muß ein hervorragender Arzt sein.«

»Würde gut zu den Jungs in Whitfield passen.«

»Woher kommt er?«

»Aus Jackson, glaube ich. Schien es selbst nicht genau zu wissen. Verhielt sich so, als wollte ich ihn umbringen. Und ich bin sicher, er war bei beiden Gesprächen betrunken. Er stellte mir einige Fragen, die wir beide nicht verstanden.

Schrieb Notizen und gab sich wichtig. Sagte, er könne mir wahrscheinlich helfen. Ich habe Jake nach ihm gefragt. Er meinte, ich solle mir keine Sorgen machen; vor Gericht sei er bestimmt nüchtern. Aber ich glaube, auch Jake ist besorgt.«

»Warum nehmen wir dann die Dienste eines solchen Doktors in Anspruch?«

»Weil er nichts kostet. Schuldet jemandem einen Gefallen. Ein echter Gehirnklempner verlangt tausend Dollar, um mich zu untersuchen – und noch einmal tausend, um vor Gericht auszusagen. Und das wäre immer noch ein billiger Psychiater. Soviel kann ich natürlich nicht bezahlen.«

Gwens Lächeln verblaßte, und sie wandte den Blick ab.

»Ich brauche Geld«, sagte sie leise, ohne ihren Mann anzusehen.

»Wieviel?«

»Zweihundert für Lebensmittel und einige Rechnungen.«

»Und wieviel hast du noch?«

»Weniger als fünfzig.«

»Mal sehen, was ich tun kann.«

Gwen hob den Kopf. »Was soll das heißen? Wie willst du Geld auftreiben, wenn du im Gefängnis sitzt?«

Carl Lee wölbte die Brauen und richtete den Zeigefinger auf seine Frau. Es stand ihr nicht zu, an ihm zu zweifeln. Er hatte noch immer die Hosen an, auch wenn er sie hinter Gittern trug. Er war der Boß.

»Entschuldige«, hauchte Gwen.

24

Bischof Agee spähte durch einen Spalt zwischen den großen, bunten Fenstern seiner Kirche und beobachtete zufrieden, wie saubere Cadillacs und Lincolns auf den Parkplatz rollten. Es war kurz vor fünf am Sonntagnachmittag. Er hatte eine weitere Versammlung des Konzils einberufen, um die gegenwärtige Situation zu diskutieren, eine Strategie für die letzten drei Wochen vor dem Prozeßbeginn zu planen und Vorbereitungen für die Ankunft der NAACP-Anwälte zu treffen. Die wöchentlichen Kollekten blieben nicht ohne Erfolg. In der ganzen County waren über siebentausend Dollar gesammelt worden, und der Bischof hatte fast sechstausend auf ein Konto einbezahlt, für den Carl-Lee-Hailey-Verteidigungsfonds. Die Familie ging leider völlig leer aus. Agee wartete darauf, daß ihm die NAACP einen Rat im Hinblick auf den Verwendungszweck des Geldes geben würde; seiner Ansicht nach sollte der größte Teil davon für den Verteidigungsfonds bereitgestellt werden. Wenn die Haileys Hunger litten, konnten sich die Schwestern der Kirche um sie kümmern. Das Bare wurde woanders benötigt.

Das Konzil beriet Möglichkeiten, noch mehr Geld zu sammeln. Es war nicht leicht, Dollars von armen Leuten zu bekommen, aber der Fall Hailey weckte überall Mitgefühl, und daraus ergab sich eine Gelegenheit, die unbedingt genutzt werden mußte. Entweder wurde das Geld jetzt gesammelt – oder nie. Die Priester beschlossen, sich am nächsten Tag in der Springdale Church von Clanton zu treffen. Man erwartete die NAACP-Repräsentanten morgen in der Stadt. Nein, keine Presse: Arbeit stand auf dem Programm.

Der dreißigjährige Norman Reinfeld galt als strafrechtliches Genie und hielt einen ganz besonderen Rekord: Er hatte das Harvard-Studium im Alter von nur einundzwanzig Jahren abgeschlossen und das großzügige Angebot abgelehnt, in der angesehenen Wall Street-Kanzlei seines Vaters und Großvaters zu arbeiten. Statt dessen nahm er einen NAACP-Job an und bemühte sich voller Engagement, Schwarze aus den Südstaaten vor der gesetzlich angeordneten Hinrichtung zu bewahren. Er war sehr gut, aber leider erzielte er nur wenige Erfolge. Woraus man ihm keinen Vorwurf machen konnte. Die meisten im Süden zum Tod verurteilten Schwarzen – ebenso wie die Weißen – verdienten es nicht anders. Aber Reinfeld und sein Team aus Anwälten, die sich auf vorsätzlichen Mord spezialisiert hatten, gewannen doch den einen oder anderen Fall. Und selbst wenn sie verloren: Mit Hilfe diverser Berufungsverfahren gelang es ihnen, die Sträflinge noch einige Jahre lang am Leben zu erhalten. Vier von Reinfelds früheren Klienten waren in der Gaskammer, auf dem elektrischen Stuhl oder durch tödliche Injektionen gestorben – genau vier zuviel. Er hatte die Hinrichtungen beobachtet und dabei den Schwur erneuert, Gesetze zu ignorieren, ethische Prinzipien zu verletzen, das Gericht zu mißachten, Richtern mit Respektlosigkeit zu begegnen und alle anderen Mittel zu nutzen, um zu verhindern, daß Menschen auf legale Weise andere Menschen umbrachten. Er verschwendete keine Gedanken an das illegale Töten von Menschen, bei dem seine Klienten großen Einfallsreichtum bewiesen hatten. Es gehörte nicht zu seinen Pflichten, darüber nachzudenken. Er widmete seine Mischung aus gerechter Empörung und heiligem Zorn ausschließlich den legalen Morden. Selten schlief er länger als drei Stunden pro Nacht. Wie sollte er Ruhe finden, wenn einunddreißig Mandanten in der Todeszelle saßen und siebzehn auf den Prozeß warteten? Hinzu kamen acht egoistische Anwälte, die überwacht werden mußten. Als Dreißigjähriger sah er wie fünfundvierzig aus. Er war alt, aggressiv und ständig gereizt. Normalerweise wäre er viel zu beschäftigt gewesen, um in Clanton, Mississippi, an einer Versammlung von schwarzen Priestern teilzunehmen, aber diesmal sah die Sache ganz anders aus. Es ging um Hailey, um den Vater, der die beiden Vergewaltiger seiner Tochter erschossen hatte – derzeit der berühmteste Fall im ganzen Land. Er wurde in Mississippi verhandelt: Jahrelang hatten dort Weiße aus irgendeinem Grund oder ohne den geringsten Anlaß auf Schwarze geschossen, und niemand scherte sich darum. Dort erhängte man Schwarze, die sich zur Wehr setzten. Nun hatte ein schwarzer Vater die beiden weißen Vergewaltiger seiner Tochter umgebracht, und dafür drohte ihm die Gaskammer – obwohl ein Weißer an seiner Stelle nicht einmal vor Gericht gestellt worden wäre. Ein Fall, der großes Aufsehen erregte. *Der* Fall. Reinfeld beschloß, ihn zu übernehmen.

Am Montag stellte ihn Agee dem Konzil vor. Der Bischof

eröffnete die Versammlung mit einem langen und detaillierten Bericht über die Aktivitäten in Ford County. Reinfeld faßte sich wesentlich kürzer. Er und sein Team konnten Mr. Hailey nicht vertreten, weil ein offizieller Auftrag fehlte, und deshalb mußte er so schnell wie möglich mit dem Angeklagten sprechen. Am besten noch heute. Spätestens morgen früh, denn am Mittag würde er von Memphis nach Georgia fliegen, um dort an irgendeinem anderen Mordprozeß teilzunehmen. Agee versprach, eine Begegnung mit Carl Lee Hailey zu arrangieren. Er sei mit dem Sheriff befreundet, meinte er. »Gut«, erwiderte Reinfeld. »Beeilen Sie sich. Mir bleibt nicht viel Zeit.«

»Wieviel Geld haben Sie gesammelt?« fragte er dann.

»Wir bekamen fünfzehntausend Dollar von der NAACP«, antwortete Agee.

»Ich weiß. Und wieviel wurde hier gespendet?«

»Sechstausend«, sagte der Bischof stolz.

»Sechstausend!« wiederholte Reinfeld. »Mehr nicht? Ich dachte, Sie seien gut organisiert. Wo ist die große Unterstützung am Ort, von der Sie mir erzählten? Sechstausend! Wieviel mehr können Sie sammeln? Wir haben nur noch drei Wochen.«

Die Mitglieder des Konzils schwiegen. Dieser Jude erschien ihnen ziemlich dreist. Der einzige Weiße in ihrer Gemeinschaft – und er übte Kritik!

»Wieviel brauchen wir?« erkundigte sich Agee.

»Das hängt davon ab, wie gut die Verteidigung für Mr. Hailey sein soll. Zu meiner Gruppe gehören nur acht andere Anwälte, und fünf von ihnen sind im Augenblick mit verschiedenen Prozessen beschäftigt. Wir haben einunddreißig Revisionsverfahren im Hinblick auf Verurteilungen bei Mordfällen. Wir haben siebzehn Gerichtsverhandlungen, die während der nächsten fünf Monate in zehn Staaten stattfinden. In jeder Woche bekommen wir zehn Verteidigungsaufträge, und acht davon müssen wir zurückweisen, weil es uns an Mitarbeitern und Geld fehlt. Für Mr. Hailey sind fünfzehntausend Dollar zur Verfügung gestellt worden, von zwei Ortsgruppen und dem nationalen Verband. Jetzt höre ich von

Ihnen, daß Sie hier nur sechstausend gesammelt haben. Insgesamt sind das also einundzwanzigtausend. Für diesen Betrag erhält der Angeklagte eben die Verteidigung, die wir uns leisten können. Zwei Anwälte, mindestens ein Psychiater, aber nichts Besonderes. Einundzwanzigtausend genügen für eine normale Verteidigung, aber ich hatte etwas anderes im Sinn.«

»Was haben Sie geplant?«

»Etwas Erstklassiges. Drei oder vier Anwälte. Eine ganze Gruppe von Psychiatern. Fünf oder sechs Personen, die Ermittlungen anstellen. Einen Jury-Psychologen. Um nur einige Aspekte zu nennen. Dies ist kein gewöhnlicher Mordfall. Ich möchte den Prozeß gewinnen. Und ich dachte bisher, daß auch Sie einen Freispruch erwirken wollen.«

»Wieviel?« fragte Agee.

»Mindestens fünfzigtausend. Hunderttausend wären besser.«

»Nun, Mr. Reinfeld, Sie befinden sich hier in Mississippi. Die hiesigen Schwarzen sind arm. Bisher haben sie großzügig gespendet, aber wir können unmöglich weitere dreißigtausend Dollar sammeln.«

Reinfeld rückte seine Hornbrille zurecht und kratzte sich am ergrauenden Bart. »Welche Summe halten Sie für möglich?«

»Vielleicht noch einmal fünftausend.«

»Das ist nicht viel Geld.«

»Nicht für Sie. Aber zweifellos für die schwarze Gemeinde in Ford County.«

Reinfeld starrte zu Boden und rieb sich auch weiterhin den Bart. »Wieviel hat die Ortsgruppe in Memphis zur Verfügung gestellt?«

»Fünftausend«, antwortete jemand aus Memphis.

»Atlanta?«

»Fünftausend.«

»Und die Staatsgruppe?«

»Welchen Staat meinen Sie?«

»Mississippi?«

»Nichts.«

»Nichts?«

»Nichts.«

»Wieso?«

»Fragen Sie ihn«, sagte Agee und deutete auf Reverend Henry Hillman, den Vorsitzenden des Staatsverbandes.

»Äh, wir versuchen gerade, etwas Geld zu sammeln«, brachte Hillman verlegen hervor. »Aber ...«

»Wieviel haben Sie bisher eingenommen?« erklang Agees Stimme.

»Nun, äh ...«

»Nichts«, sagte der Bischof laut. »Keinen einzige Cent, wie?«

»Los, Hillman, sagen Sie uns, wieviel Sie gesammelt haben«, ließ sich Reverend Roosevelt vernehmen, der stellvertretende Vorsitzende des Konzils.

Hillman war verblüfft und sprachlos. Bisher hatte er still auf der vordersten Kirchenbank gesessen, sich um seine eigenen Angelegenheiten gekümmert und gedöst. Jetzt sah er sich plötzlich im Zentrum feindseliger Aufmerksamkeit.

»Der Staatsverband wird ebenfalls einen Beitrag leisten.«

»Da bin ich sicher, Hillman. Ihr Typen verlangt dauernd von uns, für diese und jene Sache zu spenden, und nie sehen wir einen Dollar wieder. Ständig klagt ihr darüber, völlig pleite zu sein, und wir haben es nie versäumt, euch Geld zu schicken. Aber wenn wir Hilfe brauchen, schenkt ihr uns nur schöne Worte.«

»Das stimmt nicht.«

»Sparen Sie sich Ihre Lügen, Hillman.«

Der verlegene Reinfeld ahnte, daß er einen wunden Punkt berührt hatte. »Meine Herren, kommen wir zur Sache«, sagte er diplomatisch.

»Gute Idee«, kommentierte Hillman.

»Wann kann ich mit Mr. Hailey sprechen?« fragte der NAACP-Anwalt.

»Ich vereinbare ein Treffen für morgen früh«, sagte Agee.

»Und wo?«

»Ich schlage Sheriff Walls Büro im Countygefängnis vor. Er ist Schwarzer, wissen Sie. Der einzige schwarze Sheriff in Mississippi.«

»Ja, davon habe ich gehört.«

»Er erlaubt uns bestimmt, in seinem Büro mit Carl Lee zu reden.«

»Gut. Wer ist Mr. Haileys Anwalt?«

»Jake Brigance, hier aus Clanton.«

»Er sollte zugegen sein. Ich bitte ihn, uns bei dem Fall zu helfen. Damit sich seine Enttäuschung in Grenzen hält.«

Ethels unausstehliche, schrille und verärgerte Stimme schnitt durch die friedliche Ruhe des Nachmittags, und Jake zuckte zusammen. »Mr. Brigance, Sheriff Walls ist am Apparat«, verkündete sie durch die Wechselsprechanlage.

»In Ordnung.«

»Brauchen Sie mich noch, Sir?«

»Nein. Wir sehen uns morgen früh.«

Jake nahm den Hörer ab und betätigte eine Taste. »Hallo, Ozzie. Was liegt an?«

»Einige NAACP-Typen sind in der Stadt.«

»Ist das eine Überraschung?«

»Vielleicht schon. Sie wollen morgen früh mit Carl Lee reden.«

»Wer?«

»Jemand namens Reinfeld.«

»Ich kenne ihn. Leitet eine Gruppe, die sich auf vorsätzlichen Mord spezialisiert hat. Norman Reinfeld.«

»Ja, so heißt er.«

»Ich habe bereits auf ihn gewartet.«

»Nun, jetzt ist er hier und will mit Carl Lee sprechen.«

»Woher wissen Sie davon?«

»Bischof Agee hat mich angerufen und bat um einen Gefallen. Er schlug mir vor, mit Ihnen zu telefonieren.«

»Die Antwort lautet nein. Ein klares, kategorisches Nein.«

Ozzie zögerte einige Sekunden lang. »Man möchte, daß Sie bei dem Gespräch zugegen sind.«

»Soll das heißen, ich bin eingeladen?«

»Ja. Agee und Reinfeld bestanden darauf. Sie sollen dabei sein.«

»Wo findet die Unterredung statt?«

»In meinem Büro. Um neun Uhr morgen früh.«

Jake atmete tief durch. »Na schön«, erwiderte er langsam. »Ich nehme die Einladung an. Wo ist Carl Lee?«

»In seiner Zelle.«

»Führen Sie ihn in Ihr Büro. Ich bin in fünf Minuten bei Ihnen.«

»Warum?«

»Wir veranstalten eine kleine Andacht.«

Reinfeld, Bischof Agee sowie die beiden Priester Roosevelt und Hillman saßen nebeneinander auf Klappstühlen. Sie musterten den Sheriff, Carl Lee und Jake, der eine billige Zigarre rauchte und ganz bewußt versuchte, die Luft im kleinen Büro zu verpesten. Er gab sich alle Mühe, seine Verachtung deutlich zu zeigen. Reinfeld war kein leichter Gegner, wenn es um einen Wettkampf in Arroganz ging. Man sah ihm seine Geringschätzung im Hinblick auf den provinziellen Clanton-Anwalt an, und er versuchte auch durchaus nicht, seine Empfindungen zu verbergen. Er war von Natur aus arrogant, frech und unverschämt. Jake dagegen mußte in eine entsprechende Rolle schlüpfen.

»Wer hat diese Versammlung einberufen?« fragte Jake ungeduldig, als das von Unbehagen geprägte Schweigen andauerte.

»Äh, ich glaube, ich bin dafür verantwortlich«, antwortete Agee und warf Reinfeld einen Blick zu, mit dem er stumm um Hilfe flehte.

»Also los. Was wollen Sie?«

»Immer mit der Ruhe, Jake«, sagte Ozzie. »Bischof Agee hat mich gebeten, dieses Treffen zu arrangieren, damit Carl Lee den Anwalt Mr. Reinfeld kennenlernen kann.«

»Jetzt sind wir hier. Was haben Sie auf dem Herzen, Mr. Reinfeld?«

»Ich bin gekommen, um Mr. Hailey sowohl meine Dienste als auch die meiner Mitarbeiter anzubieten«, entgegnete der NAACP-Anwalt.

»Was für Dienste meinen Sie?« erkundigte sich Jake.

»Natürlich juristische.«

»Haben Sie Mr. Reinfeld gebeten, hierherzukommen und mit Ihnen zu sprechen, Carl Lee?« fragte Jake.

»Nein.«

»Klingt ganz nach Abwerbung.«

»Sparen Sie sich das, Mr. Brigance. Sie wissen, womit ich mich beschäftige. Und daher wissen Sie auch, warum ich hier bin.«

»Jagen Sie immer Fällen nach?«

»Wir jagen nichts nach. NAACP-Mitglieder und örtliche Bürgerrechtler rufen uns an. Wir befassen uns nur mit vorsätzlichem Mord, und wir verstehen unser Handwerk.«

»Vermutlich sind nur Sie fähig und kompetent genug, um einen solchen Fall vor Gericht zu verhandeln.«

»Es mangelt mir nicht an Erfahrung.«

»Sie haben häufig Niederlagen hinnehmen müssen.«

»Die meisten von mir übernommenen Fälle gelten als hoffnungslos.«

»Ich verstehe. Bringen Sie auch diesem Fall eine solche Einstellung entgegen? Rechnen Sie damit, ihn zu verlieren?«

Reinfeld zupfte an seinem Bart und richtete einen kühlen Blick auf Jake. »Ich bin nicht hier, um mich mit Ihnen zu streiten, Mr. Brigance.«

»Ich weiß. Sie sind hier, um Ihre herausragenden juristischen Fähigkeiten einem Angeklagten anzubieten, der noch nie etwas von Ihnen gehört hat und zufälligerweise mit seinem gegenwärtigen Anwalt zufrieden ist. Sie sind hier, um meinen Klienten abzuwerben. Ich weiß ganz genau, warum Sie hier sind.«

»Ich bin hier, weil mich die NAACP hierhergeschickt hat. Es gibt keine anderen Gründe.«

»Bekommen Sie alle Ihre Fälle von der NAACP?«

»Ich arbeite für die National Association for the Advancement of Colored People. Ich leite ihre auf vorsätzlichen Mord spezialisierte Anwaltsgruppe. Wenn die NAACP möchte, daß ich mich mit einem bestimmten Fall befasse, so lehne ich nie ab.«

»Wie viele Klienten haben Sie derzeit?«

»Mehrere Dutzend. Warum ist das wichtig?«

»Hatten alle Ihre Mandanten Anwälte, bevor Sie ihre Verteidigung übernahmen?«

»Einige schon, andere nicht. Wir versuchen immer, mit den früheren Anwälten zusammenzuarbeiten.«

Jake lächelte. »Wunderbar. Sie bieten mir also an, Ihren Aktenkoffer zu tragen und Sie durch Clanton zu chauffieren. Vielleicht darf ich Ihnen während der Mittagspause sogar ein Brötchen holen. Wie aufregend.«

Carl Lee saß mit verschränkten Armen da, rührte sich nicht und starrte ins Leere. Die Priester beobachteten ihn und hofften, daß er endlich etwas sagen, seinen Anwalt zum Schweigen auffordern, ihm mitteilen würde, daß er sich von Reinfeld vertreten lassen wollte. Sie beobachteten, hofften und warteten, aber Carl Lee gab keinen Ton von sich, er hörte nur zu.

»Wir können Ihnen eine Menge anbieten, Mr. Hailey«, sagte Reinfeld. Er hielt es für besser, ruhig zu bleiben, bis sich der Angeklagte entschied. Eine Auseinandersetzung mit Brigance konnte alles ruinieren.

»Zum Beispiel?« fragte Jake.

»Ressourcen, Erfahrung, gute Anwälte, die sich nur um vorsätzlichen Mord kümmern. Außerdem sind wir in der Lage, ausgezeichnete Ärzte vor Gericht aussagen zu lassen. Ganz gleich, was Sie brauchen – wir haben alles.«

»Wieviel Geld steht Ihnen zur Verfügung?«

»Das geht Sie nichts an.«

»Ach, tatsächlich? Aber vielleicht geht es Mr. Hailey etwas an. Immerhin ist es sein Fall. Vielleicht möchte Mr. Hailey wissen, wieviel Geld Sie für seine Verteidigung ausgeben können. Nicht wahr, Mr. Hailey?«

»Ja.«

»Also gut, Mr. Reinfeld: Welche Summe steht Ihnen zur Verfügung?«

Der NAACP-Anwalt zögerte unsicher und blickte zu den Geistlichen, die ihrerseits Carl Lee ansahen.

»Bisher etwa zwanzigtausend«, sagte Reinfeld widerstrebend.

Jake lachte und schüttelte ungläubig den Kopf. »Zwanzigtausend! Sie nehmen die Sache sehr ernst, wie? Zwanzigtausend! Ich dachte, Sie hätten ganz andere Möglichkeiten. Im letzten Jahr sammelten Sie hundertfünfzigtausend für den Polizistenmörder in Birmingham. Und er wurde verurteilt. Hunderttausend gaben Sie für die Hure in Shreveport aus, die ihren Freier umbrachte. Und sie wurde ebenfalls verurteilt, wenn ich das hinzufügen darf. Aber dieser Fall ist für Sie nur zwanzig Riesen wert?«

»Wieviel Geld wollen Sie für die Verteidigung aufwenden?«

»Wenn Sie mir erklären können, warum Sie das etwas angeht, bin ich bereit, Ihre Frage zu beantworten.«

Reinfeld setzte zu einer Erwiderung an, beugte sich dann aber vor und hob die Finger zu den Schläfen. »Sprechen Sie mit ihm, Bischof Agee.«

Die Priester musterten Carl Lee und wünschten sich, mit ihm allein zu sein, ohne irgendwelche Weißen in der Nähe. Dann hätten sie als Nigger mit ihm reden können. Um ihm alles zu erklären. Um ihn aufzufordern, Brigance zu feuern und sich von wirklich guten, erfahrenen Anwälten vertreten zu lassen. Von NAACP-Anwälten, die wußten, wie man für Schwarze eintrat. Aber leider waren sie nicht mit Carl Lee allein und mußten darauf verzichten, ihn zu verfluchen. Die Umstände zwangen sie, auf die anwesenden Weißen Rücksicht zu nehmen, ihnen mit Respekt zu begegnen. Nach einer Weile räusperte sich Agee.

»Hören Sie, Carl Lee, wir wollen Ihnen nur helfen. Wir haben Mr. Reinfeld hierhergebracht. Er und sein Team bieten Ihnen genau jene juristischen Dienste an, die Sie benötigen. Wir schätzen Jake – er ist ein guter junger Anwalt. Er kann mit Mr. Reinfeld zusammenarbeiten. Wir wollen nicht, daß Sie sich von ihm trennen. Wir möchten nur, daß Sie sich auch von Mr. Reinfeld vertreten lassen. Sie können gemeinsam Ihre Verteidigung vorbereiten und ...«

»Ausgeschlossen«, warf Jake ein.

Agee bedachte Brigance mit einem hilflosen Blick.

»Bitte, Jake. Wir haben nichts gegen Sie. Dieser Fall stellt eine große Chance für Sie dar. Sie bekommen dadurch die

Möglichkeit, Fachleuten zu assistieren und Erfahrungen zu sammeln. Wir ...«

»Um es ganz klar auszudrücken, Bischof: Wenn Carl Lee beschließt, sich von Ihren Anwälten verteidigen zu lassen – in Ordnung. Aber ich bin nicht bereit, den Botenjungen für jemanden zu spielen. Entweder habe ich den Fall, oder ich habe ihn nicht. Entweder bin ich für die Verteidigung zuständig, oder ich bin es nicht. Der Gerichtssaal ist nicht groß genug für Reinfeld, Rufus Buckley und mich.«

Reinfeld rollte mit den Augen, sah zur Decke und schüttelte langsam den Kopf. Seine Lippen formten ein schiefes, arrogantes Lächeln.

»Es liegt also bei Carl Lee?« vergewisserte sich Bischof Agee.

Hailey ließ die Arme sinken. »Die eben von Ihnen erwähnten zwanzigtausend Dollar ... wofür sind die bestimmt?«

»Eigentlich sind es fast dreißigtausend«, sagte Reinfeld. »Einige NAACP-Ortsgruppen haben noch einmal zehntausend versprochen. Nun, das Geld soll für Ihre Verteidigung verwendet werden. Und damit meine ich nicht etwa Anwaltshonorare. Wir brauchen zwei oder drei Personen, die Nachforschungen anstellen. Außerdem zwei oder drei Psychiater. Des weiteren einen Jury-Psychologen, der uns bei der Geschworenenauswahl hilft. Unsere Maßnahmen kosten viel Geld.«

»Hm. Wieviel Geld stammt aus Ford County?« fragte Carl Lee.

»Etwa sechstausend«, antwortete Reinfeld.

»Wer hat es gesammelt?«

Der NAACP-Anwalt sah zu Agee. »Die Kirchen«, murmelte der Bischof.

»Und wer nahm das in den Kirchen gesammelte Geld entgegen?«

»Wir«, sagte Agee.

»Mit anderen Worten – Sie«, brummte Carl Lee.

»Nun, äh, ja. Ich meine, ich bekam das Geld von den einzelnen Kirchen. Es befindet sich jetzt auf einem extra eingerichteten Bankkonto.«

»Haben Sie jeden einzelnen Cent eingezahlt?«

»Natürlich.«

»Ja, natürlich. Ich würde gern wissen, wieviel meiner Familie angeboten wurde.«

Agee wirkte ein wenig blaß – so blaß, wie es für einen Schwarzen möglich war – und wandte sich an seine Priesterkollegen, deren Interesse einem kleinen Käfer auf dem Teppich galt. Sie ließen ihn im Stich. Roosevelt und Hillman wußten, daß Agee einen Teil des Geldes in die eigene Tasche gesteckt hatte. Sie wußten auch, daß die Familie Hailey noch immer auf finanzielle Unterstützung wartete. Von der Spendenaktion profitierte Agee weitaus mehr. Das wußten die Priester ebensogut wie Carl Lee.

»Wieviel, Bischof?« wiederholte der Häftling.

»Nun, wir dachten ...«

»Wieviel?«

»Das Geld ist für die Verteidigung bestimmt.«

»Aber in der Kirche haben Sie etwas anderes behauptet, nicht wahr? In der Kirche haben Sie gesagt, damit soll der Familie geholfen werden. Tränen quollen Ihnen in die Augen, als Sie verkündeten, Gwen und die Kinder könnten verhungern, wenn die Gemeinde nicht genug spendet. Das stimmt doch, Bischof, oder?«

»Wir haben für Sie gesammelt, Carl Lee. Für Sie und Ihre Familie. Aber es erscheint uns sinnvoller, das Geld für die Prozeßkosten zu verwenden.«

»Und wenn ich Ihre Anwälte nicht will? Was passiert dann mit den zwanzigtausend?«

Jake lachte leise. »Gute Frage. Was geschieht mit dem Geld, wenn mein Klient keinen Wert auf Ihre Hilfe legt, Mr. Reinfeld?«

»Es ist nicht mein Geld«, sagte der NAACP-Anwalt.

»Bischof?«

Agee hatte genug. Seine nervöse Verlegenheit wich aggressivem Trotz, und er deutete auf Carl Lee. »Wir haben uns große Mühe gegeben, soviel Geld aufzutreiben. Sechstausend Dollar von den armen Leuten dieser County – von Menschen, die eigentlich gar nichts erübrigen können. Wir haben hart gearbeitet, um einen so großen Betrag zu sammeln. Er stammt von Armen und Notleidenden, von Leuten, die Lebensmittelmarken empfangen und auf die Wohlfahrt angewiesen sind, von Leuten, die eigentlich keinen einzigen Cent erübrigen können. Aber sie spendeten trotzdem, und zwar aus einem ganz bestimmten Grund: Die Gemeinde glaubt, daß Sie sich richtig verhalten haben, daß Sie den Gerichtssaal als freier Mann verlassen sollten. Weisen Sie ihre Großzügigkeit nicht zurück.«

»Halten Sie hier keine Predigt«, erwiderte Carl Lee ruhig. »Die armen Leute dieser County haben also sechstausend Dollar gespendet.«

»Ja.«

»Und der Rest des Geldes? Woher kommt er?«

»Von der NAACP. Fünftausend aus Atlanta, fünf aus Memphis und noch einmal fünf vom staatlichen Verband. Insgesamt fünfzehntausend, einzig und allein für die Verteidigung.«

»Falls ich mich von Mr. Reinfeld vertreten lasse.«

»Ja.«

»Und wenn ich mich gegen ihn entscheide, verschwinden die fünfzehntausend Dollar?«

»Ja.«

»Was ist mit den sechstausend?«

»Gute Frage. Darüber haben wir noch nicht gesprochen. Wir dachten, Sie wären uns dankbar dafür, daß wir Geld sammeln und versuchen, Ihnen zu helfen. Wir bieten Ihnen die besten Anwälte an, aber offenbar sind Sie nicht interessiert.«

Stille herrschte, als Priester, Anwälte und der Sheriff auf eine Äußerung des Angeklagten warteten. Carl Lee kaute auf der Unterlippe und blickte zu Boden. Jake zündete sich eine zweite Zigarre an. Er konnte es bestimmt verkraften, noch einmal gefeuert zu werden.

»Möchten Sie jetzt sofort Bescheid wissen?« fragte Carl Lee schließlich.

»Nein«, sagte Agee.

»Ja«, bestätigte Reinfeld. »Der Prozeß beginnt in knapp

drei Wochen, und wir müssen uns gründlich darauf vorbereiten. Außerdem ist meine Zeit zu kostbar, Mr. Hailey. Entweder beauftragen Sie mich jetzt sofort, Ihren Fall zu vertreten, oder unser Angebot ist vom Tisch. Bis heute mittag muß ich in Memphis sein, um nach Georgia zu fliegen.«

»Nun, dann möchte ich Ihnen folgendes mitteilen, Mr. Reinfeld: Fliegen Sie ruhig nach Georgia und kehren Sie nicht hierher zurück. Ich überlasse es meinem Freund Jake, mich vor Gericht zu verteidigen.«

25

Die KKK-Ortsgruppe in Ford County wurde um Mitternacht gegründet, am Donnerstag, dem 11. Juli. Die Zeremonie fand auf einer Wiese im Wald statt, neben einer ungepflasterten Straße im nördlichen Teil der County. Die sechs Anwärter auf Mitgliedschaft standen nervös vor einem großen brennenden Kreuz und wiederholten die seltsamen Worte eines Wizards. Ein Dragon und zwei Dutzend in weiße Kutten gekleidete Kluxer sahen zu und sangen gelegentlich. An der Straße hockte ein bewaffneter Wächter, blickte manchmal zur Wiese und hielt die meiste Zeit über nach ungebetenen Gästen Ausschau – es gab keine.

Genau um Mitternacht knieten die sechs Männer nieder und schlossen die Augen, als man ihnen weiße Kapuzen über den Kopf stülpte. Sie gehörten jetzt zum Klan: Freddie Cobb, Bruder des verstorbenen Billy Ray, Jerry Maples, Clifton Cobb, Ed Wilburn, Morris Lancaster und Terrell Grist. Der Dragon stand vor ihnen und intonierte den heiligen Schwur der Mitgliedschaft im Ku-Klux-Klan. Die vom lodernden Kreuz ausgehende Hitze versengte den sechs Männern das Gesicht, während sie knieten und das Gefühl hatten, unter den schweren Kapuzen langsam zu ersticken. Schweiß strömte ihnen über die geröteten Wangen, als sie den Eid ablegten und hofften, daß sich der Dragon mit dem Unsinn beeilen würde. Als der Sprechchor verklang, standen die neuen Mitglieder hastig auf und wichen vom Kreuz zurück. Ihre Gefährten umarmten sie, packten sie an den Schultern und klopften ihnen Beschwörungsformeln aufs schweißfeuchte Schlüsselbein. Freddie Cobb und seine Begleiter nahmen die Kapuzen ab und folgten den übrigen Klanmitgliedern in eine Hütte auf der anderen Straßenseite. Der Wächter saß vorn auf der Treppe, als sich drinnen Gläser mit Whisky füllten, als man Pläne für den Prozeß gegen Carl Lee Hailey schmiedete.

Deputy Pirtle hatte Nachtschicht – von zehn bis sechs. Am Highway im Norden der Stadt parkte er vor Gurdys Rund-um-die-Uhr-Imbiß, um einen Kaffee zu trinken. Kurze Zeit später hörte er über Funk, daß man ihn im Gefängnis brauchte. Es war Freitag, drei Minuten nach Mitternacht.

Pirtle ließ seine Pastete stehen und fuhr anderthalb Kilometer weit nach Süden. »Was ist los?« fragte er den Beamten in der Zentrale.

»Vor einigen Minuten meldete sich ein anonymer Anrufer und wollte den Sheriff sprechen. Als ich antwortete, daß Ozzie heute nacht nicht im Dienst sei, forderte mich der Typ auf, ihn mit einem Deputy zu verbinden. Angeblich geht es um eine sehr wichtige Sache. Der Bursche will in fünfzehn Minuten noch einmal anrufen.«

Pirtle besorgte sich Kaffee und wartete in Ozzies Büro. Schließlich klingelte das Telefon. »Für Sie«, ertönte es aus der Zentrale.

Pirtle nahm den Hörer ab. »Hallo.«

»Wer spricht dort?« fragte jemand.

»Deputy Joe Pirtle. Und wie heißen Sie?«

»Wo ist der Sheriff?«

»Zu Hause. Und er schläft vermutlich.«

»Na schön. Hören Sie jetzt gut zu, denn ich habe eine wichtige Mitteilung für Sie und rufe nicht noch einmal an. Kennen Sie den Hailey-Nigger?«

»Ja.«

»Kennen Sie seinen Anwalt, Brigance?«

»Ja.«

»Dann sperren Sie die Ohren auf. Irgendwann zwischen eins und drei heute nacht will man sein Haus in die Luft jagen.«

»Wer?«

»Brigance.«

»Nein, ich meine, wer hat vor, sein Haus in die Luft zu jagen?«

»Stellen Sie keine dummen Fragen, Deputy. Hören Sie nur zu. Dies ist kein Scherz. Wenn Sie glauben, ich wollte Sie auf den Arm nehmen, so warten Sie nur ab, bis es kracht. Es könnte jeden Augenblick geschehen.«

Stille folgte, doch der Anrufer legte nicht auf. Pirtle lauschte. »Sind Sie noch da?«

»Gute Nacht, Deputy.« Es klickte in der Leitung.

Pirtle sprang auf und eilte in die Zentrale. »Haben Sie mitgehört?«

»Natürlich.«

»Benachrichtigen Sie Ozzie. Ich fahre zu Brigance.«

Pirtle ließ den Streifenwagen auf einer Zufahrt an der Monroe Street zurück und schlich durch die Vorgärten zu Jakes Haus. Ihm fiel nichts Verdächtiges auf. Es war jetzt fünf Minuten vor eins. Langsam ging er um das Gebäude und leuchtete mit seiner Taschenlampe – nichts. Dunkelheit umhüllte alle anderen Häuser an der Adams Street. Der Deputy trat auf die vordere Veranda, schraubte dort die Glühbirne aus ihrer Einfassung und nahm in einem Korbsessel Platz. Brigances ausländischer Wagen stand ganz in der Nähe, neben dem Oldsmobile. Pirtle beschloß, auf Ozzie zu warten und ihn zu fragen, ob Jake aus dem Bett geholt werden sollte.

Scheinwerfer erschienen am Ende der Straße. Pirtle sank noch tiefer in den Sessel, davon überzeugt, daß ihn niemand sehen konnte. Ein roter Pickup näherte sich verdächtig langsam, hielt jedoch nicht an. Er hob den Kopf und beobachtete, wie der Wagen die Fahrt fortsetzte und verschwand.

Kurze Zeit später bemerkte er zwei Gestalten, die aus der Richtung des Stadtplatzes kamen. Pirtle löste die Sicherheitsschlaufe des Halfters und zog seine Dienstwaffe. Die erste schemenhafte Gestalt war wesentlich größer als die zweite, sie bewegte sich auch müheloser und eleganter – Ozzie. Der andere Mann war Nesbit. Pirtle begegnete ihnen auf der Zufahrt, und von dort aus wichen sie in die Finsternis der Veranda zurück. Sie flüsterten miteinander und blickten zur Straße.

»Was hat Ihnen der Anrufer gesagt?« fragte Ozzie.

»Angeblich beabsichtigt jemand, Jakes Haus zwischen eins und drei heute nacht in die Luft zu jagen.«

»Das ist alles?«

»Ja. Es klang nicht sehr freundlich.«

»Seit wann sind Sie hier?«

»Seit zwanzig Minuten.«

Ozzie wandte sich an Nesbit. »Geben Sie mir Ihr Funkgerät und verstecken Sie sich hinter dem Haus. Halten Sie dort die Augen offen.«

Nesbit hastete durch die Dunkelheit, und am Zaun fand er eine Lücke zwischen zwei Sträuchern. Auf allen vieren kroch er ins Gebüsch; von dort aus konnte er die ganze Rückfront des Hauses überblicken.

»Wollen Sie Jake warnen?« fragte Pirtle.

»Noch nicht. Vielleicht in ein paar Minuten. Wenn ich an die Tür klopfe, schaltet er bestimmt das Licht ein, und das sollten wir vermeiden.«

»Ja, aber wenn Jake uns hört und sich seine Waffe schnappt … Möglicherweise hält er uns für zwei Nigger, die versuchen, bei ihm einzubrechen.«

Walls starrte zur Straße und blieb stumm.

»Versetzen Sie sich in seine Lage, Ozzie. Die Cops haben um ein Uhr nachts sein Haus umstellt und warten darauf, daß jemand eine Bombe wirft. Würden Sie lieber im Bett bleiben oder davon erfahren?«

Ozzie sah zu den anderen Gebäuden.

»Ich schlage vor, wir wecken ihn, Sheriff. Was ist, wenn wir den Typen keinen Strich durch die Rechnung machen können und jemand verletzt wird? Dann trifft uns die Schuld, nicht wahr?«

Walls stand auf und betätigte die Klingel. »Schrauben Sie

die Glühbirne los«, wies er den Deputy an und deutete zur Verandadecke.

»Das habe ich bereits.«

Erneut drückte Ozzie auf den Klingelknopf. Die Innentür schwang auf, und dann öffnete sich auch die äußere. Jake blinzelte, als er den Sheriff erkannte. Er trug ein zerknittertes Nachthemd, das ihm bis zu den Knien reichte und in der rechten Hand hielt er eine schußbereite 38er.

»Was ist los, Ozzie?« fragte er.

»Darf ich hereinkommen?«

»Ja, klar. Was liegt an?«

»Sie bleiben hier auf der Veranda«, sagte Walls zu Pirtle. »Ich bin gleich zurück.«

Ozzie schloß die Tür und schaltete das Licht im Flur aus. Sie gingen ins dunkle Wohnzimmer, dessen Fenster Ausblick auf die Terrasse und den Vorgarten gewährte.

»Ich höre«, drängte Jake.

»Vor etwa einer halben Stunde teilte uns ein anonymer Anrufer mit, daß jemand vorhat, Ihr Haus zwischen eins und drei heute nacht in die Luft zu jagen. Wir nehmen die Sache ernst.«

»Danke.«

»Pirtle sitzt auf der vorderen Veranda, und Nesbit hält hinten Ausschau. Vor zehn Minuten sah Pirtle einen Pickup, der ganz langsam vorbeifuhr, aber das ist auch schon alles.«

»Haben Sie sich in der Nähe umgesehen?«

»Ja. Ohne irgend etwas zu finden. Die Burschen sind noch nicht hier. Trotzdem glaube ich, daß es bald rundgeht.«

»Wieso?«

»Nur eine Ahnung.«

Jake legte seine 38er auf die Couch und massierte sich die Schläfen. »Wie verhalten wir uns?«

»Wir sitzen hier und warten. Mehr können wir ohnehin nicht unternehmen. Haben Sie eine Flinte?«

»Ich habe genug Waffen, um Kuba zu erobern.«

»Gut. Ziehen Sie sich an und gehen Sie oben an einem Fenster in Stellung. Wir verbergen uns draußen.«

»Genügen Ihnen zwei Deputys?«

»Ich denke schon. Sicher bekommen wir es nur mit ein oder zwei Kerlen zu tun.«

»Wer steckt dahinter?«

»Keine Ahnung. Vielleicht der Klan. Vielleicht Unabhängige. Wer weiß?«

Beide Männer schwiegen und beobachteten die dunkle Straße. Sie sahen die obere Hälfte von Pirtles Kopf, der direkt vor dem Fenster im Korbsessel saß.

»Jake, erinnern Sie sich an die drei Bürgerrechtler, die der Klan 1964 umbrachte? Man fand die Leichen an einem Damm, in der Nähe von Philadelphia. Anderthalb Meter unter der Erde.«

»Ja. Ich war damals kaum mehr als ein Kind, aber ich erinnere mich daran.«

»Die Jungs wurden nur deshalb gefunden, weil die Polizei einen Tip erhielt. Von einem Informanten im Klan. Das scheint dem KKK öfter zu passieren – irgendein Kluxer plaudert was aus.«

»Sie tippen auf den Klan?«

»Alle Anzeichen sprechen dafür. Wenn nur ein oder zwei Unabhängige mit Bomben herumspielen – wer wüßte sonst davon? Je umfangreicher die Gruppe, desto größer die Chance, daß uns jemand einen Hinweis gibt.«

»Klingt logisch. Aber aus irgendeinem Grund beruhigt es mich nicht.«

»Natürlich könnte es doch ein Scherz sein.«

»Niemand lacht darüber.«

»Wollen Sie mit Ihrer Frau sprechen?«

»Ja, das sollte ich besser tun.«

»Finde ich auch. Aber lassen Sie das Licht ausgeschaltet. Um die Burschen nicht zu verschrecken.«

»Ich würde sie gern verjagen.«

»Und ich möchte sie schnappen. Wenn wir sie jetzt nicht erwischen, versuchen sie es noch einmal. Und dann vergißt der Informant vielleicht, uns vorher anzurufen.«

Carla zog sich hastig im Dunkeln an. Sie war entsetzt. Jake legte Hanna in seinem kleinen Arbeitszimmer auf die Couch;

sie murmelte etwas und schlief dann wieder ein. Carla strich ihr übers Haar und sah, wie ihr Mann ein Gewehr lud.

»Ich gehe nach oben ins Gästezimmer. Schalte keine Lampen ein. Sei unbesorgt: Draußen liegen die Cops auf der Lauer.«

»Ich soll unbesorgt sein! Bist du übergeschnappt?«

»Geh ins Bett und versuch zu schlafen.«

»Schlafen! Du hast den Verstand verloren, Jake.«

Sie brauchten sich nicht lange zu gedulden. Ozzie hockte vor dem Haus im Gebüsch und bemerkte den Mann zuerst: Gemütlich schlenderte er über den Bürgersteig und hielt einen kleinen Kasten in der Hand. Als er nur noch dreißig Meter entfernt war, wandte er sich von der Straße ab und schlich durch die Vorgärten der Nachbarn. Ozzie zog Revolver und Schlagstock und behielt den Fremden aufmerksam im Auge. Jake sah ihn durchs Zielfernrohr seines Gewehrs. Pirtle kroch wie eine Schlange über die Veranda und duckte sich hinter einen Strauch.

Plötzlich lief der Mann schneller, eilte zur Seite von Jakes Haus und legte dort einen kleinen Aktenkoffer unters Schlafzimmerfenster. Als er sich umdrehte, traf ihn ein dikker schwarzer Schlagstock am Kopf. Sein rechtes Ohr platzte, und mit einem Schrei ging er zu Boden.

»Ich hab ihn!« rief Ozzie. Pirtle und Nesbit sprinteten zu ihm. Jake ging langsam die Treppe hinunter.

»Ich bin gleich wieder da«, sagte er zu Carla.

Ozzie packte den Verdächtigen am Kragen und zog ihn halb hoch. Der Bursche saß nun neben dem Haus und war bei Bewußtsein. Er zwinkerte benommen und verwirrt. Der Koffer lag nur einige Zentimeter entfent.

»Wie heißen Sie?« fragte der Sheriff.

Der Fremde stöhnte, hob die Hand zum Kopf und gab keine Antwort.

»Ich habe Sie etwas gefragt«, sagte Ozzie und starrte auf den Unbekannten hinab. Pirtle und Nesbit standen mit gezogenen Waffen in der Nähe, zu erschrocken, um irgend etwas zu sagen oder sich zu bewegen. Jakes Blick klebte am Koffer fest.

»Von mir erfahren Sie nichts«, brachte der Mann hervor.

Ozzie holte mit dem Schlagstock aus und traf den rechten Fußknöchel des Verdächtigen. Es knirschte und knackte, als ein Knochen brach.

Der Mann heulte auf und griff nach seinem Bein. Ozzie trat ihm ins Gesicht. Er fiel nach hinten und prallte mit dem Hinterkopf an die Hauswand. Dann rollte er zur Seite und stöhnte schmerzerfüllt.

Jake kniete vor dem Koffer, bückte sich und lauschte. Nach einigen Sekunden sprang er auf und wich zurück. »Da drin tickt etwas«, sagte er.

Ozzie beugte sich über den Verletzten und berührte ihn mit dem Schlagstock an der Nase. »Ich habe noch eine Frage, bevor ich Ihnen jeden Knochen im Leib breche. Was enthält der Koffer?«

Keine Antwort.

Ozzie schlug erneut zu, und der andere Fußknöchel splitterte. »Was befindet sich in dem Koffer?« donnerte er.

»Dynamit«, wimmerte der Mann.

Pirtle ließ fast seine Waffe fallen. Nesbits Blutdruck stieg abrupt, und er lehnte sich ans Haus. Jake erbleichte, und ihm zitterten die Knie. Er stürmte durch die Vordertür und rief Carla zu: »Hol die Wagenschlüssel! Hol die Wagenschlüssel!«

»Warum?« fragte sie nervös.

»Verlier keine Zeit! Hol die Wagenschlüssel und komm zum Auto!«

Jake hob Hanna von der Couch, hastete durch die Küche nach draußen und legte seine Tochter auf den Rücksitz des Oldsmobiles. Kurz darauf nahm er Carla am Arm und führte sie zum Wagen. »Fahr los und bleib mindestens dreißig Minuten lang fort.«

»Was ist denn, Jake?«

»Ich erkläre es dir später. Jetzt habe ich keine Zeit dazu. Fahr los und halte dich dreißig Minuten lang von dieser Straße fern.«

»Warum, Jake? Was hast du gefunden?«

»Dynamit.«

Carla setzte auf die Straße zurück und gab Gas.

Als sich Jake wieder der Seite des Hauses näherte, war der linke Arm des Mannes mit Handschellen an den Gaszähler neben dem Fenster gefesselt. Er stöhnte, knurrte und fluchte. Ozzie griff behutsam nach dem Koffer und legte ihn zwischen die Beine des Verdächtigen. Der Sheriff trat sie ihm auseinander, und der Bursche stöhnte lauter. Walls, die Deputys und Jake wichen langsam zurück und beobachteten den Fremden, der nun erneut zu wimmern begann.

»Ich habe keine Ahnung, wie man das Ding entschärft«, preßte er zwischen zusammengebissenen Zähnen hervor.

»Dann rate ich Ihnen, möglichst schnell zu lernen«, zischte Jake.

Der Mann schloß die Augen und senkte den Kopf. Er biß sich auf die Lippe, keuchte und atmete schneller. Schweiß tropfte ihm von Kinn und Brauen. Das zerfetzte Ohr hing wie ein welkes Blatt herab. »Ich brauche eine Taschenlampe.«

Pirtle gab ihm seine.

»Ich muß mit beiden Händen arbeiten«, sagte er.

»Versuchen Sie's mit einer«, erwiderte Ozzie.

Vorsichtig tastete der Mann nach den Verschlüssen und kniff die Augen zu.

»Ich schlage vor, wir verschwinden von hier«, meinte Ozzie. Sie liefen um die Ecke des Hauses zum Parkplatz und noch ein Stück weiter.

»Wo ist Ihre Familie?« wandte sich der Sheriff an Jake.

»In Sicherheit. Kennen Sie den Typ?«

»Nein«, brummte Ozzie.

Pirtle schüttelte den Kopf.

Walls rief die Zentrale an, die wiederum Deputy Riley verständigte, den Sprengstoffspezialisten der County. Er hatte nie einen Lehrgang besucht und war auf dem Gebiet eigentlich Autodidakt.

»Was ist, wenn der Kerl das Bewußtsein verliert und die Bombe hochgeht?« erkundigte sich Jake.

»Sie sind doch versichert, oder?« entgegnete Nesbit.

»Ich finde das nicht komisch.«

»Wir geben ihm einige Minuten Zeit«, entschied Ozzie. »Anschließend sieht Pirtle nach dem Rechten.«

»Warum ich?«

»Na schön. Dann eben Nesbit.«

»Jake sollte zu ihm gehen«, sagte Nesbit. »Immerhin ist es sein Haus.«

»Wirklich nett«, brummte der Anwalt.

Sie warteten und sprachen nervös miteinander. Nesbit ließ noch eine dumme Bemerkung über Versicherungen fallen.

»Ruhe!« Jake neigte den Kopf zur Seite. »Ich habe etwas gehört.«

Die vier Männer erstarrten. Nach einigen Sekunden rief der Verdächtige erneut. Sie liefen über den Vorgarten und wagten sich um die Ecke. Der leere Koffer lag nun mehrere Meter von dem Verdächtigen entfernt, und neben ihm sah Jake ein Bündel aus Dynamitstäben. Zwischen den Beinen des Mannes tickte eine große runde Uhr, von der einige Drähte ausgingen.

»Ist die Bombe entschärft?« fragte Ozzie besorgt.

»Ja«, schnaufte der Bursche.

Walls kniete sich vor ihn hin und griff nach der Uhr und den Drähten. Das Dynamit rührte er nicht an. »Wo sind deine Kumpel?«

Keine Antwort.

Ozzie nahm den Schlagstock und beugte sich vor. »Ich breche dir nacheinander die Rippen, wenn du nicht auspackst. Wo sind deine Kumpel?«

»Leck mich am Arsch.«

Ozzie stand auf und sah sich rasch um. Sein Blick galt nicht etwa Jake und den Deputys, sondern dem Haus nebenan. Als er nichts bemerkte, holte er aus. Der linke Arm des Mannes hing am Gaszähler, und Ozzies Schlagstock traf ihn dicht unterhalb der Achselhöhle. Der Kerl kreischte und zuckte nach links. Jake hatte fast Mitleid mit ihm.

»Wo sind sie?« fragte Walls.

Keine Antwort.

Jake wandte sich ab, als der Sheriff weiter auf die Rippen schlug.

»Wo sind sie?«

Keine Antwort.

Ozzie hob den Knüppel.

«Hören Sie auf, bitte«, flehte der Mann.

»Wo sind deine Kumpel?«

»Dort drüben. Zwei Blocks entfernt.«

»Wie viele?«

»Einer.«

»Was für ein Fahrzeug?«

»Pickup. Ein roter GMC.«

Ozzie sah Pirtle und Nesbit an. »Holen Sie die Streifenwagen.«

Jake wartete ungeduldig auf die Rückkehr seiner Frau. Um Viertel nach zwei bog sie auf die Zufahrt und hielt an.

»Schläft Hanna?« fragte Jake, als Carla die Tür öffnete.

»Ja.«

»Gut. Laß sie im Wagen. Wir brechen in einigen Minuten auf.«

»Wohin fahren wir?«

»Darüber sprechen wir unterwegs.«

Jake schenkte Kaffee ein und zwang sich zur Ruhe. Carla zitterte; sie war verängstigt und zornig, und deshalb fiel es ihm schwer, sich gelassen zu geben. Er beschrieb die Bombe und fügte hinzu, Ozzie suche nach dem Komplizen.

»Ich möchte, daß du mit Hanna nach Wilmington fliegst und dort bis zum Ende des Prozesses bleibst«, fügte er hinzu.

Carla starrte auf ihre Tasse und blieb stumm.

»Ich habe bereits mit deinen Eltern telefoniert und ihnen alles erklärt. Sie machen sich große Sorgen und bestehen darauf, daß du zu ihnen kommst.«

»Und wenn ich mich weigere?«

»Bitte, Carla. Müssen wir uns ausgerechnet jetzt streiten?«

»Was ist mit dir?«

»Kein Problem. Ozzie beauftragt einen Deputy, als mein Leibwächter zu fungieren, und außerdem wird das Haus rund um die Uhr überwacht. Ich schlafe im Büro. Mir droht keine Gefahr.«

Carla war nicht überzeugt.

»Hör mal, ich muß mich um tausend Dinge kümmern. Ich habe einen Klienten, dem die Gaskammer bervorsteht, und der Prozeß gegen ihn beginnt in zehn Tagen. Ich darf dieses Verfahren auf keinen Fall verlieren. Von jetzt an arbeite ich Tag und Nacht, bis zum zweiundzwanzigsten Juli, und sobald der Prozeß begonnen hat, gibt es für mich nichts anderes mehr. Soll ich mich auch noch mit Sorgen über dich und Hanna belasten? Bitte – verlaß Clanton.«

»Diesmal war es keine Warnung, Jake. Man wollte uns umbringen.«

Er konnte es nicht leugnen.

»Du hast versprochen, den Fall jemand anders zu überlassen, wenn eine konkrete Gefahr entsteht.«

»Ausgeschlossen. Noose erlaubt mir bestimmt nicht, die Verteidigung so kurz vor dem Prozeß niederzulegen.«

»Du hast mich also belogen.«

»Das ist nicht fair. Ich glaube, ich habe diese Sache unterschätzt, aber jetzt gibt es kein Zurück mehr.«

Carla ging ins Schlafzimmer und begann damit, einen Koffer zu packen.

»Das Flugzeug startet um halb sieben in Memphis. Dein Vater holt dich um neun Uhr dreißig am Flughafen Raleigh ab.«

»Ja, Sir.«

Fünfzehn Minuten später fuhren sie los. Jake saß am Steuer, und Carla ignorierte ihn. Um fünf frühstückten sie im Flughafen von Memphis. Hanna war noch immer schläfrig, freute sich jedoch darauf, Oma und Opa wiederzusehen. Carla sprach kaum ein Wort. Sie hätte zwar eine Menge zu sagen gehabt, aber aus Prinzip führten sie keine Auseinandersetzungen vor ihrer Tochter. Sie aß stumm, trank Kaffee und beobachtete ihren Mann, während er in aller Ruhe die Zeitung las, als sei überhaupt nichts geschehen.

Jake gab Carla und Hanna einen Abschiedskuß und versprach, jeden Tag anzurufen. Das Flugzeug startete pünktlich. Bereits um halb acht saß er in Ozzies Büro.

»Wer ist er?« fragte der Anwalt den Sheriff.

»Das wissen wir noch nicht. Keine Brieftasche, keine Ausweise. Und er schweigt.«

»Erkennt ihn jemand?«

Ozzie überlegte kurz. »Nun, derzeit ist er recht schwer zu erkennen. Wegen der Verbände im Gesicht.«

Jake lächelte. »Sie können ziemlich grob sein, wie?«

»Nur wenn ich's für notwendig halte. Und ich habe keine Einwände von Ihnen gehört.«

»Nein, ich hätte Ihnen höchstens geholfen. Was ist mit dem Komplizen?«

»Schlief in dem roten GMC, mehr als einen halben Kilometer von Ihrem Haus entfernt. Terrell Grist. Ein Redneck aus Ford County. Wohnt in der Nähe von Lake Village. Ein Freund der Familie Cobb, glaube ich.«

Jake wiederholte den Namen mehrmals. »Höre den Namen jetzt zum erstenmal. Wo befindet er sich?«

»Im Krankenhaus. Im gleichen Zimmer wie der andere Typ.«

»Himmel, Ozzie, haben Sie auch ihm die Beine gebrochen?«

»Er widersetzte sich der Festnahme, mein Freund. Wir mußten ihn überwältigen und anschließend verhören. Leider wollte er uns keine Auskunft geben.«

»Was hat er gesagt?«

»Nicht viel. Weiß kaum etwas. Wahrscheinlich kennt er den Burschen mit dem Dynamit überhaupt nicht.«

»Soll das heißen, der Namenlose ist ein Profi von außerhalb?«

»Vielleicht. Riley hat Sprengstoff und Zünder untersucht. Er meinte, es sei gute Arbeit. Von Ihrem Haus wäre kaum etwas übrig geblieben. Ebensowenig von Ihnen und Ihrer Familie. Um zwei Uhr sollte die Bombe hochgehen. Ohne den Tip des Informanten wären Sie, Carla und Hanna jetzt tot.«

Benommenheit erfaßte Jake, und er lehnte sich auf der Couch zurück. Eine verspätete Reaktion setzte ein, und er hatte plötzlich das Gefühl, die Toilette aufsuchen zu müssen. Übelkeit stieg in ihm empor. »Haben Sie Ihre Familie in Sicherheit gebracht?« fragte Ozzie.

»Ja«, antwortete Jake leise.
»Ich stelle einen Deputy für Sie ab. Möchten Sie einen bestimmten?«
»Nein.«
»Wie wär's mit Nesbit?«
»Einverstanden. Danke.«
»Noch etwas. Vermutlich möchten Sie, daß der Zwischenfall diskret behandelt wird, oder?«
»Wenn das möglich ist, ja. Wer weiß davon?«
»Nur meine Mitarbeiter und ich. Vielleicht sind wir imstande, die Sache bis nach dem Prozeß geheimzuhalten, aber ich kann nichts garantieren.«
»Ich verstehe. Versuchen Sie's.«
»Ich werde mir Mühe geben.«
»Das weiß ich, Ozzie. Besten Dank.«

Jake fuhr zu seiner Praxis, kochte Kaffee und streckte sich auf der Couch in seinem Büro aus. Er wollte ein wenig schlafen, fand jedoch keine Ruhe. Die Augen brannten, aber sie blieben offen. Er blickte zum Ventilator an der Decke.
»Mr. Brigance«, tönte Ethels Stimme aus der Wechselsprechanlage.
Keine Antwort.
»Mr. Brigance!«
Irgendwo in einem fernen Winkel des Unterbewußtseins hörte Jake seinen Namen. Mit einem jähen Ruck setzte er sich auf. »Ja!« rief er.
»Richter Noose ist am Apparat.«
»In Ordnung«, murmelte er, wankte zum Schreibtisch und sah auf die Uhr. Neun. Er hatte eine Stunde lang geschlafen.
»Guten Morgen, Richter«, sagte er freundlich und versuchte, wach zu klingen.
»Guten Morgen, Jake. Wie geht es Ihnen?«
»Ausgezeichnet. Ich bereite mich auf den Prozeß vor.«
»Das dachte ich mir. Wie sieht Ihr Terminkalender für heute aus?«
Was ist heute für ein Tag? dachte Jake und blätterte in dem kleinen Buch. »Nur Büroarbeit.«

»Gut. Ich möchte Sie zum Mittagessen bei mir zu Hause einladen. Um halb zwölf?«

»Gern, Richter. Und der Anlaß?«

»Wir sollten die Gelegenheit nutzen, um den Fall Hailey zu besprechen.«

»Wie Sie wünschen, Richter. Wir sehen uns um halb zwölf.«

Die Nooses wohnten in Chester, in einem herrschaftlichen Vorkriegshaus unweit des Stadtplatzes. Schon seit über hundert Jahren gehörte das Anwesen Mrs. Nooses Familie. Zwar mußten gewisse Wartungsarbeiten durchgeführt werden, aber im großen und ganzen befand sich das Gebäude in einem guten Zustand. Jake hatte den Richter dort noch nie besucht, und er begegnete seiner Frau zum erstenmal. Sie stand in dem Ruf, eine versnobte Adlige zu sein; man munkelte, daß ihre Familie einst reich gewesen war, doch irgendwann ihr Vermögen verloren hätte. Mrs. Noose erwies sich als ebenso unattraktiv wie Ichabod, und Jake überlegte, wie die Kinder aussehen mochten. Sie empfing den Anwalt mit höflichen Worten und versuchte, zwanglos zu plaudern, als sie ihn zur Terrasse führte, wo der Richter Eistee trank und seine Post durchging. Eine Hausangestellte deckte den nahen Tisch.

»Freut mich, Sie zu sehen, Jake«, sagte Ichabod herzlich. »Danke, daß Sie gekommen sind.«

»Das Vergnügen ist ganz meinerseits, Richter. Ein prächtiges Haus.«

Das Mittagessen bestand aus Suppe und Reis mit Hühnerfrikassee. Jake und Noose diskutierten den Fall Hailey. Ichabod fürchtete sich vor dem Prozeß, gab das jedoch nicht zu. Er wirkte müde, als sei das Verfahren bereits eine schwere Last für ihn, und überraschte Brigance mit dem Hinweis, daß er Buckley verabscheue. Jake antwortete, er teile diese Empfindungen.

»Ich denke ständig über Ihren Antrag auf Verlegung des Verhandlungsortes nach«, sagte der Richter schließlich. »Ich habe Ihre Begründung sowie Buckleys Einwände mehrmals gelesen und eigene Nachforschungen angestellt. Ein ziemlich schwieriges Problem. Am vergangenen Wochenende bin ich an der Golfküste gewesen, um dort an einer Richterkonferenz teilzunehmen. Dabei hatte ich Gelegenheit, mit Richter Denton vom obersten Gericht zu sprechen. Wir haben gemeinsam studiert, waren Kollegen im Senat und kennen uns gut. Er kommt aus Dupree County im Süden von Mississippi, und er meinte, dort unten sei der Fall in aller Munde. Die Leute auf der Straße fragen Denton, wie er bei einem Berufungsverfahren entscheiden würde. Jeder hat sich eine Meinung gebildet – und Dupree County ist mehr als sechshundert Kilometer entfernt. Nun, wenn ich Ihren Antrag auf Verlegung des Verhandlungsortes billige ... Wo soll der Prozeß stattfinden? Wir können diesen Staat nicht verlassen, und ich bin davon überzeugt, daß praktisch alle Bürger von Mississippi nicht nur von Ihrem Klienten gehört haben, sondern ihn bereits für schuldig beziehungsweise für nicht schuldig halten. Stimmen Sie mir da zu?«

»Nun, es hat viel Publicity gegeben«, erwiderte Jake vorsichtig.

»Seien Sie ganz offen. Wir sind hier nicht vor Gericht. Deshalb habe ich Sie eingeladen – um Ihre ehrliche Meinung zu hören. Ich weiß von der großen Publicity. Wohin sollten wir den Verhandlungsort verlegen?«

»Wie wär's mit dem Delta?«

Noose lächelte. »Das würde Ihnen gefallen, nicht wahr?«

»Natürlich. Dort könnten wir eine gute Jury zusammenstellen, die den Fall gerecht beurteilt.«

»Ja. Und die Hälfte der Geschworenen wären Schwarze.«

»Daran habe ich nicht gedacht.«

»Glauben Sie, Schwarze seien weniger voreingenommen als Weiße?«

»Keine Ahnung.«

»Wo soll der Prozeß stattfinden?«

»Hat Ihnen Richter Denton einen Vorschlag unterbreitet?«

»Nein. Normalerweise werden Anträge auf Verlegung des Verhandlungsortes abgelehnt – es sei denn, es geht um besonders abscheuliche Fälle. Schwierig wird's, wenn das Verbrechen großes Aufsehen erregt hat, wenn es intensive Gefühle sowohl für als auch gegen den Angeklagten weckt. Heutzutage erstatten Fernsehen und Presse ausführlich Bericht, was bedeutet: Alle kennen die Details, bevor der Prozeß beginnt. In diesem Zusammenhang stellt das Verfahren gegen Hailey trotzdem etwas ganz Besonderes dar. Selbst Denton meinte, daß er noch nie von einem Fall gehört habe, der mehr Publicity bekam. Er räumte ein, es sei unmöglich, irgendwo in Mississippi objektive, unbeeinflußte Geschworene zu finden. Angenommen, der Prozeß findet in Ford County statt und der Angeklagte wird verurteilt. Dann legen Sie mit dem Hinweis Berufung ein, daß der Verhandlungsort nicht verlegt wurde. Denton deutete an, er sei mit meiner Entscheidung einverstanden, Ihren Antrag zurückzuweisen. Er glaubt, die Mehrheit im obersten Gericht sei bereit, einen entsprechenden Beschluß meinerseits zu bestätigen. Das ist natürlich keine Garantie, und wir haben eben nur bei einigen langen Drinks darüber gesprochen. Übrigens: Möchten Sie einen Drink?«

»Nein, danke.«

»Ich halte es schlicht und einfach für sinnlos, das Verfahren anderswo stattfinden zu lassen. Es wäre dumm anzunehmen, wir könnten zwölf Personen finden, die sich nicht schon eine Meinung über Mr. Hailey gebildet haben.«

»Das klingt so, als hätten Sie sich entschieden.«

»Ja. Der Verhandlungsort wird nicht verlegt. Wir stellen Ihren Mandanten hier in Clanton vor Gericht. Obwohl mir dabei gar nicht wohl zumute ist, wenn Sie mir diese Bemerkung gestatten. Aber die hiesigen Geschworenen sind nicht besser oder schlechter als außerhalb von Ford County. Darüber hinaus mag ich das Gerichtsgebäude in Clanton. Es ist nicht weit von hier entfernt, und dort funktioniert die Klimaanlage.«

Noose griff nach einer Akte und schob sie in einen Umschlag. »Diese richterliche Anweisung trägt das Datum von heute und lehnt Ihren Antrag auf Verlegung des Verhandlungsortes ab. Ich schicke Buckley eine Kopie, und Sie bekommen ebenfalls eine. Dies ist das Original. Ich wäre Ihnen dankbar, wenn Sie meinen Entschluß im Bericht zu Protokoll geben würden.«

»Selbstverständlich, Richter.«

»Ich hoffe inständig, daß ich die richtige Entscheidung getroffen habe. Sie fiel mir sehr schwer.«

»Ihr Job ist bestimmt nicht einfach«, sagte Jake und brachte Mitgefühl zum Ausdruck.

Noose rief die Hausangestellte und bestellte Gin mit Tonic. Er bestand darauf, seinem Gast den Rosengarten zu zeigen. Eine Stunde verbrachten sie hinter dem Haus, und Jake bewunderte die Rosen. Er dachte an Carla, Hanna und das Dynamit, doch irgendwie gelang es ihm, Ichabod zuzuhören und seinen Monolog gelegentlich mit eigenen Bemerkungen zu unterbrechen.

An Freitagnachmittagen erinnerte sich Jake oft an die Universitätszeit. Bei schlechtem Wetter hatten seine Freunde und er damals ihre Stammkneipe in Oxford besucht, um Bier zu schlürfen, neue juristische Theorien zu erörtern oder die unverschämten, arroganten und terroristischen Professoren zu verfluchen. Wenn die Sonne schien, packten sie genug Bierdosen in Jakes alten Käfer und fuhren zum Strand des Sardis Lake, wo Studentinnen ihre wundervollen, bronzefarbenen Körper mit Öl einrieben, schwitzten und die Pfiffe ihrer betrunkenen Studienkollegen ignorierten. Jake vermißte jene unschuldigen Tage. Er haßte die Universität – alle Jura-Studenten haßten sie, zumindest jene, die noch alle ihre Sinne beisammen hatten – doch jetzt trauerte er den Freunden und Feten nach, insbesondere den Freitagnachmittagen. Er vermißte den völlig streßfreien Lebensstil, obgleich ihm die Belastungen damals unerträglich erschienen, insbesondere während der ersten Jahre, wo die Professoren noch gemeiner waren als sonst. Er vermißte es, pleite zu sein: Wer nichts besaß, konnte auch nichts verlieren, und außerdem ging es den anderen Studenten ebenso. Jetzt hatte er ein Einkommen und machte sich dauernd Sorgen über Hypotheken, Geschäftskosten und Kreditkarten. Er eiferte dem amerikanischen Traum vom Wohlstand nach. Nein, es ging nicht um Reichtum, nur um Wohlstand. Er vermißte den VW, seinen ersten neuen Wagen – ein Geschenk zum Abschluß der High-School. Bezahlt, im Gegensatz zum Saab. Und er vermißte das Bier: aus Karaffen, Flaschen oder Dosen. Damals trank er nur in Gesellschaft seiner Freunde, und er war so oft wie möglich mit ihnen zusammen. Er trank nicht an jedem Tag, und er wurde nur selten betrunken. Aber er entsann sich an den einen oder anderen unangenehmen Kater.

Dann war Carla in sein Leben getreten. Jake lernte sie zu Beginn seines letzten Semesters kennen, und sechs Monate später fand die Hochzeit statt. Sie war wunderschön, und dieser Umstand weckte seine Aufmerksamkeit. Zuerst erschien sie ihm introvertiert und ein wenig versnobt, und in dieser Hinsicht ähnelte sie den meisten anderen Studentinnen von Ole Miss. Doch es dauerte nicht lange, bis sie sich als freundliche, sympathische junge Frau zu erkennen gab, der es nur an Selbstbewußtsein mangelte. Jake hatte nie verstanden, wieso man unsicher sein konnte, wenn man so hinreißend aussah wie Carla. Sie studierte Geisteswissenschaften und wollte später nur einige Jahre lang unterrichten. Carlas Familie besaß eine Menge Geld, und ihre Mutter hatte nie gearbeitet. Das übte großen Reiz auf Jake aus: Reichtum und das völlige Fehlen von beruflichem Ehrgeiz. Er wünschte sich eine Frau, die zu Hause blieb, ihre Schönheit bewahrte, die Kinder erzog und nicht versuchte, das familiäre Kommando zu übernehmen. Es war Liebe auf den ersten Blick.

Aber sie hielt nichts von Alkohol. Ihr Vater hatte getrunken, als sie ein Kind gewesen war, und damit verbanden sich bittere Erinnerungen. Aus diesem Grund rührte Jake während des letzten Semesters keinen Tropfen mehr an und nahm siebeneinhalb Kilo ab. Er sah großartig aus, fühlte sich großartig und war bis über beide Ohren verliebt. Aber er vermißte das Bier.

Einige Kilometer außerhalb von Chester sah Jake auf der Rückfahrt einen Lebensmittelladen mit einem Coors-Schild im Fenster. Als Student hatte er am liebsten Coors getrunken, obwohl es damals östlich des Flusses nicht verkauft wurde. In Ole Miss herrschte eine große Nachfrage, und der Schmuggel von Coors war sehr rentabel. Jetzt bot man es überall an, und die meisten Leute kehrten zum Budweiser zurück.

Ein heißer Freitagnachmittag. Und die Entfernung zu Carla betrug fast tausendfünfhundert Kilometer. Jake wollte nicht ins Büro; was es dort an Arbeit zu erledigen gab, konnte bis morgen warten. Ein Irrer hatte versucht, das Haus in die Luft zu jagen und seine Familie umzubringen. In zehn Tagen begann der wichtigste Prozeß seines Lebens. Er glaubte sich nicht genügend vorbereitet, und der Druck nahm zu. Der Richter hatte gerade den Antrag auf Verlegung des Verhandlungsortes zurückgewiesen. Und er war durstig. Jake parkte vor dem Laden und kaufte ein Sechserpack Coors.

Er brauchte fast zwei Stunden für die hundert Kilometer von Chester nach Clanton, genoß die Ablenkung, die Landschaft – und das Bier. Zweimal hielt er an, um seine Blase zu leeren, dann noch einmal, um einen weiteren Sechserpack zu kaufen. Er fühlte sich prächtig.

In seinem derzeitigen Zustand gab es nur ein Ziel für ihn. Nicht das Haus. Nicht die Praxis. Erst recht nicht das Gericht, um Ichabods niederträchtige richterliche Anweisung zu Protokoll zu geben. Er ließ den Saab hinter dem verbeulten Porsche stehen und ging mit einer kalten Bierdose in der Hand über die Zufahrt. Lucien saß wie üblich auf der Veranda, trank und las eine Abhandlung über Verteidigungsstrategien bei Fällen von Unzurechnungsfähigkeit. Er schloß das Buch, bemerkte die Bierdose und lächelte. Jake schmunzelte ebenfalls.

»Feiern Sie etwas?« fragte Wilbanks.

»Nein, eigentlich nicht. Ich habe nur Durst.«

»Ich verstehe. Und Ihre Frau?«

»Ich nehme keine Anweisungen von ihr entgegen und entscheide für mich selbst. Ich bin der Boß. Wenn ich Bier trinken möchte, trinke ich Bier, und sie sagt nichts dazu.«

Jake hob die Dose zum Mund.

»Ich nehme an, Carla hat die Stadt verlassen.«

»Sie ist in North Carolina.«

»Wann brach sie auf?«

»Heute morgen um sechs. Flog von Memphis nach Wilmington, mit Hanna. Bleibt dort bis zum Ende des Prozesses. Ihre Eltern haben ein hübsches kleines Strandhaus, in dem sie den Sommer verbringen.«

»Ihre Frau verließ Clanton heute morgen und jetzt am Nachmittag sind Sie betrunken?«

»Ich bin nicht betrunken«, erwiderte Jake. »Noch nicht.«

»Seit wann trinken Sie?«

»Seit zwei Stunden. Habe mir einen Sechserpack gekauft, als ich mich um halb zwei in Chester von Noose verabschiedete. Seit wann trinken Sie?«

»Seit dem Frühstück. Sie waren bei Noose?«

»Er lud mich zum Mittagessen ein, um den Fall mit mir zu besprechen. Er lehnt es ab, den Verhandlungsort zu verlegen.«

»Was?«

»Sie haben mich richtig verstanden. Der Prozeß findet in Clanton statt.«

Lucien leerte sein Glas und ließ die Eiswürfel klirren. »Sallie!« rief er. Und dann: »Hat er einen Grund genannt?«

»Ja. Er meinte, es sei in ganz Mississippi unmöglich, unvoreingenommene Geschworene zu finden.«

»Das finde ich auch. Es ist ein vernünftiger Grund, um den Verhandlungsort nicht zu verlegen, aber in juristischer Hinsicht steht diese Entscheidung auf sehr wackligen Beinen. Noose hat einen Fehler gemacht.«

Sallie kam mit einem Drink und trug den Rest von Jakes Sechserpack zum Kühlschrank. Lucien trank einen Schluck und schmatzte genießerisch. Mit dem Handrücken wischte er sich den Mund ab und setzte das Glas noch einmal an die Lippen.

»Sie wissen, was das bedeutet, nicht wahr?« fragte er.

»Ja. Eine weiße Jury.«

»Und beim Berufungsverfahren eine Aufhebung des Urteils – falls Hailey für schuldig befunden wird.«

»Verlassen Sie sich nicht darauf. Noose hat schon beim obersten Gericht nachgefragt. Er glaubt, dort wird man seine Entscheidung bestätigen, und er ist sicher, daß man sie nicht anfechten kann.«

»Er ist ein Idiot. Ich kann ihm mindestens zwanzig Präzedenzfälle zeigen, die es nahelegen, den Prozeß woanders stattfinden zu lassen. Ich glaube, er hat Ihren Antrag zurückgewiesen, weil er sich fürchtet.«

»Warum sollte sich Noose fürchten?«

»Er wird unter Druck gesetzt.«

»Von wem?«

Lucien betrachtete die goldgelbe Flüssigkeit in seinem großen Glas und stieß mit dem Zeigefinger an die Eiswürfel. Er lächelte und erweckte den Eindruck, etwas zu wissen. Aber offenbar wollte er nicht sofort damit heraus.

»Von wem?» wiederholte Jake und starrte seinen früheren Chef aus geröteten Augen an.

»Von Buckley«, sagte Lucien selbstgefällig.

»Buckley«, murmelte Jake. »Ich verstehe nicht ...«

»Was mich kaum überrascht.«

»Könnten Sie es mir erklären?«

»Dazu wäre ich durchaus imstande. Aber Sie dürfen mit niemandem darüber reden. Es ist streng vertraulich. Die Informationen kommen aus einer guten Quelle.«

»Wen meinen Sie?«

»Tut mir leid.«

»Wo sind Ihre Quellen?« beharrte Jake.

»Das verrate ich Ihnen nicht. Finden Sie sich damit ab – in Ordnung?«

»Wie sollte es Buckley möglich sein, Noose unter Druck zu setzen?«

»Wenn Sie zuhören, sag ich's Ihnen.«

»Buckley kann überhaupt keinen Einfluß auf Noose ausüben. Der Richter verabscheut ihn. Darauf hat er mich heute mittag selbst hingewiesen.«

»Ich weiß.«

»Wieso behaupten Sie dann, daß Noose von Buckley unter Druck gesetzt wird?«

»Wenn Sie endlich still sind, erkläre ich Ihnen alles.«
Jake trank sein Bier aus und rief nach Sallie.
»Sie wissen ja, daß Buckley ein skrupelloser Strolch ist und eine politische Karriere anstrebt.«
Brigance nickte.
»Sie wissen auch, daß er diesen Prozeß unbedingt gewinnen will. Er hofft, daß ihm ein Sieg die Tür zum Büro des Generalstaatsanwalts öffnet.«
»Er will Gouverneur werden«, sagte Jake.
»Was auch immer. Der Kerl ist verdammt ehrgeizig.«
»Ja.«
»Nun, er hat seine politischen Kumpel im Bezirk gebeten, Noose anzurufen und ihn aufzufordern, das Verfahren in Ford County stattfinden zu lassen. Einige haben dem Richter gegenüber kein Blatt vor den Mund genommen und ihm erklärt: Wenn Sie den Verhandlungsort verlegen, bezahlen Sie bei der nächsten Wahl dafür; wenn Sie den Fall in Clanton lassen, sorgen wir dafür, daß Sie wiedergewählt werden.«
»Das kann ich kaum glauben.«
»Aber es ist wahr.«
»Woher wissen Sie das?«
»Ich habe meine Quellen.«
»Wer hat Noose angerufen?«
»Nur ein Beispiel: Kennen Sie den Burschen, der früher Sheriff in Van Buren County war? Motley? Das FBI erwischte ihn, aber inzwischen hat man ihn aus der Haft entlassen. In seiner County ist er noch immer sehr beliebt.«
»Ja, ich erinnere mich.«
»Ich weiß, daß er Noose in Begleitung einiger Freunde besuchte und dem Richter mit erheblichem Nachdruck vorschlug, den Prozeß in Clanton stattfinden zu lassen. Buckley schickte sie zu ihm.«
»Wie hat Noose darauf reagiert?«
»Sie beschimpften sich gegenseitig. Motley meinte, Noose bekäme bei der nächsten Wahl nicht mehr als fünfzig Stimmen in Van Buren County. Er und seine Freunde drohten damit, Wahlurnen zu manipulieren, Schwarze einzuschüch-

tern, die Briefe von Briefwählern abzufangen und so weiter. Die üblichen Methoden in Van Buren County. Und Noose weiß, daß es ernst gemeint ist.«

»Warum sollte er deshalb besorgt sein?«

»Was für eine dumme Frage, Jake. Er ist alt und kann nur noch als Richter arbeiten. Versuchen Sie einmal, sich ihn als Anwalt vorzustellen. Er verdient jetzt sechzigtausend im Jahr und würde verhungern, wenn er seinen Posten verliert. Den meisten Richtern geht es so. Er muß seinen Job behalten. Das ist Buckley sehr wohl klar, und deshalb spricht er mit den hiesigen Frömmlern: ›He, Jungs, der verdammte Nigger wird vielleicht freigesprochen, wenn der Prozeß gegen ihn woanders stattfindet; ihr solltet mit dem Richter reden und ihn zur Vernunft bringen.‹ Aus diesem Grund fühlt sich Noose unter Druck gesetzt.«

Einige Minuten lang tranken sie schweigend und ließen ihre Schaukelstühle langsam wippen. Das Bier schmeckte köstlich.

»Das ist noch nicht alles«, sagte Lucien.

»Was meinen Sie?«

»Noose.«

»Heraus damit.«

»Man hat ihm gedroht. Es sind keine politischen Drohungen – sie beziehen sich auf ihn persönlich, auf sein Leben. Wie ich hörte, hat er einen Riesenbammel. Bat die Polizei, sein Haus zu überwachen. Führt jetzt immer eine Waffe bei sich.«

»Ich kenne das Gefühl«, murmelte Jake.

»Ja, ich weiß.«

»Sie wissen was?«

»Vom Dynamit. Was steckt dahinter?«

Jake war sprachlos. Er starrte Lucien verblüfft an und brachte keinen Ton hervor.

»Fragen Sie nicht. Ich habe gute Beziehungen. Wer steckt dahinter?«

»Keine Ahnung.«

»Muß ein Profi sein.«

»Vielleicht.«

»Sie können sich hier bei mir einquartieren. Ich habe fünf Schlafzimmer.«

Die Sonne war untergegangen, als Ozzie um Viertel nach acht seinen Streifenwagen hinter dem Saab auf Wilbanks' Zufahrt parkte. Er ging zur Verandatreppe, und Lucien sah ihn zuerst.

»Hallo, Sheriff«, sagte er. Die Zunge schien ihm dabei im Weg zu sein.

»Guten Abend, Lucien. Wo ist Jake?«

Wilbanks nickte zum Ende der Terrasse. Brigance lag dort in der Hollywoodschaukel.

»Macht ein Nickerchen«, erklärte Lucien.

Ozzie schritt über die leise knirschenden Planken und blickte auf den schnarchenden Brigance hinab. Er stieß ihn vorsichtig an. Jake öffnete die Augen und stemmte sich mühsam hoch.

»Carla hat mich in meinem Büro angerufen. Sie ist außer sich vor Sorge. Den ganzen Nachmittag über hat sie versucht, Sie zu erreichen. Überall bekam sie die Auskunft, niemand hätte Sie gesehen. Sie hält sich bereits für eine Witwe.«

Jake rieb sich die Augen, und die Schaukel unter ihm erzitterte. »Sagen Sie ihr, daß ich nicht tot bin. Sagen Sie ihr, Sie hätten mit mir gesprochen und seien daher völlig sicher, daß ich noch lebe. Sagen Sie ihr, ich rufe sie morgen an. Bitte sagen Sie ihr das, Ozzie. Bitte.«

»Kommt nicht in Frage. Sie sind doch schon ein großer Junge. Sprechen Sie selbst mit ihr.« Ozzie ging fort. Er war ganz und gar nicht amüsiert.

Jake stand auf und taumelte zur Tür. »Wo ist das Telefon?« fragte er Sallie. Als er wählte, hörte er, wie Lucien auf der Veranda schallend lachte.

26

An seinem letzten Kater hatte Jake als Student gelitten, vor sechs oder sieben Jahren. An das Datum konnte er sich nicht entsinnen, doch das Pochen hinter der Stirn, der trockene Mund, die Kurzatmigkeit und die brennenden Augen weckten lebhafte Erinnerungen an lange und unvergeßliche Zechereien mit seinen damaligen Freunden.

Als er das linke Auge öffnete, wußte Jake sofort, daß er in Schwierigkeiten war. Das rechte Lid klebte fest und ließ sich nur heben, wenn er die Finger zur Hilfe nahm, doch derzeit wagte er es nicht, sich zu bewegen. Er lag in einem dunklen Zimmer auf der Couch – voll angekleidet, sogar mit Schuhen –, lauschte dem Hämmern in seinen Schläfen und beobachtete, wie sich der Deckenventilator drehte. Übelkeit peinigte ihn. Sein Nacken schmerzte, weil ein Kissen fehlte. Die Füße prickelten unangenehm, weil er es versäumt hatte, die Schuhe auszuziehen. Das Rumoren in der Magengrube wurde immer stärker. Jake wünschte sich den Tod herbei.

Er hatte wie schon früher Katerprobleme, weil es ihm nie gelang, den Rausch auszuschlafen. Sobald er die Augen öffnete, sobald sich die mentalen Zahnräder in Bewegung setzten und das Pochen hinter der Stirn begann, konnte er nicht mehr schlafen. Der Grund dafür war ihm noch immer ein Rätsel. Seine Studentenfreunde hatten nach einem Gelage tagelang geschlafen, ganz im Gegensatz zu Jake: Er erwachte bereits einige Stunden nach dem Leeren der letzten Flasche oder letzten Dose.

Warum? Diese Frage stellte er sich immer am nächsten Morgen. Warum hatte er soviel getrunken? Ein kaltes Bier war erfrischend, vielleicht auch zwei oder drei. Aber zehn, fünfzehn oder gar zwanzig? Er hatte nicht mitgezählt. Nach sechs Dosen verlor das Bier seinen Geschmack, und von jenem Zeitpunkt an trank man nur noch um des Trinkens willen. In dieser Hinsicht hatte ihm Lucien sehr geholfen. Gegen Abend beauftragte er Sallie, eine ganze Kiste Coors zu holen. Er bezahlte sie gern und ermutigte Jake, das Zeug in sich hineinzuschütten. Nur wenige Dosen blieben übrig. Es war alles Luciens Schuld.

Langsam hob er die Beine, eins nach dem anderen, und setzte die Füße auf den Boden. Behutsam massierte er sich die Schläfen, doch das Hämmern ließ nicht nach. Er atmete tief durch, aber das Herz klopfte noch immer viel zu schnell, pumpte mehr Blut ins Gehirn und stimulierte dadurch ein Pochen, das ihm den Schädel zu zerreißen drohte. Er brauchte Wasser. Die Zunge war völlig trocken und so angeschwollen, daß ihr der Mund kaum Platz genug bot. *Warum?* dachte Jake. *Warum?*

Wie in Zeitlupe stand er auf, schnitt eine Grimasse und wankte in die Küche. Das Licht über dem Herd war abgeschirmt und matt, aber ihm schien es gleißend und blendend hell zu sein. Jake rieb sich die Augen und versuchte, sie mit den Fingern zu reinigen. Gierig trank er Wasser und scherte sich nicht darum, daß ihm ein Teil davon übers Kinn lief und zu Boden tropfte – Sallie würde es später aufwischen. Die Uhr auf der Arbeitsplatte behauptete, es sei halb drei.

Es fiel Jake etwas leichter, das Gleichgewicht zu wahren, als er leise durchs Wohnzimmer taumelte, vorbei an der Couch ohne Kissen, und dann durch die Tür. Leere Dosen und Flaschen lagen auf der Veranda. *Warum?*

Eine Stunde lang saß er dann reglos in der Dusche seiner Praxis und ließ heißes Wasser auf sich herabströmen. Es verbannte einen Teil der Schmerzen, doch die Preßlufthämmer in seinem Kopf quälten ihn auch weiterhin. Einmal war es ihm als Student gelungen, vom Bett zum Kühlschrank zu kriechen und ihm ein Bier zu entnehmen. Er hatte es getrunken, und das braune Zeug half. Er trank ein zweites, und daraufhin fühlte er sich besser. Er erinnerte sich nun daran, als er unter der Dusche hockte, würgte jedoch bei dem Gedanken an ein Bier.

In der Unterwäsche lag er auf dem Konferenztisch und gab sich alle Mühe, so schnell wie möglich zu sterben. Er hatte eine gute Lebensversicherung. Das Geld würde genügen, um die Hypotheken für das Haus zu bezahlen. Und Carl Lees neuer Anwalt konnte um einen Aufschub bitten.

Noch neun Tage bis zum Prozeß. Die Zeit war knapp und kostbar, und er hatte gerade einen Tag mit einem enormen Kater verschwendet. Plötzlich fiel ihm Carla ein, und die Kopfschmerzen nahmen abrupt zu. Er hatte versucht, nüchtern zu klingen, als er ihr mitteilte: »Ich bin hier bei Lucien, und wir haben uns den ganzen Nachmittag über mit Präzedenzfällen in bezug auf Unzurechnungsfähigkeit befaßt; ich wollte dich schon früher anrufen, aber Luciens Telefon ist defekt.« Leider konnte er ein leichtes Lallen nicht verhindern, und Carla wußte sofort, daß er betrunken war. Sie reagierte mit kontrolliertem Zorn. Ja, das Haus stand noch. Mehr glaubte sie ihm nicht.

Um halb sieben rief Jake noch einmal an. Vielleicht beeindruckte es sie, daß er sich schon jetzt im Büro aufhielt und fleißig arbeitete. Sie blieb kühl. Er nahm seine ganze Willenskraft zusammen und trachtete danach, Fröhlichkeit zu vermitteln. Carlas Stimme kündete von Skepsis.

»Wie fühlst du dich?« fragte sie noch einmal.

»Großartig!« antwortete Jake mit geschlossenen Augen.

»Wann bist du zu Bett gegangen?«

Welches Bett meinst du? »Kurz nach unserem Telefongespräch.«

Carla schwieg.

»Ich bin seit drei Uhr im Büro«, sagte Jake stolz.

»Seit drei Uhr!«

»Ja. Ich fand keine Ruhe.«

»Aber Donnerstagnacht hast du kaum geschlafen.« Sorge schmolz einen Teil des Eises, und Jake fühlte sich ein wenig besser.

»Es ist alles in Ordnung mit mir. Vielleicht übernachte ich in der nächsten Woche bei Lucien. Dort bin ich bestimmt sicherer.«

»Was ist mit dem Leibwächter?«

»Deputy Nesbit? Er schläft draußen in seinem Wagen.«

Carla zögerte, und Jake spürte, wie sie langsam auftaute. »Ich mache mir Sorgen um dich«, sagte sie sanft.

»Du kannst ganz beruhigt sein. Ich rufe dich morgen an. Jetzt habe ich zu tun.«

Er legte auf, hastete zur Toilette und übergab sich.

Jemand klopfte immer wieder an die Tür. Fünfzehn Minuten lang achtete Jake nicht darauf, aber wer auch immer draußen stand – der Besucher schien ziemlich hartnäckig zu sein.

Er ging zum Balkon. »Wer ist dort?« rief er und sah zur Straße hinunter.

Eine Frau verließ den Bürgersteig und lehnte sich an einen schwarzen BMW, der hinter dem Saab parkte. Sie schob die Hände tief in die Taschen einer knappsitzenden, ausgebleichten Jeans. Der helle Sonnenschein blendete die junge Dame, als sie nach oben schaute; ihr goldenes, rötliches Haar schien zu schimmern.

»Sind Sie Jake Brigance?« fragte sie und schirmte sich mit dem Unterarm die Augen ab.

»Ja. Was wollen Sie?«

»Ich möchte mit Ihnen reden.«

»Ich habe zu tun.«

»Es ist sehr wichtig.«

»Sie sind keine Klientin, oder?« Jake konzentrierte seinen Blick auf die schlanke Gestalt und wußte sofort, daß es sich nicht um eine Klientin handelte.

»Nein. Ich brauche nur fünf Minuten Ihrer Zeit.«

Jake schloß die Tür auf. Die Frau schlenderte so ungezwungen herein, als gehöre ihr das Büro. Sie drückte fest zu, als sie sich die Hände schüttelten.

»Ich bin Ellen Roark.«

Jake deutete auf einen Stuhl neben der Tür. »Freut mich, Sie kennenzulernen. Setzen Sie sich.«

Er ließ sich auf die Kante von Ethels Schreibtisch sinken. »Eine Silbe oder zwei?«

»Wie bitte?«

Die Besucherin hatte einen kecken Northeast-Akzent, abgeschwächt von einigen Jahren im Süden.

»Heißt es Roark oder Row Ark?«

»R-o-a-r-k. Rork in Boston und Row Ark in Mississippi.«

»Was dagegen, wenn ich Sie mit ›Ellen‹ anspreche?«

»Ganz und gar nicht. Mit zwei Silben. Darf ich Sie Jake nennen?«

»Ja.«

»Gut. Ich hatte nämlich nicht vor, dauernd Mister zu sagen.«

»Boston, wie?«

»Dort bin ich geboren. Habe das Boston College besucht. Mein Vater ist Sheldon Roark, ein in Boston gut bekannter Strafverteidiger.«

»Leider habe ich noch nichts von ihm gehört. Was führt Sie nach Mississippi?«

»Ich studiere in Ole Miss.«

»Lieber Himmel! Wieso ausgerechnet dort?«

»Meine Mutter stammt aus Natchez. Sie gehörte zur Studentinnenvereinigung von Ole Miss, bevor sie nach New York zog und dort meinen Vater kennenlernte.«

»Ich habe ein Mitglied jener Studentinnenvereinigung geheiratet.«

»Sie bietet eine große Auswahl.«

»Möchten Sie Kaffee?«

»Nein, danke.«

»Nun, da wir uns jetzt gut kennen: Warum sind Sie in Clanton?«

»Wegen Carl Lee Hailey.«

»Dachte ich mir.«

»Ich beende das Studium im Dezember und verbringe den Sommer in Oxford. Dort höre ich mir Guthries Vorträge über Strafrecht an, aber sie langweilen mich.«

»Der verrückte George Guthrie.«

»Ja, er ist noch immer verrückt.«

»Nach meinen ersten beiden Semestern hat er mich in Verfassungsrecht durchfallen lassen.«

»Nun, ich biete Ihnen meine Hilfe für den Prozeß an.«

Jake lächelte, nahm in Ethels besonders stabilem Sessel Platz und musterte Ellen aufmerksam. Das schwarze Polohemd war modisch verblaßt und tadellos gebügelt. Gewisse Wölbungen verrieten volle, feste Brüste, die auf einen Büstenhalter verzichteten. Das dichte, wellige Haar reichte bis auf die Schultern.

»Wieso glauben Sie, daß ich Hilfe brauche?«

»Ich weiß, daß Sie allein praktizieren. Und ich weiß, daß Sie keinen Assistenten haben.«

»Woher wissen Sie das alles?«

»Aus *Newsweek.*«

»Oh, ja. Eine wundervolle Zeitschrift. Das Bild war gut, nicht wahr?«

»Im großen und ganzen schon. Sie sahen darauf nur ein wenig spießig aus. In Fleisch und Blut gefallen Sie mir besser.«

»Welche Referenzen bringen Sie mit?«

»In meiner Familie ist es ganz normal, ein Genie zu sein. Ich habe das Boston College mit *summa cum laude* hinter mich gebracht, und an der juristischen Fakultät bin ich die Zweitbeste meines Jahrgangs. Im vergangenen Sommer habe ich drei Monate lang für die Southern Prisoners Defense League* gearbeitet und hatte Gelegenheit, an sieben wichtigen Prozessen teilzunehmen. Ich habe gesehen, wie Elmer Wayne Doss in Florida auf dem Elektrischen Stuhl starb. Ich habe gesehen, wie man Willie Ray Ash in Texas mit einer tödlichen Injektion hinrichtete. Wenn ich in Ole Miss Zeit finde, schreibe ich Berichte für eine Bürgerrechtsbewegung. Und für eine Kanzlei in Spartanburg, South Carolina, kümmere ich mich um zwei Berufungsverfahren, bei denen es um Todesurteile geht. Ich wuchs bei meinem Vater in der Anwaltspraxis auf und stellte juristische Ermittlungen an, bevor ich den Führerschein erwarb. Ich habe beobachtet, wie er Vergewaltiger, Veruntreuer, Betrüger, Erpresser und Terroristen verteidigte. Er vertrat Leute vor Gericht, die Kinder mißhandelten – und Kinder, die ihre Eltern umbrachten. Als ich die High-School besuchte, habe ich vierzig Stunden in seinem Büro gearbeitet, und daraus wurden

---

* Etwa: Bund für die Verteidigung von Angeklagten in den Südstaaten. – Anmerkung des Übersetzers.

fünfzig während meiner Zeit am College. Achtzehn sehr fähige und sehr talentierte Anwälte sind für meinen Vater tätig. Seine Kanzlei ist ein hervorragendes Ausbildungszentrum für Strafverteidiger, und ich gehöre seit vierzehn Jahren dazu. Jetzt bin ich fünfundzwanzig, und ich möchte ein radikaler Anwalt werden, so wie mein Vater. Ich stelle mir eine ruhmreiche, dem Kampf gegen die Todesstrafe gewidmete Karriere vor.«

»Ist das alles?«

»Mein Vater ist stinkreich, und ich bin das einzige Kind, obwohl wir irische Katholiken sind. Ich habe mehr Geld als Sie, und deshalb arbeite ich gratis für Sie. Ohne Lohn oder Gehalt. Eine kostenlose Assistentin für drei Wochen. Ich führe Ermittlungen durch, tippe Briefe und nehme Anrufe entgegen. Ich trage sogar Ihren Aktenkoffer und koche Kaffee.«

»Ich hatte schon befürchtet, daß Sie eine Juniorpartnerschaft in meiner Praxis anstreben.«

»Nein. Ich bin eine Frau, und wir sind hier im Süden. Ich kenne meinen Platz.«

»Warum haben Sie solches Interesse an dem Fall Hailey?«

»Ich möchte im Gerichtssaal mit dabeisein. Ich liebe strafrechtliche Prozesse, bei denen ein Leben auf dem Spiel steht. Ich liebe es, wenn die Anspannung so groß wird, daß sie fast körperlich greifbar ist. Wenn alle Plätze im Saal besetzt sind und strenge Sicherheitsmaßnahmen ergriffen werden. Wenn die Hälfte des Publikums den Angeklagten und seinen Anwalt haßt, während die andere auf einen Freispruch hofft. Ja, ich liebe so etwas. Und dies ist der wichtigste strafrechtliche Prozeß seit langer Zeit. Ich komme aus dem Norden und finde die Verhältnisse hier im Süden eher verwirrend, aber sie üben einen beträchtlichen Reiz auf mich aus. Häufig verstehe ich sie nicht, doch sie faszinieren mich. Die rassischen Aspekte bei diesem Fall haben eine ganz besondere Bedeutung. Ein Schwarzer, der die beiden weißen Vergewaltiger seiner Tochter erschoß ... Mein Vater meinte, er würde diesen Angeklagten verteidigen, ohne einen Cent Honorar zu verlangen.«

»Sagen Sie ihm, er soll in Boston bleiben.«

»Dieser Prozeß ist der Traum eines jeden Strafverteidigers. Ich möchte dabei sein. Ich verspreche Ihnen, Sie nicht zu stören. Geben Sie mir nur die Möglichkeit, im Hintergrund zu arbeiten und das Verfahren zu beobachten.«

»Richter Noose verabscheut Anwältinnen.«

»Alle Anwälte im Süden verachten weibliche Kollegen. Aber ich bin keine Anwältin, sondern Jurastudentin.«

»Ich überlasse es Ihnen, Noose den Unterschied zu erklären.«

»Bekomme ich den Job?«

Jake wandte den Blick von Ellen ab und atmete tief durch. Eine neuerliche Welle von Übelkeit durchflutete ihn und schien ihm die Luft aus den Lungen zu pressen. Das Hämmern hinter der Stirn wurde wieder stärker, und er mußte dringend zur Toilette.

»Ja, Sie haben den Job. Ich kann jemanden gebrauchen, der kostenlose Ermittlungen anstellt. Solche Fälle sind sehr kompliziert, wie Sie sicher wissen.«

Ellen lächelte zuversichtlich. »Wann fange ich an?«

»Jetzt.«

Jake führte sie durch die einzelnen Räume seiner Praxis und wies ihr das Kriegszimmer im ersten Stock zu. Er legte die Hailey-Akte auf den Konferenztisch, und seine neue Assistentin verbrachte eine Stunde damit, die Unterlagen zu kopieren.

Um halb drei erwachte Jake von einem Nickerchen auf der Couch. Er ging die Treppe hinunter und betrat das Besprechungszimmer. Ellen hatte die Hälfte der Bücher aus den Regalen genommen und sie auf den langen Tisch gelegt. Dutzende von Lesezeichen ragten aus ihnen hervor, und die junge Frau schrieb fleißig Notizen.

»Keine üble Bibliothek«, sagte sie.

»Einige der Bücher sind seit zwanzig Jahren nicht mehr benutzt worden.«

»Ich habe den Staub bemerkt.«

»Möchten Sie etwas essen?«

»Ja, ich bin halb verhungert.«

»An der Ecke gibt es ein kleines Café. Die dortige Spezialität ist Schmalz und Maismehlpfannkuchen. Genau das brauche ich jetzt.«

»Klingt lecker.«

Sie gingen am Stadtplatz entlang zu Claude, wo für einen Samstagnachmittag erstaunlich wenig Betrieb herrschte. Andere Weiße waren nicht zugegen. Claude fehlte, und Jake empfand die Stille als ohrenbetäubend. Er bestellte einen Cheeseburger mit Zwiebeln sowie ein Glas Wasser mit drei Aspirintabletten.

»Haben Sie Kopfschmerzen?« fragte Ellen.

»Sogar ziemlich starke.«

»Streß?«

»Kater.«

»Ein Kater? Ich dachte, Sie wären abstinent.«

»Wer behauptet das?«

»*Newsweek*. Der Artikel bezeichnete Sie als pflichtbewußten Familienvater und gläubigen Presbyterianer, der keinen Alkohol trinkt und billige Zigarren raucht. Erinnern Sie sich? Wie konnten Sie das vergessen, hm?«

»Glauben Sie alles, was Sie lesen?«

»Nein.«

»Gut. Gestern abend habe ich mich vollaufen lassen, und heute morgen spielte mein Magen verrückt. Mußte immer wieder zur Toilette, um zu kotzen.«

Ellen schmunzelte. »Was trinken Sie?«

»Nichts – bis gestern abend. Dies ist mein erster Kater seit dem Studium, und ich hoffe inständig, es bleibt der letzte. Ich hatte ganz vergessen, wie mies man sich dabei fühlt.«

»Warum trinken Anwälte?«

»Sie lernen es an der Universität. Hängt Ihr Vater an der Flasche?«

»Soll das ein Witz sein? Wir sind katholisch. Nun, er übertreibt es nicht.«

»Trinken Sie?«

»Klar, dauernd«, antwortete Ellen stolz.

»Dann wird bestimmt eine gute Anwältin aus Ihnen.«

Jake beobachtete, wie sich die drei Aspirintabletten im

Wasser auflösten. Dann leerte er das Glas in einem Zug, verzog das Gesicht und wischte sich den Mund ab. Ellen lächelte auch weiterhin.

»Was würde Ihre Frau dazu sagen?«

»Wozu?«

»Zu dem Kater eines pflichtbewußten und religiösen Familienvaters.«

»Sie weiß nichts davon. Gestern morgen hat sie mich verlassen.«

»Das tut mir leid.«

»Bis zum Ende des Prozesses bleibt sie bei ihren Eltern. Seit zwei Monaten drohen uns anonyme Anrufer mit dem Tod, und Donnerstagnacht wollte man unser Haus in die Luft jagen. Die Cops fanden das Dynamit rechtzeitig und nahmen zwei Männer fest, vermutlich Klanmitglieder. Andernfalls wäre meine Familie jetzt tot, ebenso wie ich. Ein guter Grund, um sich einen hinter die Binde zu kippen.«

»Ich hatte keine Ahnung«, murmelte Ellen, plötzlich ernst geworden.

»Ihr neuer Job könnte sehr gefährlich sein. Ich hoffe, das ist Ihnen jetzt klar.«

»Ich bin an Drohungen gewöhnt. Letzten Sommer in Dothan, Alabama, verteidigten wir zwei schwarze Teenager, die mit einer achtzigjährigen Frau Analverkehr hatten und sie dann erwürgten. Kein Anwalt in jenem Staat wollte den Fall übernehmen, und deshalb wandte man sich an die Defense League. Als wir in die Stadt kamen, genügte allein unser Anblick, um die Leute auf den Straßen in einen Mob zu verwandeln, der uns lynchen wollte. Nie zuvor in meinem Leben habe ich solchen Haß gespürt. Wir verbargen uns in einem anderen Ort und glaubten, in Sicherheit zu sein – bis eines Abends zwei Männer ins Motel kamen und versuchten, mich zu entführen.«

»Was geschah dann?«

»Ich hatte eine kurzläufige 38er in meiner Handtasche und überzeugte die beiden Typen davon, daß ich weiß, wie man mit der Knarre umgeht.«

»Eine kurzläufige 38er?«

»Mein Vater schenkte sie mir zum fünfzehnten Geburtstag. Ich habe einen Waffenschein.«

»Ihr Vater muß ein toller Bursche sein.«

»Man hat mehrmals auf ihn geschossen. er übernimmt sehr umstrittene Fälle, von denen man in der Zeitung liest. Meistens ist die Öffentlichkeit empört und fordert, daß man den Angeklagten ohne ein Verfahren aufhängt. Solche Prozesse mag mein Vater besonders gern. Er hat einen Leibwächter.«

»Und wenn schon – ich ebenfalls. Deputy Nesbit. Na ja – selbst mit einer Schrotflinte wäre er nicht imstande, eine große Scheune zu treffen. Man hat ihn mir gestern zugeteilt.«

Das Essen kam. Ellen entfernte die Zwiebeln und Tomaten von ihrem Claudeburger und bot Jake die Pommes frites an. Anschließend schnitt sie ihr Brötchen in zwei Teile und knabberte vorsichtig am Rand. Heißes Öl tropfte auf ihren Teller. Nach jedem kleinen Bissen wischte sie sich den Mund ab.

Sie hatte ein offenes, freundliches Gesicht, doch hinter der lächelnden Fassade erahnte Jake eine Zum-Teufel-mit-Büstenhaltern- und Ich-kann-noch-besser-fluchen-Aggressivität. Nirgends zeigte sich auch nur eine Spur von Make-up. Ellen brauchte auch keins. Sie war weder schön noch hübsch, wollte es wohl auch überhaupt nicht sein. Jake sah die blasse Haut einer Rothaarigen, doch sie wirkte gesund; sieben oder acht Sommersprossen zierten die kleine, spitz zulaufende Nase. Wenn sie schmunzelte, wölbten sich ihre Lippen, und dann entstanden Grübchen in den Wangen. Ihr Lächeln erschien ihm zuversichtlich, herausfordernd und geheimnisvoll. In den metallisch-grünen Augen glänzte sanfter Zorn, und nie mied sie den Blick ihres Gesprächspartners.

Ein intelligentes Gesicht. Und außerordentlich attraktiv.

Jake verspeiste seinen Cheeseburger und versuchte, Ellens Augen zu ignorieren. Die Mahlzeit schuf Ruhe in seinem Magen, und zum erstenmal seit zehn Stunden glaubte er vielleicht zu überleben.

»Im Ernst«, sagte er. »Warum ausgerechnet Ole Miss?«

»Es ist eine gute juristische Fakultät.«

»Ja, ich weiß. Aber normalerweise lockt sie nicht die vielversprechenden Studenten aus dem Nordosten an. Eure Universitäten genießen einen wesentlich besseren Ruf. Wir schicken unsere besten jungen Leute dorthin.«

»Mein Vater hält nichts von Anwälten, die an den sogenannten Eliteuniversitäten studiert haben. Früher war er sehr arm und mußte abends und nachts arbeiten, um sein Studium bezahlen zu können. Jahrelang ertrug er die Arroganz der reichen, gebildeten und inkompetenten Anwälte. Heute lacht er über sie. Er sagte mir: ›Du kannst überall studieren, aber wenn du eine Eliteuniversität wählst, bekommst du keinen Cent von mir.‹ Und dann meine Mutter. Dauernd erzählte sie mir Geschichten über den Süden, und deshalb wollte ich unbedingt hierher. Außerdem sind die Südstaaten nach wie vor entschlossen, die Todesstrafe anzuwenden. Grund genug für mich, den Norden zu verlassen.«

»Warum sind Sie gegen die Todesstrafe?« erkundigte sich Jake.

»Sie nicht?«

»Nein. Ich bin absolut dafür.«

»Ich kann kaum glauben, so etwas von einem Strafverteidiger zu hören.«

»Meiner Ansicht nach sollten wieder Galgen vor dem Gerichtsgebäude benutzt werden.«

»Sie scherzen, nicht wahr? Das hoffe ich jedenfalls. Bitte sagen Sie mir, daß Sie mich auf den Arm nehmen wollen.«

»Ich meine es ernst.«

Ellen kaute nicht mehr, und das Lächeln verschwand von ihren Lippen. In ihren Augen funkelte es, als sie Jake musterte. »Sie meinen es tatsächlich ernst.«

»Ja. Das einzige Problem mit der Todesstrafe besteht darin, daß sie nicht häufig genug angewendet wird.«

»Haben Sie das Mr. Hailey erklärt?«

»Mr. Hailey verdient die Todesstrafe nicht. Im Gegensatz zu den beiden Männern, die seine Tochter vergewaltigten.«

»Ich verstehe. Wie stellen Sie fest, wer sie verdient und wer nicht?«

»Ganz einfach. Man sieht sich das Verbrechen an – und dann den Verbrecher. Wenn es sich um einen Drogenhändler handelt, der einen Undercover-Beamten vom Rauschgiftdezernat umnietet, so endet er in der Gaskammer. Wenn es um einen Gammler geht, der ein dreijähriges Mädchen vergewaltigt, es in einem Schlammloch ertränkt und die Leiche von einer Brücke wirft, so schickt man ihn ins Jenseits und dankt Gott dafür, daß er tot ist. Wenn man einen geflohenen Häftling schnappt, der des Nachts in ein Bauernhaus einbricht, ein älteres Ehepaar zusammenschlägt und foltert, bevor er es zusammen mit dem Haus verbrennt, so schnallt man ihn auf einen Stuhl, befestigt einige Drähte an ihm, betet für seine Seele und zieht den Hebel. Und wenn man zwei Betrunkene erwischt, die ein zehnjähriges Mädchen mehrmals vergewaltigten, es mit ihren Cowboystiefeln traten, ihm den Kiefer zertrümmerten und versuchten, es zu erhängen ... Dann sperrt man sie voller Freude in die Gaskammer und hörte sich zufrieden an, wie sie wimmernd ihr Leben aushauchen. Es ist ganz einfach.«

»Es ist barbarisch.«

»Solche Verbrechen sind barbarisch. Für derartige Kriminelle kommt die Todesstrafe einer Gnade gleich.«

»Und wenn Mr. Hailey zum Tode verurteilt wird?«

»Wenn das geschieht, verbringe ich die nächsten zehn Jahre damit, Berufungsverfahren durchzusetzen und alles zu versuchen, um ihm das Leben zu retten. Sollte man ihn trotzdem jemals auf den Elektrischen Stuhl schnallen, leiste ich Ihnen, den Jesuiten und vielen anderen Gesellschaft, die vor dem Gefängnis protestieren, Kerzen halten und Trauerlieder singen. Später stehe ich hinter der Kirche an seinem Grab, mit der Witwe und den Kindern. Dann wünsche ich mir, ihm nie begegnet zu sein.«

»Haben Sie jemals eine Hinrichtung beobachtet?«

»Nicht daß ich wüßte.«

»Ich habe zwei gesehen. So etwas hinterläßt einen nachhaltigen Eindruck. Sie würden bestimmt Ihre Meinung ändern.«

»In dem Fall verzichte ich auf eine entsprechende Erfahrung.«

»Hinrichtungen sind schrecklich.«

»Waren die Familien der Opfer zugegen?«

»Ja, jedesmal.«

»Wie haben sie reagiert? Mit Entsetzen und Bestürzung? Nein, sicher nicht. Ich nehme an, sie spürten Erleichterung darüber, daß ihr Alptraum zu Ende ging.«

»Sie erstaunen mich.«

»Und ich bin von Leuten wie Ihnen erstaunt«, sagte Jake. »Wie können Sie sich so engagiert für Verbrecher einsetzen, die mit ihren Taten die Todesstrafe herausforderten und sie auch bekommen sollten, auf der Grundlage des Gesetzes?«

»Welches Gesetz meinen Sie? In Massachusetts gibt es keine Todesstrafe.«

»Nun, was soll man von dem einzigen Staat erwarten, der McCovern* 1972 unterstützte? Massachusetts hat immer eine Außenseiterrolle gespielt.«

Jake und Ellen schenkten den Resten der Cheeseburger keine Beachtung mehr und sprachen immer lauter. Brigance sah sich um und begegnete einigen Blicken. Seine neue Assistentin lächelte erneut, griff nach einem Zwiebelring und schob ihn sich in den Mund.

»Was halten Sie von den Bürgerrechtsbewegungen?« fragte sie.

»Vermutlich haben Sie die Mitgliedskarte einer besonders aggressiven in Ihrer Handtasche.«

»Ja.«

»Dann entlasse ich Sie hiermit.«

»Ich bin beigetreten, als ich sechzehn war.«

»Warum erst so spät? Bestimmt waren Sie die letzte Pfadfinderin Ihrer Gruppe, die eine solche Entscheidung traf.«

---

* Gemeint ist George Stanley McCovern, ein linker Demokrat, der bei den Präsidentschaftswahlen 1972 dem Republikaner Nixon unterlag. – Anm. d. Ü.

»Bringen Sie den Bürgerrechten überhaupt Respekt entgegen?«

»Oh, ich bewundere sie. Aber ich hasse Richter, die sie interpretieren. Essen Sie.«

Schweigend leerten sie ihre Teller und musterten sich dabei. Jake bestellte Kaffee und zwei weitere Aspirintabletten.

»Wie können wir diesen Fall gewinnen?« fragte Ellen.

»Wir?«

»Ich habe den Job noch, oder?«

»Ja. Vergessen Sie nur nicht, daß ich der Boß bin und Sie die Assistentin.«

»Klar, Boß. Mit welcher Strategie wollen Sie vorgehen?«

»Wie würden Sie den Fall beurteilen?«

»Nun, soweit ich weiß, hat Ihr Klient den Mord kaltblütig geplant und die beiden Männer sechs Tage nach der Vergewaltigung erschossen. Er scheint nicht im Affekt gehandelt zu haben.«

»Nein.«

»Dann ist eine Verteidigung gar nicht möglich. Sie sollten auf schuldig plädieren, um die Gaskammer zu vermeiden und eine lebenslängliche Freiheitsstrafe zu erwirken.«

»Sie haben enormen Kampfgeist.«

»Es war nur ein Scherz. Der einzige Ausweg heißt Unzurechnungsfähigkeit. Aber so etwas ist schwer zu beweisen.«

»Kennen Sie die M'Naghten-Regel?« erkundigte sich Jake.

»Ja. Steht uns ein Psychiater zur Verfügung?«

»Kommt darauf an, was man unter einem Psychiater versteht. Er wird genau das sagen, was wir von ihm hören wollen. Vorausgesetzt, er erscheint nüchtern vor Gericht. Das ist eine Ihrer schwierigeren Aufgaben als Assistentin in meiner Praxis: Sie müssen dafür sorgen, daß der Psychiater nüchtern ist, wenn ich ihn in den Zeugenstand rufe. Es fällt Ihnen bestimmt nicht leicht.«

»Ich wünsche mir immer neue Herausforderungen im Gerichtssaal.«

»Na schön, Row Ark. Sie haben bestimmt einen Kugelschreiber dabei. Hier ist eine Serviette. Ihr Boß schickt sich nun an, Ihnen Anweisungen zu erteilen.«

Ellen nahm die Papierserviette, bereit dazu, sich Notizen zu machen.

»Ich benötige eine Liste aller M'Naghten-Entscheidungen, die das oberste Gericht von Mississippi während der letzten fünfzig Jahre traf. Ich schätze, es sind etwa hundert. Ich erinnere mich an einen bekannten Fall aus dem Jahr 1976: Der Staat Mississippi gegen Hill. Damals stimmten fünf Richter gegen den Angeklagten und vier verlangten eine großzügigere Interpretation des Begriffs Unzurechnungsfähigkeit. Ihr Bericht sollte nicht zu lang werden, höchstens zwanzig Seiten. Wissen Sie, wie man mit einer Schreibmaschine umgeht?«

»Ich tippe dreihundert Anschläge in der Minute.«

»Hätte ich mir denken können. Ich brauche die Unterlagen bis Mittwoch.«

»Kein Problem.«

»Darüber hinaus sind einige Dinge in bezug auf das Beweismaterial zu klären. Sie haben die schrecklichen Bilder von den Leichen gesehen. Normalerweise erlaubt es Noose den Geschworenen, solche Fotos zu betrachten, aber ich möchte sie von der Jury fernhalten. Stellen Sie fest, ob das möglich ist.«

»Ich bezweifle es.«

»Wir müssen die Vergewaltigung in den Mittelpunkt rükken. Ich will, daß die Geschworenen alle Einzelheiten erfahren. Recherchieren Sie. Ich habe zwei oder drei Präzedenzfälle, von denen Sie ausgehen können. Es geht darum, Noose die Relevanz der Vergewaltigung zu beweisen.«

»In Ordnung. Was sonst noch?«

»Keine Ahnung. Wenn mein Gehirn wieder funktioniert, fällt mir bestimmt etwas ein, aber im Augenblick ist das alles.«

»Arbeite ich am Montagmorgen in Ihrem Büro?«

»Ja. Ab neun Uhr. Kommen Sie nicht eher. Ich liebe die Ruhe am frühen Morgen.«

»Und die Kleidung?«

»Sie sehen gut aus.«

»Jeans und keine Socken?«

»Ich habe eine andere Angestellte, eine Sekretärin namens Ethel. Sie ist vierundsechzig und könnte eine Abmagerungskur vertragen. Zum Glück trägt sie einen BH. In dieser Hinsicht sollten Sie sich vielleicht ein Beispiel an ihr nehmen.«

»Ich denke darüber nach.«

»Ich möchte nicht abgelenkt werden.«

27

Montag, 15. Juli. Noch eine Woche bis zum Verfahren gegen Carl Lee Hailey. Am Wochenende sprach es sich rasch herum, daß der Prozeß in Clanton stattfinden würde und die kleine Stadt bereitete sich auf das Spektakel vor. In den drei Motels klingelten ständig die Telefone, als Journalisten und Reporter ihre Buchungen bestätigten, und in den Cafés sprach man praktisch nur noch über die bevorstehende Verhandlung. Nach dem Frühstück schwärmte eine Wartungsmannschaft der County aus und begann damit, dem Gerichtsgebäude einen neuen Anstrich zu geben und die Flure auf Hochglanz zu polieren. Ozzie schickte einige Häftlinge mit Rasenmähern und Harken los. Die alten Männer am Vietnam-Denkmal schnitzten an ihren Stöcken und beobachteten die allgemeine Aktivität. Ein Kalfakter – er überwachte die anderen Gefangenen – forderte sie auf, ihre Redman ins Gras und nicht auf den Bürgersteig zu spucken. Man antwortete ihm, er solle sich zum Teufel scheren. Das dichte, dunkle Hundszahngras wurde gedüngt, und um neun Uhr zischten die Rasensprenger.

Eine Stunde später betrug die Temperatur fast fünfunddreißig Grad Celsius. Die Ladenbesitzer am Platz öffneten ihre Geschäfte und schalteten Ventilatoren ein. Sie riefen in Memphis, Jackson und Chicago an und bestellten Nachschub für die nächste Woche – Waren, die zu höheren Preisen verkauft werden sollten.

Noose hatte am Freitagnachmittag mit Jean Gillespie gesprochen, der Protokollführerin des Bezirksgerichts, und ihr mitgeteilt, daß der Fall in ihrem Gerichtssaal verhandelt werden sollte. Er wies sie an, hundertfünfzig mögliche Geschworene vorzuladen. Die Verteidigung verlangte ein größeres Kontingent, um die Jury auszuwählen, und Noose billigte den Antrag. Jean und zwei ihrer Kollegen verbrachten den Sonntag damit, das Wählerverzeichnis durchzugehen und Namen zu notieren. Sie achteten dabei die richterliche Anweisung und ignorierten alle Personen über fünfundsechzig. Insgesamt tausend Namen und die jeweiligen Adressen schrieben sie auf Karteikarten. Sie verschwanden in einem Karton, und die beiden Mitarbeiter Gillespies – ein Schwarzer und ein Weißer – zogen die einzelnen Karten mit verbundenen Augen und legten sie auf einen nahen Tisch. Als hundertfünfzig gezogen waren, klapperten die Tasten einer Schreibmaschine, und eine lange Liste entstand: Sie enthielt die Namen der für den Prozeß gegen Carl Lee Hailey in Frage kommenden Geschworenen. Der Ehrenwerte Omar Noose hatte die einzelnen Schritte der Auswahl genau vorgeschrieben. Aus gutem Grund: Er wollte verhindern, daß diese Prozedur zum Anlaß eines Berufungsverfahrens werden konnte, wenn die Jury nur aus Weißen bestand und den Angeklagten zum Tod verurteilte.

Die Namen und Adressen aller auf der Hauptliste eingetragenen Personen dienten anschließend zur Ausstellung von Vorladungen. Hundertfünfzig Briefe lagen in Jeans Büro, bis um acht Uhr am Montagmorgen Sheriff Walls eintraf. Er trank Kaffee mit der Protokollführerin und empfing seine Order.

»Richter Noose möchte, daß diese Mitteilungen ihre Empfänger heute zwischen sechzehn Uhr und Mitternacht erreichen«, sagte Jean.

»In Ordnung.«

»Die Geschworenen sollen pünktlich um neun Uhr am nächsten Montag im Gerichtssaal erscheinen.«

»Okay.«

»In den Vorladungen wird nicht die Art des Prozesses erwähnt, und die Geschworenen dürfen keine Informationen darüber erhalten.«

»Bestimmt wissen sie ohnehin Bescheid.«

»Ja, wahrscheinlich. Aber Noose hat diesen Punkt mehrmals betont. Es ist ihren Leuten verboten, über den Fall zu sprechen, wenn Vorladungen zugestellt werden. Die Namen der betreffenden Personen sind streng vertraulich, zumindest bis Mittwoch. Fragen Sie mich nicht nach dem Grund – Noose will es so.«

Ozzie blickte auf den hohen Stapel. »Wieviele sind es?«

»Hundertfünfzig.«

»Hundertfünfzig! Warum so viele?«

»Anweisung des Richters. Es ist ein wichtiger Prozeß.«

»Ich brauche alle meine Leute für die Zustellung.«

»Läßt sich leider nicht ändern.«

»Na schön. Mir bleibt keine andere Wahl.«

Ozzie ging, und einige Sekunden später stand Jake am Tresen, flirtete mit den Sekretärinnen und schenkte Jean Gillespie ein strahlendes Lächeln. Er folgte ihr ins Büro und schloß die Tür. Jean nahm hinter dem Schreibtisch Platz und zeigte mit dem Finger auf Jake. Der Anwalt lächelte noch immer.

»Ich weiß, warum Sie hier sind«, sagte sie streng. »Und die Antwort lautet: nein.«

»Geben Sie mir die Liste, Jean.«

»Erst am Mittwoch. Richterliche Anordnung.«

»Mittwoch? Warum ausgerechnet Mittwoch?«

»Keine Ahnung. Fragen Sie Noose.«

»Geben Sie mir die Liste, Jean.«

»Unmöglich, Jake. Wollen Sie mich in Schwierigkeiten bringen?«

»Sie geraten nicht in Schwierigkeiten, weil niemand davon erfahren wird. Sie wissen, daß ein Geheimnis bei mir gut aufgehoben ist.« Brigance lächelte jetzt nicht mehr.

»Geben Sie mir die verdammte Liste, Jean.«

»Nein, Jake. Ausgeschlossen.«

»Ich brauche sie, und ich brauche sie jetzt. Ich muß mich auf den Prozeß vorbereiten und kann nicht bis Mittwoch warten.«

»Es wäre Buckley gegenüber nicht fair«, sagte die Protokollführerin hilflos.

»Zum Teufel mit Buckley. Glauben Sie etwa, er hält sich an die Gebote der Fairneß? Er ist eine Schlange, und Sie verabscheuen ihn ebensosehr wie ich.«

»Vielleicht noch mehr.«

»Geben Sie mir die Liste, Jean.«

»Hören Sie, Jake, wir standen uns immer nahe. Sie sind mir sympathischer als alle anderen Anwälte. Als mein Sohn Probleme hatte, rief ich Sie an, nicht wahr? Ich vertraue Ihnen und möchte, daß Sie den Prozeß gewinnen. Aber ich darf mich nicht über die Anweisungen des Richters hinwegsetzen.«

»Wer hat Ihnen bei der letzten Wahl geholfen – Buckley oder ich?«

»Ich bitte Sie, Jake.«

»Wer sorgte dafür, daß Ihr Sohn nicht ins Gefängnis kam – Buckley oder ich?«

»Bitte ...«

»Wer hat versucht, Ihren Sohn hinter Gitter zu bringen – Buckley oder ich?«

»Hören Sie auf damit, Jake.«

»Wer trat für Ihren Mann ein, als die Abrechnungen nicht stimmten und ihn alle – ich meine *alle* – aus der Kirche verstoßen wollten?«

»Es ist keine Frage der Loyalität, Jake. Ich mag Sie, Carla und Hanna, aber ich darf Ihnen die Liste nicht geben.«

Jake verließ das Zimmer mit langen Schritten und warf die Tür hinter sich zu. Jean saß am Schreibtisch und wischte sich Tränen von den Wangen.

Um zehn Uhr stapfte Harry Rex in Jakes Büro und warf eine Kopie der Geschworenenliste auf den Tisch. »Stellen Sie keine Fragen«, sagte er. Neben jedem Namen standen knappe Anmerkungen, zum Beispiel ›Kenne ich nicht‹; ›Früherer Klient, haßt Nigger‹ oder ›Arbeitet in der Schuhfabrik; hat vielleicht Verständnis‹.

Jake las die einzelnen Namen sorgfältig und versuchte,

sich die betreffenden Personen vorzustellen, eine Meinung oder Gesichter mit ihnen in Verbindung zu bringen. Es fehlten Angaben über Adresse, Alter und Beruf. Nur Namen. Eine Schullehrerin aus Karaway; er war bei ihr in die vierte Klasse gegangen. Eine Freundin seiner Mutter aus dem Gartenklub. Ein früherer Mandant; Ladendiebstahl, wenn ihn sein Gedächtnis nicht trog. Jemand von der Kirche. Ein Stammgast des Cafés. Ein prominenter Farmer. Die meisten Namen klangen weiß – Willie Mae Jones, Leroy Washington, Roosevelt Tucker, Bessie Lou Bean –, nur wenige schwarz. Eine erschreckend blasse Liste. Jake kannte höchstens dreißig der insgesamt hundertfünfzig genannten Männer und Frauen.

»Was meinen Sie?« brummte Harry Rex.

»Schwer zu sagen. Überwiegend Weiße, aber das war zu erwarten. Woher kommt die Kopie?«

»Fragen Sie nicht. Sechsundzwanzig Namen habe ich mit knappen Kommentaren versehen. Bei den übrigen muß ich passen.«

»Sie sind ein wahrer Freund, Harry Rex.«

»Ich weiß. Alles klar für den Prozeß?«

»Noch nicht. Aber ich habe eine Geheimwaffe gefunden.«

»Was?«

»Sie lernen sie später kennen.«

»Sie?«

»Ja. Sind Sie Mittwochabend beschäftigt?«

»Ich glaube nicht. Warum?«

»Gut. Wir treffen uns hier um acht. Lucien kommt. Vielleicht noch ein oder zwei andere. Ich möchte einige Stunden lang über die Jury sprechen. Wer eignet sich für uns? Wir gehen von dem besten denkbaren Geschworenen aus und befassen uns auf dieser Grundlage mit allen Namen. Hoffentlich gelingt es uns, die meisten Leute zu identifizieren.«

»Klingt gut. Ich mache mit. Wen stellen Sie sich als besten denkbaren Geschworenen vor?«

»Das weiß ich nicht genau. Die Selbstjustiz übt sicher einen gewissen Reiz auf die Rednecks aus. Waffen, Gewalt,

Frauen beschützen und so weiter. Davon sind Rednecks begeistert. Andererseits hat mein Klient zwei von ihnen umgebracht und ist noch dazu Schwarzer.«

»Ja. Außerdem würde ich bei Frauen vorsichtig sein. Zwar bringen sie Vergewaltigern kein Mitgefühl entgegen, aber sie schätzen den Wert des Lebens höher ein. Eine M-16 zu nehmen und die Typen umzunieten – Frauen verstehen so etwas nicht. Im Gegensatz zu uns Vätern. Wir können uns in Carl Lees Lage versetzen. Die Gewalt und das Blut stört uns kaum. Wir bewundern ihn. Sorgen Sie dafür, daß einige Bewunderer auf der Geschworenenbank sitzen. Junge, gebildete Väter.«

»Interessant. Lucien meinte, er würde Frauen bevorzugen, weil sie mehr Verständnis haben.«

»Das bezweifle ich. Ich kenne Frauen, die bereit wären, Carl Lee Hailey und seinem Verteidiger die Kehle durchzuschneiden.«

»Einige Ihrer Klienten?«

»Ja. Aber es gibt auch Ausnahmen. Zum Beispiel Frances Burdeen, die ebenfalls auf der Liste steht. Wenn sie für die Jury ausgewählt wird, sage ich ihr, wie sie abstimmen soll.«

»Im Ernst?«

»Ja. Sie ist mir einen Gefallen schuldig.«

»Können Sie am Montag im Gericht sein? Beobachten Sie die Geschworenen und helfen Sie mir bei der Auswahl.«

»Gern. Ich wollte den ersten Verhandlungstag ohnehin nicht versäumen.«

Jake hörte Stimmen im Erdgeschoß und hob den Zeigefinger vor die Lippen. Er horchte, lächelte und forderte Harry Rex mit einem Wink auf, ihm zu folgen. Auf Zehenspitzen schlichen sie zur Treppe und lauschten dem Lärm in Ethels Zimmer.

»Als was hat er Sie eingestellt?« fragte die Sekretärin.

»Als seine Assistentin.«

»Nun, davon weiß ich nichts.«

»Ich weiß es, und Jake weiß es. Das genügt.«

»Wieviel bezahlt er Ihnen?«

»Hundert Dollar pro Stunde.«

»O mein Gott! Ich muß zuerst mit ihm reden.«

»Ich habe bereits mit ihm gesprochen, Ethel.«

»Für Sie bin ich Mrs. Twitty.« Ethel musterte die junge Frau von Kopf bis Fuß. Ausgewaschene Jeans, Sandalen, keine Socken, ein weites, weißes Baumwollhemd, darunter ganz offensichtlich keinen Büstenhalter. »Sie sind nicht angemessen gekleidet. Ihre Aufmachung ist ... unanständig.«

Harry Rex hob die Brauen, sah Jake an und lächelte. Sie blickten über die Treppe und lauschten weiter.

»Mein Chef – der zufälligerweise auch Ihr Chef ist – hat mir erlaubt, mich so zu kleiden, wie ich es für richtig halte.«

»Aber Sie haben etwas vergessen, oder?«

»Jake meinte, ein BH sei nicht nötig. Er sagte, Sie hätten seit zwanzig Jahren keinen Büstenhalter getragen und die meisten Frauen in Clanton wüßten überhaupt nicht, wie so ein Ding aussieht. Deshalb habe ich meinen zu Hause gelassen.«

»Er hat *was* gesagt?« entfuhr es Ethel. Empört verschränkte sie die Arme.

»Ist er oben?« fragte Ellen kühl.

»Ja. Ich gebe ihm Bescheid.«

»Sparen Sie sich die Mühe.«

Jake und Harry kehrten ins Büro zurück und warteten auf die neue Angestellte. Sie kam mit einem großen Aktenkoffer herein.

»Guten Morgen, Row Ark«, sagte Brigance. »Ich möchte Ihnen einen guten Freund vorstellen – Harry Rex Vonner.«

Harry Rex schüttelte die Hand der jungen Frau und starrte auf ihr Hemd. »Freut mich, Sie kennenzulernen. Wie lautet Ihr Vorname?«

»Ellen.«

»Row Ark genügt«, sagte Jake. »Sie ist meine Assistentin, bis nach dem Prozeß.«

»Gut«, murmelte Vonner und starrte noch immer.

»Harry Rex arbeitet ebenfalls als Anwalt, Row Ark. Er gehört zu jenen Einheimischen, denen Sie nicht vertrauen dürfen.«

»Wozu brauchen Sie einen weiblichen Assistenten, Jake?« erkundigte sich Harry Rex unverblümt.

»Row Ark ist ein strafrechtliches Genie, wie die meisten Jurastudenten im dritten Jahr. Und sie kostet mich nicht viel.«

»Haben Sie etwas gegen Frauen, Sir?« fragte Ellen.

»Nein, Ma'am. Ich mag Frauen. Bin viermal verheiratet gewesen.«

»Harry Rex ist der hinterhältigste und gemeinste Scheidungsanwalt in Ford County«, erklärte Jake. »Besser gesagt: Er ist der hinterhältigste und gemeinste Anwalt überhaupt. Punkt. Nun, wenn ich genauer darüber nachdenke ... Er ist der hinterhältigste und gemeinste *Mann*, den ich kenne.«

»Danke«, erwiderte Vonner und starrte nun nicht mehr.

Ellen betrachtete seine großen, schmutzigen, abgetragenen Schuhe, die bis zu den Fußknöcheln herabgesunkenen Nylonsocken, die fleckige khakifarbene Hose, das knitterige Hemd, die glänzende, rosarote Krawatte, die zehn Zentimeter über dem Gürtel endete. Schließlich sagte sie.»Ich finde ihn niedlich.«

»Vielleicht mache ich Sie zu meiner Ehefrau Nummer fünf«, entgegnete Harry Rex.

»Ich fühle mich nur körperlich von Ihnen angezogen«, kommentierte Ellen.

»Seien Sie vorsichtig«, warf Jake ein. »Seit Lucien dieses Büro verließ, gab es hier keinen Sex mehr.«

»Viele Dinge verschwanden mit Lucien«, sagte Harry Rex.

»Wer ist Lucien?«

Jake und Harry Rex sahen sich an. »Sie lernen ihn bald kennen«, antwortete Brigance.

»Sie haben eine nette Sekretärin«, meinte Ellen.

»Ich wußte, daß Sie prima miteinander auskommen würden. Ethel ist ein Prachtstück, wenn man sie besser kennt.«

»Wie lange dauert das?«

»Ich kenne sie schon seit zwanzig Jahren und warte noch immer darauf, daß sie mir ihr wahres, freundliches Wesen offenbart«, sagte Harry Rex.

»Wie kommen die Ermittlungen voran?« fragte Jake.

»Langsam. Es gibt Dutzende von M'Naghten-Fällen, und alle sind sehr lang. Die Hälfte habe ich hinter mir, und den Rest wollte ich mir hier vornehmen. Vorausgesetzt, der Wachhund dort unten beißt mich nicht.«

»Ich rede mit Ethel«, sagte Jake.

Harry Rex ging zur Tür. »Hat mich sehr gefreut, Row Ark. Wir sehen uns bestimmt häufiger.«

»Nochmals besten Dank!« rief Jake ihm nach. »Bis Mittwochabend.«

Auf dem Kiesparkplatz vor Tanks Tonk war kein Platz mehr frei. Jake fand den Schuppen erst nach Sonnenuntergang: Bisher hatte es keinen Grund für ihn gegeben, das Lokal zu besuchen, und auch jetzt kam er nicht gern. Etwa zehn Kilometer trennten die Spelunke von Clanton, und sie lag abseits – fast versteckt – neben einer ungepflasterten Straße. Er hielt ein ganzes Stück vor dem kleinen, aus Holzziegeln errichteten Gebäude an und spielte mit dem Gedanken, den Motor laufen zu lassen – falls Tank nicht da war und eine rasche Flucht notwendig wurde. Aber er verbannte diese absurde Idee sofort aus seinen Überlegungen: Der Saab gefiel ihm, und er hielt Autodiebstahl hier nicht nur für möglich, sondern für wahrscheinlich. Er schloß den Wagen ab, ging einmal um ihn herum und rechnete fast damit, daß nach seiner Rückkehr wichtige Teile fehlen würden.

Die Musikbox dröhnte durch offene Fenster, und Jake glaubte zu hören, wie eine Flasche zerbrach. Auf dem Boden? Auf einem Tisch? Oder am Kopf eines Gastes? Er zögerte neben dem Saab und dachte daran, wieder nach Clanton zurückzufahren. Nein, es ging um eine wichtige Angelegenheit. Er nahm seinen ganzen Mut zusammen, atmete tief durch und öffnete die knarrende Holztür.

Vierzig Schwarze starrten den Weißen an, der Mantel und Krawatte trug, blinzelte und versuchte, in der halbdunklen Kneipe etwas zu erkennen. Unsicher stand er auf der Schwelle und hielt ebenso verzweifelt wie vergeblich nach einem Freund Ausschau. Michael Jackson beendete einen Song, und eine halbe Ewigkeit lang herrschte völlige Stille. Jake entfernte sich nicht zu weit von der Tür, nickte, lächelte und trachtete danach, sich ungezwungen zu geben. Niemand erwiderte sein Lächeln.

Plötzlich bewegte sich jemand hinter der Theke, und Brigance spürte, wie ihm die Knie weich wurden. »Jake! Jake!« rief jemand. Es waren die herrlichsten zwei Worte, die er jemals gehört hatte. Tank legte seine Schürze ab, trat auf den Anwalt zu und schüttelte ihm die Hand.

»Was führt Sie hierher?«

»Ich muß mit Ihnen reden. Können wir nach draußen gehen?«

»Klar. Um was geht's?«

»Um etwas Berufliches.«

Tank betätigte einen Lichtschalter neben der Tür. »He!« wandte er sich an alle anwesenden Schwarzen. »Das ist Carl Lee Haileys Verteidiger, Jake Brigance. Ein guter Freund von mir. Begrüßt ihn.«

Donnernder Applaus erklang; hier und dort ertönten Bravo-Rufe. Mehrere Typen klopften Jake auf die Schulter. Tank griff in eine Schublade hinter der Theke, holte einige von Brigances Visitenkarten hervor und verteilte sie wie Bonbons. Jake seufzte erleichtert, und die Farbe kehrte in sein Gesicht zurück.

Draußen lehnten sie sich an die Kühlerhaube eines gelben Cadillac. Lionel Ritchie sang durch die Fenster, und die Schwarzen in der Kneipe setzten ihre Gespräche fort. Jake reichte Tank eine Kopie der Geschworenenliste.

»Sehen Sie sich die Namen an. Ich möchte von Ihnen wissen, wie viele dieser Leute Sie kennen. Hören Sie sich um. Finden Sie soviel wie möglich heraus.«

Tank hielt sich die Liste dicht vor die Augen. Das Licht einer Michelob-Reklame im Fenster glühte über seine Schulter hinweg. »Wie viele Schwarze?«

»Keine Ahnung. Das ist einer der Gründe, warum ich Sie um Hilfe bitte. Markieren Sie die Namen der Schwarzen. Stellen Sie Nachforschungen an, wenn Sie nicht sicher sind.

Schreiben Sie Anmerkungen, wenn Ihnen der eine oder andere Weiße bekannt ist.«

»Gern, Jake. Es handelt sich doch nicht um etwas Illegales, oder?«

»Nein, aber Sie sollten mit niemandem darüber sprechen. Ich brauche Ihre Angaben bis Mittwochmorgen.«

»Sie sind der Boß.«

Tank bekam die letzte Liste. Jake setzte sich ans Steuer des Saab und fuhr zu seiner Praxis. Es war fast zehn. Ethel hatte die von Harry Rex zur Verfügung gestellte Liste noch einmal abgetippt und sie mehrmals fotokopiert. Für einige ausgewählte Freunde, die Jakes besonderes Vertrauen genossen: Lucien, Stan Atcavage, Tank, Dell vom Café, Roland Isom, der als Anwalt in Karaway arbeitete, und einige andere. Selbst Ozzie erhielt eine Kopie.

Knapp fünf Kilometer von Tanks Tonk entfernt stand ein kleines weißes Landhaus, in dem Ethel und Bud Twitty seit fast vierzig Jahren wohnten. Sie fühlten sich dort wohl und verbanden mit ihrem Heim angenehme Erinnerungen an aufwachsende Kinder, die nun in verschiedenen Regionen des Nordens lebten. Jener geistig zurückgebliebene Sohn, der so sehr Lucien ähnelte, hatte sich aus irgendeinem Grund in Miami niedergelassen. Es war nun stiller im Haus. Schon seit vielen Jahren arbeitete Bud nicht mehr, seit seinem ersten Schlaganfall 1975. Herzprobleme und einige weitere Schlaganfälle folgten. Er wußte, daß ihm nicht mehr viel Zeit blieb, und er hatte sich damit abgefunden, irgendwann auf der Veranda den letzten und tödlichen Schlaganfall zu erleiden, während er schwarze Bohnen auspulte. Er wollte auf diese Weise aus dem Leben scheiden, friedlich, von einem Augenblick zum anderen.

Am Montagabend saß er auf der Veranda, enthülste schwarze Bohnen und lauschte der Radioübertragung eines Baseballspiels. Ethel arbeitete in der Küche. Die Cardinals erzielten gerade einen weiteren Punkt, als Bud ein Geräusch neben dem Haus vernahm. Er drehte die Lautstärke herunter. Wahrscheinlich nur ein Hund. Doch kurz darauf wiederholte sich das verdächtige Rascheln. Er stand auf und ging zum Ende der Veranda. Plötzlich sprang eine große Gestalt hinter den Büschen hervor – sie war ganz in Schwarz gekleidet, und im Gesicht zeigten sich rote, weiße und schwarze Farbstreifen –, packte Bud und riß ihn von der Terrasse. Der erstickte Schrei drang nicht bis zur Küche. Ein zweiter Fremder gesellte sich dem ersten hinzu, und gemeinsam zerrten sie den Alten zur Verandatreppe. Einer hielt ihn fest, und der andere versetzte ihm mehrere Fausthiebe in den Bauch und ins Gesicht. Innerhalb weniger Sekunden verlor er das Bewußtsein.

Ethel hörte etwas und eilte durch die Vordertür. Das dritte Mitglied der Gang drehte ihr den einen Arm auf den Rücken und schloß eine große Hand um ihren Hals. Sie konnte weder schreien noch sich bewegen, stand auf der Veranda und beobachtete entsetzt, wie die beiden anderen Männer Bud zusammenschlugen. Mehrere Meter hinter ihnen, auf dem Bürgersteig, warteten drei Gestalten in langen weißen Kutten mit roten Verzierungen. Ihre Gesichter verbargen sich unter ebenfalls weißen, spitzzulaufenden Kapuzen. Nach einer Weile näherten sie sich langsam, sahen dem Geschehen zu und wirkten dabei wie die drei Weisen an der Krippe.

Die Fäuste hämmerten noch immer auf den reglosen Bud ein. »Genug«, sagte einer der drei Kuttenträger schließlich. Die Schwarzgekleideten wandten sich sofort um und liefen fort. Ethel eilte die Treppe hinunter und beugte sich über ihren blutenden Mann. Als sie den Kopf hob, waren die drei weißen Gestalten verschwunden.

Jake verließ das Krankenhaus nach Mitternacht. Bud lebte noch, aber es sah nicht gut für ihn aus. Abgesehen von den Knochenbrüchen hatte er einen weiteren Schlaganfall erlitten. Ethel war völlig außer sich und gab Jake die Schuld.

»Sie haben behauptet, es bestünde keine Gefahr!« schrie sie. »Sagen Sie das meinem Mann! Sie tragen die Verantwortung dafür!«

Er hatte stumm zugehört, während Ethel heulte und heftige Vorwürfe gegen ihn erhob. Nach einigen Minuten verwandelte sich seine Verlegenheit in Zorn. Er ließ den Blick durch das kleine Wartezimmer schweifen und sah die Freunde und Verwandten der Twittys an. Sie alle musterten ihn. *Ja,* dachten sie. *Jake Brigance ist dafür verantwortlich.*

28

Gwen rief früh am Dienstagmorgen im Büro an, und am anderen Ende der Leitung meldete sich die neue Sekretärin Ellen Roark. Sie betätigte mehrere Tasten der Wechselsprechanlage, zuckte dann mit den Schultern und ging zur Treppe. »Mr. Haileys Frau möchte Sie sprechen, Jake!« rief sie.

Brigance klappte das Buch zu und griff verärgert nach dem Hörer. »Hallo.«

»Sie sind beschäftigt, Jake?«

»Sehr. Um was geht's?«

Gwen begann zu schluchzen. »Wir brauchen Geld, Jake, Wir sind völlig pleite, und einige Rechnungen müssen beglichen werden. Seit zwei Monaten habe ich nicht mehr die Raten fürs Haus bezahlt, und die Hypothekengesellschaft hat angerufen. Ich weiß nicht, an wen ich mich sonst wenden soll.«

»Was ist mit Ihrer Familie?«

»Es sind arme Leute, Jake, das wissen Sie ja. Wir bekommen Lebensmittel von ihnen, und sie versuchen auch sonst, uns zu helfen, aber sie können unmöglich die Hausraten und Rechnungen bezahlen.«

»Haben Sie mit Carl Lee gesprochen?«

»Ja, aber nicht über Geld. Zumindest nicht in der letzten Zeit. Der Himmel weiß, daß er auch so schon genug Sorgen hat.«

»Und die Kirchen?«

»Bisher haben wir keinen Cent bekommen.«

»Wieviel brauchen Sie?«

»Mindestens fünfhundert, für das Nötigste. Ich weiß nicht, wie es nächsten Monat aussieht. Ich schätze, dann habe ich immer noch Zeit, mir Sorgen zu machen.«

Neunhundert minus fünfhundert – damit blieben Jake vierhundert Dollar für einen Prozeß, bei dem es um vorsätzlichen Mord ging. Das mußte ein Rekord sein. Vierhundert Dollar! Plötzlich fiel ihm etwas ein.

»Können Sie heute nachmittag um zwei Uhr zu mir kommen, in mein Büro?«

»Wenn ich die Kinder mitbringen darf ...«

»Kein Problem. Seien Sie pünktlich.«

»In Ordnung.«

Jake legte auf und suchte im Telefonbuch nach der Nummer von Bischof Ollie Agee. Er erreichte ihn in der Kirche und sagte zu ihm, es sei eine persönliche Begegnung notwendig – um den Fall Hailey zu besprechen und Agees Aussage vorzubereiten. Brigance bezeichnete den Priester als wichtigen Zeugen. Agee versprach, um zwei im Büro zu sein.

Die Haileys trafen zuerst ein, und Jake bat sie, am Konferenztisch Platz zu nehmen. Die Kindern kannten den Raum von der Pressekonferenz her; der lange Tisch sowie die Sessel und dicken Bücher beeindruckten sie sehr. Als der Bischof hereinkam, umarmte er Gwen und begrüßte die Kinder mit übertriebener Herzlichkeit, insbesondere Tonya.

»Ich möchte mich kurz fassen, Bischof«, begann Jake. »Es gibt einige Dinge, die wir erörtern müssen. Seit einigen Wochen sammeln Sie und die anderen schwarzen Priester in der County Geld für die Familie Hailey. Dabei haben Sie einen großen Erfolg erzielt – wie ich hörte, wurden über sechstausend Dollar gespendet. Ich weiß nicht, wo das Geld ist, und es geht mich auch nichts an. Sie wollten es den NAACP-Anwälten für Carl Lee Haileys Verteidigung geben, aber wie wir beide wissen, sind jene Anwälte nicht an dem Prozeß beteiligt. Ich bin Carl Lees einziger Verteidiger, und bisher hat man mir nichts davon angeboten. Ich rechne auch gar nicht damit; offenbar möchten Sie den Anwalt selbst auswählen. Abgesehen davon scheint es Ihnen völlig gleich zu sein, wie gut oder schlecht die Verteidigung sein wird. Na schön. Soll mir recht sein. Ein anderer Punkt besorgt mich weitaus mehr, Bischof: Bisher hat die Familie keinen einzigen Cent – ich wiederhole: nicht einen Cent – von dem Geld bekommen. Stimmt's, Gwen?«

Ihr Gesicht zeigte erst Verwirrung, dann Fassungslosigkeit und schließlich Zorn, als sie Agee anstarrte.

»Sechstausend Dollar«, sagte sie.

»Über sechstausend bei der letzten Zählung«, betonte Jake. »Und das Geld liegt in irgendeiner Bank, während Carl Lee im Gefängnis sitzt. Gwen hat keine Arbeit; Rechnungen müssen bezahlt werden; Freunde bringen die wenigen Lebensmittel; die Hypothek könnte von einem Tag zum anderen gekündigt werden. Nun, Bischof, bitte erklären Sie uns, wofür die Spenden verwendet werden sollen.«

Agee lächelte und antwortete mit öliger Stimme: »Das geht Sie nichts an.«

»Aber es geht mich etwas an!« stieß Gwen laut hervor. »Sie haben meinen Namen und den meiner Familie benutzt, als Sie das Geld sammelten, nicht wahr, Bischof? Ich habe es selbst gehört. Vor der Gemeinde behaupteten Sie, die sogenannte ›Opfergabe der Liebe‹ sei für meine Familie bestimmt. Ich dachte, Sie hätten das Geld für Anwaltskosten oder dergleichen ausgegeben, aber jetzt erfahre ich, daß es in einer Bank liegt. Vermutlich wollen Sie es für sich behalten!«

Agee blieb ungerührt. »Immer mit der Ruhe, Gwen. Wir waren der Ansicht, es sei besser, die Summe für Carl Lees Verteidigung auszugeben. Doch er lehnte es ab, sich von den NAACP-Anwälten vertreten zu lassen. Daraufhin fragte ich Mr. Reinfeld, was mit dem Geld geschehen solle. Er riet mir, es in der Bank zu lassen, weil Carl Lee es sicher für das Berufungsverfahren braucht.«

Jake neigte den Kopf zur Seite und biß die Zähne zusammen. Alles in ihm drängte danach, diesen eingebildeten Narren scharf zurechtzuweisen, aber wahrscheinlich wußte er gar nicht, was er sagte. Brigance preßte die Lippen zusammen und schwieg.

»Ich verstehe nicht«, erwiderte Gwen.

»Es ist ganz einfach.« Der Bischof lächelte erneut. »Mr. Reinfeld glaubt, daß Ihr Mann verurteilt wird, weil er sich weigerte, ihn mit der Verteidigung zu beauftragen. Anschließend steht ein Berufungsverfahren bevor, oder? Nachdem Jake den Prozeß verloren hat, hält Carl Lee natürlich nach einem anderen Anwalt Ausschau, der ihn vor dem Tod bewahrt. Dann benötigen wir Reinfeld und das Geld. Um zu verhindern, daß Carl Lee in der Gaskammer endet. Sie sehen also: Es ist nach wie vor für ihn bestimmt.«

Jake schüttelte den Kopf und fluchte stumm. Er verfluchte Reinfeld mehr als Agee.

Es blitzte in Gwens Augen, und sie ballte die Fäuste. »Ich verstehe nichts davon, und ich will es auch gar nicht verstehen. Ich weiß nur eines: Ich habe es satt, um Lebensmittel zu betteln und von anderen Leuten abhängig zu sein. Ich habe es satt, mich dauernd davor zu fürchten, das Haus zu verlieren.«

Agee maß sie mit einem kummervollen Blick. »Es tut mir sehr leid, Gwen, aber ...«

»Es ist falsch, uns das Spendengeld vorzuenthalten. Wir sind vernünftig genug, es für den richtigen Zweck auszugeben.«

Carl Lee jr. und Jarvis standen neben ihrer Mutter und trösteten sie. Beide Jungen starrten Agee finster an.

»Es ist für Carl Lee«, wiederholte der Bischof.

»Gut«, sagte Jake. »Haben Sie Carl Lee gefragt, wozu das Geld seiner Meinung nach verwendet werden sollte?«

Das hochmütige Lächeln verschwand aus Agees Gesicht. Er rutschte im Sessel hin und her. »Er hat Vertrauen zu uns«, entgegnete er, doch es klang nicht sehr überzeugend.

»Danke. Das ist keine Antwort. Haben Sie Carl Lee gefragt, wozu das Geld seiner Meinung nach verwendet werden sollte?«

»Ich glaube, man hat darüber mit ihm gesprochen«, log Agee.

»Ach, tatsächlich?« Jake stand auf und ging zur Tür des kleinen Arbeitszimmers neben dem Konferenzraum. Der Bischof beobachtete ihn nervös und schien der Panik nahe zu sein, als Brigance die Tür öffnete und jemandem zunickte. Carl Lee und Ozzie schlenderten herein. Die Kinder jauchzten und liefen zu ihrem Vater. Agee wirkte betroffen und bestürzt.

Nach Dutzenden von Umarmungen und Küssen holte Jake zum entscheidenden Schlag aus. »Nun, Bischof, jetzt bietet sich Ihnen eine gute Gelegenheit, Carl Lee zu fragen, wie die sechstausend Dollar ausgegeben werden sollten.«

»Sie gehören nicht unbedingt ihm«, sagte Agee.

»Und sie gehören nicht unbedingt Ihnen«, erwiderte Ozzie.

Carl Lee schob Tonya sanft von seinem Knie herunter und schritt zu Agee. Er setzte sich auf die Tischkante, musterte den Bischof und schien bereit zu sein, ihn zu packen. »Ich möchte mich ganz einfach ausdrücken, so daß Sie mich richtig verstehen. Sie haben das Geld in meinem Namen gesammelt, für meine Familie. Sie bekamen es von den Schwarzen in dieser County, und Sie nahmen es mit dem Versprechen, mir und meiner Familie zu helfen. Aber Sie haben gelogen. Sie sammelten es, um die NAACP zu beeindrucken. Es ging ihnen gar nicht darum, meiner Familie zu helfen. Sie haben in der Kirche gelogen, in den Zeitungen, überall!«

Agee blickte sich im Zimmer um und stellte fest, daß ihn alle Anwesenden – auch die Kinder – ansahen und langsam nickten.

Carl Lee stützte den Fuß auf Agees Sessel und beugte sich vor. »Wenn Sie uns das Geld nicht geben, sage ich allen Schwarzen, daß Sie ein verdammter Lügner sind. Ich gehöre zu Ihrer Kirche und rufe alle anderen Gemeindemitglieder an, um ihnen mitzuteilen, daß wir keinen Cent bekommen haben. Anschließend bringt Ihnen die Kollekte am Sonntagmorgen keine zwei Dollar mehr ein. Dann müssen Sie sich von Ihrem teuren Cadillac und den teuren Anzügen verabschieden. Vielleicht verlieren Sie sogar die Kirche, denn ich werde alle auffordern, nicht mehr Ihren Gottesdienst zu besuchen.«

»Sind Sie fertig?« frage Agee. »Wenn das der Fall ist, möchte ich Ihnen sagen, daß ich mich verletzt fühle. Ich bedaure sehr, daß Sie und Gwen auf diese Weise empfinden.«

»So empfinden wir nun einmal, und es ist mir völlig gleich, ob Sie sich verletzt fühlen.«

Ozzie trat vor. »Ich stimme Carl Lee und Gwen zu, Bischof Agee. Sie haben sich falsch verhalten, und das wissen Sie auch.«

»Es tut weh, so etwas von Ihnen zu hören, Ozzie. Ja, es tut sehr weh.«

»Ich will Ihnen etwas sagen, das noch viel schmerzlicher für Sie sein dürfte. Nächsten Sonntag werden Carl Lee und ich in Ihrer Kirche sein. Ich schmuggle ihn aus dem Gefängnis, und anschließend fahren wir ein wenig durch die Gegend. Wenn Sie mit der Predigt beginnen, kommen wir herein und gehen zur Kanzel. Wenn Sie sich mir in den Weg stellen, verpasse ich Ihnen Handschellen. Carl Lee hält die Predigt. Er teilt der Gemeinde mit, daß die großzügigen Spenden der Gemeinde noch immer in Ihrer Tasche stekken, daß Gwen und die Kinder ihr Haus verlieren, weil Sie versuchen, bei der NAACP Eindruck zu schinden. Er entlarvt Sie als Lügner. Vielleicht spricht er eine Stunde lang, und dann richte ich einige Worte an die Zuhörer. Ich weise darauf hin, daß Sie ein verlogener, schäbiger Nigger sind. Ich erzähle den Leuten, daß Sie damals in Memphis einen gestohlenen Lincoln für hundert Dollar gekauft haben, wofür man Sie fast vor Gericht gestellt hätte. Ich erzähle ihnen, daß Sie im Leichenschauhaus die Brieftaschen der Toten erleichtern. Ich erzähle ihnen, daß man vor zwei Jahren in Jackson Anklage wegen Unterschlagung gegen Sie erhob; nur mein Eingreifen verhinderte einen Prozeß. Ich erzähle ihnen auch ...«

»Nein, sagen Sie es nicht, Ozzie«, stöhnte Agee.

»Ich verrate der Gemeinde ein kleines, schmutziges Geheimnis, das nur Sie, ich und eine gewisse Prostituierte kennen.«

»Wann wollen Sie das Geld?«

»Wann können Sie es uns zur Verfügung stellen?« fragte Carl Lee.

»Praktisch sofort.«

Jake und Ozzie überließen die Haileys sich selbst und gingen nach oben ins große Büro, wo Ellen in Rechtsbüchern blätterte.

Brigance stellte den Sheriff seiner Assistentin vor, und sie nahmen am langen Schreibtisch Platz.

»Wie geht es meinen nächtlichen Besuchern?« erkundigte sich Jake.

»Meinen Sie die Jungs mit dem Dynamit? Erholen sich gut. Sie bleiben im Krankenhaus, bis der Prozeß vorbei ist. Wir haben ein Schloß an der Tür angebracht, und ein Deputy hält im Flur Wache. Die Typen können nicht entwischen.«

»Und der Bombenleger?«

»Keine Ahnung. Die Fingerabdrücke werden noch untersucht. Vielleicht kann er nicht einmal damit identifiziert werden. Verweigert nach wie vor die Aussage.«

»Der andere Bursche ist von hier, nicht wahr?« fragte Ellen.

»Ja. Ein gewisser Terrell Grist. Er will mich verklagen, weil er bei der Verhaftung verletzt wurde. Können Sie sich das vorstellen?«

»Es wundert mich, daß die Sache nicht bekannt geworden ist«, murmelte Jake.

»Mich auch. Nun, Grist und Mr. X reden natürlich nicht darüber. Meine Leute schweigen. Damit bleiben Sie und Ihre Assistentin übrig.«

»Und Lucien. Aber von mir hat er nichts erfahren.«

»Er weiß Bescheid?«

»Ja.«

»Erstaunlich.«

»Wann wenden Sie sich an den Richter, um das Verfahren gegen die beiden Kerle einzuleiten?«

»Nach dem Prozeß bringen wir sie ins Gefängnis und beginnen mit dem Papierkram. Es liegt ganz bei uns.«

»Wie geht's Bud?« fragte Jake.

»Heute morgen bin ich bei Grist und seinem Kumpel gewesen. Ich habe die Gelegenheit genutzt, mit Ethel zu sprechen. Der Zustand ihres Mannes ist noch immer kritisch.«

»Wer hat ihn zusammengeschlagen?«

»Vermutlich der Klan. Weiße Kutten, Kapuzen und so weiter. Es paßt alles zusammen. Erst das brennende Kreuz in Ihrem Garten, dann das Dynamit, und jetzt Bud. Außerdem die anonymen Anrufe. Ich bin sicher, die Kluxer stekken dahinter. Und wir haben einen Informanten.«

»*Was?*«

»Im Ernst: Wir haben einen Informanten«, wiederholte Ozzie. »Nennt sich Mickymaus. Am Sonntag hat er mich zu Hause angerufen und mir gesagt, daß Sie Ihr Leben ihm verdanken. Bezeichnete Sie als ›Anwalt des Niggers‹ und wies darauf hin, daß in Ford County eine KKK-Ortsgruppe gegründet worden ist.«

»Wer gehört zu ihr?«

»Er hielt sich nicht mit Einzelheiten auf. Er meinte, er riefe nur dann an, wenn jemand verletzt werden könnte.«

»Nett. Dürfen wir ihm vertrauen?«

»Er hat Ihnen das Leben gerettet.«

»Ja, stimmt. Ist er ein Kluxer?«

»Darüber schwieg er sich aus. Am Donnerstag soll eine Demonstration stattfinden.«

»Der Klan will demonstrieren?«

»Ja. Die NAACP versammelt sich morgen vor dem Gerichtsgebäude, und dann marschieren die Schwarzen. Für den Donnerstag hat der Klan eine friedliche Demonstration angekündigt.«

»Wie viele Leute nehmen daran teil?«

»Darüber gab Mickymaus leider nicht Auskunft. Wie ich schon sagte: Er nannte keine Einzelheiten.«

»Der Klan demonstriert in Clanton? Ich kann es kaum glauben.«

»Probleme kündigen sich an«, kommentierte Ellen.

»Jede Menge Probleme«, bestätigte Ozzie. »Ich habe den

Gouverneur gebeten, die Highway Patrol in Bereitschaft zu halten. Uns könnte eine ziemlich hektische Woche bevorstehen.«

»Und Noose will den Fall hier in dieser Stadt verhandeln.« Jake schüttelte fassungslos den Kopf.

»Der Prozeß ist viel zu wichtig, um ihn woanders stattfinden zu lassen. Ganz gleich, wo Carl Lee vor Gericht gestellt wird: Es würde überall zu Protestmärschen und Demonstrationen des Klans kommen.«

»Vielleicht haben Sie recht. Was ist mit Ihrer Kopie der Geschworenenliste?«

»Ich gebe sie Ihnen morgen zurück.«

Nach dem Abendessen am Dienstag saß Joe Frank Perryman auf der Veranda, las Zeitung, kaute Redman und spuckte durch ein Loch im hölzernen Boden – das übliche Ritual. Lela wusch das Geschirr ab. Später würde sie eine Karaffe mit Eistee vorbereiten und sich zu ihm setzen, und dann sprachen sie über Ernte, Enkelkinder und die Hitze. Sie wohnten außerhalb von Karaway auf achtzig Morgen gut kultiviertem Ackerland, das Joe Franks Vater während der Weltwirtschaftskrise irgendwie in seinen Besitz gebracht hatte. Sie führten ein zurückgezogenes Leben und galten als hart arbeitende Christen.

Nachdem Perryman einige Male durchs Loch gespuckt hatte, bog ein Pickup vom Highway ab und rollte über die lange Kieszufahrt. Der Wagen hielt neben dem Rasen an, und ein Bekannter stieg aus: Will Tierce, früher Vorsitzender des Kreisverwaltungsvorstands von Ford County. Will hatte dieses Amt vierundzwanzig Jahre lang ausgeübt und wurde sechsmal hintereinander wiedergewählt, doch bei den letzten Wahlen fehlten ihm sieben Stimmen. Die Perrymans hatten Tierce immer unterstützt, weil er ihnen gelegentlich Kies brachte oder sich um den Abwasserkanal an der Zufahrt kümmerte.

»Guten Abend, Will«, sagte Joe Frank, als der ehemalige Vorsitzende über den Rasen ging und die Treppe hochstieg.

»Guten Abend.« Sie schüttelten sich die Hände und saßen auf der Veranda.

»Geben Sie mir ein Stück zum Kauen?« fragte Tierce.

»Klar. Was führt Sie hierher?«

»Kam nur vorbei, dachte an Lelas Eistee und wurde durstig. Wir haben uns schon seit einer ganzen Weile nicht mehr gesehen.«

Sie plauderten, kauten, spuckten und tranken Eistee, bis das letzte Licht des Tages der Nacht wich und Moskitos schwirrten. Ihre Gespräche drehten sich in erster Linie um die Dürre, und Joe Frank meinte, so schlimm sei es seit zehn Jahren nicht mehr gewesen. Nach der dritten Woche im Juni war kein einziger Tropfen Regen mehr gefallen. Wenn es so weiterging, konnte er die Baumwollernte vergessen. Die Bohnen hielten vielleicht durch, doch er machte sich große Sorgen, was die Baumwolle betraf.

»Übrigens, Joe Frank: Wie ich hörte, haben Sie eine Geschworenenvorladung für den Prozeß in der nächsten Woche erhalten.«

»Leider ja. Woher wissen Sie das?«

»Keine Ahnung. Hab's irgendwo aufgeschnappt.«

»Es überrascht mich, daß es schon bekanntgeworden ist.«

»Nun, wahrscheinlich habe ich es heute in Clanton gehört. Ich hatte im Gericht zu tun. Ja, dort sprach man darüber. Es handelt sich um den Nigger-Prozeß.«

»Dachte ich mir.«

»Was halten Sie davon, daß der Nigger einfach so zwei Männer erschoß?«

»Ich kann ihm deshalb keinen Vorwurf machen«, sagte Lela.

»Ja, aber man darf das Gesetz nicht selbst in die Hand nehmen«, wandte sich Joe Frank an seine Frau. »Es ist die Aufgabe der Justiz, für Gerechtigkeit zu sorgen.«

»Mich beunruhigt vor allen Dingen der Unsinn über Unzurechnungsfähigkeit«, sagte Tierce. »Die Verteidigung behauptet bestimmt, daß der Nigger übergeschnappt war; auf diese Weise will sie einen Freispruch erreichen. Wie bei dem Mistkerl, der auf Reagan schoß. Ich finde das nicht richtig.

Außerdem ist es eine Lüge. Der Nigger hat geplant, die Jungs umzulegen; er versteckte sich und wartete auf sie. Es war kaltblütiger Mord.«

»Und wenn man Ihre Tochter vergewaltigt hätte, Will?« fragte Lela.

»Ich würde es dem Gericht überlassen, den Burschen zu verurteilen. Wenn wir hier einen Vergewaltiger erwischen, insbesondere einen Nigger, so sperren wir ihn ein. In Parchman wimmelt's von Vergewaltigern, die den Rest ihres Lebens hinter Gittern verbringen. Wir sind hier nicht in New York oder Kalifornien, wo Verbrecher freigelassen werden. Unsere Justiz funktioniert, und der alte Richter Noose verhängt harte Strafen. Die Gerichte müssen sich um so etwas kümmern. Die hiesige Justiz gerät aus den Fugen, wenn wir erlauben, daß irgendwelche Leute – vor allem Nigger – das Gesetz selbst in die Hand nehmen. Eine derartige Vorstellung entsetzt mich. Angenommen, der Nigger wird für nicht schuldig befunden und verläßt den Gerichtssaal als freier Mann. Das ganze Land erfährt davon, und alle Schwarzen flippen aus. Wenn jemand einem Nigger auf den Fuß tritt, schnappt er sich eine Waffe, ballert los und behauptet später, er sei unzurechnungsfähig gewesen. Das ist so gefährlich an diesem Fall.«

Joe Frank nickte. »Man muß die Nigger unter Kontrolle halten.«

»Ganz meine Meinung. Wenn Hailey freigesprochen wird, sind wir nicht mehr sicher. Dann trägt jeder Nigger in der County eine Waffe und hat den Finger am Abzug.«

»Darüber habe ich noch nicht nachgedacht«, gestand Joe Frank ein.

»Ich hoffe, Sie treffen die richtige Entscheidung, wenn Sie zur Jury gehören. Wir brauchen vernünftige Leute auf der Geschworenenbank.«

»Warum habe ausgerechnet ich eine Vorladung bekommen?«

»Soweit ich weiß, sind insgesamt hundertfünfzig ausgestellt worden. Man rechnet damit, daß am Montagmorgen etwa hundert mögliche Geschworene im Gerichtssaal erscheinen.«

»Und die Chancen, daß man mich für die Jury auswählt?«

»Eins zu hundert«, sagte Lela.

»Das klingt schon besser. Ich muß mein Land bestellen und habe keine Zeit für irgendwelche Prozesse.«

»Wir benötigen Sie in der Jury«, betonte Tierce noch einmal.

Einige Minuten lang sprachen sie dann noch über Kommunalpolitik und kritisierten den neuen Vorsitzenden des Kreisverwaltungsvorstands, weil er die Straßen vernachlässigte. Dunkelheit bedeutete für die Perrymans, daß es Zeit wurde, ins Bett zu gehen. Tierce verabschiedete sich und fuhr nach Hause. Dort saß er mit einer Tasse Kaffee am Küchentisch und betrachtete die Geschworenenliste. Sein Freund Rufus konnte stolz auf ihn sein. Auf Wills Liste waren sechs Namen markiert. Er hatte die betreffenden Personen besucht und wußte, daß sie gute Jurymitglieder sein würden; Rufus durfte sich auf ihre Bereitschaft verlassen, für Recht und Ordnung in Ford County einzutreten. Zwei von ihnen waren ihm zunächst mit kühler Ablehnung begegnet, aber Tierce hatte ihnen die Aufgaben der Justiz erklärt, und daraufhin waren sie bereit gewesen, den Angeklagten zu verurteilen.

Ja, Rufus konnte stolz auf ihn sein. Und er hatte versprochen, daß Wills Neffe Jason Tierce nicht befürchten mußte, wegen Drogenhandel vor Gericht gestellt zu werden.

Jake schnitt ein Stück vom fettigen Schweinekotelett ab, schob es sich zusammen mit schwarzen Bohnen in den Mund und beobachtete, wie die auf der anderen Seite sitzende Ellen seinem Beispiel folgte. Lucien hatte am anderen Ende des Tisches Platz genommen, ignorierte das Essen, nippte an seinem Whisky, blätterte die Geschworenenliste durch und kommentierte ihm bekannte Namen. Er war betrunkener als sonst. Die meisten Namen sagten ihm nichts, aber er kommentierte sie trotzdem. Ellen schmunzelte amüsiert und zwinkerte ihrem Chef mehrmals zu.

Schließlich ließ Lucien die Liste fallen und stieß die Gabel vom Teller.

»Sallie!« rief er.

»Wissen Sie, wie viele Bürgerrechtler es hier in Ford County gibt?« wandte er sich an Ellen.

»Mindestens achtzig Prozent der Bevölkerung«, sagte sie.

»Nur eines.« Lucien richtete den Zeigefinger auf sich selbst. »Ich bin das erste Mitglied in der Geschichte dieser County, und wahrscheinlich werde ich auch das letzte sein. Die Einheimischen sind Narren, Row Ark. Sie wissen die Bürgerrechte überhaupt nicht zu schätzen. Es handelt sich ausnahmslos um rechte Konservative, um republikanische Fanatiker wie zum Beispiel Jake.«

»Das stimmt nicht«, verteidigte sich Brigance. »Mindestens einmal pro Woche esse ich bei Claude.«

»Und dadurch werden Sie zu einem Progressiven?« fragte Lucien.

»Nein. Zu einem Radikalen.«

»Ich halte Sie trotzdem für einen Republikaner.«

»Hören Sie, Lucien – Sie können über meine Frau sprechen, über meine Mutter oder meine Vorfahren. Aber bezeichnen Sie mich nicht als Republikaner.«

»Sie sehen wie ein Republikaner aus«, ließ sich Ellen vernehmen.

»Sieht er wie ein Demokrat aus?« Jake deutete auf Lucien.

»Natürlich. Ich wußte sofort, daß er Demokrat ist. Ein Blick genügte mir.«

»Dann bin ich tatsächlich Republikaner.«

»Na bitte!« triumphierte Lucien. Er ließ sein Glas fallen, und es zersplitterte auf dem Boden.

»Sallie!« Und: »Row Ark, raten Sie mal, wer der dritte Weiße in Mississippi war, der die NAACP-Mitgliedschaft beantragte.«

»Rufus Buckley«, brummte Jake.

»Ich. Lucien Wilbanks. Trat dem Verein 1967 bei. Die Weißen glaubten, ich hätte den Verstand verloren.«

»Na so was«, spottete Jake.

»Die Schwarzen – beziehungsweise Neger, wie wir sie damals genannt haben – hielten mich ebenfalls für übergeschnappt. Himmel, damals glaubten alle, ich sei reif für die Klapsmühle.«

»Haben die Leute jemals ihre Meinung geändert?« fragte Jake.

»Seien Sie still, Republikaner. Row Ark, wie wär's, wenn Sie sich in Clanton niederließen? Dann eröffnen wir eine Anwaltspraxis und verhandeln Fälle, die uns interessieren. Bringen Sie Ihren Vater mit; wir machen ihn zu unserem Seniorpartner.«

»Warum ziehen Sie nicht nach Boston um?« schlug Jake vor.

»Warum scheren Sie sich nicht zum Teufel?«

»Und wie nennen wir unsere Kanzlei?« erkundigte sich Ellen.

»Irrenhaus«, sagte Brigance.

»Wilbanks, Row und Ark. Rechtsanwälte.«

»Allerdings ohne Lizenz«, warf Jake ein.

Luciens Lider schienen jeweils mehrere Pfund zu wiegen, und sein Kopf kippte immer wieder nach vorn. Er schlug Sallie auf den Po, als sie sich bückte, um die Reste des zerbrochenen Glases aufzuheben.

»Das war gemein, Jake«, sagte er ernst.

Brigance versuchte, Luciens Tonfall nachzuahmen. »Row Ark, raten Sie mal, wer als letzter hiesiger Anwalt vom obersten Gericht in Mississippi aus der Advokatur ausgestoßen wurde?«

Ellen sah beide Männer an, lächelte und verzichtete auf eine Antwort.

»Row Ark«, sagte Lucien laut, »raten Sie mal, wer als letzter hiesiger Anwalt aus seinem Büro vertrieben wurde?« Er lachte schallend und schüttelte sich. Jake zwinkerte seiner Assistentin zu.

Nach einer Weile beruhigte sich Wilbanks wieder. »Worum geht es beim Treffen morgen abend?«

»Ich möchte die Geschworenenliste mit Ihnen und einigen anderen durchgehen.«

»Wer nimmt außer uns an der Besprechung teil?«

»Harry Rex, Atcavage und vielleicht noch jemand anders.«

»Und wo findet sie statt?«

»Um acht Uhr in meiner Praxis. Ohne Alkohol.«

»Es ist mein Büro, und ich bringe eine Kiste Whisky mit, wenn ich will. Mein Großvater baute das Haus, erinnern Sie sich?«

»Wie könnte ich es vergessen?«

»Lassen Sie uns zusammen trinken, Row Ark.«

»Nein, danke, Lucien. Es war ein leckeres Essen, und es gefällt mir hier bei Ihnen, aber ich muß jetzt nach Oxford zurück.«

Sie standen auf, und Ellen verließ das Haus. Jake lehnte die übliche Einladung ab, mit Wilbanks auf der Veranda zu sitzen, und zog sich statt dessen in sein Zimmer zurück. Er hatte Carla versprochen, nicht zu Hause zu schlafen, telefonierte mit ihr und erfuhr, daß es Frau und Tochter gut ging. Sie waren nur besorgt. Jake erzählte nichts von Bud Twitty.

29

Gegen dreizehn Uhr am Mittwoch rollte ein Konvoi aus umgebauten Bussen durch Clanton. Es waren insgesamt einunddreißig – weiß, rot, grün, schwarz oder mit vielen Kombinationen dieser Farben lackiert; unter den Fenstern zeigten sich die Namen verschiedener Kirchen. Ältere Schwarze saßen darin und versuchten vergeblich, sich mit Papierfächern und Taschentüchern vor der drückenden Hitze zu schützen. Dreimal fuhren die Busse ums Gerichtsgebäude und hielten dann am Postamt. Einunddreißig Türen öffneten sich, und die Insassen stiegen hastig aus. Sie stapften zu einem Podium auf dem Gerichtsrasen, wo Bischof Ollie Agee Anweisungen rief und blauweiße Schilder mit der Aufschrift FREIHEIT FÜR CARL LEE verteilte.

In den zum Platz führenden Straßen entstanden Staus, als aus allen Richtungen Autos kamen. Hunderte von Fahrern hupten zunächst, ließen ihre Wagen schließlich einfach stehen und setzten den Weg zu Fuß fort. Sie drängten zum Podium, nahmen Schilder in Empfang, wanderten im Schatten der Eichen und Magnolien umher und begrüßten Freunde. Weitere Kirchenbusse trafen ein, doch aufgrund der Staus konnten sie nicht die andere Seite des Platzes erreichen. Ihre Türen glitten vor dem Café auf.

Zum erstenmal in diesem Jahr stieg die Temperatur auf fast vierzig Grad. Ein wolkenloser Himmel wölbte sich über Clanton, und es wehte kein Wind, um Hitze und Schwüle ein wenig zu lindern. Selbst im Schatten dauerte es nur fünfzehn Minuten, bis jedem das Hemd am schweißfeuchten Rücken festklebte. Im Sonnenschein reduzierte sich diese Zeit auf fünf Minuten. Einige der schwächeren alten Männer und Frauen suchten im Gerichtsgebäude Zuflucht.

Die Menge schwoll an. Die meisten Demonstranten waren fünfzig, sechzig oder noch älter, aber nun kamen auch jüngere Leute, militante, zornig wirkende Schwarze. Sie hatten die Bürgerrechtsmärsche in den sechziger Jahren verpaßt und witterten nun eine Chance, zu schreien, zu protestieren, ›We Shall Overcome‹ zu singen und darauf hinzuweisen, als Schwarze in einer weißen Welt unterdrückt zu werden. Sie schlenderten umher und warteten darauf, daß jemand mit dem Protest begann. Nach einer Weile traten drei Studenten zur Treppe vor dem Gerichtsgebäude, hoben ihre Schilder und riefen: »Freiheit für Carl Lee! Freiheit für Carl Lee!«

Sofort wiederholte die Menge den Schlachtruf:

»Freiheit für Carl Lee!«

»Freiheit für Carl Lee!«

»Freiheit für Carl Lee!«

Die Demonstranten verließen den Schatten der Bäume und näherten sich wieder dem Podium mit den Lautsprechern. Ihre Rufe galten keinem bestimmten Ziel, doch in einem perfekten Chor wiederholten sie:

»Freiheit für Carl Lee!«

»Freiheit für Carl Lee!«

Die Fenster des Gerichtsgebäudes öffneten sich; Angestellte und Sekretärinnen blickten verblüfft nach draußen. Der Lärm reichte mehrere Blocks weiter, und die kleinen Geschäfte und Büros am Platz leerten sich. Ladeninhaber und Kunden traten auf die Bürgersteige und beobachteten das Geschehen mit einer Mischung aus Erstaunen und Verwirrung. Die Demonstranten bemerkten das Publikum, und seine Gegenwart verlieh ihnen noch mehr Enthusiasmus. Ihre Stimmen wurden lauter. Der Aufruhr weckte auch die Aufmerksamkeit der wartenden Pressegeier. Ausgerüstet mit Mikrofonen und Kameras eilten sie über den Rasen.

Ozzie und seine Leute regelten den Verkehr, bis der Highway und die Nebenstraßen hoffnungslos verstopft waren. Sie blieben präsent, obgleich nichts auf die Notwendigkeit eines Eingreifens hindeutete.

Agee und alle Ganztags-, Teilzeit-, pensionierten und angehenden schwarzen Prediger aus drei Countys stolzierten durch die Menge der Schreienden zum Podium. Ihr Anblick brachte die Versammelten erst richtig auf Trab. Sprechchöre hallten über den Platz, durch die Nebenstraßen zu den Wohnvierteln, bis hin zu den ersten Farmen außerhalb der Stadt. Zweitausend Schwarze winkten mit ihren Schildern und brüllten sich die Lungen aus dem Leib. Agee brüllte mit den anderen. Er tanzte übers Podium. Er klatschte in die Hände, ebenso wie die übrigen Priester. Er leitete die rhythmischen Stimmen wie ein Dirigent und fügte dem Spektakel einen weiteren spektakulären Aspekt hinzu.

»Freiheit für Carl Lee!«

»Freiheit für Carl Lee!«

Fünfzehn Minuten lang feuerte Agee die Menge an, verwandelte sie in einen wütenden Mob. Dann hörten seine erfahrenen Ohren die ersten Anzeichen von Ermüdung; er griff nach dem Mikrofon und bat um Ruhe. Die keuchenden, schwitzenden Demonstranten riefen noch einige Sekunden lang, und dann breitete sich Stille aus. Agee forderte sie auf, vor dem Podium etwas Platz zu lassen, damit die Journalisten dort ihre Arbeit erledigen konnten. Er kündigte ein gemeinsames Gebet an und sofort veranstaltete Reverend Roossevelt eine wortgewaltige Fiesta, die vielen Anwesenden Tränen in die Augen trieb.

Nachdem er das Marathon-Gebet mit einem erlösenden ›Amen‹ beendet hatte, trat eine enorm dicke Schwarze mit funkelnder roter Perücke an die Mikrofone, klappte ihren gewaltigen Mund auf und sang mit dunkler, volltönender Stimme die erste Strophe von ›We Shall Overcome‹. Die hinter ihr stehenden Prediger falteten sofort die Hände und schwankten im Takt. Spontaneität erfaßte die Menge, und zweitausend Kehlen sangen ebenfalls. Es klang überraschend harmonisch. Überall in der Stadt hörte man das traurige Lied.

Als die Stille zurückkehrte, rief jemand ›Freiheit für Carl Lee!‹ und löste damit neue Sprechchöre aus. Agee ließ die Menge einige Minuten lang gewähren, bevor er wieder das Mikrofon nahm, einen Zettel aus der Tasche zog und mit seiner Predigt begann.

Lucien verspätete sich und kam halb betrunken – Jake hatte es nicht anders erwartet. Er brachte eine Flasche mit und bot Brigance, Harry Rex und Atcavage zu trinken an, doch sie lehnten ab.

»Es ist Viertel vor neun, Lucien«, sagte Jake. »Wir warten seit fast einer Stunde auf Sie.«

»Bezahlt man mich für die Teilnahme an der Besprechung?« erwiderte Wilbanks.

»Nein. Aber wir haben Sie gebeten, um Punkt acht hier zu sein.«

»Außerdem meinten Sie, Alkohol sei hier verboten. Woraufhin ich Sie daran erinnerte, daß mein Großvater dieses Haus gebaut hat. Sie sind nicht der Eigentümer dieses Büros. Sie haben es nur gemietet, für einen Spottpreis, wenn ich das hinzufügen darf. Ich komme und gehe, wie es mir gefällt. Mit oder ohne Whisky.«

»Schon gut. Ich hoffe, Sie ...«

»Was machen die Schwarzen dort draußen? Warum marschieren sie im Dunkeln ums Gerichtsgebäude?«

»Man bezeichnet so etwas als Nachtwache«, erklärte Harry Rex. »Sie haben geschworen, mit Kerzen ums Gerichtsgebäude zu wandern, bis Carl Lee auf freien Fuß gesetzt wird.«

»Das könnte eine verdammt lange Nachtwache werden. Ich meine, vielleicht müssen die armen Kerle marschieren, bis sie tot umfallen. Ich meine, vielleicht dauert ihre Nachtwache zwölf oder fünfzehn Jahre. Vermutlich ein neuer Rekord. Zum Schluß reicht ihnen das Kerzenwachs bestimmt bis zum Hintern. Guten Abend, Row Ark.«

Ellen saß am Rollschreibtisch, unter dem Bild von William Faulkner. Sie betrachtete eine mit vielen Anmerkungen versehene Kopie der Geschworenenliste, hob den Kopf, sah Lucien an und lächelte.

»Ich habe großen Respekt vor Ihnen, Row Ark«, sagte Wilbanks. »Ich halte Sie für gleichberechtigt. Ich glaube an Ihr Recht, gleichen Lohn für gleiche Arbeit zu empfangen. Ich glaube an Ihr Recht, eine Schwangerschaft zu unterbrechen, wenn Sie kein Kind zur Welt bringen wollen, Ja, ich glaube an all diesen Unsinn. Wirklich. Sie sind eine Frau und haben es nicht nötig, aufgrund Ihres Geschlechts Privilegien zu beanspruchen. Man sollte Sie so behandeln wie einen Mann.« Lucien griff in die Tasche und holte einige Geldscheine hervor. »Da Sie hier als Assistentin arbeiten und in meinen Augen ein Neutrum sind, schlage ich vor, Sie gehen jetzt los und kaufen Coors.«

»Nein«, sagte Jake.

»Klappe halten.«

Ellen stand auf und nickte Lucien zu. »Meinetwegen. Aber ich bezahle.«

Sie verließ das Büro.

Jake schüttelte den Kopf und warf Lucien einen verärgerten Blick zu. »Es könnte ein langer Abend werden.«

Harry Rex überlegte es sich anders und schüttete Whisky in seine Kaffeetasse.

»Bitte trinken Sie nicht zuviel von dem Zeug«, stöhnte Jake. »Wir müssen arbeiten.«

»Ich arbeite besser, wenn ich betrunken bin«, meinte Lucien.

»Ich auch«, pflichtete ihm Harry Rex bei.

»Das könnte interessant werden«, sagte Atcavage.

Jake legte die Füße auf den Schreibtisch und paffte an seiner Zigarre. »Na schön. Entscheiden wir zuerst über den besten denkbaren Geschworenen.«

»Schwarz«, brummte Lucien.

»So schwarz wie möglich«, bestätigte Harry Rex.

»Finde ich auch«, sagte Jake. »Aber ich fürchte, dazu bekommen wir keine Chance. Buckley wird sein Einspruchsrecht bei den Schwarzen nutzen. Das wissen wir. Deshalb müssen wir uns auf die Weißen konzentrieren.«

»Frauen«, meinte Lucien. »Mit Frauen liegt man bei Strafprozessen nie verkehrt. Sie haben mehr Mitgefühl, mehr Verständnis. Wählen Sie Frauen.«

»Nein«, widersprach Harry Rex. »Nicht in diesem Fall. Frauen kapieren nicht, warum sich jemand eine Waffe schnappt und damit Leute umnietet. Sie brauchen Väter, junge Väter, die sich ebenso verhalten würden wie Hailey. Väter von kleinen Mädchen.«

»Seit wann sind Sie ein Experte für die Auswahl von Geschworenen?« fragte Lucien. »Ich habe Sie immer für einen hinterhältigen Scheidungsanwalt gehalten.«

»Ich bin ein hinterhältiger Scheidungsanwalt, aber ich weiß auch, wie man eine gute Jury zusammenstellt.«

»Darüber hinaus verstehen Sie sich darauf, ihre Beratungen zu belauschen.«

»Und wenn schon.«

Jake hob die Arme. »Ich bitte Sie. Zur Sache. Was ist mit Victor Onzell? Kennen Sie ihn, Stan?«

»Ja. Er hat ein Konto bei uns. Etwa vierzig, verheiratet, drei oder vier Kinder. Weiß. Kommt aus dem Norden. Ihm gehört die Raststätte am Highway; seine Gäste sind überwiegend Lastwagenfahrer. Wohnt seit etwa fünf Jahren bei uns.«

»Kein guter Geschworener«, sagte Lucien. »Wenn er aus dem Norden kommt, denkt er nicht wie wir. Wahrscheinlich ist er für starke Beschränkungen des freien Schußwaffenverkaufs und dergleichen. Ich mag keine Yankees bei Strafprozessen. Wir sollten hier in Mississippi ein Gesetz verabschieden, das es Yankees verbietet, auf der Geschworenenbank zu sitzen – ganz gleich, wie lange sie schon bei uns wohnen.«

»Herzlichen Dank«, entgegnete Jake.

»Ich würde ihn nehmen«, schlug Harry Rex vor.

»Warum?«

»Weil er Kinder hat, wahrscheinlich auch eine Tochter. Und wenn er aus dem Norden stammt, hat er weniger Vorurteile. Meiner Ansicht nach gibt es nichts an ihm auszusetzen.«

»John Tate Aston.«

»Er ist tot«, sagte Lucien.

»Was?«

»Er ist tot. Schon seit drei Jahren.«

»Warum steht er dann auf der Liste?« fragte der Nicht-Anwalt Atcavage.

»Weil das Wählerverzeichnis nicht häufig genug auf den neuesten Stand gebracht wird«, erläuterte Harry Rex und trank Whisky aus der Kaffeetasse. »Manche Leute sterben oder ziehen um, doch ihre Namen stehen auch weiterhin in den Listen. Man hat hundertfünfzig Vorladungen ausgestellt, aber bestimmt erscheinen am Montag nicht mehr als hundertzwanzig Personen im Gerichtssaal. Die übrigen liegen im Grab oder wohnen woanders.«

»Caroline Baxter.« Jake blätterte in seinen Notizen. »Eine Schwarze, wie mir Ozzie mitteilte. Arbeitet in Karaway.«

»Eine gute Wahl für Sie«, sagte Lucien.

»Buckley lehnt sie sicher ab«, befürchtete Jake.

Ellen kehrte mit dem Bier zurück. Sie ließ ein Sechserpack auf Luciens Schoß sinken, nahm eine große Dose, öffnete sie und kehrte zum Rollschreibtisch zurück. Atcavage beschloß plötzlich, durstig zu sein. Nur Jake trank nichts.

»Joe Kitt Shepherd.«

»Klingt nach einem Redneck«, meinte Lucien.

Harry Rex sah ihn an. »Wieso?«

»Die meisten Rednecks haben zwei Vornamen«, erklärte Wilbanks. »Billy Ray, Johnny Ray, Bobby Lee, Harry Lee,

Jesse Earl, Billy Wayne, Jerry Wayne, Eddie Mack. Das gilt auch für die Frauen: Bobbie Sue, Betty Pearl, Mary Belle, Thelma Lou, Sally Faye.«

»Und Harry Rex?«

»Habe noch nie von einer Frau namens Harry Rex gehört.«

»Eignet sich der Name für einen männlichen Redneck?«

»Ich denke schon.«

Jake räusperte sich demonstrativ. »Dell Perry sagte mir, daß Shepherd unten am See einen kleinen Laden hat, in dem er Köder verkauft. Ich nehme an, niemand von Ihnen kennt ihn?«

»Nein, aber ich wette, er ist ein Redneck«, beharrte Lucien. »Taugt nichts für Sie.«

»Haben Sie keine Angaben über Wohnort, Alter, Beruf und so weiter?« erkundigte sich Atcavage.

»Solche Informationen bekommen wir erst, wenn der Prozeß beginnt. Am Montag füllt jeder Vorgeladene im Gerichtssaal einen Fragebogen aus. Bis dahin müssen wir uns mit den Namen begnügen.«

»Welche Geschworenen sind für uns wünschenswert?« wandte sich Ellen an Jake.

»Familienväter, möglichst unter fünfzig.«

»Warum unter fünfzig?« fragte Lucien herausfordernd.

»Jüngere Weiße sind Schwarzen gegenüber toleranter.«

»Wie Cobb und Willard.«

»Viele ältere Leute können sich nie dazu durchringen, Schwarze zu mögen, aber die jüngere Generation hat sich an eine integrierte Gesellschaft gewöhnt. Anders ausgedrückt: Bei der Jugend gibt es im großen und ganzen weniger Bigotterie.«

»Das stimmt«, sagte Harry Rex. »Außerdem würde ich mich an Ihrer Stelle vor Frauen und Rednecks hüten.«

»Einverstanden.«

»Ich halte das für verkehrt«, brummte Lucien. »Frauen sind verständnisvoller. Nehmen Sie nur Row Ark. Sie bringt allen Leuten Verständnis entgegen. Habe ich recht, Row Ark?«

»Ja, Lucien.«

»Sie hat Verständnis für Verbrecher, für Leser von Pornoheften, für Atheisten, illegale Einwanderer und Schwule. Nicht wahr, Row Ark?«

»Ja, Lucien.«

»Sie und ich, wir sind die beiden einzigen Bürgerrechtler in Ford County, Mississippi.«

»Abscheulich«, kommentierte der Bankier Atcavage.

»Clyde Sisco«, verkündete Jake laut und versuchte, einer Kontroverse vorzubeugen.

»Wir können ihn bestechen«, sagte Lucien und grinste.

»Was soll das heißen?« fragte Jake.

»Wir können ihn bestechen. Ist das nicht klar genug?«

»Woher wissen Sie das?« Harry Rex klang skeptisch.

»Der Typ heißt Sisco. Und die Siscos sind ein Haufen von Halunken im östlichen Teil der County. Wohnen alle unweit der Mays-Gemeinschaft. Haben sich auf Diebstahl und Versicherungsbetrug spezialisiert. Alle drei Jahre brennen sie ihre Häuser nieder. Hören Sie jetzt zum erstenmal von ihnen?« Lucien schrie fast.

»Nein«, erwiderte Harry Rex. »Aber woher wollen Sie wissen, daß wir Clyde Sisco bestechen können?«

»Weil ich ihn schon einmal bestochen habe. Bei einem zivilrechtlichen Fall vor zehn Jahren. Er stand auf der Geschworenenliste, und ich gab ihm zu verstehen, daß er zehn Prozent vom beschlossenen Schadenersatz erhalten würde. Mit solchen Argumenten kann man ihn leicht überzeugen.«

Jake ließ seine Notizen sinken und rieb sich die Augen. Er wußte, daß Lucien die Wahrheit sagte, aber er wollte es nicht glauben.

»Und?« hakte Harry Rex nach.

»Man wählte ihn für die Jury aus, und sie beschloß die größte Schadenersatzsumme in der Geschichte von Ford County. Sie stellt noch immer einen Rekord dar.«

»Stubblefield?« frage Jake leise.

»Genau. Stubblefield gegen North Texas Pipeline. September 1974. Achthunderttausend Dollar. Beim Berufungsverfahren vom obersten Gericht bestätigt.«

»Haben Sie Clyde Sisco bezahlt?« hauchte Harry Rex.

Lucien trank einen großen Schluck und leckte sich die Lippen. »Achtzigtausend in Einhundert-Dollar-Scheinen, bar auf die Hand«, antwortete er stolz. »Er baute sich ein neues Haus und brannte es ab.«

»Und Ihr Honorar?« Diese Frage kam von Atcavage.

»Vierzig Prozent minus achtzigtausend.«

Stille herrschte im Zimmer, als alle Anwesenden rechneten.

»Donnerwetter«, flüsterte der Bankier.

»Sie scherzen, nicht wahr, Lucien?« fragte Jake unsicher.

»Sie wissen, daß ich es ernst meine. Ich bin ein notorischer Lügner, aber wenn es um solche Dinge geht, bleibe ich immer bei der Wahrheit. Um es noch einmal zu wiederholen: Wir können diesen Burschen bestechen.«

»Wieviel?« fragte Harry Rex.

»Ausgeschlossen!« stieß Jake hervor.

»Wahrscheinlich genügen fünftausend.«

»Ausgeschlossen!«

Die anderen schwiegen und sahen Jake an, um festzustellen, ob er wirklich nicht an Clyde Sisco interessiert war. Als sein Gesichtsausdruck jeden Zweifel ausräumte, tranken sie und warteten auf den nächsten Namen.

Gegen halb elf griff Brigance nach dem ersten Bier, und eine Stunde später enthielten die Dosen nur noch Luft. Hundertzehn Namen waren abgehakt. Lucien taumelte zum Balkon und beobachtete, wie die Schwarzen ihre Kerzen ums Gerichtsgebäude trugen.

»Warum steht ein Streifenwagen vor dem Haus, Jake?« fragte Wilbanks.

»Mein Leibwächter sitzt da drin.«

»Wie heißt er?«

»Nesbit.«

»Ist er wach?«

»Wahrscheinlich nicht.«

Lucien beugte sich gefährlich weit übers Geländer. »He, Nesbit!« rief er.

Der Deputy öffnete die Tür und sah nach oben. »Was ist los?«

»Jake bittet Sie, zum Laden zu gehen und uns mehr Bier zu besorgen. Er hat großen Durst. Hier ist ein Zwanziger. Er möchte Coors.«

»Ich darf kein Bier kaufen, solange ich im Dienst bin«, wandte Nesbit ein.

»Seit wann?« Lucien lachte.

»Die Vorschriften verbieten es.«

»Das Bier ist nicht für Sie bestimmt, sondern für Mr. Brigance, und er braucht es dringend. Er hat mit dem Sheriff telefoniert, und Ozzie meinte, es sei alles in Ordnung.«

»Wer hat den Sheriff angerufen?«

»Mr. Brigance«, log Lucien. »Ozzie Walls ist einverstanden – vorausgesetzt, Sie trinken keinen Tropfen.«

Nesbit zuckte mit den Schultern und erhob keine Einwände mehr. Lucien ließ einen Zwanzig-Dollar-Schein vom Balkon fallen. Nach einigen Minuten kehrte der Deputy mit einem Karton zurück, in dem jedoch eine Dose fehlte: Sie stand geöffnet auf der Radarpistole, die zu Geschwindigkeitsmessungen diente. Lucien beauftragte Atcavage, das Bier von unten zu holen, und kurz darauf verteilte der Bankdirektor den ersten Sechserpack.

Eine Stunde später hatten sie über alle Namen auf der Liste gesprochen, und die Party ging zu Ende. Nesbit lud Harry Rex, Lucien und Atcavage in den Streifenwagen und fuhr sie nach Hause. Jake und seine Assistentin saßen auf dem Balkon, tranken Bier und sahen, wie flackernde Kerzen ums Gerichtsgebäude glitten. Mehrere Wagen parkten an der westlichen Seite des Platzes, und daneben saßen Schwarze auf Klappstühlen; offenbar sollten die Kerzenträger bald abgelöst werden.

»Es ist nicht schlecht gelaufen«, sagte Jake ruhig und sah zu der Nachtwache hinüber. »Über hundertdreißig der insgesamt hundertfünfzig Vorgeladenen wissen wir in groben Zügen Bescheid.«

»Und nun?«

»Ich versuche, etwas über die zwanzig anderen herauszufinden, und dann fertigen wir Karteikarten für die Geschworenen an. Bis zum Montag müssen wir gut mit ihnen vertraut sein.«

Nesbit kehrte zurück, fuhr zweimal um den Platz und beobachtete die Schwarzen. Er parkte zwischen dem Saab und Ellens BMW.

»Der M'Naghten-Bericht ist ein Meisterwerk. Unser Psychiater Dr. Bass kommt morgen hierher, und ich möchte, daß Sie die entsprechenden Fälle mit ihm durchgehen. Notieren Sie alle vor Gericht notwendigen Fragen und pauken Sie die Antworten mit ihm ein. Der Typ beunruhigt mich. Ich kenne ihn nicht und verlasse mich auf Lucien. Besorgen Sie sich seinen Lebenslauf; stellen Sie Nachforschungen über seine Vergangenheit an. Führen Sie alle erforderlichen Telefongespräche. Fragen Sie beim Ärzteverband nach, um sich zu vergewissern, daß keine disziplinarischen Maßnahmen gegen ihn eingeleitet wurden. Dr. Bass ist sehr wichtig für die Verteidigung, und ich will unangenehmen Überraschungen vorbeugen.«

»Alles klar, Chef.«

Jake trank sein Bier aus. »Dies ist eine kleine Stadt, Row Ark. Meine Frau verließ den Ort vor fünf Tagen, und die Leute erfahren sicher bald davon. Sie wirken verdächtig. Die Einheimischen klatschen gern, und deshalb bitte ich Sie, diskret zu sein. Bleiben Sie möglichst im Büro. Arbeiten Sie hier in Ihrem Zimmer. Und wenn Sie jemand fragt – Sie vertreten Ethel.«

»Es fällt mir sicher schwer, einen so großen BH zu füllen.«

»Sie sind bestimmt dazu in der Lage, wenn Sie sich Mühe geben.«

»Hoffentlich ist Ihnen klar, daß ich nicht annähernd so nett bin, wie es den Anschein hat.«

»Ich weiß.«

Sie sahen, wie sich die Schwarzen ablösten. Eine neue Gruppe übernahm die Kerzen und trug sie ums Gerichtsgebäude. Nesbit warf eine leere Bierdose auf den Bürgersteig.

»Sie fahren nicht nach Hause, oder?« fragte Jake.

»Das wäre keine gute Idee. Habe zuviel Alkohol im Blut. Wenn ich unterwegs in eine Kontrolle gerate ...«

»Sie können auf der Couch in meinem Büro schlafen.«
»Danke. Ich nehme das Angebot gern an.«
Jake verabschiedete sich von seiner Assistentin, schloß ab und sprach kurz mit Nesbit. Dann setzte er sich vorsichtig ans Steuer des Saab. Der Deputy folgte ihm zum Haus an der Adams Street, und dort parkte Brigance auf der Zufahrt, neben Carlas Wagen. Nesbit hielt am Straßenrand. Es war ein Uhr, Donnerstag, der 18. Juli.

30

Sie kamen zu zweit und zu dritt, aus allen Regionen des Staates Mississippi, und parkten auf dem Kiesweg im Wald. Als sie ausstiegen, trugen sie normale Kleidung, doch in der Hütte zogen sie sich um, streiften weiße Kutten und Kapuzen über und bewunderten ihr verändertes Erscheinungsbild. Die meisten kannten sich, aber einige wurden einander auch vorgestellt. Sie waren insgesamt vierzig, eine gute Gruppe.

Stump Sisson lächelte zufrieden. Er trank Whisky, stapfte durchs Zimmer und verhielt sich wie ein Trainer, der seine Mannschaft vorbereitet. Es inspizierte die Uniformen, rückte hier und dort eine Kutte oder Kapuze zurecht. Auf seine Männer war er stolz, und das sagte er ihnen auch: »Seit vielen Jahren hat hier keine so große Klanversammlung mehr stattgefunden«, betonte er. »Ich weiß sehr zu schätzen, daß ihr gekommen seid. Trotz eurer Familien und der Arbeit habt ihr euch hier eingefunden, denn es geht um eine wichtige Angelegenheit. Früher ist der Klan sehr einflußreich gewesen, und man hat ihn überall in Mississippi gefürchtet. Jene glorreiche Vergangenheit muß wieder zur Gegenwart werden. Unsere Pflicht besteht darin, für die Weißen einzutreten. Die Demonstration könnte gefährlich sein«, fügte Sisson hinzu. »Die Nigger marschieren den ganzen Tag über, und niemand schert sich darum. Aber wenn Weiße die Stimme des Protestes erheben, werden sie sofort schikaniert. Die

Stadt Clanton hat unsere Demonstration genehmigt, und der Sheriff versicherte, für Ordnung sorgen zu wollen, doch wenn der Klan heutzutage irgendwo auftritt, muß er damit rechnen, von Horden junger schwarzer Mistkerle angegriffen zu werden. Seid vorsichtig und schließt eure Reihen. Überlaßt mir das Reden.«

Aufmerksam lauschten die Männer Stumps Ansprache, und als er sie beendet hatte, nahmen sie in zwölf Wagen Platz und folgten ihm zur Stadt.

Nur sehr wenige Bürger von Clanton hatten jemals Demonstrationen des Klans gesehen. Kurz vor vierzehn Uhr nahm die Aufregung am Platz immer mehr zu. Die Ladeninhaber und ihre Kunden traten unter irgendeinem Vorwand auf den Bürgersteig, schlenderten dort umher und beobachteten die Nebenstraßen. Die Pressegeier schwärmten aus und warteten auf dem Gerichtsrasen, in der Nähe des Pavillons. Einige junge Schwarze versammelten sich unter einer großen Eiche und teilten dem besorgten Ozzie mit, sie seien nur als Zuschauer gekommen. Der Sheriff drohte ihnen mit der Verhaftung, wenn es zu Handgreiflichkeiten käme. Er postierte seine Leute an verschiedenen Stellen vor dem Gerichtsgebäude.

»Da kommen sie!« rief jemand, und das Publikum hielt nach den marschierenden Klanmitgliedern Ausschau. Sie stolzierten aus einer Nebenstraße und erreichten die Washington Avenue am nördlichen Rand des Platzes. Vorsichtig kamen sie daher, aber auch arrogant, ihre Gesichter blieben unter weißroten Kapuzen verborgen. Die Bürger von Clanton starrten die anonymen Gestalten an, als sich die Prozession von der Washington Avenue abwandte, nach Süden über die Caffey Street vorrückte und dann nach Osten über die Jackson Street. Stump watschelte vor seinen Männern und fühlte sich wichtig. In der Nähe des Gerichtsgebäudes führte er die Kolonne nach links und zur Mitte des Rasens. Dort bildeten sie einen Halbkreis vor dem Podium.

Die Journalisten stolperten fast übereinander, als sie dem Klan folgten. Innerhalb weniger Minuten standen Dutzende von Mikrofonen am Podium; Kabel verbanden sie mit diversen Recordern und Kameras. Die Gruppe der Schwarzen unter dem Baum schwoll rasch an, und einige von ihnen näherten sich dem weißen Halbkreis. Die Bürgersteige leerten sich, als Ladeninhaber, Kunden und andere Neugierige über die Straßen zum Rasen eilten, um zu hören, was der kleine, dicke Kluxer-Anführer zu sagen hatte. Die Deputys wanderten langsam durch die Menge, und ihre Aufmerksamkeit galt insbesondere den Schwarzen. Ozzie stand unter der Eiche, von schwarzen Gesichtern umgeben.

Jake befand sich in Jean Gillespies Büro und sah durchs Fenster. Der Anblick der Klanmitglieder in voller weißroter Gala bereitete ihm Unbehagen. Die weiße Kapuze, seit Jahrzehnten ein Symbol für Haß und Gewalt im Süden, war nach Clanton zurückgekehrt. Gehörten auch jene Männer zu der Gruppe, die das Kreuz in Jakes Vorgarten verbrannt hatten? Waren sie alle an der Vorbereitung des Bombenanschlags beteiligt gewesen? Wie lautete der nächste Punkt des Terrorprogramms? Brigance sah, wie sich die Schwarzen näher ans Podium heranschoben.

»Ihr Nigger seid nicht eingeladen!« heulte Stump in ein Mikrofon und gestikulierte. »Dies ist eine Versammlung des Klans. Dreckige Nigger haben hier nichts zu suchen.«

Weitere Schwarze kamen aus kleinen Gassen hinter den roten Ziegelsteinhäusern und schlenderten zum Gerichtsgebäude. Sie gesellten sich den anderen hinzu, und es dauerte nicht lange, bis Stump und seine Jungs zehn zu eins unterlegen waren. Ozzie schaltete sein Funkgerät ein und forderte Verstärkung an.

»Ich heiße Stump Sisson«, sagte der Anführer und schlug die Kapuze zurück. »Und ich bin stolz darauf, der hiesige Imperial Wizard für das Unsichtbare Reich des Ku-Klux-Klans zu sein. Die gesetzestreuen weißen Bürger von Mississippi haben es satt, daß Nigger stehlen, vergewaltigen und morden, ohne dafür bestraft zu werden. Wir verlangen Gerechtigkeit. Wir verlangen, daß man den Hailey-Nigger verurteilt und seinen schwarzen Arsch in die Gaskammer schickt!«

»Freiheit für Carl Lee!« rief einer der Schwarzen.

»Freiheit für Carl Lee!« wiederholten die anderen.

»Freiheit für Carl Lee!«

Stumps ohnehin schon rote Wangen glühten nun fast in einem purpurnen Ton. Nur wenige Millimeter trennten seine Zähne vom Mikrofon, als er schrie: »Seid still, ihr verdammten Nigger! Bei eurer gestrigen Demonstration hat euch niemand gestört. Wir haben ebenfalls das Recht, uns friedlich zu versammeln! Haltet die Klappe!«

Die Sprechchöre erklangen noch lauter. »Freiheit für Carl Lee! Freiheit für Carl Lee!«

»Wo ist der Sheriff? Er sollte hier eigentlich für Ordnung sorgen. Sheriff, die Pflicht ruft! Bringen Sie die Nigger zum Schweigen. Wir wollen uns hier friedlich versammeln. Sind Sie überfordert, Sheriff? Können Sie nicht einmal Ihre eigenen Leute unter Kontrolle halten? Nun, das beweist, wohin es führt, wenn man Nigger in ein öffentliches Amt wählt.«

Der Lärm hielt an. Stump wich von den Mikrofonen zurück und beobachtete die Schwarzen. Kameramänner und Journalisten hasteten hin und her, um alles aufzuzeichnen. Niemand bemerkte, wie sich im zweiten Stock des Gerichtsgebäudes ein kleines Fenster öffnete. In der Dunkelheit dahinter holte jemand aus und warf eine primitive Brandbombe aufs Podium. Sie platzte vor Stumps Füßen, und Flammen leckten nach dem Wizard.

Von einem Augenblick zum anderen ging es drunter und drüber. Stump kreischte und torkelte über die Stufen. Drei seiner Leute rissen sich Kutten und Kapuzen vom Leib und versuchten damit, die Flammen zu ersticken. Die hölzerne Plattform brannte; Rauch stieg auf, und es stank nach Benzin. Die Schwarzen griffen mit Knüppeln und Messern an und schlugen auf jeden ein, der ein weißes Gesicht hatte oder einen weißen Umhang trug. Die Klanmitglieder waren vorbereitet: Unter jeder Kutte verbarg sich ein langer, dicker Schlagstock. Einige Sekunden nach der Explosion verwandelte sich der Rasen vor dem Gerichtsgebäude in ein Schlachtfeld. Männer stürmten durch den Qualm, schrien, fluchten und heulten schmerzerfüllt. Steine flogen durch die Luft, und die beiden Gruppen trafen sich im Nahkampf.

Hier und dort sank jemand zu Boden. Ozzie fiel als erster

– jemand schmetterte ihm eine Brechstange an den Hinterkopf. Nesbit, Prather, Hastings, Pirtle, Tatum und andere Deputys rannten umher und trachteten vergeblich danach, Kämpfer voneinander zu trennen, bevor sie sich umbrachten. Die Reporter und Journalisten gingen nicht etwa in Deckung, sondern bahnten sich einen Weg durchs Getümmel und bemühten sich um die besten und blutigsten Schnappschüsse. Schnell wurden sie zu Zielscheiben. Ein Kameramann blickte mit dem rechten Auge durchs Okular, und ein scharfkantiger Stein traf ihn am linken. Zusammen mit seiner Kamera fiel er auf den Bürgersteig. Wenige Sekunden später erschien ein anderer Journalist und filmte den gefallenen Kollegen. Eine furchtlose und ehrgeizige Reporterin aus Memphis eilte mit einem Mikrofon über den Rasen, dichtauf gefolgt von einem Kameramann. Sie wich einem Ziegelstein aus und arbeitete sich zu einem Klanmitglied vor, das gerade zwei schwarze Teenager ins Reich der Träume schickte. Der ganz in Weiß gekleidete Mann stieß einen wilden Schrei aus, schlug die Journalistin, trat nach ihr, als sie zu Boden sank, und nahm sich dann ihren Begleiter vor.

Frische Polizeigruppen trafen ein. Nesbit, Prather und Hastings begegneten sich mitten auf dem Schlachtfeld, stellten sich Rücken an Rücken, hoben ihre Smith & Wesson-Dienstrevolver und schossen. Das Krachen der Schüsse kühlte die erhitzten Gemüter ab. Die Krieger erstarrten, sahen sich nach den Schützen um, stoben auseinander und verharrten zornig. Langsam kehrten sie zu ihren jeweiligen Gruppen zurück. Die Beamten schufen eine Trennungslinie zwischen den Schwarzen und Klanmitgliedern, die für den Waffenstillstand dankbar waren.

Ein Dutzend Verwundete blieben im Gras zurück. Ozzie setzte sich benommen auf und tastete nach seinem Nacken. Die bewußtlose Reporterin aus Memphis hatte eine stark blutende Kopfverletzung erlitten. Mehrere Kluxer, die weißen Kutten schmutzig und blutbefleckt, lagen auf dem Bürgersteig und rührten sich nicht. Das Podium brannte nach wie vor.

Sirenen erklangen. Kurze Zeit später rollten Einsatzfahrzeuge der Feuerwehr und Krankenwagen auf den Platz. Ärzte untersuchten die Verwundeten; niemand war getötet worden. Stump Sisson gehörte zu den ersten, die man ins Hospital brachte. Einige Deputys trugen Ozzie zu einem Streifenwagen. Noch mehr Polizisten kamen und trieben die Menge auseinander.

Jake, Harry Rex und Ellen aßen eine lauwarme Pizza. Ihre Blicke galten einem kleinen Fernseher auf dem Konferenztisch: Die Nachrichten berichteten ausführlich über die Ereignisse in Clanton, Mississippi. CBS brachte sogar eine Sondersendung. Der betreffende Reporter hatte den Aufruhr offenbar ohne einen Kratzer überstanden, und seine Aufnahmen zeigten den marschierenden Klan, die wütenden Schwarzen, die Brandbombe, den Kampf. »Heute nachmittag stand die genaue Anzahl der Verwundeten noch nicht fest«, sagte er. »Mr. Sisson, der sich als Imperial Wizard des Ku-Klux-Klans vorstellte, scheint besonders schwer verletzt zu sein. Er wird im Mid South Hospital in Memphis behandelt, und sein Zustand ist nach wie vor kritisch.«

Zoom auf Stump: Flammen umhüllten ihn, das Chaos wurde sichtbar. Der Journalist fuhr fort: »Das Verfahren gegen Carl Lee Hailey beginnt am Montag hier in Clanton. Bisher ist unbekannt, welche Auswirkungen die heutigen Unruhen auf den Prozeß haben könnten. Man spekuliert darüber, daß er verschoben werden oder an einem anderen Ort stattfinden soll.«

»Das ist mir neu«, sagte Jake.

»Sie wissen nichts darüber?« fragte Harry Rex.

»Nein. Und ich nehme an, daß man mich vor der CBS benachrichtigen würde.«

Der Reporter verschwand vom Bildschirm, und der Nachrichtensprecher Dan Rather bat die Zuschauer um etwas Geduld.

»Was bedeutet das?« erkundigte sich Ellen.

»Es bedeutet, daß Noose einen großen Fehler gemacht hat,

als er den Antrag auf Verlegung des Verhandlungsortes ablehnte.«

»Seien Sie froh darüber«, warf Harry Rex ein. »Dadurch haben Sie etwas fürs Berufungsverfahren.«

»Herzlichen Dank, ich weiß Ihr Vertrauen in meine Fähigkeiten als Strafverteidiger sehr zu schätzen.«

Das Telefon klingelte. Harry Rex nahm ab und begrüßte Carla, bevor er den Hörer Jake reichte. »Ihre Frau. Dürfen wir zuhören?«

»Nein! Holen Sie noch eine Pizza. Hallo, Schatz.«

»Ist alles in Ordnung mit dir, Jake?«

»Natürlich.«

»Ich habe gerade die Nachrichten gesehen. Schrecklich. Wo warst du?«

»Ich trug eine der weißen Kutten.«

»Jake, bitte. Ich finde das nicht komisch.«

»Ich war in Jean Gillespies Büro im ersten Stock des Gerichtsgebäudes. Wir hatten Logenplätze und konnten alles gut beobachten. Ein ziemlich aufregendes Spektakel.«

»Wer sind jene Leute?«

»Die gleichen Typen, die das Kreuz in unserem Vorgarten verbrannten und versuchten, das Haus in die Luft zu jagen.«

»Woher kommen sie?«

»Von überall. Fünf liegen im Krankenhaus, sie stammen aus verschiedenen Countys in Mississippi. Einer ist von hier. Wie geht's Hanna?«

»Gut. Sie möchte nach Hause. Wird der Prozeß verschoben?«

»Das bezweifle ich.«

»Bist du in Sicherheit?«

»Na klar. Ich habe einen Leibwächter, der mich rund um die Uhr schützt. Außerdem trage ich ständig eine 38er bei mir. Sei unbesorgt.«

»Wie kann ich unter den gegenwärtigen Umständen unbesorgt sein, Jake? Du brauchst mich bestimmt.«

»Nein.«

»Hanna bleibt hier, bis alles vorbei ist, aber ich kehre zurück.«

»Nein, Carla. Ich weiß, daß du dort sicher bist. Hier sähe die Sache ganz anders aus.«

»Daraus schließe ich, daß dir in Clanton Gefahr droht.«

»Ich bin so sicher, wie es möglich ist, Carla. Aber bei dir und Hanna gehe ich kein Risiko ein. Kommt nicht in Frage. Und damit basta. Wie geht es deinen Eltern?«

»Ich habe nicht angerufen, um über meine Eltern zu reden. Ich mache mir große Sorgen und möchte bei dir sein.«

»Ich möchte ebenfalls mit dir zusammen sein, aber nicht ausgerechnet jetzt. Versuch bitte, das zu verstehen.«

Carla zögerte. »Wo übernachtest du?«

»Meistens bei Lucien. Gelegentlich zu Hause. Dann hält mein Leibwächter auf der Straße Wache.«

»Was ist mit dem Haus?«

»Es steht noch, ist nur ein bißchen schmutzig.«

»Ich vermisse es.«

»Und es vermißt dich, glaub mir.«

»Ich liebe dich, Jake. Und ich habe Angst.«

»Ich liebe dich und habe keine Angst. Entspann dich und gib Hanna einen Kuß von mir.«

»Bis dann.«

»Bis dann.«

Jake legte auf.

Ellen sah ihn an. »Wo ist sie?«

»In Wilmington, North Carolina. Dort verbringen ihre Eltern den Sommer.«

Harry Rex war gegangen, um noch eine Pizza zu holen.

»Sie vermissen Ihre Frau, nicht wahr?« fragte Jakes Assistentin.

»Ich vermisse sie noch weitaus mehr, als Sie es sich vorstellen können.«

»Oh, ich habe eine Menge Phantasie.«

Um Mitternacht saßen sie in der Hütte, tranken Whisky, verfluchten Nigger und prahlten mit ihren Wunden. Einige Klanmitglieder waren aus dem Krankenhaus in Memphis zurückgekehrt, wo sie Stump Sisson besucht hatten. Er wies seine Leute an, mit den geplanten Aktionen fortzufahren. Elf

Gefährten mußten im Hospital von Ford County behandelt werden. Stolz zeigten sie nun ihre Verletzungen vor und beschrieben in allen Einzelheiten, wie sie mehrere Nigger durch die Mangel gedreht hatten, bevor sie verwundet worden waren, meist nach Angriffen von hinten. Die Männer mit den Verbänden galten als Helden. Schließlich erzählten auch die anderen ihre Geschichten, und der Whisky floß in Strömen. Man jubelte einem Hünen zu, der von seinem Angriff auf die hübsche Reporterin und ihren Nigger-Kameramann berichtete.

Nach einigen Stunden und mehreren Flaschen konzentrierten sich die Anwesenden auf den nächsten Einsatz. Jemand breitete eine Karte der County auf dem Tisch aus, und ein Einheimischer markierte die Ziele. Zwanzig Häuser, die in dieser Nacht besucht werden sollten. Zwanzig Namen von der Geschworenenliste, die jemand besorgt hatte.

Fünf Gruppen aus jeweils vier Männern brachen mit Pickups auf und fuhren durch die Dunkelheit, um noch mehr Unheil anzurichten. In jedem Pickup lagen vier in Kerosin getränkte Kreuze – die kleineren Modelle, drei Meter lang und anderthalb breit. Die Klanmitglieder mieden Clanton und die anderen Orte und wählten statt dessen das offene Land. Ihre Ziele waren abgelegene Bereiche, wo kaum Verkehr herrschte: Bauernhäuser, deren Bewohner früh zu Bett gingen und fest schliefen.

Der Plan war ganz einfach. Ein Wagen hielt hundert Meter entfernt an der Straße, mit ausgeschalteten Scheinwerfern und laufendem Motor. Der Fahrer blieb am Steuer, während seine drei Begleiter das Kreuz zum Vorgarten trugen, es dort in den Boden gruben und anzündeten. Anschließend machten sie sich aus dem Staub und setzten die Fahrt zum nächsten Ziel fort.

In neunzehn von zwanzig Fällen lief alles glatt, doch bei Luther Picketts Haus ergaben sich Schwierigkeiten. Luther hatte zuvor ein Geräusch gehört, saß auf der dunklen Veranda und starrte in die Nacht, als er plötzlich einen Pickup bemerkte, der verdächtig langsam über den Kiesweg jenseits des Pecanobaums fuhr. Er griff nach seiner Schrotflinte und lauschte, als der Wagen drehte und hielt. Dann vernahm er Stimmen und sah drei Gestalten, die eine Art Pfahl zu seinem Vorgarten trugen. Luther duckte sich hinter einen Strauch neben der Veranda und legte an.

Der Fahrer trank einen Schluck kühles Bier und wartete darauf, daß Flammen emporloderten. Statt dessen hörte er das Krachen einer Schrotflinte. Seine drei Kameraden ließen das Kreuz fallen, rannten über den Vorgarten und sprangen in den Graben neben der Straße. Ein zweiter Schuß. Der Mann am Steuer hörte Schreie und Flüche. *Ich muß die Klanbrüder retten!* dachte er und gab Gas.

Der alte Luther trat hinter dem Strauch hervor, drückte erneut ab und dann noch einmal, als der Pickup erschien und am Graben hielt. Die drei Typen krochen hastig aus dem Schlamm, stolperten, rutschten aus, fluchten hingebungsvoll und versuchten, auf die Ladefläche zu klettern.

»Haltet euch fest!« rief der Fahrer, als Luther zum fünften Mal schoß. Einige Schrotkugeln trafen den Wagen. Der Motor heulte auf, die Räder drehten durch und wirbelten Kies hoch. Mit grimmigem Lächeln beobachtete Luther, wie der Pickup fortraste, von einer Seite des Weges zur anderen schleudernd. Einige betrunkene Jugendliche, glaubte er.

Ein Kluxer nahm den Hörer eines Münzfernsprechers ab und holte eine Liste mit zwanzig Namen und zwanzig Telefonnummern hervor. Er wählte sie nacheinander und forderte die entsprechenden Leute auf, einen Blick in den Vorgarten zu werfen.

31

Am Freitagmorgen rief Jake den Richter zu Hause an und erfuhr von Mrs. Ichabod, daß ihr Mann einen zivilrechtlichen Fall in Polk County verhandelte. Brigance gab Ellen einige Anweisungen und fuhr nach dem eine Autostunde entfernten Ort Smithfield. Er nickte Noose zu, als er den leeren Gerichtssaal betrat und auf der vorderen Sitzbank Platz nahm. Er war der einzige Zuschauer. Der Richter langweilte sich, ebenso wie die Geschworenen und Anwälte. Nach zwei Minuten wurde auch Jake ein Opfer der Langeweile. Im Anschluß an die Aussage des Zeugen ordnete Noose eine kurze Pause an, und Brigance begleitete ihn ins Büro.

»Hallo, Jake. Was führt Sie hierher?«

»Sie wissen sicher, was gestern in Clanton geschehen ist.«

»Ich hab's in den Spätnachrichten gesehen.«

»Wissen Sie auch, was heute morgen passierte?«

»Nein.«

»Irgendwie hat der Klan eine Kopie der Geschworenenliste in die Hände bekommen. Gestern nacht verbrannten die Kerle Kreuze in den Gärten von zwanzig Vorgeladenen.«

Noose schnappte schockiert nach Luft. »In den Gärten der Vorgeladenen!« wiederholte er.

»Ja, Sir.«

»Hat man jemanden erwischt?«

»Natürlich nicht. Alle waren zu sehr damit beschäftigt, die Feuer zu löschen. Außerdem ist es nicht leicht, solche Kerle festzunageln.«

»Zwanzig von unseren Geschworenen«, murmelte Noose.

»Ja, Sir.«

Der Richter strich sich über das zerzauste graue Haar, wanderte langsam durch das kleine Zimmer, schüttelte den Kopf und kratzte sich gelegentlich am Schritt.

»Klingt ganz nach Einschüchterung«, brummte er schließlich.

Was für eine Intelligenz, dachte Jake. *Ein echtes Genie.* »Das glaube ich auch.«

»Was erwarten Sie jetzt von mir?« fragte Noose, und in seiner Stimme vibrierte ein Hauch von Ärger.

»Verlegen Sie den Verhandlungsort.«

»Wohin?«

»In den südlichen Teil des Staates.«

»Ich verstehe. Vielleicht Carey County. Dort besteht die Bevölkerung zu sechzig Prozent aus Schwarzen. Was eine einstimmige Entscheidung der Jury verhindert, nicht wahr? Oder wie wär's mit Brower County? Dort gibt es noch mehr Schwarze, und wahrscheinlich gelänge es Ihnen, einen Freispruch zu erwirken.«

»Es ist mir völlig gleich, wohin Sie die Verhandlung verlegen. Ich halte es nicht für fair, Carl Lee in Ford County vor Gericht zu stellen. Vor der gestrigen Schlacht war die Situation schlimm genug. Jetzt sind die Weißen in Lynchstimmung, und mein Klient ist ihnen hilflos ausgeliefert. Hinzu kommt der Klan, der überall seine speziellen Weihnachtsbäume aufstellt. Wer weiß, was er sonst noch plant. Es gibt überhaupt keine Möglichkeit, in Ford County eine unvoreingenommene Jury auszuwählen.«

»Meinen Sie damit eine schwarze Jury?«

»Nein, Sir! Ich meine Geschworene, die sich noch keine feste Meinung gebildet haben. Carl Lee Hailey hat ein Recht auf zwölf Personen, die ohne Vorurteile über Schuld oder Unschuld befinden.«

Noose ging zu seinem Stuhl und setzte sich. Er nahm die Brille ab und rieb sich die Spitze der langen Nase.

»Was die zwanzig Männer und Frauen betrifft, in deren Gärten Kreuze brannten ...«, überlegte er laut. »Wir könnten sie nach Hause schicken.«

»Das nützt nichts. Die ganze County weiß Bescheid oder wird in den nächsten Stunden davon erfahren. Es dürfte Ihnen klar sein, daß sich so etwas schnell herumspricht. Ich bin sicher, daß alle Vorgeladenen sich bedroht fühlen.«

»Dann stellen wir neue Vorladungen aus.«

»Das hat keinen Sinn«, antwortete Jake scharf. Nooses Sturheit verärgerte ihn. »Alle Geschworenen müssen aus Ford County kommen, und bei uns weiß jeder, was geschehen ist. Außerdem: Wie wollen Sie den Klan daran hindern, die nächste Auswahl einzuschüchtern? Nein, Ihnen bleibt nichts anderes übrig, als den Verhandlungsort zu verlegen.«

»Glauben Sie etwa, in anderen Teilen des Staates wird der Klan nicht aktiv?« Sarkasmus tropfte aus jedem Wort des Richters.

»Nein, ich glaube, er veranstaltet auch woanders Demonstrationen und Märsche«, gab Jake zu. »Aber wir können nicht sicher sein. Nur eines wissen wir ganz genau: Der Klan ist in Ford County und hat bereits einige zur Auswahl stehende Geschworene unter Druck gesetzt. An dieser Tatsache kommen wir nicht vorbei. Die Frage lautet: Was wollen Sie unternehmen?«

»Nichts«, sagte Noose schlicht.

»Sir?«

»Nichts. Ich teile den zwanzig heute nacht vom Klan besuchten Vorgeladenen mit, daß wir ihre Dienste nicht benötigen. Und am nächsten Montag, wenn der Prozeß in Clanton beginnt, werde ich die restlichen Geschworenen sorgfältig überprüfen.«

Jake starrte den Richter ungläubig an. Noose traf diese Entscheidung nicht ohne einen triftigen Grund. Er verbarg irgend etwas und schien sich zu fürchten. Lucien hatte recht: Jemand übte Einfluß auf ihn aus.

»Warum?«

»Ich glaube, es spielt überhaupt keine Rolle, wo wir Carl Lee Hailey vor Gericht stellen. Ich glaube, es spielt überhaupt keine Rolle, wen wir auf die Geschworenenbank setzen. Ich glaube, es spielt überhaupt keine Rolle, welche Hautfarbe die Jurymitglieder haben. Sie alle sind voreingenommen – ganz gleich, wie sie heißen und woher sie kommen. Jeder vertritt bereits einen festen Standpunkt. Als Verteidiger müssen Sie jene Männer und Frauen auswählen, die Ihren Klienten für einen Helden halten.«

Das stimmte wahrscheinlich, aber Jake gab es nicht zu. Er blickte durchs Fenster und beobachtete die Bäume. »Warum haben Sie Angst davor, den Verhandlungsort zu verlegen?«

Ichabod kniff die Augen zusammen und starrte den Anwalt an. »Angst? Ich habe keine Angst. Vielleicht im Gegensatz zu Ihnen. Warum lehnen Sie es so hartnäckig ab, den Prozeß in Ford County stattfinden zu lassen?«

»Die Gründe dafür habe ich Ihnen gerade erläutert.«

»Das Verfahren gegen Mr. Hailey beginnt am Montag in

Clanton. Uns bleiben noch drei Tage. Ich fürchte mich nicht vor einer Verlegung des Verhandlungsortes, sondern halte so etwas für sinnlos. Ich habe gründlich darüber nachgedacht, Mr. Brigance, und ich sehe keinen Grund, meine Entscheidung zu revidieren. Gibt es sonst noch etwas?«

»Nein, Sir.«

»Gut. Wir sehen uns am Montag.«

Jake betrat seine Praxis durch den hinteren Eingang. Die vordere Tür war seit einer Woche verschlossen. Ständig klopfte jemand an und verlangte Einlaß. Meistens handelte es sich um Reporter, aber es kamen auch Freunde, die mehr über den Prozeß herausfinden wollten. Klienten gehörten zur Vergangenheit. Immer wieder klingelte das Telefon. Jake rührte es nie an; Ellen nahm den Hörer ab, wenn sie in der Nähe war.

Er fand sie im Konferenzzimmer, umgeben von Rechtsbüchern. Der M'Naghten-Bericht stellte ein wahres Meisterwerk dar. Jake hatte um nicht mehr als zwanzig Seiten gebeten, aber seine Assistentin stellte ihm fünfundsiebzig zur Verfügung, sauber getippt und klar formuliert. Sie meinte, es sei nicht möglich, die Mississippi-Version der M'Naghten-Regel knapper zu beschreiben. Die Ergebnisse ihrer Nachforschungen erwiesen sich als sehr detailliert. Ellen begann bei dem ursprünglichen M'Naghten-Fall in England des neunzehnten Jahrhunderts und benutzte ihn als Ausgangspunkt, hundertfünfzig Jahre von juristischer Unzurechnungsfähigkeit zu behandeln. Sie hielt sich nicht mit den unbedeutenden und verwirrenden Verfahren auf, sondern erklärte die wichtigen und komplizierten Fälle mit wundervoll einfachen Ausdrücken. Ihrem Bericht fügte sie Hinweise auf die aktuelle Rechtsprechung hinzu und stellte Verbindungen zum Prozeß gegen Carl Lee Hailey her.

Auf vierzehn weiteren Seiten gelangte Ellen zu dem unmißverständlichen Schluß, daß die Staatsanwaltschaft berechtigt war, den Geschworenen die blutigen Bilder von Cobb und Willard zu zeigen. In Mississippi waren auch Beweismittel zulässig, die einen starken emotionalen Eindruck hinterließen, und Jakes Assistentin hatte keine Möglichkeit gefunden, Buckley an einer derartigen Show zu hindern.

Darüber hinaus legte Ellen einunddreißig Seiten über die Verteidigung bei zu rechtfertigendem Mord vor – Jake hatte diese Strategie kurz in Erwägung gezogen. Die junge Frau kam dabei zu den gleichen Resultaten wie er selbst: Es klappte nicht. Sie bezog sich unter anderem auf einen alten Mississippi-Fall. Jemand hatte einen bewaffneten geflohenen Häftling gestellt und ihn erschossen; vor Gericht sprach man ihn frei. Doch es gab erhebliche Unterschiede zum Fall Hailey. Jake hatte nicht um einen solchen Bericht gebeten, und es ärgerte ihn, daß soviel Aufmerksamkeit daran verschwendet worden war. Andererseits: Er besaß nun alle notwendigen Informationen.

Die angenehmste Überraschung präsentierte Ellens Arbeit mit Dr. W. T. Bass. Während der vergangenen Woche hatten sie sich zweimal getroffen und über alle Aspekte der M'Naghten-Regel gesprochen. Ellen hatte ein fünfundzwanzig Seiten umfassendes Manuskript vorbereitet, in dem alle von Jake zu stellenden Fragen und Bass' Antworten aufgelistet waren. Der ausgezeichnete Dialog verriet eine Reife, die Jake erstaunte: In ihrem Alter war er ein durchschnittlicher Student gewesen, der sich mehr für Liebesaffären interessierte und juristische Nachforschungen langweilig fand. Seine Assistentin hingegen schrieb im dritten Jahr ihres Studiums Berichte mit der Qualität von professoralen Abhandlungen.

»Wie ist es gelaufen?« fragte Ellen.

»So wie ich es erwartet habe. Noose hat auf stur geschaltet. Der Prozeß beginnt hier am Montag, und an der Geschworenenauswahl ändert sich nichts. Abgesehen davon, daß er die zwanzig mit brennenden Kerzen eingeschüchterten Geschworenen nach Hause schickt.«

»Er muß übergeschnappt sein.«

»Woran arbeiten Sie jetzt?«

»An einem Bericht, der unseren Standpunkt in Hinsicht auf die Vergewaltigung unterstützt – wir möchten der Jury die Einzelheiten schildern. Bisher sieht's ganz gut aus.«

»Wann sind Sie damit fertig?«

»Ist es eilig?«

»Ich brauche die Unterlagen möglichst bis Sonntag. Anschließend habe ich noch eine andere und etwas schwierige Aufgabe für Sie.«

Ellen schob ihren Block beiseite und hörte zu.

»Für die Staatsanwaltschaft sagt der Psychiater Dr. Wilbert Rodeheaver aus. Schon seit vielen Jahren leitet er die Nervenklinik von Whitfield, er ist bei Hunderten von Prozessen als Sachverständiger aufgetreten. Stellen Sie Ermittlungen an. Ich möchte wissen, wie oft in schriftlichen Begründungen von Gerichtsurteilen Bezug auf ihn genommen wird.«

»Ich bin des öfteren auf seinen Namen gestoßen.«

»Gut. Nun, wir kennen nur jene vor dem obersten Gericht verhandelten Fälle, bei denen der Angeklagte verurteilt wurde und Berufung einlegte. Über die Freisprüche wird nicht berichtet, und gerade ihnen gilt mein Interesse.«

»Worauf wollen Sie hinaus?«

»Ich glaube, Rodeheaver hat Angeklagten nur selten Unzurechnungsfähigkeit bescheinigt, vielleicht sogar nie. Vermutlich bezeichnet er sie selbst dann als geistig gesund, wenn kein Zweifel daran bestehen konnte, daß sie vollkommen ausgerastet waren. Beim Kreuzverhör möchte ich Rodeheaver auf einige Prozesse ansprechen, die mit einem Freispruch endeten, obwohl er behauptete, der psychische Zustand des Angeklagten sei einwandfrei gewesen.«

»Es dürfte sehr schwer sein, solche Fälle zu finden«, wandte Ellen ein.

»Ich weiß, aber Sie schaffen es bestimmt, Row Ark. Ich habe Sie jetzt eine Woche lang bei der Arbeit beobachtet, und daher bin ich davon überzeugt, daß Sie nicht überfordert sind.«

»Ich fühle mich geschmeichelt, Boß.«

»Wahrscheinlich müssen Sie verschiedene Anwälte in diesem Staat anrufen, Strafverteidiger, die schon einmal mit Rodeheaver zu tun hatten. Die Nachforschungen sind sicher nicht leicht, aber zweifellos gelingt es Ihnen irgendwie, die notwendigen Informationen zusammenzutragen.«

»Danke, Boß. Ich nehme an, Sie wollen den Bericht gestern.«

»Nein. Ich glaube nicht, daß Rodeheaver schon in der nächsten Woche aussagt. Sie haben also etwas Zeit.«

»Jetzt verwirren Sie mich. Soll das heißen, diese Sache muß nicht schnellstens erledigt werden?«

»Sie ist sehr wichtig, aber dem Bericht im Hinblick auf die Einzelheiten der Vergewaltigung kommt eine noch größere Bedeutung zu.«

»Ja, Boß.«

»Was ist mit dem Mittagessen?«

»Ich habe keinen Hunger.«

»Gut. Nehmen Sie sich nichts für den Abend vor.«

»Wie meinen Sie das?«

»Ich möchte Sie mit etwas überraschen.«

»Dachten Sie dabei an eine Art Rendezvous?«

»Nein, eher an ein Arbeitsessen von zwei Profis.«

Jake stopfte Aktenordner und Schnellhefter in zwei kleine Koffer. »Ich fahre zu Lucien«, sagte er zu seiner Assistentin, als er zur Tür ging. »Rufen Sie nur an, wenn es sich um einen echten Notfall handelt. Verraten Sie niemandem, wo ich zu erreichen bin.«

»Womit befassen Sie sich?«

»Mit der Jury.«

Der betrunkene Lucien schlief in der Hollywoodschaukel, und von Sallie fehlte jede Spur. Jake suchte das große Arbeitszimmer im Obergeschoß auf; dort gab es mehr Rechtsbücher als in vielen Anwaltsbüros. Er holte die Unterlagen aus den beiden Aktenkoffern, und auf den Schreibtisch legte er eine alphabetische Liste der Geschworenen, einen Stapel aus fünf mal acht Zentimeter großen Karteikarten und mehrere Markierungsstifte.

Der erste Name lautete Acker, Barry Acker. Der Nachname stand in blauen Blockbuchstaben an der oberen Kartenkante. Blau für Männer, rot für Frauen, schwarz für Schwarze, ungeachtet des Geschlechts. Unter Ackers Namen schrieb Jake mit einem Bleistift Notizen. Alter, etwa vierzig.

Zum zweiten Mal verheiratet, drei Kinder, zwei Töchter. Verdient sich seinen Lebensunterhalt mit einem schlechtgehenden Haushaltswarenladen in Clanton. Die Frau Angestellte in einer Bank. Fährt einen Pickup. Geht gern auf die Jagd. Trägt Cowboystiefel. Ein netter Kerl. Atcavage war am Donnerstag im Laden gewesen, um sich Barry Acker anzusehen, und er meinte, der Typ spräche wie jemand, der eine gute Bildung hätte. Jake fügte dem Namen Acker eine Neun hinzu.

Die Resultate seiner Ermittlungen erstaunten ihn. Buckley konnte unmöglich so viele Informationen haben.

Der zweite Geschworene: Bill Andrews. Was für ein Name; im Telefonbuch standen gleich sechs. Jake kannte einen Bill Andrews, Harry Rex einen weiteren. Ozzie wußte um einen Schwarzen mit diesem Namen, aber niemand von ihnen ahnte, wer die Vorladung bekommen hatte. Brigance schrieb ein Fragezeichen auf die Karte.

Gerald Ault. Jake lächelte, als er diesen Namen las. Ault war vor einigen Jahren in seiner Praxis gewesen, als man ihm die Hypothek für sein Haus in Clanton gekündigt hatte. Die Behandlungskosten für das Nierenleiden seiner Frau trieben ihn in den Ruin. Er hatte sie in Princeton kennengelernt, während des Studiums. Sie kam aus Ford County, das einzige Kind einer einst reichen Familie aus lauter Narren, die ihr Geld in die Eisenbahn investiert hatten. Ault heiratete rechtzeitig genug, um den finanziellen Niedergang der Schwiegereltern mitzuerleben, und Probleme verdrängten die Sorglosigkeit aus seinem Leben. Eine Zeitlang unterrichtete er als Lehrer, kümmerte sich dann um die Bibliothek und nahm schließlich einen Job im Gericht an. Er entwickelte eine Abneigung gegen harte Arbeit. Nach einigen Jahren erkrankte seine Frau, und daraufhin verloren sie ihr kleines, bescheidenes Haus. Derzeit war er als Verkäufer in einem Einzelhandelsgeschäft tätig.

Jake wußte etwas über Gerald Ault, das allen anderen unbekannt war. Während seiner Kindheit hatte die Familie in Pennsylvania gelebt. Eines Nachts geriet das Bauernhaus unweit des Highways in Brand. Ein Autofahrer hielt an, trat die

Tür ein und rettete die Aults. Das Feuer griff rasch um sich: als Gerald und sein Bruder im ersten Stock erwachten, saßen sie in ihrem Raum fest. Vom Fenster aus riefen sie um Hilfe. Die Eltern und Geschwister standen unten auf dem Rasen und waren hilflos. Flammen leckten aus allen Fenstern und sparten nur noch das Kinderzimmer aus. Der Autofahrer griff nach dem Wasserschlauch im Garten, bespritzte sich, stürmte in das brennende Haus, taumelte durch den dichten Qualm, erreichte die Kammer und zertrümmerte dort die Fensterscheibe. Er packte Gerald und seinen Bruder und sprang mit ihnen hinunter. Wie durch ein Wunder wurde niemand von ihnen verletzt. Die Aults weinten und umarmten den Retter. Sie dankten dem Fremden, einem Schwarzen. Er war der erste Neger, den die Kinder je gesehen hatten.

Gerald Ault gehörte zu den wenigen Weißen in Ford County, die Schwarze mochten. Jake schrieb eine Zehn neben seinen Namen.

Sechs Stunden lang ging er die Geschworenenliste durch, notierte Anmerkungen auf den Karteikarten, konzentrierte sich auf jeden Namen, stellte sich die einzelnen Jurymitglieder vor und sprach sogar mit ihnen. Er schätzte sie ein. Jeder Schwarze bekam automatisch eine Zehn, doch bei den Weißen war es nicht so einfach. Männer erhielten eine bessere Beurteilungsziffer als Frauen, und er zog jüngere Männer älteren vor. Einer guten Bildung gab er ebenso Pluspunkte wie liberalen Ansichten.

Ellen tippte, als Jake von Lucien zurückkehrte. Sie wandte sich von der Schreibmaschine ab, schloß einige Rechtsbücher und sah auf.

»Wo haben Sie das Abendessen geplant?« fragte sie und lächelte verschmitzt.

»Was halten Sie von einem kleinen Ausflug?«

»Meinetwegen. Aber wohin?«

»Sind Sie jemals in Robinsonville, Mississippi, gewesen?«

»Nein, aber ich bin vorbereitet. Was gibt's dort?«

»Nur Baumwolle, Sojabohnen und ein großartiges Restaurant.«

»Und die Kleidung?«

Jake musterte seine Assistentin. Wie üblich trug sie ausgewaschene Jeans ohne Socken und ein marineblaues Hemd, das vier Nummern zu groß zu sein schien, jedoch nicht über der Hose hing.

»Sie sehen gut aus«, sagte er.

Sie schalteten den Fotokopierer und das Licht aus und verließen Clanton im Saab. Im Schwarzenviertel der Stadt hielt Jake an einem Spirituosenladen und kaufte einen Sechserpack Coors sowie eine große, kühle Flasche Chablis.

»Die Getränke muß man selbst mitbringen«, erklärte er, als Clanton hinter ihnen zurückblieb. Die Sonne neigte sich vor ihnen dem Horizont entgegen, und Jake klappte die Blenden herunter. Ellen schlüpfte in die Rolle des Barkeepers und öffnete zwei Dosen.

»Wie lange müssen wir fahren?« frage sie.

»Anderthalb Stunden.«

»Anderthalb Stunden! Ich bin halb verhungert.«

»Begnügen Sie sich zunächst mit dem Bier. Das Essen verdient ein wenig Geduld.«

»Was steht auf der Speisekarte?«

»Gegrilltes; sautierte Garnelen, Froschschenkel und gebratener Seewolf.«

Ellen trank einen Schluck. »Warten wir's ab.«

Jake trat aufs Gas, und sie rasten über zahllose Brücken; das Wasser darunter floß in den Lake Chatullah. Die von dichten grünen Sträuchern gesäumte Straße führte an steilen Hügeln empor. Brigance lenkte den Wagen durch scharfe Kurven und überholte die letzten Papierholz-Laster dieses Tages. Nach einer Weile öffnete er das Schiebedach, kurbelte die Fenster herunter und genoß den Wind. Ellen lehnte sich zurück und schloß die Augen. Das lange, wellige Haar umwehte ihr Gesicht.

»Hören Sie, Row Ark: Das Essen ist rein beruflicher Natur ...«

»Natürlich, völlig klar.«

»Im Ernst. Ich bin der Chef, und Sie sind die Angestellte. Uns steht ein Arbeitsessen bevor und sonst nichts. Deshalb bitte ich Sie, alle lüsternen Gedanken aus Ihrem sexuell befreiten Kopf zu verbannen.«

»Klingt ganz so, als hätten Sie entsprechende Ideen.«

»Nein. Ich weiß nur, was Sie denken.«

»Woher wollen Sie wissen, was ich denke? Warum glauben Sie, so unwiderstehlich zu sein, daß ich Sie verführen möchte?«

»Halten Sie nur Ihre Hände unter Kontrolle. Ich bin ein glücklich verheirateter Mann, dessen Frau zu einer Mörderin werden könnte, wenn sie herausfände, daß er sie betrügt.«

»Na schön. Wir sind also nur Freunde. Zwei Freunde, zu einem gemeinsamen Abendessen unterwegs.«

»Hier im Süden klappt so etwas nicht. Ein Mann kann nicht mit einer Freundin essen, wenn er einen Ehering trägt. Das ist hier ausgeschlossen.«

»Warum?«

»Weil Männer keine Freundinnen haben. Unmöglich. Ich kenne keinen einzigen verheirateten Mann in den Südstaaten, der eine Freundin hat. Ich vermute, das läßt sich bis auf den Sezessionskrieg zurückführen.«

»*Ich* vermute, es handelt sich um ein Überbleibsel aus dem finstersten Mittelalter. Warum sind die Frauen in den Südstaaten so eifersüchtig?«

»Weil wir sie dazu erzogen haben. Sie lernten von uns. Wenn meine Frau mit einem Freund essen ginge, würde ich den Kerl umbringen und anschließend die Scheidung einreichen. Dieses Verhaltensmuster hat sich auf Carla übertragen.«

»Das ist doch absurd.«

»Da haben Sie völlig recht.«

»Ihre Frau hat keine Freunde?«

»Ich weiß von keinen. Falls doch welche existieren sollten und Sie davon erfahren, so geben Sie mir bitte Bescheid.«

»Und Sie haben keine Freundinnen?«

»Warum sollte ich mir eine Freundin wünschen? Sie reden nicht über Football, Entenjagd, Politik, Prozesse oder andere Themen, die mich interessieren. Sie sprechen über Kinder,

Mode, Rezepte, Gutscheine, Möbel und andere Dinge, die mir völlig gleichgültig sind. Nein, ich habe keine Freundinnen. Ich lege keinen Wert darauf.«

»Das gefällt mir so sehr an den Südstaaten – die Toleranz der Einheimischen.«

»Danke.«

»Was ist mit jüdischen Freunden?«

»Ich kenne keine Juden in Ford County. Während meines Studiums war ich mit einem befreundet. Er hieß Ira Trauber und kam aus New Jersey. Wir standen uns sehr nahe. Ich mag Juden. Jesus war Jude. Den Antisemitismus habe ich nie verstanden.«

»Mein Gott, Sie sind ein echter Liberaler. Wie sieht's mit Homosexuellen aus?«

»Sie tun mir leid. Die Burschen wissen nicht, was ihnen entgeht. Aber das ist ihr Problem.«

»Könnten Sie sich einen homosexuellen Freund vorstellen?«

»Ja. Solange er mir nicht verrät, daß er schwul ist.«

»Was bedeutet, daß Sie kein Liberaler sind, sondern Republikaner.«

Ellen nahm Jakes leere Bierdose, warf sie auf den Rücksitz und öffnete zwei weitere. Inzwischen war die Sonne untergegangen, und bei hundertvierzig Stundenkilometern fühlte sich die schwüle Luft kühl an.

»Eine Freundschaft zwischen uns kommt also nicht in Frage.«

»Nein.«

»Ebensowenig eine sexuelle Beziehung.«

»Bitte. Ich muß mich aufs Fahren konzentrieren.«

»Was sind wir dann?«

»Ich bin der Rechtsanwalt, und Sie sind meine Assistentin. Ich bin der Chef, und Sie sind die Angestellte. Ich bin der Boß, und Sie sind der Laufbursche.«

»Sie sind der Mann, und ich bin die Frau.«

Jake bewunderte Ellens Jeans und ihr weites Hemd. »Das ist offensichtlich.«

Sie schüttelte den Kopf und starrte zu den vorbeihuschenden Sträuchern und Bäumen. Jake lächelte, fuhr schneller und nippte an seinem Bier. Es herrschte kaum Verkehr, und mit hoher Geschwindigkeit steuerte er den Saab über einige Kreuzungen. Plötzlich verschwanden die Hügel, und das Land wurde flach.

»Wie heißt das Restaurant?«

»Hollywood.«

»Was?«

»Hollywood.«

»Warum trägt es ausgerechnet diesen Namen?«

»Weil es sich einst in dem Ort Hollywood, Mississippi, befand. Doch es brannte ab, und der Inhaber zog damit nach Robinsonville um. Am Namen änderte er nichts.«

»Was ist so großartig daran?«

»Großartiges Essen, großartige Musik und eine großartige Atmosphäre. Außerdem verirrt sich kaum jemand aus Clanton ins Hollywood. Was bedeutet: Ich kann dort mit einer hübschen jungen Frau essen, ohne daß sich die Leute das Maul zerreißen.«

»Ich bin keine Frau, sondern ein Laufbursche.«

»Wohl eher ein Laufmädchen. Und ein sehr attraktives.«

Ellen lächelte und strich sich durchs Haar. An einer weiteren Kreuzung bog Jake nach links ab und setzte die Fahrt in Richtung Westen fort, bis sie eine Siedlung unweit der Eisenbahn erreichten. Einige leere Holzgebäude standen neben der Straße, und auf der anderen Seite sahen sie einen alten Kurzwarenladen, vor dem mehrere Wagen parkten. Musik klang aus den Fenstern. Jake griff nach der Flasche Chablis und führte seine Assistentin zur Veranda und durch die Tür.

Direkt neben dem Eingang erhob sich ein Podium; darauf saß Merle, eine alte Schwarze, an ihrem Klavier und sang ›Rainy Night in Georgia‹. Drei lange Tischreihen reichten durch den Raum und endeten kurz vor dem Podest. Etwa die Hälfte der Plätze war besetzt. Weiter hinten schenkte eine Kellnerin Bier aus einer Karaffe aus und winkte den neuen Gästen zu. Jake und Ellen nahmen hinten Platz, an einem Tisch, auf dem eine rotkarierte Decke lag.

»Möchten Sie gebratene Gurken?« wandte sich die Kellnerin an Jake.

»Ja! Zwei Portionen.«

Ellen runzelte die Stirn und sah ihren Chef an. »Gebratene Gurken?«

»Ja, natürlich. Gibt es so etwas in Boston nicht?«

»Wird hier alles gebraten?«

»Wenn es sich lohnt. Ich esse die Gurken, falls sie Ihnen nicht schmecken.«

Weiter vorn ertönten Stimmen. Jemand brachte einen Trinkspruch aus, und schallendes Gelächter folgte. In dem Restaurant ging es ziemlich laut zu.

»Das gefällt mir so am Hollywood«, sagte Jake. »Hier braucht man nicht leise zu sein, und man kann solange am Tisch sitzen, wie es einem beliebt. Wenn man hier einen Platz gefunden hat, dann gehört er einem für den ganzen Abend. Bestimmt dauert es nicht mehr lange, bis Gesang und Tanz beginnen.«

Jake bestellte sautierte Garnelen und gebratenen Seewolf für sie beide. Ellen lehnte Froschschenkel ab. Die Kellnerin kam mit der Flasche Chablis und zwei gekühlten Gläsern zurück. Sie tranken auf Carl Lee Hailey und seine Unzurechnungsfähigkeit.

»Was halten Sie von Bass?« erkundigte sich Brigance.

»Ein perfekter Zeuge. Er wird genau das sagen, was wir vor Gericht von ihm hören möchten.«

»Sind Sie besorgt?«

»Ich wäre besorgt, wenn es bei der Aussage des Psychiaters um die Beschreibung der Tatumstände ginge. Aber wir rufen ihn als Sachverständigen in den Zeugenstand, als einen Experten, der seine Meinung darlegt. Und daran gibt es nichts auszusetzen.«

»Ist er glaubwürdig?«

»Wenn er nichts getrunken hat. In dieser Woche haben wir uns zweimal unterhalten. Am Dienstag war er nüchtern und sehr hilfreich, am Mittwoch hingegen betrunken und gleichgültig. Ich schätze, er ist der beste Psychiater, den wir finden konnten. Er schert sich nicht um die Wahrheit, und ich habe ihn gut auf seine Aussage vorbereitet.«

»Glaubt er, Carl Lee sei zum Tatzeitpunkt unzurechnungsfähig gewesen?«

»Nein. Glauben Sie daran?«

»Nein. Um ganz ehrlich zu sein, Row Ark: Fünf Tage vor dem Doppelmord erzählte mir Carl Lee, daß er die beiden Burschen umlegen wolle. Er wies sogar darauf hin, daß sich die Abstellkammer gut als Versteck eignete. Aber zu jenem Zeitpunkt nahm ich ihn nicht ernst. Wie dem auch sei ... Unser Klient hat alles sorgfältig geplant.«

»Warum haben Sie ihn nicht daran gehindert?«

»Weil ich sicher gewesen bin, daß es sich nur um leere Worte handelte. Seine Tochter war gerade vergewaltigt worden und rang im Krankenhaus um ihr Leben.«

»Und wenn sich Ihnen die Möglichkeit geboten hätte, das Verbrechen zu verhindern?«

»Ich habe mit Ozzie gesprochen. Aber niemand von uns zog wirklich in Erwägung, daß Carl Lee fähig sein könnte, die beiden Vergewaltiger umzubringen. Was Ihre Frage betrifft: Die Antwort darauf ist ein klares Nein. An seiner Stelle hätte ich die gleiche Entscheidung getroffen und mich ebenso verhalten.«

»Sie wären bereit gewesen, Cobb und Willard ins Jenseits zu schicken? Wie?«

»Auf die gleiche Weise wie Carl Lee. Es war ganz einfach.«

Ellen griff nach ihrer Gabel und richtete einen skeptischen Blick auf die gebratene Gurke. Sie schnitt das Ding in zwei Hälften, spießte eine auf und schnupperte daran. Dann knabberte sie, kaute langsam, schluckte und schob den Teller zu Jake.

»Typisch Yankee«, kommentierte er. »Ich verstehe Sie nicht, Row Ark. Abgesehen davon, daß Sie keine gebratenen Gurken mögen, sind Sie attraktiv und sehr intelligent. Sie könnten für jede angesehene Kanzlei in den Staaten arbeiten und eine sechsstellige Summe im Jahr verdienen. Statt dessen verschwenden Sie Ihre Zeit an kaltblütige Mörder, die in der Todeszelle sitzen und auf ihre verdiente Strafe warten.«

»Sie vergeuden Ihre Zeit an die gleichen Leute. Jetzt vertreten Sie Carl Lee Hailey. Im nächsten Jahr verteidigen Sie vielleicht einen anderen Mörder, den alle hassen, aber Sie haben wegen ihm schlaflose Nächte, weil er zufälligerweise Ihr Klient ist. Eines Tages versuchen Sie, jemanden aus der Todeszelle zu holen, ihn vor der Hinrichtung zu bewahren, und dann steht Ihnen eine schreckliche Erfahrung bevor. Sie werden ein völlig anderer Mensch sein, wenn man Ihren Mandanten auf den Stuhl schnallt, wenn er Sie zum letztenmal ansieht. Dann begreifen Sie, wie barbarisch unsere Justiz ist. Und dann erinnern Sie sich an Row Ark.«

»Dann lasse ich mir einen Bart wachsen und schließe mich den Gegnern der Todesstrafe an.«

»Wenn man Ihren Mitgliedschaftsantrag nicht zurückweist.«

Die sautierten Garnelen wurden in einer kleinen schwarzen Bratpfanne serviert; sie brutzelten in einer Mischung aus Butter, Knoblauch und Grillsoße. Ellen schaufelte einige Löffel auf ihren Teller und aß wie eine Verhungernde. Merle stimmte eine eigene Dixie-Version an, und die Gäste sangen mit, klatschten rhythmisch in die Hände.

Die Kellnerin eilte am Tisch vorbei und stellte eine Schüssel mit knusprigen Froschschenkeln ab. Jake nahm einige davon, nachdem er sein Glas Wein geleert hatte. Ellen versuchte, ihnen keine Beachtung zu schenken. Im Anschluß an die Vorspeisen kam das Hauptgericht, der Seewolf. Das Öl zischte noch immer, und sie wagten es nicht, den großen Porzellanteller zu berühren. Der Fisch war goldbraun, und an den Seiten zeigten sich schwarze Grillstreifen. Jake und Ellen aßen und tranken langsam; sie beobachteten sich, während sie die leckere Mahlzeit genossen.

Gegen Mitternacht war die Flasche leer, und es brannten nur noch wenige Lampen. Jake und seine Assistentin verabschiedeten sich von der Kellnerin und Merle. Sie schlenderten nach draußen, gingen vorsichtig die Treppenstufen vor der Veranda herunter und schritten zum Wagen. Brigance legte den Sicherheitsgurt an.

»Eigentlich dürfte ich jetzt nicht mehr fahren«, sagte er.

»Ich auch nicht. Weiter unten an der Straße habe ich ein Motel gesehen.«

»Ja, ich weiß. Aber wenn ich mich recht entsinne, wies ein Schild darauf hin, daß alle Zimmer belegt sind. Man muß sich wirklich vor Ihnen hüten, Row Ark. Erst sorgen Sie dafür, daß ich betrunken werde, und dann versuchen Sie, meinen Zustand auszunutzen.«

»Das würde ich gern, Mister.«

Ihre Blicke trafen sich. In Ellens Gesicht zeigte sich der rote Widerschein der HOLLYWOOD-Leuchtreklame über dem Eingang.

Einige Sekunden verstrichen, und dann schaltete jemand die große Neonlampe aus. Das Restaurant hatte geschlossen.

Jake startete den Motor des Saab und ließ ihn warmlaufen, bevor er durch die Dunkelheit raste.

Früh am Samstagmorgen rief Mickymaus den Sheriff zu Hause an und stellte weitere vom Klan verursachte Probleme in Aussicht. Sie seien nicht für den Aufruhr vom Donnerstag verantwortlich, meinte der Informant, aber trotzdem gebe man ihnen die Schuld. Sie hätten friedlich demonstrieren wollen, und nun läge ihr Anführer im Krankenhaus, mit Verbrennungen dritten Grades, die siebzig Prozent seiner Haut betrafen. Die Leiter des KKK hatten Vergeltung beschlossen. Verstärkung aus anderen Staaten war unterwegs, und Gewalt stand auf dem Programm. Der Mann namens Mickymaus nannte keine Einzelheiten, aber er versprach, noch einmal anzurufen, wenn er mehr herausfinden würde.

Ozzie saß auf der Bettkante, rieb sich die angeschwollene Stelle am Hinterkopf und wählte die Nummer des Bürgermeisters und dann die Jakes. Eine Stunde später trafen sie sich im Büro des Sheriffs.

»Die Situation gerät allmählich außer Kontrolle«, sagte Ozzie. Er hielt sich einen Eisbeutel an den Nacken und verzog bei jedem Wort das Gesicht. »Ich weiß aus zuverlässiger Quelle, daß sich der Klan für die Ereignisse vom Donnerstag rächen will. Frische Kluxer-Truppen aus anderen Staaten rücken an.«

»Nehmen Sie diese Auskunft ernst?« fragte der Bürgermeister.

»Ich fürchte, ich *muß* sie ernst nehmen.«

»Der gleiche Informant?« erkundigte sich Jake.

»Ja.«

»Dann ist jeder Zweifel ausgeschlossen.«

»Jemand erwähnte Gerüchte über eine Verlegung des Verhandlungsortes oder einen Aufschub«, sagte Ozzie. »Ist da was dran?«

»Nein. Ich habe gestern mit Richter Noose gesprochen. Der Prozeß findet hier statt, und er beginnt am Montag.«

»Weiß er von den brennenden Kreuzen?«

»Er hat alles von mir erfahren.«

»Ist er verrückt?« entfuhr es dem Bürgermeister.

»Ja. Und dumm obendrein. Aber das sollte unter uns bleiben.«

Ozzie stöhnte leise. »Basiert seine Entscheidung auf einer festen juristischen Grundlage?«

Jake schüttelte den Kopf. »Eher auf juristischem Treibsand.«

Der Sheriff nahm einen anderen Eisbeutel und massierte behutsam den Nacken. Seine Stimme klang schmerzerfüllt. »Ich möchte vermeiden, daß es zu weiteren Unruhen kommt. Dieser Unsinn muß unbedingt aufhören – sonst gibt es in unserem Krankenhaus bald keine freien Betten mehr. Es gilt, sofort etwas zu unternehmen. Die Schwarzen sind sauer und impulsiv; der geringste Anlaß könnte genügen, um sie wieder auf die Straße zu bringen. Einige von ihnen warten nur auf einen Grund, um zu schießen, und die weißen Kutten geben gute Ziele ab. Außerdem habe ich so eine Ahnung, daß der Klan diesmal etwas wirklich Dummes anstellt: Vielleicht läßt er sich dazu hinreißen, jemanden zu töten. Seit zehn Jahren hatten die Kluxer nicht mehr soviel Publicity im ganzen Land. Der Informant teilte mir mit, daß der KKK nach den Geschehnissen am Donnerstag Dutzende von Anrufen bekommen hat. Viele Leute bewarben sich um

Mitgliedschaft und möchten bei dem hiesigen Rummel mitmischen.«

Wie in Zeitlupe neigte Ozzie den Kopf von einer Seite zur anderen und wechselte zum zweiten Mal den Eisbeutel. »Ich sage es nicht gern, Bürgermeister, aber meiner Meinung nach sollten wir den Gouverneur bitten, die Nationalgarde zu schicken. Ich weiß, es ist eine drastische Maßnahme, doch mir graut bei der Vorstellung, daß jemand ums Leben kommt.«

»Die Nationalgarde!« wiederholte der Bürgermeister fassungslos.

»Ja, genau.«

»Sie soll Clanton besetzen?«

»Um die Bürger zu schützen.«

»Und in den Straßen patrouillieren?«

»Ja. Mit Waffen und allem Drum und Dran.«

»Lieber Himmel, das ist wirklich drastisch. Halten Sie es nicht für ein wenig übertrieben?«

»Nein. Ganz offensichtlich habe ich nicht genug Männer, um hier Sicherheit und Ordnung zu gewährleisten. Wir könnten nicht einmal dann einen Aufruhr beenden, wenn er direkt vor uns stattfände. Der Klan verbrennt überall Kreuze, und uns sind die Hände gebunden. Was machen wir, wenn die Schwarzen plötzlich beschließen, ihrem Zorn freien Lauf zu lassen? Mir fehlen Leute, Bürgermeister. Ich brauche Hilfe.«

Jake hielt den Vorschlag des Sheriffs für eine ausgezeichnete Idee. Wie sollte jetzt noch eine unvoreingenommene Jury ausgewählt werden, wenn die Nationalgarde das Gerichtsgebäude umstellte? Er dachte daran, wie die Vorgeladenen am Montagmorgen eintrafen und vor dem Gericht schwerbewaffnete Soldaten, Jeeps und vielleicht sogar den einen oder anderen Panzer sahen. Wie konnten sie unter solchen Umständen objektiv bleiben? Wie konnte Noose darauf bestehen, den Fall in Clanton zu verhandeln? Wie konnten die Richter des obersten Gerichts es ablehnen, das Urteil zu revidieren, falls Carl Lee – Gott behüte! – verurteilt wurde? Ja, eine ausgezeichnete Idee.

»Was meinen Sie, Jake?« fragte der Bürgermeister und hoffte, in dem Anwalt einen Verbündeten zu finden.

»Ich glaube, Sie haben keine Wahl. Weitere Unruhen dürfen wir nicht zulassen. Dadurch ergäben sich vielleicht sehr negative politische Folgen für Sie.«

»Ich denke dabei nicht an die Politik«, lautete die Antwort. Jake und Ozzie wußten es natürlich besser. Beim letztenmal war der Bürgermeister mit einem Vorsprung von nur fünfzig Stimmen wiedergewählt worden, und vor jeder Entscheidung dachte er gründlich über die politischen Konsequenzen nach. Ozzie bemerkte das dünne Lächeln Jakes, als der Bürgermeister auf seinem Stuhl hin und her rutschte, während er sich eine von der Armee besetzte Stadt vorstellte.

Nach dem Sonnenuntergang am Samstagabend führten Ozzie und Hastings den Häftling Carl Lee durch die Hintertür des Countygefängnisses. Sie nahmen im Streifenwagen des Sheriffs Platz und unterhielten sich lachend, als sie langsam aus der Stadt fuhren, an Bates' Lebensmittelladen vorbei und zur Craft Road. Vor dem Haus der Haileys standen viele Autos, und deshalb parkte Ozzie am Straßenrand. Carl Lee schritt wie ein freier Mann durch die Vordertür, und sofort eilten ihm Verwandte, Freunde und die Kinder entgegen. Seine Ankunft war eine große Überraschung für sie. Der Vater drückte Tonya und die drei Söhne so fest an sich, als befürchtete er, daß er sie jetzt zum letztenmal umarmen könne. Die Menge sah stumm zu, als der große Mann auf dem Boden kniete und den Kopf gesenkt hielt, während seine Kinder vor ihm schluchzten. Viele Erwachsene weinten ebenfalls.

In der Küche stand ein regelrechtes Bankett bereit. Der Ehrengast setzte sich auf den üblichen Stuhl am oberen Ende des Tisches, umgeben von der Familie. Bischof Agee sprach ein kurzes Gebet der Hoffnung auf Heimkehr. Hundert Freunde hörten zu. Ozzie und Hastings füllten Teller für sich und zogen sich dann auf die vordere Veranda zurück, wo sie nach Moskitos schlugen und ihre Strategie für den

Prozeß planten. Der Sheriff war sehr um Carl Lees Sicherheit besorgt und dachte in diesem Zusammenhang daran, daß sie ihn jeden Tag vom Gefängnis zum Gericht und zurück fahren mußten. Der Angeklagte hatte bewiesen, wie gefährlich solche Fahrten sein konnten.

Nach dem Essen strömte die Menge auf den Hof. Die Kinder spielten, während die Erwachsenen auf der Veranda blieben, so nahe wie möglich bei Carl Lee. Er war ihr Held, der berühmteste Mann weit und breit, und sie kannten ihn persönlich. Ihrer Ansicht nach fand der Prozeß gegen ihn nur aus einem Grund statt. Sicher, er trug die Schuld am Tod der beiden Männer, aber darum ging es gar nicht. Als Weißer hätte er dafür eine Medaille bekommen. Er wäre zwar ebenfalls vor Gericht gestellt worden, doch mit einer weißen Jury hätte sich das Verfahren auf eine reine Formsache beschränkt. Carl Lee hingegen riskierte eine Verurteilung, weil er Schwarzer war. Andernfalls hätte er ganz sicher sein können, freigesprochen zu werden. Alle Anwesenden glaubten fest daran. Sie hörten aufmerksam zu, als er über den bevorstehenden Prozeß sprach. Er bat sie darum, für ihn zu beten, im Gerichtssaal zugegen zu sein und seine Familie zu schützen.

Stundenlang saßen sie draußen in der schwülen Hitze. Carl Lee und Gwen hatten nebeneinander in der Hollywoodschaukel Platz genommen, umgeben von Bewunderern, deren Blicke an dem illustren Mann klebten. Bevor sie gingen, umarmten sie ihn und versprachen, am Montag im Gericht zu sein. Sie fragten sich, ob sie es noch einmal würden sehen können, wie er so auf der Veranda seines Hauses saß.

Um Mitternacht meinte Ozzie, es sei Zeit, in die Stadt zurückzukehren. Carl Lee verabschiedete sich von Gwen und den Kindern und ging dann mit dem Sheriff zum Streifenwagen.

Bud Twitty starb in jener Nacht. Die Zentrale benachrichtigte Nesbit, der Jake anrief. Brigance nahm sich vor, Blumen zu schicken.

32

Sonntag. Nur noch ein Tag bis zum Prozeßbeginn. Jake erwachte um fünf Uhr morgens mit einem flauen Gefühl in der Magengrube. Er führte es auf das Verfahren zurück, und den Grund für seine Kopfschmerzen sah er ebenfalls in der Gerichtsverhandlung – und in der langen, feuchten Diskussion, die er am vergangenen Abend auf Luciens Terrasse geführt hatte, zusammen mit Ellen und seinem früheren Chef. Row Ark beschloß, in einem von Luciens Gästezimmern zu übernachten, und deshalb hielt es Jake für angebracht, zu seiner Praxis zu fahren und dort im Büro zu schlafen.

Er lag auf der Couch und hörte Stimmen von der Straße. Im Dunkeln taumelte er zum Balkon und blieb verblüfft stehen, als er die Szene vor dem Gerichtsgebäude sah. D-Day! Der Krieg hatte begonnen! Patton war eingetroffen! Transporter und Jeeps auf den Straßen, die den Platz säumten. Überall Soldaten, die bei dem Versuch hin und her eilten, sich zu organisieren und einen militärischen Eindruck zu erwecken. Funkgeräte piepten; dickbäuchige Kommandeure schrien ihre Männer an und befahlen ihnen, sich zu disziplinieren und militärisch zu wirken. In der Nähe des Pavillons auf dem Rasen wurde eine Leitstelle errichtet. Dutzende von Uniformierten hämmerten Pflöcke in den Boden, zogen Stricke und bauten drei große, in Tarnfarben gehaltene Zelte auf. An den vier Ecken des Platzes entstanden Absperrungen, und dort bezogen Wachtposten Aufstellung. Sie rauchten Zigaretten und lehnten sich an die Straßenlaternen.

Nesbit saß auf dem Kofferraum seines Wagens und beobachtete die Befestigung des Stadtzentrums. Er plauderte mit einigen Soldaten. Jake kochte Kaffee und brachte ihm einen Becher. Er war jetzt wach und in Sicherheit; Nesbit konnte nach Hause fahren und sich bis zum Abend ausruhen. Anschließend kehrte Brigance auf den Balkon zurück und sah den allgemeinen Aktivitäten bis zum Sonnenaufgang zu. Nach dem Transport der Truppen rollten die Laster zum Arsenal der Nationalgarde im Norden der Stadt; dort würden die Soldaten übernachten. Jake schätzte ihre Zahl auf zweihundert. Sie schlenderten vor dem Gerichtsgebäude umher oder gingen in kleinen Gruppen am Platz entlang, starrten in Schaufenster und warteten darauf, daß es hell wurde. Vermutlich erhofften sie sich etwas Aufregung.

Noose war bestimmt außer sich. Wie konnte man es wagen, die Nationalgarde zu rufen, ohne ihn vorher zu fragen! Er trug die Verantwortung für den Prozeß. Der Bürgermeister hatte darauf hingewiesen, und Jake erklärte, es sei die Pflicht des Bürgermeisters und nicht die des Richters, für Sicherheit in Clanton zu sorgen. Ozzie pflichtete ihm bei, und man verzichtete darauf, mit Noose zu telefonieren.

Der Sheriff und Moss Junior Tatum trafen ein und begegnetem dem Colonel am Pavillon. Sie gingen um das Gerichtsgebäude herum und inspizierten die Truppen. Ozzie deutete in verschiedene Richtungen, und der Colonel nickte mehrmals. Moss Junior schloß den Vordereingang des Gerichts auf, damit sich die Soldaten Trinkwasser holen und die Toiletten benutzen konnten. Es war nach neun Uhr, als der erste Pressegeier von der Besetzung Clantons erfuhr. Eine Stunde später wimmelte es überall von Journalisten, die mit Kameras und Mikrofonen hantierten, um wichtige Bemerkungen von Sergeanten oder Corporals in Bild und Ton festzuhalten.

»Wie heißen Sie, Sir?«

»Ich bin Sergeant Drumwright.«

»Woher kommen Sie?«

»Aus Booneville.«

»Wo ist das?«

»Etwa hundertfünzig Kilometer entfernt.«

»Warum sind Sie hier?«

»Der Gouverneur hat uns um Hilfe gebeten.«

»Aus welchem Grund?«

»Er bat uns darum, hier alles unter Kontrolle zu halten.«

»Rechnen Sie mit Schwierigkeiten?«

»Nein.«

»Wie lange bleiben Sie hier?«
»Keine Ahnung.«
»Sind Sie bis zum Ende des Prozesses in Clanton stationiert?«
»Keine Ahnung.«
»Wer kann uns darüber Auskunft geben?«
»Der Gouverneur, nehme ich an.«
Und so weiter.

Während des ruhigen Sonntagmorgens sprach sich die Nachricht von der Invasion rasch herum. Nach den Gottesdiensten begaben sich viele Bürger zum Stadtplatz, um festzustellen, ob die Armee tatsächlich das Gerichtsgebäude erobert hatte. Die Wachtposten schoben mehrere Absperrungen beiseite und erlaubten es den Neugierigen, am Rasen entlangzufahren und die Soldaten mit ihren Waffen und Jeeps anzustarren. Jake saß auf dem Balkon, trank Kaffee, las Karteikarten und prägte sich Informationen über die Vorgeladenen ein.

Er rief Carla an, erwähnte die eingesetzte Nationalgarde und wies darauf hin, daß er sich noch nie sicherer gefühlt habe. Hunderte von schwerbewaffneten Soldaten auf der anderen Seite der Washington Street warteten darauf, ihn zu beschützen. Ja, er hatte nach wie vor seinen Leibwächter. Ja, das Haus stand noch. Er bezweifelte, ob die Zeitungen schon über Bud Twittys Tod berichtet hatten, und deshalb ließ er ihn unerwähnt. Vielleicht würde Carla nichts davon erfahren. Ein Angelausflug mit dem Boot ihres Vaters war geplant, und Hanna wollte, daß auch ihr Daddy daran teilnahm. Als Jake auflegte, vermißte er die beiden mehr als jemals zuvor in seinem Leben.

Ellen Roark trat durch die Hintertür der Anwaltspraxis und legte eine kleine Einkaufstüte auf den Küchentisch. Sie entnahm dem Aktenkoffer einen Schnellhefter und suchte nach ihrem Chef. Er saß erneut auf dem Balkon, blickte über die Karteikarten hinweg und beobachtete das Gerichtsgebäude.
»Guten Abend, Row Ark.«
»Guten Abend, Boß.« Sie reichte ihm einen zweieinhalb

Zentimeter dicken Bericht. »Meine Ermittlungen im Hinblick auf die Vergewaltigung. Bitte entschuldigen Sie den Umfang. Die Sache ist komplexer, als ich zunächst dachte.«

Das Ergebnis von Ellens Arbeit war so gut wie die anderen Berichte. Nichts fehlte: Inhaltsangabe, Bibliographie, alle Seiten nummeriert. Jake blätterte darin. »Verdammt, Row Ark! Ich habe nicht um ein Lehrbuch gebeten.«

»Ich weiß, daß Sie vor wissenschaftlichen Abhandlungen zurückschrecken. Aus diesem Grund habe ich mir ganz bewußt Mühe gegeben, keine Wörter mit mehr als drei Silben zu benutzen.«

»Wir scheinen heute ein wenig gereizt zu sein, wie? Könnten Sie dieses Material in einer Dissertation von etwa dreißig Seiten zusammenfassen?«

»Hören Sie: Es handelt sich um die gründliche juristische Studie einer begabten Jurastudentin, die dazu in der Lage ist, bemerkenswert klar zu denken und zu schreiben. Ihnen liegt ein geniales Werk vor, und es wird Ihnen völlig kostenlos zur Verfügung gestellt. Es gibt also keinen Grund für Sie, sich zu beklagen.«

»Ja, Ma'am. Leiden Sie an Kopfschmerzen?«

»Seit ich heute morgen aufgewacht bin. Zehn Stunden lang habe ich an der Schreibmaschine gesessen, und jetzt brauche ich einen Drink. Gibt es hier irgendwo einen Mixer?«

»Einen was?«

»Ich meine einen Mixer. Ein Küchengerät. Eine der neuen Erfindungen im Norden.«

»Ich glaube, im Regal neben dem Mikrowellenherd steht einer.«

Ellen verschwand. Es war fast dunkel, und der Verkehr im Bereich des Platzes ließ nach, als die Sonntagsfahrer den Anblick der Soldaten am Gerichtsgebäude nicht mehr interessant fanden. Nach zwölf Stunden erdrückender Hitze und einer dunstartigen Luftfeuchtigkeit im Zentrum von Clanton waren die Truppen müde. Sie saßen unter Bäumen oder auf Klappstühlen und vertrieben sich die Zeit damit, den Gouverneur zu verfluchen. Als das Tageslicht verblaßte, verlegten die Soldaten Kabel und stellten Scheinwerfer an den Zelten auf. Am Postamt hielt ein Bus, und Schwarze mit Plastikstühlen und Kerzen stiegen aus, um die Nachtwache zu beginnen. Sie wanderten über den Bürgersteig neben der Jackson Street, beobachtet von zweihundert plötzlich mißtrauischen Nationalgardisten. Die Anführerin der Gruppe war Miß Rosia Alfie Gatewood, eine hundert Kilo schwere Witwe, die elf Kinder aufgezogen und neun zum College geschickt hatte. Man kannte sie als erste Schwarze, die kaltes Wasser aus dem öffentlichen Brunnen auf dem Platz getrunken und überlebt hatte, um davon zu erzählen. Sie warf den Soldaten finstere Blicke zu. Niemand von ihnen sprach ein Wort.

Ellen kehrte mit zwei großen Biergläsern mit dem Wappen des Boston College zurück, die eine hellgrüne Flüssigkeit enthielten, stellte sie auf den Tisch und nahm Platz.

»Was ist das?«

»Trinken Sie. Es hilft Ihnen, sich zu entspannen.«

»Ich bin durchaus bereit, das Zeug zu schlucken. Aber ich möchte gern wissen, was ich meinem Magen anvertraue.«

»Margaritas.«

Jake betrachtete den Rand des Glases. »Und das Salz?«

»Ich mag sie ohne Salz lieber.«

»Offenbar bleibt mir nichts anderes übrig, als Ihrem Beispiel zu folgen. Warum Margaritas?«

»Warum nicht?«

Jake schloß die Augen und trank einen großen Schluck. Dann noch einen. »Row Ark, Sie sind eine talentierte Frau.«

»Ich bin ein talentierter Laufbursche.«

Brigance setzte das Glas erneut an die Lippen. »Seit acht Jahren habe ich keine Margarita mehr getrunken.«

»Das tut mir leid.« Ellens Glas war schon halb leer.

»Welcher Rum ist hier drin?«

»Ich würde Sie Blödmann nennen, wenn Sie nicht mein Chef wären.«

»Danke.«

»Bei Margaritas verwendet man keinen Rum, sondern Tequila, Zitronensaft und Cointreau. Ich dachte, das wüßten alle Jurastudenten.«

»Unverzeihlich von mir. Bestimmt wußte ich darüber Bescheid, als ich noch zur Uni ging.«

Ellen blickte zum Platz.

»Unglaublich! Sieht wie ein Kriegsschauplatz aus.«

Jake leerte sein Glas und leckte sich die Lippen. Die Soldaten in den Zelten spielten Karten und lachten, andere flohen vor den Moskitos ins Gerichtsgebäude. Die Kerzen erreichten eine Gebäudeecke und wandten sich der Washington Street zu.

»Ja«, sagte Jake und lächelte. »Prächtig, nicht wahr? Stellen Sie sich unsere unvoreingenommenen Geschworenen vor, wenn sie Montagmorgen kommen und damit konfrontiert werden. Ich beantrage noch einmal die Verlegung des Verhandlungsortes, und der Richter lehnt ab. Ich beantrage eine neue Geschworenenauswahl, und auch diesen Wunsch wird mir Noose nicht erfüllen. Dann sorge ich dafür, daß jenes Spektakel dort drüben im Prozeßprotokoll erwähnt wird.«

»Warum sind die Soldaten hier?«

»Ozzie Walls und der Bürgermeister haben mit dem Gouverneur telefoniert und ihn davon überzeugt, daß die Nationalgarde notwendig ist, damit in Ford County kein Chaos ausbricht. Sie sagten ihm, unser Krankenhaus sei nicht groß genug.«

»Woher kommen die Gardisten?«

»Aus Booneville und Columbus. Gegen Mittag müssen es etwa zweihundertzwanzig gewesen sein.«

»Und sie waren den ganzen Tag über hier?«

»Um fünf bin ich von ihnen geweckt worden. Stundenlang habe ich den Truppenbewegungen zugeschaut. Einige Male gerieten sie in Bedrängnis, aber es traf rechtzeitig Verstärkung ein. Eben begegneten sie dem Feind, als Miß Gatewood und ihre Gefährten mit den Kerzen kamen. Ein Blick von ihr genügte, um die Soldaten einzuschüchtern, und jetzt spielen sie Karten.«

Ellen trank aus und ging in die Küche, um Nachschub zu holen. Jake nahm zum hundertsten Mal an diesem Tag die Karteikarten und breitete sie auf dem Tisch aus. Name, Alter, Beruf, Familie, Rassenzugehörigkeit, Bildung – seit dem frühen Morgen hatte er diese Informationen immer wieder gelesen. Seine Assistentin brachte die zweite Runde und griff nach den Unterlagen.

»Correen Hagan«, sagte sie und nippte am Glas.

Jake überlegte kurz. »Alter etwa fünfundfünfzig. Arbeitet als Sekretärin für einen Versicherungsvertreter. Geschieden, zwei erwachsene Kinder. Bildung ... Vermutlich High-School, mehr nicht. In Florida geboren, wenn ich mich recht entsinne.«

»Beurteilung.«

»Ich glaube, ich habe ihr eine Sechs gegeben.«

»Gut. Millard Sills.«

»Ihm gehört eine Pecanoplantage in der Nähe von Mays. Etwa siebzig Jahre alt. Während eines Überfalls in Little Rock vor einigen Jahren wurde sein Neffe von zwei Schwarzen angeschossen. Er haßt alle Nicht-Weißen. Sills darf auf keinen Fall Geschworener werden.«

»Beurteilung.«

»Eine glatte Null.«

»Clay Bailey.«

»Etwa dreißig Jahre alt. Sechs Kinder. Sehr in der Kirche engagiert. Arbeitet in der Möbelfabrik westlich von Clanton.«

»Hier steht eine Zehn.«

»Ja. Ich bin sicher, daß er in der Bibel von ›Auge um Auge, Zahn um Zahn‹ gelesen hat. Außerdem müßten von seinen sechs Kindern mindestens zwei Mädchen sein.«

»Haben Sie sich die Daten aller Vorgeladenen eingeprägt?«

Jake nickte und trank einen Schluck. »Ich fühle mich so, als sei ich schon seit Jahren mit ihnen vertraut.«

»Wie viele erkennen Sie vor Gericht?«

»Nur sehr wenige. Aber bestimmt weiß ich mehr über sie als Buckley.«

»Ich bin beeindruckt.«

»Wie bitte? Es ist mir gelungen, Sie mit meinem Intellekt zu beeindrucken?«

»Unter anderem.«

»Welch eine Ehre für mich. Ich habe ein strafrechtliches Genie beeindruckt. Die Tochter von Sheldon Roark, wer auch immer er sein mag. Ein wahres *Summa cum laude*. Warten Sie nur, bis ich Harry Rex davon erzähle.«

»Wo ist der Elefant? Ich vermisse ihn. Ein netter Kerl.«

»Rufen Sie ihn an. Laden Sie ihn ein, an unserer Balkonparty teilzunehmen und zu beobachten, wie sich die Truppen auf den entscheidenden Kampf vorbereiten.«

Ellen ging zum Telefon auf Jakes Schreibtisch. »Und Lucien?«

»Nein! Ich habe genug von ihm.«

Harry Rex brachte eine Flasche Tequila mit, die er irgendwo in seinem Barschrank gefunden hatte. Er und Ellen stritten sich heftig über die richtigen Zutaten für eine gute Margarita. Jake stellte sich auf die Seite seiner Assistentin.

Sie saßen auf dem Balkon, lasen Namen von den Karteikarten, tranken das hochprozentige Gebräu, riefen den Soldaten etwas zu und sangen Jimmy-Buffet-Lieder. Gegen Mitternacht kletterte Ellen in den unten geparkten Streifenwagen, und Nesbit fuhr sie zu Lucien. Harry Rex taumelte nach Hause, und Jake schlief auf der Couch.

33

Montag, 22. Juli. Nicht lange nach der letzten Margarita setzte sich Jake ruckartig auf und starrte zur Uhr. Er hatte drei Stunden geschlafen. In seiner Magengrube krampfte sich etwas zusammen, und ein nervöses Prickeln erfaßte seinen ganzen Leib. Himmel, gerade jetzt durfte er sich keinen Kater erlauben.

Nesbit schlummerte wie ein Kind am Steuer des Streifenwagens. Jake weckte ihn und nahm im Fond Platz. Er winkte den Wachtposten zu, die neugierig auf der anderen Straßenseite Ausschau hielten. Der Deputy fuhr zwei Blöcke weit zur Adams Street, ließ seinen Passagier dort aussteigen und wartete auf der Zufahrt. Jake duschte und rasierte sich rasch. Er wählte einen schwarzgrauen Kammgarnanzug, ein weißes Hemd und eine sehr neutrale, schlichte, burgunderrote Seidenkrawatte mit marineblauen Streifen – damit konnte er bestimmt keinen Anstoß erregen. Die gebügelte Hose schmiegte sich perfekt an seine schmale Taille. Er sah großartig aus, viel besser als der Feind.

Nesbit schlief erneut, als Jake den Hund nach draußen ließ und wieder in den Fond sprang.

»Alles klar im Haus?« fragte der Deputy und wischte sich Speichel vom Kinn.

»Ich habe kein Dynamit gefunden, wenn Sie das meinen.«

Nesbit lachte – sein typisches, ärgerliches Lachen, mit dem er auf fast alles reagierte. Sie fuhren um den Platz, und Jake stieg vor der Praxis aus. Drinnen schaltete er das Licht ein und kochte Kaffee.

Er nahm vier Aspirintabletten und trank einen Viertelliter Fruchtsaft. Die Augen brannten, und hinter der Stirn pochte wieder dumpfer Schmerz – doch der eigentliche Streß hatte noch nicht einmal begonnen. Auf dem Konferenztisch breitete er den Inhalt der Carl-Lee-Hailey-Akte aus. Sie war von Ellen sortiert und mit Indizes versehen worden, doch Jake wollte sie in ihre Einzelteile zerlegen und anschließend wieder zusammensetzen. Bestimmte Unterlagen mußte er innerhalb von dreißig Sekunden finden können, sonst nützten sie ihm nichts. Er lächelte über das Organisationstalent seiner Assistentin. Sie hatte alles säuberlich aufgelistet, und es waren höchstens zehn Sekunden nötig, um einzelne Dokumente ausfindig zu machen. Ein gut zwei Zentimeter dickes, mit drei Ringen ausgestattetes Notizbuch enthielt eine Zusammenfassung von Dr. Bass' Qualifikationen sowie eine kurze Darstellung seiner Aussage. Anmerkungen wiesen auf mögliche Einwände des Staatsanwaltes hin und führten Präzedenzfälle an, um ihnen Paroli zu bieten. Jake war stolz auf seine guten Prozeßvorbereitungen, doch er empfand es als demütigend, von einer Studentin im dritten Studienjahr zu lernen.

Sorgsam verstaute er die Akte in dem Koffer, den er vor Gericht benutzte: Er bestand aus schwarzem Leder, und an der einen Seite glänzten seine Initialen in Gold. Einige Minuten später mußte er dem Ruf der Natur folgen, saß auf der Toilette und ging die Karteikarten durch. Er kannte alle Vorgeladenen und hielt sich für gewappnet.

Kurz nach fünf klopfte Harry Rex an die Tür. Es war noch dunkel, und er sah wie ein Einbrecher aus.

»Warum sind Sie so früh auf den Beinen?« fragte Jake.

»Ich konnte nicht schlafen. Bin ein wenig nervös.« Er hob eine große Papiertüte mit Fettflecken. »Aus dem Café. Frisch und heiß. Brötchen mit Wurst, Käse und Schinken, Käse und Hühnerfleisch. Freie Auswahl. Dell macht sich Sorgen um Sie.«

»Danke, Harry Rex, aber ich habe keinen Appetit. Mein Magen rebelliert.«

»Nervös?«

»Wie eine Hure in der Kirche.«

»Sie sehen ziemlich mitgenommen aus.«

»Danke.«

»Aber der Anzug ist nicht übel.«

»Carla hat ihn gekauft.«

Harry Rex griff in die Tüte und holte mehrere mit Alufolie umwickelte Brötchen hervor. Er legte sie auf den Konferenztisch und füllte eine Tasse mit Kaffee. Jake setzte sich auf die andere Seite und blätterte in Ellens M'Naghten-Bericht.

»Ihre Assistentin hat das geschrieben?« fragte Harry Rex mit vollem Mund. Er kaute hingebungsvoll.

»Ja. Fünfundsiebzig Seiten über die Verteidigung bei Fällen von Unzurechnungsfähigkeit in Mississippi. Sie hat drei Tage dafür gebraucht.«

»Es mangelt ihr nicht an Grips, und sie schreibt sehr flüssig. Der Intellekt ist da, aber es fällt ihr schwer, ihre Kenntnisse auf die reale Welt anzuwenden.«

»Was wissen Sie über Row Ark?« Krümel fielen von Harry Rex' Lippen und tanzten über den Tisch. Er strich sie mit dem Ärmel fort.

»Sie hat was auf dem Kasten. Ist die Nummer Zwei ihres

Jahrgangs in Ole Miss. Ich habe mit Nelson Battles telefoniert, dem stellvertretenden Dekan der juristischen Fakultät, und er lobte sie sehr. Vielleicht schließt sie ihr Studium als Nummer Eins ab.«

»Ich habe die Universität als dreiundneunzigster von achtundneunzig verlassen. Nun, ich hätte es auch als zweiundneunzigster schaffen können, aber bei einem Examen wurde ich mit einem Spickzettel ertappt. Zuerst wollte ich protestieren, aber dann dachte ich mir – was spielt's für eine Rolle, ob man auf dem zweiundneunzigsten oder dreiundneunzigsten Platz steht? Ist in jedem Fall ziemlich weit hinten. Und gibt es jemanden in Clanton, der sich um so etwas schert? Die Leute in der Stadt waren froh, daß ich nach dem Studium zurückkehrte, um hier zu praktizieren, anstatt für irgendwelche Wall-Street-Kanzleien zu arbeiten.«

Jake lächelte. Er hatte diese Geschichte schon hundertmal gehört.

Harry Rex wickelte ein Brötchen mit Käse und Hühnerfleisch aus. »Sie wirken ziemlich beunruhigt, mein Bester.«

»Ich bin okay. Der erste Tag ist immer besonders schlimm. Die Vorbereitungen sind abgeschlossen. Von mir aus kann's losgehen. Jetzt geht es nur noch darum, ein wenig Geduld zu haben.«

»Wann kommt Row Ark?«

»Keine Ahnung.«

»Meine Güte. Ich frage mich, was sie heute trägt.«

»Oder nicht trägt. Ich hoffe nur, daß sie anständige Kleidung wählt. Sie wissen ja, wie prüde Noose sein kann.«

»Sie haben doch nicht vor, ihr einen Platz am Tisch der Verteidigung zu geben, oder?«

»Nein. Ellen sollte im Hintergrund bleiben, ebenso wie Sie. Einige der weiblichen Geschworenen könnten Anstoß an ihr nehmen.«

»Ja, sie darf ruhig dabei sein, aber nicht in den Mittelpunkt der Aufmerksamkeit rücken.«

Harry Rex wischte sich mit einer breiten Hand den Mund ab. »Schlafen Sie mit ihr?«

»Himmel, nein! Ich bin doch nicht verrückt.«

»Sie sind verrückt, wenn Sie eine so gute Gelegenheit ungenutzt verstreichen lassen. Die Dame ist willig.«

»Ich muß mich um andere Dinge kümmern und überlasse sie Ihnen gern.«

»Sie hält mich für nett und niedlich, stimmt's?«

»Das behauptet sie jedenfalls.«

»Vielleicht versuche ich's bei ihr«, sagte Harry Rex ernst. Dann schmunzelte er. Aus dem Schmunzeln wurde ein breites Grinsen, dem lautes Lachen folgte. Krümel flogen zu den Bücherregalen.

Das Telefon klingelte. Jake schüttelte den Kopf, und Harry Rex nahm den Hörer ab. »Er ist nicht hier, aber ich nehme Mitteilungen für ihn entgegen.« Er zwinkerte Jake zu. »Ja, Sir. Natürlich, Sir. Selbstverständlich, Sir. Eine schreckliche Sache, ja. Daß sich jemand auf ein so tiefes Niveau begibt – es ist unfaßbar. Ja, Sir. In der Tat, Sir. Ich bin vollkommen Ihrer Ansicht. Ja, Sir. Und wie lautet Ihr werter Name, Sir? Sir?« Harry Rex lächelte und legte auf.

»Worum ging's?«

»Der Typ meinte, es sei eine Schande für die weiße Rasse, daß Sie den Nigger verteidigen. Er kann überhaupt nicht verstehen, warum ein weißer Anwalt bereit ist, einen Nigger wie Hailey vor Gericht zu vertreten. Er hofft, daß Ihnen der Klan eine Abreibung verpaßt. Falls das nicht der Fall sein sollte, hofft er, daß man Ihnen die Lizenz entzieht, weil Sie einen Nigger verteidigen. Er fügte hinzu, von Ihnen sei nichts anderes zu erwarten. Immerhin hätten Sie für Lucien Wilbanks gearbeitet, der mit einer Niggerin zusammenlebt.«

»Und Sie haben ihm zugestimmt!«

»Warum nicht? Er war nicht haßerfüllt und meinte es ernst. Jetzt fühlt er sich bestimmt besser.«

Das Telefon klingelte erneut, und Harry Rex nahm ab.

»Jake Brigance, Rechtsanwalt, Strafverteidiger, Berater und juristischer Guru.«

Jake eilte in Richtung Toilette. »Ein Reporter!« rief ihm Harry Rex nach.

»Ich muß auf den Topf.«

»Er hat Durchfall«, verriet Rex dem Journalisten.

Um sechs – sieben in Wilmington – rief Jake bei Carla an. Sie war wach, las die Zeitung und trank Kaffee. Er erzählte ihr von Bud Twitty und der Warnung von Mickymaus in bezug auf noch mehr Gewalt. Nein, er fürchtete sich nicht. Es belastete ihn kaum. Seine Sorge galt in erster Linie der Jury, den zwölf auszuwählenden Geschworenen sowie ihren Reaktionen auf ihn und seinen Klienten. Er dachte nur daran, mit welchen Einstellungen sie Carl Lee begegneten, ob sie ihn für schuldig oder nicht schuldig befinden würden. Alles andere spielte keine Rolle. Zum erstenmal sprach Carla nicht davon, nach Hause zurückzukehren. Jake versicherte, am Abend noch einmal mit ihr telefonieren zu wollen.

Als er auflegte, hörte er Stimmen im Erdgeschoß. Ellen war eingetroffen, und Harry Rex unterhielt sich laut mit ihr. *Sie ist mit durchsichtiger Bluse und Minirock gekommen,* dachte Jake und ging nach unten. Er irrte sich. Harry Rex gratulierte Ellen dazu, wie eine Frau aus den Südstaaten gekleidet zu sein. Sie trug ein graues, kariertes Kostüm, das aus einer Jacke mit V-Ausschnitt und einem kurzen Rock bestand. Unter der schwarzen Seidenbluse zeigten sich deutlich die Umrisse eines BHs. Spangen hielten das zurückgekämmte Haar fest. Erstaunlicherweise offenbarte das Gesicht subtile Spuren von Wimperntusche, Lidschatten und Lippenstift. Um es wie Harry Rex auszudrücken: Sie wirkte so sehr wie eine Anwältin, wie das für eine Frau überhaupt möglich war.

»Danke, Harry Rex«, sagte Ellen. »Ich wünschte, ich hätte bei meiner Kleidung ebensoviel Geschmack wie Sie.«

»Sie sehen gut aus, Row Ark«, meinte Jake.

»Sie auch«, erwiderte Ellen. Sie musterte Harry Rex und schwieg.

»Bitte verzeihen Sie uns, Row Ark«, brummte der Scheidungsanwalt. »Wir sind zutiefst beeindruckt, weil wir nicht wußten, daß Ihre Garderobe eine so große Auswahl enthält. Wir entschuldigen uns dafür, Sie zu bewundern, denn uns ist natürlich klar, daß wir damit Ihr emanzipiertes Herz verletzen. Ja, wir geben zu, sexistische Schweine zu sein, aber wir sind hier nun mal im Süden. Und die Männer in den Südstaaten kriegen Kulleraugen, wenn sie gut gekleidete attraktive Frauen sehen, ob emanzipiert oder nicht.«

»Was ist in der Tüte?« fragte Ellen.

»Das Frühstück.«

Sie griff nach einem Päckchen und wickelte ein Brötchen mit Wurst aus. »Kein Müsli?«

»Kein was?« erkundigte sich Harry Rex.

»Schon gut.«

Jake rieb sich die Hände und versuchte, enthusiastisch zu klingen. »Nun, wir haben uns hier drei Stunden vor dem Prozeß versammelt. Was fangen wir mit den hundertachtzig Minuten an?«

»Wir mixen uns Margaritas«, schlug Harry Rex vor.

»Nein!« sagte Jake.

»Bestimmt beruhigen sie uns.«

»Ohne mich«, warf Ellen ein. »Die beruflichen Pflichten haben Vorrang.«

Harry Rex nahm das letzte Brötchen aus der Tüte. »Was geschieht heute morgen zuerst?«

»Nach dem Sonnenaufgang begeben wir uns alle in den Gerichtssaal. Um neun richtet Noose einige Worte an die Geschworenen, und dann beginnen wir damit, die Jury zusammenzustellen.«

Ellen hob den Kopf. »Wie lange dauert das?«

»Zwei oder drei Tage. In Mississippi haben wir das Recht, jeden einzelnen Geschworenen ins Richterbüro zu bestellen und ihn dort zu befragen. Das braucht seine Zeit.«

»Wo sitze ich und wie verhalte ich mich?«

»Das deutet auf große Erfahrung hin«, kommentierte Harry Rex und sah Jake an. »Kennt Ihre Assistentin den Weg zum Gerichtsgebäude?«

»Sie sitzen nicht am Tisch der Verteidigung«, antwortete Brigance. »Der bleibt für Carl Lee reserviert.«

Ellen wischte sich den Mund ab. »Ich verstehe. Nur Sie und der Angeklagte, umgeben von Mächten des Bösen, allein mit dem Tod konfrontiert.«

»Etwas in der Art.«

»Mein Vater benutzt diese Taktik ab und zu.«

»Freut mich, daß Sie damit einverstanden sind. Sie sitzen hinter mir am Geländer. Ich werde Noose bitten, Sie an den privaten Gesprächen teilnehmen zu lassen.«

»Und ich?« fragte Harry Rex.

»Noose mag Sie nicht. Er mochte Sie noch nie. Er bekäme einen Schlaganfall, wenn ich ihn darum bäte, daß Sie uns in sein Büro begleiten dürfen.«

»Herzlichen Dank.«

»Aber wir wissen Ihre Hilfe sehr zu schätzen«, sagte Ellen.

»Freut mich.«

»Und Sie können nach wie vor mit uns trinken«, fügte die junge Frau hinzu.

»Unter der Bedingung, daß ich den Tequila mitbringe.«

»Von jetzt an gibt es hier keinen Alkohol mehr«, sagte Jake.

»Bis zur Mittagspause«, meinte Harry Rex.

»Stehen Sie hinter dem Tisch des Protokollführers. Treiben Sie sich dort herum, wie üblich. Schreiben Sie Notizen über die Geschworenen und versuchen Sie, unsere Karteikarten mit den Vorgeladenen in Verbindung zu bringen. Wahrscheinlich finden sich etwa hundertzwanzig im Saal ein.«

»Zu Diensten.«

Mit dem Tagesanbruch kam die Armee. Es wurden wieder Absperrungen errichtet, und an jeder Ecke des Platzes standen Soldaten an Barrikaden aus orangefarbenen und weißen Tonnen. Die Gardisten wirkten angespannt und nervös. Sie beobachteten jedes Fahrzeug und warteten darauf, daß der Feind angriff, daß sich etwas Abwechslung für sie ergab. Schließlich sorgten die Journalisten für ein wenig Unruhe; um halb acht trafen sie mit Lieferwagen und Kleintransportern ein, an deren Türen bunte Symbole glänzten. Die Truppen umstellten sie sofort und verkündeten, daß sie während des Prozesses nicht am Gerichtsgebäude parken durften. Die Pressegeier verschwanden in den Nebenstraßen, und kurz darauf kehrten sie zu Fuß zurück; sie schleppten Kameras und Aufzeichnungsgeräte. Einige von ihnen schlugen ihr Lager auf der Treppe vor dem Haupteingang des Gerichts auf, andere entschieden sich für die Hintertür. Eine dritte Gruppe eilte zur Rotunde im ersten Stock.

Murphy, Hausmeister und einziger Augenzeuge der Ermordung von Cobb und Willard, teilte den Reportern stotternd mit, der Verhandlungssaal werde um acht Uhr geöffnet, keine Minute früher. Eine Schlange bildete sich und führte durch die ganze Rotunde.

Die Kirchenbusse parkten abseits des Platzes, und diverse Priester führten ihre marschierende Gemeinde über die Jackson Street. Sie trugen FREIHEIT FÜR CARL LEE-Schilder und sangen in einem perfekten Chor ›We Shall Overcome‹. Als sie sich dem großen Rasen näherten, wurden die Soldaten auf sie aufmerksam, und ihre Funkgeräte piepten. Ozzie und der Colonel sprachen kurz miteinander, und die Soldaten entspannten sich wieder. Der Sheriff führte die Demonstranten zum vorderen Teil des Platzes, und dort schlenderten sie umher, unter den wachsamen Blicken der Nationalgarde von Mississippi.

Um acht brachte man einen Metalldetektor zum Haupteingang des Gerichtssaals, und drei schwerbewaffnete Deputies begannen damit, die in der Rotunde und in den Fluren wartenden Besucher zu durchsuchen. Jenseits dieser Barriere, im Verhandlungssaal, regelte Prather den Verkehr und wies dem Publikum Plätze auf der einen Seite des Mittelgangs zu; die andere blieb den Geschworenen vorbehalten. Die erste Sitzreihe war für Familienangehörige reserviert, und die zweite füllte sich rasch mit Zeichnern. Sie holten sofort Blöcke und Stifte hervor und hielten den Richterstuhl, die Plätze der Jury und die Bilder der Konföderiertenhelden in Skizzen fest.

Auch der Klan fühlte sich verpflichtet, am Tag des Prozeßbeginns präsent zu sein und sich insbesondere den Vorgeladenen zu zeigen. Zwei Dutzend Kluxer wanderten stumm und in voller Paradetracht durch die Washington Street. Soldaten eilten ihnen entgegen. Der dickbäuchige Colonel watschelte über die Straße und sah sich zum erstenmal in seinem Leben einem ganz in Weiß gekleideten Klanmitglied gegenüber, das zufälligerweise dreißig Zentimeter größer war als er. Dann bemerkte er die von der Konfrontation angelockten Kameras, und der kleine Napoleon in ihm verflüchtigte sich. Aus der knurrenden, befehlsgewohnten Stimme wurde ein schrilles, vibrierendes Quieken, das nicht einmal er selbst verstand.

Ozzie rettete ihn. »Guten Morgen, Leute«, sagte er kühl, als er neben dem verunsicherten Colonel stehenblieb. »Ihr seid umstellt und in der Minderzahl. Aber wir wissen auch, daß wir euch nicht verbieten können, hier zu demonstrieren.«

»Stimmt haargenau«, erwiderte der KKK-Anführer.

»Folgt mir und haltet euch an meine Anweisungen. Dann gibt es keine Probleme.«

Die Klanmitglieder begleiteten Ozzie und den Colonel zu einem kleinen Bereich des Rasens und erfuhren dort, dies sei ihr Territorium während des Prozesses. »Wenn ihr hierbleibt und euch ruhig verhaltet, braucht ihr von den Soldaten nichts zu befürchten«, meinte der Colonel. Die Kluxer nickten würdevoll.

Der Anblick weißer Kutten brachte die sechzig Meter entfernt stehenden Schwarzen in Rage. »Freiheit für Carl Lee!« riefen sie. »Freiheit für Carl Lee!«

Die Klanmitglieder hoben die Fäuste und antworteten:

»Tod für Carl Lee!«

»Tod für Carl Lee!«

»Tod für Carl Lee!«

Zwei Reihen aus Soldaten säumten den Weg, der den langen Rasen teilte und an der Treppe vor dem Gericht endete. Weitere Uniformierte bezogen zwischen dem Pfad und den Kluxern Aufstellung, und eine vierte Reihe bildete sich vor den Schwarzen.

Die ersten Geschworenen schritten an den Gardisten vorbei. Sie hielten ihre Vorladungen in den Händen und hörten fassungslos zu, wie Klanmitglieder und Schwarze sich gegenseitig anschrien.

Der Ehrenwerte Rufus Buckley erreichte Clanton, hielt an

der ersten Absperrung und erklärte den Soldaten, wer er war und was sein Status bedeutete. Man erlaubte ihm, seinen Wagen in unmittelbarer Nähe des Gerichtsgebäudes abzustellen, auf dem Parkplatz des Bezirksstaatsanwalts. Die Journalisten gerieten außer sich. Das mußte jemand Wichtiges sein: Er hatte die Barrikade durchbrochen. Buckley saß etwas länger als notwendig in seinem schon älteren Cadillac, damit die Reporter zu ihm aufschließen konnten. Sie umringten ihn, als er ausstieg, doch er lächelte nur und ging betont langsam zur Treppe. Die vielen Fragen stellten dann aber doch eine unwiderstehliche Versuchung für ihn dar, und Buckley verletzte die vom Richter angeordnete Schweigepflicht mindestens achtmal. Dabei lächelte er immerzu und erklärte, daß er die Frage, die er gerade beantwortet hatte, gar nicht beantworten dürfe. Musgrove folgte ihm und trug die Aktentasche des in Publicity schwelgenden Mannes.

Jake ging nervös in seinem Büro auf und ab. Die Tür war abgeschlossen. Ellen tippte unten einen weiteren Bericht. Harry Rex saß im Café, genehmigte sich ein zweites Frühstück und sprach mit den Stammgästen. Die Karteikarten lagen auf dem Schreibtisch, doch Jake konnte sie jetzt nicht mehr sehen. Er blätterte in Unterlagen und trat zur Balkontür. Schreie wehten durchs offene Fenster. Brigance drehte sich um, griff nach einem Manuskript und las einige Zeilen jener Bemerkungen, die er zu Beginn des Verfahrens an die Geschworenen richten wollte. Es kam darauf an, sofort einen guten Eindruck zu erzielen.

Er streckte sich auf der Couch aus, schloß die Augen und dachte an tausend Dinge, mit denen er sich jetzt viel lieber beschäftigt hätte. Größtenteils gefiel ihm seine Arbeit; aber manchmal, wenn ein wichtiges Verfahren bevorstand, regte sich eine Mischung aus Unbehagen, Furcht und Entsetzen in ihm, und dann spürte er plötzlich den Wunsch, Versicherungsvertreter oder Börsenmakler geworden zu sein. Dann konnte er sich sogar vorstellen, als Steuerberater zu arbeiten. Solche Leute litten bestimmt nicht an Übelkeit und Durchfall, wenn kritische Phasen in ihrer beruflichen Laufbahn bevorstanden.

Lucien hielt Furcht für ein gutes Zeichen, für einen Verbündeten. Er meinte, jeder Anwalt fürchtete sich, wenn er vor einer neuen Jury stand und seinen Fall darlegte. Es war ganz in Ordnung, sich zu fürchten – man durfte sich nur nichts anmerken lassen. Die Geschworenen glaubten nicht dem Anwalt mit der geschicktesten Zunge oder den beeindruckendsten Worten. Sie glaubten nicht dem besser gekleideten Anwalt. Sie glaubten nicht dem Anwalt, der im Gerichtssaal scherzte und Witze riß. Sie glaubten nicht dem Anwalt, der am lautesten predigte oder mit der größten Entschlossenheit kämpfte. Nein, Lucien hatte Jake davon überzeugt, daß sie dem Anwalt glauben würden, der die Wahrheit sagte, ganz gleich, welches Erscheinungsbild er bot oder welche Worte er benutzte. Äußerlichkeiten spielten in diesem Zusammenhang keine Rolle. Ein guter Anwalt mußte im Gerichtssaal ganz er selbst sein, und wenn er sich fürchtete – na schön. Die Mitglieder der Jury teilten seine Empfindungen.

»Freunden Sie sich mit der Furcht an«, lautete Luciens Rat. »Sie wird nie von Ihnen weichen. Und wenn es Ihnen gelingt, sich endgültig von ihr zu befreien, so verlieren Sie dadurch nur die Kontrolle.«

Die Nervosität prickelte vor allem im Unterleib, und Jake ging ins Erdgeschoß, um erneut die Toilette aufzusuchen.

»Wie geht's Ihnen, Boß?« fragte Ellen, als er zu ihr hereinsah.

»Ich bin bereit. Glaube ich. Wir brechen gleich auf.«

»Draußen warten einige Reporter. Ich habe ihnen gesagt, Sie hätten den Fall aufgegeben und die Stadt verlassen.«

»Derzeit wünsche ich mir, dazu in der Lage zu sein.«

»Haben Sie von Wendall Solomon gehört?«

»Im Augenblick kann ich mich nicht erinnern.«

»Er arbeitet für den Southern Prisoner Defense Found. Im letzten Sommer bin ich für ihn tätig gewesen. Er hat überall im Süden an über hundert Prozessen teilgenommen, bei denen es um Kapitalverbrechen ging. Vor jedem Verfahren wird er so nervös, daß er weder essen noch schlafen kann. Sein Arzt verabreicht ihm Beruhigungsmittel, doch er ist trotzdem so aufgedreht, daß am ersten Tag kaum jemand mit ihm spricht. Lampenfieber. Und er leidet noch immer daran, selbst nach hundert Gerichtsverhandlungen.«

»Wie wird Ihr Vater damit fertig?«

»Er trinkt einige Martinis mit Valium. Dann schließt er die Tür seines Büros ab, schaltet das Licht aus und legt sich auf den Schreibtisch – bis es Zeit wird, zum Gericht zu fahren. Jedesmal ist er mit den Nerven völlig runter und noch gereizter als sonst.«

»Sie kennen das Gefühl also?«

»Ja, ich kenne es gut.«

»Wirke ich nervös?«

»Sie sehen müde aus. Aber Sie haben bestimmt einen guten Auftritt.«

Jake blickte zur Uhr. »Also los.«

Die Reporter auf dem Bürgersteig stürmten ihrem Opfer entgegen. »Kein Kommentar«, wiederholte Brigance immer wieder, als er langsam über die Straße zum Gerichtsgebäude ging. Der Schwall aus Fragen dauerte an.

»Ziehen Sie in Erwägung, mit dem Hinweis auf Verfahrensmängel eine Aufhebung des Urteils zu beantragen?«

»Das kann ich erst, nachdem der Prozeß stattgefunden hat.«

»Sind Sie vom Klan bedroht worden?«

»Kein Kommentar.«

»Stimmt es, daß Sie Ihre Familie für die Dauer des Verfahrens aus der Stadt geschickt haben?«

Jake zögerte und sah den Journalisten an. »Kein Kommentar.«

»Was halten Sie von der Nationalgarde?«

»Ich bin stolz auf sie.«

»Kann Ihr Klient hier in Ford County einen fairen Prozeß erwarten?«

Jake schüttelte den Kopf und fügte hinzu: »Kein Kommentar.«

Ein Deputy hielt dort Wache, wo Cobb und Willard erschossen worden waren. Er zeigte auf Ellen. »Wer ist das, Jake?«

»Meine Assistentin. Sie stellt keine Gefahr dar.«

Sie eilten die rückwärtige Treppe hoch. Carl Lee saß allein am Tisch der Verteidigung und wandte den Rücken dem Zuschauerbereich zu, wo kein Platz mehr frei war. Jean Gillespie führte die Geschworenen herein, während Deputys umherwanderten und nach etwas Verdächtigem Ausschau hielten. Jake begrüßte seinen Klienten herzlich, schüttelte ihm die Hand, lächelte und klopfte ihm auf die Schulter. Ellen packte die Aktentaschen aus und legte Unterlagen auf den Tisch.

Jake sprach leise mit Carl Lee und sah sich im Saal um. Alle Blicke galten ihm. Die Hailey-Sippe saß in der vordersten Reihe; er lächelte erneut und nickte Lester zu. Tonya und die Jungen trugen ihre Sonntagskleidung; sie hockten wie reglose Statuen zwischen Lester und Gwen. Die Geschworenen warteten auf der anderen Seite des Mittelganges und musterten den Verteidiger des Angeklagten. Jake beschloß, die gute Gelegenheit zu nutzen, ihnen die Familie seines Mandanten vorzustellen und ging durch die kleine Pendeltür im Geländer, um einige Worte mit den Haileys zu wechseln. Er legte Gwen die Hand auf die Schulter, begrüßte Lester, zwickte die Jungen und umarmte Tonya, jenes Mädchen, das von beiden Rednecks vergewaltigt worden war – von zwei Männern, die den Tod verdient hatten. Die Geschworenen beobachteten Jake die ganze Zeit über und schenkten Tonya besondere Aufmerksamkeit.

»Noose möchte, daß wir in sein Büro kommen«, flüsterte Musgrove ihm zu, als er zum Tisch der Verteidigung zurückkehrte.

Ichabod, Buckley und die Protokollführerin unterhielten sich, als Jake und Ellen eintraten. Brigance stellte seine Assistentin dem Richter und den übrigen Anwesenden vor. Er erklärte, Ellen Roark sei eine Jurastudentin von Ole Miss, die in seiner Praxis Erfahrungen sammelte und bat um die Erlaubnis, daß sie in der Nähe des Verteidigungstisches sitzen und auch an den Gesprächen im richterlichen Büro teilnehmen durfte. Buckley erhob keine Einwände. So etwas sei üblich, meinte Noose und hieß die junge Frau willkommen.

»Irgendwelche Angelegenheiten, die vor dem Prozeßbeginn geregelt werden müssen, meine Herren?« fragte Ichabod.

»Keine«, antwortete der Bezirksstaatsanwalt.

»Einige«, sagte Jake und öffnete eine Akte. »Für das Protokoll.«

Die Protokollführerin Norma Gallo begann zu schreiben.

»Zunächst einmal möchte ich erneut die Verlegung des Verhandlungsortes beantragen ...«

»Einspruch!« rief Buckley.

»Halten Sie die Klappe, Gouverneur!« entfuhr es Jake. »Ich habe gerade erst begonnen. Unterbrechen Sie mich nicht jetzt schon.«

Buckley und die anderen hatten Jake noch nie auf diese Weise erlebt. Sie hoben verblüfft die Brauen. *Es liegt an den vielen Margaritas,* dachte Ellen.

»Bitte entschuldigen Sie, Mr. Brigance«, sagte Buckley ruhig. »Und ich wäre Ihnen sehr dankbar, wenn Sie darauf verzichten könnten, mich Gouverneur zu nennen.«

Noose räusperte sich. »Gestatten Sie mir einen Hinweis. Uns steht ein langes und anstrengendes Verfahren bevor. Ich weiß, daß Sie beide großem Streß ausgesetzt sind. Mehrmals bin ich selbst in Ihrer Lage gewesen, und daher ist mir klar, was Sie nun fühlen. Sie sind beide ausgezeichnete Anwälte, und ich bin dankbar, daß bei diesem wichtigen Prozeß Anklage und Verteidigung von zwei so guten Profis vertreten werden. Nun, ich registriere einen gewissen Groll zwischen Ihnen. Das ist keineswegs ungewöhnlich, und ich bitte Sie nicht, sich die Hände zu schütteln und gute Freunde zu sein. Aber wenn Sie in meinem Gerichtssaal oder in diesem Büro sind, so bestehe ich darauf, daß Sie sich nicht gegenseitig unterbrechen und ihr Geschrei auf ein Minimum reduzieren. Sie werden sich mit Mr. Brigance, Mr. Buckley und Mr. Musgrove ansprechen. Haben Sie verstanden?«

»Ja, Sir.«

»Ja, Sir.«

»Gut. Dann fahren Sie fort, Mr. Brigance.«

»Danke, Euer Ehren. Ich weiß das sehr zu schätzen. Nun, wie ich eben schon sagte: Die Verteidigung erneuert ihren Antrag auf Verlegung des Verhandlungsortes. Ich möchte folgendes zu Protokoll geben: Während wir hier um neun Uhr fünfzehn am zweiundzwanzigsten Juli im richterlichen Büro sitzen und gleich eine Jury auswählen wollen, ist das Gerichtsgebäude von der Nationalgarde umstellt. Auf dem Rasen schreien einige Mitglieder des Ku-Klux-Klans Schwarze an, die natürlich ebenfalls ziemlich laut sind. Schwerbewaffnete Gardisten trennen die beiden Gruppen voneinander. Die eintreffenden Geschworenen haben den Rummel beobachtet. Daher halte ich es für unmöglich, eine unvoreingenommene Jury zusammenzustellen.«

Buckley hörte mit einem arroganten Lächeln zu, und als Jake seine Ausführungen beendet hatte, fragte er: »Darf ich darauf antworten, Euer Ehren?«

»Nein«, erwiderte Noose schlicht. »Der Antrag wird zurückgewiesen. Sonst noch etwas?«

»Die Verteidigung legt dem Gericht nahe, alle vorgeladenen Geschworenen nach Hause zu schicken und neue Vorladungen auszuschreiben.«

»Warum?«

»Der Klan hat versucht, die Angehörigen der derzeitigen Auswahl einzuschüchtern. Wir wissen von mindestens zwanzig brennenden Kreuzen.«

»Ich beabsichtige, die entsprechenden Personen von ihren Pflichten zu entbinden«, sagte Noose. »Vorausgesetzt, sie sind überhaupt gekommen.«

»Ausgezeichnet«, kommentierte Jake sarkastisch. »Und was ist mit den Drohungen, die uns unbekannt geblieben sind? Was wollen Sie im Hinblick auf jene Geschworenen unternehmen, die von den brennenden Kreuzen gehört haben?«

Noose rieb sich die Augen und schwieg. Buckley rang mit sich selbst, und es gelang ihm tatsächlich, still zu bleiben.

»Ich habe hier eine Liste von zwanzig Geschworenen, die

Klan-Besuche erhielten.« Jake klopfte auf eine Akte. »Darüber hinaus stehen mir Polizeiberichte und eine eidesstattliche Erklärung von Sheriff Walls zur Verfügung, in der er Einzelheiten der Einschüchterungsversuche schildert. Ich lege die Unterlagen hiermit dem Gericht vor, um damit meinen Antrag auf Bestellung neuer Geschworener zu unterstützen. Das soll zu Protokoll genommen werden, damit das oberste Gericht alles schwarz auf weiß sehen kann.«

»Rechnen Sie mit einem Berufungsverfahren, Mr. Brigance?« fragte Mr. Buckley.

Ellen hatte Rufus Buckley gerade erst kennengelernt, und jetzt, nur wenige Sekunden später, wußte sie genau, warum Jake und Harry Rex ihn verabscheuten.

»Nein, Gouverneur. Ich rechne nicht mit einem Berufungsverfahren. Ich möchte nur dafür sorgen, daß mein Klient einen fairen Prozeß bekommt, daß eine unvoreingenommene Jury über ihn befindet. Das sollten Sie eigentlich verstehen.«

»Ich schicke die Vorgeladenen nicht nach Hause«, sagte Noose. »Dadurch verlören wir eine Woche.«

»Was spielt Zeit für eine Rolle, wenn es um das Leben eines Menschen geht? Wir sprechen hier über Gerechtigkeit. Das Recht auf ein faires Verfahren ist in der Verfassung verankert. Der Prozeß wird zu einer Farce, wenn Sie diese Geschworenenauswahl akzeptieren, obwohl Sie wissen, daß einige der Vorgeladenen von Schlägertypen in weißen Kutten eingeschüchtert wurden, die den Tod meines Klienten wollen.«

»Ich weise auch diesen Antrag zurück«, beschloß Noose. »Sonst noch etwas?«

»Nein, eigentlich nicht. Ich bitte Sie nur darum, sehr vorsichtig zu sein, wenn Sie den zwanzig vom Ku-Klux-Klan heimgesuchten Geschworenen mitteilen, daß sie nicht gebraucht werden. Die anderen sollten nichts von dem Grund erfahren.«

»Das läßt sich bewerkstelligen, Mr. Brigance.«

Mr. Pate erhielt den Auftrag, Jean Gillespie zu holen, und Noose reichte ihr eine Liste. Sie kehrte in den Gerichtssaal zurück, las zwanzig Namen vor und meinte, die betreffenden Personen könnten nach Hause fahren. Anschließend begab sich Jean wieder ins Büro.

»Wie viele Geschworene haben wir?« fragte der Richter.

»Vierundneunzig.«

»Das sollte genügen. Ich bin sicher, wir finden zwölf, die als Jurymitglieder geeignet sind.«

»Ich wäre überrascht, wenn wir auch nur zwei fänden«, murmelte Jake seiner Assistentin zu, und zwar laut genug, damit Noose ihn hören und Norma Gallo seine Bemerkung dem Protokoll hinzufügen konnte. Der Richter beendete die Besprechung, und sie gingen in den Saal.

Vierundneunzig Namen wurden auf kleine Zettel geschrieben, die man anschließend in eine Holztrommel legte. Jean Gillespie drehte sie und zog dann den ersten Papierstreifen. Sie gab ihn Noose, der auf seinem Thron – dem Richterstuhl – alle anderen überragte. Völlige Stille herrschte, als er über seine lange Nase hinwegblickte und den Namen las.

»Carlene Malone, Geschworene Nummer eins«, quiekte er laut. Mrs. Malone setzte sich in die vorderste Sitzbank, direkt neben dem Mittelgang. Jede Bank bot zehn Personen Platz, und insgesamt zehn Bänke waren für die Geschworenen reserviert worden. Auf den Bänken der anderen Seite saßen Familienangehörige, Freunde, Neugierige und viele Reporter, die nun den Namen Carlene Malone notierten. Jake schrieb ihn ebenfalls auf. Sie war weiß, dick, geschieden und hatte ein geringes Einkommen. Auf ihrer Karteikarte stand die Beurteilungsziffer Zwei. *Null zu eins*, dachte Brigance.

Jean drehte erneut die Trommel.

»Marcia Dickens, Geschworene Nummer zwei«, kreischte Noose. Weiß, dick, über sechzig, mit einem bösen Blick. Null zu zwei.

»Jo Beth Mills, Geschworene Nummer drei.«

Jake ließ ein wenig die Schultern hängen. Weiß, über fünfzig, arbeitete für den Minimallohn in einer Textilfabrik in Karaway. Ihr Chef war ein dummer, jähzorniger Schwarzer, und auf ihrer Karteikarte stand eine Null. Der dritte Volltreffer für Buckley.

Jake richtete einen verzweifelten Blick auf Jean, als sie einmal mehr in die Trommel griff. »Reba Betts, Geschworene Nummer vier.«

Die Schultern sanken noch tiefer, und Sorgenfalten fraßen sich in Jakes Stirn. Null zu vier. »Unglaublich«, murmelte er Ellen zu. Harry Rex schüttelte den Kopf.

»Gerald Ault, Nummer fünf.«

Jake lächelte, als sein bester Geschworener neben Reba Betts Platz nahm. Buckley markierte den Namen auf seiner Liste.

»Alex Summers, Nummer sechs.«

Ein schiefes Lächeln umspielte Carl Lees Lippen, als der erste Schwarze aus dem rückwärtigen Bereich des Saals kam und sich neben Gerald Ault setzte. Buckley schmunzelte und malte einen Kreis um den Namen.

Die nächsten vier Ausgewählten waren weiße Frauen, und bei keiner von ihnen ging die Beurteilungsziffer über Drei hinaus. Jakes Besorgnis wuchs, als sich die erste Sitzbank füllte. Nach dem Gesetz konnte er sein Einspruchsrecht zwölfmal geltend machen, ohne Gründe zu nennen. Aber schon auf der ersten Sitzbank saßen mindestens sechs Personen, die er als Jurymitglieder ablehnen mußte.

»Walter Godsey, Nummer elf«, verkündete Noose noch etwas lauter. Ein Farmpächter in mittleren Jahren, ohne Mitgefühl und Verständnis.

Godsey teilte die zweite Sitzbank mit sieben weißen Frauen und zwei schwarzen Männern. Jake ahnte eine Katastrophe. Die erste Erleichterung verspürte er, als die Plätze der vierten Reihe verteilt wurden: Jean zog die Namen von sieben Männern, unter ihnen vier Schwarze.

Es dauerte fast eine Stunde, um alle Vorgeladenen aufzurufen. Anschließend ordnete Noose eine Pause von fünfzehn Minuten an, um Jean Gelegenheit zu geben, die Namen in der vorgegebenen Reihenfolge zu tippen. Jake und Ellen nutzten die Viertelstunde für einen Vergleich ihrer Notizen und fügten den Karteikarten ihre Eindrücke von den Gesichtern hinzu. Harry Rex hatte am Tresen mit den großen Büchern gesessen, die Listen der anhängigen Rechtsfälle enthielten. Während Noose die einzelnen Namen verlas, schrieb er fleißig Anmerkungen. Jetzt gesellte er sich Jake hinzu und meinte ebenfalls, die Dinge liefen nicht besonders gut.

Um elf kehrte Noose auf den Richterstuhl zurück, und es wurde wieder still. Jemand schlug vor, er solle das Mikrofon benutzen, und Ichabod stellte es direkt vor seiner langen, dicken Nase auf. Er sprach laut, und seine hohe, abscheuliche Stimme dröhnte durch den Gerichtssaal, als er Dutzende von gesetzlich vorgeschriebenen Fragen stellte. Er präsentierte Carl Lee und erkundigte sich, ob irgendwelche Geschworenen mit ihm verwandt wären oder ihn kennen würden. Natürlich kannten sie ihn alle, und das wußte Noose auch, aber nur zwei gaben zu, schon vor dem Mai von ihm gehört zu haben. Der Richter nannte die Namen der Anwälte und bat sie, kurz aufzustehen, dann erläuterte er die Gründe der Anklage. Kein einziger Geschworener behauptete, nicht mit dem Fall Hailey vertraut zu sein.

Noose setzte seinen Monolog fort, beendete ihn gnädigerweise um halb eins und unterbrach die Verhandlung dann bis um zwei.

Dell brachte warme Brötchen und Eistee ins Konferenzzimmer. Jake umarmte sie, dankte ihr und meinte, sie solle ihm alles auf die Rechnung setzen. Er schenkte dem Essen keine Beachtung und legte die Karteikarten in der Sitzordnung der Geschworenen auf den Tisch. Harry Rex nahm ein Sandwich mit Roastbeef und Cheddarkäse in Angriff. »Eine verdammt üble Sache«, brummte er immer wieder, während er wie im Akkord kaute. »Eine verdammt üble Sache.«

Als die vierundneunzigste Karte an der richtigen Stelle lag, trat Jake zurück und betrachtete sie. Ellen stand neben ihm und knabberte an Pommes frites. Ihr Blick galt ebenfalls den Karteikarten.

»Eine verdammt üble Sache«, sagte Harry Rex noch einmal und spülte einen großen Bissen mit Tee hinunter.

»Seien Sie endlich still«, erwiderte Jake scharf.

»Unter den ersten fünfzig sind acht schwarze Männer, drei schwarze und dreißig weiße Frauen«, meinte Ellen. »Hinzu kommen neun weiße Männer, und die meisten von ihnen sind nicht attraktiv. Sieht ganz nach einer Jury aus weißen Frauen aus.«

»Weiße Frauen, weiße Frauen«, sagte Harry Rex. »Die schlimmsten denkbaren Geschworenen. Weiße Frauen!«

Ellen starrte ihn an. »Ich halte dicke weiße Männer für die schlimmsten denkbaren Geschworenen.«

»Verstehen Sie mich nicht falsch, Row Ark. Ich liebe weiße Frauen. Ich habe vier von ihnen geheiratet. Aber ich hasse weiße Frauen, wenn sie auf der Geschworenenbank sitzen.«

»Ich würde Carl Lee Hailey nicht für schuldig befinden.«

»Sie sind eine verkappte Revolutionärin, Row Ark. Sie würden niemanden für schuldig befinden. In Ihrer emanzipierten Naivität halten Sie Kinderpornographen und PLO-Terroristen für nette Leute, die dem System zum Opfer fielen und Mitgefühl verdienen.«

»Da Sie soviel rationaler, zivilisierter und vernünftiger sind ... Wie würden Sie mit solchen Leuten verfahren?«

»Man sollte sie an den Zehen aufhängen, sie kastrieren und langsam verbluten lassen – ohne vorher Zeit mit einem Prozeß zu verschwenden.«

»Und nach Ihrer juristischen Meinung wäre das mit der Verfassung vereinbar?«

»Vielleicht nicht. Aber wenn solche Maßnahmen eingeführt würden, gäbe es weitaus weniger Kinderpornographie und Terrorismus. Möchten Sie nichts essen, Jake?«

»Nein.«

Harry Rex wickelte ein Brötchen mit Schinken und Käse aus. »Die erste Geschworene, Carlene Malone, müssen Sie unbedingt ablehnen. Sie gehört zu den Malones von Lake Village. Weißes Pack. Hinterhältig und durchtrieben.«

»Wenn's nach mir ginge, würde ich alle ablehnen.« Jake blickte noch immer auf den Tisch.

»Eine verdammt üble Sache.«

»Was halten Sie davon, Row Ark?« fragte Brigance.

Harry Rex schluckte rasch. »Ich finde, wir sollten auf schuldig plädieren und so rasch wie möglich hier verschwinden. Wegrennen wie ein getretener Hund.«

Ellen betrachtete die Karteikarten. »Es könnte schlimmer sein.«

Harry Rex lachte humorlos. »Schlimmer! Es wäre nur dann schlimmer, wenn auf den ersten drei Sitzbänken Gestalten in weißen Kutten und mit weißen Kapuzen säßen.«

»Bitte seien Sie still, Harry Rex«, sagte Jake.

»Wollte nur helfen. Was ist mit den Pommes frites?«

»Sie gehören Ihnen. Stopfen Sie sich alle in den Mund und kauen Sie besonders lange.«

»Ich glaube, wir begegnen einigen dieser Frauen mit der falschen Einstellung«, überlegte Ellen laut. »Ich bin geneigt, Lucien zuzustimmen. Im allgemeinen haben Frauen mehr Verständnis. Schließlich werden *wir* vergewaltigt.«

»Dazu gebe ich keinen Kommentar ab«, proklamierte Harry Rex.

»Danke«, entgegnete Jake. »Welche Dame ist Ihre frühere Klientin, die angeblich sofort bereit wäre, Ihnen einen Gefallen zu erweisen?«

Ellen kicherte. »Vermutlich Nummer siebenundzwanzig. Eins fünfundfünfzig groß und zweihundert Kilo schwer.«

Harry Rex wischte sich den Mund mit einer Papierserviette ab. »Sehr komisch. Nummer vierundsiebzig. Sie steht viel zu weit unten auf der Liste und nützt uns nichts.«

Um zwei klopfte Noose mit dem Hammer und leitete die nächste Phase der Verhandlung ein.

»Die Staatsanwaltschaft beginnt nun mit der Vernehmung der Geschworenen«, sagte er.

Rufus Buckley, Bezirksstaatsanwalt und Angeber, stand langsam auf und stolzierte nach vorn. Nach einigen Schritten blieb er stehen und richtete einen nachdenklichen Blick auf Zuschauer und Geschworene. Er hörte das leise Kratzen der Zeichenstifte, und einige Sekunden lang schien er zu posieren. Dann wandte er sich an die potentiellen Jurymitglieder, schenkte ihnen ein herzliches Lächeln und stellte sich als Anwalt des Volkes vor. Sein Klient sei der Staat Mississippi; er vertrete ihn nun schon seit neun Jahren und sei den anständigen Bürgern von Ford County sehr dankbar dafür. Mit ausgestrecktem Zeigefinger deutete er auf die Männer und Frauen: »Sie haben mir bei den Wahlen Ihre Stimme gegeben, damit ich Sie vertrete; ich danke Ihnen dafür und hoffe, Sie nicht zu enttäuschen.«

Ja, er sei nervös und fürchte sich. Tausende von Verbrechern habe er vor Gericht schon angeklagt, doch jeder Prozeß jage ihm Angst ein. Jawohl, Angst! Er schäme sich nicht, die Furcht einzugestehen. Die große Verantwortungsbürde laste schwer auf seinen Schultern; immerhin erwarte man von ihm, daß er Kriminelle ins Gefängnis schicke, das Volk vor ihnen schütze. Er fürchte sich davor, zu versagen und seine Klienten – die Bürger von Mississippi – nicht richtig zu vertreten.

Jake hatte diesen Unsinn schon oft gehört und kannte ihn auswendig. Buckley, der Gute und Aufrechte, der Anwalt des Staates, mit dem Volk vereint in seinem Bemühen, für Gerechtigkeit zu sorgen. An den rhetorischen Fähigkeiten des Bezirksstaatsanwaltes bestand kein Zweifel: Einmal sprach er ruhig zu den Geschworenen, wie ein Großvater, der seinen Enkeln Rat anbot. Eine Sekunde später setzte er zu einer Tirade an oder legte mit einer Predigt los, die der eines schwarzen Priesters in nichts nachstand. Unmittelbar darauf überzeugte er die Jury mit geschickter Eloquenz davon, daß die Stabilität unserer Gesellschaft, sogar die Zukunft der Menschheit, von einer Verurteilung abhinge. Bei wichtigen Prozessen griff er tief in die verbale Trickkiste, und dies war der wichtigste seiner bisherigen beruflichen Laufbahn. Er sprach frei, ohne eine schriftliche Vorlage, und er fesselte die Anwesenden, als er sich als Freund und Partner der Geschworenen darstellte. Mit ihnen zusammen würde es ihm gelingen, die Wahrheit herauszufinden, auf daß der Angeklagte für sein schreckliches Verbrechen die gerechte Strafe bekäme.

Nach zehn Minuten hatte Jake genug. Er schnitt eine Grimasse und stand auf. »Ich erhebe Einspruch, Euer Ehren.

Mr. Buckley wählt keine Geschworenen für die Jury aus. Ich weiß nicht, was sein Gerede bedeutet, aber eines steht fest: Es handelt sich wohl kaum um eine Vernehmung der Vorgeladenen.«

»Stattgegeben!« rief Noose ins Mikrofon. »Mr. Buckley, wenn Sie keine Fragen haben, dann nehmen Sie Platz.«

»Bitte entschuldigen Sie, Euer Ehren«, erwiderte der Bezirksstaatsanwalt und gab sich verletzt. Jake hatte gerade zum ersten Schlag ausgeholt.

Buckley griff nach einem Block und stellte tausend Fragen. Er erkundigte sich, ob jemand der Aspiranten schon einmal die Pflichten eines Geschworenen wahrgenommen hätte. Mehrere Hände reckten sich nach oben. Zivil- oder strafrechtliche Prozesse? Haben Sie den Angeklagten für schuldig oder unschuldig befunden? Wann fanden die Verhandlungen statt? Und die Hautfarbe des Angeklagten? Schwarz oder weiß? Und das Opfer? Schwarz oder weiß? Ist jemand von Ihnen in ein Gewaltverbrechen verwickelt worden? Zwei Hände. Wann? Wo? Hat man den Täter gefaßt? Wurde er verurteilt? Schwarz oder weiß? Jake, Harry Rex und Ellen schrieben seitenweise Notizen. Sind Verwandte von Ihnen Gewaltverbrechen zum Opfer gefallen? Einige weitere Hände kamen nach oben. Wann? Wo? Was geschah mit dem Täter? Fand ein Prozeß gegen ihn statt? Endete er mit einer Verurteilung? Haben Sie Freunde oder Verwandte, die bei der Polizei tätig sind? Wer? Wo?

Drei Stunden lang untersuchte Buckley die Vorgeladenen mit der Sorgfalt eines Chirurgen, der eine komplizierte Operation plant. Er bewies Kompetenz, hatte sich gut vorbereitet und stellte einige Fragen, die Jake überhaupt nicht eingefallen wären. Darüber hinaus berücksichtigte er praktisch alle Punkte, die der Verteidiger zur Sprache bringen konnte. Behutsam entlockte er den Geschworenen Einzelheiten über ihre persönlichen Empfindungen und Meinungen. Und zum richtigen Zeitpunkt ließ er eine komische Bemerkung fallen, um seine Zuhörer zum Lachen zu bringen, damit sie sich entspannten. Er hatte den Gerichtssaal fest in der Hand und war voll in Fahrt, als ihn Noose um fünf unterbrach. Buckley würde die Befragung am nächsten Morgen fortsetzen.

Der Richter vertagte die Verhandlung auf neun Uhr am Dienstag. Jake unterhielt sich eine Zeitlang mit seinem Klienten, während das Publikum dem Ausgang entgegenstrebte. Ozzie stand in der Nähe und hielt die Handschellen bereit. Nach dem kurzen Gespräch mit Jake kniete Carl Lee vor seiner Familie nieder und umarmte sie alle. »Wir sehen uns morgen wieder«, sagte er. Der Sheriff führte ihn durchs Nebenzimmer und die Treppe hinunter. Am Hinterausgang warteten mehrere Deputys, um ihn zum Gefängnis zu fahren.

34

Am zweiten Prozeßtag schien die Sonne schneller als sonst im Osten aufzugehen, und innerhalb weniger Sekunden trocknete sie den Tau auf dem Gras vorm Gerichtsgebäude. Ein schwüler, fast unsichtbarer Nebel stieg auf und klebte an den Stiefeln und Uniformhosen der Soldaten. Heißer Sonnenschein brannte bereits auf sie herab, während sie im Zentrum von Clanton über die Bürgersteige schlenderten oder im Schatten der Bäume und unter den Markisen der Geschäfte herumstanden. Als in den Zelten das Frühstück serviert wurde, hatten die Gardisten ihre Jacken abgestreift und trugen nur noch hellgrüne, schweißfeuchte Unterhemden.

Die schwarzen Prediger und ihre Gemeindemitglieder schritten zielstrebig zu den ihnen zugewiesenen Plätzen und schlugen dort ihr Lager auf. Sie stellten Klappstühle unter große Eichen und holten Thermoskannen mit kaltem Wasser hervor. Die Haltestangen der blauen und weißen FREIHEIT FÜR CARL LEE-Schilder wurden in den Boden gerammt und formten eine Art Zaun. Agee hatte einige neue Poster anfertigen lassen: In der Mitte zeigten sie ein vergrößertes Schwarzweiß-Foto Carl Lees, umgeben von einem roten, weißen und blauen Rand. Sie wirkten eindrucksvoll und professionell.

Die Klan-Mitglieder ließen sich gehorsam auf ihrem Bereich des Rasens nieder. Auch sie brachten eigene Plakate mit: Auf weißem Grund forderten kühne rote Lettern TOD FÜR CARL LEE, TOD FÜR CARL LEE. Als sie herausfordernd damit winkten, stimmten die Schwarzen einen Sprechchor an, und beide Gruppen begannen sich wieder anzuschreien. Die Gardisten bildeten Trennreihen am Weg und hielten lässig ihre Waffen bereit, als sich Schwarze und Kluxer gegenseitig beschimpften. Es war acht Uhr am zweiten Tag des Prozesses.

Bei den Reportern brach ein regelrechter Freudentaumel über soviel Berichtenswertes aus. Sie eilten zum Platz, als das Geschrei begann, während Ozzie und der Colonel ums Gerichtsgebäude wanderten und immer wieder ihre Funkgeräte an die Lippen hoben.

Um neun begrüßte Ichabod die Anwesenden im Gerichtssaal. Wie gestern war auf den Sitzbänken kein Platz mehr frei, und diesmal herrschte selbst hinten, vor dem Ausgang, dichtes Gedränge. Buckley stand langsam auf, gestikulierte ausladend und teilte dem Richter mit, daß er den Vorgeladenen keine weiteren Fragen stellen wolle.

Der Verteidiger Brigance erhob sich mit weichen Knien und neuerlichen Magenkrämpfen. Er ging zum Geländer und sah in die unsicher blickenden Augen von vierundneunzig potentiellen Geschworenen.

Aufmerksam hörten sie diesem jungen, kecken Mann zu, der sich damit gerühmt hatte, noch keinen Mordprozeß verloren zu haben. Er erweckte einen entspannten und zuversichtlichen Eindruck. Seine Stimme war laut, aber es fehlte ihr nicht an einer gewissen Wärme. Die von ihm gewählten Worte klangen gebildet, und gleichzeitig haftete ihnen etwas ganz Normales an. Er stellte sich noch einmal vor, auch seinen Klienten und die Familie Hailey, zuletzt die Tochter, Tonya. Den Bezirksstaatsanwalt lobte er für die gründliche Vernehmung am Montagnachmittag und gestand ein, daß seine meisten Fragen schon beantwortet worden wären. Anschließend sah er auf seinen Block und ließ eine verbale Bombe platzen:

»Meine Damen und Herren, glaubt jemand von Ihnen, daß eine auf Unzurechnungsfähigkeit basierende Verteidigung nicht in jedem Fall angemessen ist?«

Einige der Geschworenen rutschten unruhig hin und her, doch niemand hob die Hand. Unzurechnungsfähigkeit! Unzurechnungsfähigkeit! Damit legte Jake den Keim des Zweifels an der Schuld seines Mandanten.

»Wenn wir beweisen, daß Carl Lee Hailey unzurechnungsfähig war, als er Billy Ray Cobb und Pete Willard erschoß – gibt es unter Ihnen eine Person, die ihn dann nicht für unschuldig befinden würde?«

Eine schwer zu verstehende Frage – und dahinter steckte Absicht. Wieder zeigten keine Hände nach oben. Einige Männer und Frauen holten Luft, schwiegen jedoch, weil sie nicht sicher waren, wie die richtige Antwort lautete.

Jake musterte sie und bemerkte überall Anzeichen von Verwirrung. Er wußte, daß die Geschworenen nun über eine mögliche Unzurechnungsfähigkeit seines Klienten nachdachten, und genau darauf kam es ihm an.

»Ich danke Ihnen«, sagte er betont freundlich. »Keine weiteren Fragen, Euer Ehren.«

Buckley runzelte die Stirn und blickte zum Richter, der überrascht blinzelte.

»Das ist alles?« vergewisserte sich Noose ungläubig. »Das ist wirklich alles, Mr. Brigance?«

»Ja, Euer Ehren. Meiner Ansicht nach gibt es an dieser Geschworenenauswahl nichts auszusetzen.« Damit demonstrierte Jake Vertrauen, im Gegensatz zu Buckley, der die Vorgeladenen drei Stunden lang verhört hatte. Natürlich war er mit den Leuten ganz und gar nicht zufrieden, aber er hielt es für sinnlos, die gleichen Fragen zu stellen wie der Bezirksstaatsanwalt.

»Na schön. Die Anwälte begleiten mich bitte in mein Büro.«

Buckley, Musgrove, Jake, Ellen und Mr. Pate folgten Ichabod durch die Tür hinter dem Richterstuhl und nahmen am Tisch Platz. »Nun«, begann Noose, »ich vermute, Sie möchten von jedem Geschworenen hören, was er oder sie von der Todesstrafe hält.«

»Ja, Sir«, bestätigte Jake.

»Das stimmt, Euer Ehren«, sagte Buckley.

»Dachte ich mir. Gerichtsdiener, bitte führen Sie die erste Geschworene herein, Carlene Malone.«

Mr. Pate verließ den Raum und rief den Namen. Kurz darauf kam er mit Carlene Malone ins Büro. Sie blickte sich erschrocken um. Die Anwälte lächelten, gaben jedoch keinen Ton von sich – eine Anweisung des Richters.

»Bitte setzen Sie sich«, sagte Noose und streifte den Umhang ab. »Es dauert nicht lange, Mrs. Malone. Vertreten Sie in bezug auf die Todesstrafe einen klar ausgeprägten Standpunkt?«

Carlene schüttelte nervös den Kopf. »Äh, nein, Sir.«

»Ist Ihnen klar, daß Sie vielleicht verpflichtet sind, Mr. Hailey zum Tode zu verurteilen, wenn Sie als Jurymitglied ausgewählt werden?«

»Ja, Sir.«

»Wenn die Staatsanwaltschaft beweist, daß Mr. Hailey hinreichend schuldig ist, daß er den Doppelmord kaltblütig plante und zum Tatzeitpunkt nicht unzurechnungsfähig war – sind Sie dann bereit, die Todesstrafe zu verhängen?«

»Ja. Ich meine, sie sollte viel öfter angewendet werden. Dann gäbe es nicht mehr so viele Gewaltverbrechen. Ich bin dafür.«

Jake lächelte auch weiterhin und nickte der ersten Geschworenen höflich zu. Buckley schmunzelte ebenfalls, sah Musgrove an und zwinkerte.

»Danke, Mrs. Malone«, sagte Noose. »Sie können jetzt in den Gerichtssaal zurückkehren.«

»Die zweite Geschworene«, wandte sich Ichabod an Mr. Pate. Der Gerichtsdiener führte Marcia Dickens herein, eine ältere Weiße mit tiefen Falten auf der Stirn. »Ja, Sir, ich bin für die Todesstrafe«, versicherte sie. »Ich hätte keine Probleme, einen Mörder in die Gaskammer zu schicken.« Jake schwieg und lächelte. Buckley zwinkerte noch einmal. Noose dankte Marcia und ließ den nächsten Geschworenen aufrufen.

Nummer drei und vier erwiesen sich als ebenso erbarmungslos. Sie waren bereit, einen Menschen hinzurichten, wenn seine Schuld bewiesen wurde. Dann trat Nummer fünf ein, Gerald Ault, Jakes Geheimwaffe.

»Danke, Mr. Ault, es dauert nicht lange«, wiederholte Noose. »Zunächst einmal: Vertreten Sie in bezug auf die Todesstrafe einen klar ausgeprägten Standpunkt?«

»O ja, Sir«, antwortete Ault sofort, und in seiner Stimme klangen intensive Emotionen mit. »Ich halte sie für grausam und bin absolut dagegen. Es beschämt mich, in einer Gesellschaft zu leben, die das gesetzlich sanktionierte Töten von Menschen zuläßt.«

»Ich verstehe. Wären Sie als Jurymitglied unter bestimmten Umständen fähig, einen Angeklagten zum Tode zu verurteilen?«

»O nein, Sir. Unter keinen Umständen. Ganz gleich, welches Verbrechen begangen wurde. Nein, Sir.«

Buckley räusperte sich. »Euer Ehren«, sagte er ernst, »die Staatsanwaltschaft ist der Meinung, daß sich Mr. Ault nicht zum Geschworenen eignet. Wir beantragen, ihn von seinen Pflichten zu entbinden. Ich verweise in diesem Zusammenhang auf den Fall Staat Mississippi gegen Witherspoon.«

Noose nickte. »Ich billige Ihren Antrag. Mr. Ault, Sie kommen für die Auswahl der Jury nicht in Frage. Sie können gehen, wenn Sie möchten. Falls Sie im Gerichtssaal bleiben wollen, dürfen Sie nicht mehr bei den Geschworenen sitzen.«

Ault richtete einen überraschten und hilflosen Blick auf seinen Freund Jake, der die Lippen zusammenpreßte und zu Boden starrte.

»Bitte erlauben Sie mir, mich nach dem Grund zu erkundigen«, sagte Gerald.

Noose nahm die Brille ab und schlüpfte in die Rolle des Professors. »Das Gesetz verlangt von mir, jeden potentiellen Geschworenen abzulehnen, der zugibt, daß er die Todesstrafe nicht in Erwägung ziehen kann. Die Betonung liegt dabei auf *in Erwägung ziehen*. Ob es Ihnen gefällt oder nicht, Mr. Ault: In Mississippi und vielen anderen Staaten der USA gehört die Todesstrafe zum Instrumentarium der Justiz. Jeder Geschworene muß bereit sein, das geltende Recht zu akzeptieren.«

Die Zuschauer beobachteten neugierig, wie Gerald Ault durch die Tür hinter dem Richterstuhl trat, die kleine Pendeltür passierte und den Saal verließ. Der Gerichtsdiener rief Nummer sechs auf, Alex Summers, und führte ihn ins Büro. Kurz darauf kehrte er zurück und nahm wieder auf der ersten Sitzbank Platz. Er hatte gelogen, als ihn Noose nach der Todesstrafe fragte. Er war ebenso dagegen wie die meisten anderen Schwarzen, aber dem Richter gegenüber behauptete er, keine Einwände zu haben. Später, während einer Verhandlungspause, traf er sich mit den übrigen schwarzen Geschworenen und erklärte ihnen, wie die Fragen im Büro beantwortet werden mußten.

Der letzte Vorgeladene kam am Nachmittag aus Ichabods Zimmer. Elf waren von ihren Pflichten entbunden worden, weil sie die Todesstrafe ablehnten. Um halb vier ordnete Noose eine weitere Pause an und gab den Anwälten eine halbe Stunde, um sich mit ihren Notizen zu befassen.

Jake und seine Mitarbeiter suchten die Bibliothek im zweiten Stock auf, blätterten dort in Jurylisten und betrachteten Karteikarten. Es wurde Zeit, sich für die einzelnen Geschworenen zu entscheiden. Brigance hatte von blau, rot und schwarz geschriebenen Namen geträumt, neben denen Beurteilungsziffern standen. Zwei Tage lang hatte er die betreffenden Personen nun im Gerichtssaal gesehen. Er kannte sie. Ellen wollte Frauen, und Harry Rex zog Männer vor.

Noose blickte auf das Original der Liste. Die Namen waren neu numeriert worden, um jene Geschworenen zu berücksichtigen, die nicht mehr für die Auswahl der Jury zur Verfügung standen. Schließlich hob er den Kopf und musterte die Anwälte. »Sind Sie soweit? Wie Sie wissen, haben wir es mit einem Kapitalverbrechen zu tun. Das bedeutet: Jeder von Ihnen kann zwölfmal von seinem Einspruchsrecht Gebrauch machen, ohne irgendeine Begründung. Mr. Buckley, Sie sind verpflichtet, als erster eine Jury zusammenzustellen. Bitte beginnen Sie mit dem ersten Namen auf der Liste und nennen Sie uns nur die Nummer des Geschworenen.«

»Ja, Sir. Euer Ehren, wir wählen die Geschworenen Nummer eins, zwei, drei, vier, verwenden unser erstes Einspruchsrecht bei Nummer fünf, akzeptieren Nummer sechs, sieben, acht, neun, verwenden das zweite Einspruchsrecht bei Nummer zehn, akzeptieren Nummer elf, zwölf, dreizehn, verwenden das dritte Einspruchsrecht bei Nummer vierzehn und akzeptieren Nummer fünfzehn. Ich glaube, das sind insgesamt zwölf.«

Jake und Ellen markierten die Namen auf ihren Listen und schrieben Anmerkungen. »Ja, das sind zwölf«, bestätigte Noose förmlich. »Mr. Brigance ...«

Buckley hatte zwölf weiße Frauen gewählt, zwei Schwarze und einen weißen Mann gestrichen.

Jake sah wieder auf seine Liste. »Die Verteidigung verwendet ihr Einspruchsrecht bei den Geschworenen Nummer eins, zwei und drei, akzeptiert vier, sechs und sieben, verwendet ihr Einspruchsrecht bei acht, neun, elf und zwölf, akzeptiert dreizehn und lehnt Nummer fünfzehn ab. Ich glaube, damit bleiben vier Einspruchsrechte übrig.«

Der Richter kritzelte diverse Markierungen auf die Hauptliste und zählte langsam. »Staatsanwaltschaft und Verteidigung haben die Geschworenen Nummer vier, sechs, sieben und dreizehn akzeptiert. Mr. Buckley, Sie sind dran. Wir brauchen acht zusätzliche Jurymitglieder.«

»Wir wählen Nummer sechzehn, verwenden unser viertes Einspruchsrecht bei siebzehn, akzeptieren achtzehn, neunzehn, zwanzig, lehnen einundzwanzig ab, akzeptieren zweiundzwanzig, lehnen dreiundzwanzig ab, akzeptieren vierundzwanzig, lehnen fünfundzwanzig und sechsundzwanzig ab, akzeptieren siebenundzwanzig und achtundzwanzig. Das sind zwölf, und uns bleiben vier Einspruchsrechte.«

Jake war verblüfft. Buckley schien seine Gedanken zu lesen, er hatte alle Schwarzen und die Männer gestrichen.

»Mr. Brigance?«

»Darf sich die Verteidigung beraten, Euer Ehren?«

»Fünf Minuten«, erwiderte Noose.

Jake und seine Assistentin gingen ins Nebenzimmer, wo Harry Rex wartete. »Sehen Sie sich das an«, sagte Brigance und legte die Liste auf den Tisch. Drei besorgte Blicke klebten an ihr fest. »Wir sind bei Nummer neunundzwanzig angelangt. Ich habe noch vier Einspruchsrechte, ebenso wie Buckley. Er hat alle Schwarzen und jeden Mann gestrichen. Das bisherige Ergebnis ist eine Jury, die nur aus weißen Frauen besteht. Die nächsten beiden Geschworenen sind ebenfalls weiße Frauen. Nummer einunddreißig heißt Clyde Sisco, und der Name von Nummer zweiunddreißig lautet Barry Acker.«

»Und vier von den nächsten sechs sind Schwarze«, warf Ellen ein.

»Ja, aber ich bin sicher, Buckley schließt die Auswahl vorher ab. Es erstaunt mich, daß wir uns der vierten Reihe so weit genähert haben.«

»Acker können Sie akzeptieren«, sagte Harry Rex. »Und Sisco?«

»Der Kerl ist mir nicht geheuer. Lucien meinte, er sei bestechlich.«

»Großartig! Setzen Sie ihn auf die Geschworenenbank und bieten Sie ihm genug Geld.«

»Sehr komisch. Woher sollen wir wissen, daß Buckley ihn nicht schon bestochen hat?«

»Ich würde ihn nehmen.«

Jake las die Namen auf der Liste und zählte immer wieder. Ellen wollte beide Männer streichen, Acker ebenso wie Sisco.

Sie kehrten ins richterliche Büro zurück und setzten sich. Die Protokollführerin war bereit. »Euer Ehren, wir lehnen Nummer zweiundzwanzig und achtundzwanzig ab. Damit bleiben uns zwei Einspruchsrechte.«

»Damit sind Sie am Zug, Mr. Buckley. Neundundzwanzig und dreißig.«

»Die Staatsanwaltschaft akzeptiert beide. Damit haben wir zwölf Geschworene, und uns bleiben noch vier Einspruchsrechte.«

»Mr. Brigance?«

»Wir lehnen Nummer neunundzwanzig und dreißig ab.«

»Damit haben Sie alle Einspruchsrechte verwendet, nicht wahr?« vergewisserte sich Noose.

»Ja, Euer Ehren.«

»In Ordnung. Mr. Buckley, Nummer einunddreißig und zweiunddreißig.«

»Die Staatsanwaltschaft akzeptiert beide«, sagte Rufus rasch und las die Namen der Schwarzen, die nach Clyde Sisco kamen.

»Gut. Das sind zwölf. Jetzt wählen wir zwei Stellvertreter aus. Dabei haben Sie beide ein zweifaches Einspruchsrecht. Mr. Buckley, Nummer dreiunddreißig und vierunddreißig.«

Der Geschworene Nummer dreiunddreißig war ein Schwarzer, Nummer vierunddreißig eine Weiße, die Jake für geeignet hielt. Es folgten zwei Schwarze.

»Wir lehnen Nummer dreiunddreißig ab, akzeptieren vierunddreißig und fünfunddreißig.«

»Wir sind damit einverstanden«, sagte Jake.

Mr. Pate verlangte Ruhe im Gerichtssaal, als Noose und die Anwälte ihre Plätze einnahmen. Der Richter verlas die Namen der zwölf Ausgewählten, die daraufhin nervös zur Geschworenenbank gingen, wo Jean Gillespie sie empfing. Zehn Frauen und zwei Männer. Alles Weiße. Die anwesenden Schwarzen murmelten und wechselten ungläubige Blicke.

»Warum haben Sie eine solche Jury zugelassen?« flüsterte Carl Lee seinem Verteidiger zu.

»Ich erkläre es Ihnen später«, entgegnete Jake.

Die beiden Stellvertreter wurden aufgerufen und setzten sich neben die Geschworenenbank.

»Was hat es mit dem Schwarzen auf sich?« fragte Carl Lee leise und deutete auf den entsprechenden Stellvertreter.

»Ich erkläre es Ihnen später«, wiederholte Jake.

Noose räusperte sich und sah zur Jury. »Meine Damen und Herren, Sie sind als Geschworene für diesen Prozeß ausgewählt worden. Sie alle haben einen Eid abgelegt, der Sie verpflichtet, das Ihnen präsentierte Beweismaterial sorgfältig zu prüfen und meine Belehrungen im Hinblick auf das Gesetz zu achten. Nach dem in Mississippi geltenden Recht bleiben Sie bis zum Ende des Verfahrens von der Außenwelt isoliert. Mit anderen Worten: Man quartiert Sie in einem Motel ein, und Sie dürfen nicht nach Hause zurückkehren, solange der Prozeß andauert. Das ist sicher unangenehm für Sie, aber es handelt sich um eine notwendige, vom Gesetz vorgeschriebene Maßnahme. In wenigen Minuten vertage ich die Verhandlung auf morgen, und dann bekommen Sie Gelegenheit, Ihre Familien zu verständigen, um sich Kleidung, Toilettenartikel und andere erforderliche Dinge bringen zu lassen. Das Motel liegt außerhalb von Clanton, und Ihr Aufenthaltsort wird geheim bleiben. Irgendwelche Fragen?«

Die zwölf Männer und Frauen wirkten verwirrt. Sie empfanden offensichtliches Unbehagen angesichts der Vorstellung, mehrere Tage lang nicht heimkehren zu können. Sicher dachten sie an ihre Kinder, häusliche Dinge und die Arbeit. Warum sie? Warum ausgerechnet sie?

Als alles still blieb, klopfte Noose mit seinem Hammer, und das Publikum wandte sich dem Ausgang zu. Jean Gillespie führte die erste Geschworene ins richterliche Büro. Dort ging die Frau ans Telefon und bestellte Kleidung, Waschsachen und eine Zahnbürste.

»Wohin fahren wir?« fragte sie Jean.

»Darüber darf ich keine Auskunft geben.«

»Es ist geheim«, teilte die Geschworene ihrem Ehemann mit.

Bis um sieben hatten die Familien Koffer und Reisetaschen gebracht. Die Ausgewählten stiegen in einen gemieteten Greyhound, der vor dem Hintereingang des Gerichtsgebäudes parkte. Eskortiert von mehreren Streifenwagen und Jeeps rollte der Bus um den Platz und verließ Clanton.

Stump Sisson erlag am Dienstagabend seinen schweren Verbrennungen. Die Ärzte im Krankenhaus von Memphis hatten sich vergeblich bemüht, sein Leben zu retten. Der kleine, dicke Körper des Klan-Mitglieds war im Lauf der Jahre wohl wenig trainiert worden und hielt den Belastungen nicht stand. Die Anzahl der mit Tonyas Vergewaltigung in Zusammenhang stehenden Opfer wuchs damit auf vier: Cobb, Willard, Bud Twitty und nun auch Sisson.

Die Nachricht von seinem Tod erreichte nach kurzer Zeit die Hütte im Wald, wo sich an jedem Abend Patrioten trafen und Whisky tranken. Sie schworen Rache. Auge um Auge und so weiter. Durch fünf neue Rekruten aus Ford County wuchs die Gruppe auf elf Mitglieder an. Zornbebend brannten sie darauf, etwas zu unternehmen.

Bisher war der Prozeß zu ruhig verlaufen. Es wurde Zeit, daß es rundging.

Jake schritt vor der Couch auf und ab und hielt zum hundertsten Mal sein Eröffnungsplädoyer. Ellen lauschte aufmerksam. Schon seit zwei Stunden hörte sie zu, unterbrach ihren Chef, kritisierte und unterbreitete Verbesserungsvorschläge. Jetzt war sie müde; an der Rede gab es nichts mehr auszusetzen. Die Margaritas hatten Jake beruhigt und seine Zunge beflügelt. Die Worte kamen ihm glatt über die Lippen. Er erwies sich als begabter Rhetoriker – insbesondere nach dem einen oder anderen Drink.

Nachdem er seinen Vortrag beendet hatte, setzten sie sich auf den Balkon und beobachteten, wie die Kerzen am dunklen Platz entlangglitten. In den Zelten spielten Nationalgardisten Poker, und ihr Gelächter hallte gedämpft durch die Nacht. Es leuchtete kein Mond am Himmel.

Nach einer Weile erhob sich Ellen, um die letzte Runde zu holen. Sie kehrte mit den Biergläsern zurück, die Eis und Margaritas enthielten, setzte sie auf den Tisch und blieb hinter ihrem Chef stehen. Behutsam legte sie ihm die Hände auf die Schultern, und ihre Daumen massierten den unteren Teil des Nackens. Jake entspannte sich und neigte den Kopf von einer Seite zur anderen. Die Hände der jungen Frau glitten zum Rücken, und sie schob sich noch etwas näher. Brigance spürte ihren Körper.

»Es ist halb elf, Ellen, und ich kann kaum mehr die Augen offenhalten. Wo übernachten Sie?«

»Wo soll ich schlafen?«

»Wie wär's mit Ihrem Apartment in Ole Miss?«

»Ich habe zuviel getrunken und darf nicht mehr fahren.«

»Nesbit ist sicher bereit, Sie zu chauffieren.«

»Und wo übernachten Sie, wenn Sie mir diese Frage erlauben?«

»In dem Haus an der Adams Street, das meiner Frau und mir gehört.«

Ellen zog die Hände zurück und griff nach ihrem Drink. Jake stand auf, beugte sich übers Geländer und rief: »Aufwachen, Nesbit! Sie müssen nach Oxford!«

35

Carla entdeckte den Artikel auf der zweiten Seite im Hauptteil der Zeitung. »Weiße Jury beim Prozeß gegen Hailey« lautete die Überschrift. Jake hatte am Dienstagabend nicht angerufen. Carla las die ersten Sätze und vergaß den Kaffee.

Das Ferienhaus ihrer Eltern befand sich in einem abgelegenen Bereich des Strands; zweihundert Meter trennten es vom nächsten Nachbarn. Das Land dazwischen gehörte Carlas Vater, und er wollte es behalten. Er hatte das Haus vor zehn Jahren gebaut, nach dem Verkauf seiner Firma in Knoxville, durch den er sich als reicher Mann in den Ruhestand zurückziehen konnte. Carla war das einzige Kind und Hanna die einzige Enkelin. In dem Haus gab es vier Schlafzimmer und vier Bäder in drei Stockwerken; es mangelte also nicht an Platz für weitere Enkel.

Sie las den ganzen Artikel, stand dann auf, durchquerte das Eßzimmer und ging zu den Erkerfenstern, die einen ungehinderten Blick auf den Strand und übers Meer gewährten. Eine helle, orangefarbene Sonne kletterte gerade über den Horizont. Carla bevorzugte die Wärme des Betts bis lange nach dem Morgengrauen, aber das Leben mit Jake hatte den ersten sieben Stunden eines jeden Tages etwas Abenteuerliches hinzugefügt. Ihr Körper war darauf trainiert, spätestens um halb sechs zu erwachen. Jake hatte ihr einmal anvertraut, sein Ziel bestehe darin, noch vor Sonnenaufgang mit der Arbeit zu beginnen und sie erst nach Sonnenuntergang zu beenden. Für gewöhnlich nahm er sich nie zuviel vor, doch erfüllte es ihn mit Stolz, länger zu arbeiten als alle anderen Anwälte in Ford County. Manchmal war er schon recht eigenartig, aber Carla liebte ihn.

Knapp achtzig Kilometer nordöstlich von Clanton erstreckte sich der ruhige Ort Temple – Verwaltungszentrum der Milburn County – am Ufer des Tippah River. Dort lebten dreitausend Einwohner, und es gab zwei Motels. Wie zu dieser Jahreszeit üblich stand das Temple Inn praktisch leer. Nur am Ende eines abgeriegelten Flügels waren acht Zimmer belegt worden. Polizisten und Soldaten hielten davor Wache. Die zehn Frauen wurden jeweils zu zweit untergebracht, und auch Barry Acker und Clyde Sisco teilten einen Raum. Der schwarze Stellvertreter Ben Lester Newton bekam ein Einzelzimmer, ebenso wie Francie Pitts. Die Fernsehgeräte funktionierten nicht, und es waren keine Zeitungen zugelassen. Nach einer ruhigen ersten Nacht servierte man das Frühstück pünktlich um sieben Uhr dreißig, während draußen der Motor des Greyhound warmlief und Dieselwolken über den Parkplatz blies. Um acht stiegen die vierzehn Ausgewählten ein und fuhren nach Clanton.

Im Bus unterhielten sie sich über ihre Familien und Jobs. Zwei oder drei hatten sich schon vor dem Montag gekannt, doch die übrigen waren sich fremd. Alle versuchten, nicht über ihre neuen Pflichten zu reden. In dieser Hinsicht hatte sich Richter Noose besonders klar ausgedrückt: keine Diskussionen über den Fall. Dabei wollten die Männer und Frauen eigentlich über viele Dinge sprechen: die Vergewaltigung, Cobb und Willard, Carl Lee, Jake, Buckley, Noose, über den Klan und vieles andere mehr. Alle wußten von den brennenden Kreuzen, aber niemand erwähnte sie, zumindest nicht im Bus. Am vergangenen Abend in den Hotelzimmern hatten immerhin lange Gespräche darüber stattgefunden.

Um fünf Minuten vor neun erreichte der Greyhound den Platz in Clanton. Die Geschworenen starrten aus den Fenstern, um festzustellen, wie viele Klan-Mitglieder und Schwarze zu beiden Seiten der aus Nationalgardisten bestehenden Trennlinien standen. Der Bus rollte an den Absperrungen vorbei und hielt hinter dem Gericht. Dort warteten Deputys und geleiteten die Jury in ihr Wartezimmer, wo Kaffee und Gebäck bereitstanden. Kurze Zeit später, um neun, verkündete der Gerichtsdiener den Beginn des neuen Verhandlungstages und führte die Vierzehn in den überfüllten Gerichtssaal, wo sie ihre Plätze einnahmen.

»Bitte erheben Sie sich«, sagte Mr. Pate.

»Setzen«, sagte Noose gleich darauf und ließ sich auf den ledernen Richterstuhl sinken. »Guten Morgen, meine Damen und Herren«, begrüßte er die Geschworenen freundlich. »Ich hoffe, es geht Ihnen allen gut.«

Sie nickten.

»Ausgezeichnet. Folgende Frage werde ich Ihnen an jedem Morgen stellen: Hat in der vergangenen Nacht jemand versucht, sich mit Ihnen in Verbindung zu setzen oder Sie zu beeinflussen?«

Alle Mitglieder der Jury schüttelten den Kopf.

»Gut. Haben Sie über den Fall gesprochen?«

Die Geschworenen logen, indem sie erneut den Kopf schüttelten.

»Gut. Falls jemand mit Ihnen Kontakt aufnimmt, um über den Fall zu reden oder Sie zu beeinflussen, so erwarte ich, daß Sie mir sofort Bescheid geben. Haben Sie verstanden?«

Sie nickten.

»Nun, wir können jetzt mit dem Prozeß beginnen. Was bedeutet, daß die Anwälte ihre Eröffnungsplädoyers halten. Dazu ein Hinweis: Jene Ausführungen der Staatsanwaltschaft und Verteidigung, die Sie gleich hören werden, stellen Meinungen dar. Die Prüfung des Beweismaterials erfolgt später. Mr. Buckley, beabsichtigen Sie ein Eröffnungsplädoyer?«

Rufus stand auf und knöpfte seine glänzende Kunstseidenjacke zu. »Ja, Euer Ehren.«

»Das dachte ich mir. Sie haben das Wort.«

Buckley hob das kleine Rednerpult an, stellte es direkt vor die Geschworenenbank und blätterte in einigen Unterlagen. Er genoß die kurze Stille, während alle Blicke ihm galten, während alle Ohren geduldig auf seine ersten Bemerkungen warteten. Zuerst dankte er den Geschworenen für ihre Anwesenheit, Opferbereitschaft und Staatsbürgerschaft – *als ob ihnen in dieser Hinsicht eine Wahl bliebe,* dachte Jake. Er war stolz auf sie und sah eine große Ehre darin, mit ihnen bei einem so wichtigen Verfahren zusammenzuarbeiten. Einmal mehr präsentierte er sich als Anwalt des Volkes, der den Staat Mississippi vertrat. Angeblich beunruhigte ihn die große Verantwortung, die er, Rufus Buckley, ein einfacher Anwalt aus Smithfield, für das Volk tragen mußte. Er sprach über den Prozeß und hoffte, mit Gottes Hilfe gute Arbeit für die Bürger von Mississippi zu leisten.

Diesen Sermon wiederholte er bei praktisch allen seinen Eröffnungsplädoyers, doch diesmal war die Show besser als sonst. Es klang glatt und aufrichtig, doch Jake wußte, daß es sich um Unsinn handelte, um verbalen Müll. Rufus bot ihm mehrmals Gelegenheit, Einspruch zu erheben, und er hätte ihn gern als arroganten Aufschneider bloßgestellt, aber die Erfahrung hatte ihn gelehrt, daß Ichabod während eines solchen Plädoyers keine Einsprüche zuließ – es sei denn, der Verstoß gegen die Verfahrensregeln war offensichtlich, und so weit ging Buckley mit seiner Rhetorik nicht. *Noch* nicht. Jake haßte die falsche Ehrlichkeit und das dramatisch-überschwengliche Gebaren vor allem deshalb, weil die Jury zuhörte und manchmal auch darauf hereinfiel. Der Staatsanwalt als tapferer Kämpfer für Gerechtigkeit: Er wollte einen Kriminellen für sein abscheuliches Verbrechen bestrafen, ihn für immer hinter Schloß und Riegel bringen, so daß er sich nie wieder an der Gesellschaft versündigen konnte. Buckley verstand es sehr gut, die Jury sofort davon zu überzeugen, daß *Er* und die *Zwölf Auserwählten* ein Team bildeten, vereint gegen das Böse. Gemeinsam suchten sie nach der Wahrheit, und nur darauf kam es an: auf die Wahrheit. Sie ermöglichte es, Gerechtigkeit durchzusetzen. Wenn die Geschworenen ihm folgten, Rufus Buckley, dem Anwalt des Volkes, so würde es ihnen gelingen, die Wahrheit zu finden.

Er bezeichnete die Vergewaltigung als schreckliches Verbrechen. »Ich bin selbst Vater und habe eine Tochter im Alter von Tonya Hailey«, meinte er. »Als ich zum erstenmal hörte, was sie erleiden mußte, war ich zutiefst erschüttert ...« Buckley nahm Anteil an den Gefühlen Carl Lees und seiner Frau. Ja, er dachte dabei an seine Tochter und spürte ebenfalls den Wunsch nach Vergeltung.

Jake sah Ellen an und lächelte. Interessant: Rufus hatte beschlossen, die Vergewaltigung anzusprechen, anstatt sie zu verschweigen. Brigance rechnete mit einer heftigen Auseinandersetzung über die Zulässigkeit von Aussagen in Hinsicht auf Tonya Haileys Erlebnisse. Die Resultate von Ellens Nachforschungen deuteten darauf hin, daß die Geschworenen nicht mit den abscheulichen Einzelheiten konfrontiert werden durften, aber vielleicht war es möglich, jenes Verbrechen zumindest zu erwähnen, beziehungsweise Bezug darauf zu nehmen. Buckley hielt es offenbar für besser, die Vergewaltigung zur Sprache zu bringen anstatt den Anschein zu erwecken, sie sei überhaupt nicht geschehen. Ein geschickter Schachzug: Die Jury und alle anderen wußten ohnehin darüber Bescheid.

Ellen schmunzelte ebenfalls. Der Fall Tonya Hailey wurde jetzt zum erstenmal vor Gericht verhandelt.

Buckley erklärte, er verstehe durchaus, warum ein Vater nach Rache strebte. Ihm erginge es nicht anders, betonte er. Doch etwas lauter fügte er hinzu, es sei ein großer Unterschied, Vergeltung nur zu wünschen oder sich diesen Wunsch zu erfüllen.

Allmählich kam er in Fahrt, als er energisch umherschritt, das Rednerpult ignorierte und zu einem neuen rhetorischen Rhythmus fand. Zwanzig Minuten lang ließ er sich über das Strafrecht in Mississippi aus und wies darauf hin, wie viele Vergewaltiger er, Rufus Buckley, nach Parchman geschickt hatte, die meisten von ihnen für den Rest ihres Lebens. Die Justiz funktionierte, weil die Bürger von Mississippi vernünftig genug waren, ihr zu vertrauen. Doch wenn man Leuten wie Carl Lee Hailey gestattete, das Gesetz selbst in die Hand zu nehmen, so streute man damit Sand ins Getriebe der Gerechtigkeit. Das Resultat mußte eine Gesellschaft sein, in der Rächer nach Belieben schalteten und walteten. Keine Polizei, keine Gefängnisse, keine Gerichte, keine Prozesse, keine Geschworenen, die über Schuld oder Unschuld befanden. Jeder für sich allein.

Es sei eine Ironie des Schicksals, fuhr Buckley etwas ruhiger fort, daß Carl Lee Hailey nun auf der Anklagebank säße und einen fairen Prozeß verlange, obgleich er nicht an so etwas glaubte. »Fragen Sie die Mütter von Billy Ray Cobb und Pete Willard«, sagte Buckley zur Jury. »Fragen Sie sie, ob ihre Söhne einen fairen Prozeß bekamen.«

Rufus legte eine kurze Pause ein, um allen Anwesenden im Saal Gelegenheit zu geben, über seine letzten Worte nachzudenken. Ihr Bedeutungsinhalt übte maßgeblichen Einfluß auf das Denken und Empfinden der Geschworenen aus, und sie sahen Carl Lee Hailey an; kein Mitgefühl zeigte sich in ihren Blicken. Mit einem kleinen Taschenmesser reinigte sich Jake die Fingernägel und wirkte vollkommen gelangweilt. Buckley gab vor, die auf dem Rednerpult liegenden Notizen zu lesen. Anschließend begann er noch einmal, diesmal in einem zuversichtlich-neutralen Tonfall. Die Staatsanwaltschaft würde beweisen, daß Carl Lee Hailey den Doppelmord sorgfältig vorbereitet hatte. Fast eine Stunde lang habe der Angeklagte in einer Abstellkammer neben der Treppe gewartet, über die man Cobb und Willard zum Gerichtssaal oder nach draußen führte. Er habe es irgendwie geschafft, eine M-16 ins Gebäude zu schmuggeln. »Hier ist die Tatwaffe«, sagte Rufus. Er hob sie mit einer Hand hoch, legte sie dann aufs Pult und erklärte, Carl Lee Hailey hätte sie benutzt, weil er von Vietnam her damit vertraut gewesen wäre. »Er wußte, wie man damit schoß und tötete. Es ist eine illegale Waffe. Man kann sie nicht in einem Warenhaus kaufen. Er mußte sie sich auf anderem

Wege beschaffen. Anders ausgedrückt: Er hat alles gründlich geplant.«

Buckley kündigte eindeutige Beweise für kaltblütigen, vorsätzlichen Mord an.

Und dann Deputy DeWayne Looney. Seit vierzehn Jahren für den Sheriff tätig. Familienvater und einer der besten Polizisten von Clanton. Im Dienst niedergeschossen, von Carl Lee Hailey. Die Ärzte hatten ihm einen Teil des Beins amputieren müssen. »Welche Schuld traf ihn? Gar keine. Die Verteidigung versucht vielleicht, diese Tragödie als Unfall darzustellen, aber das ist absurd. Für diese Gewalt gibt es keine Entschuldigung, meine Damen und Herren. Der Angeklagte muß verurteilt werden!«

Beide Anwälte hatten jeweils eine Stunde für das Eröffnungsplädoyer, und Buckley erlag der großen Versuchung. Er wiederholte sich. Zweimal verlor er den Faden, als er sich über den Trick mit der Unzurechnungsfähigkeit ausließ. Langeweile erfaßte die Geschworenen, und ihre Blicke schweiften durch den Saal. Die Zeichner zeichneten nicht mehr. Die Reporter ließen ihre Kugelschreiber sinken, und Noose putzte seine Brille sieben- oder achtmal. Es war allgemein bekannt, daß der Richter seine Brille putzte, um wach zu bleiben, und meistens konnte man dieses Ritual während eines Prozesses häufig beobachten. Jake hatte gesehen, wie er mit Taschentüchern, der Krawatte oder dem Hemd imaginäre Flecken von den Gläsern wischte, während Zeugen in Tränen ausbrachen und wild gestikulierende Anwälte schrien. Er überhörte kein einziges Wort und keinen einzigen Einspruch – aber er langweilte sich, selbst bei einem so wichtigen Verfahren wie diesem: der Staat Mississippi gegen Carl Lee Hailey. Er schlief nie ein, obwohl es ihm manchmal sehr schwer fiel, die Augen offenzuhalten. Statt dessen nahm er die Brille ab, betrachtete sie im Licht, behauchte sie und rieb so hingebungsvoll, als hätte sich eine zentimeterdicke Staubschicht auf den Gläsern gebildet. Anschließend setzte er sie wieder auf, so daß sie knapp über der Warze ruhte. Fünf Minuten später war sie erneut schmutzig. Je länger Buckley schwatzte, desto öfter mußte die Brille gereinigt werden.

Nach anderthalb Stunden beendete Rufus seinen Monolog, und der Gerichtssaal seufzte erleichtert auf.

»Zehn Minuten Pause«, sagte Noose, rutschte vom Richterstuhl und ging durch sein Büro zur Toilette.

Jake hatte ein kurzes Eröffnungsplädoyer geplant, und nach Buckleys Marathon beschloß er, sich noch kürzer zu fassen. Die meisten Leute mögen keine Anwälte, erst recht keine langatmigen und weitschweifigen, die glauben, jeder unwichtige Punkt müßte mindestens dreimal erwähnt werden, während die wichtigen noch viel mehr Wiederholungen erforderten. Was die Geschworenen betraf ... Sie mögen keine Anwälte, die Zeit vergeuden, und das aus gutem Grund. Erstens: Sie können die Redner nicht auffordern, endlich den Mund zu halten. Sie sind hilflose Opfer. Außerhalb des Gerichtssaals ist es möglich, den Vortrag eines Anwalts zu unterbrechen und ihn zu beschimpfen, aber wer auf der Geschworenenbank sitzt, ist zum Schweigen verpflichtet. Deshalb bleibt ihnen nichts anderes übrig als zu schlafen, zu schnarchen, finster zu blicken, unruhig hin und her zu rutschen und auf die Uhr zu sehen. Es gibt noch viele andere Signale dieser Art, doch langweilige Anwälte reagieren nicht darauf. Zweitens: Mitglieder der Jury verabscheuen lange Prozesse. Lassen wir den ganzen Unsinn; kommen wir endlich zur Sache. Gebt uns die Fakten, und wir geben euch ein Urteil.

Jake erläuterte das seinem Klienten während der Pause.

»Ich bin der gleichen Meinung«, sagte Carl Lee. »Fassen Sie sich kurz.«

Brigance beschränkte sich auf vierzehn Minuten, und die Geschworenen wußten jedes Wort zu schätzen. Er begann, indem er über Töchter sprach und darauf hinwies, daß sie etwas Besonderes darstellten. Sie unterschieden sich von kleinen Jungen und brauchten speziellen Schutz. Er erzählte von seiner eigenen Tochter und der tiefen Beziehung zwischen ihm und Hanna, die nicht erklärt werden konnte und die niemand beeinträchtigen durfte. Er gestand ein, daß er Mr. Buckley und seine angebliche Fähigkeit bewundere, betrunkenen Perversen zu verzeihen, die über seine Tochter herfielen. Eine solche Einstellung war tatsächlich lobenswert. »Aber können Sie, meine Damen und Herren Geschworenen, so ruhig und gefaßt bleiben, wenn zwei betrunkene, brutale Halunken Ihre Tochter vergewaltigen, sie an einen Baum binden und ...«

»Einspruch!« rief Buckley.

»Stattgegeben!« erwiderte Noose ebenso laut.

Jake schenkte dem keine Beachtung und fuhr ruhig fort. Er bat die Geschworenen, sich im Verlauf des Prozesses vorzustellen, wie sie sich fühlen würden, wenn ihre Tochter vergewaltigt worden wäre. Er legte ihnen nahe, Carl Lee nicht zu verurteilen, sondern ihn als freien Mann nach Hause zu schicken. Er sprach nicht von Unzurechnungsfähigkeit. Die Jury wußte ohnehin, daß die Strategie der Verteidigung darauf basierte.

Kurze Zeit später schwieg er und stellte seinen knappen Stil dem neunzig Minuten langen Gefasel des Staatsanwalts gegenüber.

»Ist das alles?« fragte Noose erstaunt.

Jake nickte und setzte sich neben seinen Klienten.

»Na schön. Mr. Buckley, Ihr erster Zeuge.«

»Die Staatsanwaltschaft ruft Cora Cobb in den Zeugenstand.«

Der Gerichtsdiener holte Mrs. Cobb aus dem Wartezimmer und führte sie durch die Tür neben der Geschworenenbank in den Gerichtssaal. Jean Gillespie vereidigte sie, und dann nahm die Zeugin Platz.

»Sprechen Sie ins Mikrofon«, sagte Mr. Pate.

»Sind Sie Cora Cobb?« fragte Buckley mit voller Lautstärke und stellte das Rednerpult ans Geländer.

»Ja, Sir.«

»Wo wohnen Sie?«

»Route 3, Lake Village, Ford County.«

»Sind Sie die Mutter des verstorbenen Billy Ray Cobb?«

»Ja, Sir«, antwortete Mrs. Cobb, und ihre Augen glänzten feucht. Sie war eine bäuerliche Frau, ihr Ehemann hatte sie nur wenige Jahre nach der Geburt ihrer Söhne im Stich gelassen. Die Kinder wuchsen praktisch allein auf, denn die

Mutter arbeitete an jedem Tag zwei Schichten in einer kleinen Möbelfabrik zwischen Karaway und Lake Village. Cora Cobb hatte schon bald die Kontrolle über ihre Sprößlinge verloren. Als Fünfzigjährige sah sie wie sechzig aus und versuchte, mit Haarfärbemitteln und Make-up zwanzig Jahre jünger zu wirken.

»Wie alt war Ihr Sohn zum Zeitpunkt seines Todes?«

»Dreiundzwanzig.«

»Wann haben Sie ihn zum letztenmal lebend gesehen?«

»Einige Sekunden vor seiner Ermordung.«

»Und wo?«

»Hier im Gerichtssaal.«

»Wo wurde er ermordet?«

»Unten im Erdgeschoß.«

»Haben Sie die Schüsse gehört, die Ihren Sohn töteten?«

Mrs. Cobb begann zu schluchzen. »Ja, Sir.«

»Wo sahen Sie ihn zum letztenmal?«

»In der Leichenhalle.«

»Und in welchem Zustand?«

»Er war tot.«

»Das ist alles, Euer Ehren«, sagte Buckley.

»Kreuzverhör, Mr. Brigance?«

Billy Ray Cobbs Mutter war eine harmlose Zeugin: Sie diente nur dazu, den Tod des Opfers zu bestätigen und ein wenig Mitleid zu erwecken. Eigentlich nützte ein Kreuzverhör überhaupt nichts, und normalerweise hätte Jake darauf verzichtet, ihr ebenfalls Fragen zu stellen. Aber er sah jetzt eine gute Möglichkeit, den Ton des Verfahrens zu bestimmen, Noose, Buckley und die Geschworenen aufzuscheuchen, für ein wenig Unruhe zu sorgen. Cora Cobb litt gar nicht so sehr; zumindest ein Teil ihres Kummers war geheuchelt. Buckley hatte ihr vermutlich aufgetragen, im Saal zu weinen.

»Nur einige Fragen«, sagte Jake, als er an Buckley und Musgrove vorbeischritt. Der Bezirksstaatsanwalt beobachtete ihn mißtrauisch.

»Mrs. Cobb, stimmt es, daß man Ihren Sohn wegen Verkauf von Marihuana verurteilt hat?«

»Einspruch!« donnerte Buckley und sprang auf. »Die Vorstrafen des Opfers haben mit diesem Prozeß nichts zu tun.«

»Stattgegeben!«

»Danke, Euer Ehren«, sagte Jake, als hätte ihm Noose einen Gefallen erwiesen.

Cora Cobb rieb sich die Augen und schluchzte lauter.

»Sie meinten eben, Ihr Sohn sei dreiundzwanzig gewesen, als er starb.«

»Ja.«

»Wie viele andere Kinder hat er in seinen letzten Lebensjahren vergewaltigt?«

»Einspruch! Einspruch!« heulte Buckley, ruderte mit den Armen und richtete verzweifelte Blicke auf Noose, der kreischte: »Stattgegeben! Stattgegeben! Ich rufe Sie zur Ordnung, Mr. Brigance!«

Mrs. Cobb brach bei all dem Geschrei in Tränen aus und weinte hemmungslos. Das Mikrofon blieb dabei vor ihrem Mund, und lautes Plärren hallte durch den Gerichtssaal.

»Er sollte ermahnt werden, Euer Ehren!« verlangte Buckley. Rote Flecken glühten auf seinen Wangen, und Zorn flackerte in den Augen. Der Nacken verfärbte sich purpurn.

»Ich ziehe die Frage zurück«, erwiderte Jake und ging zum Tisch der Verteidigung.

»Ein billiger Trick, Brigance«, murmelte ihm Musgrove zu.

»Bitte ermahnen Sie ihn«, flehte Buckley. »Und fordern Sie die Jury auf, das Kreuzverhör zu ignorieren.«

»Weitere Fragen?« erkundigte sich der Richter.

»Nein«, antwortete Buckley, als er mit einem Taschentuch zur Zeugin eilte. Cora Cobb hatte die Hände vors Gesicht geschlagen, wimmerte und bebte am ganzen Leib.

»Sie können gehen, Mrs. Cobb«, sagte Noose. »Bitte helfen Sie ihr, Gerichtsdiener.«

Mr. Pate und Buckley stützten Billy Ray Cobbs Mutter und führten sie vom Zeugenstand durch den Mittelgang. Sie schluchzte bei jedem Schritt, und ihre Lautstärke wuchs, als sie sich dem Ausgang näherte. An der Tür brüllte sie regelrecht.

Noose starrte Jake an, bis Mrs. Cobb den Saal verlassen

hatte und wieder Stille herrschte. Dann wandte er sich an die Geschworenen. »Bitte schenken Sie der letzten Frage des Verteidigers keine Beachtung.«

»Was bezwecken Sie damit?« flüsterte Carl Lee seinem Anwalt zu.

»Ich erkläre es Ihnen später.«

»Die Staatsanwaltschaft ruft Earnestine Willard in den Zeugenstand«, sagte Buckley etwas ruhiger. Es klang nicht mehr ganz so arrogant.

Mrs. Willard wurde aus dem Wartezimmer hereingeführt und vereidigt.

»Sie sind Earnestine Willard?« fragte Buckley.

»Ja, Sir«, bestätigte sie mit zittriger Stimme. Auch ihr Leben war nicht leicht gewesen, doch sie hatte sich eine gewisse Würde bewahrt, durch die sie glaubwürdiger und bemitleidenswerter wirkte als Cora Cobb. Sie trug schlichte, aber saubere und frisch gebügelte Kleidung. Im Haar fehlten die Färbemittel, von denen Mrs. Cobb so intensiven Gebrauch machte, und im Gesicht zeigte sich kein Make-up. Ihre Tränen schienen echt zu sein.

»Wo wohnen Sie?«

»In der Nähe von Lake Village.«

»Pete Willard war Ihr Sohn?«

»Ja, Sir.«

»Wann haben Sie ihn zum letztenmal lebend gesehen?«

»Hier im Gerichtssaal, kurz vor seinem Tod.«

»Haben Sie die Schüsse gehört, die ihn töteten?«

»Ja, Sir.«

»Wo sahen Sie ihn zum letztenmal?«

»In der Leichenhalle.«

»Und sein Zustand?«

»Er war tot.« Mrs. Willard betupfte ihre Augen mit einem Papiertaschentuch.

»Es tut mir leid«, sagte Buckley. »Keine weiteren Fragen«, fügte er hinzu und musterte Jake mißtrauisch.

»Kreuzverhör?« wandte sich Noose an den Verteidiger, und seine Miene verriet ebenfalls Argwohn.

»Ja, Euer Ehren«, erwiderte Jake.

Er blieb vor dem Rednerpult stehen und sah die Zeugin ohne Mitgefühl an. »Mrs. Willard, ich bin Jake Brigance.«

Sie nickte.

»Wie alt war Ihr Sohn, als er starb?«

»Siebenundzwanzig?«

Buckley schob den Stuhl vom Tisch zurück; er saß auf der Kante, bereit dazu, mit einem Satz aufzuspringen. Noose setzte die Brille ab und beugte sich vor. Carl Lee senkte den Kopf.

»Wie viele andere Kinder hat er in seinen letzten Lebensjahren vergewaltigt?«

Buckley fuhr hoch. »Einspruch! Einspruch! Einspruch!«

»Stattgegeben! Stattgegeben! Stattgegeben!«

Das Geschrei erschreckte Mrs. Willard, und sie weinte lauter.

»Ermahnen Sie ihn, Richter! Er muß ermahnt werden!«

»Ich ziehe die Frage zurück«, sagte Jake und ging wieder zum Tisch der Verteidigung.

Buckley knetete seine Hände. »Das genügt nicht, Richter! Er hat eine Ermahnung verdient!«

»Begleiten Sie mich in mein Büro.« Noose entließ die Zeugin und ordnete eine Pause bis um dreizehn Uhr an.

Harry Rex wartete mit belegten Brötchen und Margaritas auf Jakes Balkon. Brigance lehnte ab und trank Fruchtsaft. Ellen wollte nur einen Drink – einen kleinen, um ihre Nerven zu beruhigen. Zum dritten Mal hatte Dell das Mittagessen zubereitet und es persönlich in Jakes Praxis abgeliefert. Mit den besten Grüßen des Cafés.

Sie aßen, entspannten sich auf dem Balkon und beobachteten dabei das Durcheinander vor dem Gerichtsgebäude. Harry Rex wollte wissen, was im Büro geschehen war. Jake biß von einem Brötchen ab und meinte, er hätte keine Lust, über den Prozeß zu reden.

»Was geschah im Büro des Richters, verdammt?«

»Die Cardinals haben drei Spiele hintereinander verloren. Wußten Sie das, Row Ark?«

»Ich dachte, es seien vier.«

»Was ist im richterlichen Büro passiert?«

»Möchten Sie das wirklich wissen?«

»Ja, zum Teufel!«

»Na schön«, brummte Jake. »Ich muß auf die Toilette und erzähle es Ihnen, wenn ich zurück bin.«

»Was ist geschehen, Row Ark?«

»Nicht viel. Noose hat Jake durch die Mangel gedreht, aber es hätte schlimmer sein können. Buckley wollte Blut sehen, und Jake meinte, er bekäme jede Menge davon, wenn sich sein Gesicht noch mehr verfärbe. Buckley regte sich fürchterlich auf, schrie und warf Jake vor, die Jury ganz bewußt aufzuhetzen. Jake lächelte nur und erwiderte: ›Entschuldigen Sie bitte, Gouverneur.‹ Buckley mußte sich diese Bezeichnung mehrmals anhören und geriet jedesmal aus dem Häuschen. ›Er nennt mich Gouverneur, Richter‹, wandte er sich an Noose. ›Unternehmen Sie etwas dagegen.‹ Und Noose antwortete: ›Meine Herren, ich erwarte von Ihnen, daß Sie sich wie Profis verhalten.‹ Und dann meinte Jake jedesmal: ›Vielen Dank, Euer Ehren.‹ Anschließend wartete er einige Minuten lang und sprach Buckley erneut mit ›Gouverneur‹ an.«

»Warum hat er dafür gesorgt, daß die beiden alten Damen in Tränen ausbrachen?«

»Es war ein hervorragender Schachzug, Harry Rex. Er zeigte der Jury, Noose, Buckley und allen anderen, daß es sein Gerichtssaal ist und daß er sich vor niemandem darin fürchtet. Jake hat zum erstenmal zugeschlagen. Buckley ist jetzt so nervös, daß er sich während des Prozesses nie wieder ganz beruhigen wird. Noose respektiert Jake, weil er sich nicht von ihm einschüchtern läßt. Die Geschworenen waren schockiert, aber sie sind jetzt hellwach und wissen, daß im Saal eine Art Krieg stattfindet. Ja, ein ausgezeichnetes Manöver.«

»Der Meinung bin ich auch.«

»Es schadete uns nicht. Buckley wollte mit den Frauen Mitleid erregen, doch Jake erinnerte die Jury an das Verbrechen der ach so lieben Söhne.«

»Zwei Dreckskerle.«

»Und wenn einige Geschworenen verärgert sind... Bestimmt haben sie ihren Groll vergessen, wenn der letzte Zeuge aussagt.«

»Jake hat echt was auf dem Kasten, wie?«

»Er ist gut. Sehr gut. Ich kenne keinen besseren Anwalt in seinem Alter.«

»Warten Sie nur bis zu seinem Schlußplädoyer. Ich habe ihm dabei einige Male zugehört. Er könnte selbst einem Exerzierplatzschleifer Mitgefühl abringen.«

Jake kehrte zurück und genehmigte sich einen kleinen Drink. Nur einen ganz kleinen, für die Nerven. Harry Rex schüttete eine Margarita nach der anderen in sich hinein.

Nach der Mittagspause rief die Staatsanwaltschaft Ozzie Walls in den Zeugenstand. Buckley holte bunte Pläne vom Erdgeschoß und dem ersten Stock des Gerichtsgebäudes hervor, und darauf kennzeichnete er den Weg zum Tatort.

Kurze Zeit später präsentierte er große Fotografien, die Cobb und Willard tot auf der Treppe zeigten. Es waren scheußliche Aufnahmen. Jake hatte viele Bilder von Leichen gesehen. Naturgemäß handelte es sich in keinem Fall um hübsche Darstellungen, aber manchmal blieb einem dabei Entsetzen doch erspart. Er erinnerte sich an ein Opfer, das durch einen Herzschuß gestorben und einfach auf seiner Veranda umgefallen war. Es gab kein Blut, nur ein kleines Loch im Overall und ein zweites in der Brust. Der Mann sah aus, als sei er eingeschlafen oder von Alkohol betäubt, so wie Lucien.

Solche Fotos boten kaum etwas Spektakuläres, doch viele andere Mordfall-Aufnahmen konfrontierten den Betrachter mit schrecklichen Einzelheiten, mit Blut an Wänden und Decke, mit zerfetzten Körpern. Bei solchen Gelegenheiten benutzte der Bezirksstaatsanwalt dann Vergrößerungen, fügte sie mit ausgefeilter Theatralik dem protokollierten Beweismaterial hinzu und fragte Zeugen nach allen Details. Im Anschluß an die Aussagen bat er höflich um Erlaubnis, die Bilder der Jury zeigen zu dürfen, und der Richter lehnte nie ab. Dann beobachteten Buckley und alle anderen aufmerksam die entsetzten, von Grauen erfüllten Geschworenen. Jake hatte zwei Jurymitglieder gesehen, die sich übergaben, als man ihnen Fotografien von einer entstellten Leiche vorlegte.

Solche Aufnahmen führten zu Voreingenommenheit, doch das oberste Gericht hatte entschieden, daß sie bei einem Prozeß zulässig waren. Angeblich erleichterten sie es der Jury, eine Vorstellung von dem Verbrechen zu gewinnen und die Wahrheit zu finden. Seit neunzig Jahren entschieden die Gerichte von Mississippi immer wieder die Zulässigkeit von Mordfotos.

Jake hatte die Bilder von Cobb und Willard vor einer Woche betrachtet und schriftlichen Einspruch gegen ihre Verwendung beim Verfahren erhoben. Noose wies ihn natürlich zurück.

Diesmal zog Buckley eine besondere Show ab und befestigte die vergrößerten Aufnahmen an einer Tafel. Er erläuterte sie nacheinander, nahm dann die erste, ging zur Geschworenenbank und reichte das Bild Reba Betts. Es zeigte Willards zerschmetterten Kopf aus unmittelbarer Nähe.

»Mein Gott!« stöhnte Betts und gab das Foto dem nächsten Geschworenen, der darauf hinabstarrte und nach Luft schnappte. Alle Jurymitglieder betrachteten das Bild, auch die beiden Stellvertreter. Buckley nahm es zurück und reichte Reba ein zweites. Dreißig Minuten lang setzte sich dieses Ritual fort, bis die Geschworenen alle Fotografien gesehen hatten.

Dann griff Buckley nach der M-16 und ging damit zu Ozzie, der im Zeugenstand saß. »Können Sie das hier identifizieren?«

»Ja. Es ist die am Tatort gefundene Waffe.«

»Wer fand sie dort?«

»Ich selbst.«

»Wie verfuhren Sie damit?«

»Ich habe sie in einem Plastikbeutel verstaut und im Gefängnis unter Verschluß gehalten. Später stellte ich sie Mr. Laird zur Verfügung, der sie in Jackson untersuchte.«

»Euer Ehren, die Staatsanwaltschaft legt die Waffe als Beweisstück Nummer 13 vor«, verkündete Buckley und hob sie demonstrativ.

»Keine Einwände«, sagte Jake.

»Wir sind mit diesem Zeugen fertig.« Rufus ging zum Tisch der Anklage.

»Kreuzverhör?«

Jake blätterte in seinen Notizen, als er zum Pult schritt. Er wollte dem Sheriff nur einige Fragen stellen.

»Haben Sie Billy Ray Cobb und Pete Willard verhaftet?«

Buckley schob den Stuhl zurück und saß einmal mehr auf der Kante, um nötigenfalls aufzuspringen und mit schriller Stimme Einspruch zu erheben.

»Ja«, antwortete Ozzie Walls.

»Aus welchem Grund?«

»Wegen der Vergewaltigung von Tonya Hailey«, sagte Ozzie.

»Wie alt war das Opfer, als es von Cobb und Willard vergewaltigt wurde?«

»Zehn Jahre.«

»Sheriff, stimmt es, daß Pete Willard ein schriftliches Geständnis ablegte und ...«

»Einspruch! Einspruch! Euer Ehren! Derartige Fragen sind nicht zulässig, und das weiß Mr. Brigance ganz genau.«

Walls achtete nicht auf den Bezirksstaatsanwalt und nickte bestätigend.

»Stattgegeben.«

Buckley zitterte. »Ich bitte darum, daß die Frage aus dem Protokoll gestrichen und die Jury aufgefordert wird, sie nicht zu beachten.«

»Ich ziehe sie zurück«, meinte Jake, sah Buckley an und lächelte.

»Schenken Sie der letzten Frage von Mr. Brigance keine Beachtung«, wies Noose die Geschworenen an.

»Das wäre alles, Euer Ehren«, sagte Jake.

»Möchten Sie den Zeugen noch einmal vernehmen, Mr. Buckley?«

»Nein, Sir.«

»Gut. Sie können gehen, Sheriff.«

Als nächsten Zeugen rief Buckley einen Fingerabdruck-Spezialisten aus Washington auf, der eine Stunde lang von Dingen berichtete, die den Geschworenen schon seit Wochen bekannt waren. Seine dramatische Schlußfolgerung brachte die Fingerabdrücke an der M-16 eindeutig mit denen von Carl Lee Hailey in Verbindung. Anschließend kam der ballistische Experte vom Erkennungsdienst an die Reihe, und seine Aussage erwies sich als ebenso langweilig wie die des Vorgängers. Ja, die tödlichen Geschosse sind zweifellos aus der M-16 abgefeuert worden, die dort auf dem Tisch liegt; so lautete seine Meinung als Fachmann. Mit all den Karten, Schautafeln und Diagrammen benötigte Buckley sechzig Minuten, um der Jury diese Botschaft zu vermitteln. Jake bezeichnete so etwas als staatsanwaltschaftlichen Kahlschlag. Fast alle Ankläger litten an diesem Syndrom.

Die Verteidigung verzichtete darauf, den beiden Sachverständigen Fragen zu stellen. Um Viertel nach drei verabschiedete Noose die Geschworenen und verbot ihnen noch einmal, über den Fall zu sprechen. Sie nickten höflich, als sie den Saal verließen. Der Richter klopfte mit seinem Hammer und vertagte die Verhandlung auf den kommenden Morgen.

36

Die große staatsbürgerliche Pflicht der Geschworenen verlor rasch ihren Reiz. Am zweiten Abend im Temple Inn wurden die Telefone entfernt – auf Anweisung des Richters. Man verteilte einige alte Zeitschriften aus der Bibliothek von Clanton, doch die Mitglieder der Jury legten sie schon nach kurzer Zeit beiseite. Niemand von ihnen interessierte sich für Publikationen wie *The New Yorker*, *The Smithsonian* oder *Architectural Digest*.

»Könnten Sie uns Ausgaben von *Penthouse* oder *Playboy* besorgen?« flüsterte Clyde Sisco dem Gerichtsdiener zu.
»Derzeit nicht«, erwiderte er. »Aber vielleicht morgen; mal sehen.«

Die Geschworenen saßen ohne Fernsehen, Zeitungen und Telefon in ihren Zimmern fest. Der einzige Zeitvertreib bestand darin, Karten zu spielen und über den Prozeß zu sprechen. Auch Ausflüge zum Getränkeautomaten am Ende des Flurs galten als erstrebenswert, und die Vierzehn wechselten sich damit ab. Eine schwere Bürde aus Langeweile lastete auf ihnen.

Zu beiden Seiten des Korridors bewachten jeweils zwei Soldaten die Finsternis und Einsamkeit. Es kam nur dann zu Unterbrechungen der ereignislosen Stille, wenn sich die systematisch geplanten Notfälle von Geschworenen wiederholten, die Kleingeld für den Automaten brauchten.

Man ging früh zu Bett, und als die Wächter um sechs Uhr am Donnerstagmorgen anklopften, waren die Jurymitglieder bereits wach, einige von ihnen sogar angezogen. Sie verschlangen das Frühstück – Pfannkuchen und Würstchen –, und um acht begann die Fahrt nach Clanton.

Auch am vierten Verhandlungstag wartete schon um acht Uhr eine große Menge in der Rotunde. Das Publikum wußte inzwischen, daß es nach halb neun keine freien Plätze mehr gab. Prather öffnete die Tür, und Dutzende von Personen schritten durch den Metalldetektor, vorbei an wachsamen Deputys und in den Gerichtssaal. Dort wandten sich die Schwarzen nach links und die Weißen nach rechts. Hastings reservierte die vordere Sitzbank einmal mehr für Gwen, Lester, die Kinder und andere Verwandte. Agee und die übrigen Angehörigen des Priesterkonzils saßen in der zweiten Reihe, zusammen mit den Familienmitgliedern, die vorn keinen Platz mehr gefunden hatten. Bischof Agees Dienst betraf sowohl den Prozeß als auch das Organisieren von Demonstrationen auf dem Platz. Er selbst zog das Beobachten im Gerichtssaal vor, weil er sich hier sicherer fühlte, aber er vermißte die vielen Kameras und Journalisten vor dem Gebäude. Rechts von ihm, auf der anderen Seite des Mittelgangs, warteten die Familien und Freunde der beiden Opfer. Bisher hatten sie sich gut benommen.

Einige Minuten vor neun wurde Carl Lee hereingeführt.

Einer der Polizisten, die ihn eskortierten, nahm ihm die Handschellen ab. Er blickte zu Gwen und den Kindern hinüber, lächelte zuversichtlich und setzte sich. Kurz darauf trafen auch die Anwälte ein, und das Gemurmel verebbte. Ein anderer Gerichtsdiener sah durch die Tür neben der Geschworenenbank, nickte zufrieden und geleitete die Jury in den Saal. Mr. Pate stand vor der Tür des richterlichen Büros, und als alles bereit war, rief er: »Bitte erheben Sie sich!«

Ichabod trug wieder seinen alten, zerknitterten Umhang, hastete zum Richterstuhl und forderte die Anwesenden auf, sich zu setzen. Er begrüßte die Geschworenen und fragte, ob nach dem vergangenen Verhandlungstag irgend etwas geschehen sei.

Dann wandte er sich an die Anwälte. »Wo ist Mr. Musgrove?«

»Er kommt später, Euer Ehren«, erwiderte Buckley. »Aber die Anklage ist trotzdem bereit.«

»Rufen Sie Ihren nächsten Zeugen auf«, sagte Noose.

Der gerichtsmedizinische Pathologe betrat den Saal. Normalerweise wäre er viel zu beschäftigt gewesen und hätte einen Mitarbeiter beauftragt, beim Prozeß auszusagen und der Jury die genaue Todesursache von Cobb und Willard zu erklären. Aber dies war der Fall Hailey, und er fühlte sich verpflichtet, höchstpersönlich im Zeugenstand Platz zu nehmen. Die Sache sei ganz einfach, meinte er. Man fand die beiden Leichen unmittelbar nach der Tat, und die Waffe lag bei ihnen. In den Körpern hätten genug Kugeln gesteckt, um Billy Ray Cobb und Pete Willard mehrmals zu töten. Wie dem auch sei: Der Bezirksstaatsanwalt beharrte auf gründlichen, umfassenden pathologischen Beschreibungen, und so saß der Pathologe stundenlang auf dem Stuhl des Zeugen und erläuterte Autopsiefotos und bunte anatomische Karten.

Vorher, im Büro des Richters, hatte sich Jake bereit erklärt, die Todesursache als gegeben hinzunehmen, aber davon wollte Buckley nichts wissen. »Nein, Sir, Euer Ehren«, sagte er, »ich möchte, daß die Geschworenen alle Einzelheiten erfahren.«

»Die Verteidigung bestätigt, daß die Opfer mit der als Beweisstück protokollierten M-16 erschossen wurden«, meinte Jake.

»Nein, Sir.« Buckley blieb stur. »Ich habe ein Recht darauf, die Todesursache zu beweisen.«

»Aber das ist doch gar nicht nötig«, entgegnete Noose verblüfft. »Mr. Brigance zieht sie nicht in Zweifel.«

»Ich habe ein Recht darauf, sie zu beweisen«, wiederholte Rufus.

Und er bewies sie. Er bewies sie mit einem klassischen Fall von staatsanwaltschaftlichem Kahlschlag. Drei Stunden lang sprach der Pathologe darüber, wie viele Kugeln Cobb und Willard getroffen hatten, wo die Geschosse in den Körper eingedrungen waren und was sie angerichtet hatten. Man stellte die Staffeleien mit den Anatomiekarten direkt vor der Geschworenenbank auf, und der Sachverständige nahm kleine, numerierte Plastikstäbchen, die Kugeln symbolisierten, und bewegte sie langsam über die Darstellungen. Vierzehn Stäbchen für Cobb und elf für Willard. Ab und zu stellte Buckley eine Frage oder unterbrach den Vortrag des Arztes, um einen bestimmten Punkt zu verdeutlichen.

Nach jeweils dreißig Minuten seufzte Jake und sagte: »Euer Ehren, die Verteidigung streitet keineswegs ab, daß die beiden Opfer Schußverletzungen erlagen.«

»Die Staatsanwaltschaft möchte es aber beweisen«, antwortete Buckley scharf und griff nach der nächsten symbolischen Kugel.

Jake ließ sich wieder auf seinen Stuhl sinken, schüttelte den Kopf und beobachtete jene Geschworenen, die noch wach waren.

Der Pathologe beendete seine Aussage um zwölf, und der müde, gelangweilte Noose ordnete eine zweistündige Mittagspause an. Der Gerichtsdiener weckte die Jurymitglieder und führte sie in ein Zimmer, wo sie Gegrilltes auf Kunststofftellern verspeisten und Karten spielten. Sie durften das Gerichtsgebäude nicht verlassen.

In jeder kleinen Stadt im Süden der USA gibt es einen Jungen, der nur ans Geldverdienen denkt. Als Fünfjähriger baut er seinen ersten Limonadenstand an der Straße auf und verlangt fünfundzwanzig Cent für einen kleinen Becher mit aromatisiertem Wasser. Er weiß, daß es scheußlich schmeckt, aber er weiß auch, daß ihn die Erwachsenen für süß halten. Er ist der erste Junge weit und breit, der einen Rasenmäher auf Kredit kauft und schon im Februar Aufträge für den Sommer sammelt. Er ist der erste Junge, der sein Fahrrad selbst bezahlt und es benutzt, um morgens und nachmittags Zeitungen auszufahren. Im August verkauft er alten Frauen Weihnachtskarten. Im November trägt er Obstkuchen von Tür zu Tür. Am Samstagmorgen, wenn seine Freunde vor dem Fernseher hocken und sich Zeichentrickfilme ansehen, besucht er den Flohmarkt auf dem Platz und bringt dort geröstete Erdnüsse und Maiskolben unter die Leute. Als Zwölfjähriger richtet er sein erstes Bankkonto ein. Als Fünfzehnjähriger bezahlt er seinen neuen Pickup in bar, nur einen Tag nach der bestandenen Führerscheinprüfung. Er besorgt sich einen Anhänger und füllt ihn mit Gartengeräten. Bei Football-Spielen auf dem Sportplatz der High-School verkauft er T-Shirts. Er ist ein Arbeitstier, ein angehender Millionär.

In Clanton hieß dieser Junge Hinky Myrick und hatte gerade seinen sechzehnten Geburtstag hinter sich. Nervös wartete er in der Rotunde, und als die Mittagspause begann, eilte er an den Deputys vorbei in den Saal. Die Sitzplätze waren so kostbar, daß es kaum ein Zuschauer wagte, zum Mittagessen nach Hause zurückzukehren. Einige standen auf, warfen finstere Blicke in alle Richtungen und deuteten auf ihre Bank, um auch weiterhin Anspruch auf den Platz zu erheben, und zwar für den Rest des Verhandlungstages. Erst dann gingen sie zur Toilette. Aber die meisten mieden jedes Risiko, blieben sitzen und ertrugen mühsam die ihrer Meinung nach viel zu lange Pause.

Hinky hatte einen speziellen Spürsinn für gute Gelegenheiten entwickelt. Er witterte Bedürfnisse, die es zu befriedigen galt. Am Donnerstag – so wie auch am Mittwoch – rollte er seinen mit verschiedenen Brötchen und Komplettmahlzeiten in Styroporbehältern gefüllten Verkaufswagen durch den Mittelgang, bis zum Geländer. Von dort aus begann er damit, die Waren zu verteilen. Er verlangte regelrechte Wucherpreise. Ein Thunfischsalat mit Weißbrot kostete den Kunden zwei Dollar, und ihn nur achtzig Cent. Für einen Teller mit kaltem Hühnerfleisch und einigen Erbsen mußte man ihm drei Dollar in die Hand drücken. Sein Verdienst: ein Dollar fünfundsiebzig. Eine Dose mit Fruchtsaft oder Cola war nicht unter eins fünfzig zu haben. Aber die Zuschauer zahlten die hohen Preise bereitwillig, froh darüber, ihre Plätze zu behalten. Hinkys Wagen leerte sich, noch bevor er die vierte Reihe erreicht hatte, und er nahm Bestellungen aus dem Rest des Gerichtssaals entgegen. Der sechzehnjährige Myrick war der Mann der Stunde.

Hastig verließ er das Gerichtsgebäude, lief über den Rasen, bahnte sich einen Weg durch die Menge der Schwarzen, überquerte die Caffey Street und betrat Claudes Restaurant. In der Küche reichte er dem Koch einen Zwanzig-Dollar-Schein und die Bestellungen. Er wartete und sah immer wieder auf die Uhr. Der Koch bewegte sich betont langsam, und Hinky gab ihm noch einen Zwanziger.

Der Prozeß brachte einen Geschäftsaufschwung mit sich, wie ihn sich Claude nie erträumt hätte. Frühstück und Mittagessen bei ihm wurden zu einem Ereignis, da die Nachfrage weit über die Anzahl der Stühle hinausging und Hungrige auf dem Bürgersteig Schlange standen, wo sie sich in schwüler Hitze einen Tisch erhofften. Nach der Mittagspause am Montag kaufte Claude alle Tische und Klappstühle, die er in Clanton finden konnte. Die Gänge im Restaurant verschwanden, und seinen Kellnerinnen blieb kaum mehr genug Platz, das Essen zu servieren. Fast alle Gäste waren schwarz.

Die Gespräche drehten sich natürlich hauptsächlich um den Prozeß. Am Mittwoch kritisierte man die Zusammensetzung der Jury. Am Donnerstag wiesen viele Leute darauf hin, wie wenig sie vom Bezirksstaatsanwalt hielten.

»Ich habe gehört, daß er bei den Gouverneurswahlen kandidieren möchte.«

»Ist er Demokrat oder Republikaner?«

»Demokrat.«

»Ohne die Stimmen der Schwarzen kann er in diesem Staat nicht gewählt werden.«

»Ja, und nach dem Verfahren wird er nicht viele bekommen.«

»Ich hoffe, daß er sich als Kandidat aufstellen läßt. Dann erteilen wir ihm eine Lektion, die er so schnell nicht vergißt.«

»Er verhält sich eher wie ein Republikaner.«

Vor dem Prozeß hatte in Clanton die Mittagspause zehn Minuten vor zwölf begonnen, wenn die jungen, hübschen, gut gekleideten Sekretärinnen der Banken, Anwaltskanzleien und Versicherungsgesellschaften ihre Schreibtische verließen und auf die Bürgersteige traten. Eine Stunde lang wanderten sie im Bereich des Stadtplatzes umher, besuchten die Post und erledigten ihre Bankangelegenheiten und Einkäufe. Die meisten von ihnen holten sich ihr Mittagessen aus dem Chinese Deli und aßen dann auf den Parkbänken, im Schatten der Bäume vor dem Gericht. Dort trafen sie Bekannte und plauderten. Um zwölf Uhr lockte der Pavillon auf dem Rasen mehr attraktive Frauen an als der Miß Mississippi-Schönheitswettbewerb. In Clanton galt eben das ungeschriebene Gesetz, daß die Pause der Sekretärinnen früher begann und daß sie erst um eins in die Büros zurückkehren mußten. Die Männer folgten ihnen jeweils um zwölf und beobachteten sie.

Doch der Prozeß veränderte alles. Die schattenspendenden Bäume am Gerichtsgebäude befanden sich nun in einem Kampfgebiet, und von elf bis eins füllten sich die Cafés mit Soldaten und Fremden, die im Verhandlungssaal keinen Platz fanden. Auch im chinesischen Restaurant gab es nicht einen einzigen freien Tisch. Die Sekretärinnen erledigten jetzt schnell ihre Einkäufe und aßen dann in den Büros.

Im Teashop diskutierten leitende Angestellte, Selbständige und angesehene Freiberufler über die Publicity-Aspekte des Prozesses und die Darstellung der Stadt in den Medien. Die Präsenz der Kluxer weckte Besorgnis in allen. Niemand kannte ein Mitglied des Ku-Klux-Klans, und im Norden von Mississippi war er schon seit langer Zeit nicht mehr aktiv geworden. Doch Reporter und Journalisten liebten die weißen Kutten, und auf der Grundlage ihrer Berichterstattung mußte man im Rest der Welt glauben, daß sich die Zentrale des Klans in Clanton befand.

Am Donnerstagmittag stand im Café folgendes auf der Speisekarte: gebratene Schweinekoteletts mit Kohlrabi, als Beilage entweder Süßkartoffeln oder gebackenen Mais. Dell servierte die Spezialität des Hauses in einem überfüllten Speisesaal, den sich Stammgäste mit Fremden und Soldaten teilten. Nach wie vor galt die Regel, mit niemandem zu reden, der einen Bart oder einen sonderbaren Akzent hatte. Vielen Einheimischen fiel es schwer, diesen Grundsatz zu achten, denn sie waren von Natur aus freundlich und aufgeschlossen. Während der ersten Tage nach dem Doppelmord hatte man den Journalisten und anderen Besuchern einen herzlichen Empfang bereitet, doch jetzt begegnete man ihnen nur noch mit kühler Arroganz. Zu viele Pressefritzen verrieten ihre Gastgeber, indem sie unfaire, falsche und wenig schmeichelhafte Worte über Clanton und die Bürger der Stadt schrieben. Erstaunlich: Sie kamen in Rudeln aus allen Ecken des Landes, und innerhalb von nur vierundzwanzig Stunden wurden sie zu Experten für einen Ort, den sie nie zuvor gesehen hatten, für Menschen, denen sie zum erstenmal gegenübertraten.

Die Einheimischen beobachteten, wie sie gleich Narren auf dem Platz hin und her liefen, sich wie Kletten an die Fersen des Sheriffs hefteten und Buckley und Brigance und allen anderen Leuten folgten, die vielleicht etwas wußten. Sie beobachteten, wie die Journalisten am rückwärtigen Eingang des Gerichtsgebäudes auf den Angeklagten warteten, der – umgeben von Cops – ihre idiotischen Fragen ignorierte. Sie beobachteten mit wachsendem Abscheu, wie die Reporter ihre Kameras und Fotoapparate auf die Kluxer und wütenden Schwarzen richteten, immer auf der Suche nach den radikalsten Elementen, die sie anschließend als repräsentativ bezeichneten.

Alles in allem – sie sahen dem Medienrummel zu und haßten ihn.

»Was hat es mit dem orangefarbenen Zeug in ihrem Gesicht auf sich?« fragte Tim Nunley und blickte zu einer Reporterin, die am Fenster saß. Jack Jones schob sich eine Kartoffel in den Mund, kaute und musterte die Frau.

»Ich glaube, man benutzt so etwas für die Kameras. Dadurch sieht ihr Gesicht im Fernsehen weiß aus.«

»Aber es ist doch schon blaß genug.«

»Ja, ich weiß. Aber auf der Mattscheibe sieht es nur weiß aus, wenn's vorher mit orangefarbener Creme eingeschmiert wird.«

Nunley blieb skeptisch. »Und was benutzen Nigger bei Fernsehauftritten?« fragte er.

Darauf wußte niemand eine Antwort.

»Haben Sie die Reporterin gestern abend in den Nachrichten gesehen?« erkundigte sich Jack Jones.

»Nein. Für welchen Sender arbeitet sie?«

»Für Kanal Vier aus Memphis. Gestern abend hat sie Cobbs Mutter interviewt, und natürlich ließ sie nicht locker, bis die alte Dame einen Nervenzusammenbruch erlitt. Man zeigte die Tränen in Großaufnahme. Es war abscheulich. Am Abend zuvor ließ sie einen Kluxer aus Ohio davon erzählen, was wir hier in Mississippi brauchen. Sie ist die Schlimmste von allen.«

Am Donnerstagnachmittag beendete Buckley die Beweisführung gegen den Angeklagten. Nach der Mittagspause rief er Murphy in den Zeugenstand, und die anstrengende, nervenaufreibende Aussage des Hausmeisters dauerte fast eine Stunde, weil er ständig stotterte.

»Beruhigen Sie sich, Mr. Murphy«, sagte Buckley immer wieder.

Dann seufzte der arme Mann und trank einen Schluck Wasser. So oft wie möglich gab er stumm Auskunft, indem er nur nickte oder den Kopf schüttelte, doch es fiel der Protokollführerin schwer, alle wortlosen Antworten aufzuzeichnen – sie saß mit dem Rücken zur Geschworenenbank und mußte sich häufig umdrehen.

»Das habe ich nicht mitbekommen«, sagte sie, und dann trachtete Murphy danach, den einen oder anderen Satz zu formulieren, wobei er über Konsonanten wie »P« und »T« stolperte. Er stieß ein Wort hervor, und der Rest verlor sich in einem völlig unverständlichen Stottern.

»Was hat er gesagt?« fragte sie hilflos, wenn der Hausmeister schwieg. Buckley seufzte. Die Geschworenen rutschten nervös hin und her. Viele Zuschauer kauten an den Fingernägeln.

»Würden Sie das bitte wiederholen?« wandte sich Rufus an den Zeugen und spürte dabei, wie sein Vorrat an Geduld immer mehr zusammenschmolz.

»Es t-t-t-t-t-tut mir leid«, entschuldigte sich Murphy. Es war wirklich eine Qual.

Nach und nach stellte sich heraus, daß er in der Nähe des Hinterausgangs eine Coke getrunken hatte, als Cobb und Willard erschossen wurden. Er hatte einen Schwarzen bemerkt, der die Tür der etwa fünf Meter entfernten Abstellkammer öffnete und in den Korridor spähte, doch zu jenem Zeitpunkt dachte er sich nicht viel dabei. Als die beiden mit Handschellen gefesselten Männer nach unten geführt wurden, sprang der Schwarze plötzlich aus seinem Versteck hervor, eröffnete das Feuer und lachte. Nach einigen Salven warf er die Waffe fort und floh. Ja, er erkannte ihn wieder: Carl Lee Hailey, der nun am Tisch der Verteidigung saß.

Noose rieb Löcher in die Gläser seiner Brille, während er Murphy zuhörte. Als sich Buckley setzte, sah der Richter zu Jake. »Kreuzverhör?« fragte er, und Verzweiflung vibrierte in seiner Stimme.

Jake stand mit dem Block in der Hand auf. Die Protokollführerin starrte ihn an. Harry Rex zischte etwas. Ellen schloß die Augen. Die Geschworenen versteiften sich auf ihren Plätzen und warfen dem Verteidiger durchdringende Blicke zu.

»Bitte nicht«, hauchte Carl Lee.

»Nein, Euer Ehren, wir haben keine Fragen.«

»Danke, Mr. Brigance«, sagte Noose und ließ den angehaltenen Atem entweichen.

Der nächste Zeuge war Officer Rady, der als Ermittler für den Sheriff arbeitete. Er teilte der Jury mit, daß er in der Abstellkammer eine Cola-Dose der Marke Royal Crown gefunden hatte. Die Fingerabdrücke daran stimmten mit denen Carl Lee Haileys überein.

»War die Dose leer oder voll?« erkundigte sich Buckley in einem dramatischen Tonfall.

»Vollständig leer.«

Und wenn schon, dachte Jake. *Carl Lee ist also durstig gewesen. Oswald aß ein Hähnchen, als er auf Kennedy wartete.* Nein, auch diesmal hatte er keine Fragen.

»Wir haben noch einen letzten Zeugen, Euer Ehren«, sagte Buckley um sechzehn Uhr. »Officer DeWayne Looney.«

Looney hinkte in den Gerichtssaal und stützte sich auf eine Krücke, als er zum Zeugenstand humpelte. Er zog die Dienstwaffe aus dem Halfter und reichte sie Mr. Pate.

Buckley musterte ihn stolz. »Bitte nennen Sie Ihren Namen, Sir.«

»DeWayne Looney.«

»Und Ihre Adresse?«

»Bennington Street Nummer vierzehn achtundsechzig, Clanton, Mississippi.«

»Wie alt sind Sie?«

»Neununddreißig.«

»Wo arbeiten Sie?«

»Im Büro des Sheriffs von Ford County.«

»Welche Tätigkeit üben Sie dort aus?«

»Ich nehme in der Zentrale Meldungen über Funk entgegen.«

»Wo haben Sie am Montag dem 20. Mai gearbeitet?«

»Am 20. Mai bin ich Deputy gewesen.«

»Waren Sie im Dienst?«

»Ja. Ich erhielt den Auftrag, zwei Untersuchungshäftlinge vom Countygefängnis zum Gericht zu fahren und nach der Verhandlung zurückzubringen.«

»Wie hießen die Häftlinge?«

»Billy Ray Cobb und Pete Willard.«

»Wann verließen Sie den Gerichtssaal mit ihnen?«

»Gegen halb zwei, glaube ich.«

»Wer begleitete Sie?«

»Marshall Prather. Wir waren beide für die Gefangenen zuständig. Einige andere Deputys aus dem Gerichtssaal folgten uns, und vor dem Hinterausgang standen zwei oder drei Kollegen. Doch die eigentliche Verantwortung trugen Marshall und ich.«

»Was geschah nach dem Ermittlungsverfahren?«

»Wir legten Cobb und Willard Handschellen an und führten sie aus dem Saal in ein Nebenzimmer. Dort warteten wir kurz, und Prather setzte den Weg zur Treppe fort.«

»Und dann?«

»Wir gingen die Treppe hinunter: Cobb, Willard und ich. In dieser Reihenfolge. Wie ich schon sagte: Prather war vorausgegangen und nicht mehr im Gebäude.«

»Ja. Und weiter?«

»Als Cobb fast die unterste Stufe erreicht hatte, krachten die ersten Schüsse. Ich befand mich auf dem Treppenabsatz, und zunächst konnte ich den Schützen nicht sehen. Dann erkannte ich Mr. Hailey, der mit einem automatischen Gewehr feuerte. Cobb wurde gegen Willard geschleudert. Sie schrien, fielen hin und versuchten, nach oben zu kriechen.«

»Bitte schildern Sie uns Ihre Beobachtungen.«

»Die Kugeln prallten von den Wänden ab und pfiffen durchs Treppenhaus. Nie zuvor habe ich eine lautere Waffe gehört, das Krachen schien eine Ewigkeit zu dauern. Die beiden Untersuchungshäftlinge kreischten und warfen sich hin und her. Sie trugen ja Handschellen, wissen Sie.«

»Ja. Was geschah mit Ihnen?«

»Nun, ich kam nicht über den Treppenabsatz hinaus. Ein Querschläger traf mich im Bein – ich spürte dort ein stechendes Brennen, als ich nach oben rennen wollte.«

»Und was ist mit dem Bein passiert?«

»Es mußte teilweise amputiert werden«, erwiderte Looney so gelassen, als sei das kaum der Rede wert. »Direkt unterm Knie.«

»Haben Sie den Schützen gesehen?«

»Ja, Sir.«

»Können Sie ihn für die Jury identifizieren?«

»Ja, Sir. Mr. Hailey dort drüben schoß auf Cobb und Willard.«

Diese Antwort hätte den logischen Abschluß von Looneys Aussage bilden können. Er gab knapp und präzise Auskunft und bestätigte eindeutig die Identität des Täters. Die Geschworenen hörten ihm aufmerksam zu. Aber Buckley und Musgrove mußten es erneut übertreiben, indem sie große Pläne des Gerichts an einem Gestell aufhängten und Looney baten, darauf den Weg ins Erdgeschoß und nach draußen zu zeigen. Ihre Taktik war klar: Die Jurymitglieder sollten beobachten, wie der Zeuge humpelte.

Jake rieb sich die Stirn und den Nasenrücken. Noose putzte mehrmals seine Brille. Die Geschworenen wurden immer unruhiger.

»Möchten Sie Mr. Looney ins Kreuzverhör nehmen, Mr. Brigance?« fragte der Richter schließlich.

»Ja«, sagte Jake, als Musgrove Gestell und Karten aus dem Gerichtssaal trug.

»Officer Looney, wohin sah Carl Lee, als er schoß?«

»Zu den beiden Burschen, soviel ich weiß.«

»Hat er jemals den Blick auf Sie gerichtet?«

»Nun, ich habe nicht viel Zeit in den Versuch investiert, einen Blickkontakt mit ihm herzustellen. Es ging mir darum, nach oben zu gelangen.«

»Carl Lee Hailey hat also nicht auf Sie gezielt?«

»O nein, Sir. Er feuerte nur auf Cobb und Willard. Und er traf sie auch.«

»Wie verhielt er sich, als er schoß?«

»Er schrie, lachte wie ein Irrer und gab die seltsamsten Geräusche von sich, die ich jemals gehört habe – als sei er völlig übergeschnappt. Wissen Sie, eines werde ich nie vergessen: Während die Schüsse knallten und Querschläger hin und her sausten, während Cobb und Willard schrien ... hörte ich ständig Carl Lees irres Lachen.«

Jake mußte sich sehr beherrschen, um nicht zu lächeln. Looney und er hatten diese Aussage gründlich vorbereitet, und jetzt war sie perfekt. Der Deputy wählte genau die richtigen Worte. Brigance blätterte in seinem Block und schielte dabei zu den Geschworenen hinüber. Sie alle starrten Looney an, fasziniert von den Schilderungen des Zeugen. Jake schrieb einige unwichtige Notizen, um einige Sekunden verstreichen zu lassen, bevor er einige der wichtigsten Fragen des ganzen Prozesses formulierte.

»Nun, Deputy Looney, eine der von Carl Lee Hailey abgefeuerten Kugeln bohrte sich Ihnen ins Bein, nicht wahr?«

»Ja, Sir, das stimmt.«

»Glauben Sie, daß Absicht dahintersteckte?«

»O nein, Sir. Es war ein Versehen.«

»Möchten Sie, daß Carl Lee dafür bestraft wird?«

»Nein, Sir. Ich bin nicht böse auf ihn. Ganz im Gegenteil – ich bewundere ihn.«

Buckley legte den Kugelschreiber beiseite und ließ die Schulter hängen. Kummervoll musterte er seinen Zeugen.

»Wie meinen Sie das?«

»Nun, ich mache ihm keine Vorwürfe. Die Typen vergewaltigten sein kleines Mädchen. Wenn jemand über meine Tochter herfiele, wäre er so gut wie tot. Auch ich würde den Schuldigen ins Jenseits schicken. Carl Lee hat eine Medaille verdient.«

»Möchten Sie, daß die Jury Carl Lee verurteilt?«

Buckley sprang auf. »Einspruch!« rief er. »Einspruch! Eine unzulässige Frage!«

»Nein!« donnerte Looney. »Ich möchte nicht, daß er verurteilt wird. Er ist ein Held. Er ...«

»Geben Sie keine Antwort, Mr. Looney!« sagte Noose laut. »Antworten Sie nicht!«

»Einspruch! Einspruch!« fuhr Buckley fort und stand auf den Zehenspitzen.

»Er ist ein Held!« wandte sich Looney an den Bezirksstaatsanwalt. »Er sollte als freier Mann nach Hause geschickt werden!«

»Ruhe im Saal!« Noose klopfte mit dem Hammer.

Buckley und Looney schwiegen. Jake ging wieder zum Tisch der Verteidigung. »Ich ziehe die Frage zurück.«

»Schenken Sie ihr keine Beachtung«, wies der Richter die Geschworenen an.

Looney sah zur Jury, lächelte und humpelte zum Ausgang.

»Rufen Sie den nächsten Zeugen auf«, sagte Noose und nahm die Brille ab.

Buckley erhob sich langsam und bemühte sich um eine gewisse Dramatik. »Euer Ehren, die Staatsanwaltschaft beendet ihre Beweisführung.«

»Gut«, kommentierte der Richter und richtete den Blick auf Jake. »Ich nehme an, Sie möchten den einen oder anderen Antrag stellen, Mr. Brigance?«

»Ja, Euer Ehren.«

»Na schön. Wir sprechen in meinem Büro darüber.«

Noose verabschiedete die Geschworenen mit der üblichen Ermahnung und vertagte die Verhandlung auf neun Uhr am Freitagmorgen.

37

Jake erwachte in der Dunkelheit, mit einem leichten Kater und Kopfschmerzen, die er Erschöpfung und Coors verdankte. Wie aus weiter Ferne hörte er ein beharrliches Läuten an der Tür; ein sehr entschlossener Daumen schien den Klingelknopf zu betätigen. Im Nachthemd ging er zur Tür, öffnete und blinzelte, als er die beiden Gestalten auf der Veranda sah. Ozzie und Nesbit, teilte ihm sein Gedächtnis mit.

»Was liegt an?« fragte er. Die beiden Besucher folgten ihm in sein Arbeitszimmer.

»Man wird heute versuchen, Sie umzubringen«, sagte Ozzie.

Jake nahm auf der Couch Platz und massierte sich die Schläfen. »Dazu ist nicht mehr viel nötig.«

»Im Ernst. Jemand will Ihnen ans Leder.«

»Wer?«

»Der Klan.«
»Mickymaus?«
»Ja. Er rief gestern an und meinte, es sei etwas im Gange. Vor zwei Stunden meldete er sich noch einmal und teilte uns mit, man hätte es auf Sie abgesehen. Heute ist der große Tag. Zeit für ein wenig Aufregung. Heute morgen wird Stump Sisson in Loydsville begraben. Auge um Auge, Zahn um Zahn – so lautet die Devise der Kluxer.«
»Warum ich? Warum nicht Buckley, Noose oder jemand anderes, der den Tod weitaus mehr verdient hat als ich?«
»Wir bekamen keine Gelegenheit, darüber zu sprechen.«
»Welche Hinrichtungsmethode ist geplant?« fragte Jake. Es erfüllte ihn plötzlich mit Verlegenheit, im Nachthemd vor den beiden Uniformierten zu sitzen.
»Das verriet uns Mickymaus nicht.«
»Weiß er darüber Bescheid?«
»Er nannte keine Einzelheiten und sagte nur, daß es heute geschehen solle.«
»Und welche Reaktion erwarten Sie von mir? Möchten Sie mir nahelegen, den Prozeß zu vergessen und mich irgendwo zu verstecken?«
»Wann fahren Sie zum Büro?«
»Wie spät ist es?«
»Fast fünf.«
»Ich dusche nur und ziehe mich an.«
»Wir warten.«
Um halb sechs begleiteten Ozzie und Nesbit den Anwalt in seine Praxis und schlossen die Tür ab. Um acht versammelte sich eine ganze Kompanie Soldaten auf dem Bürgersteig unterm Balkon, um Brigance in Empfang zu nehmen. Harry Rex und Ellen befanden sich bereits im ersten Stock des Gerichtsgebäudes und beobachteten alles. Der Sheriff und Nesbit blieben unmittelbar neben Jake, und die drei Männer duckten sich im Zentrum einer dichten Formation aus Nationalgardisten. Sie überquerten die Washington Street und näherten sich dem Gericht. Die Pressegeier witterten etwas und schlossen sich der Prozession an.

Die alte, aufgegebene Mühle erhob sich neben den alten, aufgegebenen Gleisen am höchsten Hügel in Clanton, etwa zwei Blocks nordöstlich des Stadtplatzes. Eine vernachlässigte Asphalt- und Kiesstraße führte daran vorbei nach unten, passierte die Cedar Street, wurde breiter und endete schließlich an der Quincy Street am östlichen Rand des Platzes.

Der Schütze hockte in einem leeren Silo und beobachtete den zwar weit entfernten, aber deutlich sichtbaren rückwärtigen Bereich des Gerichtsgebäudes. Er saß in der Dunkelheit und zielte durch eine kleine Öffnung, davon überzeugt, daß ihn niemand bemerkte. Whisky förderte seine Zuversicht und verlieh ihm eine sichere Hand. Von halb acht bis acht hatte er mehrmals angelegt und das Gerichtsgebäude anvisiert, nun sah er Aktivität vor dem Büro des Anwalts, der den Nigger vertrat.

Neben dem Silo stand ein abbruchreifes Lagerhaus, und dort wartete ein Gefährte in einem Pickup. Der Motor lief, und der Mann am Steuer rauchte eine Zigarette nach der anderen. Er spitzte die Ohren und rechnete damit, jeden Augenblick das Krachen von Schüssen zu hören.

Als die vielen Soldaten zum Gericht schritten, geriet der Schütze fast in Panik. Durch das Zielfernrohr konnte er kaum den Kopf des Nigger-Anwalts erkennen, der sich noch dazu ständig von einer Seite zur anderen bewegte. Ein Meer aus grünen Uniformen und Kampfanzügen umgab ihn; Reporter eilten hin und her. *Na los,* flüsterte der Whisky. *Es wird Zeit, für Aufregung zu sorgen.* Er versuchte, sich dem Rhythmus des schaukelnden Kopfs so gut wie möglich anzupassen und drückte ab, als das Opfer zur Hintertür des Gerichts kam.

Der Gewehrschuß hallte laut durch die Stadt.

Die eine Hälfte der Soldaten warf sich zu Boden, und die andere packte Jake und stieß ihn unter die Veranda. Ein Soldat schrie schmerzerfüllt auf. Die Journalisten und Kameraleute gingen in die Hocke, verzichteten jedoch nicht darauf, die Ereignisse in Bild und Ton festzuhalten. Der verletzte Soldat tastete nach seinem Hals und schrie erneut. Ein zweiter Schuß, dann ein dritter.

»Er ist getroffen!« rief jemand. Die übrigen Nationalgardisten krochen auf allen vieren zu ihrem gefallenen Kameraden. Jake hastete durch die Hintertür und floh in die Sicherheit des Gerichtsgebäudes. Im Flur sank er zu Boden und schlug die Hände vors Gesicht. Ozzie stand neben ihm und beobachtete die Soldaten durchs Türfenster.

Der Schütze sprang aus dem Silo, warf die Waffe in den Fond des Pickup und nahm auf dem Beifahrersitz Platz. Der Mann am Steuer gab Gas, und die beiden Kluxer ließen Clanton hinter sich zurück. Man erwartete sie bei einer Beerdigung im Süden von Mississippi.

»Er ist am Hals getroffen!« schrie jemand, während die Gardisten die Reporter verscheuchten. Starke Arme hoben den Verletzten hoch und trugen ihn zu einem Jeep.

»Wen hat es erwischt?« fragte Jake, ohne die Hände von den Augen zu nehmen.

»Einen Soldaten«, antwortete Ozzie. »Alles in Ordnung mit Ihnen?«

»Ich glaube schon.« Brigance faltete die Hände hinterm Kopf und starrte zu Boden. »Wo ist mein Aktenkoffer?«

»Liegt irgendwo dort draußen. Wir holen ihn gleich.« Ozzie zog das Funkgerät vom Gürtel und übermittelte der Zentrale Anweisungen: Alle Deputys sollten so schnell wie möglich zum Gericht kommen.

Als keine weiteren Schüsse fielen, ging Ozzie nach draußen und gesellte sich den nervösen Gardisten hinzu. Nesbit verharrte neben Jake. »Alles in Ordnung?«

Der Colonel hastete um die Ecke und fluchte laut. »Was ist hier los, zum Teufel?« knurrte er. »Ich habe Gewehrschüsse gehört.«

»Mackenvale wurde getroffen.«

»Wo befindet er sich?«

»Man bringt ihn gerade zum Krankenhaus«, erwiderte ein Sergeant und deutete zu einem Jeep, der über die Straße raste.

»Wie steht es um ihn?«

»Ziemlich übel. Die Kugel traf ihn am Hals.«

»Am Hals!« entfuhr es dem Colonel. »Man hätte ihn nicht bewegen dürfen!«

Schweigen.

»Hat jemand den Schützen gesehen?« fragte der Befehlshaber.

»Allem Anschein nach verbarg er sich auf dem Hügel dort drüben«, sagte Ozzie, streckte den Arm aus und deutete über die Cedar Street. »Ich schlage vor, Sie schicken jemanden dorthin.«

»Gute Idee.« Der Colonel wandte sich an seine ungeduldig wartenden Männer, gab ihnen Befehle und untermalte sie mit weiteren Flüchen. Die Gardisten stoben in alle Richtungen davon, hielten ihre Waffen bereit und suchten nach einem Attentäter, den sie gar nicht identifizieren konnten und der schon die nächste County erreicht hatte, als sich die erste Patrouille im Bereich der alten Mühle umsah.

Ozzie legte den Aktenkoffer neben Jake auf den Boden. »Ist er okay?« flüsterte er Nesbit zu. Harry Rex und Ellen standen dort auf der Treppe, wo Cobb und Willard gestorben waren.

»Keine Ahnung«, entgegnete der Deputy. »Seit zehn Minuten hat er sich nicht mehr gerührt.«

»Sind Sie verletzt, Jake?« fragte der Sheriff.

»Nein«, sagte Brigance langsam, ohne die Augen zu öffnen. Der verwundete Soldat hatte ihn auf der linken Seite eskortiert, und Jake erinnerte sich an die letzten Worte des Gardisten: »Wir wirken ziemlich albern, nicht wahr?« Dann zerfetzte ihm eine Kugel die Kehle. Er fiel gegen den Anwalt, griff nach seinem Hals, schrie und spuckte Blut. Jake verlor das Gleichgewicht und fand sich wenige Sekunden später unter der Veranda wieder.

»Er ist tot, stimmt's?« flüsterte Jake.

»Das wissen wir noch nicht«, sagte Ozzie. »Man behandelt ihn im Krankenhaus.«

»Er ist tot. Ich weiß, daß er tot ist. Ich habe gesehen, wie es ihm den Hals zerfetzte.«

Ozzie sah erst Nesbit an und dann Harry Rex. Vier oder fünf münzgroße Blutflecken zeigten sich auf Jakes hellgrauem Anzug. Er hatte sie noch nicht bemerkt, aber für alle anderen waren sie offensichtlich.

»Sie haben Blut an der Jacke«, meinte der Sheriff nach einer Weile. »Lassen Sie uns in Ihr Büro zurückkehren. Dort können Sie sich umziehen.«

»Warum ist das so wichtig?« murmelte Jake, ohne die Lider zu heben. Harry Rex, Ellen, Nesbit und Ozzie Walls wechselten betretene Blicke.

Dell und die übrigen Leute aus dem Café standen auf der Straße, als man Jake aus dem Gerichtsgebäude zu seiner Praxis führte. Er reagierte nicht auf die absurden Fragen der Reporter, ebensowenig wie seine Begleiter. Harry Rex ließ die Wächter auf dem Bürgersteig zurück und schloß ab. Brigance ging nach oben und zog die Jacke aus.

»Mixen Sie einige Margaritas, Row Ark«, forderte Harry Rex die junge Frau auf. »Ich leiste Jake Gesellschaft.«

»Heute morgen kam es zu einem Zwischenfall«, sagte Ozzie, als Noose seine Aktentasche öffnete.

»Welcher Art?« fragte Buckley.

»Jemand hat versucht, Jake umzubringen.«

»*Was?*«

»Wann?« erkundigte sich der Bezirksstaatsanwalt.

»Vor einer Stunde. Ein Unbekannter schoß auf Jake, als er das Gerichtsgebäude betreten wollte. Mit einem Präzisionsgewehr. Wir haben keine Ahnung, wer dahintersteckt. Der Schütze verfehlte Brigance und traf einen Gardisten, der jetzt auf der Intensivstation des Krankenhauses liegt.«

»Wo ist Jake?« fragte Noose.

»In seinem Büro. Er hat einen Schock erlitten.«

»Kein Wunder«, brummte der Richter voller Mitgefühl.

»Er möchte, daß Sie ihn anrufen.«

»Natürlich.«

Ozzie wählte die Nummer und reichte Noose den Hörer.

»Hallo.«

»Ist alles in Ordnung mit Ihnen, Jake?«

»Nein. Heute dürfen Sie nicht mit mir rechnen.«

Euer Ehren suchte nach den richtigen Worten. »Wie bitte?«

»Ich werde heute nicht im Gerichtssaal erscheinen. Dazu bin ich einfach nicht imstande.«

»Nun, äh, und was sollen wir ohne Sie anfangen?«

»Das ist mir gleich«, erwiderte Jake und nippte an seiner zweiten Margarita.

»Was?«

»Ich sagte: Das ist mir gleich, Richter. Machen Sie von mir aus, was Sie wollen. Ich erscheine heute nicht vor Gericht.«

Noose schüttelte den Kopf und blickte auf den Hörer. »Sind Sie verletzt?« fragte er nicht ohne Anteilnahme.

»Hat man jemals auf Sie geschossen, Richter?«

»Nein.«

»Haben Sie jemals gesehen, wie man auf jemanden schoß? Haben Sie gehört, wie der Getroffene schrie?«

»Nein.«

»Hatten Sie jemals das Blut eines anderen Mannes an der Jacke?«

»Nein.«

»Sie müssen heute auf mich verzichten.«

Noose zögerte und dachte einige Sekunden lang nach. »Ich schlage vor, wir treffen uns in meinem Büro und reden darüber.«

»Nein. Ich verlasse meine Praxis nicht. Draußen ist es zu gefährlich.«

»Und wenn wir mit dem Beginn der heutigen Verhandlung bis um eins warten? Fühlen Sie sich dann besser?«

»Bis dahin bin ich betrunken.«

»*Was?*«

»Bis dahin bin ich blau.«

Harry Rex hob die Hände vors Gesicht. Ellen ging zur Küche.

»Und wann sind Sie wieder nüchtern?« fragte Noose streng. Ozzie und Buckley sahen sich an.

»Am Montag.«

»Und morgen?«

»Morgen ist Samstag.«

»Ja, ich weiß. Und ich hatte vor, den Prozeß morgen fortzusetzen. Wir müssen auch an die Geschworenen denken, die zu ihren Familien zurückkehren möchten.«

»Na schön. Morgen früh bin ich bereit.«

»Das freut mich. Was soll ich jetzt der Jury sagen? Die Männer und Frauen warten im Nebenzimmer. Der Gerichtssaal ist wie üblich überfüllt. Ihr Klient sitzt allein am Tisch der Verteidigung. Was teile ich diesen Leuten mit?«

»Ihnen fällt bestimmt etwas ein, Richter. Ich habe Vertrauen zu Ihnen.« Jake legte auf. Noose horchte, bis er sich der Erkenntnis stellen mußte, daß Brigance tatsächlich die Verbindung unterbrochen hatte. Er reichte den Hörer Ozzie.

Euer Ehren sah aus dem Fenster und nahm die Brille ab. »Jake kommt heute nicht.«

Buckley schwieg erstaunlicherweise.

»Er ist ziemlich erschüttert«, entschuldigte Ozzie den Anwalt.

»Trinkt er?«

»Jake rührt keinen Alkohol an«, entgegnete der Sheriff. »Er ist nur bestürzt darüber, daß es den Gardisten erwischt hat. Der Mann stand direkt neben ihm und fing sich die für Jake bestimmte Kugel ein. So was bringt jeden aus der Fassung.«

»Er möchte, daß wir den Prozeß auf morgen früh vertagen«, wandte sich Noose an Buckley, der mit den Schultern zuckte und weiterhin still blieb.

Als sich die Sache herumsprach, begann reges Treiben auf dem Bürgersteig vor Jakes Praxis. Die Presse schlug dort ihr Lager auf und spähte durch die Fenster, in der Hoffnung, irgendwelche interessanten und berichtenswerten Dinge zu entdecken. Freunde kamen vorbei und erfuhren von den Journalisten, der Anwalt hätte sich im Innern des Gebäudes verbarrikadiert. Nein, er war nicht verletzt.

Dr. Bass hatte am Freitagmorgen aussagen sollen. Er und Lucien kamen einige Minuten nach zehn durch die Hintertür herein. Harry Rex eilte zum Spirituosenladen.

Angesichts des vielen Schluchzens war das Telefongespräch mit Carla recht schwer gewesen. Jake hatte seine Frau nach drei Drinks angerufen und gemeint, es stünde alles ganz gut. Dann sprach er mit ihrem Vater und erklärte, er sei sicher und unverletzt; die halbe Nationalgarde von Mississippi hätte den Auftrag erhalten, ihn zu beschützen. »Bitte sorg dafür, daß sich Carla beruhigt«, fügte er hinzu. »Ich melde mich später noch einmal.«

Lucien war außer sich. Er hatte sich sehr bemüht, am Donnerstagabend alle hochprozentigen Getränke von Bass fernzuhalten, damit er am Freitag nüchtern aussagen konnte, aber er hielt es für völlig unmöglich, ihn zwei Tage hintereinander trockenzulegen. Außerdem dachte er an die vielen am Freitag verpaßten Drinks, und dieser Gedanke weckte Zorn in ihm.

Harry Rex kehrte mit mehreren Litern zurück. Er und Ellen mixten Drinks und stritten sich über die richtigen Zutaten. Row Ark spülte die Kaffeekanne, füllte sie mit Bloody Mary und schüttete schwedischen Wodka hinterher. Harry Rex gab eine großzügige Portion Tabasco hinzu. Anschließend schritt er durchs Konferenzzimmer und füllte Gläser mit der nervenberuhigenden Mischung.

Dr. Bass schluckte eifrig und bat um mehr. Lucien und Harry Rex sprachen über die mutmaßliche Identität des Schützen. Die wortlose Ellen beobachtete Jake, der in der Ecke saß und zu den Bücherregalen starrte.

Das Telefon klingelte. Harry Rex nahm ab und lauschte eine Zeitlang. Nach einer Weile legte er auf und sagte: »Das war Ozzie. Der angeschossene Gardist schwebt nicht mehr in Lebensgefahr. Die Kugel steckt an der Halswirbelsäule fest. Wahrscheinlich bleibt er für den Rest seines Lebens gelähmt.«

Alle tranken nachdenklich und schwiegen. Sie versuchten, Jake zu ignorieren, als er sich mit einer Hand die Stirn rieb und mit der anderen das Glas an die Lippen setzte. In der Stille erklang dumpfes Klopfen an der Hintertür.

»Sehen Sie nach«, forderte Lucien Ellen auf. Die junge Frau verließ das Zimmer.

»Es ist Lester Hailey«, berichtete sie kurze Zeit später.

»Er soll hereinkommen«, murmelte Jake leise.

Lester betrat den Raum, und man bot ihm eine Bloody

Mary an. Er lehnte ab und wünschte sich etwas mit Whisky drin.

»Gute Idee«, sagte Lucien. »Ich habe dieses Gesöff satt. Ist nicht stark genug. Wie wär's, wenn wir uns Jack Daniel's besorgten?«

»Ich bin dafür«, erwiderte Bass sofort und leerte sein Glas.

Jake sah Lester an, rang sich ein schiefes Lächeln ab und betrachtete wieder die Bücherregale. Lucien legte einen Hundert-Dollar-Schein auf den Tisch. Harry Rex griff danach und ging nach draußen, um dem Spirituosenladen einen zweiten Besuch abzustatten.

Als Ellen einige Stunden später erwachte, lag sie auf der Couch in Jakes Büro. Das Zimmer war dunkel und leer, und die junge Frau nahm einen bitteren Geruch wahr. Sie stand vorsichtig auf. Ihr Chef schnarchte friedlich auf dem Boden im Kriegszimmer, halb unter dem Schreibtisch. Ellen ließ das Licht ausgeschaltet und ging die Treppe hinunter. Im Konferenzraum fand sie leere Flaschen, Bierdosen, Plastikbecher und Pappteller mit Essensresten. Es war halb zehn abends. *Ich habe fünf Stunden lang geschlafen.*

Sie konnte bei Lucien übernachten, brauchte jedoch Kleidung zum Wechseln. Nesbit hätte es bestimmt nicht abgelehnt, sie nach Oxford zu bringen, aber sie war nüchtern und konnte selbst fahren. Außerdem durfte Jake nicht ohne seinen Leibwächter zurückbleiben. Ellen schloß die vordere Tür auf und ging zu ihrem Wagen.

Als sie nur noch wenige Kilometer von Oxford trennten, sah sie das Blaulicht im Rückspiegel. Wie üblich achtete sie nicht auf die Geschwindigkeitsbeschränkung und fuhr mit fast hundertzwanzig. Sie hielt am Straßenrand, nahm ihre Handtasche und wartete auf die Beamten.

Zwei Männer in Zivil näherten sich.

»Sind Sie betrunken, Ma'am?« fragte einer von ihnen und spuckte Kautabak.

»Nein, Sir. Ich versuche nur, meinen Führerschein zu finden.«

Ellen bückte sich vor den Rücklichtern und tastete nach der Karte. Plötzlich schlug man sie zu Boden und stülpte ihr eine Decke über den Kopf. Einer der beiden Männer hielt sie fest, und der andere schlang ihr einen Strick um Brust und Taille. Die junge Frau schrie und trat um sich – vergeblich. Ihre Arme blieben unter der Decke gefesselt, und sie spürte, wie der Strick festgezogen wurde.

»Halt still, du Miststück! Halt endlich still!«

Einer der Fremden zog den Zündschlüssel ab und öffnete den Kofferraum. Sie stießen Ellen hinein und schlossen die Klappe wieder. Eine Männerhand nahm das Blaulicht vom Dach des alten Lincoln, der daraufhin anfuhr, gefolgt von ihrem BMW. Kies knirschte unter den Reifen, der Weg führte in den Wald. Schließlich hielten die Wagen an einer Lichtung, auf der ein großes Kreuz brannte. Mehrere Kluxer standen in der Nähe.

Die beiden Entführer streiften weiße Kutten und Kapuzen über und zerrten Ellen dann aus dem Kofferraum. Man warf sie zu Boden und riß die Decke fort, stopfte ihr einen Knebel in den Mund und band sie in der Nähe des Kreuzes an einem Pfahl fest, mit dem Rücken zu den Klan-Mitgliedern, das Gesicht der Holzstange zugewandt.

Aus den Augenwinkeln sah Ellen die Kutten und Kapuzen und versuchte verzweifelt, den öligen Lappen aus dem Mund zu pressen. Sie keuchte entsetzt und schnappte nach Luft.

Das brennende Kreuz warf einen flackernden Schein auf die Lichtung. Die davon ausgehende Hitze versengte fast den Rücken der Gefangenen, während sie zitternd seltsame kehlige Geräusche von sich gab.

Ein Kluxer trat vor, und Ellen hörte seine Schritte und seinen rasselnden Atem. »Verdammte Niggerfreundin«, sagte er scharf mit einem Akzent aus dem Mittelwesten. Er packte den Kragen der Seidenbluse und riß, bis nur noch Fetzen an den Schultern der Frau hingen. Sie konnte sich nicht wehren: Ihre Hände waren auf der anderen Seite des Pfahls zusammengebunden worden. Der Mann holte ein Bowiemesser unter der Kutte hervor und zerschnitt damit die Reste der Bluse. »Verdammte Niggerfreundin. Verdammte Niggerfreundin.«

Ellen wollte ihn verfluchen, brachte jedoch nur ein unverständliches Schnaufen hervor.

Der Kluxer öffnete den Reißverschluß an der rechten Seite des marineblauen Rocks. Der Strick im Bereich ihrer Waden hinderte Ellen daran, nach ihm zu treten. Er preßte die Spitze des Messers ans Ende des Reißverschlusses, schnitt, schob die linke Hand nach vorn und zog den Rock beiseite. Die übrigen Klan-Mitglieder kamen näher.

Der Mann schlug Ellen auf den Hintern. »Hübsch, sehr hübsch.« Er wich einen Schritt zurück, um sein Werk zu betrachten. Ellen stöhnte und wand sich hin und her. Ihr Slip rutschte nach unten. Der Kluxer schnitt ihn an den Seiten und auch hinten auf und warf das Höschen zum Kreuz. Er durchtrennte die BH-Träger und riß seinem Opfer den Büstenhalter ab. Die Frau gab noch immer nicht den Versuch auf, sich zu befreien, ihr Stöhnen wurde noch lauter. Hinter ihr bildeten die Klan-Mitglieder einen nurmehr drei Meter entfernten Halbkreis.

Ganz deutlich fühlte sie die Hitze des Feuers. Schweiß glänzte an Rücken und Beinen. Das Haar klebte ihr an Nakken und Schultern fest. Der Mann griff erneut unter die Kutte, und einige Sekunden später hielt er eine lange Rindslederpeitsche in der Hand. Er ließ sie laut knallen, und Ellen zuckte zusammen. Dann trat er noch einen Schritt zurück, schätzte die Entfernung zum Pfahl ab, holte mit der Peitsche aus und zielte auf den Rücken der Frau. Ein anderer großer Kluxer gesellte sich dem ersten hinzu. Er sagte kein Wort, schüttelte nur den Kopf, und daraufhin verschwand die Peitsche.

Der erste Mann ging zu ihr, hob das Messer und begann damit, ihr das Haar abzuschneiden. Er säbelte es büschelweise fort und schuf damit häßliche leere Stellen. Ein rotblondes Häufchen formte sich auf dem Boden. Ellen stöhnte, regte sich aber nicht mehr.

Die Klan-Mitglieder gingen zu ihren Wagen. Jemand goß Benzin aus einem Kanister in den BMW, der Massachusetts-

Kennzeichen trug, und ein anderer Kluxer warf ein Streichholz.

Als sich keine Kuttenträger mehr auf der Lichtung befanden, wagte sich Mickymaus hinter den Büschen hervor. Er löste Ellens Fesseln, trug sie fort, sammelte die Reste ihrer Kleidung auf und versuchte, die Blößen der jungen Frau zu bedecken. Er wartete, bis keine Flammen mehr aus ihrem Auto leckten, ließ sie dann allein und fuhr nach Oxford. Dort hielt er an der ersten Telefonzelle und rief den Sheriff von Lafayette County an.

38

Es war ungewöhnlich, aber keineswegs einmalig, daß ein Fall auch am Samstag vor Gericht verhandelt wurde – immerhin ging es um ein Kapitalverbrechen mit isolierter Jury. Die Teilnehmer hatten nichts dagegen, denn der Sonnabend brachte das Ende des Prozesses einen Tag näher.

Auch die Einheimischen ärgerten sich nicht darüber. Ganz im Gegenteil: Dies war ihr freier Tag, und die meisten von ihnen bekamen zum erstenmal Gelegenheit, das Verfahren zu beobachten oder, wenn sie keinen Platz im Saal fanden, sich auf dem Platz umzusehen. Wer weiß – vielleicht wurde wieder geschossen.

Schon um sieben ging es in den Cafés ziemlich hektisch zu. Auf jeden Gast, der einen freien Stuhl fand, kamen zwei andere, die draußen warten mußten. Dutzende von Schaulustigen schlenderten vor Jakes Büro umher und hofften, jenen Mann zu sehen, dem der Mordanschlag gegolten hatte. Angeber prahlten damit, Klienten des berühmten Anwalts gewesen zu sein.

Unterdessen saß Jake in seinem Arbeitszimmer am Schreibtisch und trank eine Mischung aus den Resten vom gestrigen Gelage. Er rauchte eine Roi-Tan, aß Kopfschmerztabletten und rieb sich Spinnweben aus dem Hirn. *Vergiß den Soldaten*, sagte er sich seit drei Stunden. *Vergiß den Klan und die Drohungen. Vergiß alles. Denk nur an den Prozeß und vor allem an Dr. W. T. Bass.* Er schickte ein stummes Gebet zum Himmel: *Bitte, lieber Gott, laß ihn nüchtern vor Gericht erscheinen.* Bass und Lucien hatten den vergangenen Nachmittag damit verbracht, zu trinken und sich gegenseitig vorzuwerfen, betrunken und aus den jeweiligen Berufsverbänden ausgeschlossen worden zu sein. Als sie die Praxis verließen, bahnten sich Handgreiflichkeiten an. Nesbit griff rechtzeitig ein und eskortierte sie zum Streifenwagen, um sie nach Hause zu fahren. Die Reporter wurden neugierig, als der Deputy zwei Taumelnde nach draußen geleitete und ihnen beim Einsteigen half. Lucien nahm im Fond Platz, Bass auf dem Beifahrersitz, und die Journalisten hörten, wie sie sich immer wieder beschimpften.

Jake las noch einmal Ellens Meisterwerk über Verteidigungen auf der Basis von Unzurechnungsfähigkeit. Ihre für Bass vorbereiteten Fragen erforderten nur geringfügige Veränderungen. Er befaßte sich mit dem Lebenslauf des Sachverständigen: Zwar fehlte es darin an beeindruckenden Fakten, aber er genügte für Ford County. Der nächste Psychiater war mehr als hundertdreißig Kilometer entfernt.

Noose sah den Bezirksstaatsanwalt an und richtete dann einen mitfühlenden Blick auf Jake, der neben der Tür saß, über Buckleys Schulter hinwegstarrte und das alte Porträt eines längst toten Richters betrachtete.

»Wie geht es Ihnen heute morgen, Jake?« fragte Noose sanft.

»Gut.«

»Und der Soldat?« erkundigte sich Rufus.

»Er ist gelähmt.«

Noose, Buckley, Musgrove und Mr. Pate schüttelten ernst und mit stummem Respekt den Kopf.

»Nimmt Ihre Assistentin heute nicht an der Verhandlung teil?« Noose sah zur Uhr an der Wand.

Jake warf einen kurzen Blick auf die Armbanduhr. »Sie hätte inzwischen eintreffen müssen.«

»Sind Sie soweit?«

»Ja.«
»Ist der Gerichtssaal bereit, Mr. Pate?«
»Ja, Sir.«
»Nun gut. Beginnen wir.«

Noose nahm auf dem Richterstuhl Platz, sprach zehn Minuten lang zur Jury und entschuldigte sich für die einen Tag lange Verhandlungspause. Die Geschworenen waren die einzigen vierzehn Personen in der County, die nichts von den Ereignissen am Freitagmorgen wußten, und wenn sie davon erfuhren, mochte ihre Objektivität in Gefahr geraten. Noose ließ sich vage über besondere Umstände aus und meinte, manchmal ergäben sich bei Prozessen gewisse Probleme, die zu Verzögerungen führten. Als er seinen Monolog beendet hatte, waren die Geschworenen vollkommen verwirrt und wünschten sich nichts sehnlicher, als daß jemand einen Zeugen aufriefe.

»Rufen Sie Ihren ersten Zeugen auf«, sagte Noose zu Jake.

»Dr. W. T. Bass«, verkündete Brigance und ging zum Pult. Buckley und Musgrove zwinkerten sich zu und grinsten wie zwei Narren.

Bass saß neben Lucien in der zweiten Reihe, umgeben von Angehörigen der Familie Hailey. Er stand mühsam auf, schob sich in Richtung Mittelgang, trat diversen Leuten auf die Füße und stieß andere mit seinem ebenso großen wie leeren Aktenkoffer an. Jake spürte die Unruhe hinter sich, sah weiterhin zu den Geschworenen hinüber und lächelte.

»Ich schwöre, ich schwöre«, stieß Bass hastig hervor, als Jean Gillespie ihn vereidigte.

Er setzte sich auf den Stuhl des Zeugenstands, und Mr. Pate bat ihn darum, laut ins Mikrofon zu sprechen. Zwar war der psychiatrische Sachverständige nervös und litt an einem ausgeprägten Kater, aber er wirkte trotzdem bemerkenswert arrogant und nüchtern. Immerhin trug er seinen teuersten dunkelgrauen Anzug, ein makelloses weißes Hemd und eine kleine rote Paisley-Fliege, die ihm einen sehr intellektuellen Eindruck verlieh. Er sah wie ein Experte aus, wie ein Fachmann für *etwas*. Trotz der Einwände Jakes hatte er sich für hellgraue Cowboy-Stiefel aus Straußenleder entschieden – die ihn mehr als tausend Dollar gekostet hatten und seine Füße jetzt erst zum achten oder neunten Mal zierten. Lucien hatte vor elf Jahren auf diesen Stiefeln bestanden, während des ersten Unzurechnungsfähigkeitsprozesses. Bass trug sie, und die Jury schickte den geistig völlig gesunden Angeklagten nach Parchman. Auf Luciens Bitte hin trug er die Stiefel auch, als er beim zweiten Verfahren Unzurechnungsfähigkeit bescheinigte – der Prozeß endete ebenfalls mit einer Verurteilung. Lucien bezeichnete sie aber weiterhin als Bass' Talisman.

Jake hielt nichts von den verdammten Dingern. »Sie werden die Aufmerksamkeit der Geschworenen wecken«, argumentierte Lucien. »Teures Straußenleder stößt sie ab«, erwiderte Jake. »Sie sind viel zu dumm, um den Unterschied zu erkennen«, entgegnete Lucien. Jake blieb skeptisch, und daraufhin meinte sein früherer Chef: »Die Rednecks vertrauen jemandem mit Stiefeln.« – »Na schön«, brummte Brigance, »dann soll er eben normale Jagdstiefel tragen, mit ein bißchen Dreck an den Absätzen und Sohlen. Mit solchen Stiefeln können sich die Leute eher identifizieren.« – »Aber sie passen nicht zu dem Anzug«, hatte Lucien eingewandt.

Bass schlug nun die Beine übereinander, stützte den rechten Fuß aufs linke Knie und zeigte den entsprechenden Stiefel. Er sah darauf hinab und schmunzelte, blickte dann zu den Geschworenen und lächelte erneut. Der Strauß wäre sicher stolz gewesen.

Jake hob den Blick von seinen Notizen und stellte fest, daß der Stiefel übers Geländer am Zeugenstand hinausragte. Bass bewunderte ihn, und die Geschworenen betrachteten ihn nachdenklich. Der Anwalt räusperte sich und blätterte in seinen Unterlagen.

»Bitte nennen Sie Ihren Namen.«

»Dr. W. T. Bass«, sagte der Psychiater. Er starrte jetzt nicht mehr auf den Stiefel, sondern sah Jake an. Sein Gesicht brachte fast so etwas wie würdevollen Ernst zum Ausdruck.

»Wie lautet Ihre Adresse?«

»West Canterbury Nummer achtundneunzig, Jackson, Mississippi.«

»Welchen Beruf üben Sie aus?«

»Ich bin Arzt.«

»Haben Sie eine Lizenz für Mississippi?«

»Ja.«

»Seit wann?«

»Seit dem 8. Februar 1963.«

»Sind Sie auch in einem anderen Staat approbierter Arzt?«

»Ja.«

»In welchem?«

»Texas.«

»Wann bekamen Sie die Lizenz für Texas?«

»Am 3. November 1962.«

»Welches College besuchten Sie?«

»Den Bakkalaureus der Medizin erhielt ich 1956 am Millsaps College. Zum Doktor der Medizin promovierte ich 1960 am Health Science Center der Universität von Texas.«

»Handelt es sich dabei um eine staatlich zugelassene medizinische Ausbildungsstätte?«

»Ja.«

»Wer hat das Health Science Center der Universität von Texas befugt, Doktortitel in Medizin zu verleihen?«

»Der Staat Texas sowie die nationale Ärztekammer.«

Bass entspannte sich etwas, schlug erneut die Beine übereinander und zeigte den linken Stiefel. Er wippte ein wenig und drehte den bequemen Stuhl zur Jury.

»Wo fand Ihr Praktikum statt und wie lange dauerte es?«

»Nach dem Studium habe ich zwölf Monate lang als Medizinalassistent im Rocky Mountain Medical Center von Denver gearbeitet.«

»Auf welchen medizinischen Fachbereich sind Sie spezialisiert?«

»Auf die Psychiatrie.«

»Bitte erklären Sie uns, was das bedeutet.«

»Die Psychiatrie befaßt sich mit der Behandlung von Geistesstörungen. Häufig – aber nicht immer – geht es dabei um mentale Fehlfunktionen, deren organische Ursache unbekannt ist.«

Jake wagte es, erleichtert aufzuatmen. Bass klang überraschend gut.

Er ging auf die Geschworenenbank zu. »Nun, Doktor«, sagte er, »bitte erläutern Sie der Jury Ihre Fachausbildung hinsichtlich der Psychiatrie.«

»Meine Fachausbildung in bezug auf die Psychiatrie bestand aus einer zweijährigen Tätigkeit als psychiatrischer Arzt im Texas State Mental Hospital, einem allgemein anerkannten Ausbildungszentrum. Ich nahm dort an klinischer Arbeit mit psychoneurotischen und psychotischen Patienten teil. Ich habe Psychologie, Psychopathologie, Psychotherapie und physiologische Therapien studiert. Die Seminare wurden von kompetenten psychiatrischen Fachleuten geleitet, und es ging dabei auch um die psychiatrischen Aspekte der gewöhnlichen Medizin sowie die Verhaltensmuster von Kindern, Jugendlichen und Erwachsenen.«

Wahrscheinlich verstand niemand im Gerichtssaal auch nur ein Wort von dem, was Bass gerade gesagt hatte. Aber die Schilderungen kamen aus dem Mund eines Mannes, der plötzlich etwas Geniales an sich hatte: Wer solche Worte mühelos und glatt formulierte, mußte weise und klug sein. Rote Fliege und Vokabular sorgten trotz der Stiefel dafür, daß Bass mit jeder Antwort an Glaubwürdigkeit gewann.

»Sind Sie Mitglied des American Board of Psychiatry?«

»Natürlich«, erwiderte Bass zuversichtlich.

»In welcher Eigenschaft?«

»Als Psychiater.«

»Seit wann sind Sie Mitglied?«

»Seit 1967.«

»Was ist nötig, um Mitglied des American Board of Psychiatry zu werden?«

»Man muß eine mündliche, schriftliche und praktische Prüfung bestehen.«

Jake blickte auf seine Notizen, sah dabei aber, wie Musgrove Buckley zuzwinkerte.

»Gehören Sie anderen Berufsverbänden an, Doktor?«

»Ja.«

»Bitte nennen Sie die betreffenden Organisationen.«

»Ich bin Mitglied der American Medical Association, der American Psychiatric Association und der Mississippi Medical Association.«

»Seit wann sind Sie als Psychiater tätig?«

»Seit zweiundzwanzig Jahren.«

Jake ging drei Schritte weit zum Richterstuhl und musterte Noose, der ihn aufmerksam beobachtete.

»Euer Ehren, die Verteidigung möchte Dr. Bass als psychiatrischen Sachverständigen aussagen lassen.«

»Nun gut«, sagte Noose. »Wollen Sie den Zeugen vernehmen, Mr. Buckley?«

Der Bezirksstaatsanwalt stand auf und griff nach seinem Block. »Ja, Euer Ehren. Nur einige Fragen.«

Jake war erstaunt, aber nicht besorgt, als er sich neben Carl Lee setzte. Ellen fehlte noch immer im Gerichtssaal.

»Dr. Bass, halten Sie sich für einen psychiatrischen Experten?« begann Buckley.

»Ja.«

»Haben Sie jemals Psychiatrie gelehrt?«

»Nein.«

»Haben Sie Fachartikel über Psychiatrie geschrieben und publiziert?«

»Nein.«

»Haben Sie Bücher über Psychiatrie geschrieben und publiziert?«

»Nein.«

»Nun, Sie wiesen eben darauf hin, Mitglied der A.M.A., M.M.A. und der American Psychiatric Association zu sein, nicht wahr?«

»Ja.«

»Haben Sie in diesen Organisationen jemals leitende Funktionen ausgeübt?«

»Nein.«

»Haben Sie jemals unter der Schirmherrschaft der Bundesregierung oder staatlicher Behörden gearbeitet?«

»Nein.«

Die Arroganz in Bass' Zügen verflüchtigte sich allmählich, und die Selbstsicherheit verschwand aus seiner Stimme. Er sah zu Jake hinüber, der eine Akte durchblätterte.

»Praktizieren Sie noch immer ganztägig, Dr. Bass?«

Der Sachverständige zögerte und blickte kurz zu Lucien in der zweiten Reihe. »Ich empfange regelmäßig Patienten.«

»Wie viele?« hakte Buckley erbarmungslos nach. »Und was meinen Sie mit ›regelmäßig‹?«

»Ich behandle fünf bis zehn Patienten pro Woche.«

»Einen oder zwei am Tag?«

»Ja, ungefähr.«

»Und das bedeutet Ihrer Meinung nach ganztägiges Praktizieren?«

»Ich bin so beschäftigt, wie ich es sein möchte.«

Buckley warf seinen Block auf den Tisch der Anklage und wandte sich an Noose. »Euer Ehren, die Staatsanwaltschaft erhebt Einspruch dagegen, daß dieser Mann als psychiatrischer Experte aussagt. Er ist ganz offensichtlich nicht qualifiziert.«

Jake stand auf und öffnete den Mund.

»Abgelehnt, Mr. Buckley. Bitte fahren Sie fort, Mr. Brigance.«

Jake nahm seine Notizen, ging zum Pult und wußte, daß Rufus geschickt einen Schatten des Zweifels auf seinen Zeugen geworfen hatte. Bass zeigte nun wieder den rechten Stiefel.

»Haben Sie den Angeklagten Carl Lee Hailey untersucht, Dr. Bass?«

»Ja.«

»Wie oft?«

»Dreimal.«

»Wann fand die erste Untersuchung statt?«

»Am 10. Juni.«

»Und wozu diente sie?«

»Ich wollte einen Eindruck von seinem gegenwärtigen geistigen Zustand gewinnen und herausfinden, in welcher Verfassung er am 20. Mai war, als er angeblich Mr. Cobb und Mr. Willard erschoß.«

»Wo nahmen Sie die erste Untersuchung vor?«

»Im Countygefängnis.«

»Waren Sie dabei mit Mr. Hailey allein?«

»Ja.«

»Wie lange dauerte die Untersuchung?«

»Drei Stunden.«

»Haben Sie dabei auch die Krankengeschichte des Angeklagten berücksichtigt?«

»In gewisser Weise. Wir sprachen ausführlich über seine Vergangenheit.«

»Was brachten Sie dabei in Erfahrung?«

»Nichts Besonderes. Abgesehen von Vietnam.«

»Was hat es mit Vietnam auf sich?«

Bass faltete die Hände auf dem leicht vorgewölbten Bauch, begegnete dem Blick des Verteidigers und runzelte intelligent die Stirn. »Nun, Mr. Brigance, wie die meisten Vietnam-Veteranen, mit denen ich es zu tun bekam, hat Mr. Hailey einige schreckliche Erlebnisse hinter sich.«

Der Krieg ist entsetzlich, dachte Carl Lee und hörte aufmerksam zu. Seine Erinnerungen an Vietnam waren alles andere als angenehm. Er entsann sich an Verwundungen und gefallene Kameraden, an Menschen, die er umgebracht hatte, unter ihnen auch vietnamesische Kinder mit Pistolen, Gewehren und Handgranaten. Schlimm, wirklich schlimm. Er wünschte sich, jenes Land nie gesehen zu haben. Manchmal träumte er davon, und dann zwang ihn seine Erinnerung, sich noch einmal dem Grauen zu stellen. Aber er fühlte sich deshalb weder geistig angeknackst noch verrückt. Das galt auch für die Ermordung von Cobb und Willard. Ihr Tod erfüllte ihn sogar mit Zufriedenheit. Ähnlich empfand er im Hinblick auf die damaligen vietnamesischen Feinde.

Im Countygefängnis hatte er Bass deutlich darauf hingewiesen, doch der Psychiater wirkte unbeeindruckt. Sie sprachen nur zweimal darüber und jeweils nicht länger als eine Stunde.

Carl Lee beobachtete die Jury und lauschte argwöhnisch dem Sachverständigen, der ausführlich seine gräßlichen

Kriegserfahrungen schilderte. Er zog alle Register seines Vokabulars, als er den Laien in komplizierten Begriffen erklärte, welche Folgen die Vietnamerlebnisse für Carl Lee nach sich zogen. Es klang gut. Bass erwähnte die Alpträume, an denen der Angeklagte schon seit Jahren litt, ohne ihnen bisher große Bedeutung beizumessen, aber jetzt schienen sie plötzlich sehr wichtig zu sein.

»Hat Mr. Hailey ganz offen über den Krieg gesprochen?«

»Zunächst nicht«, antwortete Bass und beschrieb detailliert, wie schwer es ihm gefallen war, dem komplexen, stark belasteten und wahrscheinlich labilen Geist Einzelheiten über Vietnam zu entlocken. Auf diese Weise erinnerte sich Carl Lee nicht an die Gespräche, aber pflichtbewußt schnitt er eine schmerzerfüllte Miene und fragte sich zum erstenmal in seinem Leben, ob in ihm wirklich etwas verkorkst sein mochte.

Eine Stunde lang fand der Krieg in Fernost erneut statt, und seine Konsequenzen für den Angeklagten wurden in aller Deutlichkeit dargestellt. Dann beschloß Jake, das Thema zu wechseln.

»Nun, Dr. Bass ...«, sagte er und kratzte sich am Kopf. »Gibt es sonst noch wichtige Dinge in bezug auf die geistige Verfassung meines Klienten?«

»Nein. Abgesehen von der Vergewaltigung seiner Tochter.«

»Haben Sie darüber mit Carl Lee gesprochen?«

»Sogar ziemlich ausführlich und bei allen drei Begegnungen.«

»Bitte erklären Sie der Jury, wie sich die Vergewaltigung auf Carl Lee Hailey auswirkte.«

Bass strich sich übers Kinn und blinzelte verwirrt. »Offen gestanden, Mr. Brigance: Es würde recht lange dauern, genau zu erläutern, welche Folgen sich daraus für Mr. Hailey ergaben.«

Jake zögerte und schien gründlich über diese Antwort nachzudenken. »Könnten Sie es für die Geschworenen zusammenfassen?«

Bass nickte ernst. »Ich versuche es.«

Lucien verlor das Interesse an der Aussage des Psychiaters und wandte seine Aufmerksamkeit der Jury zu, in der Hoffnung, einen Blickkontakt mit Clyde Sisco herzustellen. Sisco hörte Bass nicht mehr zu, aber er bewunderte die Stiefel des Sachverständigen. Lucien behielt ihn unauffällig im Auge und wartete darauf, daß er zu ihm hinübersah.

Bass schwafelte, und schließlich wandte Sisco den Kopf. Er blickte Carl Lee an, dann Buckley, dann einen der Reporter in der vordersten Reihe. Und dann schließlich den bärtigen alten Mann, der ihm einst achtzigtausend Dollar bezahlt hatte, damit er seine staatsbürgerliche Pflicht erfüllte und ein gerechtes Urteil sprach. Sisco und Lucien musterten sich gegenseitig, und beide deuteten ein dünnes Lächeln an. Wieviel? fragten Wilbanks' Augen. Clyde konzentrierte sich wieder auf den Zeugenstand, doch einige Sekunden später huschte sein Blick erneut zu Lucien, dessen Lippen ein lautloses *Wieviel?* formulierten.

Sisco dachte über einen fairen Preis nach, während er Bass beobachtete. Einmal mehr sah er kurz zu Lucien, kratzte sich am Kinn, hob fünf Finger vors Gesicht und hüstelte. Kurz darauf hustete er erneut und gab vor, dem Zeugen zuzuhören.

Fünfhundert oder fünftausend? fragte sich Lucien. Er kannte Sisco und wußte daher, daß er sich bestimmt nicht mit fünfhundert zufriedengab. Also fünf Riesen. Oder vielleicht sogar fünfzigtausend. Es spielte keine Rolle. Wilbanks war bereit, jede Summe zu zahlen, um eine Verurteilung zu verhindern.

Bis um halb elf hatte Noose seine Brille hundertmal geputzt und zehn Tassen Kaffee getrunken. Der Druck in seiner Blase wuchs. »Zeit für eine Pause. Die Verhandlung wird um elf Uhr fortgesetzt.« Er klopfte mit dem Hammer und eilte hinaus.

»Wie war ich bisher?« fragte Bass nervös. Er folgte Jake und Lucien zur Bibliothek im zweiten Stock.

»Nicht schlecht«, erwiderte Brigance. »Aber Sie sollten die Stiefel nicht so deutlich zeigen.«

»Die Stiefel sind wichtig«, beharrte Lucien.

»Ich brauche einen Drink«, stieß Bass verzweifelt hervor.

»Ich auch«, pflichtete ihm Wilbanks bei. »Ich schlage vor, wir machen einen kurzen Abstecher zu Ihrem Büro, Jake. Ein Gläschen kann bestimmt nicht schaden.«

»Gute Idee!« freute sich Bass.

»Ausgeschlossen.« Jake schüttelte den Kopf. »Sie sind nüchtern, und bisher ist Ihre Aussage einwandfrei.«

»Wir haben dreißig Minuten Zeit«, betonte der Psychiater, als er und Lucien die Bibliothek in Richtung Treppe verließen.

»Nein!« protestierte Jake. »Bitte nicht, Lucien!«

»Nur einen Drink«, sagte Wilbanks und deutete mit dem Finger auf ihn. »Nur einen.«

»Sie haben sich noch nie mit nur einem Glas begnügt.«

»Begleiten Sie uns, Jake. Sie können ebenfalls einen Schluck vertragen. Beruhigt Ihre Nerven.«

»Nur einen Drink«, wiederholte Bass und stürmte die Treppe hinunter.

Um elf saß der psychiatrische Sachverständige wieder im Zeugenstand und blickte mit glasigen Augen zur Jury. Er lächelte und kicherte fast, bemerkte die Zeichner in der vordersten Reihe und versuchte, so expertenhaft wie möglich auszusehen. Mit seinen Nerven war jetzt alles in bester Ordnung.

»Dr. Bass, kennen Sie die M'Naghten-Regel und ihre Anwendung im Strafrecht?«

»Selbstverständlich!« bestätigte Bass mit plötzlicher Überheblichkeit.

»Bitte erklären Sie den Geschworenen, was damit gemeint ist.«

»Gern. Die M'Naghten-Regel gilt als Maßstab für die Schuld des Angeklagten, und sie wird nicht nur hier in Mississippi berücksichtigt, sondern auch im Strafrecht von fünfzehn anderen Staaten. Sie stammt aus England: Im Jahr 1843 versuchte dort ein Mann namens Daniel M'Naghten den Premierminister Sir Robert Peel umzubringen, doch er erschoß versehentlich den Sekretär Edward Drummond. Während des Prozesses stellte sich heraus, daß M'Naghten an paranoider Schizophrenie litt, und die Geschworenen sprachen ihn nicht schuldig. Auf diese Weise entstand die M'Naghten-Regel. Sie wird noch heute in England und bei uns angewendet.«

»Was bedeutet sie?« fragte Jake.

»Eigentlich ist sie ganz einfach. Man nimmt zunächst an, daß der Angeklagte geistig gesund ist. Um ihn auf der Basis von Unzurechnungsfähigkeit zu verteidigen, muß nachgewiesen werden, daß er zum Tatzeitpunkt geistesgestört war, was ihn daran hinderte, die Konsequenzen seines Handelns zu überblicken beziehungsweise zu erkennen, daß er gegen das Gesetz verstieß.«

»Könnten Sie das etwas einfacher ausdrücken?«

»Ja. Wenn ein Angeklagter nicht zwischen Richtig und Falsch unterscheiden kann, gilt er juristisch als unzurechnungsfähig.«

»Bitte definieren Sie den Begriff Unzurechnungsfähigkeit.«

»In medizinischer Hinsicht hat er keine Bedeutung. Es geht dabei nur darum, ob eine Person für ihr Verhalten vor Gericht zur Verantwortung gezogen werden kann.«

Jake atmete tief durch. »Nun, Doktor«, fuhr er fort, »sind Sie aufgrund Ihrer Untersuchungen des Angeklagten imstande, seinen geistigen Zustand zum Tatzeitpunkt am 20. Mai dieses Jahres zu beurteilen?«

»Ja, das bin ich.«

»Bitte nennen Sie uns Ihre Ansicht.«

»Meiner Meinung nach verlor Mr. Hailey durch die Vergewaltigung seiner Tochter den Bezug zur Realität«, antwortete Bass langsam. »Als er das Mädchen kurze Zeit später sah, erkannte er es nicht wieder. Und als ihm jemand erzählte, es sei mehrfach vergewaltigt, brutal zusammengeschlagen und fast erdrosselt worden, zerbrach etwas in ihm. Nun, ich benutze sehr einfache Worte, um diesen Vorgang zu beschreiben, aber sie treffen den Kern der Sache. Irgend etwas zerbrach in ihm, und seine Distanz zur Wirklichkeit wuchs.

Die Täter mußten sterben. Er sagte mir folgendes: Als er sie zum erstenmal hier im Gerichtssaal sah, konnte er nicht verstehen, warum einige Deputys die beiden Männer schützten. Er wartete darauf, daß ein Polizist seine Dienstwaffe zog und sie erschoß. Einige Tage verstrichen, und niemand brachte die Vergewaltiger um. Daraufhin gelangte Carl Lee Hailey zu dem Schluß, es sei seine Pflicht, für Gerechtigkeit zu sorgen. Ich meine, er glaubte fest daran, daß Cobb und Willard für ihr abscheuliches Verbrechen den Tod verdient hatten.

Geistig verließ er uns, Mr. Brigance. Zu jenem Zeitpunkt lebte er in einer völlig anderen Welt. Er schnappte über und litt an Wahnvorstellungen.«

Bass wußte, daß er gut klang. Er sprach jetzt nicht mehr zu dem Anwalt, sondern zur Jury.

»Einen Tag nach der Vergewaltigung besuchte er seine Tochter im Krankenhaus. Wegen ihres gebrochenen Kiefers konnte sie kaum reden, aber Tonya erzählte doch: ›Ich habe gesehen, wie du durch den Wald gelaufen bist, um mich zu retten; warum warst du plötzlich nicht mehr da?‹ Können Sie sich vorstellen, wie ein Vater auf so etwas reagiert? Später sagte sie ihm, sie hätte nach ihrem Daddy gerufen, woraufhin die beiden Männer gelacht und geantwortet hätten, von ihrem Vater dürfe sie keine Hilfe erwarten.«

Jake gab den Zuhörern einige Sekunden lang Zeit, um über die letzten Worte nachzudenken. Er sah auf Ellens Entwurf und las die letzten beiden Fragen.

»Sie haben Carl Lee Hailey gründlich untersucht und seinen geistigen Zustand zum Tatzeitpunkt diagnostiziert. Läßt sich auf dieser Grundlage eine medizinisch zuverlässige Aussage darüber treffen, ob Carl Lee Hailey zwischen Richtig und Falsch unterscheiden konnte, als er die beiden Vergewaltiger seiner Tochter erschoß?«

»Ja, ich denke schon.«

»Wie lautet Ihre Meinung?«

»Als psychiatrischer Sachverständiger glaube ich, daß Mr. Hailey keine Möglichkeit hatte, die Konsequenzen seines Handelns rational einzuschätzen. Anders ausgedrückt: Er war unzurechnungsfähig.«

»Ich danke Ihnen, Doktor. Das ist alles.«

Jake nahm seinen Block und ging zum Tisch der Verteidigung. Er blickte zu Lucien, der nickte und schmunzelte. Er blickte zu den Geschworenen, die ganz offensichtlich über Bass' Aussage nachdachten. Wanda Womack, eine junge, verständnisvoll wirkende Frau, sah ihn an, und der Hauch eines Lächelns umspielte ihre Lippen. Es war das erste positive Zeichen eines Jurymitglieds seit Beginn des Prozesses.

»Bisher läuft es ganz gut«, flüsterte Carl Lee.

»Ja«, bestätigte Jake. »Man hält Sie jetzt für einen Irren.«

»Kreuzverhör?« fragte Noose.

»Nur einige Fragen«, erwiderte Buckley und trat zum Pult.

Jake konnte sich kaum vorstellen, daß Rufus mit einem Sachverständigen über Psychiatrie diskutieren wollte, selbst wenn der betreffende Experte W. T. Bass hieß.

Doch offenbar ging es dem Bezirksstaatsanwalt gar nicht darum, über psychiatrische Dinge zu reden. »Wie lautet Ihr voller Name, Dr. Bass?«

Jake erstarrte innerlich. Die Frage klang unheilvoll, und Buckley stellte sie bestimmt nicht ohne Grund.

»William Tyler Bass.«

»Und Sie benutzen das Kürzel W. T. Bass?«

»Ja.«

»Sind Sie jemals als Tyler Bass bekannt gewesen?«

Der Psychiater zögerte. »Nein«, sagte er leise.

Jähe Besorgnis entstand in Jake, bohrte sich ihm wie ein heißer Speer in die Magengrube. Er ahnte ernste Probleme.

»Sind Sie sicher?« Buckley hob die Brauen, und sein Gesichtsausdruck vermittelte Mißtrauen.

Bass zuckte mit den Schultern. »Vielleicht früher einmal.«

»Ich verstehe. Nun, Sie haben ausgesagt, daß Sie im Health Science Center der Universität von Texas Medizin studierten, nicht wahr?«

»Ja, das stimmt.«

»Wo befindet sich das Center?«

»In Dallas.«

»Und wann waren Sie dort Student?«
»Von 1956 bis 1960.«
»Unter welchem Namen?«
»William T. Bass.«
Etwas schnürte Jake die Kehle zu. Buckley kannte irgendein dunkles Geheimnis aus Bass' Vergangenheit.
»Haben Sie als Medizinstudent jemals den Namen Tyler Bass benutzt?«
»Nein.«
»Sind Sie sicher?«
»Natürlich bin ich das.«
»Wie lautet Ihre Sozialversicherungsnummer?«
»410-96-8585.«
Buckley hakte einen Punkt auf seinem Block ab.
»Bitte nennen Sie uns Ihr Geburtsdatum«, sagte er.
»14. September 1934.«
»Und der Name Ihrer Mutter?«
»Jonnie Elizabeth Bass.«
»Und ihr Mädchenname?«
»Skidmore.«
Ein weiterer Punkt wurde abgehakt. Bass warf Jake einen nervösen Blick zu.
»Und Ihr Geburtsort?«
»Carbondale, Illinois.«
Wieder berührte der Kugelschreiber das Papier.
Ein Einspruch gegen diese Fragen war durchaus zu rechtfertigen, aber Jake spürte, wie seine Knie zitterten und sich ein flaues Gefühl in ihm ausbreitete. Er fürchtete, sich zum Narren zu machen, wenn er aufstand und zu sprechen versuchte.
Buckley betrachtete seine Liste und zögerte einige Sekunden lang. Alle Anwesenden im Saal warteten auf die nächste Frage und wußten, daß eine Sensation bevorstand. Bass beobachtete den Bezirksstaatsanwalt wie ein Gefangener, der vors Exekutionskommando geführt wurde und hoffte, daß ihn alle Kugeln verfehlten.
Schließlich hob Rufus den Kopf und lächelte. »Sind Sie jemals wegen eines Schwerverbrechens verurteilt worden, Dr. Bass?«

Die Frage hallte durch völlige Stille, prallte von den Wänden ab und landete aus allen Richtungen auf den Schultern des Psychiaters. Selbst ein beiläufiger Blick in seine Miene verriet die Antwort.

Carl Lee versteifte sich und sah seinen Verteidiger an.

»Natürlich nicht!« entfuhr es Bass verzweifelt.

Buckley nickte nur und ging langsam zu dem Tisch, wo Musgrove ihm würdevoll einige wichtig anmutende Dokumente reichte.

»Sind Sie sicher?« donnerte der Bezirksstaatsanwalt.

»Selbstverständlich«, erwiderte Bass und starrte auf die Unterlagen.

Alles in Jake drängte danach, sich zu erheben und die unmittelbar bevorstehende Katastrophe zu verhindern, aber sein Körper war wie gelähmt.

»Sind Sie sicher?« wiederholte Buckley.

»Ja«, brachte Bass zwischen zusammengebissenen Zähnen hervor.

»Hat man Sie nie wegen eines Schwerverbrechens verurteilt?«

»Natürlich nicht.«

»Sind Sie in dieser Hinsicht ebenso sicher wie bei der Aussage von vorhin?«

Mit dieser gefährlichsten aller Fragen schnappte die Falle zu. Jake hatte sie selbst oft gestellt, und als er sie nun hörte, begriff er, daß Bass erledigt war. Und mit ihm Carl Lee.

Buckley holte zum entscheidenden verbalen Schlag aus: »Wollen Sie behaupten, daß Sie am 17. Oktober 1956 in Dallas, Texas, nicht als Tyler Bass wegen eines schweren Verbrechens verurteilt wurden?«

Buckley schenkte dem Psychiater keine Beachtung, sah zur Jury hinüber und hob dabei die Dokumente.

»Das ist eine Lüge«, sagte Bass kleinlaut und verunsichert.

»Sind Sie sicher, daß es sich um eine Lüge handelt?« fragte Rufus.

»Ja. Eine gemeine, hinterhältige Lüge.«

»Können Sie Lügen von der Wahrheit unterscheiden, Dr. Bass?«

»Und ob ich das kann.«

Noose rückte seine Brille zurecht und beugte sich vor. Die Geschworenen rührten sich nicht mehr. Die Reporter lauschten gespannt und hielten ihre Stifte bereit. Die Deputys an der Wand standen völlig still und hörten ebenfalls fasziniert zu.

Buckley wählte eines der Dokumente und las darin. »Sie behaupten also, daß Sie am 17. Oktober 1956 nicht wegen Vergewaltigung verurteilt wurden?«

Jake wußte, daß es während einer Krise im Gerichtssaal wichtig war, ein ausdrucksloses Gesicht zu wahren. Den Geschworenen entging nichts, und sie durften auf keinen Fall Bestürzung in den Zügen des Verteidigers erkennen. Jake hatte die Kein-Problem-ich-habe-alles-unter-Kontrolle-Mimik bei vielen Prozessen und unangenehmen Überraschungen beibehalten, doch der Hinweis auf eine Vergewaltigung verbannte seine Selbstsicherheit und Zuversicht. Er erblaßte, und mindestens sechs Jurymitglieder bemerkten das.

Die andere Hälfte der Geschworenen starrte den Zeugen an.

»Hat man Sie wegen Vergewaltigung verurteilt, Doktor?« erkundigte sich Buckley nach einer langen Pause.

Der Psychiater schwieg.

Noose beugte sich in Richtung Zeugenstand vor. »Bitte beantworten Sie die Frage, Dr. Bass.«

Der Sachverständige ignorierte den Richter und sah Rufus an. »Sie verwechseln mich mit jemandem.«

Buckley schnaubte abfällig und schlenderte zu Musgrove, der ihm weitere bedeutsam wirkende Papiere reichte. Er öffnete einen großen weißen Umschlag, der mehrere Fotos enthielt.

»Nun, Dr. Bass, ich habe hier einige Fotografien, die Sie zeigen und am 11. September 1956 von der Polizei in Dallas angefertigt worden sind. Möchten Sie sich die Aufnahmen ansehen?«

Keine Antwort.

Buckley hielt sie dem Zeugen entgegen. »Möchten Sie die

Aufnahmen sehen, Dr. Bass? Vielleicht schließen sich dann die Lücken in Ihrem Gedächtnis.«

Der Psychiater schüttelte langsam den Kopf, senkte ihn dann und starrte auf seine Stiefel.

»Euer Ehren, die Staatsanwaltschaft legt diese beglaubigten Abzüge als Beweismittel vor und bezieht sich dabei auf Rechtsprechung und Urteil im Verfahren Staat Texas gegen Tyler Bass. Die Dokumente stammen von den zuständigen Behörden in Dallas, Texas, und betreffen einen gewissen Tyler Bass, der sich am 17. Oktober 1956 der Vergewaltigung für schuldig bekannte. Nach den Gesetzen in Texas handelt es sich dabei um ein Schwerverbrechen. Wir können beweisen, daß Tyler Bass und der Zeuge Dr. W. T. Bass ein und dieselbe Person sind.«

Musgrove wandte sich höflich an Jake und gab ihm Kopien der Unterlagen.

»Irgendwelche Einwände gegen dieses Beweismaterial?« fragte Noose die Verteidigung.

Die Situation verlangte eine Entgegnung. Eine emotionale Erklärung, die den Geschworenen das Herz brach, Mitleid für Bass und seinen Patienten in ihnen weckte. Doch die Verfahrensregeln ermöglichten momentan keine solche Ansprache. Und an der Zulässigkeit solcher Beweise konnte überhaupt kein Zweifel bestehen. Jake blieb sitzen, winkte knapp und verzichtete darauf, Einspruch zu erheben.

»Keine weiteren Fragen«, sagte Buckley.

»Möchten Sie den Zeugen noch einmal vernehmen, Mr. Brigance?« erkundigte sich Noose.

Jake überlegte fieberhaft, aber ihm fiel nichts ein. Wie sollte er unter diesen Umständen die Glaubwürdigkeit des Zeugen auch nur teilweise wiederherstellen? Den Geschworenen gegenüber stand der Psychiater jetzt als Lügner und ehemaliger Verbrecher da.

»Nein«, erwiderte Jake leise.

»Nun gut. Sie können gehen, Dr. Bass.«

Der Psychiater eilte durch die Pendeltür und den Mittelgang und floh aus dem Gerichtssaal. Jake sah ihm nach, und sein Gesicht brachte dabei Abscheu zum Ausdruck. Es kam nun darauf an, der Jury zu zeigen, wie schockiert der Angeklagte und sein Verteidiger waren – um die Geschworenen davon zu überzeugen, daß Brigance nichts von der damaligen Verurteilung des psychiatrischen Sachverständigen gewußt hatte.

Als sich die Tür hinter Bass schloß, ließ Jake seinen Blick durch den Saal schweifen, in der Hoffnung, hier oder dort ein ermutigendes Lächeln zu sehen. Er hielt vergeblich danach Ausschau. Lucien strich sich über den Bart und sah zu Boden. Lester saß mit verschränkten Armen da und schnitt eine grimmige Miene. Gwen schluchzte leise.

»Rufen Sie Ihren nächsten Zeugen auf«, sagte Noose.

Jake setzte die stumme Suche fort. In der dritten Reihe, hinter Bischof Ollie Agee und Reverend Luther Roosevelt, saß Norman Reinfeld. Als sich ihre Blicke begegneten, runzelte er die Stirn und schüttelte den Kopf, wie um dem Anwalt mitzuteilen: »Ich habe es Ihnen ja gesagt.« Auf der anderen Seite des Gerichtssaals entspannten sich die meisten Weißen, und einige von ihnen grinsten.

»Mr. Brigance, bitte rufen Sie Ihren nächsten Zeugen auf.«

Jake versuchte aufzustehen, obgleich die Knie unter ihm nachzugeben drohten. Er stützte sich ab und legte die Hände flach auf den Tisch. »Euer Ehren«, begann er mit der vibrierenden, heiseren Stimme des Besiegten, »können wir die Verhandlung bis um ein Uhr unterbrechen?«

»Es ist erst halb zwölf, Mr. Brigance.«

Jake hielt eine Lüge für angebracht. »Ja, Euer Ehren, aber unser nächster Zeuge ist nicht hier, und wir erwarten ihn erst gegen eins.«

»Na schön. Das Gericht vertagt sich bis um ein Uhr. Die Anwälte begleiten mich bitte in mein Büro.«

Neben dem richterlichen Büro gab es einen Kaffeeraum, in dem sich die Anwälte trafen und miteinander plauderten, und daran schloß sich eine Toilette an. Dort verriegelte Jake die Tür, streifte seine Jacke ab, legte sie auf den Boden, kniete sich hin und würgte.

Ozzie stand vor dem Richter und übte sich in Smalltalk, während Musgrove und Buckley zufrieden lächelten. Sie warteten auf Jake. Schließlich kam er herein und entschuldigte sich.

»Ich habe schlechte Nachrichten für Sie, Jake«, sagte Ozzie.

»Zuerst möchte ich mich setzen.«

»Vor einer Stunde rief mich der Sheriff von Lafayette County an. Ihre Assistentin Ellen Roark liegt im Krankenhaus.«

»Was?«

»Der Klan hat sie gestern abend erwischt. In der Nähe von Oxford. Die Kluxer fesselten sie an einen Baum und schlugen sie.«

»Wie geht es ihr?« fragte Jake.

»Nicht sehr gut. Aber inzwischen hat sich ihr Zustand stabilisiert.«

Buckleys Stimme erklang. »Was ist geschehen?«

»Wir wissen es nicht genau. Irgendwie hielten die Klan-Mitglieder den Wagen der jungen Frau an, brachten sie in den Wald, rissen ihr dort die Kleidung vom Leib und schnitten ihr das Haar ab. Sie hat eine Gehirnerschütterung und Platzwunden am Kopf, woraus wir schließen, daß sie geschlagen wurde.«

Jake spürte neuerliche Übelkeit und brachte keinen Ton hervor. Er massierte sich die Schläfen und dachte daran, wie gern er Bass an einen Baum gefesselt und ihn verprügelt hätte.

Noose musterte den Strafverteidiger voller Mitgefühl. »Ist alles in Ordnung mit Ihnen, Mr. Brigance?«

Keine Antwort.

»Wir sollten die Pause bis um zwei Uhr verlängern«, sagte der Richter. »Ich glaube, wir brauchen alle Gelegenheit, uns etwas auszuruhen.«

Jake stieg langsam die vordere Treppe hoch, hielt eine leere Coors-Flasche in der Hand und spielte einige Sekunden lang mit dem Gedanken, sie an Luciens Kopf zu zerschmettern. Aber wahrscheinlich hätte der überhaupt keinen Schmerz empfunden.

Wilbanks ließ die Eiswürfel in seinem Glas klirren und

starrte zum Platz. Dort trieben sich jetzt nur noch Soldaten und Teenager herum, die darauf warteten, daß sich die Pforten des Kinos für die beiden Samstagabend-Filme öffneten.

Stille herrschte. Nach einer Weile senkte Lucien den Kopf. Jake stand neben ihm, die Hand noch immer um den Hals der leeren Flasche geschlossen. Bass war Hunderte von Kilometern entfernt.

»Wo ist W. T. Bass?« fragte Jake schließlich.

»Weggefahren.«

»Wohin?«

»Nach Hause.«

»Wo wohnt er?«

»Wollen Sie das wirklich wissen?«

»Ich möchte sein Haus aufsuchen. Ich möchte ihm dort gegenübertreten – um ihm mit einem Baseballschläger den Schädel zu zertrümmern.«

Lucien drehte sein Glas hin und her. »Ich kann es Ihnen nicht verdenken.«

»Wußten Sie davon?«

»Wovon?«

»Wußten Sie über seine Verurteilung Bescheid?«

»Himmel, nein. Niemand hatte eine Ahnung. Sie wurde gestrichen.«

»Ich verstehe nicht.«

»Auf meine Frage hin antwortete mir Bass vorher, daß man die Verurteilung drei Jahre nach dem Prozeß in Texas aus seinem Vorstrafenregister gestrichen habe.«

Jake stellte die Bierflasche neben den Stuhl auf die Veranda, griff nach einem schmutzigen Glas und pustete Staub fort, bevor er es mit Eis und Jack Daniel's füllte.

»Bitte erklären Sie mir das, Lucien.«

»Bass meinte, das Mädchen sei siebzehn Jahre alt und die Tochter eines angesehenen Richters in Dallas gewesen. Sie verliebten sich, und der Vater erwischte sie, als sie es auf der Couch trieben. Er erstattete Anzeige, und Bass hatte keine Chance. Man warf ihm Vergewaltigung vor, und er bekannte sich schuldig. Aber das Mädchen liebte ihn. Sie trafen sich weiterhin, und schließlich wurde die Kleine schwanger. Bass heiratete sie. Er bekam einen Sohn und der Richter seinen ersten Enkel. Der alte Herr änderte seine Ansicht, und von da an gab das polizeiliche Führungszeugnis keinen Hinweis mehr auf die Verurteilung.«

Lucien trank und beobachtete die Lichter auf dem Platz.

»Und die Tochter des Richters?«

»Eine Woche vor dem Ende seines Studiums kamen Bass' Frau – die inzwischen wieder schwanger war – und der kleine Junge bei einem Zugunglück in Fort Worth ums Leben. Daraufhin begann er zu trinken.«

»Und er hat Ihnen nie davon erzählt?«

»Verhören Sie mich nicht. Ich habe doch schon darauf hingewiesen, daß ich nichts wußte. Immerhin hat er zweimal als Sachverständiger für mich ausgesagt. Wenn mir diese Sache bekannt gewesen wäre, hätte ich ihn nie in den Zeugenstand gerufen.«

»Warum hat Bass bisher darüber geschwiegen?«

»Weil er glaubte, daß keine Aufzeichnungen mehr existieren. Vielleicht ist das der Grund. Nun, im Prinzip hat er ja recht. Offiziell gibt es in seiner Vergangenheit keine Vorstrafen. Was jedoch nichts daran ändert, daß ein Prozeß gegen ihn stattfand und mit einer Verurteilung endete.«

Jake setzte das Glas an die Lippen und trank bitteren Whisky. Das Zeug schmeckte furchtbar.

Zehn Minuten lang schwiegen die beiden Männer. Es war dunkel, und die Grillen stimmten ein lautes Konzert an. Sallie trat an die Fliegengittertür heran und fragte Jake, ob er etwas zu essen wünsche. »Danke, nein«, erwiderte er.

»Was geschah heute nachmittag?« fragte Lucien.

»Carl Lee sagte aus, und um vier ging der heutige Verhandlungstag zu Ende. Buckleys Psychiater war noch nicht soweit. Rufus ruft ihn am Montag als Zeugen auf.«

»Und die Aussage Ihres Klienten?«

»Den Umständen entsprechend. Er folgte dem von Bass eingeschlagenen Kurs, aber man konnte die Skepsis der Geschworenen deutlich spüren. Seine Ausführungen klangen wie eingeübt. Ich glaube nicht, daß er viele Pluspunkte bei der Jury sammelte.«

»Und Buckley?«

»Er tobte regelrecht. Eine Stunde lang schrie er Carl Lee an. Hailey gab einige freche Antworten, und daraufhin begann ein langes Wortgefecht, das vermutlich beiden schadete. Ich habe die Gelegenheit genutzt, ihn noch einmal zu befragen, und dabei gelang es mir, ihn etwas besser darzustellen. Zum Schluß wirkte er wie ein armer Kerl, der Mitleid verdiente.«

»Gut.«

»Ja, hervorragend. Aber er wird trotzdem verurteilt, nicht wahr?«

»Das befürchte ich.«

»Nach der heutigen Verhandlung wollte mich Carl Lee feuern. Er meinte, ich hätte den Fall verpatzt und sprach davon, sich einen anderen Anwalt zu nehmen.«

Lucien schritt zum Ende der Veranda, öffnete den Reißverschluß der Hose, lehnte sich an eine Säule und strullte ins Gebüsch. Er war barfuß und sah wie ein Gammler aus. Sallie brachte ihm einen neuen Drink.

»Wie geht's Row Ark?« fragte er.

»Es heißt, ihr Zustand sei stabil. Ich habe versucht, sie in ihrem Zimmer zu erreichen, doch eine Krankenschwester teilte mir mit, sie könne noch keine Anrufe entgegennehmen. Morgen fahre ich zu ihr.«

»Hoffentlich erholt sie sich bald. Ich finde sie sehr nett.«

»Ich finde sie zu radikal, aber sie hat was auf dem Kasten. Lucien … Ich fühle mich schuldig.«

»Sie trifft keine Schuld. Es ist eine verrückte Welt, Jake. Voller verrückter Leute. Und ich glaube, die Hälfte von ihnen sind jetzt in Ford County.«

»Vor zwei Wochen legte man Dynamit vor mein Schlafzimmerfenster. Die Kluxer erschlugen den Ehemann meiner Sekretärin. Gestern schossen sie auf mich und trafen einen Soldaten. Jetzt entführen sie meine Assistentin, fesseln sie, reißen ihr die Kleidung vom Leib und schneiden ihr das Haar ab. Sie liegt mit einer Gehirnerschütterung im Krankenhaus. Ich frage mich, was der Klan sonst noch plant.«

»Vielleicht sollten Sie das Handtuch werfen.«

»Das würde ich gern. Am liebsten möchte ich sofort den Gerichtssaal aufsuchen, dort meinen Aktenkoffer beiseite stellen, alle juristischen Waffen niederlegen und kapitulieren. Aber wem gegenüber? Der Feind ist unsichtbar.«

»Sie können nicht aufhören, Jake. Ihr Klient braucht Sie.«

»Zum Teufel mit meinem Klienten. Er hat heute versucht, mich zu feuern.«

»Er braucht Sie. Es ist noch nicht vorbei. Der Prozeß endet erst mit dem Urteil.«

Nesbits Kopf hing halb aus dem Fenster, Speichel tropfte ihm von der linken Kinnseite, rann an der Tür des Streifenwagens entlang und bildete eine kleine Pfütze im »O« der »Police«-Aufschrift. Eine leere Bierdose lag auf dem Schoß des Deputys. Nach zwei Wochen als Leibwächter hatte er sich daran gewöhnt, mit Moskitos im Auto zu schlafen, während er den Anwalt des Niggers beschützte.

Kurz nach Mitternacht riß ihn das Funkgerät aus dem Schlaf. Nesbit griff nach dem Mikrofon, während er sich mit dem linken Ärmel das Kinn abwischte.

»S-O-8«, meldete er sich.

»Wie ist Ihr 10-20?«

»Der gleiche Ort wie vor zwei Stunden.«

»Das Wilbanks-Haus?«

»10-4.«

»Befindet sich Brigance nach wie vor dort?«

»10-4.«

»Bringen Sie ihn zu seinem Haus an der Adams Street. Es handelt sich um einen Notfall.«

Nesbit ging an den leeren Flaschen auf der Veranda vorbei, öffnete die unverschlossene Tür und fand den schnarchenden Jake im ersten Zimmer.

»Wachen Sie auf! Sie müssen nach Hause! Ein Notfall!«

Jake war sofort hellwach und folgte dem Deputy. Auf der Treppe verharrten sie kurz und blickten übers Gerichtsgebäude hinweg. In der Ferne zeigte sich orangefarbenes Glühen, und darüber wuchs eine Rauchsäule dem Halbmond entgegen.

In der Adams Street standen Dutzende von Fahrzeugen – meistens Pickups –, die Mitgliedern der Freiwilligen Feuerwehr gehörten. An jedem Fahrzeug leuchteten rote oder gelbe Warnlichter, blinkten in einem stummen Chor, blitzten durch die Nacht und erhellten die Straße.

Die Feuerwehrwagen parkten kreuz und quer vor dem Haus. Männer in Schutzkleidung rollten Schläuche aus und versuchten, einen organisierten Eindruck zu erwecken. Gelegentlich reagierten sie auf die Befehle eines Vorgesetzten. Ozzie, Prather und Hastings warteten neben einem Generator. Mehrere Nationalgardisten lehnten an einem Jeep.

Das Feuer loderte hell. Flammen leckten aus allen Fenstern, im Erdgeschoß ebenso wie im oberen Stockwerk. Die verheerende Glut hatte auch den Abstellplatz erfaßt, und Carlas Cutlass brannte innen und außen; von den vier Reifen ging ein etwas dunkleres Glühen aus. Daneben stand ein kleinerer Wagen, den Jake nicht kannte.

Das laute Prasseln und Knacken, das Brummen der Motoren und die lauten Stimmen lockten Nachbarn aus verschiedenen Blocks an. Sie formierten sich auf der anderen Straßenseite und beobachteten das Geschehen.

Jake und Nesbit liefen über den Bürgersteig. Der Feuerwehrchef bemerkte sie und lief ihnen entgegen.

»Jake! Ist jemand im Haus?«

»Nein!«

»Gut. Das dachte ich mir schon.«

»Nur ein Hund.«

»Ein Hund!«

Jake nickte und sah zum Gebäude.

»Es tut mir leid«, murmelte der Feuerwehrchef.

Sie gingen zu Ozzies Streifenwagen vor Mrs. Pickles Haus. Jake beantwortete Fragen.

»Das ist doch nicht Ihr Volkswagen neben dem Cutlass, oder?«

Brigance starrte schockiert zu dem Haus hinüber, auf das Carla so stolz gewesen war. Er schüttelte den Kopf.

»Dachte ich mir. Allem Anschein nach brach das Feuer an jener Stelle aus.«

»Ich verstehe nicht«, murmelte Jake.

»Wenn es nicht Ihr Wagen ist, dann hat ihn jemand dort geparkt. Sehen Sie, wie der Boden des Abstellplatzes brennt? Normalerweise gerät Beton nicht in Brand. Die Erklärung heißt Benzin. Jemand hat den VW hierhergefahren und ihn mit Benzin präpariert. Dann ist der Unbekannte fortgerannt und hat aus sicherer Entfernung eine kleine Sprengkapsel gezündet, die das Feuer entfachte.«

Prather und zwei Feuerwehrmänner nickten.

»Seit wann steht mein Haus in Flammen?« fragte Jake.

»Als wir vor zehn Minuten hierherkamen, brannte schon der größte Teil des Gebäudes«, erklärte der Feuerwehrchef. »Ich schätze, es ging vor einer halben Stunde los. Ein gutes Feuer – es wurde von jemandem gelegt, der sein Handwerk versteht.«

»Wir können nichts mehr in Sicherheit bringen, oder?« Jake kannte die Antwort bereits.

»Nein, unmöglich. Es ist zu gefährlich. Ich würde meine Leute nur dann hineinschicken, wenn Menschenleben auf dem Spiel stünden. Ein gutes Feuer.«

»Warum sagen Sie das?«

»Nun, sehen Sie es sich an. Es brennt gleichmäßig durchs ganze Haus. Die Flammen sind in jedem Fenster sichtbar, sowohl unten als auch oben. So etwas ist sehr ungewöhnlich. Bestimmt dauert es nicht mehr lange, bis das Dach einstürzt.«

Zwei Gruppen wagten sich mit Schläuchen vor und spritzten Wasser zu den Fenstern im Bereich der vorderen Veranda. Einige andere Männer nahmen sich das Obergeschoß vor. Ein oder zwei Minuten lang beobachteten sie, wie das Wasser ohne erkennbare Wirkung in den Flammen verschwand, und schließlich spuckte der Feuerwehrchef aus. »Das Haus brennt völlig nieder.« Damit ging er fort und rief Anweisungen.

Jake sah Nesbit an. »Darf ich Sie um etwas bitten?«

»Natürlich.«

»Holen Sie Harry Rex hierher. Er möchte dieses Spektakel bestimmt nicht versäumen.«

»In Ordnung.«

Zwei Stunden lang saßen Jake, Ozzie, Harry Rex und Nesbit auf der Motorhaube des Streifenwagens und sahen zu, wie sich die Prophezeiung des Feuerwehrchefs erfüllte. Ab und zu kam ein Nachbar, um sein Mitgefühl auszusprechen oder sich nach der Familie zu erkundigen. Mrs. Pickle, die nette alte Dame von nebenan, schluchzte laut, als sie erfuhr, daß der Hund Max in den Flammen gestorben war.

Bis um drei verschwanden die Deputys und Schaulustigen. Um vier erinnerte nur noch qualmender Schutt an das malerische viktorianische Gebäude. Einige Feuerwehrleute löschten letzte Flammen. Allein der Kamin und die ausgebrannten Karosserien von zwei Autos ragten aus den Trümmern, als Männer mit schweren Stiefeln durch die Asche traten und nach Glutresten Ausschau hielten, aus denen ein neues Feuer entstehen konnte.

Kurze Zeit später wurden die Schläuche zusammengerollt. Jake bedankte sich und sah den Wagen nach. Zusammen mit Harry Rex stapfte er über den Hinterhof und betrachtete das Chaos.

»Ach, was soll's?« brummte Harry Rex. »Es war doch nur ein Haus.«

»Würden Sie Carla anrufen und ihr das sagen?«

»Nein. Das überlasse ich Ihnen.«

»Ich glaube, ich warte noch ein wenig damit.«

Harry Rex blickte auf seine Armbanduhr. »Wird Zeit fürs Frühstück, nicht wahr?«

»Es ist Sonntagmorgen. Die Restaurants haben geschlossen.«

»Ach, Jake, Sie sind Amateur, und ich bin Profi. Ich kann immer eine warme Mahlzeit auftreiben.«

»Die Raststätte für Lastwagenfahrer?«

»Genau.«

»Na schön. Anschließend fahren wir nach Oxford und besuchen Row Ark.«

»Gute Idee. Ich habe mich schon darauf gefreut, sie mit ihrem neuen Haarschnitt zu sehen.«

Sallie griff nach dem Telefon und warf es Lucien zu, der mit dem Apparat hantierte, bis er direkt neben seinem Kopf lag.

»Ja, wer ist da?« fragte er und sah aus dem Fenster in die Dunkelheit.

»Spreche ich mit Lucien Wilbanks?«

»Ja. Wer sind Sie?«

»Kennen Sie Clyde Sisco?«

»Ja.«

»Er verlangt fünfzigtausend.«

»Rufen Sie mich morgen früh noch einmal an.«

39

Sheldon Roark saß am Fenster, stützte die Füße auf einen Stuhl und las in der Sonntagszeitung von dem Prozeß gegen Hailey. Unten auf der ersten Seite sah er ein Bild seiner Tochter, und daneben berichteten einige Sätze von ihrer Begegnung mit dem Klan. Ellen lag ruhig in ihrem knapp zwei Meter entfernten Bett. Die linke Seite ihres Kopfes war kahlgeschoren, und dort trug sie nun einen dicken Verband. Das linke Ohr war mit achtundzwanzig Stichen genäht worden. Die schwere Gehirnerschütterung hatte sich inzwischen in eine leichte verwandelt, und die Ärzte stellten ihre Entlassung bis zum kommenden Mittwoch in Aussicht.

Ellen war weder vergewaltigt noch ausgepeitscht worden. Als man Sheldon in Boston benachrichtigte, erfuhr er kaum Einzelheiten. Sieben Stunden lang saß er im Flugzeug, ohne zu wissen, wie es seiner Tochter ging, und rechnete mit dem Schlimmsten. Am späten Samstagabend werteten die Ärzte weitere Röntgenaufnahmen aus und sagten ihm, er könne ganz beruhigt sein. Es würden keine Narben zurückbleiben, und das Haar wuchs bestimmt nach. Ellen hatte ein schreckliches Erlebnis hinter sich, aber sie war mit dem sprichwörtlichen blauen Auge davongekommen.

Sheldon hörte Stimmen im Flur – jemand stritt sich mit einer Krankenschwester. Er legte die Zeitung aufs Bett und öffnete die Tür.

Eine Schwester hatte Jake und Harry Rex überrascht, als sie durch den Korridor geschlichen waren. Sie meinte, die Besuchszeit beginne erst um zwei Uhr nachmittags – in sechs Stunden –, und nur Familienmitglieder seien zugelassen. Momentan drohte sie damit, den hausinternen Sicherheitsdienst zu verständigen, wenn die beiden Eindringlinge nicht sofort das Hospital verließen. Harry Rex erwiderte, er schere sich nicht um die Besuchszeit oder andere idiotische Regeln im Krankenhaus. Er bezeichnete sich als Ellens Verlobter und fügte hinzu, er wolle sie noch einmal sehen, bevor sie starb. Außerdem kündigte er an, daß er die Schwester wegen Belästigung verklagen würde, wenn sie nicht endlich die Klappe hielte. Er sei Anwalt, habe seit einer Woche niemanden mehr verklagt und werde langsam nervös.

»Was geht hier vor?« fragte Sheldon.

Jake musterte den kleinen Mann mit dem roten Haar und den grünen Augen. »Ich nehme an, Sie sind Sheldon Roark.«

»Ja.«

»Ich bin Jake Brigance. Vielleicht haben Sie von mir ...«

»Ja, ich kenne Sie aus der Zeitung. Schon gut, Schwester. Sie gehören zur Familie.«

»Ja«, bestätigte Harry Rex. »Wir gehören zur Familie. Und wenn Sie uns jetzt nicht in Ruhe lassen, bringe ich Sie vor Gericht.«

Die Krankenschwester schwor, den Sicherheitsdienst zu alarmieren, als sie durch den Flur davonrauschte.

»Ich bin Harry Rex Vonner«, stellte sich der Scheidungsanwalt vor und schüttelte Ellens Vater die Hand.

»Kommen Sie herein«, sagte Sheldon. Sie folgten ihm ins Zimmer und starrten auf die schlafende junge Frau hinab.

»Wie geht es ihr?« fragte Jake.

»Sie leidet an einer leichten Gehirnerschütterung, hat achtundzwanzig Stiche am Ohr und elf am Kopf. Aber sie erholt sich gut. Die Ärzte meinten, sie könnte vielleicht bis zum

Mittwoch entlassen werden. Gestern nacht kam sie zu sich, und wir haben lange miteinander gesprochen.«

»Das Haar sieht schrecklich aus«, meinte Harry Rex.

»Ellen erzählte mir, man hätte es ihr mit einem stumpfen Messer abgeschnitten. Ein Klan-Mitglied riß ihr die Kleidung vom Leib und holte eine Peitsche hervor, um sie damit zu schlagen. Die Kopfverletzungen hat sie sich selbst zugefügt. Ellen fürchtete, erst vergewaltigt und dann umgebracht zu werden; deshalb stieß sie ihren Kopf immer wieder gegen den Holzpfahl, an den man sie gefesselt hatte. Vielleicht ist das der Grund, warum sich die Männer darauf beschränkten, ihr nur einen Schrecken einzujagen.«

»Ihre Tochter wurde also nicht geschlagen?«

»Nein. Es war nur eine Warnung.«

»Was hat Ellen gesehen?«

»Nicht viel. Ein brennendes Kreuz, weiße Kutten. Etwa zwölf Männer. Der Sheriff meinte, die Sache hätte sich auf einer Lichtung im Wald abgespielt, etwa achtzehn Kilometer von hier. Das Land gehört einer Papierfabrik.«

»Wer fand sie?« fragte Harry Rex.

»Der Sheriff bekam einen anonymen Anruf von jemand, der sich Mickymaus nannte.«

»Oh, ich verstehe. Ein Freund von mir.«

Ellen stöhnte leise und streckte sich.

»Ich schlage vor, wir gehen nach draußen«, flüsterte Sheldon.

»Gibt es hier eine Cafeteria?« erkundigte sich Harry Rex. »Im Krankenhaus bekomme ich immer Appetit.«

»Ja. Lassen Sie uns einen Kaffee trinken.«

Die Cafeteria im Erdgeschoß war leer. Jake und Mr. Roark besorgten sich Kaffee. Harry Rex begann mit drei Gebäckstücken und einem großen Glas Milch.

»Wie ich dem Zeitungsbericht entnahm, läuft der Prozeß nicht besonders gut für Sie«, sagte Sheldon.

»Der betreffende Reporter hat sich sehr vorsichtig ausgedrückt«, entgegnete Harry Rex mit vollem Mund. »Im Gerichtssaal mußte Jake eine Riesenschlappe einstecken. Und auch das Leben außerhalb des Gerichtssaals ist ziemlich unangenehm für ihn. Wenn man nicht gerade auf ihn schießt oder seine Assistentin entführt, brennt man ihm das Haus ab.«

»Man hat Ihr Haus niedergebrannt?«

Jake nickte. »Gestern nacht. Die Trümmer qualmen noch.«

»Wir haben beobachtet, wie sich das Gebäude in einen Schutthaufen verwandelte. Es dauerte vier Stunden.«

»Tut mir sehr leid, das zu hören. Man hat auch mir damit gedroht, aber ich habe nie etwas Schlimmeres erlebt als zerstochene Reifen. Und ich bin nie zur Zielscheibe geworden.«

»Jemand anderes fing sich die für mich bestimmte Kugel ein«, murmelte Jake.

»Gibt es den Klan auch bei Ihnen in Boston?« fragte Harry Rex.

»Nicht daß ich wüßte.«

»Schade. Er würde Ihre Arbeit als Anwalt wesentlich interessanter und abwechslungsreicher gestalten.«

»Das glaube ich auch. Letzte Woche berichteten die Fernsehnachrichten von den Unruhen vor Ihrem Gericht. Ich habe besonders aufmerksam zugeschaut, da Ellen an dem Fall ja beteiligt ist. Der Prozeß hat großes Aufsehen erregt, selbst bei uns im Norden. Ich wünschte, ich könnte Ihren Klienten verteidigen.«

»Von mir aus«, sagte Jake. »Ich schätze, Carl Lee Hailey möchte sich sowieso von jemand anderem vertreten lassen.«

»Wie viele Gehirnklempner ruft die Staatsanwaltschaft in den Zeugenstand?«

»Nur einen. Er wird morgen aussagen, und dann halten wir die Schlußplädoyers. Am späten Nachmittag ziehen sich die Geschworenen zur Beratung zurück.«

»Ich bedauere, daß Ellen nicht dabei sein kann. Sie rief mich jeden Tag an, um von dem Verfahren zu erzählen.«

»Wo hat Jake einen Fehler gemacht?« brummte Harry Rex.

»Reden Sie nicht mit vollem Mund«, sagte Brigance.

»Meiner Ansicht nach hat Jake ausgezeichnete Arbeit geleistet«, antwortete Sheldon. »Zunächst einmal: Schon die

Fakten sind gegen ihn. Hailey ist schuldig. Der Doppelmord wurde sorgfältig von ihm vorbereitet, und er behauptet nun, zum Tatzeitpunkt unzurechnungsfähig gewesen zu sein, was ihm kaum jemand abnimmt. Selbst die Geschworenen in Boston wären vermutlich geneigt, ihn zu verurteilen.«

»Ich fürchte, das gilt auch für die in Ford County«, sagte Harry Rex.

»Ich hoffe, Mr. Brigance kann ein ergreifendes Schlußplädoyer aus dem Ärmel ziehen«, fügte Sheldon hinzu.

»Er hat keine Ärmel«, erwiderte Harry Rex. »Sie sind alle verbrannt. Zusammen mit seinen Hosen und der Unterwäsche.«

»Warum kommen Sie morgen nicht nach Clanton und sehen zu?« fragte Jake. »Ich stelle Sie dem Richter vor und bitte ihn darum, daß Sie mich in sein Büro begleiten dürfen.«

»Mir erlaubt er das nicht«, warf Harry Rex ein.

»Der Grund dafür wird mir allmählich klar.« Sheldon lächelte. »Nun, vielleicht nehme ich Ihre Einladung an. Ich wollte ohnehin bis Dienstag bleiben. Ist es bei Ihnen sicher?«

»Nein.«

Woody Mackenvales Frau saß auf einem Plastikstuhl im Flur des Krankenhauses und weinte leise, während sie versuchte, im Hinblick auf die beiden kleinen Söhne neben ihr tapfer zu bleiben. Jeder Junge hielt eine zerknitterte Packung mit Papiertaschentüchern in der Hand; gelegentlich wischten sie Tränen von den Wangen oder putzten sich die Nase. Jake ging vor der Frau in die Hocke und hörte aufmerksam zu, als sie wiederholte, was ihr die Ärzte mitgeteilt hatten. Die Kugel steckte in der Halswirbelsäule ihres Mannes fest, was bedeutete: Er würde für den Rest seines Lebens gelähmt bleiben. Er war Vorarbeiter in einer Fabrik von Booneville. Ein guter Job, der ein gutes Leben ermöglichte. Bisher hatte Mrs. Mackenvale nicht gearbeitet, aber jetzt mußte sie sich nach einem Job umsehen. »Bestimmt schaffen wir es irgendwie«, sagte die kummervolle Frau, obgleich sie jetzt noch nicht wußte, wie ihre Familie über die Runden kommen sollte. Ihr Mann hatte die Footballmannschaft der beiden Söhne trainiert und war immer sehr aktiv gewesen.

Sie schluchzte lauter, und auch die Jungen hoben ihre Papiertaschentücher zu den Wangen.

»Er hat mir das Leben gerettet«, sagte Jake und sah die beiden Knaben an.

Mrs. Mackenvale schloß die Augen und nickte. »Er hat seine Pflicht erfüllt. Wir schaffen es irgendwie.«

Jake bat die Söhne um ein Kleenex und betupfte sich die Augen. Mehrere Verwandte standen in der Nähe und beobachteten ihn. Harry Rex ging am Ende des Korridors unruhig auf und ab.

Jake klopfte den Jungen auf die Schultern und umarmte die Frau. Er gab ihr seine Telefonnummer – die des Büros – und forderte sie auf, ihn anzurufen, wenn sie Hilfe brauchte. Außerdem versprach er, Woody sofort nach dem Prozeß zu besuchen.

Die Bierläden öffneten um zwölf Uhr am Sonntag, pünktlich für die Kirchgänger, die offenbar den einen oder anderen Sechserpack brauchten, bevor sie losfuhren, um bei den Schwiegereltern zu essen und einen anstrengenden Sonntagnachmittag mit den Kindern zu verbringen. Seltsamerweise schlossen sie um sechs, als sei den gleichen Kunden Bier verboten, wenn sie zum Abendgottesdienst zurückkehrten. An den anderen sechs Tagen in der Woche konnte man sich von sechs Uhr morgens bis um Mitternacht Nachschub besorgen, doch am Sonntag unterlag der Verkauf des goldenen Gerstensaftes Beschränkungen, um den Allmächtigen zu ehren.

Jake bezahlte einen Sechserpack in Bates' Lebensmittelladen und wies seinem Chauffeur den Weg zum See. An den Türen und Kotflügeln trug Harry Rex' uralter Bronco eine mehrere Zentimeter dicke Schicht aus getrocknetem Schlamm. Die Reifen ließen sich kaum mehr als solche erkennen. Einige Risse zierten die Windschutzscheibe, und ihr

Rand diente als Friedhof für Tausende von Insekten. Dutzende von leeren Bierdosen und zerbrochenen Flaschen lagen vor den Sitzen. Die Klimaanlage funktionierte schon seit sechs Jahren nicht mehr. Jake hatte vorgeschlagen, den Saab zu benutzen, aber Harry Rex verfluchte seine Dummheit und bezeichnete den roten Wagen als unübersehbares Ziel für jeden Heckenschützen. Dem Bronco hingegen würde niemand Beachtung schenken.

Langsam fuhren sie zum See, ohne ein bestimmtes Ziel anzusteuern. Willie Nelson heulte aus dem Lautsprecher des Kassettenrecorders; Harry Rex klopfte mit den Fingern ans Lenkrad und sang laut mit. Normalerweise klang seine Stimme rauh und heiser, doch wenn er sang, war sie schlicht und einfach abscheulich. Jake nippte an seinem Bier und suchte nach Tageslicht hinter der Windschutzscheibe.

Es kündigte sich nun ein Ende der Hitzewelle an. Dunkle Wolken ballten sich im Südwesten zusammen, und als sie Hueys Schuppen erreichten, fielen erste Tropfen auf ausgedörrten Boden. Sie wuschen Staub von den Bäumen und Büschen am Straßenrand, kühlten den weichen, heißen Asphalt und schufen klebrigen Dunst, der eine anderthalb Meter hohe Decke auf dem Highway bildete. Abflußrinnen füllten sich allmählich und trugen das Wasser zu größeren und breiteren Gräben. Der Regen strömte auf Baumwoll- und Sojabohnenplantagen herab und sammelte sich dort in rasch größer werdenden Lachen.

Die Scheibenwischer funktionierten erstaunlicherweise; mit mechanischer Entschlossenheit strichen sie hin und her und entfernten die Dreckkrusten und Insekten. Es regnete immer stärker, und Harry Rex drehte die Lautstärke des Kassettenrecorders auf.

Die Schwarzen mit ihren Angelruten und Strohhüten hockten unter den Brücken und warteten darauf, daß die dunklen Wolken weiterzogen. Vor ihnen schwollen die Bäche an, gespeist vom Wasser aus den Gräben. Sie wuchsen in die Breite, traten über ihre bisherigen Ufer, gurgelten und schäumten. Die Schwarzen aßen Würstchen und Kekse und erzählten sich Anglergeschichten.

Harry Rex bekam Appetit. Er hielt vor Treadways Laden unweit des Sees an, kaufte noch mehr Bier, zwei Portionen Seewolf und eine große Tüte mit gegrilltem, pikant gewürztem Schweinefleisch, die er Jake zuwarf.

Ein wahrer Wolkenbruch prasselte nieder, als sie den Damm überquerten. Harry Rex parkte neben dem kleinen Pavillon eines Picknickplatzes. Sie setzten sich auf einen Betontisch und beobachteten, wie der Regen auf den Lake Chatulla herabströmte. Jake trank Bier, während Harry Rex die beiden Fischportionen verschlang.

»Wann wollen Sie Carla davon erzählen?« fragte der Scheidungsanwalt nach einer Weile.

Über ihnen dröhnte das Blechdach. »Wovon?«

»Ich meine die Sache mit dem Haus.«

»Oh, ich verrate ihr überhaupt nichts und lasse es wiederaufbauen, bevor sie zurückkehrt.«

»Bis zum Ende der Woche?«

»Ja.«

»Sie schnappen über, Jake. Sie trinken zuviel und verlieren den Verstand.«

»Ich verdiene es nicht anders. Nur noch zwei Wochen trennen mich vom Bankrott. Ich verliere den wichtigsten Prozeß meiner ganzen beruflichen Laufbahn, einen Fall, für den ich neunhundert Dollar Honorar bekommen habe. Mein wundervolles Haus – es galt als Sehenswürdigkeit in Clanton, und die alten Damen vom Gartenklub wollten, daß es in *Southern Living* erwähnt wird – ist nur noch ein Haufen Schutt. Meine Frau hat mich verlassen, und wenn sie von unserem abgebrannten Heim erfährt, reicht sie bestimmt die Scheidung ein. Da bin ich ganz sicher. Meine Ehe ist so gut wie gescheitert. Und wenn meine Tochter hört, daß ihr verdammter Hund im Feuer starb, haßt sie mich ihr Leben lang. Man hat es auf mich abgesehen: Der Klan ist hinter mir her; Heckenschützen halten nach mir Ausschau. Im Krankenhaus liegt ein Soldat mit der für mich bestimmten Kugel in der Wirbelsäule. Er ist gelähmt, und sicher denke ich dauernd an ihn, selbst wenn ich hundert Jahre alt werde. Der Ehemann meiner Sekretärin starb, weil seine Frau für mich arbeitete. Ellen Roark hat einen Punker-Haarschnitt und eine Gehirnerschütterung, weil sie meine Assistentin sein wollte. Aufgrund von Dr. W. T. Bass hält mich die Jury für einen verlogenen Halunken. Mein Klient will mich feuern. Falls er verurteilt wird, gibt man mir die Schuld. Beim Berufungsverfahren läßt er sich von einem anderen Anwalt vertreten, und vielleicht muß ich damit rechnen, wegen inkompetenter Verteidigung verklagt zu werden. Ein solcher Vorwurf wäre sogar gerechtfertigt. Ja, man stellt mich wegen sträflicher Unfähigkeit vor Gericht. Ich habe keine Frau, keine Tochter, kein Haus, keine Praxis, keine Klienten, kein Geld – überhaupt nichts.«

»Sie brauchen psychiatrische Hilfe, Jake. Vereinbaren Sie einen Termin mit Dr. Bass. Hier, nehmen Sie noch ein Bier.«

»Möglicherweise ziehe ich zu Lucien und sitze mit ihm den ganzen Tag auf der Veranda.«

»Bitte überlassen Sie mir Ihr Büro.«

»Glauben Sie, daß sich meine Frau von mir scheiden läßt?«

»Wahrscheinlich. Ich habe vier Scheidungen hinter mir, und daher weiß ich, daß Frauen praktisch jeden Anlaß nutzen, um sich von ihren Männern zu trennen.«

»Carla ist eine Ausnahme. Ich küsse den Boden, über den sie geht, und das weiß sie.«

»Sie wird auf dem Boden schlafen müssen, wenn sie nach Clanton zurückkehrt.«

»Nein, wir besorgen uns einen gemütlichen, großen Wohnwagen. Das genügt völlig, bis wir wieder zu Geld kommen. Dann kaufen wir ein anderes altes Haus und fangen noch einmal von vorn an.«

»Ich schätze, Sie müssen sich eine andere Frau suchen und mit ihr von vorn anfangen. Warum sollte Carla ein komfortables Strandhaus aufgeben, um sich in Clanton mit einem Wohnwagen abzufinden?«

»Weil ich in dem Wohnwagen auf sie warte.«

»Das reicht nicht, Jake. Sie werden ein betrunkener, bankrotter, aus der Advokatur ausgeschlossener Anwalt sein, der in einem Wohnwagen haust und sich bis auf die Knochen blamiert hat. Alle Ihre Freunde – abgesehen von Lucien und mir – vergessen Sie. Nein, Carla kehrt nicht zurück. Es ist vorbei, Jake. Ich rate Ihnen, zuerst die Scheidung einzureichen. Am besten gleich morgen – um Ihrer Frau zuvorzukommen.«

»Warum sollte ich mich von ihr scheiden lassen?«

»Weil sich Carla ganz bestimmt von Ihnen scheiden lassen will und weil es besser ist, den Spieß umzudrehen. Wir behaupten einfach, sie hätte ihren in Not geratenen Mann im Stich gelassen.«

»Genügt das als Scheidungsgrund?«

»Nein, aber wir behaupten auch, daß Sie vorübergehend verrückt geworden seien und unzurechnungsfähig sind. Die M'Naghten-Regel. Überlassen Sie's mir. Ich bin der mit allen Wassern gewaschene Scheidungsanwalt, erinnern Sie sich?«

»Wie könnte ich das vergessen!«

Jake schüttete warmes Bier aus der vernachlässigten Flasche und öffnete eine andere. Es regnete jetzt nicht mehr so stark, und erste Lücken entstanden zwischen den Wolken. Kühler Wind wehte vom See her.

»Man wird Carl Lee verurteilen, nicht wahr?« fragte er und sah in die Ferne.

Harry Rex kaute nicht mehr, stellte den Pappteller auf den Tisch und trank einen großen Schluck Bier. Der Wind blies ihm einige Regentropfen ins Gesicht, und er wischte sie mit dem Ärmel fort.

»Ja, Jake. Man wird Ihren Klienten in die Gaskammer schicken. Ich hab's in den Augen der Geschworenen gesehen. Sie wollten Bass ohnehin nicht glauben, und als ihm Buckley die Hosen runterzog, war die Sache gelaufen. Außerdem: Carl Lee hat sich keinen guten Dienst erwiesen. Seine Aussage klang zu glatt, zu eingeübt. Er schien um Mitleid zu flehen und war ein lausiger Zeuge. Ich habe die Jury beobachtet und nirgends Anzeichen von Verständnis entdeckt. Ja, man wird ihn verurteilen. Und zwar nach einer kurzen Beratung.«

»Danke für Ihre Offenheit.«

»Ich bin Ihr Freund und gebe Ihnen den Rat, sich auf ein langes Berufungsverfahren vorzubereiten.«

»Wissen Sie, Harry Rex, ich wünschte, ich wäre Carl Lee Hailey nie begegnet.«

»Jetzt ist es zu spät, Jake.«

Sallie öffnete die Tür, sah Jake und meinte, das mit seinem Haus täte ihr sehr leid. Lucien saß oben in seinem Arbeitszimmer und war völlig nüchtern. Er deutete zu einem Stuhl und bat Jake, Platz zu nehmen. Dutzende von Blättern lagen auf seinem Schreibtisch.

»Ich habe stundenlang an einem Schlußplädoyer gearbeitet«, erklärte er das Durcheinander. »Ihre einzige Hoffnung, Hailey vor einer Verurteilung zu bewahren, besteht in einer Rede, die es wirklich in sich hat. Ich meine, wir sprechen hier vom besten Schlußplädoyer in der Geschichte der amerikanischen Jurisprudenz. Weniger wäre katastrophal.«

»Und ich nehme an, Ihnen ist ein solches Meisterwerk gelungen.«

»In der Tat. Mein Entwurf geht über alles hinaus, was Sie zu Papier bringen könnten. Außerdem habe ich richtigerweise vermutet, daß Sie den ganzen Sonntagnachmittag über den Verlust Ihres Hauses betrauern und Ihren Kummer in Bier ertränken. Ich wußte, daß Sie keine Zeit finden würden, irgend etwas vorzubereiten, und deshalb beschloß ich, die Arbeit für Sie zu erledigen.«

»Leider bin ich nicht imstande, so nüchtern zu bleiben wie Sie, Lucien.«

»Betrunken war ich ein besserer Anwalt als Sie im nüchternen Zustand.«

»Wenigstens *bin* ich Anwalt.«

Lucien reichte Jake einen Block. »Da ist der Text. Eine Zusammenstellung aus meinen besten Schlußplädoyers. Lucien Wilbanks in Höchstform. Für Sie und Ihren Klienten. Sie sollten die Ansprache Wort für Wort auswendig lernen und in dieser Form verwenden. An der Qualität kann kein Zweifel bestehen. Versuchen Sie nicht, Verbesserungen vorzunehmen. Damit würden Sie nur alles vermasseln.«

»Ich denke darüber nach. Ein solches Plädoyer halte ich nicht zum erstenmal.«

»Diesmal ist es besser, auf Nummer Sicher zu gehen und jedes Risiko zu vermeiden.«

»Verdammt, Lucien, ich weiß, worauf es dabei ankommt!«

»Regen Sie sich nicht auf, Jake. Lassen Sie uns was trinken. Sallie! Sallie!«

Jake warf das Meisterwerk auf die Couch und trat zum Fenster, das Ausblick auf den rückwärtigen Garten gewährte. Sallie eilte die Treppe hoch und nahm eine Bestellung entgegen: Whisky und Bier.

»Waren Sie die ganze Nacht auf den Beinen?« fragte Lucien.

»Nein. Ich habe von elf bis zwölf geschlafen.«

»Sie sehen schrecklich aus und brauchen dringend Ruhe.«

»Ich fühle mich schrecklich und finde erst nach dem Prozeß Ruhe. Ich verstehe es einfach nicht, Lucien. Ich verstehe nicht, warum alles schiefgegangen ist. Aber wir bekamen die denkbar schlechteste Jury – eine Jury, die manipuliert worden ist, obwohl ich das nicht beweisen kann. Buckley hat die Glaubwürdigkeit unseres Hauptzeugen vollständig zerstört. Die Aussage des Angeklagten war ausgesprochen schlecht. Und die Geschworenen vertrauen mir nicht. Kann es noch schlimmer kommen?«

»Sie haben nach wie vor die Möglichkeit, den Prozeß zu gewinnen, Jake. Ein Wunder ist nötig, aber manchmal geschieht so etwas. Mit einem guten Schlußplädoyer gelang es mir mehrmals, die Staatsanwaltschaft um den sicher geglaubten Sieg zu bringen. Konzentrieren Sie sich auf ein oder zwei Jurymitglieder. Sprechen Sie nur zu ihnen. Appellieren Sie an ihr Mitgefühl. Denken Sie daran: Die Geschworenen müssen einen einstimmigen Beschluß fassen. Wenn auch nur einer von ihnen anderer Meinung ist, endet das Verfahren ohne Ergebnis.«

»Soll ich ihnen Tränen entlocken?«

»Warum nicht? Aber es ist alles andere als einfach. Ich glaube an Tränen auf der Geschworenenbank. Sie sind sehr wirkungsvoll.«

Sallie brachte die Drinks, und sie folgten ihr nach unten auf die Veranda. Nach dem Sonnenuntergang servierte die Schwarze Sandwiches und Bratkartoffeln. Um zehn entschuldigte sich Jake und suchte sein Zimmer auf. Er rief Carla an und sprach eine Stunde lang mit ihr. Das Haus wurde nicht erwähnt. In seiner Magengrube krampfte sich etwas zusammen, als er ihre Stimme hörte und begriff: Bald mußte er ihr mitteilen, daß das viktorianische Haus, ihr gemeinsames Heim, nicht mehr existierte. Schließlich legte Jake auf und hoffte inständig, daß Carla nichts über den Brand in der Zeitung las.

40

Am Montagmorgen herrschten wieder die üblichen Verhältnisse in Clanton, als am Platz Absperrungen entstanden und Soldaten ausschwärmten, um die öffentliche Ordnung zu gewährleisten. In lockerer Formation schritten sie umher und beobachteten, wie die Kluxer im ihnen zugewiesenen Bereich Aufstellung bezogen, während sich die Schwarzen auf der anderen Seite versammelten. Der Ruhetag hatte die Kräfte der beiden Gruppen erneuert, und bereits um acht Uhr dreißig schrien sie aus vollem Hals. Die Entlarvung von Dr. Bass war allgemein bekannt geworden, und der Klan witterte einen Sieg. Außerdem verbuchte er den Brand an der Adams Street als vollen Erfolg. An diesem Morgen schienen die Kuttenträger noch lauter zu sein als sonst.

Um neun bestellte Noose die Anwälte in sein Büro. »Ich wollte nur sicher sein, daß Sie leben und wohlauf sind«, sagte er zu Jake und lächelte.

»Warum lecken Sie mich nicht am Arsch, Richter?« erwiderte Jake leise – aber laut genug, um gehört zu werden. Buckley und Musgrove erstarrten. Mr. Pate räusperte sich.

Noose neigte den Kopf zur Seite und runzelte die Stirn. »Wie bitte, Mr. Brigance?«

»Ich sagte: Warum fangen wir nicht an, Richter?«

»Nun, dann habe ich Sie doch richtig verstanden. Wie geht es Ihrer Assistentin Miß Roark?«

»Schon besser.«

»Steckt der Klan dahinter?«

»Ja, Richter. Der gleiche Klan, der versucht hat, mich zu erschießen. Der gleiche Klan, der die Vorgärten unserer Geschworenen mit brennenden Kreuzen schmückte. Der gleiche Klan, der wahrscheinlich die meisten der im Gerichtssaal sitzenden Jurymitglieder eingeschüchtert hat. Ja, Sir, es ist der gleiche Klan.«

Noose nahm ruckartig die Brille ab. »Können Sie das beweisen?«

»Möchten Sie, daß ich Ihnen schriftliche, unterschriebene und notariell beglaubigte Geständnisse der Klan-Mitglieder vorlege? Da muß ich leider passen, Sir. Die Kluxer sind leider nicht zur Zusammenarbeit bereit.«

»Wenn Sie keine Beweise haben, will ich nichts mehr davon hören, Mr. Brigance.«

»Ja, Euer Ehren.«

Jake verließ das Büro und knallte die Tür hinter sich zu. Einige Sekunden später forderte Mr. Pate alle Anwesenden im Saal auf, sich zu erheben. Noose begrüßte die Geschworenen und versprach ihnen, daß der Prozeß nicht mehr lange dauern würde. Die Jurymitglieder blieben ernst. Sie hatten ein einsames und langweiliges Wochenende im Temple Inn hinter sich.

»Möchte die Staatsanwaltschaft ihrer Anklage noch etwas hinzufügen?« wandte sich der Richter an Buckley.

»Wir rufen einen weiteren Zeugen auf, Euer Ehren.«

Man führte Dr. Rodeheaver herein. Er schritt zielstrebig zum Zeugenstand, nahm dort Platz, sah die Geschworenen an und lächelte freundlich. Dr. Rodeheaver sah wie ein Psychiater aus, trug einen dunklen Anzug und keine Stiefel, sondern Straßenschuhe.

Buckley trat ans Pult heran und lächelte ebenfalls. »Sie sind Dr. Wilbert Rodeheaver?« fragte er laut und blickte dabei zur Jury, wie um ihr mitzuteilen: »Jetzt lernen Sie einen wirklichen Psychiater kennen.«

»Ja, Sir.«

Rufus stellte eine Million Fragen im Hinblick auf Ausbildung und berufliche Erfahrung. Rodeheaver wirkte selbstsicher, entspannt und gut vorbereitet. Er war daran gewöhnt, vor Gericht als Sachverständiger auszusagen. Ausführlich sprach er über sein Studium, sein jahrelanges Praktizieren und die große Verantwortung, die er als Leiter einer staatlichen Nervenklinik wahrnehmen mußte. »Haben Sie irgendwelche Artikel geschrieben und publiziert?« erkundigte sich Buckley. Rodeheaver beantwortete die Frage mit einem klaren Ja, und dreißig Minuten lang hörten die Geschworenen von den in Fachzeitschriften veröffentlichten Werken dieses gebildeten Mannes. Die Bundesregierung sowie Gouverneure verschiedener Staaten hatten seine Forschungen mit großzügigen Subventionen unterstützt. Er war Mitglied aller von Bass genannten Organisationen und gehörte noch einigen anderen an. Seine Qualifikationen als auf die menschliche Psyche spezialisiertem Arzt standen außer Zweifel. Außerdem war er nüchtern und machte einen sehr guten Eindruck.

Buckley präsentierte ihn als Sachverständigen, und Jake erhob keinen Einspruch.

»Dr. Rodeheaver«, fuhr der Bezirksstaatsanwalt fort, »wann haben Sie Carl Lee Hailey zum erstenmal untersucht?«

Der Experte zog seine Unterlagen zu Rate. »Am 19. Juni.«

»Wo fand die Untersuchung statt?«

»In meinem Whitfield-Büro.«

»Wie lange dauerte sie?«

»Etwa zwei Stunden.«

»Welchem Zweck diente sie?«

»Ich wollte den gegenwärtigen geistigen Zustand des Angeklagten feststellen und auch seine mentale Verfassung zu dem Zeitpunkt, als er Mr. Cobb und Mr. Willard erschoß.«

»Kennen Sie seine Krankengeschichte?«

»Informationen darüber sammelte einer meiner Mitarbeiter in der Klinik. Ich habe sie mit Mr. Hailey besprochen.«

»Was geht aus der Krankengeschichte hervor?«

»Nicht viel. Er erzählte eine Zeitlang von Vietnam, doch dabei ergab sich kaum etwas Bemerkenswertes.«

»Begann er von sich aus damit, seine Kriegserlebnisse zu schildern?«

»Ja. Er wollte darüber reden und erweckte den Eindruck, als hätte man ihn aufgefordert, dieses Thema möglichst häufig zu erörtern.«

»Worüber sprachen Sie sonst noch während der ersten Untersuchung?«

»Über viele verschiedene Dinge: Kindheit, Familie, Schule, Arbeit und so weiter.«

»Erwähnte der Angeklagte die Vergewaltigung seiner Tochter?«

»Ja, und zwar recht häufig. Ganz offensichtlich empfand er es als schmerzhaft, darüber zu sprechen, und an seiner Stelle wäre es mir nicht anders ergangen.«

»Betrafen Ihre Diskussionen auch jene Ereignisse, die zur Ermordung von Cobb und Willard führten?«

»Ja, wir unterhielten uns ziemlich ausführlich darüber. Ich versuchte herauszufinden, wie bewußt ihm die Geschehnisse sind, die mit dem Tod der beiden Männer endeten.«

»Was hat Ihnen der Angeklagte gesagt?«

»Zuerst nur wenig. Aber im Lauf der Zeit gab er seinen inneren Widerstand auf und erklärte, daß er sich drei Tage vor dem Doppelmord im Gerichtsgebäude nach einem geeigneten Versteck umgesehen habe.«

»Was ist mit den unmittelbaren Umständen des Verbrechens?«

»Mr. Hailey nannte nur wenige Einzelheiten und meinte, er erinnere sich nicht mehr daran. Eine Lüge, wie ich vermute.«

Jake sprang auf. »Einspruch! Die Aussage des Zeugen muß sich auf ihm bekannte Fakten beziehen. Er darf nicht spekulieren.«

»Stattgegeben. Bitte fahren Sie fort, Mr. Buckley.«

»Was haben Sie sonst im Hinblick auf die Gefühle, Ansichten und Verhaltensweisen des Angeklagten beobachtet?«

Rodeheaver schlug die Beine übereinander und wippte einige Male mit dem Fuß. Nachdenkliche Falten formten sich auf seiner Stirn. »Zu Anfang mißtraute mir Mr. Hailey und mied meinen Blick. Er gab nur sehr knappe Antworten. Es gefiel ihm nicht, während seines Aufenthalts in der Klinik bewacht zu werden und gelegentlich Handschellen zu tragen. Er fragte nach dem Sinn der gepolsterten Wände in seiner Zelle. Doch nach einer Weile ging er mehr aus sich heraus, und daraufhin sprachen wir praktisch über alles. Einige Fragen ignorierte er einfach, aber ansonsten war er sehr kooperativ.«

»Wann und wo haben Sie ihn noch einmal untersucht?«

»Am nächsten Tag am gleichen Ort.«

»Was können Sie uns über seine Gefühle und Haltung Ihnen gegenüber sagen?«

»Zunächst begegnete er mir ebenso kühl wie am Vortag, aber dann wurde er gesprächiger. Wir unterhielten uns über die gleichen Themen.«

»Wie lange dauerte die zweite Untersuchung?«

»Ungefähr vier Stunden.«

Buckley las einige Notizen auf seinem Block und flüsterte mit Musgrove. »Nun, Dr. Rodeheaver, sind Sie aufgrund der Untersuchungen vom 19. und 20. Juni in der Lage, den geistigen Zustand des Angeklagten zum genannten Zeitpunkt zu beurteilen?«

»Ja, Sir.«

»Wie lautet Ihre Diagnose?«

»Am 19. und 20. Juni hatte ich es mit einem geistig gesunden Mr. Hailey zu tun. Er erschien mir völlig normal.«

»Danke. Sind Sie aufgrund der Untersuchungen imstande, Mr. Haileys psychischen Zustand an jenem Tag zu beurteilen, an dem er Billy Ray Cobb und Pete Willard erschoß?«

»Ja.«

»Wie lautet Ihre Diagnose?«

»Meiner Ansicht nach war sein geistiger Zustand zum Tatzeitpunkt einwandfrei. Er litt an keinen mentalen Störungen.«

»Auf welchen Faktoren basiert diese Einschätzung?«

Rodeheaver sah zur Jury und verwandelte sich in einen Professor. »Bei diesem Verbrechen muß man das Ausmaß des Vorsatzes berücksichtigen. Das Motiv ist ein Element des Vorbedachts. Mr. Hailey hatte ein Motiv, und sein geistiger Zustand hinderte ihn nicht am notwendigen Vorsatz. Um es ganz deutlich auszudrücken: Er hat den Doppelmord sorgfältig geplant.«

»Doktor, sind Sie mit der M'Naghten-Regel als Maßstab für Schuld und Verantwortung des Angeklagten vertraut?«

»Natürlich.«

»Ist Ihnen bekannt, daß ein anderer Psychiater – Dr. W. T. Bass – hier vor Gericht aussagte, Mr. Hailey sei nicht in der Lage gewesen, zwischen Richtig und Falsch zu unterscheiden und die Konsequenzen seines Handelns zu überblikken?«

»Ja, das ist mir bekannt.«

»Stimmen Sie diesen Angaben zu?«

»Nein. Ich finde eine solche Vorstellung absurd und lehne sie strikt ab. Mr. Hailey hat zugegeben, daß er den Doppelmord plante. Er bestätigte also, daß ihn seine geistige Verfassung nicht daran hinderte, Vorbereitungen für ein Verbrechen zu treffen. Damit sind alle juristischen Voraussetzungen für Vorbedacht erfüllt. Ich halte es für grotesk, daß sich jemand auf Unzurechnungsfähigkeit beruft, der einen Mord plante und kaltblütig verübte.«

In diesen Sekunden teilte Jake die Meinung des Sachverständigen, und das galt vermutlich auch für alle anderen Anwesenden im Saal. Rodeheaver klang sehr überzeugend und glaubwürdig. Brigance dachte an Bass und fluchte lautlos.

Lucien saß bei den Schwarzen, hörte aufmerksam zu und mußte sich eingestehen, daß dieser Psychiater einen sehr guten Eindruck hinterließ. Den Geschworenen schenkte er keine Beachtung. Er wandte nicht den Kopf, doch aus den Augenwinkeln sah er, daß ihn Clyde Sisco ganz offen anstarrte. Er verzichtete darauf, einen direkten Blickkontakt herzustellen. Der Anrufer hatte sich am Montagmorgen nicht noch einmal gemeldet, doch ein Nicken von Lucien genügte, um die Vereinbarung zu bestätigen: fünfzigtausend Dollar, nach dem Urteil. Sisco kannte die Regeln und wartete auf eine Antwort. Er bekam keine. Lucien wollte erst mit Jake darüber reden.

»Nun, Doktor ...«, fuhr Buckley fort. »Sie haben uns darauf hingewiesen, daß man das Ausmaß des Vorsatzes berücksichtigen muß, und außerdem kennen wir Ihre Diagnose bezüglich des geistigen Zustands von Mr. Hailey am 20. Mai. Haben Sie sich auf dieser Grundlage eine medizinisch exakte Meinung darüber gebildet, ob der Angeklagte zwischen Richtig und Falsch unterscheiden konnte, als er Billy Ray Cobb und Pete Willard erschoß sowie Deputy DeWayne Looney verletzte?«

»Ja.«

»Und wie lautet diese Meinung?«

»Mr. Hailey litt an keinen psychischen Störungen und war durchaus imstande, zwischen Richtig und Falsch zu unterscheiden.«

»Haben Sie sich auf der gleichen Grundlage eine Meinung darüber gebildet, ob der Angeklagte die Konsequenzen seines Handelns überblicken konnte?«

»Ja.«

»Und wie lautet diese Meinung?«

»Mr. Hailey war sich seines Handelns vollauf bewußt.«

Buckley ließ den Block sinken und deutete eine höfliche Verbeugung an. »Danke, Doktor. Das ist alles.«

»Kreuzverhör, Mr. Brigance?« erklang die Stimme des Richters.

»Nur einige Fragen.«

»Das dachte ich mir. Wir setzen die Verhandlung in fünfzehn Minuten fort.«

Jake ignorierte Carl Lee, verließ den Saal und eilte zur Bibliothek im zweiten Stock, wo Harry Rex auf ihn wartete und lächelte.

»Entspannen Sie sich, Jake. Ich habe mit allen Zeitungen in North Carolina telefoniert, und keine von ihnen hat über Ihr Haus oder Row Ark berichtet. Die Morgenzeitung von Raleigh brachte einen Artikel über den Prozeß, aber darin fehlen Einzelheiten. Carla weiß nichts, Jake. Für sie steht ihr hübsches viktorianisches Heim noch immer. Ist das nicht großartig?«

»Ja, wundervoll. Danke, Harry Rex.«

»Keine Ursache. Nun, es gibt da noch eine andere Sache. Ich bringe sie nicht gern zur Sprache, aber ...«

»Heraus damit.«

»Sie wissen, wie sehr ich Buckley verabscheue. Ich hasse ihn noch mehr als Sie. Doch mit Musgrove komme ich ganz gut klar. Mit Musgrove kann ich reden. Gestern abend habe ich über folgendes nachgedacht: Vielleicht wäre es eine gute Idee, an Buckleys Stellvertreter heranzutreten und die Möglichkeiten einer Abmachung zu sondieren.«

»Nein!«

»Hören Sie, Jake ... Es kann doch nicht schaden, oder? Wenn Sie auf schuldig plädieren und die Gaskammer vermeiden, haben Sie Carl Lee das Leben gerettet.«

»Nein!«

»Himmel, Ihren Klienten trennen nur noch achtundvierzig Stunden von der Verhängung der Todesstrafe. Wenn Sie das bezweifeln, sind Sie blind und taub, Jake. Ich will Ihnen nur helfen.«

»Warum sollte Buckley zu einer Abmachung bereit sein? Er ist auf dem besten Weg, den Prozeß zu gewinnen.«

»Nun, vielleicht lehnt er ab. Aber ich könnte wenigstens herausfinden, wie er auf einen derartigen Vorschlag reagiert.«

»Nein, Harry Rex. Ausgeschlossen.«

Nach der Pause kehrte Rodeheaver in den Zeugenstand zurück. Jake trat ans Pult und musterte ihn. In seiner kurzen beruflichen Laufbahn als Anwalt war es ihm nie gelungen, sich innerhalb oder außerhalb des Gerichtssaals gegen einen Sachverständigen durchzusetzen. Angesichts seiner derzeitigen Pechsträhne beschloß er also, sehr vorsichtig zu sein.

»Die Psychiatrie betrifft den menschlichen Geist, nicht wahr, Dr. Rodeheaver?«

»Ja.«
»Es handelt sich um eine nicht sehr exakte Wissenschaft, oder?«
»Das stimmt.«
»Sie untersuchen jemanden und erstellen eine Diagnose. Doch der nächste Psychiater schätzt den Zustand des Patienten vielleicht ganz anders ein.«
»Das ist möglich, ja.«
»Wenn zehn Psychiater einen Geistesgestörten untersuchen, so könnte das Ergebnis aus zehn verschiedenen Diagnosen bestehen, habe ich recht?«
»Das ist unwahrscheinlich.«
»Aber es wäre denkbar, nicht wahr, Doktor?«
»Ja. Ich nehme an, mit juristischen Meinungen verhält es sich ähnlich.«
»Aber in diesem Fall haben wir es nicht mit juristischen Meinungen zu tun, oder?«
»Nein.«
»Ist es wahr, Doktor, daß die Psychiatrie in vielen Fällen nicht feststellen kann, wo die Ursache für einen psychischen Defekt liegt?«
»Ja.«
»Und es geschieht häufig, daß Psychiater verschiedene Standpunkte vertreten?«
»Natürlich.«
»Nun, für wen arbeiten Sie, Doktor?«
»Für den Staat Mississippi.«
»Und seit wann?«
»Seit elf Jahren.«
»Wer hat Anklage gegen Mr. Hailey erhoben?«
»Der Staat Mississippi.«
»Wie oft haben Sie während Ihrer elfjährigen Tätigkeit für den Staat ausgesagt, wenn die Verteidigung bei Prozessen auf Unzurechnungsfähigkeit plädierte?«
Rodeheaver dachte kurz nach. »Ich glaube, dies ist mein dreiundvierzigstes Verfahren.«
Jake sah in einer Akte nach, wandte sich wieder an den Zeugen und lächelte humorlos. »Sind Sie sicher, daß Sie

nicht zum sechsundvierzigsten Mal als psychiatrischer Sachverständiger im Zeugenstand sitzen?«

»Das ist möglich, ja. Ich bin mir nicht sicher.«

Es wurde still im Saal. Buckley und Musgrove gaben sich den Anschein, die Notizen auf ihren Blöcken zu lesen, aber sie ließen Rodeheaver nicht aus den Augen.

»Sie haben sechsundvierzigmal bei Unzurechnungsfähigkeitsprozessen für den Staat ausgesagt?«

»Mag sein.«

»Und sechsundvierzigmal haben Sie behauptet, der Angeklagte sei ohne Einschränkungen zurechnungsfähig. Stimmt das, Doktor?«

»Ich bin nicht sicher.«

»Ich möchte es einfacher ausdrücken. Sechsundvierzigmal sagten Sie vor Gericht als Sachverständiger aus, und sechsundvierzigmal bescheinigten Sie dem Angeklagten uneingeschränkte Zurechnungsfähigkeit. Können Sie das bestätigen?«

Rodeheaver rutschte ein wenig zur Seite, und ein oder zwei Sekunden lang zeigte sich Unbehagen in seinen Zügen. »Ich bin nicht sicher.«

»Sie haben noch nie einen unzurechnungsfähigen Angeklagten gesehen, oder?«

»Ganz im Gegenteil.«

»Na schön. Dann nennen Sie uns den Namen des betreffenden Angeklagten und den Ort seines Verfahrens.«

Buckley stand auf und knöpfte seine Jacke zu. »Euer Ehren, die Staatsanwaltschaft erhebt Einspruch gegen diese Fragen. Man kann von Dr. Rodeheaver nicht verlangen, sich an alle Prozesse zu erinnern, bei denen er ausgesagt hat.«

»Abgelehnt«, erwiderte Noose. »Setzen Sie sich. Beantworten Sie die Frage, Doktor.«

Rodeheaver atmete tief durch und starrte zur Decke. Jake blickte zu den Geschworenen. Sie waren wach und warteten auf eine Antwort.

»Ich erinnere mich nicht«, sagte der Psychiater schließlich.

Jake griff nach einigen Unterlagen und streckte sie dem

Zeugen entgegen. »Besteht der Grund für Ihren plötzlichen Gedächtnisschwund vielleicht darin, daß Sie in elf Jahren und bei sechsundvierzig Prozessen nie zugunsten eines Angeklagten ausgesagt haben, Doktor?«

»Ich erinnere mich wirklich nicht.«

»Können Sie uns auch nur ein Verfahren nennen, bei dem Sie die Unzurechnungsfähigkeit des Angeklagten festgestellt haben?«

»Ich bin sicher, es gibt einige.«

»Ja oder nein, Doktor. Ein einziger Prozeß?«

Der Sachverständige sah kurz zum Bezirksstaatsanwalt. »Nein. Derzeit fällt mir keiner ein.«

Jake schritt langsam zum Tisch der Verteidigung und nahm eine dicke Akte.

»Dr. Rodeheaver, entsinnen Sie sich daran, im Dezember 1975 in McMurphy County beim Prozeß gegen Danny Booker ausgesagt zu haben? Es ging dabei um einen ziemlich scheußlichen Doppelmord.«

»Ja, ich erinnere mich daran.«

»Sie behaupteten, der Angeklagte sei vollkommen zurechnungsfähig, nicht wahr?«

»Ja.«

»Wissen Sie noch, wie viele Psychiater zugunsten von Danny Booker aussagten?«

»Ich glaube, es waren mehrere.«

»Hilft es Ihrem Gedächtnis auf die Sprünge, wenn ich die Namen Noel McClacky, Dr. med., O. G. McGuire, Dr. med., und Lou Watson, Dr. med., nenne?«

»Ja.«

»Es handelt sich um Psychiater, nicht wahr?«

»Ja.«

»Und sie sind qualifiziert, nicht wahr?«

»Ja.«

»Sie alle haben Mr. Booker untersucht und bescheinigten dem armen Mann Unzurechnungsfähigkeit, stimmt's?«

»Ja.«

»Aber Sie behaupteten vor Gericht, der Angeklagte sei geistig völlig gesund?«

»Ja.«
»Wie viele andere Ärzte bestätigten Ihre Ansicht?«
»Keiner, soviel ich weiß.«
»Ihre Aussage stand also allein gegen die von drei Psychiatern.«
»Ja, aber ich bin nach wie vor davon überzeugt, daß ich recht hatte.«
»Ich verstehe. Welches Urteil sprach die Jury?«
»Sie befand den Angeklagten für nicht schuldig und führte als Begründung Unzurechnungsfähigkeit an.«
»Danke. Nun, Dr. Rodeheaver, Sie leiten die Nervenklinik von Whitfield?«
»Ja.«
»Sind Sie direkt oder indirekt für die Behandlung aller dortigen Patienten verantwortlich?«
»Ich bin direkt dafür verantwortlich, Mr. Brigance. Zwar kümmere ich mich nicht persönlich um jeden Patienten, aber ich beaufsichtige die Ärzte.«
»Danke. Wo befindet sich Danny Booker heute, Doktor?«
Rodeheaver warf Buckley einen verzweifelten Blick zu und versuchte, mit einem freundlichen, entspannten Lächeln für die Geschworenen darüber hinwegzutäuschen. Er zögerte, ließ sich zuviel Zeit.
»Er ist heute in Ihrer Klinik, nicht wahr?« fragte Jake in einem Tonfall, der alle Anwesenden darauf hinwies, daß die Antwort *ja* lautete.
»Ich glaube schon«, sagte der Psychiater.
»Er wird also bei Ihnen behandelt?«
»Ja.«
»Wie lautet die Diagnose in seinem Fall, Doktor?«
»Das weiß ich nicht. Ich habe viele Patienten und …«
»Paranoide Schizophrenie?«
»Das ist möglich, ja.«
Jake wich zurück, setzte sich aufs Geländer und sprach lauter: »Ich möchte, daß die Jury alles genau versteht, Doktor. 1975 sagten Sie vor Gericht aus, Danny Booker sei uneingeschränkt zurechnungsfähig und hätte zum Tatzeitpunkt die Konsequenzen seines Handelns klar erkennen

können. Die Geschworenen lehnten es ab, sich Ihrer Meinung anzuschließen, und sie befanden den Angeklagten für nicht schuldig. Seitdem ist er Patient in Ihrer Klinik und wird wegen paranoider Schizophrenie behandelt. Stimmt das?«

Rodeheaver bestätigte, indem er eine Grimasse schnitt.

Jake zog ein Blatt aus dem Aktenordner und betrachtete es. »Erinnern Sie sich daran, im Mai 1977 in Dupree County beim Prozeß gegen Adam Couch ausgesagt zu haben?«

»Ich entsinne mich an den Fall, ja.«

»Es ging dabei um Vergewaltigung, nicht wahr?«

»Ja.«

»Und Sie sagten für den Staat gegen Mr. Couch aus?«

»Ja.«

»Bezeichneten Sie den Angeklagten der Jury gegenüber als zurechnungsfähig?«

»Ja.«

»Wissen Sie noch, wie viele Ärzte zugunsten von Mr. Couch aussagten und versicherten, er sei geisteskrank und unzurechnungsfähig?«

»Mehrere.«

»Haben Sie jemals von den folgenden Doktoren gehört: Felix Perry, Gene Shumate und Hobny Wicker?«

»Ja.«

»Handelt es sich um qualifizierte Psychiater?«

»Ja.«

»Und sie alle sagten zugunsten von Mr. Couch aus?«

»Ja.«

»Sie alle vertraten die Ansicht, er sei unzurechnungsfähig?«

»Ja.«

»Bei jenem Prozeß waren Sie der einzige Arzt, der Mr. Couch für geistig gesund hielt?«

»Ich denke schon.«

»Welches Urteil sprach die Jury?«

»Sie befand den Angeklagten für nicht schuldig.«

»Führte sie als Begründung Unzurechnungsfähigkeit an?«

»Ja.«

»Wo befindet sich Mr. Couch heute, Doktor?«

»Ich glaube, er ist in Whitfield.«

»Und seit wann?«

»Seit dem Ende des Prozesses.«

»Ich verstehe. Nehmen Sie häufig Personen in Ihrer Klinik auf, um sie jahrelang zu behandeln – obwohl sie geistig völlig gesund sind?«

Rodeheaver trat von einem auf den anderen Fuß und kochte innerlich. Er starrte zum Staatsanwalt, zum Anwalt des Volkes, und flehte ihn stumm an, etwas zu unternehmen.

Jake griff nach weiteren Unterlagen. »Erinnern Sie sich an den Prozeß gegen Buddy Wooddall, der im Mai 1979 in Cleburne County stattfand?«

»Ja, ich erinnere mich daran.«

»Ein Mordfall, nicht wahr?«

»Ja.«

»Und als psychiatrischer Experte sagten Sie vor Gericht aus, der Angeklagte sei zurechnungsfähig.«

»Ja.«

»Wissen Sie noch, wieviele Psychiater zugunsten von Mr. Wooddall aussagten und der Jury mitteilten, er sei unzurechnungsfähig?«

»Ich glaube, es waren fünf, Mr. Brigance.«

»Da haben Sie völlig recht, Doktor. Fünf gegen einen. Welches Urteil sprach die Jury?«

Rodeheavers Zorn wuchs; es entstanden Risse in der Fassade des weisen Professors, der doch vorher alle richtigen Antworten gekannt hatte. »Sie befand den Angeklagten für nicht schuldig und führte als Begründung Unzurechnungsfähigkeit an.«

»Wie erklären Sie sich das, Dr. Rodeheaver? Fünf Psychiater hier und einer dort – und die Geschworenen entschieden sich gegen Sie.«

»Man kann Geschworenen eben nicht trauen«, entfuhr es dem Sachverständigen. Sofort klappte er den Mund wieder zu, schüttelte sich ein wenig und lächelte verlegen.

Jake musterte ihn mit hochgezogenen Brauen und richtete

dann einen fassungslosen Blick auf die Jury. Er verschränkte die Arme und schwieg, um den Geschworenen Gelegenheit zu geben, über die letzten Worte des Experten nachzudenken. Dann sah er den Psychiater wieder an und schmunzelte ein wenig.

»Bitte fahren Sie fort, Mr. Brigance«, sagte Noose schließlich.

Jake bewegte sich betont langsam, als er seine Akten ordnete. Die ganze Zeit über beobachtete er Rodeheaver. »Ich glaube, wir haben von diesem Zeugen genug gehört, Euer Ehren.«

»Weitere Fragen, Mr. Buckley?«

»Nein, Sir. Die Staatsanwaltschaft hat ihre Beweisführung abgeschlossen.«

Noose wandte sich an die Jury. »Meine Damen und Herren, der Prozeß ist jetzt fast zu Ende. Es werden keine zusätzlichen Zeugen aufgerufen. Ich erörtere nun einige verfahrenstechnische Dinge mit den Anwälten, und anschließend bekommen sie Gelegenheit, ihre Schlußplädoyers zu halten. Sie beginnen um zwei und dauern etwa bis vier. Anschließend überlasse ich den Fall Ihnen, und daraufhin können Sie sich bis um sechs beraten. Wenn Sie heute nicht zu einem Urteil finden, bringt man Sie in Ihr Quartier zurück, und dann setzen Sie Ihre Beratungen morgen fort. Es ist jetzt fast elf, und ich unterbreche die Verhandlung bis um zwei. Die Anwälte begleiten mich bitte in mein Büro.«

Carl Lee beugte sich vor, und zum erstenmal seit Samstag sprach er mit seinem Verteidiger. »Sie haben ihn ordentlich durch die Mangel gedreht, Jake.«

»Warten Sie, bis Sie mein Schlußplädoyer hören.«

Jake ging Harry Rex aus dem Weg und fuhr nach Karaway. Das Heim seiner Kindheit war ein altes Landhaus, umgeben von hohen Eichen, Ahornbäumen und Ulmen, die im Sommer für angenehme Kühle sorgten. Hinter dem Gebäude schloß sich ein fast zweihundert Meter langes Feld an die Bäume an und reichte bis zu einem kleinen Hügel. Ein Teil dieses offenen Bereichs war mit feinmaschigem Draht abgeschirmt. Dort hatte Jake laufen gelernt, dort fuhr er sein erstes Fahrrad, warf seinen ersten Football und Baseball. Unter der Eiche daneben hatte er drei Hunde, einen Waschbär, ein Kaninchen und mehrere Enten begraben. Der Reifen eines 54er Buick baumelte unweit des kleinen Friedhofs von einem Ast.

Seit zwei Monaten stand das Haus leer. Ein Junge aus der Nachbarschaft mähte den Rasen und kümmerte sich um den Gemüsegarten. Jake sah hier einmal in der Woche nach dem Rechten. Seine Eltern reisten jetzt mit ihrem Wohnwagen durch Kanada – das übliche Sommerritual. Er wünschte sich, bei ihnen zu sein.

Vorsichtig schloß er die vordere Tür auf und ging nach oben in sein Zimmer. An den Wänden hingen Mannschaftsbilder, Siegerurkunden, Baseballmützen, Poster von Pete Rose, Archie Manning und Hank Aaron. Auf dem Schrank lagen mehrere Baseball-Handschuhe, auf der Kommode Mütze und Trikot. Jakes Mutter ließ hier alles an seinem Platz. Einmal hatte sie zu ihm gesagt, daß sie oft in diesen Raum gehe und erwarte, daß ihr Sohn dort noch seine Hausaufgaben erledige oder spiele. Dabei blätterte sie durch Fotoalben, und ihre Augen wurden feucht.

Er dachte an Hannas Zimmer mit den Plüschtieren und der bunten Tapete. Ein Kloß formte sich in seinem Hals.

Gedankenverloren blickte er aus dem Fenster, an den Bäumen vorbei, und glaubte zu sehen, wie er im Reifen saß und schaukelte, in der Nähe jener drei weißen Kreuze, unter denen seine Hunde begraben lagen. Er erinnerte sich an jedes Begräbnis und an das jeweilige Versprechen seines Vaters, ihm einen anderen Hund zu kaufen. Dann dachte er wieder an Hanna und ihren Max und wischte eine Träne fort.

Das Bett wirkte jetzt viel kleiner. Jake streifte die Schuhe ab und streckte sich darauf aus. Ein Footballhelm hing von der Decke herab. Achte Klasse, Karaway Mustangs. Sieben Touchdowns hatte er erzielt in fünf Spielen. Die Filmkassetten mit den entsprechenden Aufnahmen ruhten unten in den Bücherregalen. Er spürte ein flaues Gefühl in der Magengrube und erhob sich.

Behutsam legte er die Notizen – seine Notizen, nicht die Luciens – auf den nahen Tisch und beobachtete sich im Spiegel.

Nach den Ausführungen Buckleys wandte sich Jake an die Jury und begann sein Plädoyer, indem er das größte Problem ansprach: Dr. W. T. Bass. Ein Rechtsanwalt kommt in den Gerichtssaal, tritt unbekannten Geschworenen gegenüber und kann ihnen nur seine Glaubwürdigkeit anbieten. Wenn er diese Glaubwürdigkeit durch irgend etwas in Frage stellt, so schadet er seinem Klienten. Jake versicherte den Zuhörern, daß er nie einen verurteilten Schwerverbrecher wissentlich als Sachverständigen aussagen lassen würde. Er hatte nichts von der Verurteilung gewußt, hob die Hand und schwor es. »Die Welt ist voller Psychiater, und es wäre mir nicht schwer gefallen, einen anderen zu finden, um Bass zu ersetzen. Aber ich wußte nichts von seinem Problem. Es tut mir leid. Doch zu W. T. Bass' Aussage ... Vor dreißig Jahren ließ er sich in Texas mit einem Mädchen unter achtzehn ein. Muß daraus der Schluß gezogen werden, daß er hier vor Gericht gelogen hat? Bedeutet es, daß man seiner Expertenmeinung nicht vertrauen darf? Bitte seien Sie fair zu dem Psychiater Bass. Vergessen Sie die Privatperson namens Bass. Bitte seien Sie fair zu seinem Patienten Carl Lee Hailey. Er hatte keine Ahnung von der Vergangenheit des Arztes.

Vielleicht sind noch einige weitere Informationen über Bass nützlich. Ich möchte Sie auf etwas hinweisen, das Mr. Buckley nicht erwähnte, als er den Doktor in Stücke riß. Das betreffende Mädchen war damals siebzehn Jahre alt. Später wurde sie seine Frau, gebar ihm einen Sohn und wurde erneut schwanger, als sie und der kleine Junge bei einem Zugunglück ums Leben ...«

»Einspruch!« rief Buckley. »Einspruch, Euer Ehren. Das steht nicht im Protokoll!«

»Stattgegeben. Mr. Brigance, Sie dürfen sich nur auf im

Protokoll verzeichnete Fakten beziehen. Ich fordere die Geschworenen auf, den letzten Bemerkungen des Verteidigers keine Beachtung zu schenken.«

Jake ignorierte Noose und Buckley und blickte mit schmerzerfüllter Miene zur Jury hinüber.

Als wieder Stille herrschte, setzte er seine Ansprache fort. Und Mr. Rodeheaver? Hatte jener Psychiater, der für die Staatsanwaltschaft aussagte, jemals Geschlechtsverkehr mit einer Minderjährigen? Wie töricht, heute über solche Dinge nachzudenken, nicht wahr? Bass und Rodeheaver als junge Erwachsene – nach dreißig Jahren erschien so etwas völlig bedeutungslos.

Der von Mr. Buckley vorgeführte Sachverständige zeichnete sich ganz offensichtlich durch eine ausgeprägte Voreingenommenheit aus. Ein hervorragend qualifizierter Spezialist, der viele verschiedene Geisteskrankheiten behandelte, aber keine Unzurechnungsfähigkeit erkennen kann, wenn es um Verbrechen geht. Seine Aussage sollte sorgfältig geprüft werden.

Die Geschworenen beobachteten Jake und hörten jedes Wort. Er war kein Gerichtssaalprediger wie der Bezirksstaatsanwalt. Er sprach mit ruhigem Ernst und wirkte müde, fast verletzt.

Der nüchterne Lucien saß mit verschränkten Armen da, beobachtete die Jurymitglieder und mied Siscos Blick. Es war nicht sein Plädoyer, aber es klang gut, kam aus dem Herzen.

Jake entschuldigte sich für seine Unerfahrenheit. Er habe an nicht annähernd so vielen Prozessen teilgenommen wie Mr. Buckley.

»Wenn mir Fehler unterlaufen, so legen Sie das bitte nicht Carl Lee zur Last. Es ist nicht seine Schuld. Ich bin nur ein Grünschnabel, der sich alle Mühe gibt und es mit einem erfahrenen Prozeßgegner zu tun hat, der häufig Mordfälle verhandelt. Ja, es war ein Fehler, Bass in den Zeugenstand zu rufen, und ich habe auch andere Fehler gemacht, und dafür bitte ich Sie, meine Damen und Herren Geschworenen, um Verzeihung.«

Jake erwähnte seine Tochter, das einzige Kind in der Familie, und es würden keine weiteren folgen. Sie war vier, fast fünf, und seine ganze Welt drehte sich um sie. Sie stellte etwas Besonderes dar – ein kleines Mädchen, das er beschützen mußte. Eine spezielle Beziehung, die er nicht erklären konnte, verband ihn mit ihr.

Auch Carl Lee hatte eine Tochter. Sie hieß Tonya. Er deutete auf sie in der vordersten Reihe, neben ihrer Mutter und den Brüdern. Ein wundervolles Mädchen, zehn Jahre alt. Und sie kann nie Kinder haben. Sie kann nie eine Tochter bekommen, weil ...

»Einspruch«, sagte Buckley überraschend ruhig.

»Stattgegeben«, erwiderte Noose.

Jake achtete nicht darauf. Er sprach über Vergewaltigung und meinte, so etwas sei viel schlimmer als Mord. Der Mord beendete das Leiden des Opfers und zwang es nicht, sich immer wieder mit dem schrecklichen Erlebnis auseinanderzusetzen. Das blieb allein der Familie überlassen. Das Opfer einer Vergewaltigung hingegen denkt dauernd daran, was es ertragen mußte. Es versucht zu verstehen, stellt Fragen. Schlimmer noch: Es weiß, daß der Vergewaltiger lebt und vielleicht eines Tages freigelassen wird oder flieht. Ständig, in jeder Stunde, an jedem Tag, erinnert sich das Opfer an die Vergewaltigung und quält sich mit Tausenden von Fragen. In seinen Gedanken kehrt es zu dem grauenvollen Geschehen zurück, erlebt alles noch einmal. Schritt für Schritt, Minute um Minute. Und es schmerzt genauso wie damals.

»Das schrecklichste aller möglichen Verbrechen ist die Vergewaltigung eines Kindes. Eine Frau hat ziemlich klare Vorstellungen davon, was mit ihr geschieht: Ein menschliches Tier, erfüllt von Haß, Zorn und wilder Gier, fällt über sie her. Aber ein kleines, zehnjähriges Mädchen? Versetzen Sie sich in die Lage der Eltern. Stellen Sie sich vor, wie Sie versuchen, Ihrer Tochter den Grund für die Vergewaltigung zu erklären. Wie wollen Sie ihr mitteilen, daß sie keine Kinder bekommen kann?«

»Einspruch.«

»Stattgegeben. Meine Damen und Herren, bitte schenken Sie der letzten Bemerkung des Verteidigers keine Beachtung.«

Jake ließ sich davon nicht aus dem Konzept bringen. »Angenommen, Ihre zehnjährige Tochter wird vergewaltigt, und Sie sind ein Vietnam-Veteran, der sich gut mit einer M-16 auskennt. Angenommen, Sie erhalten Gelegenheit, sich eine solche Waffe zu beschaffen, während das Mädchen im Krankenhaus gegen den Tod kämpft. Angenommen, der Vergewaltiger wird gefaßt. Angenommen, Sie können sechs Tage später in seine Nähe gelangen, während er aus dem Gericht geführt wird. Angenommen, Sie haben die M-16 dabei ...

Wie würden Sie sich verhalten?

Mr. Buckley hat darauf eine ganz persönliche Antwort gegeben. Er hätte um seine Tochter getrauert, die andere Wange hingehalten und gehofft, daß die Justiz funktioniert, daß der Vergewaltiger nach einem fairen Prozeß verurteilt und nach Parchman geschickt wird, ohne jemals auf Bewährung freizukommen. Diese Einstellung verdient Respekt. Sie sollten ihn bewundern, weil er so verständnisvoll und gefaßt ist. Aber was unternähme ein normaler Vater?«

Was unternähme Jake, wenn er eine M-16 besäße? Er würde den verdammten Mistkerl voll Blei pumpen!

»Er hatte es nicht anders verdient. Es war gerecht.«

Jake legte eine kurze Pause ein, trank Wasser und schaltete in einen anderen verbalen Gang. Die schmerzerfüllte Demut verschwand aus seinem Gesicht und wich Empörung.

»Sprechen wir über Cobb und Willard. Mit ihnen hat alles angefangen. Die Staatsanwaltschaft hat versucht, sie als bemitleidenswerte Opfer darzustellen. Aber wer wird sie vermissen, abgesehen von ihren Müttern? Sie haben ein Kind vergewaltigt, mit Drogen gehandelt. Gibt es Grund für unsere Gesellschaft, solchen Leuten nachzuweinen? Ohne sie sind wir alle sicherer. Die übrigen Kinder in dieser County brauchen sich nicht mehr vor den beiden Vergewaltigern zu fürchten. Alle Eltern können beruhigt aufatmen. Man sollte

Carl Lee eine Medaille verleihen oder ihm wenigstens applaudieren. Er ist ein Held. Das meinte auch Looney. Schikken Sie ihn als freien Mann nach Hause!«

Jake sprach über den Deputy. Er hatte eine Tochter – und nur noch ein Bein, was er Carl Lee Hailey verdankte. Niemand könne es ihm verdenken, wenn er verbittert gewesen wäre. Aber bei seiner Aussage brachte er Verständnis für den Angeklagten zum Ausdruck und wünschte sich einen Freispruch für ihn.

Brigance bat die Geschworenen, ebenso zu verzeihen wie Looney, ihm seinen Wunsch zu erfüllen.

Dann wurde er leiser, kündigte damit das Ende des Plädoyers an; er wollte die Jurymitglieder mit einem ganz bestimmten Gedanken zur Beratungskammer schicken. »Bitte stellen Sie sich folgendes vor. Als Tonya blutig geschlagen auf dem Boden lag, die gespreizten Beine an Bäume gefesselt, blickte sie in den Wald. Sie war nur noch halb bei Bewußtsein, halluzinierte und glaubte jemanden zu sehen, der auf sie zulief – ihren Daddy, der kam, um sie zu retten. Sie sah ihn in ihren Träumen, weil sie dringend seine Hilfe brauchte. Das Mädchen rief nach ihm, aber er verschwand.

Jetzt braucht Tonya ihn ebenfalls. Sie braucht ihn ebensosehr wie zu jenem Zeitpunkt. Bitte schicken Sie ihren Daddy nicht fort. Sie sitzt dort und wartet auf ihn.

Geben Sie ihm die Möglichkeit, zu seiner Familie heimzukehren.«

Es war völlig still im Gerichtssaal, als Jake neben seinem Klienten Platz nahm. Er warf einen kurzen Blick zur Jury und beobachtete, wie sich Wanda Womack mit dem Finger eine Träne von der Wange wischte. Zum erstenmal seit zwei Tagen schöpfte er wieder Hoffnung.

Um vier verabschiedete Noose die Geschworenen. Er trug ihnen auf, einen Obmann zu wählen und mit den Beratungen zu beginnen. Sie hatten bis um sechs oder vielleicht noch eine Stunde länger Zeit, um den Fall zu besprechen, und wenn sie heute nicht zu einem Urteil fanden, würde er die Verhandlung auf neun Uhr am Dienstagmorgen vertagen. Die Jurymitglieder standen auf und schritten langsam aus dem Saal. Als sich die Tür hinter ihnen schloß, ordnete der Richter eine Pause bis um sechs an und bat die Anwälte, in der Nähe zu bleiben oder eine Telefonnummer zu hinterlassen.

Die Zuschauer gaben ihre Plätze nicht auf und unterhielten sich leise. Carl Lee erhielt die Erlaubnis, sich zu seiner Familie in der vordersten Reihe zu setzen. Buckley und Musgrove warteten zusammen mit Noose im Büro des Richters. Harry Rex, Lucien und Jake begaben sich in die Anwaltspraxis auf der anderen Straßenseite, um das Abendessen zu trinken. Niemand von ihnen rechnete mit einem schnellen Urteil.

Der Gerichtsdiener schloß die Geschworenen in der Beratungskammer ein und wies die beiden Stellvertreter an, im schmalen Flur Platz zu nehmen. Hinter der Tür wurde Barry Acker durch Akklamation zum Obmann gewählt. Er legte Anweisungen und Beweisstücke auf einen Tisch in der Ecke, während sich seine nervösen Kollegen auf die Stühle an den Klapptischen sinken ließen.

»Ich schlage zunächst eine inoffizielle Abstimmung vor«, sagte er. »Um einen Eindruck von der Situation zu gewinnen. Hat jemand was dagegen?«

Niemand meldete sich. Acker hob die Liste mit den zwölf Namen.

»Bitte stimmen Sie mit schuldig, nicht schuldig, unentschlossen oder Enthaltung.«

»Reba Betts.«

»Unentschlossen.«

»Bernice Toole.«

»Schuldig.«

»Carol Corman.«

»Schuldig.«

»Donna Lou Peck.«

»Unentschlossen.«

»Sue Williams.«

»Enthaltung.«

»Jo Ann Gates.«

»Schuldig.«
»Rita Mae Plunk.«
»Schuldig.«
»Frances McGowan.«
»Schuldig.«
»Wanda Womack.«
»Unentschlossen.«
»Eula Dell Yates.«
»Zunächst unentschlossen. Ich möchte darüber reden.«
»Wir werden alles ausführlich erörtern. Clyde Sisco.«
»Unentschlossen.«
»Das sind elf. Ich bin Barry Acker und stimme nicht schuldig.«

Er zögerte einige Sekunden lang, bevor er hinzufügte: »Fünfmal schuldig, fünfmal unentschlossen, eine Enthaltung und einmal nicht schuldig. Offenbar wartet eine Menge Arbeit auf uns.«

Die Geschworenen befaßten sich mit den Beweisstücken, Fotografien, Fingerabdrücken und ballistischen Berichten. Um sechs informierten sie den Richter, daß sie sich noch nicht auf ein Urteil einigen könnten. Sie hatten Hunger und wollten die Kammer verlassen. Noose nahm die Mitteilung entgegen, und das Gericht vertagte sich auf Dienstagmorgen.

41

Stundenlang saßen sie auf der Veranda, schwiegen die meiste Zeit über und beobachteten, wie Dunkelheit die Stadt umhüllte. Ab und zu schlugen sie nach Moskitos. Die schwüle Hitze war zurückgekehrt und trieb ihnen Schweiß aus den Poren; feuchte Hemden klebten an der Haut fest. Typische Geräusche eines heißen Sommerabends klangen leise über den Rasen vorm Haus. Sallie hatte angeboten, eine Mahlzeit zuzubereiten, doch Lucien lehnte ab und bestellte sich Whisky. Jake verzichtete ebenfalls auf feste Nahrung:

Bier füllte seinen Magen und betäubte das Hungergefühl. Als es dunkel und ruhig geworden war, stieg Nesbit aus dem Streifenwagen, schlenderte über die Veranda und betrat das Haus. Kurz darauf kam er wieder nach draußen, schloß die Fliegengittertür und ging mit einem kalten Bier an den beiden Männern vorbei. Wortlos schritt er über die Zufahrt und verschwand in der Nacht.

Sallie fragte noch einmal, ob jemand etwas essen wolle. Lucien und Jake schüttelten den Kopf.

»Heute nachmittag hat mich jemand angerufen«, sagte Wilbanks. »Clyde Sisco verlangt fünfundzwanzigtausend Dollar, um einen einstimmigen Urteilsspruch der Jury zu verhindern. Sein Preis für einen Freispruch beträgt fünfzigtausend.«

Jake setzte zu einem Einwand an.

»Bevor Sie etwas sagen ... Hören Sie mir gut zu. Sisco weiß, daß er keinen Freispruch garantieren kann, aber er ist durchaus imstande, die übrigen Geschworenen durch Nichtzustimmung an einer Entscheidung zu hindern. Dafür will er fünfundzwanzig Riesen. Eine Menge Geld – aber Sie wissen ja, daß ich genug Moos habe. Ich lege es für Sie aus, und Sie zahlen es im Lauf der nächsten Jahre zurück. Wann auch immer. Ist mir völlig gleich. Und wenn Sie die Summe nie zurückzahlen können ... Was soll's? Ich habe genug Kohle. Geld bedeutet mir nichts. An Ihrer Stelle würde ich diese Möglichkeit sofort nutzen.«

»Sie sind übergeschnappt, Lucien.«

»Na klar bin ich übergeschnappt. Und Sie sind ebenfalls angeknackst. Die Arbeit als Strafverteidiger treibt einen in den Wahnsinn. Denken Sie nur daran, was dieser Prozeß mit Ihnen angestellt hat: kein Schlaf, kein Essen, keine Normalität, kein Haus. Dafür jede Menge Bier.«

»Ich halte an meinen ethischen Grundsätzen fest.«

»Und ich habe sie längst aufgegeben. Zusammen mit Moral und Gewissen. Aber ich gewann vor Gericht, Teuerster. Ich gewann mehr Prozesse als alle anderen Anwälte in dieser Gegend, und das wissen Sie.«

»Sie sind durch und durch verdorben, Lucien.«

»Glauben Sie etwa, Buckley sei nicht verdorben? Er würde lügen, betrügen, bestechen und stehlen, um diesen Fall zu gewinnen. Er schert sich einen Dreck um Ethik, Verfahrensregeln und Meinungen. Die Moral ist ihm völlig gleich. Er will nur eines – den Sieg erringen. Und Sie haben nun die Chance, ihn mit seinen eigenen Waffen zu schlagen. Nutzen Sie die gute Gelegenheit, Jake.«

»Kommt nicht in Frage, Lucien. Vergessen Sie's.«

Eine Stunde verstrich, ohne daß jemand von ihnen ein Wort sagte. In der Stadt verlosch ein Licht nach dem anderen, und der im Streifenwagen schnarchende Nesbit war deutlich zu hören. Sallie brachte einen letzten Drink und ging schlafen.

»Das ist der schwierigste Teil«, murmelte Lucien. »Darauf zu warten, daß zwölf gewöhnliche, durchschnittliche Bürger ein Urteil sprechen.«

»Unsere Justiz ist verrückt, nicht wahr?«

»Ja. Aber meistens funktioniert sie. In neun von zehn Fällen finden die Geschworenen zum richtigen Urteil.«

»Ich fürchte, das Glück hat mich verlassen. Ich kann nur noch auf ein Wunder hoffen.«

»Ach, Jake, mein Junge – das Wunder wird morgen geschehen.«

»Morgen?«

»Ja. Morgen früh.«

»Wie meinen Sie das?«

»Bis morgen mittag finden sich zehntausend wütende Schwarze vor dem Gerichtsgebäude in Clanton ein. Vielleicht sogar noch mehr.«

»Zehntausend! Warum?«

»Um zu demonstrieren und ›Freiheit für Carl Lee! Freiheit für Carl Lee‹ zu schreien. Um für Chaos zu sorgen, alle Leute zu verängstigen und die Geschworenen einzuschüchtern. Um die öffentliche Ordnung zu stören. Es werden so viele Schwarze kommen, daß sich die entsetzten Weißen irgendwo verkriechen und der Gouverneur noch mehr Truppen schickt.«

»Woher wissen Sie das alles?«

»Weil ich es geplant habe, Jake.«
»Sie?«
»Als ich noch praktizierte, kannte ich alle schwarzen Prediger in fünfzehn Countys. Ich habe ihre Kirchen besucht, mit ihnen gebetet, gesungen und demonstriert. Sie schickten mir Klienten, und ich schickte ihnen Geld. Ich war der einzige weiße radikale NAACP-Anwalt im Norden von Mississippi. Ich habe mehr Prozesse wegen Rassendiskriminierung geführt als die zehn größten Kanzleien in Washington. Ich gehörte zur großen Familie der Schwarzen. Einige Telefonate genügten. Die ersten Nigger treffen morgen früh in Clanton ein, und bis zum Mittag wimmelt es in der Stadt von ihnen.«
»Woher kommen sie?«
»Von überall. Sie wissen ja, wie gern Schwarze marschieren und protestieren. Sie freuen sich darauf.«
»Sie sind übergeschnappt, Lucien«, wiederholte Jake. »Mein übergeschnappter Freund.«
»Ich gewinne, Teuerster.«

Im Zimmer mit der Nummer 163 beendeten Barry Acker und Clyde Sisco ihr letztes Rommèspiel und bereiteten sich auf die Nachtruhe vor. Acker nahm einige Münzen und meinte, er wolle etwas zu trinken holen. Sisco antwortete, er sei nicht durstig.

Im Flur schlich der Obmann auf Zehenspitzen an einem eingeschlafenen Wächter vorbei. Der Automat am Ende des Korridors funktionierte nicht. Acker öffnete leise die Tür und ging die Treppe zum nächsten Stockwerk hoch, wo er einen zweiten Automaten fand. Er steckte die Münzen hinein, wählte eine Diet Coke und bückte sich, um nach der Dose zu greifen.

Zwei Gestalten sprangen aus der Dunkelheit, schlugen Barry nieder und zerrten ihn zu einer Tür, vor der eine Kette mit Vorhängeschloß hing. Der größere Fremde packte Acker am Kragen und drückte ihn an die Wand, während der andere neben dem Getränkeautomaten stehenblieb und durch den finsteren Flur starrte.

»Sie sind Barry Acker«, knurrte der Mann.

»Ja! Lassen Sie mich los!« Er versuchte, sich zu befreien, doch der Unbekannte schloß die eine Hand um seine Kehle. Mit der anderen holte er ein langes Jagdmesser hervor und hielt es an Ackers Nase. Barry rührte sich nicht mehr.

»Hören Sie gut zu«, zischte der Fremde. »Wir wissen, daß Sie verheiratet sind und am Forrest Drive 1161 wohnen. Wir wissen, daß Sie drei Kinder haben. Wir wissen auch, wo Ihre Sprößlinge spielen und zur Schule gehen. Ihre Frau arbeitet in der Bank.«

Acker erstarrte.

»Einen Freispruch des Niggers würden Sie bitter bereuen. Ihre Familie müßte dafür bezahlen. Vielleicht dauert es Jahre, aber früher oder später erwischen wir Sie.«

Der Mann warf Barry zu Boden und grub ihm die Hand ins Haar. »Diese Sache bleibt unter uns, verstanden? Wenn Sie jemandem davon erzählen, stirbt eines Ihrer Kinder, klar?«

Die beiden Gestalten verschwanden. Acker atmete tief durch und keuchte fast. Er rieb sich die Kehle und den Hinterkopf, hockte in der Dunkelheit und war viel zu entsetzt, um aufzustehen.

42

Es war noch dunkel, als sich die schwarzen Gläubigen vor zahllosen kleinen Kirchen im Norden von Mississippi versammelten. Sie kamen mit Picknickkörben, Kühltaschen, Thermoskannen, Klappstühlen und verstauten alles in umgerüsteten Schulbussen und Kleintransportern. Freunde begrüßten sich und unterhielten sich aufgeregt über den Prozeß. Schon seit Wochen sprachen sie über Carl Lee Hailey, und jetzt konnten sie ihm endlich helfen. Viele von ihnen waren alt und lebten im Ruhestand, aber es trafen auch ganze Familien mit Kindern ein. Als in den Bussen alle Plätze besetzt waren, zwängten sich die anderen in ihre Autos und folgten den Predigern. Sie sangen und beteten. In anderen Orten schlossen sich ihnen weitere Gruppen an, und bald rollten immer mehr Fahrzeuge über die dunklen Highways. Als die Sonne aufging, zog eine lange Pilgerkarawane über die nach Ford County führenden Straßen.

In Clanton entstanden schon nach kurzer Zeit Staus. Die Schwarzen ließen ihre Wagen einfach stehen und setzten den Weg zu Fuß fort.

Der dicke Colonel hatte gerade gefrühstückt, stand beim Pavillon und hielt aufmerksam Ausschau. Dutzende von hupenden Bussen näherten sich aus allen Richtungen dem Platz, die Absperrungen wurden aber nicht durchbrochen. Der Kommandeur rief Befehle. Soldaten eilten hin und her und vergrößerten noch die wachsende Aufregung. Um halb acht rief der Colonel den Sheriff an und informierte ihn von der Invasion. Ozzie erreichte den Platz kurze Zeit später, suchte Agee und hörte von ihm, es handele sich um eine friedliche Demonstration, eine Art Sit-in. »Wie viele erwarten Sie?« fragte Walls. »Tausende«, antwortete Agee. »Tausende.«

Die Schwarzen schlugen ihr Lager unter den großen Eichen auf, schlenderten über den Rasen und sahen sich neugierig um. Sie rückten Tische, Stühle und Kisten zurecht. Es ging tatsächlich friedlich zu, bis jemand den bereits vertrauten Schlachtruf »Freiheit für Carl Lee!« anstimmte. Andere wiederholten ihn aus vollem Hals. Es war noch nicht acht Uhr.

Ein schwarzer Radiosender in Memphis forderte seine Zuhörer früh am Dienstagmorgen zur Mobilmachung auf. Schwarze wurden gebraucht, um im nahen Clanton, Mississippi, zu marschieren und zu demonstrieren. Hunderte von Wagen vereinten sich zu einer Kolonne und rollten nach Süden. Alle Bürgerrechtsaktivisten und schwarzen Politiker brachen auf.

Agee benahm sich wie ein Besessener. Er lief kreuz und quer über den Platz und benutzte ein Megaphon, um Anweisungen zu erteilen. Er führte Neuankömmlinge zu ihren Plätzen. Er organisierte die schwarzen Prediger. Er versicherte Ozzie und dem Colonel, alles sei in bester Ordnung.

Es war tatsächlich alles in bester Ordnung – bis einige Kluxer erschienen. Viele der Schwarzen sahen den Klan nun zum erstenmal, und sie reagierten ziemlich laut, drängten vor und schrien. Nationalgardisten umgaben die weißen Kutten und schützten sie. Die erschrockenen Klan-Mitglieder gaben keinen Ton von sich.

Um halb neun waren die Straßen in Clanton hoffnungslos verstopft. Überall standen Kleintransporter und Busse, selbst in den Wohnvierteln. Überall waren Schwarze auf dem Weg zum Stadtplatz. Das Verkehrschaos entsprach dem einer Großstadt. Geparkte Fahrzeuge blockierten Zufahrten. Geschäftsleute mußten zu Fuß gehen. Der Bürgermeister stand im Pavillon, ruderte mit den Armen und verlangte von Ozzie, etwas zu unternehmen. Um ihn herum ertönten Sprechchöre aus Tausenden von Kehlen. Ozzie fragte, ob er damit beginnen solle, alle Leute auf dem Platz zu verhaften.

Noose hielt an einer Tankstelle, fast einen Kilometer vom Countygefängnis entfernt. Zusammen mit einer Gruppe von Schwarzen wanderte er zum Gerichtsgebäude. Seine Begleiter musterten ihn neugierig, schwiegen jedoch. Niemand von ihnen erkannte ihn als Richter. Buckley und Musgrove stellten ihre Wagen auf einer Zufahrt an der Adams Street ab. Sie fluchten, als sie zum Platz gingen. Unterwegs bemerkten sie den Schutthaufen, der von Jakes Haus übriggeblieben war, aber sie sprachen nicht darüber, sondern schimpften auch weiterhin. Soldaten eskortierten den Greyhound aus Temple, und er erreichte den Platz um zwanzig Minuten nach neun. Die vierzehn Männer und Frauen darin starrten verblüfft nach draußen und beobachteten das Durcheinander vorm Gericht.

Im Verhandlungssaal bat Mr. Pate die Anwesenden, sich zu erheben, und Noose begrüßte die Geschworenen. Er entschuldigte sich für das Geschehen auf dem Platz und meinte, leider könne er nichts daran ändern. Wenn es ansonsten keine Probleme gäbe, sollte die Jury jetzt ihre Beratungen fortsetzen.

»Nun gut, ziehen Sie sich in die Beratungskammer zurück. Wir sehen uns kurz vor der Mittagspause wieder.«

Die Geschworenen verließen den Saal. Tonya Hailey und ihre drei Brüder saßen beim Vater am Tisch der Verteidigung. Die nun überwiegend schwarzen Zuschauer blieben sitzen und plauderten miteinander. Jake kehrte in sein Büro zurück.

Obmann Acker nahm am Ende des staubigen Tisches Platz und dachte an die vielen Bürger von Ford County, die im Verlauf der letzten hundert Jahre in diesem Zimmer über Gerechtigkeit diskutiert hatten. Der Stolz darauf, bei diesem berühmten Fall Jurymitglied zu sein, verflüchtigte sich, als er an die vergangene Nacht dachte. Barry überlegte, wie viele seiner Vorgänger Todesdrohungen erhalten hatten. Wahrscheinlich mehrere.

Die Geschworenen setzten sich an den Tisch und tranken Kaffee. Der Raum weckte angenehme Erinnerungen in Clyde Sisco. Seine früheren Pflichten als Mitglied der Jury hatten sich als recht lukrativ erwiesen, und ihm gefiel die Vorstellung, für ein weiteres gerechtes Urteil belohnt zu werden. Allerdings: Sein Mittelsmann hatte noch keinen Kontakt mit ihm aufgenommen.

»Wie sollen wir jetzt vorgehen?« fragte der Obmann.

Rita Mae Plunk wirkte an diesem Morgen besonders ernst und grimmig. Sie war eine ungehobelte Frau, die in einem Wohnwagen lebte, ohne Ehemann und mit zwei nicht besonders gesetzestreuen Söhnen, die Carl Lee Hailey haßten. In ihrer großen Brust hatte sich Zorn angesammelt, der nun nach einem Ventil suchte.

»Ich möchte etwas sagen«, teilte sie Acker mit.

»Gut. Ich schlage vor, wir beginnen mit Ihnen, Miß Plunk. Jeder von uns äußert seine Meinung.«

»Ich habe gestern für schuldig gestimmt, und ich werde auch weiterhin für schuldig stimmen. Es ist mir ein Rätsel, wie man den Angeklagten für unschuldig halten kann. Ich würde gern wissen, was einige von Ihnen dazu veranlaßt, dem Nigger mit Verständnis zu begegnen.«

»Dieses Wort will ich nicht noch einmal hören!« rief Wanda Womack.

»Ich sage so oft ›Nigger‹, wie ich ›Nigger‹ sagen möchte, und Sie können mich nicht daran hindern«, erwiderte Rita Mae.

»Bitte verzichten Sie darauf, einen solchen Ausdruck zu benutzen«, ließ sich Frances McGowan vernehmen.

»Er klingt wie ein Schimpfwort«, fügte Wanda Womack hinzu.

»Nigger, Nigger, Nigger, Nigger, Nigger, Nigger!« kreischte Rita Mae.

»Ich bitte Sie«, brummte Clyde Sisco.

»Lieber Himmel ...« Der Obmann seufzte. »Nun, Miß Plunk, um ganz offen zu sein: Vielen von uns kommt dieses Wort über die Lippen, ab und zu. Aber es gibt Leute, die es nicht gern hören, und ich meine, während der Beratungen sollten wir es aus unserem Vokabular streichen. Unsere Situation ist auch so schon schwierig genug. Können wir uns darauf einigen, das betreffende Wort nicht zu verwenden?«

Alle nickten. Rita Mae bildete die einzige Ausnahme.

Sue Williams hob die Hand. Sie war gut gekleidet, attraktiv, etwa vierzig Jahre alt und arbeitete für das Sozialamt der County. »Gestern habe ich nicht abgestimmt, aber ich neige dazu, Mr. Hailey Mitgefühl entgegenzubringen. Wenn meine Tochter einer Vergewaltigung zum Opfer fiele, bliebe das sicher nicht ohne Einfluß auf mich. Ich kann durchaus verstehen, daß ein Vater dabei durchdreht. Es ist unfair, davon auszugehen, daß Mr. Hailey klar bei Verstand war, als er die beiden Männer erschoß.«

»Glauben Sie, er sei zum Tatzeitpunkt unzurechnungsfähig gewesen?« fragte Reba Betts, eine Unentschlossene.

»Ich bin nicht sicher. Aber eines steht fest: Die Vergewaltigung seiner Tochter hat ihn zutiefst erschüttert.«

»Fallen Sie etwa auf den Unsinn des Psychiaters herein, der zugunsten des Angeklagten aussagte?« spottete Rita Mae.

»Er war ebenso glaubwürdig wie der andere Arzt.«

»Seine Stiefel gefielen mir«, warf Clyde Sisco ein. Niemand lachte.

»Aber er ist ein verurteilter Verbrecher«, wandte Rita Mae ein. »Er hat gelogen und versuchte, es zu vertuschen. Einem solchen Mann kann man nicht glauben.«

»Er trieb es mit einer Minderjährigen«, meinte Clyde. »Wenn das ein Verbrechen ist, müßten viele von uns vor Gericht gestellt werden.«

Wieder reagierte niemand auf Siscos Versuch, humorvoll zu sein. Clyde beschloß, eine Zeitlang zu schweigen.

»Später heiratete er das Mädchen«, sagte Donna Lou Peck, eine weitere Unentschlossene.

Nacheinander erklärten die Geschworenen ihren Standpunkt und beantworteten Fragen. Jene Jurymitglieder, die sich für eine Verurteilung aussprachen, mieden das Wort Nigger. Allmählich wurden die Fronten deutlich: Offenbar tendierten die meisten Unentschlossenen dazu, den Angeklagten für schuldig zu befinden. Sorgfältige Planung des Verbrechens, die Suche nach einem Versteck im Gerichtsgebäude, die M-16 – alles schien auf Vorsatz hinzudeuten. Wenn Carl Lee die beiden Vergewaltiger auf frischer Tat ertappt und sie sofort umgebracht hätte, wäre er dafür nicht zur Rechenschaft gezogen worden. Aber er traf sechs Tage lang Vorbereitungen, und dieser Umstand legte kühle Rationalität nahe.

Wanda Womack, Sue Williams und Clyde Sisco neigten zu einem Freispruch, die übrigen Geschworenen zu einer Verurteilung. Barry Acker erwies sich als bemerkenswert unverbindlich.

Agee entrollte ein langes, blauweißes FREIHEIT FÜR CARL LEE-Transparent. Fünfzehn Prediger bezogen dahinter Aufstellung und warteten, bis sich eine lange Marschkolonne bildete. Sie standen mitten auf der Straße vor dem Gerichtsgebäude, und Agee brüllte erneut ins Megaphon. Tausende von Schwarzen setzten sich in Bewegung. Langsam stapften sie über die Jackson Street, wandten sich nach links zur Caffey und erreichten die westliche Seite des Platzes. Bischof Agee stimmte einmal mehr den Schlachtruf an: »Freiheit für Carl Lee! Freiheit für Carl Lee!« Die Menge wiederholte ihn in einem donnernden, immer lauter werdenden Sprechchor. Weitere Gruppen gesellten sich dem Demonstrationszug hinzu.

Die Ladeninhaber witterten Unheil, schlossen ihre Geschäfte ab und flohen nach Hause. Daheim holten sie ihre Policen hervor, um festzustellen, ob sie gegen Aufruhr und dadurch verursachte Schäden versichert waren. Die grünen Uniformen der Nationalgardisten verloren sich im Meer der Schwarzen. Der schwitzende und nervöse Colonel befahl seinen Truppen, das Gerichtsgebäude zu umstellen und nicht zurückzuweichen. Als Agee und die Demonstranten über die Washington Street marschierten, wandte sich Ozzie an die Kluxer. Mit einigen diplomatischen Worten teilte er ihnen mit, daß die Dinge außer Kontrolle geraten könnten und daß er nicht in der Lage sei, ihre Sicherheit zu garantieren. Er bestätigte ihr Recht, sich friedlich zu versammeln und riet ihnen, sie sollten sich mit ihrem kurzen Auftritt begnügen und verschwinden, bevor sie in Gefahr gerieten. Die Klan-Mitglieder verloren keine Zeit und hasteten fort.

Als das Transparent unterm Fenster der Beratungskammer vorbeigetragen wurde, starrten die Geschworenen nach draußen. Das Geschrei ließ die Scheiben vibrieren. Agees vom Megaphon verstärkte Stimme schien aus einem nur wenige Meter entfernten Lautsprecher zu dröhnen. Die Zwölf blickten fassungslos auf den schwarzen Mob, der von der Washington bis zur Caffey Street reichte. Hunderte von buntbemalten Schildern ragten auf und verlangten Freiheit für den Angeklagten.

»Ich wußte gar nicht, daß es so viele Nigger in Ford County gibt«, sagte Rita Mae Plunk. Ihren elf Kollegen gingen ähnliche Gedanken durch den Kopf.

Buckley war wütend. Er und Musgrove standen in der Bibliothek des Gerichts und sahen ebenfalls aus dem Fenster. Die Sprechchöre hatten ihr leises Gespräch unterbrochen.

»Ich wußte gar nicht, daß es so viele Nigger in Ford County gibt«, sagte Musgrove.

»Bestimmt hat sie jemand hierhergebracht. Ich frage mich, wer dahintersteckt.«

»Wahrscheinlich Brigance.«

»Ja, das vermute ich auch. Es ist sicher kein Zufall, daß es hier so laut zugeht, während sich die Geschworenen beraten. Ich schätze, da unten haben sich fünftausend Nigger versammelt.«

»Mindestens.«

Auch Noose und Mr. Pate blickten durchs Fenster des Richterbüros im ersten Stock. Ichabod war alles andere als glücklich und dachte besorgt an seine Jury. »Wie sollen sich die Geschworenen auf irgend etwas konzentrieren, während draußen ein solches Chaos herrscht?«

»Ziemlich gutes Timing, nicht wahr, Richter?« erwiderte Mr. Pate.

»Ja, allerdings.«

»Ich wußte gar nicht, daß es in unserer County so viele Schwarze gibt.«

Mr. Pate und Jean Gillespie brauchten zwanzig Minuten, um die Anwälte zu finden und im Gerichtssaal für Ordnung zu sorgen. Als es still wurde, führte man die Geschworenen herein. Niemand von ihnen lächelte.

Noose räusperte sich. »Meine Damen und Herren, es wird Zeit fürs Mittagessen. Ich nehme an, Sie haben noch keine Entscheidung getroffen.«

Barry Acker schüttelte den Kopf.

»Dachte ich mir. Nun, die Mittagspause beginnt jetzt. Sie können das Gerichtsgebäude nicht verlassen, aber ich möchte, daß Sie Ihre Mahlzeit so entspannt wie möglich einnehmen, ohne an dem Fall zu arbeiten. Für die Unruhe draußen entschuldige ich mich in aller Form; wir müssen uns damit abfinden. Um halb zwei sehen wir uns wieder.«

Im Büro verlor Buckley die Beherrschung. »Das ist doch Wahnsinn, Richter! Bei einem solchen Lärm können sich die Geschworenen nicht auf ihre Beratungen konzentrieren. Es handelt sich um einen Versuch, die Jury einzuschüchtern.«

»Die Sache gefällt mir auch nicht«, sagte Noose.

»Jemand hat alles geplant und vorbereitet, Richter!« ereiferte sich Buckley.

»Eine üble Situation«, fügte Noose hinzu.

»Ich bin fast dafür, das Verfahren einzustellen und einen neuen Prozeß anzuberaumen!«

»Das lasse ich nicht zu. Was meinen Sie, Jake?«

Brigance lächelte und antwortete: »Freiheit für Carl Lee.«

»Sehr komisch«, kommentierte Rufus und schnitt eine finstere Miene. »Vermutlich stecken Sie dahinter.«

»Nein. Vielleicht erinnern Sie sich daran, daß ich versucht habe, so etwas zu verhindern. Ich weise in diesem Zusammenhang auf meine Anträge hin, mit denen ich das Gericht um eine Verlegung des Verhandlungsortes bat. Ich habe immer wieder betont, daß der Prozeß nicht in Clanton stattfinden sollte. Sie wollten den Fall hier verhandeln, Mr. Buckley, und Sie erfüllten ihm diesen Wunsch, Richter Noose. Sie stehen jetzt ziemlich dumm da, wenn Sie sich darüber beklagen.«

Die eigene Arroganz beeindruckte Jake. Buckley knurrte und starrte aus dem Fenster. »Sehen Sie nur. Außer Rand und Band geratene Nigger. Ich schätze, es sind etwa zehntausend.«

Während der Mittagspause wurden aus zehntausend Demonstranten fünfzehntausend. Wagen aus weit entfernten Orten – einige hatten Tennessee-Kennzeichen – parkten außerhalb der Stadt am Rand des Highways. Manche Besucher legten in der heißen Sonne vier oder fünf Kilometer zu Fuß zurück, um an der Demonstration vorm Gericht teilzunehmen. Agee verkündete per Megaphon, es sei Zeit fürs Mittagessen, und daraufhin verstummten die Sprechchöre.

Die Schwarzen waren friedlich. Sie öffneten ihre Kühltaschen und Picknickkörbe und teilten mit denen, die nichts hatten. Viele zogen sich in den Schatten zurück, aber unter den Bäumen gab es nicht genug Platz. Sie durchstreiften das Gerichtsgebäude auf der Suche nach kaltem Wasser und Toiletten. Sie wanderten über die Bürgersteige und blickten in

Schaufenster. Das Café und der Teashop schlossen, weil man dort Probleme mit der Horde fürchtete. Vor Claudes Restaurant bildete sich eine anderthalb Blocks lange Schlange.

Jake, Harry Rex und Lucien saßen auf dem Balkon und genossen das Spektakel. Auf dem Tisch stand eine mit Margaritas gefüllte Karaffe und leerte sich langsam. Gelegentlich riefen sie ebenfalls »Freiheit für Carl Lee!« oder summten die Melodie von »We Shall Overcome«. Nur Lucien kannte den Text. Er hatte ihn in den sechziger Jahren auswendig gelernt, während der ruhmreichen Bürgerrechtskämpfe, und behauptete nach wie vor, der einzige Weiße in Ford County zu sein, der alle Strophen singen konnte. Damals hatte er sich sogar einer schwarzen Kirche angeschlossen, erklärte er, während er eine Margarita nach der anderen in sich hineinschüttete – um gegen seine eigene Kirche zu protestieren, als sie Schwarzen die Teilnahme am Gottesdienst verweigerte. Nach der ersten dreistündigen Predigt blieb Lucien aber weiteren Veranstaltungen dieser Art fern. Er gelangte damals zu dem Schluß, daß sich Weiße nicht für solche Messen eigneten. Aber er leistete noch immer finanzielle Beiträge.

Dann und wann näherten sich Kameraleute und Journalisten, um Fragen zu stellen. Jake gab zunächst vor, sie nicht zu hören, und schließlich antwortete er mit einem lauten »Freiheit für Carl Lee!«

Pünktlich um halb zwei entrollte Agee das Transparent, winkte die anderen Prediger zu sich und versammelte die Demonstranten. Er holte tief Luft und sang direkt ins Megaphon. Die Marschkolonne setzte sich erneut in Bewegung und kroch über die Jackson Street zur Caffey, um den ganzen Platz herum. Jede Runde lockte weitere Schwarze an, und die Lautstärke nahm zu.

Als Reba Betts den Standpunkt der Unentschlossenen aufgab und sich der Nicht-schuldig-Fraktion anschloß, war es in der Beratungskammer fünfzehn Minuten lang still. Sie meinte, als Opfer einer Vergewaltigung würde sie jede Chance nutzen, um den verdammten Mistkerl, der ihr das angetan hatte, ins Jenseits zu schicken. Es stand nun fünf zu fünf, und zwei Jurymitglieder hatten sich noch nicht entschieden. Ein Kompromiß schien unmöglich zu sein. Der Obmann hielt sich nach wie vor zurück. Die arme alte Eula Dell Yates weinte mehrmals und schloß sich erst der einen und dann der anderen Gruppe an. Alle wußten, daß sie schließlich mit der Mehrheit stimmen würde. Am Fenster brach sie einmal mehr in Tränen aus, und Clyde Sisco führte sie zu ihrem Stuhl. Sie wollte nach Hause und sagte, sie fühle sich wie eine Gefangene.

Das Geschrei auf dem Platz blieb nicht ohne Wirkung. Als das Megaphon erneut vorbeikam, grenzte die Nervosität im Zimmer an Furcht. Acker richtete beruhigende Worte an seine Kollegen, und sie warteten ungeduldig, bis das Gros des Demonstrationszuges die vordere Seite des Gerichts erreicht hatte. Doch der Lärm sank nie auf ein erträgliches Niveau. Carol Corman war die erste Geschworene, die das Sicherheitsproblem ansprach. Nach einer Woche gewann das ruhige, langweilige Motel plötzlich enorme Attraktivität.

Drei Stunden mußten sich die Zwölf pausenlose Sprechchöre anhören und waren mit ihren Nerven fast am Ende. Der Obmann regte an, von den jeweiligen Familien zu erzählen und zu warten, bis Noose sie um fünf in den Gerichtssaal riefe.

Bernice Toole, die zögernd schuldig gestimmt hatte, schlug etwas vor, das die übrigen Geschworenen schon seit einer ganzen Weile beschäftigte: »Vielleicht sollten wir dem Richter mitteilen, daß wir uns nicht zu einem Urteil durchringen können.«

»Dann stellt er das Verfahren ein, oder?« fragte Jo Ann Gates.

»Ja«, antwortete Acker. »Und in einigen Monaten findet ein neuer Prozeß statt. Wie wär's, wenn wir die Beratungen für heute beenden und es morgen noch einmal versuchen?«

Er erntete zustimmendes Nicken. Die Jury war noch nicht bereit, das Handtuch zu werfen. Eula Dell weinte leise.

Um vier gingen Carl Lee und seine Kinder zu einem der großen Fenster des Gerichtssaals. Der Angeklagte bemerkte einen kleinen Knauf und drehte ihn, woraufhin das Fenster aufschwang. Ein schmaler Balkon schloß sich daran an, der über den Rasen ragte. Hailey nickte einem Deputy zu und trat nach draußen. Er hielt Tonya in den Armen und beobachtete die Menge.

Die Demonstranten sahen ihn, riefen seinen Namen und drängten näher. Agee führte die Marschkolonne von der Straße über den Platz. Tausende von Schwarzen blickten nach oben zu ihrem Helden.

»Freiheit für Carl Lee!«

»Freiheit für Carl Lee!«

»Freiheit für Carl Lee!«

Der Angeklagte winkte seinen Fans zu, küßte Tonya und umarmte ihre Brüder. Dann winkte er erneut und forderte die Kinder auf, seinem Beispiel zu folgen.

Jake und seine Gefährten nutzten die gute Gelegenheit, um zum Gerichtsgebäude zu wanken. Jean Gillespie hatte angerufen: Noose wollte mit den Anwälten sprechen und erwartete sie in seinem Büro. Er war besorgt. Buckley tobte.

»Ich verlange die Einstellung des Verfahrens! Ich verlange die Einstellung des Verfahrens!« heulte er, als Jake hereinkam.

»So etwas *verlangt* man nicht«, sagte der Verteidiger und musterte den Bezirksstaatsanwalt aus glasigen Augen. »Man stellt einen entsprechenden *Antrag,* Gouverneur.«

»Zum Teufel mit Ihnen, Brigance! Es ist Ihre Schuld. Sie haben diesen Aufruhr geplant. Das dort draußen sind Ihre Nigger.«

»Wo ist die Protokollführerin?« fragte Jake. »Ich möchte, daß diese Bemerkung schriftlich festgehalten wird.«

»Ich bitte Sie, meine Herren ...« Noose seufzte. »Lassen Sie uns vernünftig sein.«

»Euer Ehren, ich beantrage hiermit die Einstellung des Verfahrens«, sagte Buckley etwas vernünftiger.

»Abgelehnt.«

»Na schön. Dann beantrage ich, daß sich die Geschworenen an einem anderen Ort beraten dürfen.«

»Eine interessante Idee«, murmelte Noose.

»Warum sollten die Beratungen nicht im Motel stattfinden?« fuhr Buckley zuversichtlich fort. »Nur wenige Personen kennen es. Dort ist die Jury ungestört.«

Noose wandte den Kopf. »Jake?«

»Nein, das klappt nicht. Sie haben nicht das Recht, Beratungen außerhalb des Gerichtsgebäudes zu gestatten.« Brigance griff in die Tasche, holte mehrere zusammengefaltete Zettel hervor und warf sie auf den Schreibtisch. »Der Staat Mississippi gegen Dubose – ein Fall, der 1963 in Linwood County verhandelt wurde. Während einer Hitzewelle fiel die Klimaanlage im dortigen Gericht aus. Der zuständige Richter erlaubte den Geschworenen, sich in der Ortsbibliothek zu beraten. Die Verteidigung erhob Einspruch. Die Jury verurteilte den Angeklagten, und beim Berufungsverfahren kritisierte das oberste Gericht die Entscheidung des Richters und bezeichnete sie als Mißbrauch seines Ermessensspielraums. Die Beratungen der Geschworenen müssen im Gerichtsgebäude stattfinden. Ein anderer Ort kommt nicht in Frage.«

Noose blickte auf die Zettel und reichte sie Musgrove.

»Bereiten Sie den Saal vor«, wies er Mr. Pate an.

Abgesehen von den Reportern saßen nur Schwarze auf den Zuschauerbänken. Die Jurymitglieder wirkten müde und abgespannt.

»Ich nehme an, Sie haben noch kein Urteil gefällt«, sagte der Richter.

»Nein, Sir«, bestätigte Barry Acker.

»Bitte beantworten Sie folgende Frage, ohne dabei Einzelheiten der bisherigen Abstimmung zu nennen: Sind Sie an einem Punkt angelangt, der eine Einigung unmöglich erscheinen läßt?«

»Wir haben darüber gesprochen, Euer Ehren. Wir möchten uns jetzt zurückziehen, schlafen und es morgen noch einmal versuchen. Vielleicht ist es doch noch möglich, eine einstimmige Entscheidung zu treffen.«

»Freut mich, das zu hören. Ich betone noch einmal, wie sehr ich die Störungen bedauere, aber leider kann ich nichts daran ändern. Tut mir leid. Bitte geben Sie sich auch weiterhin Mühe. Sonst noch etwas?«

»Nein, Sir.«

»Gut. Das Gericht vertagt sich auf neun Uhr morgen früh.«

Carl Lee berührte Jake an der Schulter. »Was bedeutet das alles?«

»Es bedeutet, daß die Geschworenen in eine Sackgasse geraten sind. Vielleicht steht es sechs zu sechs. Oder elf zu eins gegen Sie. Oder elf zu eins für einen Freispruch. Regen Sie sich nicht auf.«

Barry Acker wandte sich an den Gerichtsdiener und drückte ihm möglichst unauffällig ein zusammengefaltetes Blatt Papier in die Hand. Darauf stand:

Luann:
Fahr mit den Kindern zu deiner Mutter. Sprich mit niemandem darüber. Bleib dort, bis der Prozeß vorbei ist. Bitte mach dich sofort auf den Weg. Hier wird's gefährlich.
Barry

»Können Sie diese Nachricht noch heute meiner Frau zukommen lassen? Unsere Nummer lautet 881774.«

»Natürlich«, erwiderte der Gerichtsdiener.

Tim Nunley – Mechaniker bei der Chevrolet-Niederlassung, früherer Klient von Jake Brigance und Stammgast des Cafés – saß in einer Hütte tief im Wald und trank Bier. Er hörte seinen Klanbrüdern zu, als sie Whisky schlürften und Nigger verfluchten. Ab und zu fügte er einen eigenen Fluch hinzu. Seit zwei Nächten flüsterten die Kluxer aber miteinander, und Nunley spürte, daß sich etwas anbahnte. Er lauschte aufmerksam.

Als er aufstand, um sich ein neues Bier zu holen, fielen die anderen plötzlich über ihn her. Drei seiner Kameraden stießen ihn an die Wand, schlugen zu und traten. Nach einigen gnadenlosen Fausthieben stopfte man dem Hilflosen einen Knebel in den Mund, fesselte ihn und zerrte ihn nach draußen, über den Kiesweg zur Lichtung, wo das Aufnahmeritual stattgefunden hatte. Dort band man ihn an einen Pfahl und zündete ein Kreuz an. Der Riemen einer Peitsche traf ihn an Schultern, Beinen und Rücken; Blut quoll aus Dutzenden von Striemen.

Mehr als zwanzig Exgefährten beobachteten mit wortlosem Entsetzen, wie man Benzin über den erschlafften Körper goß. Der Anführer steckte die Peitsche hinter den Gürtel, verharrte neben Nunley und schwieg eine Zeitlang. Dann verkündete er das Todesurteil und warf ein Streichholz.

Jetzt konnte Mickymaus nichts mehr verraten.

Die Kluxer streiften ihre Kutten ab und fuhren nach Hause. Die meisten von ihnen würden nie mehr nach Ford County zurückkehren.

43

Mittwoch. Zum erstenmal seit Wochen hatte Jake mehr als acht Stunden geschlafen. Er war auf der Couch in seinem Büro eingenickt und erwachte erst, als sich draußen die Soldaten aufs Schlimmste vorbereiteten. Er fühlte sich frisch und ausgeruht, doch neuerliche Nervosität erfaßte ihn, als er daran dachte, daß die Geschworenen heute vermutlich ein Urteil fällen würden. Rasch ging er nach unten, duschte, rasierte sich und zog ein neues Hemd an, das er am vergangenen Tag gekauft hatte. Anschließend griff er nach einem marineblauen Anzug, der von Stan Atcavage stammte: Die Beine waren ein wenig zu kurz, der Bund ein wenig zu weit, aber ansonsten paßte er recht gut. Jakes Gedanken wanderten zum Schutthaufen an der Adams Street und zu Carla zurück. In seiner Magengrube krampfte sich etwas zusammen, und er rannte los, um die Zeitungen zu holen.

Die Titelseiten der Blätter aus Memphis, Jackson und Tupelo zeigten identische Fotos: Carl Lee, der auf dem kleinen

Balkon des Gerichtsgebäudes stand, seine Tochter in den Armen hielt und der Menge zuwinkte. Kein Artikel über das abgebrannte Haus. Jake seufzte erleichtert und verspürte plötzlichen Appetit.

Dell umarmte ihn wie einen verlorenen Sohn, nahm die Schürze ab und setzte sich zu ihm an den Tisch. Andere Stammgäste trafen ein, sahen den Anwalt und klopften ihm auf den Rücken. Sie freuten sich, ihn wiederzusehen. Sie hatten ihn vermißt und wünschten ihm viel Glück. Er sehe abgezehrt aus, meinte Dell, und daraufhin bestellte Jake doppelte Portionen.

»Kehren die Schwarzen heute zurück?« fragte Bert West.

»Ich glaube schon«, antwortete Jake und spießte ein Pfannkuchenstück auf.

»Vielleicht kommen heute noch mehr«, sagte Andy Rennick. »Alle schwarzen Radiosender im Norden von Mississippi fordern ihre Zuhörer auf, nach Clanton zu fahren.«

Großartig, dachte Jake. Er würzte sein Rührei mit Tabasco.

»Hören die Geschworenen das Geschrei?« erkundigte sich Bert.

»Und ob sie es hören«, erwiderte Jake. »Genau aus diesem Grund schreien die Schwarzen. Weil die Jurymitglieder nicht taub sind.«

»Jagt ihnen bestimmt einen gehörigen Schrecken ein.«

Das hoffte Jake.

»Wie geht's der Familie?« Dells Stimme klang sanft.

»Gut, nehme ich an. Ich habe jeden Abend mit Carla telefoniert.«

»Ist sie besorgt?«

»Entsetzt.«

»Sind weitere Anschläge verübt worden?«

»Nein, seit Sonntagmorgen nicht mehr.«

»Weiß Carla Bescheid?«

Jake kaute und schüttelte den Kopf.

»Das dachte ich mir. Armes Mädchen.«

»Sie kommt darüber hinweg. Wie läuft's hier im Café?«

»Gestern mittag hatten wir geschlossen. Es waren so viele Schwarze draußen, und wir fürchteten einen Aufruhr. Wenn sich die Lage heute nicht ändert ... Vielleicht machen wir den Laden erneut dicht. Jake, was passiert, wenn Carl Lee verurteilt wird?«

»Dann könnte es brenzlig werden.«

Er blieb etwa eine Stunde und beantwortete Dutzende von Fragen. Als Fremde hereinkamen, verabschiedete sich Jake und ging.

Ihm blieb nichts anderes übrig, als sich in Geduld zu fassen. Er saß auf dem Balkon, trank Kaffee, rauchte eine Zigarre und beobachtete die Nationalgardisten. Manchmal dachte er an seine früheren Klienten, an eine ruhige, gemütliche Praxis mit einer Sekretärin und Leuten, die ihn um seinen juristischen Rat baten. Er dachte an ganz gewöhnliche Gerichtstermine, an normale Dinge: Familie, das Leben daheim, am Sonntag die Kirche. Eigentlich fühlte er sich nicht mehr wohl in der Rolle einer Berühmtheit.

Der erste Kirchenbus hielt um halb acht an einer Absperrung. Türen öffneten sich, und Schwarze mit Klappstühlen und Picknickkörben schritten zum Rasen. Jake paffte eine Stunde lang und beobachtete zufrieden, wie sich der Platz mit friedlichen Demonstranten füllte. Prediger schwärmten aus und versuchten, Ordnung in das Durcheinander zu bringen. Sie versicherten Ozzie, daß es nicht zu Ausschreitungen kommen würde. Der Sheriff war überzeugt, der Colonel nervös. Um neun wimmelte es überall von Schwarzen. Jemand bemerkte den Greyhound. »Da kommen sie!« rief Agee ins Megaphon. Die Menge drängte zur Ecke Jackson und Quincy, wo Soldaten und Polizisten eine mobile Barrikade formten und den Bus zum Gerichtsgebäude eskortierten.

Eula Dell Yates weinte laut. Clyde Sisco saß am Fenster und hielt ihre Hand. Die anderen Geschworenen starrten furchterfüllt nach draußen, als der Greyhound Zentimeter um Zentimeter über den Platz rollte. Dutzende von Schwerbewaffneten bahnten einen Weg für ihn. Ozzie kam an Bord und meinte, die Situation sei unter Kontrolle. Er mußte schreien, damit ihn die Jurymitglieder verstanden. »Folgen Sie mir und bleiben Sie nicht stehen.«

Der Gerichtsdiener schloß die Tür ab, als sich Barry Acker und seine Kollegen an der Kaffeemaschine versammelten. Eula Dell saß in einer Ecke, weinte jetzt etwas leiser und zuckte jedesmal zusammen, wenn draußen Tausende von Stimmen »Freiheit für Carl Lee!« riefen.

»Es ist mir völlig gleich, wie wir entscheiden«, sagte sie. »Im Ernst. Aber ich kann dies nicht mehr ertragen. Seit acht Tagen bin ich von meiner Familie getrennt, und jetzt geht dieser Wahnsinn noch einmal von vorn los. In der vergangenen Nacht habe ich überhaupt keine Ruhe gefunden.« Sie schluchzte. »Ich glaube, ich stehe kurz vor einem Nervenzusammenbruch. Bringen wir es endlich hinter uns.«

Clyde reichte Eula Dell ein Papiertaschentuch und klopfte ihr auf die Schulter.

Jo Ann Gates, ein nicht sehr überzeugtes Mitglied der Schuldig-Fraktion, hielt es ebenfalls kaum mehr aus. »Auch ich bin die ganze Nacht über wach gewesen. Noch so ein Tag wie gestern, und ich verliere den Verstand. Ich möchte nach Hause, zu meinen Kindern.«

Barry Acker stand am Fenster und dachte an das Chaos, das einem Schuldspruch folgen würde. Im Zentrum von Clanton blieb dann vermutlich kein Stein auf dem anderen. Er bezweifelte auch, ob im Durcheinander nach einer Verurteilung irgend jemand die Geschworenen schützen konnte. Wahrscheinlich schafften sie es nicht einmal bis zum Bus. Der Obmann seufzte lautlos. Seine Frau und die Kinder waren inzwischen nach Arkansas geflohen; ihnen drohte keine Gefahr.

»Ich komme mir wie eine Geisel vor«, sagte Bernice Toole, die den Angeklagten für schuldig hielt. »Wenn wir Hailey verurteilen, zögert der Mob bestimmt nicht, das Gerichtsgebäude zu stürmen. Die Demonstration soll uns einschüchtern.«

Clyde gab ihr ein Kleenex.

»Es ist mir völlig gleich, wie wir entscheiden«, wiederholte Eula Dell verzweifelt. »Ich will endlich fort von hier. Es ist mir schnuppe, ob wir Carl Lee Hailey verurteilen oder freisprechen. Ich bin mit den Nerven am Ende und möchte es so schnell wie möglich hinter mich bringen.«

Wanda Womack stand am Ende des Tisches, räusperte sich nervös und wartete, bis die anderen Jurymitglieder sie ansahen. »Ich habe einen Vorschlag, der es uns vielleicht ermöglicht, die Beratungen innerhalb kurzer Zeit zu beenden«, sagte sie langsam.

Das Schluchzen verklang, und Barry Acker kehrte zu seinem Platz zurück. Wanda rückte nun ins Zentrum der allgemeinen Aufmerksamkeit.

»Gestern nacht, als ich nicht schlafen konnte, stellte ich mir etwas vor, und ich möchte, daß Sie ebenfalls darüber nachdenken. Es könnte schmerzhaft sein. Möglicherweise müssen Sie Ihre tiefsten Empfindungen erforschen und Ihr Gewissen prüfen wie nie zuvor. Aber ich bitte Sie trotzdem darum. Und wenn jeder von Ihnen sich selbst gegenüber ganz ehrlich ist ... Dann sind wir sicher in der Lage, bis heute mittag eine Entscheidung zu treffen.«

Die einzigen Geräusche kamen von der Straße.

»Derzeit will die eine Hälfte von uns den Angeklagten verurteilen, während ihn die andere für nicht schuldig hält. Wir könnten Richter Noose mitteilen, daß wir festsitzen und außerstande sind, eine Einigung zu erzielen. Dann beendet er das Verfahren und schickt uns nach Hause. Und in einigen Monaten wird der Prozeß wiederholt. Dann stellt man Mr. Hailey erneut vor Gericht, und der gleiche Richter verhandelt seinen Fall. Andere Geschworene befinden über ihn, eine Jury, deren Mitglieder ebenfalls aus dieser County stammen: unsere Freunde, Ehemänner, Ehefrauen und Verwandte. Leute wie wir. Sie bekommen es mit den gleichen Problemen zu tun, und bestimmt sind sie nicht klüger.

Es wird nun Zeit, über den Fall zu entscheiden. Und es wäre moralisch verkehrt, unserer Verantwortung auszuweichen und sie an eine andere Jury abzuschieben. Teilen Sie diese Ansicht?«

Elf Köpfe nickten.

»Gut. Ich bitte Sie nun um folgendes: Stellen Sie sich zusammen mit mir eine hypothetische Situation vor. Benutzen Sie Ihre Phantasie. Schließen Sie die Augen und hören Sie mir genau zu.«

Gehorsam schlossen Wanda Womacks Kollegen die Augen. Alles war jetzt einen Versuch wert.

Jake lag auf der Couch im Büro, während Lucien von seinem angesehenen Vater und Großvater erzählte, über ihre angesehene Kanzlei und jene Leute sprach, die sie um Geld und Land gebracht hatten.

»Ich verdanke mein Erbe skrupellosen und habgierigen Vorfahren!« rief er. »Sie schreckten nie davor zurück, jemanden hereinzulegen und zu betrügen!«

Harry Rex lachte schallend. Jake kannte diese Geschichten bereits, aber sie klangen immer lustig und immer anders.

»Was ist mit Ethels geistig zurückgebliebenem Sohn?« fragte Brigance.

»Begegnen Sie meinem Bruder mit etwas mehr Respekt«, erwiderte Lucien. »Er ist der Klügste in unserer Familie. Nun, es kann kein Zweifel daran bestehen, daß es sich um meinen Bruder handelt. Dad stellte Ethel ein, als sie siebzehn war, und ob Sie's glauben oder nicht: Damals sah sie verdammt gut aus. Ethel Twitty galt als die heißeste Puppe in ganz Ford County. Mein Vater konnte nicht die Finger von ihr lassen. Mir wird schlecht, wenn ich heute darüber nachdenke, aber es stimmt.«

»Abscheulich«, kommentierte Jake.

»Sie hatte einen Haufen Kinder, und zwei von ihnen ähnelten mir sehr, insbesondere der Idiot. Damals war das eine ziemlich peinliche Angelegenheit.«

»Und Ihre Mutter?« erkundigte sich Harry Rex.

»Eine jener würdevollen Südstaaten-Damen, deren Hauptanliegen es war festzustellen, wer adliger Abstammung ist und wer nicht. Nun, hier in unserer Gegend gibt es nicht viel blaues Blut, und deshalb verbrachte sie den größten Teil ihrer Zeit in Memphis; sie versuchte dort, die großen Baumwollfamilien zu beeindrucken und von ihnen akzeptiert zu werden. Mein Zuhause war damals das Peabody Hotel. Mom putzte mich heraus und band mir rote Fliegen um. Ich gab mir alle Mühe, mein Verhalten dem arroganten, eingebildeten Getue der reichen Memphis-Kinder anzupassen; dabei haßte ich sie, und auch an meiner Mutter lag mir nicht besonders viel. Sie wußte von Ethel, fand sich jedoch damit ab und beschränkte sich darauf, den alten Herrn zu bitten, diskret zu sein und die Familie nicht in Verlegenheit zu bringen. Nun, er *war* diskret, und ich bekam einen geistig zurückgebliebenen Halbbruder.«

»Wann starb sie?«

»Sechs Monate vor dem Flugzeugabsturz, bei dem mein Vater ums Leben kam.«

»Und die Todesursache?«

»Gonorrhöe. Sie holte sich die Krankheit bei einem Stalljungen.«

»Lucien! Ist das Ihr Ernst?«

»Und ob. Drei Jahre lang litt sie daran, aber sie blieb würdevoll bis zum bitteren Ende.«

»Wann gerieten Sie auf Abwege?« fragte Jake.

»Ich glaube, es begann schon in der ersten Klasse. Meinem Onkel gehörten die großen Plantagen südlich der Stadt, und viele schwarze Familien waren von ihm abhängig. Wir steckten damals mitten in der Weltwirtschaftskrise. Ich wuchs praktisch auf dem Land auf – mein Vater arbeitete hier in diesem Büro, und meine Mutter trank dauernd Tee mit den anderen Damen. Meine Spielkameraden waren Schwarze. Schwarze Diener zogen mich groß. Mein bester Freund hieß Willie Ray Wilbanks. Das ist kein Scherz. Mein Urgroßvater kaufte seinen Urgroßvater. Und als die Sklaven zu freien Bürgern wurden, behielten die meisten von ihnen ihren Familiennamen. Warum auch nicht? Deshalb haben wir hier so viele schwarze Wilbanks. Uns gehörten alle Sklaven in Ford County, und ihre Nachkommen tragen den gleichen Namen wie ich.«

»Wahrscheinlich sind Sie mit einigen von ihnen verwandt«, warf Jake ein.

»Angesichts der Neigungen meiner Vorfahren nehme ich an, daß ich mit ihnen allen verwandt bin.«

Das Telefon klingelte. Die drei Männer erstarrten und blickten zum Apparat. Jake setzte sich auf und hielt den

Atem an. Harry Rex nahm ab, lauschte und legte wieder auf. »Jemand hat die falsche Nummer gewählt«, sagte er.

Sie sahen sich an und lächelten.

»Sie sprachen eben über die erste Schulklasse«, erinnerte Jake seinen früheren Chef.

»Ja. Am ersten Schultag kletterten Willie Ray und meine übrigen Freunde in den Bus, der zur schwarzen Schule fuhr. Ich stieg ebenfalls ein. Der Fahrer griff sanft nach meiner Hand und führte mich wieder nach draußen. Ich schrie und weinte; der Onkel brachte mich nach Hause und erstattete meiner Mutter Bericht. ›Lucien wollte sich vom Nigger-Bus zur Schule fahren lassen.‹ Mom war entsetzt und haute mir den Hintern windelweich. Dad verpaßte mir ebenfalls eine Abreibung, aber Jahre später gestand er ein, daß er jenen Zwischenfall recht komisch gefunden habe. Nun, ich besuchte also die weiße Schule, und dort war ich immer der kleine reiche Junge. Alle haßten den kleinen reichen Jungen, insbesondere in einer armen Stadt wie Clanton. Zugegeben, ich bin damals nicht sehr liebenswert gewesen, aber die übrigen Schüler lehnten mich nur deshalb ab, weil meine Familie in Dollars schwamm. Deshalb habe ich mir auch nie viel aus Geld gemacht. Damals, in der ersten Klasse, begann ich damit, von der Wilbanks-Norm abzuweichen. Ich entschied, nicht wie meine Mutter zu werden, weil sie ständig die Stirn runzelte und auf den Rest der Welt hinabsah. Und mein alter Herr war viel zu sehr damit beschäftigt, das Leben zu genießen. Also dachte ich mir: Zum Teufel auch – ich will ebenfalls Spaß haben.«

Jake streckte sich und schloß die Augen.

»Nervös?« fragte Lucien.

»Ich möchte nur, daß es vorbei ist.«

Das Telefon klingelte erneut, und diesmal nahm Lucien ab. Er horchte einige Sekunden lang und legte den Hörer wieder auf die Gabel.

»Nun?« drängte Harry Rex.

Jake hob den Kopf und sah Lucien an. Es war soweit.

»Der Anruf kam von Jean Gillespie. Die Geschworenen haben eine Entscheidung getroffen.«

»O mein Gott«, hauchte Jake und rieb sich die Schläfen.

»Hören Sie mir gut zu«, sagte Lucien eindringlich. »Millionen von Menschen sehen, was gleich geschieht. Bleiben Sie ruhig. Legen Sie sich Ihre Worte sorgfältig zurecht.«

»Was ist mit mir?« Harry Rex stöhnte. »Ich muß kotzen.«

»Ich finde es sonderbar, daß ausgerechnet Sie mir einen solchen Rat geben, Lucien.« Jake knöpfte Stans Jacke zu.

»Ich habe eine Menge gelernt. Zeigen Sie guten Stil. Wenn Sie gewinnen, so seien Sie vorsichtig bei den Gesprächen mit der Presse. Vergessen Sie nicht, der Jury zu danken. Wenn Sie verlieren ...«

»Wenn Sie verlieren, so nehmen Sie die Beine in die Hand«, sagte Harry Rex. »Bestimmt stürmen die Schwarzen das Gerichtsgebäude.«

»Ich fühle mich schwach«, ächzte Jake.

Agee stieg die Treppe hoch und gab bekannt, die Jury sei nun bereit, das Urteil zu verkünden. Er bat um Ruhe, und sofort verklangen die Sprechchöre. Die Demonstranten schoben sich näher. Agee forderte sie auf, niederzuknien und zu beten. Die riesige Gemeinde gehorchte und betete hingebungsvoll. Alle Männer, Frauen und Kinder auf dem Rasen verneigten sich vor Gott und flehten ihn an, Carl Lee als freien Mann heimzuschicken.

Die Soldaten standen in dichter Formation und hofften ebenfalls auf einen Freispruch.

Ozzie und Moss Junior wiesen die Zuschauer im Gerichtssaal an, sich zu setzen. Sie sorgten dafür, daß Deputys und Reservisten an den Wänden und im Mittelgang Aufstellung bezogen. Jake trat ein und blickte zu Carl Lee hinüber, der am Tisch der Verteidigung wartete. Dann sah er zum Publikum. Einige Personen beteten, andere knabberten an ihren Fingernägeln. Gwen wischte sich Tränen aus den Augen. Lester wirkte besorgt. Die Kinder waren verwirrt und verängstigt.

Noose nahm seinen Platz ein, und seltsame Stille breitete sich aus. Draußen erklang jetzt kein Geräusch mehr. Zwanzigtausend Schwarze knieten wie Moslems. Die allgemeine Anspannung wuchs.

»Man hat mir mitgeteilt, daß die Geschworenen ein Urteil gefällt haben. Stimmt das, Gerichtsdiener? Gut. Die Jury wird gleich hereingeführt, aber vorher möchte ich die Anwesenden auf folgendes hinweisen: Ich dulde keine Gefühlsausbrüche. Wer die Ordnung im Saal stört, wird vom Sheriff abgeführt. Nötigenfalls lasse ich den Gerichtssaal räumen. Holen Sie jetzt die Geschworenen, Gerichtsdiener.«

Die Tür öffnete sich, und eine halbe Ewigkeit schien zu vergehen, bevor die erste Geschworene – Eula Dell Yates – tränenüberströmt hereinkam. Jake ließ den Kopf hängen. Carl Lee starrte mit steinerner Miene zum Porträt von Robert E. Lee, das über Noose hing. Die übrigen Jurymitglieder schritten zur Geschworenenbank; sie wirkten nervös, unruhig und erschöpft. Die meisten hatten geweint. Jake glaubte zu spüren, wie ihm etwas den Hals zuschnürte. Barry Acker hielt einen Zettel in der Hand, und alle Blicke richteten sich darauf.

»Meine Damen und Herren, haben Sie sich auf ein Urteil geeinigt?«

»Ja, Sir«, antwortete der Obmann mit zittriger Stimme.

»Bitte reichen Sie es der Protokollführerin.«

Jean Gillespie nahm den Zettel entgegen und gab ihn dem Richter, der ihn stundenlang zu betrachten schien. »In verfahrenstechnischer Hinsicht gibt es nichts daran auszusetzen«, sagte er schließlich.

Weitere Tränen strömten über Eula Dells Wangen, und nur ihr Schluchzen war zu hören. Jo Ann Gates und Bernice Toole betupften ihre Augen mit Papiertaschentüchern. Das Weinen konnte vieles bedeuten. Jake hatte sich vorgenommen, die Jury zu ignorieren, bis das Urteil verlesen wurde. Bei seinem ersten Prozeß hatten die Geschworenen gelächelt, als sie ihre Plätze einnahmen, und daraufhin hatte Jake nicht an einem Freispruch gezweifelt. Einige Sekunden später mußte er dann erfahren: Die Jurymitglieder lächelten, weil ein Verbrecher seine gerechte Strafe erhalten hatte. Im Anschluß an jenes Verfahren nahm sich Brigance vor, nicht die Geschworenen zu beobachten, wenn die Urteilsverkündung unmittelbar bevorstand. Doch es gelang ihm nie, den

Blick von ihnen fernzuhalten. Manchmal erhoffte er sich ein Zwinkern, vielleicht einen Daumen, der nach oben deutete, aber nach solchen stummen Botschaften hatte er noch immer vergeblich Ausschau gehalten.

Noose wandte sich an Carl Lee. »Der Angeklagte möge sich erheben.«

Jake wußte, daß es weitaus schrecklichere Worte gab, aber für einen Strafverteidiger war diese Aufforderung zum Schluß des Prozesses mit entsetzlichen Vorstellungen verbunden. Hailey stand unbeholfen und unsicher auf. Jake schloß die Augen und hielt den Atem an. Seine Hände zitterten, und er hatte das Gefühl, sich übergeben zu müssen.

Jean Gillespie bekam den Zettel von Noose zurück. »Bitte verlesen Sie das Urteil.«

Sie entfaltete das Blatt und drehte sich zu Carl Lee um. »Wir, die Jury, befinden Mr. Hailey in allen Anklagepunkten für – nicht schuldig. Als Begründung führen wir Unzurechnungsfähigkeit zum Tatzeitpunkt an.«

Carl Lee wirbelte um die eigene Achse und lief zur vordersten Reihe der Sitzbänke. Tonya und die Jungen sprangen auf, rannten ihm entgegen. Von einem Augenblick zum anderen ging es drunter und drüber. Gwen brach in Tränen aus und sank in Lesters Arme. Die Prediger sahen nach oben, streckten die Arme der Decke entgegen und riefen: »Halleluja!« und »Gelobt sei Jesus Christus!« und »Wir danken dem Herrn!«

Niemand dachte an die Ermahnung des Richters. Noose klopfte halbherzig mit dem Hammer und sagte: »Ruhe im Saal.« Seine Stimme verlor sich im Geschrei, und er schien durchaus bereit zu sein, eine kleine Feier zu erlauben.

Jake fühlte sich wie betäubt und saß zunächst völlig reglos. Nach einer Weile gelang es ihm, den Kopf zu drehen, in Richtung der Geschworenen zu sehen und sich ein Lächeln abzuringen. Seine Augen wurden feucht, und die Lippen bebten. Er fürchtete, wie ein Narr zu wirken. Mit erzwungener Ruhe nickte er Jean Gillespie zu, die laut weinte, blieb auch weiterhin am Tisch der Verteidigung sitzen und versuchte zu lächeln. Zu etwas anderem war er nicht imstande.

Er beobachtete, wie Musgrove und Buckley Akten, Blöcke und wichtig anmutende Unterlagen in ihre Koffer stopften. *Hab Mitleid mit ihnen*, dachte er.

Ein Jugendlicher lief an zwei Deputys vorbei durch die Tür und zur Rotunde. »Nicht schuldig! Nicht schuldig!« Er erreichte einen Balkon über dem vorderen Eingang und brüllte aus vollem Hals: *»Nicht schuldig! Nicht schuldig!«* Der Platz verwandelte sich in ein Tollhaus.

»Ruhe im Saal«, wiederholte Noose, als draußen zwanzigtausend Kehlen jubelten.

»Ruhe im Saal!« Er nahm das Durcheinander noch eine Minute lang hin und forderte den Sheriff dann auf, die Ordnung wiederherzustellen. Ozzie erhob die Hände und die Stimme. Glückliche Männer und Frauen lösten sich aus ihren Umarmungen; aus den lauten Stimmen wurde ein zufriedenes Murmeln. Carl Lee ließ seine Kinder los und kehrte zum Tisch der Verteidigung zurück. Er setzte sich neben den Anwalt, legte ihm einen Arm um die Schultern, grinste und weinte.

Noose sah zum Angeklagten hinüber und lächelte. »Mr. Hailey, eine Jury aus Bürgern dieser County hat das Urteil gesprochen und Sie für nicht schuldig befunden. Kein Sachverständiger hat ausgesagt, daß Sie eine Gefahr darstellen und psychiatrische Hilfe brauchen. Sie sind frei.«

Der Richter blickte zu den Anwälten. »Wenn es sonst nichts gibt, vertagt sich das Gericht auf den 15. August.«

Seine Familie und seine Freunde nahmen Carl Lee in Empfang. Sie umarmten ihn, umarmten sich gegenseitig, auch Jake. Alle weinten ohne Scham, lobten den Herrn und dankten Brigance von Herzen.

Reporter drängten zum Geländer und riefen Jake Fragen zu. Er machte eine abwehrende Geste und meinte, er hätte nichts zu sagen. Für vierzehn Uhr kündigte er eine Pressekonferenz in seinem Büro an.

Buckley und Musgrove verließen den Saal durch eine Seitentür. Die Geschworenen wurden in der Beratungskammer eingeschlossen und warteten dort auf ihre letzte Busfahrt zum Motel. Barry Acker bat den Sheriff um ein Gespräch, und sie unterhielten sich im Flur. Ozzie hörte aufmerksam zu und versprach, den Obmann nach Hause zu bringen und ihm rund um die Uhr Schutz zu gewähren.

Die Journalisten stürmten Carl Lee entgegen. »Ich möchte nur nach Hause«, sagte er immer wieder. »Ich möchte nur nach Hause.«

Vor dem Gerichtsgebäude fand ein ausgelassenes Fest statt. Schwarze tanzten, sangen, weinten, klopften sich auf Schultern und Rücken, priesen den Herrn, lachten und stimmten neue Sprechchöre an. In respektlosem Jubel lobten sie den Allmächtigen, schoben sich der Treppe entgegen und warteten darauf, daß ihr Held nach draußen käme und sich verehren ließe.

Ihre Geduld wurde auf eine harte Probe gestellt. Dreißig Minuten lang riefen sie »Wir wollen Carl Lee! Wir wollen Carl Lee!«, und schließlich erschien der Freigesprochene in der Tür. Ohrenbetäubendes, die Mauern des Gerichtsgebäudes erschütterndes Gebrüll begrüßte ihn. Zusammen mit seinem Anwalt und der Familie bahnte er sich einen Weg durch die Menge und stieg die Stufen zum Podium hoch, wo man eine Unzahl von Mikrofonen installiert hatte. Jubel aus zwanzigtausend Kehlen zerriß ihm fast die Trommelfelle. Einmal mehr umarmte er Jake, und sie winkten gemeinsam.

Die Fragen der vielen Journalisten blieben völlig unverständlich. Gelegentlich ließ der Anwalt die Hände sinken und rief etwas über eine Pressekonferenz, die um zwei in seinem Büro stattfinden würde.

Carl Lee drückte Frau und Kinder an sich und winkte auch weiterhin. Die Schwarzen auf dem Platz applaudierten begeistert. Jake schlich ins Gericht zurück, wo er Lucien und Harry Rex in einer Ecke fand, abseits des Trubels. »Verschwinden wir von hier«, schlug Brigance vor. Erneut stürzten sie sich in das Durcheinander und erreichten schließlich die Hintertür. Vor seinem Büro bemerkte Jake Dutzende von wartenden Reportern.

»Wo steht Ihr Wagen?« fragte er Lucien. Wilbanks deutete zu einer Nebenstraße unweit des Cafés, und die drei Männer hasteten möglichst unauffällig am Rand des Platzes entlang.

Sallie briet Koteletts und grüne Tomaten; sie servierte das Essen auf der Veranda. Lucien holte teuren Champagner und behauptete, die Flasche für eine solche Gelegenheit aufbewahrt zu haben. Harry Rex aß mit den Fingern und nagte die Knochen so gierig ab, als hätte er seit Wochen gefastet. Jake schluckte den einen oder anderen Bissen und trank eisgekühlten Champagner. Nach zwei Gläsern starrte er in die Ferne und lächelte verträumt. Er genoß den Augenblick.

»Sie grinsen wie ein Narr«, sagte Harry Rex mit vollem Mund.

»Seien Sie still«, erwiderte Lucien. »Er hat es verdient, sich zu freuen.«

»Und wie er sich freut. Sehen Sie nur, wie er lächelt.«

»Was soll ich der Presse mitteilen?« fragte Jake.

»Sagen Sie einfach, daß Sie neue Klienten brauchen«, meinte Harry Rex.

»Klienten sind von jetzt an kein Problem mehr«, entgegnete Lucien. »Sie werden vor seiner Tür Schlange stehen.«

»Warum haben Sie nicht mit den Journalisten im Gerichtssaal gesprochen?« erkundigte sich Harry Rex. »Ihre Kameras und Kassettenrecorder liefen bereits. Ich wollte mit ihnen reden, aber ...«

»Glücklicherweise bekamen Sie keine Gelegenheit dazu«, brummte Lucien.

»Die Reporter fressen mir jetzt aus der Hand«, sagte Jake. »Sie gehen bestimmt nicht fort. Wir könnten Eintrittskarten für die Pressekonferenz verkaufen und ein Vermögen damit verdienen.«

»Bitte lassen Sie mich dabei zusehen, Jake, bitte«, flehte Harry Rex.

44

Sie stritten sich darüber, ob sie den alten Bronco oder den verbeulten Porsche nehmen sollten. Jake lehnte es ab, sich ans Steuer zu setzen. Harry Rex fluchte am lautesten, und schließlich kletterten sie in seinen Wagen. Lucien zwängte sich in den Fond, Brigance ließ sich auf den Beifahrersitz sinken und gab Anweisungen. Sie fuhren über Nebenstraßen, um dem Verkehr vor dem Gerichtsgebäude auszuweichen. Auf dem Highway gab es lange Staus, und Jake dirigierte den Chauffeur über zahllose Kieswege. Irgendwann kehrten sie auf asphaltierte Straßen zurück, und Harry Rex gab Gas. Ihr Ziel: der See.

»Ich möchte Sie etwas fragen, Lucien«, sagte Jake.

»Was denn?«

»Und ich verlange eine ehrliche Antwort.«

»Worum geht's?«

»Hat Sisco Geld von Ihnen bekommen?«

»Nein, mein Junge. Sie haben den Prozeß ganz allein gewonnen.«

»Schwören Sie?«

»Ich schwöre bei Gott und auf einen ganzen Stapel Bibeln.«

Jake wollte ihm glauben und begnügte sich mit dieser Auskunft. Sie setzten die Fahrt schweigend fort, schwitzten in der Hitze und hörten zu, als Harry Rex die Lautstärke der Stereoanlage aufdrehte und mitsang. Plötzlich streckte Brigance die Hand aus und rief etwas. Der Scheidungsanwalt trat auf die Bremse, riß das Steuer herum und raste über einen weiteren Kiesweg.

Lucien beugte sich vor. »Wohin sind wir unterwegs?«

»Warten Sie's ab.« Jake beobachtete die Häuser auf der rechten Seite. Er zeigte zum zweiten; Harry Rex steuerte den Bronco über die Zufahrt und hielt unter einem schattenspendenden Baum. Brigance stieg aus, sah sich um, schritt zur Veranda und klopfte an die Tür.

Ein unbekannter Mann erschien. »Was wollen Sie?«

»Ich bin Jake Brigance und …«

Die Tür flog auf. Der Mann trat mit langen Schritten nach draußen und schüttelte Jake die Hand. »Freut mich, Sie kennenzulernen. Ich bin Mack Lloyd Crowell und gehörte zur ersten Jury, die fast keine Anklage erhoben hätte. Sie haben gute Arbeit geleistet. Herzlichen Glückwunsch.«

Jake wiederholte den Namen, und dann entsann er sich: Mack Lloyd Crowell, jener Mann, der Buckley die Stirn geboten, ihm eine Lektion erteilt hatte. »Ja, Mack Lloyd, ich erinnere mich. Danke.«

Verlegen blickte er durch die Tür.

»Sind Sie wegen Wanda gekommen?« fragte Crowell.

»Nun, ja. Wir waren in der Nähe, und mir fiel ihre Adresse ein. Ich kenne sie aufgrund unserer Ermittlungen im Hinblick auf die Geschworenen.«

»Sie sind am richtigen Ort. Wanda wohnt hier, und ich ebenfalls, die meiste Zeit über. Wir haben zwar nicht geheiratet, gehören aber trotzdem zusammen. Sie ist ziemlich erschöpft und schläft.«

»Dann verzichte ich besser darauf, sie zu stören«, sagte Jake.

»Wanda hat mir erzählt, was geschehen ist. Sie gab den Ausschlag für die Entscheidung der Jury.«

»Tatsächlich? Wie?«

»Sie bat ihre Kollegen, die Augen zu schließen und ihr zuzuhören. Die anderen Geschworenen sollten sich Tonya als weißes Mädchen mit blonden Haaren und blauen Augen vorstellen, die Vergewaltiger als zwei Schwarze. In allen Einzelheiten beschrieb sie die Szene: der eine Fuß des hilflosen Opfers an einen Baum gebunden, der andere an einen Zaunpfahl, während die Männer das Mädchen mehrmals vergewaltigten und es wegen seiner weißen Haut verfluchten. Wanda forderte die übrigen Jurymitglieder auf, sich auch vorzustellen, wie Tonya wehrlos auf dem Boden lag und nach ihrem Vater rief, wie die Männer ihr die Zähne aus dem Mund traten, ihr den Kiefer und die Nase brachen. Sie sollten sich vorstellen, wie zwei betrunkene Schwarze Bier auf sie schütteten, über ihr Gesicht urinierten und dabei schallend lachten. Dann sagte Wanda: ›Stellen Sie sich nun vor, daß jene Tonya Ihre Tochter wäre. Seien Sie ganz ehrlich und schreiben Sie auf einen Zettel, ob Sie die beiden schwarzen Mistkerle umbringen würden, wenn sich eine entsprechende Gelegenheit ergäbe.‹ Eine geheime Abstimmung fand statt, und alle zwölf Jurymitglieder bestätigten, daß sie bereit wären, die Verbrecher zu erschießen. Der Obmann zählte die Stimmen – zwölf zu null. Wanda meinte, sie sei selbst dann nicht bereit, Carl Lee zu verurteilen, wenn sie bis Weihnachten in der Beratungskammer sitzen müsse, und die anderen Geschworenen sollten ebenso empfinden. Zehn von ihnen pflichteten ihr bei, aber eine Frau schaltete auf stur. Tränen wurden vergossen, und man redete so lange auf sie ein, bis sie schließlich nachgab. Es war eine ziemlich harte Sache, Jake.«

Brigance hörte atemlos zu, und gleich darauf vernahm er ein Geräusch. Wanda Womack kam zur Fliegengittertür und lächelte; Tränen rannten ihr über die Wangen. Jake starrte sie sprachlos an und brachte keinen Ton hervor. Schließlich biß er sich auf die Lippe und nickte. »Danke«, sagte er leise. Wanda rieb sich die Augen und erwiderte sein Nicken.

Hundert Wagen standen zu beiden Seiten der Craft Road, und weitere Autos parkten auf der Zufahrt vor dem Haus der Haileys, auch im Bereich des Vorgartens. Kinder spielten; Erwachsene saßen unter Bäumen und auf Motorhauben. Harry Rex ließ seinen Bronco in einen Graben neben dem Briefkasten rollen. Viele Leute rannten ihnen entgegen, um Carl Lees Anwalt zu begrüßen. Lester packte ihn an den Schultern: »Sie haben es noch einmal geschafft.«

Auf dem Weg zur Veranda schüttelte Jake Dutzende von Händen, und man klopfte ihm immer wieder auf den Rükken. Bischof Agee schloß ihn in die Arme und pries Gott. Carl Lee saß in der Hollywoodschaukel, stand auf und kam die Treppe herunter, gefolgt von Verwandten und Bewunderern. Sie umringten ihn und Jake, als sie voreinander stehenblieben. Lächelnd musterten sie sich und suchten nach den richtigen Worten. Dann umarmten sie sich stumm, und die Zuschauer klatschten.

»Danke, Jake«, sagte Carl Lee leise.

Rechtsanwalt und Klient nahmen auf der Veranda Platz und beantworteten Fragen über den Prozeß. Lucien und Harry Rex gesellten sich Lester und einigen Freunden hinzu und tranken im Schatten eines Baums. Tonya lief mit vielen anderen Kindern über den Hof.

Um halb drei saß Jake an seinem Schreibtisch und rief Carla an. Harry Rex und Lucien kippten die letzten Margaritas und hatten bereits eine Menge intus. Jake trank Kaffee und teilte seiner Frau mit, daß er Memphis in drei Stunden verlassen und um zehn in North Carolina eintreffen wolle. Ja, es ginge ihm gut. Alles sei in Ordnung und vorbei. Eine ganze Meute von Reportern warte im Konferenzzimmer; Carla dürfe auf keinen Fall die Abendnachrichten versäumen. Er wollte kurz mit den Journalisten sprechen und dann nach Memphis fahren. Jake versicherte seiner besseren Hälfte, daß er sie liebe, daß er sie, ihren Körper und überhaupt alles an ihr vermisse und bald bei ihr sein würde. Schließlich legte er auf.

Er beschloß, morgen mit Ellen zu telefonieren.

»Warum wollen Sie ausgerechnet heute aus Clanton verschwinden?« fragte Lucien verblüfft.

»Sind Sie verrückt geworden?« pflichtete ihm Harry Rex bei. »Tausend Reporter halten jedes Wort von Ihnen für eine Offenbarung – und Sie verlassen die Stadt. Das ist dumm, dumm, dumm!«

Jake stand auf. »Wie sehe ich aus?«

»Wie ein Blödmann, wenn Sie nicht in Clanton bleiben«, stellte Harry Rex fest.

»Verschieben Sie den Flug nach North Carolina um einige Tage«, sagte Lucien. »Eine so gute Gelegenheit bekommen Sie nie wieder. Ich bitte Sie, Jake.«

»Immer mit der Ruhe, Freunde. Ich gehe jetzt zu den Journalisten, lasse mich von ihnen fotografieren und beantworte einige ihrer dummen Fragen. Unmittelbar nach der Pressekonferenz breche ich auf.«

»Sie sind übergeschnappt«, schnaufte Harry Rex.

»Der Meinung bin ich auch«, stimmte ihm Lucien zu.

Jake blickte in den Spiegel, rückte Stans Krawatte zurecht, drehte sich um und lächelte. »Ich bin Ihnen sehr dankbar für Ihre Hilfe. Für diesen Prozeß habe ich neunhundert Dollar Honorar bekommen, und ich werde es gerecht mit Ihnen teilen.«

Lucien und Harry Rex schenkten die letzten Margaritas ein, leerten ihre Gläser und folgten Jake Brigance nach unten, um den Reportern gegenüberzutreten.

Einen Auszug aus einem weiteren spannenden Roman lesen Sie auf den folgenden beiden Seiten:

John Lescroart
DAS INDIZ

Hardy zog, und der Hai kam aus dem Wasser, langsam und schwer. Hardy schwenkte ihn zur Trage hin. Er wartete, während Pico sich aus dem Becken herausarbeitete.
»Mir fällt ein Gedicht ein«, sagte Hardy. »Frühling, Sommer, Herbst und Winter, ihr seht aus wie ein dicker Hintern.«
Pico hörte nicht hin und streckte die Hand nach dem Kaffeebecher aus. »Muß ich mir solche Beleidigungen von jemandem bieten lassen, der sich an meinem Kaffee vergreift?«
»Ach, da war Kaffee drin?«
»Und ein bißchen Brandy. Gegen den Nachgeschmack.«
Sie kippten den Hai auf die Seite. Pico ging in seinen Arbeitsraum und kam eine Minute später mit einem Skalpell zurück. Er zog damit eine Linie vom Bauch des Hais bis hinauf zu den Kiemen, und die Magenhöhle lag offen. Er schnitt einen Streifen Fleisch ab und reichte ihn Hardy.
»Lust auf Sushi?«
Im Becken gurgelte es. Hardy beugte sich über die Trage und achtete darauf, daß er Pico nicht im Licht stand, während er schnitt. Pico griff in den Bauch hinein und holte allerlei Sachen heraus – zwei oder drei kleine Fische, ein Stück Treibholz, einen Gummiball, eine Konservendose.
»Junk Food«, murmelte Pico.
»Das sagtest du schon«, sagte Hardy.
Pico griff wieder hinein und holte etwas heraus, das wie ein Seestern aussah. Er zog es hoch und betrachtete es aufmerksam.

»Was ist das?« fragte Hardy.

»Ich weiß nicht. Es sieht aus –« Plötzlich, als hätte ihn eine Tarantel gestochen, schrie Pico auf, sprang zurück und warf den Gegenstand auf den Fußboden.

Hardy ging hin, um ihn sich anzusehen.

Obwohl schon halbverdaut und von Schleim bedeckt, war immer noch zu erkennen, worum es sich handelte. Es war die Hand eines Menschen, am Gelenk abgetrennt. Der Zeigefinger fehlte, und am kleinen Finger steckte ein meergrüner Jadering.

erschienen als Heyne Hardcover 43/21

HEYNE BÜCHER

William Bernhardt

Gerichtsthriller der Extraklasse. Spannend, einfallsreich und brillant wie John Grisham!

Blinde Gerechtigkeit
01/9526

Tödliche Justiz
01/9761

01/9526

01/9761

Heyne-Taschenbücher